L'intrus

ISAAC ASIMOV

ROBERT THURSTON
JERRY OLTION

Robots
et extra-terrestres
d'Isaac Asimov
L'intrus

TRADUIT DE L'AMÉRICAIN
PAR PIERRE K. REY

ÉDITIONS J'AI LU

Collection créée et dirigée
par Jacques SADOUL

Pour mes belles dames,
Rosemary et Charlotte

A Byron Preiss Visual Publications, Inc. Book
ISAAC ASIMOV'S ROBOT CITY
ROBOTS AND ALIENS
BOOK 3 : INTRUDER

An Ace Book/Published by arrangement with Byron Preiss
Visual Publications, Inc.
Copyright © 1990 by Byron Preiss Visual Publications, Inc.
Introduction copyright © 1990 by Nightfall, Inc.
Illustrations by Paul Rivoche

ISAAC ASIMOV'S ROBOT CITY
ROBOTS AND ALIENS
BOOK 4 : ALLIANCE

An Ace Book/Published by arrangement with Byron Preiss
Visual Publications, Inc.
Copyright © 1990 by Byron Preiss Visual Publications, Inc.
Introduction copyright © 1990 by Nightfall, Inc.
Illustrations by Paul Rivoche

ROBOTS CITY and ROBOTS AND ALIENS are trademarks
of Byron Preiss Visual Publications, Inc.

Pour la traduction française :
© Éditions J'ai lu, 1992

LIVRE TROIS

L'intrus

par

ROBERT THURSTON

SOMMAIRE

QU'EST-CE QU'UN ÊTRE HUMAIN ?

par Isaac Asimov

La question paraît simple. Biologiquement, un être humain est un membre de l'espèce *Homo sapiens*. Si l'on convient qu'un organisme particulier (disons, un mâle) est un être humain, alors toute femelle avec laquelle il peut se reproduire est également un être humain. Et tous les mâles avec qui n'importe laquelle de ces femelles peut se reproduire sont aussi des êtres humains. Ce qui, d'emblée, confère l'appellation d'êtres humains à des milliards d'organismes existant sur Terre.

Il se peut qu'il y ait des organismes trop vieux pour se reproduire, ou trop jeunes, ou trop déficients en tel ou tel point, mais dont l'aspect se rapproche davantage de celui des êtres humains que de toute autre espèce. Eux aussi sont des êtres humains.

On en arrive ainsi à quelque cinq milliards et un peu plus d'êtres humains peuplant actuellement la Terre, et peut-être soixante milliards qui ont vécu sur la planète depuis l'apparition de l'*Homo sapiens*.

Simple, n'est-ce pas ? D'un point de vue biologique, nous sommes tous des êtres humains, que nous parlions anglais, turc ou japonais, que nous ayons la peau blanche ou noire, les cheveux roux ou bruns, les yeux bleus ou marron, le nez aplati ou crochu, etc.

Ceci, toutefois, n'est qu'une définition biologique, scientifique. Maintenant, supposons que vous soyez un des membres d'une tribu primitive, homogène dans son aspect, son langage, sa culture ; et que tout à coup vous rencontriez quelqu'un qui superficiellement vous ressemble, mais qui a les cheveux roux alors que vous n'en avez jamais vu que de noirs, la peau claire alors que vous n'en avez jamais vu que de foncée, et, pis que tout, qui ne comprend pas le « langage de la tribu » mais profère d'étranges sons, que lui a l'air de comprendre quand, manifestement, ils n'ont pas la moindre signification.

Cet étranger est-il un être humain au sens où vous, vous l'êtes ? Je crains que la réponse générale soit non. Et ce n'est pas uniquement dû au fait de l'absence de considérations scientifiques. Les anciens Grecs, qui étaient certainement parmi les peuples les plus avancés qui aient jamais vécu, divisaient l'ensemble des êtres humains en deux groupes : les Grecs et les barbares.

Par barbares, ils n'entendaient pas désigner des individus non civilisés ou au comportement bestial. Ils reconnaissaient que certains barbares, comme les Egyptiens, les Babyloniens et les Perses, étaient fort cultivés. C'était seulement que les non-Grecs ne parlaient pas le grec ; ils émettaient des sons qui n'avaient pas plus de sens (pour un Grec mis pour la première fois en présence d'autres langages que le sien) qu'un son aussi grotesque que « bar-bar-bar ».

On pourrait penser que les Grecs n'avaient instauré cette division que pour des raisons de commodité, et qu'ils n'allaient pas jusqu'à juger que les barbares n'étaient pas humains.

Ah, vous croyez ? Aristote, l'un des esprits les plus éclairés de toute la Grèce ancienne, était absolument convaincu que les barbares étaient de la graine d'esclaves, alors que les Grecs étaient par nature des hommes libres. A l'évidence, il pensait qu'il y avait quelque chose chez les barbares qui en faisait des sous-hommes.

Mais ils vivaient à une époque ancienne, si avancés soient-ils. Ils avaient une expérience limitée, ne connaissaient qu'une petite partie du monde. Aujourd'hui, nous avons tant appris que nous ne portons plus de jugement aussi insensé. Nous *savons* que toutes les créatures à l'apparence humaine ne sont qu'une seule et même espèce.

Ah oui ? Cela fait-il vraiment si longtemps que la plupart des Américains blancs étaient tout à fait persuadés que les Noirs africains *n'*étaient *pas* humains au sens où eux l'étaient ? Que les Noirs étaient des êtres inférieurs et que les asservir et les laisser vivre à la périphérie de la société blanche était leur faire une grande faveur ? Je ne serais pas surpris que certains Américains le pensent encore aujourd'hui.

Il n'y a pas si longtemps non plus que les Allemands ont clamé avec bruit et fureur que les Slaves et les juifs étaient des êtres inférieurs, de sorte qu'ils étaient en droit de faire tout leur possible pour débarrasser les « vrais » êtres humains d'une telle vermine. Et je ne serais pas le moins du monde étonné si j'apprenais qu'il existe aujourd'hui des tas de gens pour entretenir des idées similaires.

Presque tous les individus pensent à d'autres groupes comme à des « inférieurs », même si, généralement, ils se gardent de le crier sur les toits. Ils ont tendance à diviser l'humanité en divers groupes d'individus dont seule une modeste fraction (une fraction qui inclut invariablement eux-mêmes) représente les « vrais » êtres humains.

La Bible, bien sûr, enseigne l'universalité (au moins par endroits). Ainsi, prenons un de mes passages favoris du Nouveau Testament, la parabole du « bon Samaritain » (Luc, 10, 25-37). Quelqu'un dit à Jésus que l'une des doctrines qu'on doit respecter si l'on veut aller au ciel est qu'il faut « aimer... ton prochain comme toi-même ». Jésus lui dit qu'il a bien parlé et l'homme lui demande : « Et qui est mon prochain ? » (En d'autres termes, est-ce qu'il ne doit aimer que ses amis et les gens qui lui plaisent, ou est-il censé aimer toutes sortes de bons à rien et de sales types ?)

C'est là qu'intervient la parabole du bon Samaritain. Pour résumer, un homme a besoin d'être secouru, et voilà qu'un prêtre puis un lévite (tous deux des professionnels de la bonté, tenus en haute estime par les gens pieux) se désintéressent l'un et l'autre de la chose, alors qu'un Samaritain offre grande assistance à l'homme.

Aujourd'hui, nous avons tellement l'habitude, à cause de la parabole, de dire le « bon » Samaritain que, dans notre esprit, tous les Samaritains sont bons et qu'il ne nous surprend pas que celui-là ait offert son aide. Cependant, pour les juifs pieux du temps de Jésus, les Samaritains étaient des hérétiques, instruments du Malin et objets de haine – et nous avons ici un de ces vils Samaritains qui dispensent le bien tandis que les prêtres et les lévites s'y refusent.

Ensuite, Jésus demande : « Lequel de ces trois te semble avoir été le prochain de celui qui était tombé au milieu des brigands ? » Et l'homme est forcé de répondre : « C'est celui qui a exercé la miséricorde envers lui. »

C'est ni plus ni moins affirmer que tous les êtres bons sont nos prochains, même quand il s'agit du genre d'individus aussi méprisables que les Samaritains. Et il s'ensuit que, puisque tous les êtres humains ont la faculté d'être bons, tous les individus sont nos prochains et devraient être aimés de façon égale.

Saint Paul dit dans les Galates (3, 27) : « Il n'y a plus ni juif ni Grec, il n'y a plus ni esclave ni libre, il n'y a plus ni homme ni femme ; car tous vous êtes un en Jésus-Christ. »

C'est une déclaration d'universalité on ne peut plus claire.

Je sais qu'il existe de nombreuses personnes pieuses qui connaissent ces passages et qui conservent néanmoins des points de vue racistes d'un genre ou d'un autre. L'envie est telle d'appartenir à un groupe supérieur que rien ne peut effacer la tendance qui consiste à dépeindre d'autres individus comme inférieurs, de diviser l'humanité entre a) les humains, b) les à moitié humains, c) les sous-humains, en prenant bien soin de toujours se ranger dans la première catégorie.

Et si nous avons de telles difficultés à amener les êtres humains à définir ce qu'est un être humain, imaginez le problème que cela poserait à un robot. Comment un robot définit-il un être humain ?

Jadis, lorsque j'ai commencé à écrire mes récits sur les robots, John W. Campbell (mon rédacteur en chef et mentor) m'a défié en plusieurs occasions d'écrire une histoire qui tournerait autour de la difficulté de définir l'être humain. Je me suis toujours dérobé. Je n'avais pas besoin d'essayer pour savoir que ce serait un récit particulièrement ardu à rédiger et que j'en étais incapable. Du moins, à cette époque.

Toutefois, en 1976, je me suis finalement attaqué à la chose et ça a donné *L'Homme bicentenaire*. J'y traitais essentiellement d'un robot qui devenait de plus en plus humain, sans jamais être accepté en tant qu'être humain. Il devenait physiquement semblable à un humain, mentalement semblable à un humain, et cependant il ne franchissait jamais la frontière. Il finissait par y arriver en passant l'ultime barrière. Il se rendait mortel et, au moment où il agonisait, il se voyait enfin accepté en tant qu'être humain.

C'était une bonne histoire (qui remporta et le Hugo et le Nebula) mais elle ne proposait pas de moyen *pratique* pour distinguer un robot d'un humain. Parce qu'un robot ne pouvait pas attendre pendant des années de voir mourir l'être humain qu'il était éventuellement et ainsi se prouver qu'il en était effectivement un.

Supposons que vous soyez un robot et que vous ayez à décider si quelque chose qui ressemble à un être humain est *réellement* un être humain, et ceci dans un temps raisonnablement limité.

Dans le cas où les seuls robots qui existent sont d'une technologie rudimentaire, cela ne pose pas de problème. Si une chose ressemble à un être humain mais est faite de métal, c'est un robot. Si elle s'exprime d'une espèce de voix mécanique, se déplace par mouvements gauches et saccadés, et ainsi de suite, c'est un robot.

Mais que se passe-t-il pour un robot qui a, extérieurement, tout à fait la même apparence qu'un être humain (comme mon robot Daneel Olivaw) ? Comment pourriez-vous savoir que c'est un robot ? Eh bien, dans mes derniers romans sur les robots, vous ne pourriez pas vraiment. Daneel Olivaw est un être humain à tous les égards, sauf qu'il est beaucoup plus intelligent que la majorité des êtres humains, beaucoup plus intègre, beaucoup plus aimable et honnête, beaucoup plus *humain*. Ça aussi, ça fait une bonne histoire, mais ça ne nous aide pas plus à identifier un robot de façon pratique. Il ne servirait à rien d'être toujours sur les talons d'un robot pour vérifier s'il est meilleur qu'un être humain, car il faudrait alors se poser la question : est-ce un robot ou un être humain exceptionnellement bon ?

Seulement voilà...

Un robot est lié par les Trois Lois de la Robotique, et un être humain ne l'est pas. Ce qui veut dire, par exemple, que si vous êtes un être humain et que vous donniez un coup de poing à quelqu'un dont vous pensez qu'il puisse être un robot, et qu'il vous retourne un coup de poing, alors ce *n'est pas* un robot. Si vous êtes vous-même un robot, et si vous lui donnez un coup de poing et qu'il vous le rende, il se peut néanmoins qu'il soit un robot, puisque la possibilité

13

existe qu'il sache que *vous* êtes un robot, et que la Première Loi ne lui interdit pas de vous frapper. (C'était un point essentiel dans l'un de mes premiers récits, *Evidence*.) En ce cas, cependant, s'il vous suffit de demander à un être humain de donner un coup de poing au présumé robot, et si celui-ci le lui rend ce n'est pas un robot.

Toutefois, ça ne marche pas dans l'autre sens. Si vous êtes un être humain et que vous frappiez un présumé robot, et qu'il *ne* vous frappe *pas* en retour, cela ne signifie pas que *c'est* un robot. C'est peut-être un humain mais un couard. C'est peut-être un humain mais un idéaliste, qui croit en la vertu de tendre l'autre joue.

En fait, si vous êtes un être humain, que vous donniez un coup de poing à un présumé robot et qu'il vous le rende, il se peut *quand même* que ce soit un robot.

Après tout, que dit la Première Loi ? « Un robot ne doit pas blesser un être humain ni, par son inaction, permettre qu'un être humain soit blessé. » Ceci, toutefois, suppose la question résolue, car ça sous-entend qu'un robot sait a priori ce qu'est un être humain.

Imaginons qu'on fabrique un robot destiné à n'être pas meilleur qu'un humain. Bien souvent, quand des êtres humains considèrent certains individus comme inférieurs, et pas complètement humains, c'est simplement que ceux-ci ne parlent pas la même langue, ou la prononcent avec un accent bizarre. (C'est tout le sujet du *Pygmalion* de George Bernard Shaw.) Auquel cas, il serait facile de fabriquer un robot à qui on programmerait la définition d'un être humain comme incluant l'emploi d'une langue spécifique avec un accent spécifique. Tout manquement à cette règle de la part de l'individu à qui le robot a affaire fait que cet individu *n'est pas* un être humain et que le robot peut le blesser ou même le tuer sans enfreindre la Première Loi.

De fait, dans mon roman *Les Robots et l'Empire*, je présente un robot pour qui un être humain est, selon la définition qui lui a été programmée, quelqu'un qui parle avec un accent solarien ; et c'est justement pour cette raison que mon héros se retrouve en danger de mort.

Ainsi, comme vous le voyez, il n'est pas aisé de faire la distinction entre un robot et un être humain.

On peut compliquer encore plus le problème si on suppose une société de robots qui n'ont jamais vu d'êtres humains. (Ce serait l'équivalent de nos êtres humains primitifs de tout à l'heure, qui n'ont jamais rencontré qui que ce soit en dehors des seuls membres de leur tribu.) Ils pourraient toujours être programmés avec la Première Loi et savoir qu'ils ne doivent pas blesser un être humain – mais quel est donc cet être humain qu'ils ne doivent pas blesser ?

Il se pourrait bien qu'ils pensent qu'un être humain est supérieur à certains égards à un robot, puisque ce serait là une raison qui expliquerait qu'on ne doive pas lui porter atteinte. Toute violence devrait être interdite vis-à-vis de quelqu'un de plus estimable que vous.

D'un autre côté, si quelqu'un était supérieur à vous, ne serait-il pas sensé de supposer que vous *ne puissiez pas* lui faire de mal ? Si vous le pouviez, cela n'impliquerait-il pas qu'il est inférieur à vous ? Là, nous n'échapperions pas au sophisme. Un robot est certainement supérieur à une roche ; pourtant, une roche pourrait, en tombant, blesser, voire détruire un robot. Donc, l'inférieur *peut* porter atteinte au supérieur, bien que, dans un univers bien ordonné, cela *ne* devrait *pas* se produire.

Dans ce cas, un robot qui n'aurait au départ comme référence que les Lois de la Robotique pourrait très bien conclure que les êtres humains sont supérieurs aux robots.

Mais alors, supposons que dans cette société de robots l'un d'eux soit supérieur à tous les autres. Est-ce possible qu'en la circonstance ce robot supérieur, qui n'a jamais vu un être humain, en déduise qu'il est lui-même un être humain ?

S'il parvient à persuader les autres robots qu'il en est ainsi, alors les Lois de la Robotique vont guider leur comportement à son égard, et il peut fort bien instaurer le despotisme à leur endroit. Mais ce despotisme sera-t-il différent de ce qu'il serait du fait des humains ? Ce robot-humain sera-t-il toujours gouverné et limité dans ses agissements par les Trois Lois ? Ou au contraire s'en libérera-t-il totalement ?

Dans cette dernière hypothèse, s'il présente l'apparence, la mentalité et l'attitude d'un être humain, et en l'absence des Trois Lois pour conditionner sa conduite, en quoi n'est-il pas un être humain ? Ne l'est-il pas en réalité devenu ?

Et qu'advient-il si, à ce moment-là, entrent en scène de

vrais êtres humains ? Les Trois Lois vont-elles subitement se remettre à fonctionner dans le cerveau du robot-humain ? Ou persistera-t-il à se considérer comme humain ? Ça me rappelle la toute première histoire de robots que j'ai publiée, *Raison*, où je décrivais un robot qui se considérait supérieur aux êtres humains et qu'il était impossible de dissuader de cela.

Bref, entre une chose et une autre, le problème qui consiste à définir l'être humain reste d'une énorme complexité. Et si, dans mes différents écrits, j'en ai traité divers aspects, je suis ravi de laisser le soin d'en aborder d'autres à Robert Thurston, dans ce Livre Trois de la série *Robots et Extraterrestres*.

LES RÊVES DE LA CITÉ DES ROBOTS

Derec savait qu'il était en train de rêver. La rue qu'il descendait d'un pas tranquille n'était pas réelle. Il n'y avait jamais eu d'artère aussi tortueuse dans la Cité des robots. Cependant, trop d'éléments dans le décor lui étaient familiers, ce qui suscitait en lui une véritable angoisse.

La tour du Compas elle-même, à présent bien trop loin, avait changé. C'était comme si des excroissances avaient poussé sur ses parois. Mais la chose était impossible. Dans une cité où les édifices pouvaient apparaître ou disparaître durant la nuit, la tour du Compas restait la seule structure permanente, inaltérable.

Cette étrange avenue avait peut-être été construite récemment, mais Derec en doutait. Ce n'était qu'une rue née de sa pure imagination, et tout ceci ne devait être qu'un rêve. D'ailleurs, où se trouvaient donc les robots ? Il était impossible d'arpenter aussi longtemps une rue sans y rencontrer à tout le moins un robot utilitaire s'affairant à quelque tâche courante ; ou un robot coursier, les pinces refermées sur de quelconques outils ; ou encore un robot témoin occupé à surveiller les allées et venues des humains. A l'allure de promeneur qui était la sienne, Derec aurait dû en croiser un tous les quelques pas.

Non, c'était évident qu'il se trouvait dans un rêve. Il était tout simplement en train de dormir dans son vaisseau, quelque part dans l'espace entre la planète des corps-noirs et la Cité des robots. Il prenait juste un peu de repos après les heures qu'il avait consacrées aux deux Flanc d'Argent, une tâche à épuiser un saint.

Il y avait eu une époque, quand son père lui avait injecté les biopuces dans le sang, où il rêvait régulièrement de la Cité des robots. Les cauchemars qui le harcelaient alors s'étaient révélés provoqués par le moniteur que son père lui avait implanté dans le cerveau. Quand le moniteur avait cherché à établir le contact, le jeune homme avait pris conscience de la véritable nature des biopuces, minuscules circuits imprimés se développant de façon à peu près analogue à la cité elle-même. Ainsi, ces biopuces programmées par son père, en se multipliant dans son sang, constituaient une cité de robots en miniature dans son propre corps ; elles lui donnaient un contrôle psychoélectronique sur l'ordinateur central de la cité et, par conséquent, sur tous les robots qui s'y trouvaient. Après cette révélation, le processus de multiplication des biopuces avait fini par se stabiliser et Derec n'avait plus eu ces visions d'une Cité des robots déformée.

Jusqu'à aujourd'hui.

Conscient à ce point d'être dans un rêve, il expérimentait peut-être ce qu'Ariel lui avait décrit comme un « rêve lucide ». En état de rêve lucide, disait-elle, le rêveur était capable de contrôler les événements qui s'y déroulaient. Derec ne demandait pas mieux mais, pour l'instant, ne voyait que faire.

Il jeta un regard alentour. Le décor environnant semblait constitué d'éléments disparates empruntés à divers stades de développement de la cité, étrange assemblage de tout ce que Derec avait pu observer au cours de ses différents séjours.

Mais où étaient les robots ?

S'il s'agissait effectivement d'un rêve lucide, cela pouvait s'expliquer par le fait qu'il n'en avait intégré aucun dans le décor. Peut-être attendaient-ils à l'intérieur des bâtiments qu'il les convoque. Et c'était peut-être d'ailleurs ce qu'il devrait faire, avant de céder à la panique. Mais lequel faire entrer en scène ? Lucius, le robot qui avait créé la seule authentique œuvre d'art de la cité, cette stupéfiante sculpture pyramidale baptisée « Disjoncteur » ? C'eût été un bon choix vu que, victime d'un singulier roboticide, Lucius n'existait plus. Voilà qui serait assurément agréable ; revoir ce vieux Lucius et sa carcasse voûtée qui lui donnait si peu l'air d'un robot. Ne serait-ce que pour discuter d'art avec lui. Ces derniers temps, l'art n'avait guère été présent dans l'existence de Derec, surtout si l'on ne tenait pas compte du numéro plutôt spectaculaire qu'offraient un millier de corps-noirs éparpillés à travers le ciel. Joli, certes, mais pas vraiment de l'art.

Il se demanda pourquoi ces pensées vagabondaient dans sa tête. Les Flanc d'Argent lui avaient-ils perturbé l'esprit à ce point ? Oublie-les, ces deux-là. Evacue-les sur-le-champ. Un robot normal, voilà ce qu'il lui fallait dans son rêve. Un des robots les plus inoubliables qu'il ait jamais rencontrés. Avernus, par exemple. Pour retrouver le visage sévère, la peau de métal noire comme jais et les mains interchangeables. Derec se concentra sur Avernus, qui ne daigna point se manifester. Euler, peut-être, Euler et l'éclat de ses yeux photoélectriques ? Non, pas moyen. Wohler, alors, *avant* qu'il ne se détraque en essayant de sauver Ariel sur la paroi de la tour du Compas. Wohler, impressionnant sous son châssis doré, voilà qui serait un choix remarquable. Mais aucun Wohler ne répondit à ses prières. Derec se dit qu'il faudrait en parler à Ariel. Le rêve lucide s'avérait un fiasco total.

Dans son compartiment à bord du vaisseau, Ariel, elle aussi, rêvait. Son rêve à elle, toutefois, n'avait rien d'un rêve lucide. Plus profond que ça, il tenait franchement du cauchemar.

Jacob Winterson, le robot humaniforme qui avait été son serviteur, était de retour, après avoir été détruit par Neuronius, l'un des extraterrestres volants dénommés corps-noirs. Celui-ci avait fait exploser Jacob qui avait été pratiquement réduit en miettes (et lui aussi par la même occasion). Les quelques fragments carbonisés qui restaient du robot étaient désormais enterrés en un lieu anonyme de l'exploitation agricole dont la jeune femme avait instauré le programme en guise de compromis politique avec les corps-noirs. Compromis qui avait très bien fonctionné, alors que ceux-ci étaient sur le point d'annihiler la nouvelle cité de robots en construction sur leur planète parce qu'elle mettait en péril leur système de contrôle des conditions atmosphériques ; le projet de communauté agricole, par contre, semblait concilier les intérêts des deux camps.

Jacob lui manquait. Enormément. Elle l'avait aimé, de cette façon innocente, détachée, dont un humain pouvait aimer un robot. Rien qui pût jamais déboucher sur un véritable amour. Elle était bien trop amoureuse de Derec pour lui être infidèle autrement qu'en rêve. Encore qu'elle n'eût pu nier avoir été parfois sentimentalement attirée par le séduisant et imperturbable robot humaniforme.

Dans le rêve, Jacob était assis devant un écran d'ordinateur ; ses doigts, pareils à des doigts humains, volaient au-dessus du clavier, pressant les touches comme s'ils voulaient passer à travers, faisant trembler l'écran sous la violence de la frappe.

Elle lui demanda ce qu'il était en train de faire. Il répondit qu'il cherchait la formule qui pouvait transformer un robot humaniforme en un être humain. Elle lui dit qu'il n'existait aucune formule de ce genre. Lorsqu'il se tourna vers elle, elle vit briller dans ses yeux un éclat de colère qui lui faisait un terrifiant masque humain. Il rétorqua qu'il y avait au moins cent légendes chez les Terriens et les Spatiaux dans lesquelles des créatures se changeaient en êtres humains. Autant de mythes où des statues, des poupées, des poissons, des arbres prenaient forme humaine. Il était persuadé, affirma Jacob d'une voix criarde qui n'était pas la sienne, qu'il devait exister une formule grâce à laquelle lui aussi pouvait se métamorphoser.

Pourquoi la tour du Compas avait-elle cet aspect si scrofuleux ? s'interrogea Derec. Pouvait-il, lui, le rêveur lucide, changer cela ? Il concentra son esprit sur la forme de l'édifice, essayant de lui redonner sa magnifique architecture pyramidale, mais en vain. Le seul résultat fut que la tour devint encore plus laide, et il dut se résoudre à détourner le regard.

Au loin, quelque chose approchait, descendant la rue à grande vitesse. Lorsque ça passait devant les bâtiments, ceux-ci se transformaient. Quand la chose fut plus près, il se rendit compte qu'il s'agissait d'un véhicule, mais complètement différent de n'importe quel moyen de transport en usage dans la Cité des robots. Il se déplaçait sur trois larges roues qui lui donnaient vaguement l'apparence d'un minibus, le plus petit et le plus léger type de véhicule utilisé pour le transport des passagers dans la cité. La carrosserie avait un aspect difforme, comme si on avait soudé entre eux un tas d'éléments non géométriques sur une longue tige centrale, et était peinte de taches noires et grises qui bravaient toute logique.

Toujours convaincu qu'il nageait en plein rêve lucide, Derec se planta au beau milieu de la route, défiant l'engin de s'arrêter dans un crissement de freins à quelques centimètres de ses pieds. Ce qui en effet se produisit. *Bon*, songea Derec, *j'ai enfin le contrôle de ce rêve. Voyons ce que je vais faire maintenant.*

Un large panneau s'ouvrit brusquement dans le toit du véhicule avec un bruit percutant, et le Dr Avery, le père de Derec, s'extirpa à travers le passage. Quel rêve lucide était-ce là ? La dernière personne qu'il avait envie de voir était bien son mégalomane de père, venu soudain s'immiscer dans son rêve comme il l'avait fait dans son existence, en lui injectant les biopuces et en le transformant en ordinateur ambulant. A tout le moins, en un être moitié homme, moitié ordinateur.

Avery avait l'air encore plus dément qu'à l'ordinaire. Dans son regard, habituellement d'une lueur intense, brillait l'éclat d'une colère théâtrale à l'excès. En fait, son aspect était si exagéré que Derec sentit qu'il lui était permis de se détendre. Aucune raison d'avoir peur. Après tout, ce n'était qu'un rêve. Un rêve qu'il pouvait maîtriser à tout moment.

Ariel posa sa main sur celle de Jacob, dont elle trouva le contact particulièrement doux, plus humain qu'humaniforme. Elle dit au robot de cesser, qu'il n'avait nul besoin de devenir humain. Même s'il trouvait la formule, ce serait stupide de s'en servir. Comme robot humaniforme, Jacob bénéficiait de tous les avantages de l'existence humaine sans en connaître les souffrances, sans les douleurs physiques et émotionnelles qui n'épargnaient aucun être humain.

Jacob se détourna de son écran et regarda Ariel avec, un instant, une lueur de tristesse tout humaine dans les yeux.

– Vous ne comprenez donc pas ? dit-il. Je *réclame* la souffrance. Je veux éprouver ce qu'un humain éprouve. Douleur, bonheur, amour. Je veux vous aimer, maîtresse Ariel.

Elle appuya un doigt sur les lèvres du robot. Contrairement à sa main, celles-ci avaient la texture attendue d'un être de métal, des lèvres dures qui auraient pu, pour peu que la jeune femme pressât un peu trop fort, lui entailler le doigt jusqu'au sang. Elle eut presque envie de faire le test. Si elle faisait mine de se taillader la main, Jacob allait-il réagir assez vite à la Première Loi de la Robotique – la partie spécifiant qu'un robot ne pouvait permettre qu'un humain soit blessé – pour empêcher la chose ?

– Tu ne peux pas m'aimer, Jacob, dit-elle tendrement. J'aime Derec, et tu n'as rien à espérer de tes sentiments envers moi. Ce serait – comment dit-on dans les romans sentimentaux ? – un amour non partagé.

– Ça n'aurait aucune importance. Je trouverais mon bonheur aussi là-dedans. Je ferais face à la situation, comme dans vos grandes œuvres littéraires. Je pourrais, à l'instar d'un de vos amoureux légendaires, mourir en me jetant du haut d'un pont ou en essayant de traverser une rivière à la nage, ou en m'administrant une fiole de poison et en me plongeant une longue dague dans...

– Tais-toi, Jacob. S'il te plaît, arrête. Je ne voudrais pas que tu meures pour moi.

– Je suis déjà mort.

– Non, ne dis pas ça. Tu es là. Tu es...

– Dans une tombe.

– Jacob...

– Un petit tas de ferraille en train de rouiller, des pièces de rebut enfouies sous la terre.

Les mots étaient assénés avec une telle agressivité que la jeune femme en fut effrayée. Elle préféra s'éloigner du robot.

Le Dr Avery était vêtu d'un uniforme gris et noir à boutons d'argent, qui lui donnait une allure un peu trop militaire pour un savant.

– Tu m'as l'air surpris, dit-il, avant d'ajouter d'un ton quasi méprisant : ... mon fils. Qu'est-ce qui te tracasse ?

– Ça va. C'est que c'est mon rêve, et je suis censé le contrôler. Et tu n'y es pas le bienvenu.

Avery sourit d'un air sinistre.

– Tu ne peux pas m'en chasser. Je suis partout. Dans la cité, dans tes rêves, sous ton chapeau.

– Mon chapeau ? Je ne porte même pas de…

– Une expression de la vieille Terre. Je suis un expert en idiomes de la vieille Terre. La ferme, laisse tomber, tu es un crack, toute une vie à s'échiner avant de crever. Des expressions de la Terre, j'en connais de toutes les époques de son histoire.

– Mais moi, je n'en ai rien à faire. C'est mon rêve, et tu sors tout droit de mon cerveau.

– En es-tu sûr ?

– Je sais que tu n'es pas là. Je suis sur un vaisseau filant vers la Cité des robots. Tu es peut-être dans la cité, à manigancer tes trucs habituels, mais tu n'es pas sur ce vaisseau.

– Peut-être que si. Après tout, ne suis-je pas omniscient et tout-puissant ?

– Oui, je sais. Tu t'es toujours pris pour un dieu.

– En effet.

Si c'était un rêve lucide, songea Derec, il devrait être capable d'échapper au vieux serpent. Il fit volte-face et partit en courant dans la rue. De chaque côté, les bâtiments semblaient s'enfoncer dans le sol tandis qu'en émergeaient de nouveaux.

Beaucoup avaient d'étranges formes ; ils ne ressemblaient à aucun de ceux existant dans la Cité des robots. Certains s'inclinaient selon des angles bizarres, dont plusieurs s'encastrant dans les immeubles avoisinants et d'autres au contraire s'en écartant. Au loin, un grand édifice oscillait d'un côté à l'autre, comme pris dans un vent violent. Mais dans son mouvement de balancier, il y avait un rythme qui rappela à Derec celui d'une danse. Quelle danse ? Quelque chose qui surgissait de son passé, un vague souvenir qui refusait de se préciser. Son passé fonctionnait ainsi, un fragment de souvenir qui jaillissait dans son esprit et s'en repartait tout aussitôt avant qu'il puisse faire le moindre lien. Tant de chapitres de son existence passée lui étaient encore interdits, balayés de son cerveau par l'amnésie qui, jadis, avait été totale.

Ariel se retrouva soudain dans un couloir souterrain, sur Terre. Mais rien qui évoquât aucun des tunnels qu'elle avait pu visiter lors de son séjour réel sur la vieille planète. Pour commencer, il était désert. Sur Terre, on ne voyait jamais un passage vide de tout être humain. Il y en avait partout, sauf dans les quartiers privés.

Les pas de la jeune femme répercutaient un son creux à travers le couloir, un écho qui se multipliait en centaines d'autres échos. Elle avait l'impression d'être traquée par une foule d'individus marchant exactement à son rythme. Chaque fois qu'elle se retournait pour faire face à ses poursuivants, il n'y avait pas une âme en vue.

Elle arriva dans un Relais Cuisine, le genre de cantine populaire qu'elle avait fini par prendre en horreur. Des monceaux de nourriture fumaient sur des plateaux du style cafétéria, mais personne à aucune des nombreuses tables numérotées, personne derrière les comptoirs. On aurait dit que s'était produite une alerte soudaine et que tout le monde avait fui la salle.

La jeune femme avait faim. Elle prit une cuillère qu'elle essuya minutieusement sur une serviette en papier (en bonne Auroraine qu'elle était, rebutée par les mœurs douteuses des Terriens en matière d'hygiène) et se servit une pleine portion de quelque chose de mou et de blanc. Mais quand elle le porta à sa bouche, elle eut la sensation que ça s'enflammait et lui brûlait la langue et la voûte du palais. Elle le recracha.

– Vous vous êtes empoisonnée, maîtresse Ariel ?

C'était Jacob encore une fois, qui venait d'apparaître à côté d'elle comme par magie.

– Non. Mais c'est gentil à toi de t'en inquiéter.

– Je suis obligé. La Première Loi.

– Ah oui, bien sûr. Si tu décides de devenir humain, Jacob, tu ne seras plus tenu d'obéir aux Lois de la Robotique. Je perdrai l'avantage de ta protection.

– Humain ou robot, je continuerai de vous protéger, maîtresse.

Il y avait quelque chose de si touchant dans cette version rêvée de son compagnon robot disparu, une impression de tristesse et de vulnérabilité telle qu'Ariel se mit à pleurer. Elle pleurait dans son rêve, et elle pleurait encore lorsqu'elle se réveilla.

Derec regarda derrière lui. Avery et son étrange véhicule s'étaient évanouis au milieu de la rue. Bon, au moins quelque chose qui avait marché dans ce rêve lucide.

Devant lui, il y avait un parc. Il apercevait de grands arbres aux branches touffues, chargées de feuilles vertes. Des fleurs aux vives couleurs bordaient des sentiers de pierres rondes, le long desquels, à intervalles réguliers, des ombrelles en métal projetaient une ombre douce. Arrivé en haut d'une petite pente, il vit des balançoires, des toboggans, des bascules, des cages à grimper, bref, l'équipement complet du terrain de jeu pour enfants.

Accélérant l'allure, il courut vers le parc. La route paraissait défiler sous ses pieds comme s'il actionnait une tournette d'écureuil. Avant qu'il ait atteint le parc, les bâtiments bordant la chaussée s'allongèrent, se dressèrent au-dessus de la rue, puis s'inclinèrent vers elle, masquant la lumière au point d'obscurcir toute chose.

Le pas qui le porta de la chaussée sur le sentier de pierres du parc fut un saut impressionnant, bien plus long que ce qu'il pouvait effectuer normalement. Il retomba sur le sentier en trébuchant sur plusieurs mètres.

Il marcha alors vers le terrain de jeu. Le chemin était souple sous ses pieds, élastique, ce qui le décida à prendre le pas de course, et il se sentit comme des ressorts sous les chaussures. Il atteignit une telle vitesse qu'il faillit déraper et manquer l'entrée du terrain de jeu.

Un portail en fermait le passage. Au-dessus du portail, il y avait un panneau doré portant l'inscription : PARC AVERY. Le vieux dépravé, voilà qu'il avait donné son nom à un parc. Quel culot ! Les terrains de jeu étaient censés évoquer bonheur et gaieté, surtout pas le monstrueux cynisme du docteur.

Sous le grand panneau, un plus petit disait : À TOUS LES ZIGOTOS QUI VEULENT ICI JOUER LES MENTORS, ACCROCHEZ-VOUS. Qu'est-ce qu'Avery pouvait bien vouloir dire ? Mais d'abord, comment aurait-il voulu dire quoi que ce soit ? Il n'était qu'un personnage dans le rêve de Derec. La vraie question était : comment le cerveau de Derec pouvait-il imaginer cette scène incongrue et ces mots bizarres ? Il faudrait qu'il discute de tout cela avec Ariel, la spécialiste en ces matières.

Quand il ouvrit le portail, un *bip* retentit au moment où

le loquet se séparait de son attache. Une voix profonde, qui semblait venir d'au-dessus, dit :

– Bienvenue. Profites-en.

– Profiter de quoi ? demanda Derec.

Il n'y eut pas de réponse, sans doute parce que la voix était un enregistrement déclenché par l'ouverture du portail.

Derec se résolut à faire deux ou trois pas à l'intérieur du terrain de jeu. Juste à sa droite, il y avait un grand toboggan. Même s'il n'avait aucun souvenir d'enfance, Derec savait que c'était un toboggan. Et même un auquel il trouvait un air familier. S'en approchant, il s'aperçut qu'il n'était pas complet. Il n'y avait pas d'échelle pour grimper à la plate-forme d'où l'enfant entamait sa descente. Le toboggan semblait ne tenir sur aucun support.

Une envie irrésistible de l'essayer s'empara de Derec. Bien qu'il ait pu grimper du bas de la glissade jusqu'au sommet du toboggan, il savait qu'il *devait* partir de la plate-forme. C'était *son* rêve lucide, et il pouvait faire ce qu'il voulait, y compris sauter plus haut qu'il n'était physiquement possible. S'accroupissant au plus près du sol, il bondit. Il atteignit le bord de la plate-forme mais manqua son coup. Une fois retombé à terre, il se ramassa à nouveau sur lui-même et effectua un deuxième bond magnifique qui le porta plus haut que le niveau de la plate-forme. Il tendit la main et agrippa le rebord. Se démenant avec force grognements, il réussit à se hisser sur la petite plate-forme. Celle-ci rebondit comme une planche de plongeoir, manquant de l'envoyer à terre.

La glissade lui parut plus longue que vue du sol, ou alors c'était lui qui était très petit, qui était redevenu enfant. Il regarda ses mains et découvrit qu'elles avaient rapetissé. C'étaient *effectivement* des mains d'enfant. Et non seulement ça, mais ses vêtements s'étaient transformés comme par magie. Il était vêtu à présent d'une de ces barboteuses couleur argent qui faisaient jadis fureur auprès des bambins. (D'où connaissait-il les barboteuses argent ?) Avant qu'il ait eu le temps de se pencher sur ce mystère, une voix venue d'en bas l'appela :

– Vas-y, mon chéri. Je t'attrape.

Une femme se tenait au pied du toboggan. Elle avait l'air grande et mince, mais Derec n'arrivait pas à distinguer les traits de son visage, quand bien même celui-ci était tourné vers lui. Sa voix était douce, merveilleusement attachante. Il était prêt à se laisser glisser vers cette femme. Mais à l'instant où il posait son regard sur elle, elle se transforma. C'était maintenant une dame de petite taille et plutôt rondelette, vêtue d'étranges vêtements passés de mode ; les traits du visage n'étaient toujours pas discernables. Etait-ce encore un tour de l'un des Flanc d'Argent ? Etaient-ils en train d'essayer diverses formes humaines en prenant modèle sur les portraits extraits de l'ordinateur du vaisseau ?

– N'aie pas peur, mon chéri, dit la femme. (Se trompait-il, ou était-ce effectivement la voix d'Eve Flanc d'Argent ?) Tu ne peux pas tomber. Tout se passera bien.

Si c'était un Flanc d'Argent, il ou elle pouvait tout à fait le laisser s'affaler au sol en écartant les mains à son arrivée en bas. Il eut un geste de recul, plus du tout désireux d'entamer sa glissade.

A présent, la femme était de taille et de corpulence moyennes, et portait une blouse de laboratoire d'une blancheur immaculée. Mais qu'elle prenne une forme ou une autre, qu'elle porte ce vêtement ou les précédents, il ne distinguait toujours pas son visage. Il avait beau savoir qu'il y avait là un visage, celui-ci se refusait à apparaître clairement, en dépit de la précision des détails sur le reste de la personne.

– Lâche ces barreaux, mon chéri, et laisse-toi glisser. Ne t'inquiète pas. Maman t'attrape.

Maman ! C'était sa mère ? Non, c'était *certainement* un Flanc d'Argent qui lui faisait une blague. Sa mère, il ne l'avait pas connue et, de fait, savait très peu de chose sur elle. Son père ne lui en avait jamais parlé. Comment un des Flanc d'Argent pourrait-il ne serait-ce qu'espérer imiter son apparence ? Mais une minute. C'était un rêve. La femme en bas n'était ni un Flanc d'Argent ni sa mère. C'était une apparition tout droit sortie de son cerveau.

Il savait en tout cas une chose, désormais. Il n'avait plus envie de glisser sur le toboggan, quand bien même l'attendraient les bras impatients de sa mère. Il se mit à brailler. Des braillements d'enfant, perçants, aigus, tremblotants.

– Non. Je ne veux pas descendre. Je ne veux pas ! Je ne veux pas !

– D'accord, David. Maman va rester ici.

David : son vrai prénom. Ou du moins celui qu'Ariel et son père avaient prétendu être le vrai. Peut-être n'était-ce pas un rêve et la femme était-elle vraiment sa mère. En se laissant glisser, il la verrait mieux. Mais les bras pouvaient se changer en couteaux ou en flammes, infliger la douleur. Soudain, il eut très peur d'elle.

– Laisse-moi tranquille ! hurla-t-il. Laisse-moi tranquille !

Et brusquement, les barreaux auxquels il s'agrippait devinrent brûlants, ainsi que le métal sous ses pieds. La même sensation que sur un toboggan au soleil en plein midi de la plus chaude journée de l'année. (Comment savait-il ça ?)

Il ne pouvait plus tenir.

Il fallait qu'il descende.

Il se laissa glisser en poussant un cri.

Le visage de sa mère sembla monter jusqu'à lui, mais toujours sans traits reconnaissables.

Il la vit tendre les bras vers lui.

Et se réveilla.

Il sentit la sueur sur son front alors qu'il ouvrait les yeux sur le ravissant visage d'Ariel. La jeune femme était à côté de sa couchette et tendait les bras vers lui, exactement comme la mère de son rêve.

QUELQUES DÉMÊLÉS AVEC LES FLANC D'ARGENT

Ariel lui essuya doucement le front. Cette façon qu'elle avait de le caresser était un de ses bonheurs préférés de l'existence. C'était comme si le bout de ses doigts n'entrait pas vraiment en contact avec sa peau et diffusait simplement une délicieuse chaleur en glissant au-dessus. Ariel lui avait dit qu'il existait des personnes capables apparemment de guérir le mal grâce au lénifiant rayonnement de chaleur qui se dégageait de leurs mains. On avait même mesuré l'intensité de ce rayonnement qui parfois donnait une chaleur brûlante. Affection ou pouvoir de guérison, quoi qu'il en soit, avait ajouté Ariel, sur la planète Solaria le cas était rare. Toucher quelqu'un était l'un des tabous auxquels obéissaient les Solariens, ce que la jeune femme trouvait bien triste.

– Tu es complètement trempé de sueur, Derec. Tu as dû faire un sacré cauchemar.

– En effet. Terrible.

– Je comprends ce que tu ressens. Moi aussi, j'ai fait un cauchemar de première.

– De quoi as-tu rêvé ?

Elle ne voulait pas lui dire que son rêve concernait Jacob Winterson, ni qu'elle s'était réveillée en pleurant. Derec avait été plus ou moins jaloux de Jacob, et il valait mieux désormais éviter le sujet.

– Rien de spécial. Raconte-moi le tien.

– J'étais dans la cité, la Cité des robots, et tout était bizarre, confus. Et il y avait mon père dans une voiture qui avait l'air d'une tumeur cancéreuse. Et... et... ma mère...

– Là, là, repose-toi. Quand tu te sentiras mieux, tu me raconteras tout ça, calmement et dans l'ordre.

Il hocha la tête. Puis il descendit de la couchette en effleurant la jeune femme au passage. Il fit quelques pas en s'appliquant à étirer ses muscles pour se débarrasser des restes de sommeil et à retrouver un rythme de respiration plus posé.

– Je croyais faire un rêve lucide mais, tu vois, je n'ai jamais été capable de le contrôler, ne serait-ce qu'une seconde.

Pendant qu'il lui relatait son rêve, Ariel nota que son visage et sa voix évoquaient ceux d'un enfant. Elle oubliait parfois qu'ils étaient encore jeunes. C'était comme si toutes les responsabilités et les tensions qu'ils avaient connues depuis leur premier séjour dans la Cité des robots les avaient considérablement vieillis. A certains moments, elle se faisait d'elle-même l'image d'une femme beaucoup plus vieille, une femme si longtemps confrontée à l'adversité que les épreuves avaient tracé des rides profondes sur son visage. Pourtant, il suffisait d'un regard dans le miroir pour qu'elle retrouve les mêmes traits juvéniles, presque adolescents : la rondeur enfantine des joues, le brillant des yeux, les reflets lustrés des longs cheveux noirs, le teint éclatant de jeunesse. Et la silhouette, jadis plutôt émaciée, qui s'était bien étoffée depuis – ainsi que Derec le lui rappelait si souvent.

Elle lut la fatigue dans les yeux du jeune homme et s'avisa brusquement qu'il n'avait pas beaucoup dormi ces derniers temps. Comment les deux adolescents qu'ils étaient avaient-ils pu être entraînés dans cette existence aussi fertile en tensions et périls de toutes sortes ? Pourquoi ne leur était-il pas permis de retourner sur Aurora (où ils n'avaient vécu, tout à leur passion, que trop peu de temps) et d'y goûter hors de tout souci le charme des promenades en forêt ou des baignades dans les eaux calmes d'un lac ? Et quand bien même on ne lui offrirait pas Aurora, elle irait jusqu'à se satisfaire des conditions draconiennes d'une Terre que la surpopulation rendait plutôt inconfortable. N'importe où, du moment qu'ils pourraient retrouver quelque temps la jeunesse qui leur était due.

– Qu'en penses-tu, Ariel ? Du rêve, je veux dire.

Elle se demanda jusqu'à quel point, dans l'état où il était, il supporterait une analyse. Avec son visage si pâle sous ses cheveux blond-roux trempés de sueur, il avait l'air tellement vulnérable.

– Eh bien, je ne sais vraiment pas. Peut-être tous les

problèmes que tu as eus, avec ces étranges messages que tu as reçus de la Cité des robots. Peut-être que tout ça resurgit dans tes rêves.

Quand il avait voulu contacter la Cité des robots, les biopuces s'étaient comme déréglées. Normalement, il ne rencontrait aucune difficulté pour contrôler des opérations qui s'effectuaient à de vastes distances à travers l'espace. Mais ces derniers jours, il ne percevait qu'une vague activité et un charabia qu'il n'arrivait pas à interpréter. La dernière fois qu'il avait essayé, il aurait juré que l'ordinateur central était trop occupé à diffuser un pot-pourri de chansons aussi saugrenues les unes que les autres pour prendre la peine de lui répondre. Ce n'était pas ainsi qu'était censé fonctionner le système. L'ordinateur servait de connexion entre les biopuces de Derec et la Cité des robots, lui permettant ainsi de diriger la place et, eu égard à l'énorme responsabilité que cela représentait, de déléguer le cas échéant son autorité aux robots concernés. D'une certaine façon, la Cité des robots était devenue une extension de Derec, ou du moins de Derec tel qu'il se manifestait dans ses désirs et ses consignes, dans ses projets et ses rêves pour l'avenir de la cité. Avant cela, il avait toujours pu prendre en charge dans la minute n'importe quelle opération concernant la cité, sans qu'un ordinateur aille lui infliger des digressions musicales. A présent, une bonne part des activités de la cité semblaient lui être fermées.

Il se sentait isolé, comme si les biopuces, incapables d'accepter un contact normal avec la cité, se promenaient dans son sang sans but défini. Une sensation de déprime, quelque chose qui ressemblait sans doute au sentiment d'éloignement et de distorsion de la réalité que devait éprouver un individu au psychisme perturbé, et il n'aimait pas ça. Persuadé que son père avait le cerveau dérangé, il s'inquiétait parfois de devoir subir cette hérédité et de finir lui aussi chez les fous.

Il était fort possible que le Dr Avery soit derrière le délire qui s'était actuellement emparé de la Cité des robots. Au moindre problème qui y surgissait, il se présentait invariablement comme le premier suspect logique. Dès lors qu'il avait créé la cité, nul mieux que lui n'était à même d'y semer la confusion.

Ariel souriait au jeune homme. A quoi pouvait-elle penser pendant que son esprit vagabondait ainsi ?

— Givre, dit-il, quand j'y réfléchis, tout ça me paraît plutôt tordu. Peut-être est-ce simplement que je m'inquiète pour la Cité des robots. Mais quand même, ce moment où je n'arrive pas à distinguer le visage de ma mère, ça me fiche vraiment la trouille.

— Du calme, chéri. Tu rêves peut-être d'elle parce que tu as envie de la voir...

— Je ne pense jamais à elle ! Je ne veux pas penser à elle !

Elle ne s'attendait pas à ce qu'il se montre si véhément à propos de sa mère, une femme dont ni elle ni Derec ne connaissaient le nom. Ariel avait procédé à une fouille approfondie des fichiers génétiques conservés dans la Cité des robots et sur Aurora, mais sans pouvoir dénicher un seul élément concernant Derec, hormis les maigres informations accumulées depuis leur arrivée dans la cité. Elle n'avait pas la moindre idée des raisons pour lesquelles il existait si peu d'enregistrements sur lui. Selon elle, il était possible que son père ait verrouillé ou effacé tout fichier portant sur Derec, ou même que ce soit sa propre mère, Juliana Welsh, laquelle avait financé l'œuvre du Dr Avery, qui ait usé de son influence pour faire disparaître tout document administratif concernant les premières années de l'existence de Derec. Lui, Derec, conservait assez de vagues souvenirs pour savoir qu'il était en fait un Spatial, qu'il possédait quelque expérience en tant que roboticien, et que sa mémoire avait été délibérément effacée. Aucun des souvenirs que son père avait bien voulu lui restituer ne lui avait fourni de solution aux autres mystères entourant son existence.

Ariel l'entoura de ses bras et le serra contre elle.

— Oublie ce que j'ai dit, Derec. Je me mêle de jouer les psychologues et je ne suis pas tellement douée pour ça. Ce n'était qu'un rêve, juste un rêve. Pas de quoi s'inquiéter. *Vraiment.*

— Tu as sans doute raison, dit-il d'une voix plus calme. J'ai seulement besoin d'un peu de vrai repos. Je n'ai jamais pu dormir dans un de ces machins en forme de tube. (Il tendit la main vers la couchette qui, effectivement, évoquait une moitié de tube.) On aura peut-être du temps pour se détendre dans la Cité des robots, surtout si tout va bien là-bas. *Et* si on obtient des Flanc d'Argent qu'ils marchent droit.

– Adam et Eve. Ce serait plus gentil si tu les appelais par leur prénom. Une vieille coutume humaine.

Ariel se réjouit de voir un sourire traverser un bref instant le visage de Derec.

– Désolé. Je ne peux pas m'y faire. Surtout depuis qu'ils ont tendance à vouloir nous ressembler lorsque l'envie leur prend d'imiter la forme humaine. En tout cas, je m'étonne de ne pas avoir rêvé d'*eux !*

« Je crois qu'ils ont envahi certains de mes rêves. Et je préférerais de loin rêver de toi, chérie.

Elle l'embrassa et dit :

– Je pense que je vais aller retrouver Wolruf. En ce moment, elle est avec eux. Tu connais leur nouveau jeu ?

– Je ne crois pas.

– Adam a appris à Eve à se transformer en louve.

Adam était arrivé sur la planète de la harde, des créatures-loups intelligentes, à bord d'un engin spatial en forme d'œuf. Parce qu'il n'avait pas encore rencontré d'espèce intelligente, il n'avait toujours pas de forme propre. En s'intégrant à la harde, il avait pris l'apparence de ses membres. Aujourd'hui encore, il était enclin à reprendre régulièrement cette forme. C'étaient les loups qui lui avaient donné ce nom de Flanc d'Argent parce que, même quand il changeait complètement d'apparence, il conservait l'enveloppe de métal argenté d'un robot.

– Maintenant, ils se transforment tous les deux en loups et se mordillent en aboyant leur étrange langage. C'est vraiment bizarre. Ils tournent en rond en poussant des grognements et en essayant de s'attraper la queue. Wolruf dit qu'ils imitent le comportement des bébés loups, qu'Adam a observés lorsqu'il était dans ce qu'il appelle le Refuge. Dernièrement, ils ont un peu trop forcé sur les métamorphoses, juste pour nous embêter. Adam clame qu'il n'a pas assez de modèles à sa disposition. D'après moi, il veut nous convaincre qu'ils ont besoin de s'exercer. Tu imagines, si nous les laissions utiliser la clef du Périhélie pour se projeter sur Terre. Ils deviendraient probablement fous en essayant d'imiter toutes les formes de vie qui s'y trouvent.

La clef du Périhélie désignait un instrument permettant de se transporter dans l'espace ; elle téléportait d'abord l'utilisateur sur le Périhélie, le lieu réputé le plus proche de tous les autres points de l'univers, puis vers les autres destinations spécifiées au départ.

– Ils m'ont l'air d'avoir changé ces derniers temps, confirma Derec. Ils s'ennuient un peu, je pense. Rappelle-toi comment Adam était porté à se modeler sur tout ce qui se présentait – nous, les loups, les corps-noirs, les robots. Il y avait quelque chose de désespéré dans sa conduite. Quelque chose en rapport avec la quête qu'il menait pour définir ce qu'était, de façon précise, un être humain. Les changements actuels ont tous comme objet le jeu plutôt qu'un dessein particulier. Je dirais que l'un et l'autre me paraissent moins curieux qu'avant.

– Peut-être est-ce à cause de nous. Adam a tellement envie d'apposer l'étiquette « humain » sur l'espèce vivante la plus évoluée ; et il ne semble pas encore tout à fait convaincu que nous soyons *celle-ci*. Il a besoin d'un plus grand échantillonnage d'humains à étudier. Mais repose-toi. Je reviendrai te réveiller à l'heure prévue, et ça viendra bien assez tôt, mon gars.

A la porte, elle lui envoya un baiser, puis quitta la cabine-dortoir.

Derec regarda sa couchette, pas très sûr de vouloir y retourner. Pourquoi ouvrir la porte aux rêves qui l'attendaient et qui le traqueraient comme le loup qu'était Adam la première fois qu'ils s'étaient vus ? Il posa un pied sur le bord de la couchette et entreprit de se masser vigoureusement le visage, histoire de se réveiller, de se sentir plus alerte.

Adam était si imprévisible. Toujours à fourrer son nez partout. Il n'avait pas caché son admiration pour les corps-noirs, qu'il considérait alors, de par leurs hautes capacités intellectuelles et leur allure impressionnante, comme l'espèce probablement la plus conforme aux humains qu'il était programmé à rechercher. En se métamorphosant sur leur modèle, il avait failli mettre en péril le projet de communauté agricole imaginé par Ariel. Puis, lorsqu'il avait découvert Eve sous son aspect embryonnaire dans la forêt, les ennuis s'étaient multipliés pour Derec et la jeune femme. Adam avait conduit celle-ci jusqu'à l'« œuf » dans lequel Eve était arrivée. Et parce que Ariel était la première créature vivante qu'elle voyait, Eve avait pris comme première forme, à laquelle elle revenait le plus souvent, celle d'une Ariel à la peau teintée d'argent.

Malgré toutes les connaissances qu'ils avaient accumulées au contact des humains, des loups et des corps-noirs, les Flanc d'Argent se comportaient fréquemment comme des enfants. Fascinés par tout ce qui était nouveau, il leur arrivait aussi parfois de passer outre un avis avec un entêtement féroce.

Derec se rappelait le jour précédant leur départ de la planète des corps-noirs. Il était dans un laboratoire, en train de travailler sur une version adaptée de commande à distance, destinée à faciliter la liaison entre les robots qui travaillaient dans les champs et l'ordinateur central. Le projet d'Ariel, consistant à passer de l'installation d'une cité de robots au développement d'une exploitation agricole, avait nécessairement étendu l'aire géographique dans laquelle les robots devraient opérer. Au point de les repousser bien souvent au-delà du périmètre où la liaison par communicateur avec l'ordinateur demeurait effective. Derec avait donc imaginé une puissante commande sans fil, type modem, qui fonctionnait sans difficulté sur des distances aussi grandes. En lui-même, l'appareil se présentait comme un ordinateur miniature à mémoire à accès limité. Fixé sur la poitrine du robot, il était activé dès que celui-ci posait sa main au centre. Sans interrompre nullement sa besogne dans le champ, le robot était alors à même de transmettre ou de recevoir des données beaucoup plus aisément que s'il avait dû se rendre à un terminal.

Adam et Eve étaient entrés dans la salle au moment où Derec s'affairait à fixer les appareils à l'état expérimental sur deux robots utilitaires reprogrammés pour servir de contremaîtres agricoles. Il avait déconnecté les robots pour pouvoir plus facilement river leurs appareils.

A leur entrée, Adam ressemblait à un Derec légèrement modifié, moulé dans l'argent avec une touche d'Ariel, tandis qu'Eve s'était contentée de contrefaire les traits de la jeune femme. Derec aurait fort volontiers souhaité que les Flanc d'Argent rencontrent d'autres humains, ne serait-ce que pour les voir sous une autre apparence. Evidemment, il était impossible de savoir quels dégâts ils pourraient causer s'ils tombaient sur les mauvais modèles.

Derec ne s'était jamais senti très à l'aise en présence

d'Eve dans sa version Ariel. Le robot améliorait de jour en jour sa capacité de mimétisme, et Derec se demandait bien souvent s'il ne risquait pas, dans un lieu sombre où la teinte argentée d'Eve ne s'affirmerait pas aussi nettement, de la prendre pour Ariel et de la serrer dans ses bras.

Avec Adam, l'effet, quoique moins inquiétant, était tout aussi agaçant. Lorsqu'il le regardait, Derec avait l'impression de voir un portrait de lui-même réalisé par un peintre avant-gardiste.

— Pourquoi avez-vous déconnecté ce robot ? avait demandé Adam.

Ses doigts voletaient de place en place sur la carcasse métallique. La main avait un aspect vaguement caninoïde, ce qui semblait indiquer qu'Adam sortait à l'instant d'une séance avec Wolruf.

— Parce qu'on risque moins d'endommager les circuits déjà existants lorsqu'on effectue des modifications en mode déconnecté. Et justement, Adam, il s'agit d'un travail délicat et j'ai besoin de me concentrer. Aussi, s'il te plaît, ne pose plus de questions. Je n'y répondrai pas.

— Pourquoi êtes-vous devenu si hostile à notre égard ?

— Parce que vous êtes des casse-pieds, autant l'un que l'autre, et que ma patience a des limites. De toute façon, je suis occupé en ce moment.

— Mais comment pourrons-nous absorber de nouvelles données et nous instruire sur les humains si vous refusez de coopérer ?

— En ce moment, vous pourriez absorber de l'huile de cafard nourri à la poussière du plancher, je m'en ficherais complètement.

— Y a-t-il un cafard ici ? avait réagi Adam avec un certain empressement.

Il était déjà en train d'examiner le plancher en quête d'un insecte à étudier et peut-être, tout au moins en partie, à imiter. Derec n'avait pu réprimer un frisson à l'idée d'un Flanc d'Argent se métamorphosant en insecte géant. Encore heureux qu'il n'y ait rien eu jusqu'ici, dans aucun de leurs modèles, qui s'inspirât d'un quelconque insecte. Humain, loup, robot, extraterrestre ailé, ça oui, mais rien qui ressortît, même confusément, au domaine entomologique.

— Il n'y a pas de poussière sur le plancher, avait fait observer Eve. A quoi pourrait ressembler de l'huile de cafard ? Est-ce transparent ? Est-ce que ça se mélangerait à la poussière s'il y en avait ?

Derec avait beau éprouver quelque embarras chaque fois qu'il était confronté à la manie qu'avaient les robots de tout prendre au pied de la lettre, il n'en restait pas moins que les Flanc d'Argent, question de jouer sur les mots, avaient fini par tomber dans un excès de ridicule qui était devenu assommant.

– Il n'y a pas de cafard, pas d'huile de cafard, ni rien qui y ressemble de près ou de loin.

– Nous mentiriez-vous, alors ? avait suggéré Eve.

Il y avait dans son intonation quelque chose qui évoquait la voix doucereuse d'Ariel. Derec aurait préféré qu'elle emploie un autre ton.

– Je m'en ferais une joie, surtout si ça devait me débarrasser de votre présence.

Il s'était adressé à Eve tout en fixant l'appareil au robot et n'avait pas vu Adam prendre l'autre appareil sur la table. Après l'avoir tenu quelques instants dans sa main, celui-ci l'avait placé sur sa tête. Puis lorsque Derec avait enfin remarqué son manège, il était en train de l'appuyer contre sa jambe. Finalement, après avoir observé où Derec fixait le premier appareil, il avait posé le sien contre sa poitrine.

– Comment est-ce que ça s'attache ? avait-il demandé alors.

– Aucun intérêt, avait répondu Derec d'un ton irrité, puisque ni l'un ni l'autre ne vous sont destinés. Repose-le sur la table.

– Mais c'est que nous avons soif de connaissances même si ça n'a pas d'utilité pratique pour nous, avait déclaré Eve.

– Et puis, je trouve cet appareil d'une esthétique agréable, avait ajouté Adam en le remettant sur la table.

Revenu à sa besogne, Derec ne s'était pas aperçu de la lente transformation d'Adam d'humain en robot. Quand il avait levé les yeux, il n'avait pu que constater qu'Adam avait revêtu l'aspect de ce robot humanoïde qu'il désignait à l'origine sous le nom de Pierre Qui Marche. Avec, cependant, une différence majeure. Il avait à présent, comme soudée sur la poitrine, une copie exacte de la commande à distance.

Il avait passé sa main devant, et un rayon de lumière avait jailli en son centre ; de l'autre côté de la salle, l'écran de l'ordinateur était comme devenu fou, affichant une succession de données au gré des informations qu'il transmettait à la télécommande d'Adam. Décidément, Derec en apprenait tous les jours avec lui. Voilà qu'il était capable de reproduire un tel appareil, de l'intégrer correctement à son moule de robot et de *le faire fonctionner*. Ses facultés de mimétisme se développaient à pas de géant. Comment parvenir véritablement à le contrôler ?

Plutôt que de laisser penser à Adam qu'il venait de réaliser une prouesse des plus intéressantes, Derec lui avait hurlé :

– Arrête ça !

– Pourquoi ?

– Parce que je le dis. Tu nous fais courir à tous un danger.

– Je ne fais que recevoir des données géographiques. Quel risque y aurait-il, maître Derec ?

– Il doit y avoir quelque chose qui ne tourne pas rond chez toi !

– Vous n'avez pas l'air d'avoir une bonne opinion de nous, maître Derec, avait dit Eve.

Derec avait pris note du revirement soudain des deux Flanc d'Argent, s'adressant à lui dans la formulation polie qui convenait à un robot face à un humain.

– Est-ce que mon opinion compte réellement pour toi, Eve ?

– Oui, bien sûr. Ariel et vous êtes les seuls humains que nous connaissions. Si vous êtes effectivement ces intelligences supérieures que notre programmation nous enjoint de rechercher, si vous êtes vraiment les humains que vous prétendez être, alors nous nous ferons à votre image. Et une fois à cette image, nous nous devrons de vous satisfaire. N'est-ce pas ce que dit en partie la Première Loi ?

– Non. La Première Loi ne dit pas cela.

– Eh bien, elle devrait.

Derec avait renoncé. Apparemment, il n'y avait aucun moyen sensé de les contrôler. Plus ils multipliaient les imitations, plus grande était la menace que faisait peser leur capacité de mimétisme – et plus grand le pouvoir qu'ils étaient à même d'en tirer. Certes, la Première Loi aurait dû protéger les humains contre le danger qu'ils représentaient ; mais ils étaient tellement malins. Ils seraient peut-être les premiers robots à tourner la Loi sans en changer la lettre, simplement en déniant aux gens leur statut d'êtres humains. Si jamais ils parvenaient à fabriquer d'autres doubles d'eux-mêmes, qui sait ce qu'ils seraient capables d'accomplir ? En ajoutant au trésor de connaissances qu'ils détenaient déjà sur les humains ce que pourraient leur amener toutes les transformations qu'ils effectueraient sur chaque extraterrestre de rencontre, ils risquaient de devenir ces monstres hybrides lancés à la conquête de l'univers dont les experts en Robotique avaient toujours refusé d'envisager la possibilité.

Derec était resté quelques secondes les poings serrés, à essayer d'écarter de son esprit ces pensées ridicules. C'était sans doute là le genre d'élucubrations qui avait conduit son père à la folie. Relâchant la tension de ses mains, il était alors retourné au travail, ignorant les Flanc d'Argent qui avaient fini par se lasser et, une fois revenus à leur forme humaine, avaient quitté le laboratoire.

Quelque temps plus tard, Derec s'était ouvert de ses inquiétudes à Wolruf, qui avait une communication plus facile avec les Flanc d'Argent. Il n'était pas certain de comprendre les raisons du succès de la petite extraterrestre auprès d'Adam et d'Eve. Peut-être était-ce dû au fait que les premiers êtres découverts par Adam après être sorti de son œuf de métal étaient les créatures-loups sur lesquelles il avait modelé sa forme initiale, forme qu'il avait conservée jusqu'à sa rencontre avec d'autres espèces intelligentes. Par son apparence (en réalité plus proche du chien que du loup), Wolruf rappelait à Adam ses frères d'adoption, ce qui le mettait peut-être plus à l'aise avec elle.

— Je suis embêté, avait confié Derec à son amie sans même prendre le temps de la saluer.

Celle-ci s'était alors caressé la mâchoire du dos de ses doigts boudinés, signe d'une certaine préoccupation, voire d'une appréhension.

— Qu'est-ce qui te tracasse, ami Derec ?

Elle prononçait les « s » avec un léger sifflement, et ses « r » avaient aussi tendance à traîner, évoquant un grognement proféré à voix basse. Sa bouche, de par ses caractéristiques caninoïdes, ne lui autorisait pas une prononciation aisée du langage humain, encore qu'elle ait réalisé d'évidents progrès en ce domaine. Les « s » et les « r » étaient plus distincts, et le roulement avait disparu. Derec, qui auparavant devait terriblement se concentrer pour la comprendre, n'avait plus autant de mal aujourd'hui.

– Adam et Eve, dit-il. Ils me rendent cinglé. Comment pourrions-nous les lâcher en toute liberté sur quelque planète ?

– Selon toi, est-ce que d'autres auraient des motifs de les craindre ?

– Oh que oui ! Assurément, la majorité des humains. Regarde, nombre d'entre nous sont on ne peut plus superstitieux. Sur Terre, même un robot doté d'une simple fonction est considéré comme une menace ; d'ailleurs, la plupart des robots y sont maintenus à l'écart. Quant aux Colons, ils ont voulu interdire les robots sur leurs planètes. Je crois que cette peur est plus ou moins présente chez tous les humains, même si les Spatiaux ont réussi à s'accommoder de la situation en faisant des robots une classe de serviteurs.

– Je me pose la question : est-ce que les Flanc d'Argent devraient être traités différemment des autres robots ?

– C'est la faculté qu'ils ont de changer de forme. Vois-tu, mon peuple traîne après lui des siècles de superstitions pour tout ce qui est perçu comme phénomène non naturel. Notre imaginaire nous parle de monstres cachés dans les placards, et nous croyons, en tout illogisme, en l'existence de vampires suceurs de sang, de loups-garous qui...

– Excuse-moi, je ne connais pas le terme de loups-garous.

– Je ne peux pas t'en dire grand-chose. A ce qu'il paraîtrait, sur Terre, au moment de la pleine lune (période à laquelle, superstition oblige, les gens auraient tendance à devenir fous), certains humains se transformeraient en loups et hanteraient le pays, tuant et ravageant tout ce qu'ils trouvent jusqu'à ce que la lune ait disparu.

Les poils bruns et dorés sur la face de Wolruf s'étaient raidis et légèrement hérissés, signe que l'extraterrestre était troublée. Derec ne fut pas long à comprendre pourquoi.

– Je suis désolé, mon amie. Je ne me rendais pas compte. Il se trouve que, comme les robots, les loups font naître chez nous une certaine peur.

– Et pour les humains, serais-je comme un de ces loups ?

– Peut-être, pour certains d'entre eux. Hé, c'est que les

vieilles superstitions ont la vie dure. Mais la plupart te verraient plutôt comme un chien, et nous, les humains, avons une étrange fascination et une véritable passion pour les chiens. Chez toi, sur ta planète, avez-vous aussi des hantises et des superstitions ?

– Je ne sais pas ce que tu... Oui, peut-être. Un insecte, tout petit, qui...

– Tu vois ? Bref, je voulais simplement dire que nous sommes dans l'ensemble superstitieux, nous les humains. Qu'on nous flanque un robot à même de se transformer en ce qui lui chante, de se métamorphoser en plein sous nos yeux, et nous sommes capables de céder à l'hystérie. Les Flanc d'Argent changent de forme comme nous changeons de chemise. Ils nous causent quelque souci. Wolruf, mon amie, on a deux ouragans qui guettent le prochain village à détruire.

L'extraterrestre avait gardé un moment les yeux fixés sur Derec ; des yeux sombres et profonds qui scrutaient le visage du jeune homme avec un éclat qu'il aurait pu trouver sinistre s'il ne connaissait pas aussi bien son amie à fourrure.

– Bon, avait-elle fini par répondre, il me semble que le meilleur endroit pour eux serait un monde où ils ne pourraient pas causer le tort dont tu parles. Un monde dont les habitants n'auraient même pas le réflexe de réagir devant leurs métamorphoses. Ce qui serait également bien pour nous. On étudierait alors leur comportement dans les conditions appropriées, on essaierait de se débarrasser de leur... comment appelles-tu ça ?... de leur inconséquence.

– Oui. On exorciserait leurs démons. C'est une merveilleuse idée, Wolruf. Mais où trouver ce monde parfait ?

– La Cité des robots.

– La Cité des robots ? Mais je ne veux pas les emmener dans... Attends, tu as raison. Les robots ont le don d'ennuyer Adam, et là-bas il n'y a que des robots. Il affirme ne tirer que piètre satisfaction à se calquer sur les robots. A mon sens, il les a plus ou moins relégués au rang d'espèce inférieure.

– Je ne comprends pas. S'ils sont fabriqués par l'homme, comment peut-on parler d'espèce ?

– Ce n'en est pas une. Mais Adam le perçoit ainsi et les a rejetés. Il est en quête de l'espèce la plus évoluée sur laquelle se modeler, et il ne voit aucun avenir à devenir un robot. Apparemment, il serait programmé pour se modeler sur les humains, mais il se refuse encore à l'idée qu'Ariel et moi soyons la réponse qu'il cherche. Dans la Cité des robots, nous serions les seuls humains, si tant est que mon père ne vienne pas y fourrer son nez. On ne peut rêver mieux. A part nous deux, et toi, il n'y aurait que des robots ; aucun problème pour assurer la surveillance de nos deux lascars. Et si on ne peut pas modifier leur programmation, on pourrait peut-être faire en sorte qu'ils s'ennuient à mourir.

— Oh non, je ne voulais pas dire qu'il fallait les faire mourir, Derec. Oh, mais non !

Derec avait souri. Marrant comme Wolruf pouvait parfois prendre les choses au pied de la lettre, exactement comme un robot.

— Ce n'est pas non plus ce que je voulais dire. Je pensais à un ennui tellement fort que ça les rendrait quelque peu inactifs.

La mise en application du plan prévu par Wolruf et Derec n'avait présenté aucune difficulté. Les Flanc d'Argent étaient curieux de découvrir cette Cité des robots dont ils avaient tant entendu parler, et n'avaient opposé aucune objection à l'idée. Jusqu'ici, durant le voyage, ils s'étaient tenus relativement tranquilles, au point que Derec avait commencé à se demander s'ils ne cachaient pas leur jeu et ne lui préparaient pas un de ces coups retentissants dont ils avaient le secret. Toutefois, alors que le vaisseau approchait de la Cité des robots, Derec, perturbé par le problème de ses biopuces, s'était progressivement désintéressé de leur sort. En fait, pour l'heure, il était fatigué de penser à eux. Il n'aspirait qu'à oublier tous ses soucis. Ah, goûter un moment de détente en compagnie d'Ariel, faire l'amour avec elle, reposer dans ses bras !

Mais faute d'Ariel, autant se contenter de cette couchette inconfortable.

Il finit par trouver le sommeil. Un sommeil néanmoins peuplé d'autres rêves. Un, en particulier, où un robot Superviseur prenait le visage du Dr Avery, puis annonçait que les Lois de la Robotique avaient été abrogées et qu'il tirerait un infini plaisir à mutiler un humain séance tenante.

IL Y A QUELQUE CHOSE DE POURRI
DANS LA CITÉ DES ROBOTS

Derec sentit croître son appréhension tandis que le vaisseau, piloté par le robot Mandelbrot, descendait se poser sur l'une des plates-formes d'atterrissage du spatioport de la Cité des robots. Ses biopuces avaient l'air complètement affolées, comme si elles se démenaient pour traiter des informations qu'on aurait brouillées de façon délibérée. En même temps, la confusion gagnait aussi son esprit. Luttant pour contrôler ses émotions, il ne put néanmoins s'empêcher de rembarrer Mandelbrot. Quand celui-ci, juste avant l'atterrissage, sollicita les ordres de routine, Derec lui répondit d'un ton irrité :

– Nous atterrirons quand je le jugerai bon, et pas avant.

Evidemment, il fallait qu'à ce moment-là Ariel se trouve tout près, postée devant un hublot panoramique, en train d'observer les cubes, les flèches et les divers assemblages qui constituaient la cité. Et non moins évidemment, il fallait qu'elle vienne mettre son grain de sel.

– Même s'il y a quelque chose qui ne va pas, ce n'est pas une raison pour te défouler sur Mandelbrot, dit-elle entre ses dents.

Plutôt que de reconnaître le bien-fondé de ses paroles, Derec se sentit obligé de rajouter son propre grain de sel.

– Je ne me défoule absolument pas sur Mandelbrot, Ariel. Tu sais aussi bien que moi que ce que je dis ou la manière de le dire ne font pour lui aucune différence, tant qu'il n'a pas à me préserver de quelque danger ou à me tirer d'un mauvais pas. La Première Loi et tout le tremblement. Je sais pertinemment que je peux être un véritable monstre, lui donner tous les noms d'oiseaux du dictionnaire, écumer de rage et trépigner sur place – pour lui ce sera du pareil au même. Il n'y a que les humains pour se laisser affecter par les paroles des humains.

– Très épigrammatique.

Il ne voulut pas admettre devant elle qu'il ignorait ce que le mot signifiait. C'était déjà assez évident comme ça qu'elle possédait une culture générale plus étendue que la sienne, sans aller lui donner le plaisir de quémander une explication.

Il vit ses traits se radoucir, et elle se rapprocha de lui pour lui tapoter le bras.

– Mon chéri, tu n'as aucune raison de rouspéter, même après un robot. D'ailleurs, comment peux-tu être certain qu'il ne se rend pas compte quand tu es en colère ?

Derec jeta un coup d'œil sur Mandelbrot, assis tranquillement aux commandes.

– Oh, il se rend parfaitement compte. Il est obligé. Les Lois, toujours les Lois. Il se doit de savoir dans quelle humeur je me trouve, de saisir toutes les nuances de mes réactions, de comprendre le sens de mon attitude envers lui ; autant de données que brasse son cerveau positronique, et qui l'aident à juger de ce qu'il doit faire si les Lois lui commandent d'agir. Un robot peut simuler certaines émotions pour rassurer ou contenter un être humain, mais ces émotions ne sont que l'expression spécifique d'une activité positronique. Il se rend compte, ça oui, mais de là à se sentir insulté, absolument pas.

Ariel poussa un soupir. Le genre de soupir que Derec avait en horreur, qui indiquait clairement qu'elle n'était pas d'accord avec lui mais trouvait la conversation trop ennuyeuse pour continuer. Un soupir qui mettait fin à la discussion, une fin de non-recevoir pour Derec et ses humeurs. Pourtant, quand c'était à *elle* d'être mal lunée, elle imposait des règles différentes. Elle pouvait prétendre à une vertu qui aurait fait rougir de honte un moraliste.

La jeune femme retourna vers le hublot panoramique en marmonnant :

– Bon, alors, quand comptes-tu nous faire atterrir ?

– Dans pas longtemps. Juste une petite inspection, pour m'assurer que tout est en ordre, là en dessous.

– Je ne comprends pas. Qu'est-ce qui pourrait clocher ?

– Avec tout ce qu'on a traversé comme épreuves, tu le demandes ?

– Givre, c'est fou ce que la trouille te tient aujourd'hui. Je ne vais pas supporter tes angoisses. Appelez-moi quand vous aurez besoin de moi, maître.

Lorsque la jeune femme fut sortie de la cabine, Derec laissa échapper dans un souffle :

– Ah, Ariel !

Apparemment, Mandelbrot l'avait entendu, car il demanda :

– Quelque chose ne va pas, ami Derec ?

– Rien qui réclame ton intervention, Mandelbrot.

L'agressivité dont faisait preuve Derec eût-elle un tant soit peu dérangé le robot, celui-ci n'avait aucun moyen de le manifester, pas plus sur son visage que sur le reste de son corps. Derec se demanda si Ariel n'avait pas raison en affirmant que les robots éprouvaient des sentiments. Assurément, il semblait bien que les robots humaniformes, comme R. Daneel Olivaw ou le petit chéri d'Ariel, Jacob Winterson, n'étaient pas dénués d'émotions. Ils avaient l'air tellement humains ; difficile pour un observateur impartial de ne pas les revêtir d'une certaine sensibilité.

– Nous approchons de la tour du Compas, annonça Mandelbrot.

Sur le grand écran de visualisation face au siège du pilote, apparut la tour, le premier édifice de la Cité des robots qu'ait jamais vu Derec. Il avait débarqué là avec Ariel (qui portait alors le prénom de Katherine) depuis les brumes grises de ce lieu appelé le Périhélie, après avoir pressé les coins d'une clef. Une clef qui avait été réglée pour les téléporter sur la Cité des robots et, ainsi qu'ils devaient le découvrir, nulle part ailleurs excepté le retour au Périhélie. La tour se présentait sous l'aspect d'une structure pyramidale plus étendue et plus haute que n'importe quel autre édifice de la cité. A l'intérieur, se trouvait le bureau secret du Dr Avery, d'où celui-ci pouvait observer la Cité des robots. Derec se demanda si son père y était en ce moment, en train de jouer avec les mécanismes qui faisaient fonctionner l'agglomération pour déglinguer ceux qui activaient les biopuces de son fils et, par la même, lui détraquer l'esprit.

– Survole l'endroit quelques minutes, Mandelbrot.

Derec étudia la cité, sa cité à présent et non pas celle de

son père. Il n'aurait su dire ce qui lui paraissait étrange en ce moment même. La tour du Compas offrait le même aspect en gradins qu'elle avait toujours eu. A sa surface, aucune de ces excroissances bizarres qu'il avait vues dans son cauchemar. La cité, quant à elle, se déployait comme avant d'un horizon à l'autre, hormis un parc au sud. De nouveaux édifices avaient surgi, tandis que des anciens avaient été démontés par les robots dont la tâche consistait à parfaire sans cesse la cité, à la rendre toujours plus adaptée et plus confortable aux humains. Un jour viendrait où des colons humains seraient admis à y séjourner. En principe, Derec n'aurait pas dû avoir conscience de ces mutations architecturales, mais ses biopuces lui permettaient de se tenir au courant de toutes les transformations que subissait la cité.

Dans les rues, régnait une activité assez normale ; les robots semblaient vaquer à leurs occupations habituelles. Pourtant, Derec avait l'impression, la sensation que leurs gestes n'étaient pas naturels. De plus, un grand nombre de rues très passantes à l'ordinaire avaient l'air désertées. La Cité des robots s'était-elle effectivement métamorphosée en celle de son cauchemar ?

C'était probablement un effet de son imagination. Les Flanc d'Argent, Ariel, ses responsabilités, tout cela l'accaparait plus que de raison. Il était simplement épuisé, frustré – telle en était sans doute la cause. Il lui fallait redevenir humain, rebâtir sa personnalité comme les silhouettes là en dessous rebâtissaient la cité.

Ces derniers temps, Derec avait eu le sentiment que, depuis qu'il s'était réveillé en état d'amnésie, il s'était de plus en plus comporté comme un robot. De plus en plus coincé par ses obligations (confronté, semblait-il, à un problème après l'autre) et, comme les robots en bas, poursuivant des buts qui s'avéraient habituellement confus et mystérieux.

Parfois, il se sentait partagé entre les deux facettes de sa personnalité, l'humain et le robot. Car à n'en pas douter, à cause des biopuces, il était au moins en partie un robot. Il y avait des moments où c'était le côté humain qui gouvernait son existence et ses émotions ; à d'autres moments, le robot prenait le dessus. Il était humain au point culminant d'une situation critique, quand il fallait engager la bataille ou prendre une décision ; humain lorsqu'il était avec Ariel, au moins pendant les moments d'amour et de tendresse, et même les moments de tension ; humain quand il devait donner des ordres ou des directives aux robots, ou affronter Avery sur le plan intellectuel. Par contre, entre ces périodes où agissait l'être humain, il arrivait qu'il laisse prendre le pas au robot qui résidait en lui. C'était le robot qui se chargeait de la sale besogne, des tâches serviles qui accaparaient tant de ses responsabilités. Il était aussi robot quand il ne ressentait rien qu'un vide intérieur envers Ariel, Wolruf ou Mandelbrot, les trois êtres qui représentaient aujourd'hui tellement de choses pour lui. Il y avait des moments où il prenait brusquement conscience que le temps avait passé et qu'il n'avait que la plus vague idée de ce qu'il avait pu faire tout ce temps-là. Dans son esprit, c'était celui du robot plus que de l'humain. Il se demanda si un robot, en quelque sentier de son cerveau positronique, avait jamais conscience de la routine quotidienne.

Après l'atterrissage, Derec fut surpris de trouver le spatioport désert. D'ordinaire, on y voyait quelques robots d'entretien, en quête de détritus d'ailleurs fort rares, ou occupés à astiquer des surfaces déjà reluisantes. Pour Derec, le spatioport était d'un gigantisme excessif, eu égard au fait qu'il ne fonctionnait que lorsque lui ou Ariel en avaient l'utilité. Naturellement, nombre des structures de la Cité des robots étaient dans ce cas, conçues qu'elles étaient pour des milliers, voire des millions, d'immigrants humains. De somptueux logements qui attendaient leurs résidents, des centres commerciaux livrés à d'invisibles clients, des immeubles de bureaux pour l'heure uniquement occupés par des robots programmés dont la tâche essentielle consistait à tester le matériel.

Tandis qu'ils traversaient le terminal désert, Adam et Eve examinaient le décor alentour ; leurs têtes allaient d'un côté à l'autre en cliquetant, pendant qu'ils s'efforçaient d'emmagasiner toutes les nouvelles données qui leur étaient offertes. Derec avait l'impression que les deux robots au pouvoir mimétique cherchaient quelqu'un ou quelque chose à copier. Il sourit. Dans la Cité des robots, ils ne risquaient pas de trouver d'espèce originale en laquelle se métamorphoser. Les robots qu'ils rencontreraient ressembleraient tellement à ceux qu'ils avaient déjà vus ; ils se lasseraient bien vite, ainsi que Wolruf l'avait prédit, et deviendraient plus dociles à manœuvrer. Derec pourrait peut-être alors remettre les deux petits monstres dans le droit chemin.

– Ne devrait-il pas y avoir quelqu'un pour nous accueillir ou quelque chose comme ça ? s'inquiéta Ariel.

– Je ne sais pas trop, répondit Derec. Je ne connais rien au protocole des spatioports. Simplement, il me semble qu'on devrait apercevoir quelques robots derrière des comptoirs, ce genre de trucs.

A l'extérieur du terminal, à la station idoine, ils trouvèrent un flotteur, ainsi nommé parce qu'il sillonnait les avenues de la Cité des robots sans véritablement toucher la chaussée. C'était un deux-places ; Derec indiqua donc à Wolruf et à Mandelbrot de dénicher un engin plus grand et de les suivre, Ariel et lui, jusqu'à la cité.

– Ayez l'œil sur tout ce qui ne vous paraît pas synchro, ajouta-t-il. Rendez-vous à la tour du Compas, pour comparer nos impressions.

Sur la longue bretelle d'accès qui menait à la cité, Ariel demanda à son compagnon :

– Maintenant que tu es là, que ressens-tu, Derec ?

– Je n'arrive toujours pas à comprendre ce qui se passe avec les biopuces. Il y a quelque chose qui cloche ici, je ne sais pas quoi. Quelque chose a changé, mais je ne vois pas ce que ça peut être.

– Si tu ne vois pas, comment sais-tu que ça existe ?

– Tu fais dans la nuance philosophique ?

– L'habitude. Excuse-moi.

Le flotteur était exigu, si exigu que leurs épaules, leurs hanches et leurs jambes se touchaient. En temps normal, Derec appréciait d'être si près d'Ariel ; mais aujourd'hui, il y avait comme une raideur dans la façon dont elle se tenait, et le moindre contact le mettait mal à l'aise.

Il lui adressa un sourire qu'elle refusa obstinément de lui retourner. Bien qu'elle s'efforçât de paraître détendue, ses yeux trahissaient la tension dont elle était la proie.

Effleurant la manette qui commandait la manœuvre du véhicule, Derec immobilisa celui-ci au premier pâté d'immeubles qu'ils rencontrèrent après être entrés dans la cité proprement dite. Il sauta avant que le flotteur soit rangé le long du trottoir.

– Où vas-tu ? s'enquit Ariel en s'extirpant à son tour de l'engin.

– Je jette juste un œil. (Il s'approcha de l'angle d'un bâtiment en forme de cube et l'examina attentivement.) Regarde ça.

Debout à côté de lui, Ariel essaya de discerner ce qu'il voyait.

– Qu'y a-t-il ?

– Cette rainure ici. (La jeune femme dut loucher pour l'apercevoir.) La cité est faite de plaques de cinq mètres carrés qui sortent d'une presse d'extrusion comme un ruban. Le matériau se forme et se reforme selon un programme préétabli. Il devient des fenêtres, des murs, des pièces, des étages entiers d'immeubles, en se façonnant de lui-même. Le processus est si parfait qu'il ne devrait pas y avoir de rainure ni de fissure, pas la moindre ouverture, sauf aux endroits où l'exige la logique de l'architecture. Cette rainure n'est pas logique.

Se rapprochant, Ariel distingua en effet une infime ligne de décollement. On n'aurait pu y glisser qu'une fine pièce de monnaie, mais il s'agissait indubitablement d'un défaut.

S'écartant de la jeune femme, Derec fit glisser sa main le long du mur en suivant l'angle du bâtiment. Alors qu'il venait de disparaître au coin, elle l'entendit pousser un petit cri aigu. Elle se précipita et le trouva les yeux rivés sur son petit doigt.

– Regarde, dit-il en tendant son doigt vers elle.

Il y avait une légère entaille au bout, où avait perlé une minuscule goutte de sang. Avec cette teinte qui ne manquait jamais de surprendre la jeune femme, nettement plus foncée que celle de son sang à elle.

– Que s'est-il passé ?

– Ce foutu machin m'a coupé. Cette écharde, là.

– Une écharde ? Mais c'est impossible. Tu m'avais dit que le matériau de la cité était programmé avec la Première Loi. Il ne peut pas te laisser te blesser, surtout sur lui.

– C'est exact. En tout état de cause, je ne devrais pas saigner. Bon, jette un coup d'œil.

Bien que plus minuscule encore que la rainure, l'écharde

était bel et bien là. Une petite coloration rouge à son extrémité la rendait plus apparente.

– Que s'est-il passé ?

Derec ne resta pas en place assez longtemps pour répondre à la jeune femme. Il s'éloigna de plusieurs pas pour inspecter d'un regard tendu un autre bâtiment, un petit édifice à la paroi inclinée qui s'élançait vers le ciel en se terminant par une flèche.

– Regarde là-haut ! s'écria-t-il.

Il désignait la flèche. Ariel leva les yeux et s'aperçut qu'il y avait *effectivement* quelque chose qui n'allait pas.

– Ça penche un brin, dit-elle.

– En effet, confirma Derec d'un ton qui se voulait blessant, comme s'il lui reprochait de constater une évidence. Aucun robot Superviseur ne permettrait une telle déviation de la norme.

– Va savoir. Il me semble me souvenir d'un truc que j'ai lu à propos de la Terre et d'une tour penchée. C'était une véritable attraction touristique.

– En ce cas, je transmettrai ton observation à notre Bureau du tourisme.

– Epargne-moi tes sarcasmes. Je m'efforçais de collaborer.

Cette fois encore, il ne répondit pas. A présent, il courait, pressé d'aller examiner un autre bâtiment. Ariel frappa deux fois des mains pour solliciter le flotteur, lequel s'éleva au-dessus du sol et la suivit tandis qu'elle rejoignait Derec.

Il était devant l'entrée du bâtiment, les yeux fixés dessus.

– Celui-ci aussi a quelque chose ? demanda-t-elle.

– Je ne vois rien. Désolé de t'avoir parlé si sèchement. C'est que je me sens...

– Laisse tomber, mec. J'ai été plutôt dure avec toi la première fois qu'on s'est rencontrés, sur le vaisseau d'Aranimas. On va dire que ton humeur aujourd'hui, c'est pour te rembourser.

– Merci.

Alors qu'il parcourait du regard le mur face à lui, un bruit retentissant brisa sa concentration.

– C'était quoi ? s'inquiéta Ariel.

– Je ne sais pas. Entrons, on le saura.

– Chaque fois que je me retourne, tu fais le brave. O.K., tu passes devant.

50

L'entrée du bâtiment était située dans un coin de la façade côté rue. Près de la porte, il y avait une plaque manuelle pour identifier le personnel aussi bien humain que robot. Autrement dit, l'endroit était considéré comme une zone de sécurité, qui n'admettait dans l'immeuble que des individus dûment enregistrés. Ce qui ne gêna en rien Derec, dont l'empreinte était automatiquement répertoriée dans tous les systèmes de protection de la Cité des robots. Il apposa donc la main sur la plaque en toute confiance, d'un geste désinvolte, s'attendant à voir s'ouvrir la porte sur-le-champ. Rien ne se produisit. Il pressa la main un peu plus fort sur la plaque. Toujours rien.

– Qu'est-ce qui ne marche pas ? s'enquit Ariel.

– Je l'ignore. Ce n'est peut-être pas encore connecté.

– Attends. Laisse-moi essayer.

Ecartant son compagnon, Ariel posa la main sur la plaque. Derec fut une fois de plus impressionné par les doigts fins et anguleux, et aurait bien voulu en cet instant prendre cette main et entraîner la jeune femme dans quelque lieu sombre, tranquille et douillet, où ils auraient pu ne penser qu'à se réconcilier entre deux baisers.

Pour elle aussi, la porte refusa de s'ouvrir. Agacée, elle cogna du poing contre le battant et, lentement, la porte s'ouvrit dans un grincement on ne peut plus déconcertant. Encore une autre anomalie. Aucune porte de la Cité des robots n'aurait dû grincer.

– Eh bien, voyez-vous ça, dit Ariel, c'était déjà ouvert. On y va ?

Elle montrait l'intérieur plongé dans l'obscurité.

En pénétrant dans le bâtiment, ils auraient dû activer un champ magnétique qui aurait instantanément allumé la lumière. Pourtant, après quelques pas, ils étaient encore dans ce qui leur paraissait le noir total, brisé seulement par la lueur qui venait de l'entrée. Ils ne furent pas longs avant de perdre cette unique lumière, lorsque la porte se referma lentement. L'air semblait confiné ; Derec se demanda si les systèmes de ventilation étaient eux aussi hors d'usage. Instinctivement, il saisit la main d'Ariel, pour sentir un frisson traverser le corps de la jeune femme.

– Tu as raison, chuchota-t-elle. Il y a quelque chose qui ne va pas, ici. (Elle se rapprocha de lui.) Derec, si on allait inspecter un autre bâtiment ?

– Là-dessus, je suis d'accord avec toi. L'entrée devrait se trouver...

Ariel poussa soudain un hurlement, pas tant de peur que de saisissement. Avec sa tête si près de la sienne, Derec en fut presque assourdi.

– Qu'est-il arrivé ?

– Quelque chose m'a frôlé la jambe.

– Quoi donc ?

– Je ne saurais le dire. Ça avait l'air d'un animal. Un rat ou quelque chose comme ça.

– Quel genre d'animal pourrait-il y avoir ici ? C'est ton imagination. Il n'y a pas d'animaux dans la Cité des robots. Ils ont...

– Là, encore ! Il m'a frappé le mollet.

– C'est peut-être un robot. Un livreur ou un cargo.

– Ça ne ressemble pas à un robot. Trop mou, trop...

Derec sentit un petit coup appuyé contre sa cheville. Ariel avait raison. On aurait dit un animal. Sans doute la force de suggestion.

– Ariel, tout va bien. Nous allons simplement nous diriger vers la porte et sortir de...

Sur sa gauche, jaillit un petit cri, un cri animal. Un léger gloussement. Un lutin, ou quelque démon miniature, plutôt content de sa farce. Un autre petit gloussement se produisit à la droite de Derec. Un troisième derrière Ariel. Au bout d'un moment, ils étaient entourés de gloussements, plus bruyants qu'au début. Les êtres qui hantaient ce bâtiment semblaient maintenant jacasser les uns avec les autres.

Agrippant la main d'Ariel, Derec fila vers la porte dont le cadre était faiblement souligné par la lumière du dehors. Alors qu'il en était tout près, juste avant qu'Ariel et lui l'aient ouverte et se soient enfuis du bâtiment, il faillit trébucher dans quelque chose, quelque chose qui réagit par un cri de colère strident.

L'ŒIL VIGILANT

S'il n'existait pas d'entité comme un œil capable de tout voir dans la Cité des robots, l'Œil Vigilant estimait en être tout proche. Quoique le plus souvent installé en toute sécurité dans son cocon, son corps rudimentaire retiré dans l'abri douillet intérieur, il pouvait observer et étudier tout ce qui se passait dans la cité.

Il était arrivé là par le tunnel souterrain prévu à l'origine pour l'évacuation des déchets des humains (ce pour quoi l'égout en question avait si peu servi jusqu'ici que les murs en étaient lisses et brillants comme au premier jour, et que l'eau claire conservait un agréable parfum de frais) et, peu à peu, il avait pris possession de tous les dispositifs de la Cité des robots.

L'Œil Vigilant n'avait aucune idée de la façon dont il avait débarqué sur la planète. Après s'être brusquement éveillé à la conscience dans un champ proche de la cité, il s'était modelé en une forme simple mais fonctionnelle. C'était en explorant la campagne alentour qu'il avait localisé l'égout. Au début, il s'était véhiculé dans les espèces de chariots servant au transport des marchandises et des passagers, à travers le réseau complexe de tunnels, et avait fini par trouver le chemin qui menait au repaire de l'ordinateur central. Il lui avait fallu quelque temps pour découvrir que l'ordinateur n'était qu'une machine et non un être humain. Et quelque temps encore pour apprendre comment le faire fonctionner. Pendant toute une période, il s'était promené à volonté autour des éléments internes de la machine, absorbant des fragments d'informations au gré de ses déambulations. Dès lors, il avait rassemblé une somme considérable de données, dont une bonne partie qu'il n'était pas certain de savoir utiliser. Et la seule façon de le découvrir, s'était-il avisé, était de s'exercer.

Il s'exerça d'abord sur les nombreux robots qui parcouraient les rues de l'immense cité. Bien qu'il n'ait pas encore vu un robot de près, il en savait suffisamment sur eux pour avoir visionné les écrans installés dans le centre informatique souterrain. Il commença à utiliser l'ordinateur, auquel il devenait de plus en plus assimilé, pour communiquer avec les robots. Il réussit à les convaincre qu'il était humain et qu'ils devaient, selon la Deuxième Loi, lui obéir comme à un humain. (Tant qu'il restait hors de leur vue, l'illusion opérait de façon convaincante. Il avait interdit aux robots de rang supérieur de venir en sa présence et de jeter le moindre regard sur lui.)

Quoiqu'il ait accès à un grand nombre d'informations sur les humains – enregistrements visuels, études anthropologiques, schémas physiologiques et anatomiques, données psychologiques –, il estimait ne pas avoir encore atteint la compréhension de ce qu'était véritablement un être humain. Il lui tardait d'en voir un.

Certes, il n'avait eu aucune difficulté à fabriquer des modèles d'humains qui marchaient, aucun problème pour générer des milliers de visualisations informatiques d'êtres humains. Là où le bât blessait, cependant, c'était pour savoir *réellement* ce qu'était un humain. Tous les fichiers existants avaient été entrés par des humains qui savaient déjà ce qu'ils étaient. Des éléments essentiels en avaient été omis, et l'Œil Vigilant avait besoin de remplir ces blancs.

Le stade suivant dans le programme qu'il s'était fixé avait consisté à étudier comment prendre le contrôle de la cité elle-même. A partir des fichiers que contenait l'ordinateur, l'Œil Vigilant se fit une ample – encore que déformée – représentation de la place. Du fait qu'il n'avait aucune connaissance préalable des humains ou des robots, il ne pouvait pas toujours interpréter les données qu'il recueillait. Mais cela ne le dérangeait pas. Pour l'heure, il se contentait des miettes de savoir qu'il détenait. Tout bien considéré, avec ce qu'il avait appris sur la recherche, il avait le sentiment qu'en poursuivant ses expériences sur la Cité des robots il finirait par contrôler entièrement la place. S'il ignorait ce qu'il ferait lorsqu'il aurait acquis ce pouvoir, cela ne l'empêchait pas de penser que la vie se devait d'être, à tout le moins, un processus d'apprentissage. Opinion renforcée par les traités philosophiques qu'il avait dénichés dans les fichiers de l'ordinateur. Quand il aurait le pouvoir, il saurait que faire avec. Avant, il ne savait même pas ce qu'était un ordinateur ; aujourd'hui, il en avait un totalement à sa merci. Soumettre la cité à son bon vouloir ne devrait présenter aucune difficulté.

Il aimait à penser à lui comme à l'Œil Vigilant, parce qu'il était capable de se tenir au courant de tellement de choses au sein de la cité sans même bouger de son abri. Les écrans affichaient le moindre lieu qu'il désirait observer, et il pouvait suivre plusieurs endroits à la fois. Non qu'il y ait grande nécessité de surveiller les robots ; ceux-ci acceptaient volontiers les ordres et les exécutaient avec promptitude et sans poser de questions. C'était heureux, car il n'avait pas le temps de porter une attention particulière à chacun d'eux. Il avait tant à faire, tant d'expériences à réaliser, tant de choses auxquelles penser…

Eve Flanc d'Argent marchait derrière les autres, ravie que Wolruf ait décrété qu'ils gagneraient la cité à pied plutôt que de se chercher un véhicule aux dimensions appropriées. Elle tournait fréquemment la tête, inventoriant l'immensité de la cité. Avant cela, elle n'avait connu que le paysage pastoral de la planète des corps-noirs, avec ses merveilles naturelles et sa communauté agricole de robots. Même si Adam, qui avait déjà vu une cité de robots, lui en avait fait la description, elle n'était pas préparée au spectacle époustouflant que donnait la réalité. Sous la forme humaine dont elle était actuellement revêtue, évoquant une Ariel un peu plus trapue et au teint argenté, ses yeux à l'aspect étonnamment humain s'écarquillaient de stupéfaction.

Elle avait beau avoir entendu parler de l'incroyable foisonnement de beautés architecturales que recelait la Cité des robots, elle ne s'attendait pas à rencontrer une palette de couleurs aussi éblouissante, ni le savant réseau de passages piétonniers, ni la perfection géométrique qui caractérisait les édifices. Et bien qu'elle soit encline à observer le décor alentour avec l'objectivité du robot, elle était néanmoins impressionnée et trouvait que la Cité des robots était effectivement un endroit magnifique.

A l'avant, Wolruf se pencha, porta son regard sur le bord du trottoir et ramassa quelque chose.

– Qu'est-ce que c'est, Wolruf ? demanda Mandelbrot.

La petite extraterrestre montra un morceau de papier chiffonné. Adam le lui prit des mains et l'examina.

– Ça ressemble à du papier ordinaire, pas différent de celui que j'ai déjà vu, commenta-t-il.

– Ce n'est pas le fait du papier, dit Wolruf. Simplement, c'est bizarre de le trouver ici.

– Je ne comprends pas.

Quand Adam parlait à Wolruf, son visage semblait légèrement se modifier, ses traits humains s'accorder comme par suggestion aux caractéristiques caninoïdes de l'extraterrestre. Son nez s'allongeait et son visage s'aplatissait, à l'image de ceux de Wolruf.

– Il ne devrait pas y avoir de papier ici, c'est tout. Là, dans la rue, c'est un détritus. Il y a des petits robots pour s'occuper des détritus le cas échéant, ce qui n'est pas fréquent. D'autant moins que les robots n'utilisent pas de papier. Ces petits robots, vois-tu, sont là pour détecter les détritus, les ramasser, puis s'en débarrasser.

– Je ne vois pas de robot utilitaire dans le secteur, fit observer Mandelbrot. (De fait, aucun robot de quelque nature que ce soit n'était visible alentour.) Il doit peut-être en venir un bientôt.

– Peut-être, dit Wolruf avant de s'éloigner de quelques pas et de pointer un doigt vers le revêtement. C'est un trottoir roulant, fit-elle remarquer.

– Oui, acquiesça Mandelbrot.

– Ne devrait-il pas avancer ? On est dessus, et il ne bouge pas alors que le poids de nos corps devrait le mettre en mouvement.

– C'est vraiment curieux. Peut-être est-il en panne.

– En ce cas, où sont les robots de l'entretien des trottoirs ? Quand quelque chose tombe en panne quelque part dans la cité, les robots d'entretien sont censés intervenir immédiatement.

– Peut-être sont-ils occupés ailleurs avec un autre trottoir roulant.

– Peut-être. Mais d'ordinaire, dans la Cité des robots, les choses ne se déglinguent pas avec une telle fréquence. Deux trottoirs en panne au même moment dans le même secteur, voilà qui est inhabituel, vois-tu.

– Oui. Je devrais également vous informer d'un autre problème.

– Quoi donc, Mandelbrot ?

– Depuis que vous avez noté ces défauts, j'ai essayé de contacter d'autres robots par le biais de mon communicateur, afin d'obtenir des réponses à vos questions. Jusqu'ici, aucun ne s'est manifesté. Si je me base sur les données de mes précédentes visites à cette cité, un tel phénomène, même ici dans les faubourgs, constitue une anomalie fortement improbable.

– D'après toi, quelque chose serait déréglé, Mandelbrot ?

– Oui, je le pense.

– Allons-nous-en, alors.

Eve ne savait pas trop quoi faire de la discussion qui venait d'avoir lieu entre l'extraterrestre caninoïde et le robot au bras bizarre qui tenait lui aussi quelque peu de l'anomalie. Le bras en question, qui avait jadis appartenu à un robot d'une classe différente, n'avait pas la même force que l'autre ; plus épais et plus long, il donnait à la silhouette de Mandelbrot un aspect gauche. Il était malléable, déformable à volonté, même si, contrairement aux Flanc d'Argent, Mandelbrot était incapable de modifier aucune autre partie de son corps.

Le seul fait d'évoquer la capacité de métamorphose parut déclencher un mécanisme chez Eve. Elle chercha autour d'elle quelque chose en quoi se changer. Adam lui avait expliqué que c'était comme s'il y avait un urgent besoin en eux de rechercher des êtres neufs pour se calquer sur leur modèle. Une attitude très humaine, affirmait-il, du moins d'après ce que lui en avait dit Derec. « Derec prétend que les humains adorent connaître de nouvelles expériences. Pour nous, une expérience nouvelle, c'est rencontrer un être que nous n'avons encore jamais vu et dont nous pouvons prendre l'apparence. Bien que nous ne soyons pas censés réagir à cela de façon émotive, je crois que les mécanismes intégrés à notre corps sont actionnés dès que nous pensons à nous métamorphoser ou dès que nous repérons un être sur lequel nous modeler. » Quoi qu'il en soit, simple mécanisme ou penchant inné pour l'expérience, Eve éprouvait en cet instant un besoin irrésistible de prendre une nouvelle forme.

Mais laquelle choisir ? Elle avait déjà été humaine comme Ariel, caninoïde comme Wolruf, robot comme Mandelbrot.

Il devait bien exister une autre espèce vivante ici, présumait-elle. Elle s'approcha d'un bâtiment, un étrange édifice, étroit et haut. Levant les yeux vers le sommet, elle aperçut une rangée de créatures semblables à des oiseaux, d'un aspect particulièrement déplaisant, qui la regardaient depuis le dessous de l'avant-toit. Bien qu'elles soient immobiles, impassibles, elle crut percevoir une certaine cruauté dans leurs yeux. Elle recula de quelques pas pour mieux les distinguer et, pointant un doigt dans leur direction, demanda à Mandelbrot :

– Ceux-là, c'est quoi, s'il te plaît ?

Mandelbrot leva la tête.

– Ils ne sont pas vivants, répondit-il. Ce sont des figures ornementales disposées sur le bord supérieur de l'édifice. Je crois qu'on appelle ça des gargouilles. Celles-ci sont fabriquées dans le matériau de la cité, mais par le passé elles étaient souvent sculptées à même la pierre.

– Je les trouve très intéressantes. Adam ? Crois-tu que nous pourrions nous changer en cela ?

Adam réagit par un haussement d'épaules tout ce qu'il y avait de plus humain, parfaitement calqué sur celui de Derec.

– On pourrait se transformer en statues, certes, mais je ne vois pas l'intérêt. On n'a pas grand-chose à apprendre d'une contrefaçon de la vie réelle, Eve. A moins de rencontrer effectivement les créatures qui ont servi de modèles à ces statues.

– Je doute que ce soit une expérience agréable, répliqua Eve.

Elle détourna le regard des gargouilles et s'éloigna de quelques pas, avant de faire volte-face et de revenir.

Il y avait quelque chose, là, à l'intérieur du bâtiment, et ce n'étaient pas des gargouilles. Elle sentait une présence de l'autre côté du mur, une présence certes immobile mais peut-être habitée par la vie.

– Mandelbrot ?

– Oui, Eve ?

– Comment fait-on pour entrer dans un édifice comme celui-ci ?

Mandelbrot avait reçu de Derec l'instruction de coopérer avec les Flanc d'Argent dans la mesure où il ne décelait pas de risque à leur encontre. Apparemment, il n'y avait aucune menace dans les parages. Aussi s'autorisa-t-il à répondre :

– Je pense que la porte se trouve côté nord. En haut de ces marches.

Eve grimpa aussitôt les marches. Monter un escalier était l'une des quelques activités qui lui donnaient davantage l'air d'un robot que d'un humain. Il y avait comme une gaucherie d'automate dans la façon dont elle passait d'une marche à l'autre.

En haut de l'escalier, il y avait en effet une porte, légèrement entrebâillée. D'en bas, Mandelbrot, le voyant, s'empressa de mettre Eve en garde :

– La porte est ouverte. Encore une anomalie. Eve, n'entre pas.

S'il existait une chose qu'Eve avait « héritée » du modèle Ariel, c'était le côté obstiné. Une fois qu'elle avait un objectif en tête, elle ne s'en défaisait pas facilement. Elle poussa la porte et pénétra à l'intérieur de l'édifice.

Il y eut un léger crépitement et de la lumière apparut. Pour Eve, il était évident que l'éclairage n'était pas à sa pleine intensité. Mais peu lui importait ; elle augmenta la puissance de ses senseurs optiques. La pièce était faiblement éclairée, et y subsistaient de nombreuses zones d'ombre. Elle amplifia la portée de ses senseurs olfactifs et constata que l'odeur désagréable qu'elle avait sentie était bien plus qu'une simple trace. Il y régnait un lourd relent envahissant de pourriture. Il y avait peut-être un cadavre ici.

La pièce était en plein désordre. Du verre brisé jonchait le plancher (Eve se souvint de ce que Wolruf avait dit à propos des robots utilitaires qui devaient veiller à conserver les lieux propres) ; des meubles avaient été empilés dans un coin, dont la plupart avec des pièces ou de gros éléments manquants ; des débris métalliques étaient éparpillés tout autour des lieux en tas de différentes grosseurs ; tout était recouvert de poussière.

Eve s'avança bravement dans la pièce, examinant avec

minutie ce qu'elle contenait. Derrière elle, Mandelbrot franchit l'entrée.

– Eve, Derec m'a ordonné de vous tenir à l'écart, toi et Adam, de tout danger éventuel. Nous ne savons rien sur ce bâtiment. Aussi, s'il te plaît, viens avec...

– Qu'est-ce que c'est, ça, Mandelbrot ?

Elle brandissait ce qui semblait être un long tube articulé fait de fils et de plaques métalliques, avec des circuits électroniques.

– Je dirais qu'il s'agit d'un fragment du squelette d'un membre de robot. Particulièrement bien articulé, s'il était entier. Maintenant, Eve...

– Il y a quelque chose par là.

S'approchant d'une niche plongée dans l'ombre, elle vit qu'il y avait quelqu'un dedans. Elle ne détecta toutefois aucune vie provenant de la chose. Celle-ci avait beau se trouver en position debout, ses jambes étaient croisées de façon pas naturelle. Il y avait des lambeaux de vêtements, qui restaient d'une tenue impossible à identifier. On aurait dit qu'on s'était acharné sur le torse, qui était couturé de balafres. Les yeux étaient si profondément enfoncés dans les orbites qu'au début Eve ne fut pas certaine qu'il y en eût. Ils étaient entourés de cernes noirs. Quant aux bras, ils pendaient selon des angles bizarres.

– Mandelbrot, dit Eve, ça ressemble à un...

Alors qu'elle se rapprochait, la tête de la chose bougea légèrement comme si elle allait glisser sur l'épaule gauche, et le bras gauche se souleva dans sa direction. Elle fut tentée d'ignorer l'avertissement de Mandelbrot lui enjoignant de reculer, pour saisir la main tendue vers elle.

L'Œil Vigilant avait détecté les nouveaux arrivants et suivait leurs allées et venues avec une totale délectation. Il se pouvait fort bien qu'ils soient humains, pensait-il. Les deux premiers qu'il visionna sur son écran répondaient aux conditions requises, conditions qu'il avait déduites et patiemment explicitées à partir des informations visuelles et techniques glanées dans les nombreux fichiers de l'ordinateur. Toutefois, l'incertitude dans laquelle il demeurait quant à la véritable nature de l'être humain l'incita à poursuivre son observation à distance.

L'Œil Vigilant avait un impérieux besoin de connaître les humains. Jusqu'ici, il avait été frustré dans ses recherches et ses expériences par l'absence d'authentiques échantillons. Et voilà que, peut-être, les humains étaient revenus dans la cité apparemment bâtie pour eux.

En écoutant leur conversation, il apprit que les noms des visiteurs étaient Ariel et Derec. Il y avait des tas de renseignements sur Derec dans les fichiers. Ça pouvait correspondre. Le personnage était si important que lui était affecté un des codes d'accès à l'ordinateur. Il avait été extrêmement difficile à l'Œil Vigilant de contourner ce code, puis de l'effacer.

Après que Derec et Ariel se furent introduits dans l'entrepôt qui abritait certaines des tentatives de créations avortées de l'Œil Vigilant (Série B, Lot 29) et qu'ils eurent été attaqués par les monstruosités glouissantes, la confusion s'empara du maître des lieux. Les humains, si humains il y avait, avaient réagi en fuyant dans la rue. Pourquoi couraient-ils ? Quelle sorte de fragilité au plan émotionnel provoquait une telle couardise ? Peut-être, en ce cas, n'étaient-ils pas humains ; peut-être n'étaient-ce que des entités inabouties, comme les siennes.

Il n'eut guère le temps de méditer sur leur comportement, car il détecta un autre groupe d'intrus. D'abord, il remarqua le petit être à fourrure qui examinait avec tant d'assiduité tout ce qu'il trouvait sur son chemin. Manifestement intelligent, et doué du sens de l'observation. L'Œil Vigilant enregistra ses commentaires sur le détritus qu'il avait déniché dans la rue. Commentaires qui attestaient de la perspicacité de l'être à fourrure, lorsqu'il nota qu'il était rare de voir dans la cité un papier abandonné que les robots utilitaires auraient dû ramasser depuis longtemps. Bien que cela restât à confirmer, l'Œil Vigilant pensait que le papier provenait d'un des spécimens expérimentaux qu'il stockait dans le bâtiment qu'Eve avait inspecté. Il se souvint que l'endroit lui servait d'entrepôt pour quelques autres essais avortés. Certains de ces spécimens accomplissaient comme une sorte de rituel autour du papier. Il n'avait pas aimé ce rituel, où des signes étranges apparaissaient sur le papier, et c'était pourquoi il avait préféré l'oublier. Quant au problème des détritus, peut-être réactiverait-il les robots dont c'était la tâche auparavant.

Visiblement, le suivant dans le groupe était un robot, encore que d'un genre un peu particulier. Mandelbrot, comme l'appelait la créature à fourrure dont le propre nom semblait être Wolruf, était affublé d'un bras qu'on aurait dit appartenir à un autre corps.

Les êtres qui marchaient derrière Mandelbrot suscitèrent une certaine perplexité dans le cerveau de l'Œil Vigilant, lequel ne se laissait pourtant pas facilement désarçonner. Il vit tout de suite qu'ils ressemblaient aux deux humains aperçus plus tôt. Mais s'ils avaient des visages et des corps similaires, leur peau, contrairement au teint rose pâle des premiers arrivants, était d'un bleu argenté ; il y avait aussi une raideur un peu plus prononcée dans leurs mouvements. A part ça, ils auraient pu passer pour les jumeaux des êtres à chair rose. Il dénota en outre une évidente assurance dans la façon dont ils se déplaçaient, observant l'aisance avec laquelle les bras se balançaient le long de leurs flancs.

Il avait désormais un nouveau problème à résoudre, qui ne manquait pas d'exciter sa curiosité. Que ce soient ces deux-là ou les deux premiers, les visiteurs présentaient l'apparence des humains tels que décrits dans les fichiers de l'ordinateur. Les premiers paraissaient plus gauches et moins sûrs d'eux que les seconds. Ceux-ci, toutefois, qui affichaient l'attitude et l'expression d'intelligence appropriées, ressemblaient davantage, par la coloration de la peau, aux robots de la cité. A la première impression, l'Œil Vigilant jugea que, si les quatre pouvaient être humains, les seconds étaient peut-être une version améliorée de l'espèce.

Quand Eve pénétra dans l'entrepôt, il éprouva un bonheur intense. Ayant noté que fonctionnait encore (quoique très faiblement) un circuit intégré à l'une de ses créations entreposées dans le bâtiment, il réussit à l'animer à distance. Il put alors apprécier le flegme avec lequel Eve réagit à l'événement. Elle avait l'air beaucoup plus maîtresse de ses émotions que la paire de couards qui était entrée dans l'autre entrepôt avant d'en déguerpir à la première occasion. Si l'Œil Vigilant avait pu sourire (ce dont il était d'ailleurs capable, mais il ne s'était jamais préoccupé d'apprendre les diverses manipulations qui lui auraient permis de manifester physiquement son plaisir), il aurait souri de contentement devant ce qu'il considérait désormais comme l'être humain supérieur : Eve Flanc d'Argent.

MARCHENCADENCE ET BOGIE

Tandis que la porte de l'entrepôt se refermait lentement en grinçant sur ses gonds, Derec crut apercevoir plusieurs paires d'yeux qui le regardaient par l'entrebâillement éclairé par la lumière du jour. Même une fois la porte close, il continua à penser qu'il y avait gros à parier que ces yeux le suivraient encore dans son prochain cauchemar.

Ariel, dont la tension s'était désormais relâchée dans les bras du jeune homme, blottit sa tête contre le cou masculin, ce qui, vu sa taille légèrement plus grande, lui donna un air emprunté.

– C'était *quoi* ? dit-elle d'une voix étouffée.

– Je ne sais pas. En tout cas, ça n'avait rien à faire ici. Il n'y a pas d'animaux dans la Cité des robots. Et tu peux me croire, je n'ai jamais autorisé la présence en ces lieux d'une quelconque forme de vie animale. Je ne suis même pas certain d'aimer les animaux, surtout les petits.

– Peut-être n'étaient-ils pas là quand les robots sont arrivés. Peut-être enfouis sous la surface. Ils seraient sortis des entrailles de la planète. Ils auraient pu, je ne sais pas, avoir été réveillés pendant que les robots édifiaient la cité et être sortis subrepticement de sous ces dalles. (Les dalles auxquelles Ariel faisait allusion étaient des éléments de cinq mètres carrés en alliage de fer et de plastique que débitait une machine appelée Extrudeur.) Peut-être étaient-ils déjà...

– Calme-toi. J'ai compulsé toutes les études préliminaires faites sur cette planète, celles qui ont précédé le projet de citéforming. L'endroit était stérile, aucune vie animale discernable nulle part. Donc, ils ne sont probablement pas venus de dessous la surface ni...

– De l'espace, alors ? Ils ont atterri dans un vaisseau

pendant que nous n'étions pas là, et maintenant ils se cachent en attendant de décider que faire de nous.

Fronçant les sourcils, Derec se dégagea de l'étreinte d'Ariel.

– Tu tiens peut-être quelque chose. Il faut que je vérifie les fichiers. Encore mieux, on n'a qu'à interroger les robots. Après tout, ils sont incapables de nous mentir.

Comme en réponse à son commentaire, un robot apparut, virant à l'angle d'un bâtiment proche. Derec et Ariel restèrent tous les deux abasourdis devant cette vision. Car virer était bien le mot qui convenait pour décrire la manœuvre opérée. Le robot se déplaçait comme s'il était en patins à roulettes, les bras étendus à la manière d'un danseur de ballet. Avant d'arriver à leur hauteur, il exécuta une ravissante pirouette sur sa seule jambe gauche, la droite élégamment pointée vers l'arrière.

– Arrête ! ordonna Derec.

Le robot avait ramené sa jambe droite à terre, apparemment prêt pour une autre figure, mais l'ordre lancé par Derec le bloqua dans son geste. Le corps parut s'affaisser un tantinet et perdit toute sa grâce.

– Approche !

Une fois le robot face à lui, Derec lui demanda son nom.

Aucune réponse ne vint, ce qui commença à agacer Derec.

– Allons, tout robot a un nom.

– Sauf pendant une période de changement de nom, dit le robot. Je n'ai pas encore choisi mon nouveau nom, et par conséquent je n'en ai pas pour l'instant. J'envisageais de me rebaptiser Marchencadence.

– Marchencadence ? Quel nom est-ce là ? Est-ce que ça indique une fonction ou un rôle ? Pour un nom, c'est contraire aux règles.

– Il y a des règles pour les noms ?

Derec n'avait pas la réponse à cette question. Il se contenta donc de déclarer :

– Peu importe. Dis-moi, tu as parlé d'un *nouveau* nom. Ça veut dire que tu en as un ancien. C'est lequel ?

– Contremaître de Ligne 43.

– Nous sommes-nous déjà rencontrés, Contremaître de Ligne 43 ? (Le robot resta muet, planté le visage vide et le corps relâché comme se tenaient tous les robots quand ils conversaient avec les humains.) Pourquoi ne me réponds-tu pas, Contremaître de Ligne 43 ?

– Est-ce à moi que vous parlez, monsieur ?

– N'ai-je pas dit Contremaître de Ligne 43 ?

– Vous l'avez fait, en effet. Mais ce n'est pas mon nom.

– C'est pourtant ce que tu as dit.

– C'était. Avant. Maintenant, ça ne l'est plus. Je ne réponds pas à ce nom.

– Bon, d'accord. Toi, là, le robot en face de moi, nous sommes-nous déjà rencontrés ?

– Pas officiellement. Mais je sais que vous êtes Derec. C'est la toute première fois que nous nous parlons.

– Pourquoi étais-tu en train de danser à l'instant ?

– Je ne sais pas. Je trouvais ça agréable.

– Tu *éprouves* quelque chose quand tu danses ?

– Je crois. Il est possible aussi qu'il s'agisse d'une anomalie positronique.

– Il y a suffisamment d'anomalies comme ça dans le secteur sans que j'aille me soucier des anomalies positroniques. Robot, tu es peut-être en quelque sorte programmé, ou reprogrammé, pour danser ; mais je doute que tu éprouves un sentiment en cela.

– Mon partenaire dit que oui. Mon partenaire dit que je suis un danseur très souple.

– J'en suis sûr.

Derec avait l'impression qu'il allait se mettre à hurler sans pouvoir se contenir devant ce robot un peu trop doué pour les propos évasifs. Ariel lui pressa la main et lui dit à voix basse :

– Laisse-moi lui parler un moment. Robot, n'as-tu pas d'obligations à accomplir à cette heure ?

– Des obligations ? Oui, je suppose.

– Tu supposes ? Un robot ne suppose pas quand il est question d'obligations. Soit tu en as, soit tu n'en as pas.

– Eh bien, oui. J'ai un travail à faire.

– Pourquoi ne le fais-tu pas, alors ?

– Je ne m'étais pas rendu compte que j'avais cessé de faire mon travail.

– Tu ne t'étais pas...

Visiblement, la colère d'Ariel montait. Aussi, Derec, à présent plus calme, prit le relais.

– Tu as parlé d'un partenaire. Où est-il en ce moment ?

– Je l'ignore. Nous sommes convenus qu'il était temps pour moi de mener ma vie en solitaire. Vous voulez voir mon glissé ?

– Non. J'abandonne. Ariel, c'est pire que de discuter avec un robot sur un de ces cas hypothétiques abracadabrants où on a quelque difficulté à recourir aux Lois de la Robotique.

– Je comprends ce que tu veux dire, dit la jeune femme en hochant le menton. Essayons une autre tactique. Robot, il y a des êtres drôlement bizarres dans ce bâtiment, là-bas. Sais-tu quelque chose sur eux ?

La tête du robot pivota vers l'entrepôt.

– Je n'ai jamais entendu parler d'êtres bizarres, répondit-il.

Ariel haussa les épaules.

– Attends, intervint Derec, il se pourrait que le mot bizarre n'évoque rien pour lui. Il pourrait fort bien ne pas les trouver bizarres. Laisse-moi essayer. Robot, y a-t-il des êtres là-dedans ?

– Je ne pourrais pas l'affirmer avec certitude, car je ne suis jamais entré dans ce bâtiment.

– Et si je m'exprime ainsi : est-ce que des êtres d'une espèce quelconque, humains, robots, extraterrestres, ont pénétré les limites de la Cité des robots ?

– Oui. En plus de vous deux, trois nouveaux robots et un extraterrestre sont arrivés aujourd'hui. L'extraterrestre et deux des robots étaient déjà venus ici.

– Il doit faire allusion à Wolruf et aux autres, commenta Ariel.

– A part eux, et nous, quelqu'un d'autre est-il venu dans la Cité des robots plus ou moins récemment ?

– Là, c'est bon. La formulation me paraît convenir, soupira Ariel.

– Oui, répondit le robot.

Derec resta plusieurs secondes le regard fixé sur lui, attendant qu'il poursuive. En désespoir de cause, il finit par réclamer :

– Et alors ? Parle-moi de notre visiteur.

– Je ne peux pas.

– Quoi ?

– Je ne suis pas autorisé à le faire. On a introduit un blocage concernant cette information particulière.

– Un blocage ! Comment pourrait-il y avoir un blocage pour moi ? Je suis Derec Avery !

Derec eut beau se rendre compte du ton cassant avec lequel il réagissait, il ne pouvait s'en empêcher. Ce robot lui tapait sur les nerfs.

– Certes, il est exact que vous êtes Derec Avery, et que je vous dois cette loyauté qui pourrait lever un tel blocage. Mais je ne peux pas. Il y a un deuxième blocage par-dessus le premier.

Derec secoua vigoureusement la tête, s'efforçant de mettre de l'ordre dans ses pensées.

– Que veux-tu dire, un blocage sur un blocage ?

– Si on ôte le premier blocage, celui m'interdisant de révéler l'information que vous sollicitez – et la Deuxième Loi me dit que de tels blocages ne peuvent être ôtés que par vous, ou alors par Ariel ou le Dr Avery –, un second blocage efface l'information avant même que je puisse la formuler. Donc, si je vous obéis et essaie de vous dire ce que je sais, il va alors advenir que je ne le saurai plus. Et par voie de conséquence, je ne pourrai plus vous le dire. Parce que la Troisième Loi m'enjoint de me protéger, et par extension de protéger toute information vitale que je peux détenir, je me dois de faire de mon mieux pour assurer la pérennité de telles dispositions, et suis dans l'obligation de vous demander, avec tout le respect qui vous est dû, de ne plus m'interroger sur ce sujet.

En attendant la réaction de Derec, le robot exécuta quelques glissés, les bras écartés comme s'il éparpillait du sable invisible sur le sol.

Derec se demanda si ce que prétendait le robot danseur était vrai. Quoiqu'il lui soit souvent arrivé d'ordonner à des robots d'oublier certaines informations spécifiques, bien souvent il n'aurait pu jurer que ceux-ci l'aient réellement fait. Peut-être les données, au lieu d'être effacées, prenaient-elles malignement un autre chemin dans le cerveau positronique, pour se dissimuler plutôt que de disparaître. Il était concevable en ce cas d'envisager la possibilité d'extraire ces données.

– Je t'*interrogerai* aussi longtemps qu'il me plaira, déclara Derec d'un ton froid. En fait, je suis si furieux que je me fiche complètement de ce qui peut vous arriver, à toi et à ton information. Robot, je...

– Marchencadence. Je me suis décidé pour ce nom-là. Ça sonne bien, vous ne trouvez pas ?

Comme pour prouver à quel point ce nom lui allait à merveille, Marchencadence entama un vif et savant numéro de claquettes. Ses pieds étant en métal, les battements résonnèrent plus bruyamment que ceux qu'aurait pu faire le danseur de claquettes humain moyen. Ça donnait un spectacle incongru, surtout de la façon dont le robot agitait les bras, comme un individu gauche sur le point de tomber.

– Marchencadence, je t'ordonne de me transmettre la réponse à la question que je t'ai posée tout à l'heure. Cite-moi tous les visiteurs de la Cité des robots dont l'identité a déjà fait l'objet d'un blocage.

Marchencadence s'arrêta de danser mais ne dit mot.

– Eh bien ? insista Derec.

– Eh bien, quoi, monsieur ?

– J'attends la réponse.

– La réponse à quoi ?

– A ma question.

– Je ne connais pas la réponse à votre question.

– L'information a donc été effacée ?

– Je ne connais pas la réponse à votre question.

– Marchencadence, te rappelles-tu avoir eu la réponse dans tes banques de données ?

– Non, je ne me rappelle pas. Je ne sais rien sur aucun visiteur venu dans la cité, à part vous et vos compagnons.

Derec fit un geste bref de la main, celui que la plupart des humains utilisaient pour congédier un robot.

– Tu peux disposer, Marchencadence.

– Merci, maître Derec. Et, s'il vous plaît, cherchez la doublure d'argent.

– Que veux-tu dire par là ?

– Je ne sais pas vraiment, monsieur.

Marchencadence s'éloigna en dansant. Quand il avançait, ses mouvements et ses pas de danse étaient plus précis et plus gracieux. Avant de disparaître à l'angle du bâtiment, il tournoya autour d'un long poteau surmonté d'une lampe ronde à l'ancienne. Derec ne se rappelait pas avoir noté la présence du poteau lorsqu'ils avaient tourné le coin quelque temps auparavant. Force lui fut de reconnaître que la hauteur à laquelle s'était élevé Marchencadence en effectuant sa pirouette était tout à fait impressionnante.

– Pourquoi souris-tu ? demanda-t-il à Ariel.

– Je ne sais pas trop. Sans doute que ce robot m'a bien plu. Je ne m'étais pas rendu compte à quel point j'avais besoin d'un divertissement. La première fois que nous sommes venus ici, nous avons regardé des vidéos qui étaient censées nous distraire ; en fait, le spectacle était plutôt affligeant. Mais même en sachant qu'elles n'avaient pu à l'époque me faire oublier mes préoccupations, j'avoue que j'en aurais volontiers visionné quelques-unes aujourd'hui encore. Je veux dire, on a été tellement occupés ces derniers temps. Je n'ai guère eu de temps pour me détendre. Tu vois, juste me détendre en regardant un truc, si nul soit-il. J'ai vraiment bien aimé le numéro que nous a fait Marchencadence, du début à la fin.

Derec se demanda s'il était capable de s'installer quelque part et de se concentrer sur un livre ou une émission hyperonde. Il avait l'impression d'être en permanence débordé de responsabilités, de tâches à exécuter, de recherches à effectuer – autant de problèmes inhérents au territoire même de la Cité des robots, n'importe quelle cité des robots.

– Je pense que Marchencadence pourrait prendre des leçons de danse, dit-il pour tout commentaire.

– Ah oui ? Moi, j'ai trouvé ses mouvements assez réussis, surtout pour un robot. On pourrait peut-être lui organiser un petit récital.

– Ariel...

– Désolée, désolée. J'essayais seulement de te dérider.

– J'ai beaucoup de difficulté à retrouver le sourire quand tout a l'air de se déglinguer autour de moi.

– Il y a de meilleurs moments. Mais quand même, tout ne va pas si mal. Un robot danseur, de gentils animaux dans un entrepôt, quelques petits trucs qui ne marchent pas, tes intuitions bizarres...

– C'est justement ça, tu vois ? Mes intuitions. C'est un des effets secondaires des biopuces. Je *sais* quand quelque chose ne tourne pas rond ici. Et il y a quelque chose qui ne tourne pas rond, c'est certain.

– Comme il y a quelque chose qui ne tourne pas rond au Danemark, où que se soit trouvé cet endroit.

– Il y a quelque chose de pourri dans le royaume de Danemark, corrigea Derec.

La citation était tirée de la version franchement ratée qu'il avait montée de *Hamlet* (où il donnait la réplique à l'Ophélie que jouait Ariel) avec une distribution de seconds rôles tous tenus par des robots.

— Ce qui est véritablement pourri, c'est ton humeur, répliqua la jeune femme. J'espérais te dérider un peu.

Elle prononça ces mots d'un ton si doux que c'eut un effet lénifiant sur Derec. Si Ariel pouvait se montrer la personne la plus roublarde et la plus sarcastique de l'univers, surtout quand elle était en rogne, elle savait néanmoins d'ordinaire reconnaître le moment où la bonne tactique consistait à employer un ton conciliant. Derec la prit dans ses bras.

— Oh, Ariel, c'est seulement que... que je ne sais jamais à quoi m'en tenir. Encore aujourd'hui, je me rappelle si peu de choses de ma vie que j'ai l'impression d'être dans la peau de Hamlet.

— N'est-ce pas le contrecoup d'avoir joué le rôle ?

— Peut-être. Mais j'ai tellement d'analogies avec le personnage. Je suis seul...

— Hé là ! Tu m'as, moi.

— Je ne pensais pas à ça. Je veux dire que j'ai la responsabilité de la cité.

— Il y a un adage quelque part qui parle de la solitude du pouvoir.

— Quelque chose comme ça. Je ne suis pas certain de faire ce qui est bien. Mon père ne m'a jamais vraiment expliqué comment m'occuper de tout ça. Il a simplement fait de moi un dirigeant et m'a planté là. J'ignore qui est ma mère. Je ne sais pas réellement en quoi consiste ma mission. Des trucs de ce genre. Pas les mêmes que ceux de Hamlet, mais des incertitudes comparables.

— Peut-être que ce qui a détruit Hamlet est qu'il pensait trop à ce qu'il était en train de faire. Comme tu le fais en ce moment. Secoue-toi, mon amour. Tu *n'es pas* Hamlet. Tu serais plutôt du genre héros, homme d'action plutôt qu'attentiste. Ces trucs, ce que tu appelles des incertitudes, ne sont que des réactions humaines à, disons, l'*incertitude* de l'existence.

Derec se mit à rire.

— Là, c'est *toi* qui charges un peu trop.

— J'ai pris un peu de poids, en effet. Depuis le jour où je

suis tombée amoureuse de toi, mon amour. Aussi, marchons. L'exercice me fera du bien, et il te faut de l'activité pour te sortir tes idées mélancoliques du crâne.

– Entendu. Tu sais ce que nous devrions faire ? Trouver Avernus, Dante, Rydberg, Euler, tous les autres robots Superviseurs, pour assurer la liaison avec l'ordinateur. Ils doivent être au courant de ce qui se passe par ici. Et nous pourrions sonder l'ordinateur lui-même, histoire de voir si on peut en tirer quelque chose.

– O.K., bonhomme.

Main dans la main, ils partirent dans la direction de la tour du Compas. Au bout de quelques pas, ils virent arriver en courant deux robots humanoïdes qui s'agitaient autour d'une grosse sphère de métal, peut-être un ballon géant venu de Dieu sait où. La sphère allait et venait entre eux. De leurs grilles audio, provenait un déluge continu de sons exprimant la joie.

– Qu'est-ce que c'était ? dit Derec après le passage des deux robots.

Il aurait voulu les arrêter pour les interroger mais, trop ébahi par le spectacle, l'idée d'une quelconque réaction normale ne lui avait même pas effleuré l'esprit.

– On dirait qu'ils jouent à un jeu.

– Un jeu ? Des robots qui jouent.

– Bizarre, je le reconnais. Mais charmant. Je n'aurais jamais imaginé que des robots puissent s'amuser.

– Je ne suis pas persuadé que les robots soient censés s'amuser.

– Ne sois pas rabat-joie.

– Je suis peut-être jaloux. Je voudrais bien avoir le temps de jouer au ballon.

– En ce cas, on pourrait se joindre à eux. Quoique, vu la taille et le poids apparent du ballon, m'est avis qu'à la première passe on se ferait aplatir, aussi bien toi que moi. Mais je comprends ce que tu veux dire. J'aimerais bien retourner sur Aurora et me promener à travers champs, ou simplement traînasser et goûter les délices d'une léthargie que je me serais rigoureusement imposée.

– Toujours est-il que nous devons prendre ce jeu comme une autre de ces anomalies que nous avons constatées. Pourquoi ne vaquent-ils pas à leurs tâches ? Qui a pu suggérer à tous ces robots de s'accorder du temps libre pour danser et jouer au ballon ?

— C'est peut-être que, tout simplement, on n'a pas l'habitude de les voir avec du temps libre.

— Non, c'est plus que ça. Les robots n'ont pas de temps libre. Quand ils ne sont pas occupés à quelque tâche, ils demeurent sur place, c'est tout. Sur Aurora, vous les casez dans ces espèces de niches. Et pourquoi diable un robot se mettrait-il subitement à jouer ? Et puis, est-ce parce qu'il joue à un jeu comme celui-là, en émettant des sons de plaisir, que cela signifie obligatoirement qu'il s'amuse ? A-t-il la moindre possibilité d'éprouver le sentiment de…

— Stop ! Je ne me sens pas d'attaque en ce moment à écouter une de ces énigmes positroniques. Quelle énergie tu peux avoir parfois, mon chéri.

— Et c'est pour ça que tu m'aimes.

— Seulement lorsque c'est à moi que tu la destines.

Ils interrompirent leur marche quelques secondes pour s'embrasser. Un robot qui passait se mit à siffler. Peu habitué à un comportement aussi cavalier de la part d'un robot, Derec, furieux, s'arracha à l'étreinte et courut après l'impertinent siffleur auquel il donna l'ordre de s'arrêter. Celui-ci s'immobilisa et attendit que Derec parle.

— Est-ce que tu as sifflé, là, à l'instant ?

— Oui. Tu sais comment on siffle, n'est-ce pas ? Tu plisses les lèvres et tu souffles.

— Je *sais* comment on siffle. Mais toi, comment le sais-tu ? Tu n'as même pas de lèvres.

— Un détail. Je peux reproduire n'importe quel son humain grâce à mes circuits d'imitation intégrés.

— Tu as des circuits d'imitation intégrés ?

— Oui, maintenant.

— Tu n'en avais pas avant ?

— C'est tout récent.

— Et tu peux imiter les sons humains ?

— Nommes-en un, môme.

— Tu ne devrais pas m'appeler môme.

— Je ne l'ai pas fait consciemment. J'appelle tout le monde môme.

— Eh bien, tu feras une exception pour moi. Mais dis-moi, pourquoi ne réponds-tu pas à mes questions ?

— Je n'aime pas qu'on me cuisine, poulet.

– Même, cuisiner, poulet ? C'est de l'argot, n'est-ce pas ?

– Sans blague, fiston.

– Où as-tu appris l'argot ?

– Au même endroit où j'ai appris à siffler.

– Tu ne m'as jamais dit où c'était. O.K., reprenons au début. Où as-tu appris à siffler ?

– J'ai vu ça dans un film.

– Un film ? Tu regardes des films ? Comment est-ce possible ?

– Il y en a des tas stockés dans la tour du Compas, vieux. Pour la recherche. Nous devons étudier les humains pour les comprendre, fiston. Des comme toi, il n'en est pas venu des masses dans la Cité des robots. Alors, comment on se débrouille si on veut vous étudier ? Les films, on les obtient auprès du programme divertissement de l'ordinateur.

– Ce serait donc ça qui se passe ici ? Vous, les robots, vous visionnez des films anciens ?

– Certains d'entre nous.

Ariel s'approcha pour questionner à son tour le robot. Elle s'adressa à lui d'une voix placide, en contraste avec le ton ferme et impatient de Derec.

– Quand trouves-tu le temps pour ça ? Et tes obligations ?

Le robot fit pivoter sa tête vers la jeune femme.

– Ah, je vois le manège. Et vas-y donc. Tu me fais un de ces trucs de flic. Le numéro du gentil truand, je crois que c'est comme ça que ça s'appelle.

– Il ne s'agit pas d'un numéro. Réponds à ma question. Tu es tenu d'obéir à la Deuxième Loi.

– Désolé. D'accord, si tu y tiens. Je n'ai pas le sentiment que le temps dévolu à l'accomplissement de mes obligations soit en aucune façon amputé par celui que je passe à visionner des films et des shows hyperonde ou d'avant l'hyperonde.

– C'est quoi, ton travail ?

– Je suis un spécialiste en observation du périmètre et en filtrage des éléments étrangers.

– Un quoi ? Ça m'a l'air... Attends, est-ce que tu veux dire un garde frontière ?

– C'est l'appellation vulgaire, maîtresse Ariel.

– Nous n'avons nul besoin de gardes frontières. La Cité

des robots s'étend sur la totalité de la planète. Il n'y a pas de frontières.

Le robot fit un mouvement avec le haut du buste, mouvement qui, chez un humain, serait passé pour un haussement d'épaules.

– On m'a mal informé, dit-il.

Derec prit le relais de l'interrogatoire.

– Tu fais un travail qui ne présente aucune utilité.

– Il semblerait.

– Garde frontière, ça a toujours été ton travail ?

– Non. Avant, j'ai été analyste.

– Tu aurais dû être reprogrammé pour accomplir ta nouvelle tâche.

– Oui.

– Et tu l'as été ?

– Oui.

– Qui t'a reprogrammé ?

– Je ne suis pas autorisé à le révéler.

– Mais si. Tu es autorisé à me le dire.

– Non. Je sais que tu es Derec, mais le protocole des Lois de la Robotique n'a rien à voir là-dedans. Ça m'est vraiment impossible. Il y a un blocage sur l'information qui fait que, si j'essaie de la divulguer à...

– Je sais, je suis au courant. L'information s'autodétruit. Tu l'oublies avant de pouvoir l'énoncer.

– C'est exactement ça.

Derec, l'air ennuyé, tourna le dos au robot.

– Attention, dit-il à Ariel.

Il mit son poing en arrière, comme s'il allait frapper la jeune femme en pleine face. La main du robot réagit promptement. En une fraction de seconde, elle saisit le bras de Derec dans ses tenailles. Sous la prise, celui-ci relâcha son effort.

– Ça va, robot. Je ne me permettrais jamais de lui faire du mal. C'était seulement pour te tester.

– Me tester ?

– Je voulais m'assurer que tu obéissais encore à la Première Loi en m'empêchant de la frapper.

– J'obéis. Je suis obligé.

Derec poussa un soupir.

– Au moins quelque chose qui fonctionne au poil par ici.

– Excuse-moi. Quelque chose a dû m'échapper, vieux. De quel poil s'agit-il ?

Derec partit à rire, ravi que le robot, malgré ses connaissances en argot, puisse quand même se laisser encore prendre en défaut par une interprétation toute littérale.

– Ce n'est rien. Juste une figure de style.

– Je m'en resservirai. Merci, môme.

– Cesse de m'appeler môme. D'abord, c'est inexact, et en plus irrespectueux.

– Ce n'est pas tellement inexact, marmonna Ariel. Je veux dire, tu es encore dans l'adolescence.

– Je ne me sens plus adolescent.

– Excuse-moi, maître Derec. Je pensais que môme était un terme respectueux. Dans les films, ça l'est, me semble-t-il.

– J'y renonce. Passe ton chemin.

– Comme tu veux. A ton service, mô..., maître Derec.

Le robot s'esquiva en douceur.

– Attends, le héla Derec. C'est quoi ton nom ?

– Bogie.

– C'est ton nouveau nom, celui que tu t'es choisi ?

– Oui.

– Est-ce que tu vois beaucoup de films ?

– J'ai étudié une certaine période du cinéma, en effet.

– Tiens, pourquoi une certaine période ?

– C'était la tâche qui m'avait été assignée.

– Qui te l'a assignée ?

– Je ne suis pas autorisé à le révéler.

– O.K. ! O.K. ! J'ai saisi. Je ne te poserai plus de questions. Tu peux partir à présent, Bogie.

– Oui, maître Derec.

Bogie disparut à l'angle d'un autre bâtiment. Derec s'était-il mépris, ou ne venait-il pas de voir le robot tendre la main et donner une chiquenaude au mur, comme s'il y insérait une pièce de monnaie invisible ?

– Que penses-tu de tout ça, Ariel ?

– Lorsque j'étais enfant, ma mère me faisait voir des tas de films de la vieille Terre. Pas très nets, sombres, avec des nuances de gris que les gens aimaient qualifier de noir et blanc. Très difficiles à regarder, complètement irréels. Le plus souvent, il y était question de crimes, de meurtres et de détectives privés. Bogie ressemble à un personnage de l'un de ces films. L'argot qu'il utilise est à peu près le même, pour autant que je me souvienne. On peut peut-être en visionner quelques-uns.

— Ça pourrait nous aider à comprendre de quoi il parle. Pour l'heure, cependant, je crois que nous ferions mieux de gagner la tour du Compas avant qu'un autre de ces marioles ne s'amène.

— Marioles ? Et toi qui te plaignais de l'argot de Bogie !

— A force, ça finit par se transmettre.

— Et que devient ton respect pour le langage ?

— Je ne suis pas certain d'en avoir jamais eu. Allons, il faut que je trouve les Superviseurs et que je m'arrange avec l'ordinateur.

— A moins qu'il s'imagine être lui aussi un personnage de film.

— Je ne veux même pas y penser.

Tandis qu'ils se dirigeaient vers la tour du Compas, l'Œil Vigilant examinait la situation. Si ces deux-là étaient les humains supérieurs, ils manquaient assurément de confiance en eux, et en plus ils se montraient un tantinet agressifs. Après tout, Derec n'avait-il pas failli frapper Ariel ?

Il était difficile à l'Œil Vigilant de les étudier tant qu'il restait collé dans son abri. Cependant, il ne pouvait pas bouger pour l'instant. Il lui fallait demeurer au cœur de la cité. Il ne serait peut-être pas inutile de mettre quelques robots en filature sur Derec et Ariel. Ils pourraient l'avertir si se présentait le moindre danger qu'on le découvre. Il décida d'assigner la mission à Marchencadence et à Bogie. Ceux-ci avaient déjà démontré leur efficacité par la performance qu'ils avaient réalisée en assimilant tous les matériaux de recherche qui leur avaient été attribués.

Par le biais des communicateurs, il contacta les deux robots qui, n'ayant rien de mieux à faire, modifièrent leur itinéraire pour se rejoindre à la tour du Compas, juste après que les humains eurent pénétré dans l'immense structure pyramidale.

DES ROBOTS QUI MARMONNENT
ET UN ORDINATEUR MAL EMBOUCHÉ

Déconcerté par l'attitude de Derec et d'Ariel, l'Œil Vigilant tourna son attention vers le second groupe de visiteurs. Juste à temps pour voir Mandelbrot et Eve quitter le bâtiment où celle-ci avait découvert les rebuts de certaines de ses premières expériences génétiques. Le comportement qu'Eve avait eu à l'intérieur de l'ancien local lui paraissait digne d'admiration. Il préférait assurément le flegme dont elle avait fait preuve aux réactions poltronnes et emportées d'Ariel et de Derec.

Son admiration grandit encore quand il prêta l'oreille aux questions que lui posait Adam, son compagnon. Des questions qui dénotaient un esprit beaucoup plus analytique et logique que celui qui animait Derec ou Ariel pendant leur interrogatoire des deux robots. L'Œil Vigilant, toutefois, restait perplexe devant certains aspects de la relation qui existait entre Adam et Eve. S'il avait détecté une chaleur et une émotion partagées entre Derec et Ariel, même quand ceux-ci s'étaient disputés, leurs homologues au teint d'argent ne semblaient proches l'un de l'autre que lorsqu'ils se communiquaient des informations. Ils n'avaient jamais l'un envers l'autre ces tendres attouchements que se prodiguaient Derec et Ariel. Même s'il n'accordait aucune importance aux sentiments, l'Œil Vigilant avait noté que ceux-ci semblaient jouer un rôle clef pour nombre de spécimens d'humanité décrits dans les fichiers de l'ordinateur.

Il y avait, comme aurait pu l'exprimer Derec par son obsession de *Hamlet*, un froid esprit méthodique dans l'entêtement maniaque qui portait l'Œil Vigilant. Il était troublé par certains aspects de la Cité des robots et pensait avoir besoin d'une assistance. Quel que soit le couple qu'il juge-rait supérieur, il avait l'intention de rallier ces deux-là à sa cause, en tant que conseillers, afin qu'ils l'aident à gérer la cité.

Jusqu'à maintenant, il ne s'était adjoint que la seule col-laboration des robots parce qu'il n'avait personne d'autre à sa disposition. Ceux-ci faisaient du bon travail quand on leur donnait les instructions appropriées mais, dès lors que leurs tâches impliquaient l'une ou l'autre de leurs Lois de la Robotique, ils se mettaient à poser des tas de questions qui étaient autant de temps gaspillé. Qu'un ordre de l'Œil Vigi-lant leur paraisse mettre l'un des leurs en danger, et c'étaient aussitôt de longues discussions sur la nature de la tâche assignée, jusqu'à ce que l'Œil Vigilant finisse par en modifier le contenu en supprimant les obstacles à la Troi-sième Loi. Et à présent que les visiteurs avaient débarqué sur la planète, voilà qu'il commençait à entendre les robots se préoccuper de la Première Loi.

Bien que l'Œil Vigilant ne l'eût pas énoncé en ces ter-mes, la Cité des robots était devenue son petit jouet person-nel. Tout bien considéré, ça ne faisait pas très longtemps qu'il avait une conscience des choses et, d'une certaine fa-çon, il était encore un enfant. C'était la raison pour laquelle il avait effectué tellement d'expériences depuis son arrivée. Il testait la Cité des robots, réorganisant la place pour l'adapter à ses besoins, vérifiant ce qui marchait et ce qui ne marchait pas, reprogrammant les robots pour qu'ils col-lectent les informations qui outrepassaient sa capacité d'as-similation. En fin de compte, il projetait de restaurer l'ordre dans la cité, un ordre hautement structuré, basé sur des théories qu'il formulait au jour le jour. Il était résolu à réali-ser son objectif, qui consistait à créer une cité répondant à ses aspirations.

Les nouveaux venus, avec l'expérience et l'intelligence qu'ils détenaient, pourraient l'aider en cela. Il ferait en sorte d'avoir la mainmise sur eux (une expression qu'il avait apprise de l'ordinateur – non qu'il ait jamais mis une main sur quelque chose ; pour l'heure, il n'en possédait pas) et utiliserait leurs compétences pour faire également main basse, de cette fameuse main imaginaire, sur la cité.

Tandis qu'Eve et les autres poursuivaient leur explora-tion, l'Œil Vigilant essaya de repérer Ariel et Derec. Au début, il ne parvint pas à les localiser, mais Marchencadence, un de ses espions nommés de fraîche date, l'informa qu'ils étaient sur le point de pénétrer dans la tour du Compas. Rapidement, l'Œil Vigilant activa les équipements de vie dont le couple aurait besoin à l'intérieur de l'édifice pyramidal.

– Ça sent le renfermé ici, fit observer Ariel alors qu'ils descendaient le couloir menant à la salle de réunion des Superviseurs. Comme si c'était resté longtemps hermétiquement clos.

– C'est peut-être bien le cas, corrobora Derec. Il est fort possible que, lorsque nous nous absentons durant une longue période, ils coupent les circuits de ventilation.

– Peut-être. Toujours est-il que je n'aime pas cette odeur de tombeau.

Elle toussa. Les échos parurent s'engouffrer dans nombre de passages face à eux.

– Je n'ai pas souvenir qu'il faisait si froid là-dedans, ajouta-t-elle. Je sais, ne le dis pas. Aucune raison de laisser des appareils de chauffage en marche rien que pour des robots.

Ils arrivèrent devant la salle de réunion, dont la porte était entrebâillée. Derec posa la main sur le bras d'Ariel, en chuchotant :

– Attends.

– Qu'y a-t-il ? chuchota-t-elle en retour.

– D'ordinaire, cette porte ne reste pas ouverte.

– Et alors ? L'endroit est suffisamment sûr comme ça. Nul besoin de mesures de sécurité.

– Je sais, je sais. C'est surprenant, c'est tout. Elle devrait être fermée.

– Mon Dieu, tu deviens un maniaque de l'anomalie. Entrons.

Avant qu'il ait pu la retenir, la jeune femme s'arracha à lui et s'avança d'un pas décidé. Le geste brusque ne le surprit point ; Ariel avait toujours été plus impulsive que lui. Il se précipita sur ses talons.

Une fois de plus, alors qu'ils franchissaient le seuil d'une salle plongée dans l'obscurité, l'éclairage automatique refusa de fonctionner. Heureusement, les salles de la tour du

Compas étaient équipées de dispositifs auxiliaires manuels de sorte que, si nécessaire, les lumières pouvaient être actionnées par les occupants. Ariel tâtonna du dos de la main le long du mur proche de la porte et trouva un interrupteur. Elle appuya dessus.

Les robots Superviseurs, à leur manière caractéristique, étaient assis autour de la longue table de réunion. Ariel reconnut Avernus, Dante, Rydberg, Euler, Arion, et en particulier le premier Wohler, le robot qui lui avait sauvé la vie sur la paroi extérieure de la tour, avant de perdre tout souvenir de son acte héroïque. Chaque fois qu'elle le voyait, elle éprouvait un petit pincement d'affection à son égard.

– Pourquoi sont-ils assis dans le noir ? s'étonna Ariel. Hé, les gars, pourquoi êtes-vous assis dans le noir ?

– Il ne fait pas noir à présent, dit Avernus.

Sa voix était bizarre, un peu plus profonde que d'ordinaire, comme une bande-son se déroulant au ralenti.

– Mais c'était noir tout à l'heure. Attendez un peu. Ce n'est pas dans vos habitudes, les gars, de nous sortir ces stupides jeux de mots de robots. Mince, à vous tous réunis, vous n'êtes rien de moins qu'un super-ordinateur. Qu'est-ce qui se passe ?

– Rien, répondit Euler.

Sa voix à lui aussi avait un son étrange. Ariel se tourna vers Derec.

– Qu'est-ce qui se passe, à ton avis ?

– Je l'ignore.

Il fit le tour de la table, observant attentivement chacun des robots, les touchant de temps à autre, leur posant de brèves questions, pour obtenir en retour des réponses bien lentes. Finalement, il rejoignit Ariel et murmura :

– Ils ne fonctionnent pas vraiment.

– Qu'est-ce que tu racontes ? Ils ont répondu à tes questions, ils m'ont parlé.

– Oui, mais leurs réponses étaient dépourvues de sens. En réalité ils ne disaient rien du tout. Tu les as entendus. Chaque fois que mes questions avaient quelque chose à voir avec un éventuel mauvais fonctionnement de l'ordinateur, ils ont été unanimes pour affirmer que l'ordinateur était pleinement opérationnel. Mais quand je leur ai posé des questions précises sur ce qui n'allait pas dans la cité, ils ont dit que tout allait bien. Bon, on a vu à quel point ça n'allait pas et je prétends, Ariel, qu'entre tout ce qui ne va pas il y a pour une bonne part *eux*. Quiconque est derrière le sabotage de la cité a pris, aussi, le contrôle de ces robots. Ce n'est rien d'autre qu'un organe de plus à se déglinguer. Essayons le bureau central. On y trouvera peut-être le coupable.

Avant de quitter la pièce, Derec et Ariel jetèrent un regard en arrière. Visiblement, les Superviseurs n'avaient pas bougé d'un pouce. Ils ne s'étaient pas levés avec diligence pour offrir leurs services aux deux humains, ne leur avaient fourni aucun renseignement utile. Ils avaient paru indifférents, et des robots indifférents, c'était comme une antinomie. Avant d'éteindre la lumière, Ariel lança, d'une voix un peu triste :

– Bye, les gars.

Etait-ce le fait de son imagination ou les avait-elle entendus marmonner une réponse ?

La lumière du bureau dut elle aussi être actionnée manuellement. La pièce en elle-même n'avait pas l'air différente de l'habitude. Tous les meubles étaient à leur place, les surfaces étaient propres, l'ordinateur en bonne position sur le pupitre. Les murs environnants, qui dispensaient des images ordinateur de la vue depuis le toit de la tour du Compas, fonctionnaient toujours, même s'ils montraient une Cité des robots dénaturée, désormais trop obscure et trop énigmatique. Derec jura tout bas.

– Qu'y a-t-il ? s'inquiéta Ariel.

Depuis qu'ils étaient revenus dans la Cité des robots, ça semblait sa question essentielle.

– Les biopuces. C'est comme si elles s'affaiblissaient, se dissolvaient. Ce qui affecte la cité les affecte aussi. C'est *obligé*. Laisse-moi avec l'ordinateur.

Tandis qu'il allumait l'écran, appelait les codes d'accès, faisait courir ses doigts sur le clavier, des larmes lui vinrent aux yeux et il lutta pour se retenir de pleurer. Ariel, pour la première fois depuis longtemps, ne savait pas que lui dire ou que faire pour l'aider. Les biopuces avaient toujours constitué un mystère pour elle, et elle ignorait comment contrecarrer l'effet qu'elles avaient sur son compagnon.

Finalement, dans un hurlement de rage, Derec abattit ses poings sur le clavier. Quelques lettres sans suite s'affichèrent sur l'écran, suivies par un point d'interrogation.

– C'est comme tout le reste ici. Il refuse de communiquer avec moi. Quoi que je tape, il me renvoie du charabia – un message d'erreur, ou une demande de clarification, ou alors il me refuse l'accès. Je lui ai demandé pourquoi le système d'éclairage ne fonctionnait pas correctement, et en retour lui m'a demandé si j'aimerais qu'on nous passe dans nos appartements une cassette des Fêlés du Bocal. (Les Fêlés du Bocal étaient le groupe de jazz que les robots avaient formé durant l'incident du « Disjoncteur ». A l'époque, une véritable fascination pour tous les domaines de la créativité s'était emparée de plusieurs robots, avant qu'Avery vienne chasser de leurs cerveaux positroniques ces pulsions « dangereuses ».) Je lui ai demandé pourquoi tant de programmes ne marchaient pas, et il m'a présenté un fichier d'exercices pratiques de gestion des fichiers. Je lui ai demandé s'il y avait eu de nouveaux arrivants dans la cité, et il a répondu que l'accès à l'information était bloqué. Je lui ai demandé de le débloquer, et il a dit que c'était bloqué *pour toujours*.

– Comment cela se peut-il ?

– Je l'ignore. C'était comme s'il jouait avec moi comme avec un enfant, sans tenir aucun compte des biopuces. On a posé une espèce de dérivation ; quelqu'un s'est introduit dans le système ou quelque chose comme ça, ou un virus, je ne sais pas. Quoi que ce soit, qui que ce soit, il contrôle tout le truc. Je pourrais me tuer à essayer d'accéder à la bonne information, je n'obtiendrais qu'un fatras d'inepties. L'ordinateur m'a été confisqué, les robots ne sont plus en mon pouvoir, la cité est en train d'expirer, et je ne peux rien faire pour arrêter ça. Tout ce à quoi j'aspire, c'est regagner le vaisseau, décoller de ce trou à rats, repartir sur Aurora ou même sur Terre, et ne plus jamais revenir.

Il était sur le point de craquer. Ariel s'en rendait compte. Doucement, elle lui passa la main dans les cheveux, ses cheveux raides couleur de sable, sans trop savoir quoi dire sur le moment. Puis elle s'agenouilla à côté de lui et lui parla.

– Hé, secoue-toi. Ce ne sont que de petits contretemps, l'ami. On va régler tout ça. Ce ne sera pas la première fois.

Il ébaucha un sourire.

– Tu as raison. Qu'est-ce que je ferais sans toi ?

– Tu avancerais sans doute à l'aveuglette, avec beaucoup moins d'efficacité.

Il resta calmement assis un long moment.

– Est-ce *lui* qui est derrière tout ça ?

Pas besoin de demander à qui il faisait référence.

– Il y a les empreintes du Dr Avery partout, n'est-ce pas ?

– Ça doit être lui.

– Eh non, dit le Dr Avery en extrayant sa silhouette courtaude d'un coin sombre. Cette fois, ce *n'est pas* moi. Tu me vois, mon fils, aussi confondu que toi par tout ça.

LES AVERY N'ONT BESOIN DE PERSONNE

– Vous étiez planqué dans ce coin tout ce temps-là ? demanda Ariel.

Avery lui répondit en arborant un air supérieur.

– Depuis bien longtemps avant que vous ne veniez violer mon intimité en entrant dans cette pièce. J'étais...

– Va au diable ! hurla Derec brusquement.

Il bondit de son siège et se rua sur le Dr Avery, l'empoignant à la gorge et le poussant contre le mur le plus proche. Les yeux du docteur restèrent de marbre, comme si, devant la mort imminente, il conservait le même regard que lorsqu'il assenait un de ses sarcasmes.

– Derec ! s'écria Ariel. Arrête ! Immédiatement.

Elle lui tira le bras de toutes ses forces, lui faisant rompre sa prise, puis s'interposa entre le Dr Avery et lui. D'un puissant revers, elle le frappa au visage. Un instant, la stupeur se lut dans les yeux du jeune homme. Elle le ramena en douceur jusqu'au terminal.

– Maintenant, dis-moi, au nom des cinquante planètes des Spatiaux, qu'est-ce qui t'a pris de faire ça ?

Derec se rassit. Ses doigts balayèrent une rangée de lettres sur le clavier.

– Je suis désolé, Ariel.

– Et moi ? articula Avery d'une voix légèrement tremblotante en se tâtant la gorge. Je crois que tu me dois des excuses.

– Ça non ! Il n'en est pas question ! Tu nous espionnais.

– Je n'appellerais pas ça espionner. J'étais là le premier, rappelle-toi. J'étais en train de réfléchir dans le noir. C'est toi qui t'es imposé. Simplement, je n'avais pas envie de m'annoncer.

– Il a raison, Derec, insista Ariel. Le fait de nous espionner ne justifie pas ta tentative de meurtre sur lui.

– Je ne l'aurais pas tué. Tu le sais bien. (Ariel était perplexe : elle ne savait pas vraiment si Derec était ou non capable de commettre un parricide.) Je voulais juste l'abîmer un peu.

– Eh bien, tu auras au moins réussi cela, jeune homme, déclara Avery. (Pour l'instant, il avait une main occupée à tirer sur le poignet de sa manche, et l'autre à défroisser sa blouse de laboratoire.) Mais pour le reste, tu ne me fais pas l'effet d'avoir accompli des merveilles. Pas étonnant que tu en sois réduit aux larmes.

Un petit cri de colère jaillit dans la gorge de Derec, qui se retint toutefois de sauter à nouveau sur son père. Au lieu de ça, il énonça calmement, d'une voix égale :

– Voilà ce qu'il y avait, Ariel, il m'a vu pleurer. Je ne voulais pas qu'il voie ça, c'est tout. Pas lui ! C'est puéril de ma part, sans doute. Je suis désolé.

La jeune femme le serra dans ses bras.

– Tu *es* puéril, mon chéri. Et puis, ça fait du bien de pleurer. Peu importe qu'on te voie.

– Pas si c'est lui, protesta Derec. (Il se frotta les yeux du dos de la main droite, s'efforçant d'effacer toute trace révélatrice de son abandon.) Il n'a aucun droit de me juger.

– Je t'ai toujours jugé. Je suis ton père. Je n'ai pas besoin de permission.

– Il ment peut-être en affirmant qu'il est mon père. Comment savoir ?

– Tu as hérité de mon mauvais caractère, fiston. N'est-ce pas une preuve suffisante ? Et pourquoi ne t'adresses-tu pas à moi directement ?

Derec refusa de répondre. Il resta assis sans rien dire, les yeux fixés sur le dernier message affiché sur l'écran, un galimatias à propos de paramètres invalides.

Tout en lissant ses cheveux blancs ondulés et brossant ensuite sa moustache, Avery s'avança. Ariel nota que ses yeux flamboyaient. Dans ses propos et ses actes, il lui avait toujours paru avoir le cerveau dérangé ; à présent, elle lisait cela dans ses yeux. Derec pivota sur son siège pour faire face au savant. Un étrange sourire se dessina lentement sur la face du docteur.

– Nous avons un problème, commença-t-il.

– Nous avons de nombreux problèmes, coupa Derec. Duquel parles-tu ?

Avery agita la main pour lui signifier de se taire.

– Pas de ceux qui existent entre toi et moi. Ils sont insignifiants. Je finirai par t'en convaincre à la longue. Non, je veux parler de la cité. Ma cité. Et ta cité, également. Presque tout fonctionnement normal a cessé, comme tu as pu le constater.

– Et tu n'as rien à voir avec ça ?

Avery secoua la tête pour exprimer que non.

– Je comprends fort bien que tu me soupçonnes. Moi-même, je pourrais me soupçonner. Mais j'étais sur un autre projet, en train de réaliser une tout autre série d'expériences sur une autre cité de robots. Je me suis servi d'une clef du Périhélie pour revenir ici hier, et jusque-là ma présence est passée inaperçue. Ce qui n'est pas surprenant, vu l'état de dégradation où en sont les choses ici.

– Quelle en est la cause ? demanda Derec.

– Je n'arrive pas à le découvrir. Les changements ne se produisent pas d'eux-mêmes, ça, j'en suis convaincu. Il y a quelqu'un derrière tout ça. Mais je n'ai pas la moindre idée de qui cela peut être. Pendant quelque temps, j'ai pensé que ça pourrait être toi, à faire l'imbécile avec ton propre patrimoine, à t'essayer à voler de tes propres ailes. Mais je me rends compte à présent qu'il n'en est rien.

– Pourquoi, selon vous, s'agirait-il de *quelqu'un* ? demanda Ariel. Ça ne pourrait pas être un défaut dans les organes, un truc que vous auriez laissé échapper et qui entraîne la détérioration de la cité ?

Un éclair d'indignation furieuse passa brièvement dans les yeux du docteur, avant de disparaître lorsque celui-ci planta son regard dans celui de son interlocutrice.

– Non, la cité ne peut pas se détériorer, dit-il. Elle pourrait s'asphyxier et périr du fait d'une surproduction, comme c'est arrivé la première fois que vous avez débarqué ici. Elle pourrait connaître la déchéance sociale, ainsi que ça a failli se produire quand l'artiste Lucius a réalisé sa sculpture du « Disjoncteur ». Mais les mécanismes eux-mêmes ne peuvent pas flancher, pas plus que les robots. Néanmoins, je suis d'accord sur le fond avec votre façon de voir les choses. Il y a ici des signes évidents de décadence. Décadence dont la cause n'est pas dans le système mais provient d'une source extérieure. A nous de découvrir cette source.

– Arrête de dire *nous,* objecta Derec d'un ton rageur. Tu feras ce que tu veux, mais ne compte pas que je travaille avec toi. Jusqu'à preuve du contraire, dans ce qui arrive à la cité, tu es mon principal suspect.

Le docteur se permit à nouveau un sourire. Et cette fois encore ce fut un étrange sourire, qui apparut sur son visage, comme libéré par un ressort.

– Tes circuits logiques ont besoin d'une révision, fiston. Pourquoi voudrais-je la ruine de la Cité des robots ? Une cité que j'ai créée de mes propres mains, peuplée de mes propres robots. Détruire cette cité, ce serait comme me détruire moi-même.

– Excusez-moi, monsieur, dit Ariel, mais votre conduite antérieure ne nous autorise pas à éliminer le risque que vous puissiez, dans un moment de dépit ou un accès de colère, décider de vous débarrasser de votre propre création. J'en suis navrée, mais là-dessus je suis de l'avis de Derec.

Elle se rapprocha de son compagnon, sur l'épaule duquel elle posa la main d'un geste désinvolte.

– Eh bien, repartit Avery, vous faites une drôle de paire, tous les deux. On dirait des colons de la première heure roulant des yeux de merlan frit sur une vieille photo d'époque. Toutes les tares de l'humanité exposées dans leur raideur pudibonde sur une plaque à traitement chimique. J'imagine que j'en attendais davantage de vous deux, mais j'aurai au moins appris une chose : si les humains peuvent flancher, les robots, eux, sont éternels.

Ariel pouffa de rire.

– Si je ne m'abuse, ce sont les diamants qui sont éternels.

– Mes robots survivront à l'éclat factice des accidents géologiques.

Derec allait se lever, mais Ariel, d'une douce pression sur l'épaule, lui signifia de rester assis.

– Docteur, dit-elle, j'admire votre style fleuri autant que la première midinette venue, mais givre, que voulez-vous dire au juste ?

Avery loucha vers la jeune femme en inclinant légèrement la tête, comme s'il ne pouvait admettre d'être mal compris.

— Ma chère, le robot, bien que fabriqué par l'homme, représente le stade le plus évolué de l'humanité. L'idéal auquel vous, êtres fragiles et chétifs, voués à la maladie, devriez vouloir aspirer. Au lieu de quoi, vous ne les respectez même pas. Vous leur donnez des ordres à tout bout de champ, les traitez comme des serviteurs.

— Ce n'est pas vrai, rétorqua Ariel. Nous les respectons. La majorité d'entre nous.

— Mais pas tout le monde, proféra Avery d'un ton suffisant.

— Qu'on le veuille ou non, ils ont été fabriqués pour être des serviteurs, déclara Derec. Pour seconder les ouvriers humains dans l'industrie, les domestiques dans les maisons.

— Oui, on en a fait des esclaves au début. Mais je leur ai donné la liberté. J'ai créé des communautés à leur intention, où ils peuvent vivre sans avoir à subir l'ingérence perpétuelle de la race humaine, des cités bien plus éclatantes que les taudis surpeuplés de la Terre ou les foyers d'Aurora perdus dans leur solitude sauvage. J'ai...

— Attendez un peu, l'interrompit Ariel. Avec tout le respect qui vous est dû, monsieur, il me semble que ces cités de robots sont conçues comme un environnement relatif parfait pour accueillir les humains à venir. Et voilà que vous prétendez qu'elles seraient en réalité destinées aux robots ?

— Bien vu, Ariel. Vous pigez vite. Il m'a bien fallu dire à mes robots qu'ils bâtissaient la cité pour les humains. Lois de la Robotique obligent. Ils doivent à tout le moins penser qu'ils sont ici pour protéger les humains, pour suivre les instructions que devraient leur donner les humains. Ces humains que, pourtant, ils ne rencontrent que fort rarement. Ça n'a pas l'air de faire la moindre différence pour eux, dès lors qu'ils s'imaginent que les humains finiront par arriver.

— Mais alors, vous n'avez jamais eu l'intention, disons, d'importer des colons pour qu'ils vivent ici ?

— A l'origine, si. Mais j'ai changé d'avis. Je le dis, la Cité des robots est pour les robots. Pourquoi les contaminer avec des hordes d'humains propageant leurs mœurs de dégénérés et leur comportement égotiste ? Ne voyez-vous pas, Ariel, qu'il serait injuste que les êtres supérieurs continuent à servir les inférieurs ? C'est pourquoi je me pose en libérateur. Les robots sont le prochain pas dans l'évolution. Les humains s'éteindront, tandis que les robots demeureront.

Ariel se rendit compte qu'elle avait retenu sa respiration pendant qu'elle écoutait le docteur clamer sa diatribe. Elle se tourna vers Derec et lâcha dans un soupir :

– Il *est* fou.

– J'ai entendu, jeune dame. Il était évident que vous me verriez ainsi, avec votre perception limitée. Je n'espérais pas une autre réaction. Mais votre antagonisme ne fait que stimuler mes voies positroniques.

– Vos quoi ?

– Mes voies positroniques. Voyez-vous, je n'ai pas seulement créé les robots Avery à mon image. Je me suis recréé moi-même, jetant mon humanité aux orties et me transformant moi aussi en robot.

– Sornettes, marmonna Ariel.

Avery se contenta de sourire. Un sourire qui lui donnait, trouva-t-elle cette fois, un air nettement marqué de robot, même si elle ne croyait pas un mot de son histoire.

– Je savais que vous ne me croiriez pas, dit Avery.

– Est-ce que vous essayez de nous faire avaler, carrément, que vous vous êtes implanté un cerveau de robot dans la tête ? C'est ça que vous voulez dire avec vos stupidités de voies positroniques ?

– A ce que je vois, vous en êtes au stade du mépris. Je crois donc qu'il vaut mieux en rester là de notre discussion.

Un instant, Ariel se demanda si le personnage, l'exact jumeau du Dr Avery qu'elle avait connu antérieurement, pouvait effectivement n'être qu'une recréation robotique. Puis, il passa devant elle et elle sut, à l'odeur aisément détectable de son corps, qu'il était toujours au moins en partie humain.

Lorsqu'il eut claqué la porte derrière lui, Ariel fit le commentaire suivant :

– Cet homme a besoin qu'on l'aide.

– Nous aussi, dit Derec. (Ses doigts coururent à nouveau sur le clavier, et une suite de caractères s'afficha à l'écran.) Jette un œil là-dessus, Ariel.

La jeune femme ne discerna qu'un paquet de lettres et de chiffres.

– Ça signifie quoi ?

– C'est un rapport sur l'avancement des travaux de construction dans la Cité des robots. Les premiers chiffres représentent le taux normal d'édifices nouveaux pour la cité. Mais ces derniers temps, les chiffres ont chuté progressivement, avec de moins en moins d'édifices érigés. En fait, depuis juste avant notre arrivée, aucun édifice nouveau n'a été créé. Toute construction dans la Cité des robots a cessé.

– C'est marrant, commenta Ariel.

– Qu'est-ce qu'il y a de marrant là-dedans ?

– Cela tend à corroborer l'histoire de ton père.

– Comment ça ?

– Eh bien, rappelle-toi ce qu'il a dit à propos des robots qui seraient les suprêmes je ne sais quoi, plus la cité qui constituerait l'abri le plus sûr pour eux. Pourquoi donc irait-il interrompre le processus ? Pourquoi permettrait-il que les robots connaissent eux-mêmes, comme il disait, la décadence ? Cet homme ne va pas être ravi avec des Superviseurs indifférents et des robots danseurs de claquettes ou mordus de cinoche. Après Lucius, il a déprogrammé ses robots de toute velléité de créativité. Non, pour une fois, le Dr Avery n'est pas le grand fauteur de troubles. C'est quelqu'un d'autre, c'est couru.

– O.K., je te le concède. Mais que fait-on maintenant ? Je ne peux rien tirer de cet ordinateur, les robots refusent de coopérer, et la cité est devenue un village-jouet pour quelqu'un dont nous ignorons l'identité. C'est quoi, la suite, ma jolie ?

– Eh bien, je viens d'avoir une idée géniale si tu n'es pas contre un petit répit.

– Tu viens d'avoir...

– Cette pièce est meublée avec un canapé-lit, et il y a même une couverture sur la table basse, là, si tu désires un peu d'intimité.

– Tu éteins les lumières, j'éteins l'ordinateur.

– Pourquoi l'ordinateur ?

– Je ne sais pas. J'ai comme la sensation qu'il nous épie.

Alors qu'ils s'embrassaient dans l'obscurité, le véritable espion, tapi derrière la porte, mais toujours instruit des Lois de la Robotique, sentit que celles-ci, d'une certaine façon, s'appliquaient à la situation présente, et se retira donc discrètement. Après tout, songea-t-il, ne voyait-on pas invariablement, dans les meilleurs films qu'il avait pu visionner, la caméra se retirer discrètement pendant ce genre de scènes ? Tandis qu'il rejoignait Marchencadence à l'extérieur de la tour du Compas, Bogie se dit qu'il avait eu de la chance de se voir confier cette mission de filature. Avoir l'œil sur les deux jeunes humains, c'était un peu comme regarder un film – en un sens, c'était même mieux, puisque ça se déroulait en trois dimensions.

UN CERTAIN MALAISE

Chaque fois que Wolruf trébuchait ou se cognait à quelque chose, elle jurait dans son langage. Et quand Eve lui demandait ce que les mots signifiaient, elle répondait que ce n'étaient que des sottises à elle.

Les Flanc d'Argent et Mandelbrot n'avaient aucun problème à se déplacer dans les rues sombres. Equipés de leurs circuits sensoriels de haute précision, ils se jouaient aisément des embûches de l'obscurité. Wolruf, elle, malgré les sens aiguisés qu'elle avait développés dans les contrées sauvages de sa planète natale, était incapable de détecter tous les obstacles qui se présentaient sur sa route.

– Est-ce que l'insuffisance d'éclairage te gêne ? demanda Mandelbrot.

– Oh que oui ! Je me souviens qu'il y avait des lumières quand on marchait dans ces rues.

– Il semblerait qu'elles ne fonctionnent plus.

– Comme tant d'autres choses ici. Qu'est-ce qui se passe, Mandelbrot ?

– Je ne sais pas.

– Parce que ce qu'on a vu, questionna Eve, ne ressemble pas à l'endroit que vous connaissiez ?

– C'est très différent, répondit Wolruf. D'ordinaire, les réverbères étaient allumés.

Ils avancèrent encore un peu dans la rue, tournèrent à un angle (non sans que Wolruf se fasse mal à l'épaule en heurtant le mur d'un bâtiment) et aperçurent devant eux une lumière qui vacillait.

– Qu'est-ce que c'est ? s'enquit Eve.

– Je ne sais pas exactement, dit Wolruf, mais mon museau me dit qu'on ferait mieux d'approcher prudemment.

– Ton museau te parle ?

– Mais non, c'est une façon de rendre en mots humains ce qu'on dit sur ma planète. Nous sentons le danger, nous disons que nous le flairons du museau, même s'il n'y a pas vraiment d'odeur.

Bien qu'elle n'ait pas tout à fait compris, Eve préféra ne pas insister, d'autant que Wolruf, assumant son rôle d'éclaireur, était à présent aux aguets à l'avant du petit groupe.

– Adam ? dit Eve.

– Oui ?

– Trouves-tu que c'est un endroit étrange, cette Cité des robots ?

– D'après mon expérience relativement limitée, qui me fait trouver étranges tous les endroits que j'ai déjà visités, celui-ci l'est aussi, assurément.

La lueur provenait d'un passage à ciel ouvert entre deux bâtiments élevés. Enjoignant d'un geste aux trois robots de ne plus avancer, Wolruf longea la façade de l'édifice jusqu'à l'angle. Penchant la tête, elle vit que la lumière était celle d'un feu de joie brûlant au milieu d'un terrain vague. Rassemblées autour des flammes, plusieurs créatures de petite taille exécutaient une étrange danse au rythme saccadé. Le feu déformait les ombres, et Wolruf eut quelque mal à distinguer de quoi avaient l'air les silhouettes. Elle était au moins certaine d'une chose, elles avaient l'apparence d'humains, mais de taille beaucoup plus réduite.

Au début, elle crut qu'il pouvait s'agir d'un groupe d'enfants. Puis, lorsque quelques créatures passèrent dans un halo de lumière vive, elle découvrit que non seulement elles étaient plus petites qu'elle ne l'avait pensé de prime abord, mais qu'en plus elles n'avaient nullement l'aspect d'enfants. Un mâle portait la barbe, une femelle avait des seins (miniatures) parfaitement développés, une autre un visage vieilli, marqué de rides profondes. Rien à voir avec des enfants. C'étaient des adultes. Des adultes nains, de tout petits nains.

L'Œil Vigilant ne savait plus que penser des nouveaux visiteurs et de leur comportement si contradictoire. Celui dénommé Ariel avait l'air très bien, sauf quand il lui prenait l'idée de se montrer tendre à l'égard de Derec. Celui-ci pleurait et avait failli tuer le dernier arrivé, Avery. Lequel se déplaçait comme un animal en cage. Qui étaient *donc* ces créatures ?

D'après ses recherches antérieures, il savait qu'Avery était sans doute le créateur de la Cité des robots. Il n'en restait pas moins que le personnage faisait montre d'une conduite si extravagante que l'Œil Vigilant n'avait aucune envie d'entrer en contact avec lui. Si Avery le surprenait ici, dans son abri protégé, qui sait ce qu'il serait capable de faire ?

Et voilà qu'à présent, pour ajouter à la confusion, le second groupe venait de tomber sur une autre des expérimentations maîtresses de l'Œil Vigilant : la Série C, Lot 4, une de ses tentatives les plus abouties. Un échec comme les autres, certes, mais un échec au moins intéressant. A l'instar de certains autres succédanés d'humains, ils avaient évolué en un semblant de société. Et quoique aucun d'entre eux n'ait apporté à l'Œil Vigilant le moindre éclaircissement sur ce qu'étaient ces Lois de l'Humanique sur lesquelles il s'interrogeait, ils lui avaient néanmoins fourni, en établissant leur structure communautaire et en se forgeant rapidement quelques coutumes, une abondance de renseignements utiles sur leurs penchants culturels.

Parce qu'il détenait désormais une profusion de données à étudier, l'Œil Vigilant décida d'entrer en état de stase. Lequel consistait à oblitérer ses sens afin de lui permettre de se concentrer exclusivement sur son sujet, en l'occurrence la situation nouvelle et anormale que suscitaient les intrus au sein de son univers clos. Il désirait examiner comment ceux-ci allaient affecter son existence globale et s'il serait amené à prendre certaines dispositions à leur égard. Avant de se réinstaller dans son cocon protecteur, il transmit ses directives à ses espions, Bogie et Marchencadence, leur intimant de le prévenir si survenaient de nouveaux incidents. Une fois cela réglé, il se tapit dans son abri, se lova à l'état embryonnaire et se déconnecta de tout son réseau sensoriel. Il se retrouva aussitôt plongé dans le bien-être serein du néant, un lieu où il aspirait parfois à se retirer à jamais.

– Bon, on va devoir se débrouiller seuls quelque temps, môme, annonça Bogie après avoir pris connaissance des instructions de l'Œil Vigilant. Le Gros Vaseux a parlé.

– Gros Vaseux ? dit Marchencadence. Est-ce un nom approprié pour...

– Si je peux me permettre, vieux. Je ne parlerais pas ainsi si le Gros Vaseux regardait par-dessus mon épaule.

Marchencadence exécuta un petit numéro de claquettes du répertoire qu'il s'était forgé à travers les films qu'il avait visionnés.

– Charmant, Tap-Tap.

– Mon nom est Marchencadence.

– C'est ça, Tap-Tap.

– Qu'est-on censés faire à présent ?

– Garder l'œil sur le type et la fille, avertir le Gros Vaseux s'il leur prend l'envie de faire un truc dont il devrait être informé.

– En ce moment, que font-ils ?

– Tap-Tap, mon pote, on vient à peine de tirer le rideau sur la scène.

– D'accord. Alors, on reste ici et on attend que ça se passe ?

– En gros, tu as pigé le topo, grand garçon.

Ils ne dirent plus rien pendant plusieurs minutes, immobiles comme deux statues d'argent striées de bleu dans la pâle lumière indirecte qui baignait le pied de la tour du Compas.

– Bogie ?

– Oui, môme ?

– Qui est le Gros Vaseux ?

– Je ne sais pas. Le patron, pour ce que j'en sais.

– L'as-tu déjà vu ?

– Non. Personne ne l'a jamais vu, pour ce que j'en sais.

– Pourquoi s'est-il emparé de la Cité des robots ?

– Ça, ça me dépasse. Ce qui est sûr en tout cas, c'est que la place a changé depuis qu'il est là.

– Je ne me sens pas à l'aise avec ça. Avant, j'avais une vie tranquille, normale. Chaque jour je faisais mon boulot, sans jamais le remettre en question. Puis le Gros Vaseux est arrivé et, avant même que je m'en rende compte, je n'avais plus mon travail. C'est alors que j'ai découvert que j'étais un danseur. C'est le Gros Vaseux qui me l'a dit.

– Ouais. Même chose pour moi. Je me suis senti obligé de visionner des films anciens. C'était le Gros Vaseux qui m'y poussait. Je ne regrette pas, remarque. Tu apprends beaucoup de choses avec le cinoche, môme. J'en sais maintenant beaucoup plus sur la nature humaine. Ne jamais faire confiance aux poupées de la haute et ne jamais lâcher un partenaire. Les films m'ont permis de me faire une idée de l'immense potentiel que représentent les humains. Grâce au cinoche, je serai un meilleur robot.

– Ce que tu dis me rend perplexe, Bogie. Je ne suis pas du tout convaincu que tu aies raison. Avant, on bâtissait la Cité des robots, on en assurait l'entretien, et voilà qu'aujourd'hui tout s'est arrêté dans la cité. A présent, nous sommes les serviteurs du Gros Vaseux.

– Peut-être que cette ville a besoin de se reposer, fiston. Tu te fais trop de mouron. Mets-moi ça dans un sac et range-le au placard. Nous avons un boulot à faire. Faisons-le.

– Parce que tu trouves que la cité ressemble à ce qu'elle était ?

– Non, pas vraiment. Mais comme dit l'autre, c'est Chinatown, vieux.

Marchencadence ne comprenait pas la moitié de ce que racontait Bogie, mais il préféra ne rien dire et attendre que quelque chose se passe.

Il s'écoula un long moment, et rien ne se passa.

Il finit par s'impatienter.

– Je ne peux pas rester ainsi sans bouger, dit-il. Il faut que je danse.

Dans les flaques de lumière, les mouvements de Marchencadence, au gré de ses déplacements d'une zone éclairée à une autre, prenaient l'allure d'un numéro de claquettes au ralenti. Bogie, qui avait déjà vu des séquences de danse dans les films, ne put s'empêcher de penser qu'un humain aurait sans doute trouvé le tableau plutôt incongru. Un numéro de claquettes sans musique, avec comme seul accompagnement sonore le tintement métallique des pieds frappant la chaussée, dont l'écho se répercutait tout au long de l'avenue. Ça donnait une espèce de cacophonie grinçante. Marchencadence devrait monter un groupe, songea Bogie.

Maintenant que la nuit était tombée, l'obscurité à l'intérieur du bureau de la tour du Compas paraissait totale. Sortant la tête de sous les couvertures, Ariel ne parvint pas à distinguer quoi que ce soit. Cependant, après avoir cligné plusieurs fois des paupières, elle commença à voir émerger des ténèbres certains détails de la pièce.

– C'est sinistre, chuchota-t-elle.

Derec, qui était pratiquement en train de s'endormir, sortit de sa torpeur en sursaut et demanda :

– Qu'est-ce que tu as dit ?

– Sinistre, comme il fait noir ici. Je veux dire, dans la pièce. D'ordinaire, ces écrans sont tous allumés et transmettent des images du dehors.

– Ils *sont* allumés. C'est simplement qu'il y a tellement peu de lumière là-dehors qu'on ne dirait quasiment pas. (Il se redressa.) C'est vrai qu'il fait terriblement sombre. On va tâcher d'arranger ça.

Ils mirent un peu d'ordre dans leur tenue, puis Derec conduisit Ariel vers le pupitre qui trônait dans une partie de la pièce. Actionnant une petite lampe de bureau (l'obscurité avait été telle que même une lumière aussi légère blessait les yeux de la jeune femme), il tira à lui la boîte de contrôle placée en dessous du sous-main. Il s'assit et manipula les boutons, en quête d'images plus nettes ou de n'importe quelle vue qui voudrait bien s'afficher correctement sur l'un des écrans. Sur la plupart d'entre eux, on ne distinguait rien, si ce n'étaient, ici et là, des silhouettes de bâtiments ou parfois quelques étoiles jetant leur pâle clarté sur la toile du ciel.

Derec pointa une caméra vers le bas, qui saisit dans son champ les taches de lumière aux abords de la tour du Compas. Elles provenaient, découvrit-il, d'un immeuble de l'autre côté de l'avenue. Apparemment, le système d'éclairage fonctionnait encore là-bas.

– Regarde, dit-il en montrant l'écran à Ariel. Quelque chose bouge là en bas.

Il effectua un zoom sur l'endroit en question, grossissant l'image jusqu'à ce qu'ils reconnaissent Marchencadence en train d'exécuter son numéro de danse, bondissant, dans un mouvement qui touchait à la grâce, de halo en halo. Derec monta le volume du son, et leur parvinrent les échos plaintifs des claquements creux.

– Etrange, commenta Ariel. Crois-tu qu'il s'agisse du danseur qu'on a rencontré ?

– On dirait bien.

Marchencadence étendit les bras et frappa le sol du pied gauche puis, après avoir traîné un peu les pieds, répéta le mouvement du côté droit.

– Ce n'est pas comparable à un humain, dit Ariel, mais ça a sa propre élégance, une grâce particulière. Tu vois, une fois – j'avais à peu près douze ou treize ans –, on m'a offert un de ces anciens jouets mécaniques. Une sorte d'ancêtre du robot, on pourrait dire ; en tout cas un vrai jouet, qu'on faisait marcher en remontant un ressort. C'était un petit bonhomme en métal dans un costume d'arlequin, maintenu en position grâce à une fine tige le long du dos. Quand on le mettait en marche, il se mettait à danser comme ça, un peu godiche, le geste saccadé. Les jambes se pliaient à angle droit au niveau des genoux, puis descendaient pour venir frapper le socle à deux ou trois reprises, avant de reprendre leur position les genoux pliés et de redescendre, et ainsi de suite. J'étais fascinée par ce truc, j'y jouais pendant des heures. Je le préférais de loin à tous les jouets à la technologie sophistiquée qui s'entassaient tout autour de ma chambre. Mais ma mère a dû venir discrètement un soir pendant mon sommeil et me l'a enlevé. Je ne me rappelle plus qui me l'avait offert. Regarde ça.

Marchencadence venait d'exécuter un glissé exagérément lent, avant de s'immobiliser à côté d'un autre robot dont Ariel découvrait la présence à l'instant.

– Dis-moi, c'est bien ce... comment se fait-il appeler... ? Bogie, non ? Que trafiquent ces deux-là par ici ?

– Je l'ignore, mais je trouve la coïncidence plutôt étrange, tu ne crois pas ? Qu'ils se retrouvent tous les deux justement près de l'entrée de la tour du Compas.

– Peut-être. J'aimerais bien que Marchencadence se remette à danser. Il ne peut quand même pas accuser la fatigue.

– Qu'est-ce que tu lui trouves ? A la danse, je veux dire. C'est peut-être un rien inhabituel, mais ce n'est qu'un robot qui danse. Du moment qu'on les programme pour, on peut leur faire faire tout ce qu'on veut.

– Ne sois pas si pragmatique. Il y avait une certaine beauté dans cette danse.

– Seulement dans ta tête. Si un humain avait fait la même chose, avec la même aisance, tu l'aurais trouvé emprunté et assez peu doué pour la danse. Ce robot, c'est à peu près comme le fameux chien qui parle. C'est le fait qu'il fasse ça qui est étonnant, mais il n'y a rien de même vaguement beau là-dedans.

– Tu juges à ta façon, monsieur le-critique-à-tout-va, marmonna Ariel avant de s'éloigner, puis de faire volte-face pour ajouter : Mais j'ai aimé ça !

Derec, qui avait l'habitude des réactions de susceptibilité que pouvait avoir parfois Ariel, se contenta de hausser les épaules en déclarant :

– Je suis désolé. Je donnais seulement mon avis. Descendons et allons rendre une petite visite à ces deux zigotos.

– Je n'en vois pas l'intérêt.

– Allons, viens. Marchencadence va peut-être remettre ça.

Les trois robots et Wolruf étaient restés à distance du campement des minuscules créatures. Après le premier émoi de curiosité à l'égard des visiteurs, les êtres nains avaient repris leur rituel près du feu de joie. Le cérémonial était très précis. D'abord, ils faisaient cercle autour du feu, chacun une main posée sur l'épaule de celui de devant. Ensuite, ils brisaient la ronde pour former des couples et exécuter une danse qui consistait en une suite complexe mais incontestablement rythmique de lancements de pieds en l'air. Suivait un mouvement tournant parfaitement synchronisé en direction du feu, accompagné de vagissements aigus qui rappelaient à Wolruf les cris d'une créature de sa planète natale, une espèce d'oiseau volant à haute altitude.

Quand la plainte avait atteint son point culminant, elle cessait brusquement, et plusieurs des êtres nains tombaient aussitôt à terre. Ceux qui étaient restés debout empoignaient alors leurs camarades étendus et les tiraient à l'écart du feu. Après les avoir traînés sur une courte distance, ils les disposaient les uns sur les autres, en plusieurs tas. Les vagissements reprenaient, et les premiers frappaient alors trois fois dans leurs mains ; à ce signal, on voyait les seconds se mettre à bouger, puis se relever. S'ensuivait une brève danse frénétique qui avait des airs de fête et, après ça, un autre groupe prenait place autour du feu et accomplissait le même rituel, point par point.

– C'est étonnant, commenta Eve.

– Que signifie ce rituel ? demanda Adam.

– A mon sens, ça a quelque chose à voir avec la mort et la résurrection, répondit Mandelbrot.

– Qu'est-ce qui te fait dire ça ? réagit Wolruf.

– Ce que je sais de rituels semblables sur d'autres planètes, d'après les données emmagasinées dans mes banques mémorielles. Le rite auquel nous assistons suggère que certaines de ces créatures meurent, celles qui sont entassées les unes sur les autres, et puis ressuscitent, je ne sais par quel miracle. La raison ne m'en apparaît pas clairement. Pour le savoir, j'ai peur qu'on ne doive passer pas mal de temps à étudier leurs coutumes.

– J'aimerais ça, dit Eve. Eux aussi ont l'air humains, Adam. Peut-être nous fourniraient-ils certains renseignements concernant nos recherches.

– Peut-être.

– Mais il nous faut retrouver Derec et Ariel à la tour, fit observer Wolruf.

– Vous deux, allez devant, proposa Eve. On vous rejoint dans pas longtemps.

– Qu'allez-vous faire ? demanda Wolruf.

– Rien de dangereux, je vous assure. Je veux juste les observer un petit moment.

– Ce serait préférable que vous veniez avec nous, dit Mandelbrot.

– Non, concéda Wolruf. Tu les connais, ces deux-là. Dès qu'ils ont une idée en tête, impossible de les en dissuader.

Si Mandelbrot avait su hocher le menton, il l'aurait fait. Lui et Wolruf quittèrent le terrain vague, pour se diriger vers la tour du Compas.

Quelques instants plus tard, Eve s'avança à l'intérieur du périmètre où les petites créatures s'adonnaient à leur rituel sans paraître remarquer sa présence. Adam la suivit. Ils marchaient à pas précautionneux, ne posant le pied à terre que dans les zones éclairées. C'était plus facile pour un robot que ce ne l'eût été pour un humain. Au moindre risque pour Adam ou pour Eve de mettre le pied sur une des minuscules créatures, ils l'auraient senti très rapidement et eussent été capables de rester en équilibre sur une jambe le temps qu'il aurait fallu pour s'autoriser un pas moins hasardeux.

– Ils ont l'air intelligents, dit Eve lorsqu'ils furent parvenus près du feu. Tu crois qu'on peut parler avec eux ?

– On peut toujours essayer, Eve.

Celle-ci s'accroupit, baissant la tête le plus bas possible, à la limite de tomber. Les flammes, dont la lueur se réfléchissait sur la surface argentée de son corps, semblaient y danser, pareilles aux créatures minuscules.

– Bonjour, lança-t-elle. (Quelques-uns des danseurs la regardèrent. Ils s'arrêtèrent de danser et, comme figés, restèrent les yeux braqués sur elle.) Est-ce que vous me comprenez ?

Aucune réponse. Toutefois, une femelle aux formes gracieuses s'avança. Elle avait de grands yeux protubérants et une grosseur à l'oreille droite. Eve s'attendait à ce qu'elle dise quelque chose, mais il n'en fut rien. L'être nain se contenta d'examiner minutieusement la visiteuse, le visage marqué d'une expression amusée.

– Je m'appelle Eve.

La petite femme émit d'étranges sons du fond de sa gorge et leva le bras vers Eve. Trois autres la rejoignirent, une autre femme et deux hommes. Eux aussi avaient un air amusé. La femme aux grands yeux commença à faire des sauts sur place, reprenant de plus belle ses sons rauques. Derrière elle, le trio poussa des cris de joie. L'un d'eux se frappa le genou, puis ils se mirent à parler tous ensemble, si tant est qu'on puisse appeler ainsi le jacassement qu'ils produisaient.

– On dirait bien une sorte de langage, dit Adam.

– On peut peut-être essayer de l'apprendre.

Réitérant son bonjour, Eve avança la main vers la petite femme qui, effrayée, recula de quelques pas. Puis après s'être apparemment ressaisie, elle tourna le dos à Eve et reprit sa place dans la ronde rituelle autour du feu, suivie par les trois autres. Bientôt, plus aucun d'entre eux n'accorda la moindre attention à la géante à la peau d'argent qui était penchée sur eux. A chaque nouvelle exécution, le rituel semblait redoubler d'intensité.

Eve se releva et contourna le feu. Nombre d'êtres nains étaient rassemblés dans un angle du terrain vague et besognaient d'arrache-pied. Eve dut s'accroupir à nouveau pour voir ce qu'ils étaient en train de faire. Lorsqu'elle découvrit ce qu'il en était, elle appela Adam pour qu'il vienne se rendre compte par lui-même.

– Que font-ils, Eve ?

– Regarde. Il y en a des rangées et des rangées, là, sur le sol. Et plus loin, d'autres encore, en tas.

– Comme pour la danse ?

– Non, pas comme pour la danse. Ceux-là, en tas, sont morts, Adam. Les autres s'activent à les enterrer, mais les morts sont trop nombreux, et ils n'arrivent pas à suivre le rythme. Regarde, là, ils en amènent encore.

De tous les côtés, semblait-il, les créatures qui avaient survécu s'amenaient en traînant les cadavres de leurs compagnons vers le lieu d'enfouissement. Elles progressaient selon un rythme lent, comme si cela aussi faisait partie du rituel. Eve nota qu'il n'y avait nulle trace d'émotion humaine sur leurs visages. Elles étaient simplement en train d'enterrer leurs morts, méthodiquement.

Lorsqu'un corps était recouvert, les fossoyeurs se tournaient vers la petite parcelle d'à côté et creusaient un trou destiné au suivant dans la file.

– Adam, j'ai l'impression qu'il y a là quelque chose de pas normal. Elles sont en train de mourir, les unes après les autres. D'ici peu, il n'en restera plus une seule. Pourtant, je ne détecte aucun signe d'épidémie. Non, on dirait plutôt qu'elles meurent d'épuisement. Derec ne nous a jamais parlé de ces créatures.

– Je ne comprends pas ce que tu essaies d'insinuer, Eve.

– Je subodore qu'elles n'existaient pas il y a quelque temps, lorsque Derec et Ariel sont venus ici pour la première fois. Elles n'existent que depuis peu, et les voilà qui meurent. J'imagine qu'il y a là quelque chose d'attristant.

Tournant la tête, elle découvrit que l'un des cadavres transportés n'était autre que celui de la petite femme aux yeux protubérants.

Même lorsque Marchencadence se tenait tranquille, son pied gauche continuait à taper par terre d'un côté à l'autre. Bogie se rappela un personnage de film qui exécutait le même mouvement au début de ses numéros de danse. Il n'en gardait pas un souvenir particulier, étant donné qu'il regardait rarement les comédies musicales, préférant de beaucoup les films d'action et à suspense, dont le catalogue était si bien représenté dans les Archives Cinéma et Vidéo de la Cité des robots.

Il était sur le point de suggérer que l'un d'eux devrait retourner faire le guet dans le couloir donnant sur le bureau, lorsqu'il perçut les bruits de pas assourdis d'Ariel et de Derec au moment où ceux-ci atteignaient la porte d'entrée de la tour du Compas. Lorsqu'il jeta un œil sur la tour, il vit la porte commencer à s'ouvrir avant de leur livrer passage.

– Cours, dit-il à Marchencadence. Ils arrivent.

Alors qu'ils remontaient l'avenue dans un cliquetis de métal, et en vertu de la Deuxième Loi de la Robotique qui obligeait un robot à obéir à tout ordre venant d'un être humain, ils interrompirent leur course au cri de Derec leur enjoignant de s'arrêter. Tandis que Derec et Ariel se rapprochaient, le pied de Marchencadence reprit son lent mouvement de claquettes.

– Vous deux, vous nous espionnez, les accusa Derec en adoptant ce ton de fermeté que les humains employaient fréquemment lorsqu'ils s'adressaient à des robots. Pour quelle raison ?

– Nous ne sommes pas autorisés à le révéler, répondit Bogie. C'est une instruction classée confidentielle.

– Emanant de qui ?

– Nous ne sommes pas autorisés à vous le révéler.

– Encore un de tes blocages diaboliques ?

– Oui.

– C'est mon père, déclara Derec d'un ton rageur. Il n'y a que lui pour inventer des trucs pareils.

– Une fois de plus, je ne suis pas d'accord, protesta Ariel. Si c'était un truc à lui, ce serait encore plus diabolique.

– Et il n'y a aucun moyen d'ôter ces blocages, là maintenant ?

– Seul celui qui les a mis peut les enlever.

– Est-ce un humain qui les a mis ?

– Je ne peux pas le dire.

– Tu ne peux pas le dire parce que tu ne sais pas ou parce que c'est mon père qui a mis ces blocages ?

– Je ne peux pas le dire parce que j'en suis empêché.

103

– Bien essayé, murmura Ariel. Tu as voulu le piéger en lui faisant admettre que le coupable était ton père.

– Ben, c'est le genre de pièges qui marchent parfois, Ariel.

– Je sais, ce n'est pas la première fois que tu es confronté à un blocage.

Derec allait poursuivre son interrogatoire lorsque Mandelbrot et Wolruf apparurent à l'angle d'un bâtiment et se dirigèrent vers eux d'un pas soutenu. Wolruf se déplaçait à quatre pattes, comme cela lui arrivait de temps à autre quand elle était fatiguée. Avec Mandelbrot marchant devant elle, sur lequel elle s'efforçait de régler son allure, on aurait dit – en n'y regardant pas de trop près – un homme promenant son chien.

– Où sont nos deux fauteurs de troubles ? leur demanda Derec lorsqu'ils arrivèrent à sa hauteur.

– Bonne question, répondit Wolruf.

Elle expliqua qu'ils avaient laissé les Flanc d'Argent à l'arrière, que ceux-ci voulaient observer les créatures que tous quatre avaient découvertes, et elle ne fut pas peu surprise de voir une lueur d'intérêt s'allumer dans les yeux de Derec. Ce dernier se tourna vers Ariel et lui dit d'une voix tout excitée :

– Ce sont peut-être d'autres spécimens des sales bêtes qui nous ont attaqués dans le bâtiment. Allons voir.

– Excellente idée. De toute façon, ce n'est jamais bien prudent de laisser Adam et Eve seuls dans un lieu où ils pourraient provoquer des dégâts.

Ils redescendirent l'avenue, empruntant le même chemin en sens opposé qu'avaient pris Wolruf et Mandelbrot. L'extraterrestre et le fidèle robot marchaient à l'arrière. Au bout de quelques pas, Derec jeta un œil derrière lui, vers Bogie et Marchencadence.

– Hé, vous deux, les héla-t-il, puisque de toute façon vous allez nous suivre et continuer à nous espionner, autant nous accompagner.

C'était sans doute son imagination, mais Derec crut voir les deux espions entamer leur marche avec un certain empressement dans l'allure.

TROUBLES DANS LA CITÉ DES ROBOTS

En dépit de la description que lui avait faite Wolruf de l'étrange colonie du terrain vague, Derec n'était pas préparé à ce qui l'attendait.

Pour commencer, le feu était éteint. Il couvait tristement à présent, laissant s'échapper quelques volutes de fumée de ce qui s'avérait être une espèce de bois synthétique. Le foyer, qui n'était plus désormais qu'un amas confus de spirales de matière calcinée, dégageait une forte odeur chimique qui rappela à Ariel celle d'un synthétiseur de nourriture dont les résistances seraient en train de fondre, un de ces effluves qui n'avaient jamais figuré parmi ses préférés.

Ensuite, Derec aperçut les danseurs. Ils étaient encore en cercle mais ne bougeaient plus. Etendus au sol, certains face contre terre, d'autres le visage au ciel, les mains toujours jointes, mais manifestement morts. Leurs corps n'avaient pas été retirés parce que les transporteurs et les fossoyeurs avaient eux aussi cessé de vivre. Pour franchir le chantier, Derec dut enjamber plus d'une centaine de cadavres de nains.

Enfin, il vit Adam et Eve au milieu du cimetière à moitié achevé. Eve ramassait délicatement les corps des créatures, l'un après l'autre, pour les déposer dans une rangée de tombes qu'elle avait creusées à la hâte de ses mains. Etrange comportement que celui-ci, songea Derec, qui semblait impliquer un élan de compassion de la part du robot. Quand bien même celui-ci serait capable de comprendre ce qu'étaient les sentiments humains, il était douteux qu'il puisse éprouver lui-même une telle compassion.

Cependant, Adam et Eve étaient des robots d'un type nouveau, apparus comme par magie sur deux planètes (Adam avait découvert Eve sur la planète des corps-noirs, après s'être lui-même brusquement éveillé à l'existence sur la planète des créatures-loups, ses frères), et tout était donc envisageable. Vu la façon dont les Flanc d'Argent ne cessaient de le surprendre, Derec ne pourrait jamais être sûr de rien avec eux. Peut-être étaient-ils effectivement les prototypes de robots dotés d'émotions, concept qui ne collait pas avec ce que Derec savait actuellement de l'évolution de la robotique.

— D'où sont-ils sortis ? dit Ariel en promenant son regard sur les nombreux cadavres.

— Je l'ignore. Je dirais que c'est encore autre chose qui s'est déglingué en même temps que la cité.

— Est-ce que ce sont eux qui nous ont attaqués dans l'entrepôt ?

— C'est possible. Ou une autre bande.

Ariel ne put réprimer un frisson.

— Tu veux dire qu'il pourrait y en avoir partout dans la cité, vivant à l'air libre ou dans les endroits sombres, comme des rats ?

— Rats ne me paraît pas l'analogie qui convient. Ils ont l'air humains, ou proches de l'humain. Qu'en pensez-vous, Adam, Eve ?

Adam, qui tenait un des cadavres dans sa main gauche, pointa un doigt de la droite sur le petit être, un homme jeune au visage émacié, pourvu d'une courte barbe. Le corps était extrêmement décharné.

Adam, tout en ressemblant encore fortement à Derec, avait revêtu quelques traits du nain mort. Son visage s'était aminci, et un soupçon de poils de métal lui ornait le menton. On aurait dit qu'il avait grandi, et maigri également.

— Ils ressemblent à des versions miniatures d'humains, à l'intérieur comme à l'extérieur, exposa Adam. Je sens une musculature, un système sanguin, des artères et des veines, de petits os fragiles.

— Sûr qu'ils sont fragiles. N'importe lequel d'entre nous pourrait broyer n'importe lequel d'entre eux.

— Es-tu obligé de dire ce genre de choses ? intervint Ariel.

— Désolé. Je te croyais plus solide.

Elle parut sur le point de le frapper pour avoir osé cette remarque.

– Depuis quand le bon goût est-il synonyme de faiblesse ? Hein, Derec, hein ?

– O.K. ! Un point pour toi. Je deviens un peu obtus quand mon univers est si violemment perturbé. Ça va comme ça ?

Elle lui effleura la joue du dos de la main. La caresse était si douce que le jeune homme éprouva le désir immédiat de pouvoir consacrer toute son existence et toute son énergie à sa compagne.

– Adam, dit-il, il semblerait que tu te sois modelé en partie sur le cadavre. En as-tu tiré quelque information ?

– Seulement que je n'arrive pas à un bon résultat. Avant qu'il meure, j'avais commencé à l'étudier. J'ai découvert que je ne pouvais pas me modeler sur lui avec le succès escompté. Comme s'il y avait très peu de vie en lui quand il était vivant.

Derec hocha la tête.

– Bon, il était peut-être déjà en train de mourir.

– Oui, mais c'était plus que ça, maître Derec. Il y avait en fait très peu de conscience là-dedans. (Il tendit le corps à Derec, qui eut un léger tressaillement. Le minuscule et frêle visage était tordu par la douleur.) La sensation que j'en avais était semblable à celle que m'avaient procurée certains petits animaux. J'en ai conclu qu'ils ressemblaient à des humains, mais n'étaient pas des humains.

– Je ne suis pas de cet avis, annonça Eve.

Adam la regarda. Derec se demanda si le robot pouvait ressentir cette gêne que lui éprouvait chaque fois qu'Ariel contestait son opinion. Il existait entre elle et lui un sens de la compétition qui entravait parfois leur aptitude à communiquer. Mais Adam et Eve, en tant que robots, ne pouvaient pas être confrontés à ce genre de problèmes de communication, et il n'y avait aucune raison que s'installe entre eux un esprit de compétition.

– Du peu que l'on a vu, s'expliqua Eve, il est néanmoins indéniable que ces êtres vivaient véritablement en société. Ils avaient des relations les uns avec les autres, s'unissaient dans la célébration d'un rituel complexe, bref, formaient bel et bien une espèce de colonie. Et n'oublions pas ce besoin qu'ils avaient d'honorer leurs morts. Ne sont-ce pas autant de preuves qu'ils possédaient à tout le moins une société rudimentaire ?

– Là, elle marque un point, fit observer Ariel.

Derec jeta un regard sur Eve. Son visage parut légèrement se transformer, ressemblant encore davantage à celui d'Ariel quand elle parlait.

– L'important pour le moment, dit-il, ce n'est pas de savoir ce qu'ils étaient, mais pourquoi ils étaient ici.

– As-tu quelques éléments de réponse ? s'enquit Ariel.

– Bien peu. A part mon père. Ces créatures pourraient être le résultat de quelque expérience miteuse qu'il aurait réalisée dans son mystérieux laboratoire souterrain. Il les aurait lâchées dans la nature pour... pour faire je ne sais quoi. Avec lui, va savoir ce...

– Ne te donne pas trop de corde pour te pendre, lança Avery en personne en s'avançant d'un pas nonchalant, une fois de plus sorti de quelque coin sombre. Non, ne le dis pas, fiston – ton vieux père écoutait encore aux portes. Je serais bien resté caché, mais j'en ai plus qu'assez de t'entendre jeter le blâme sur moi chaque fois que quelque chose ne tourne pas rond ici. Après tout, c'est toi qui as la responsabilité de la cité, Derec. Si tu essayais un instant de voir les choses autrement : c'est peut-être toi qui es à blâmer.

– Je ne suis pas venu ici depuis...

– Je sais, je sais. Evidemment, tu n'es pas en faute. Mais je n'étais pas là non plus, dois-je te le rappeler ? (Avery flâna un moment autour du terrain vague, considérant l'horrible spectacle qui s'offrait à ses yeux.) Je me souviens que cet endroit était jadis un petit parc. Je l'avais programmé pour l'agrément de la cité, avec de la bonne terre et tout ça. Je n'aurais jamais pensé que cette terre serve à enfouir des cadavres. (Il fronça le nez.) La vitesse où ça pourrit, ce n'est pas normal. (Il se baissa, ramassa l'un des corps.) De l'ouvrage intéressant, marmonna-t-il.

Ariel se précipita vers lui, en proie à la colère.

– Ouvrage ! Comment pouvez-vous... ?

– Comment puis-je analyser cette chose morte si froidement ? L'objectivité. Je suis un scientifique, ma chère. Chez moi, c'est un état d'esprit, si vous voulez. Quoi qu'il en soit, ce n'est pas un véritable être vivant. Ça a beau être criant de réalisme et ingénieusement conçu, avec beaucoup de justesse au plan génétique, je soupçonne cette chose de n'être qu'un androïde, une espèce de copie de bazar d'un robot humaniforme dotée de détails admirables de vrai-semblance.

Ariel ne put s'empêcher de penser à Jacob, qui était tout aussi « mort » que le corps minuscule qu'Avery tenait dans sa main avec tant de désinvolture.

– Je ne vous crois pas, dit-elle tout en reconnaissant dans son for intérieur que le docteur pouvait très bien avoir raison.

– Eh bien, ma chère, disons qu'évidemment je ne suis pas certain de ce que j'avance. J'admets être incapable de détecter la présence du moindre mécanisme dans cette miniature particulière. Mais l'art de la miniature ne peut être que ce qu'il est. Vous avez déjà vu des miniatures ? Elles sont tout à fait merveilleuses. Sur une infime surface, parfois en vélin, parfois en ivoire ou en cuivre, l'artiste exécutait, avec un sens exquis du détail, de petits paysages ou portraits, ou tout ce qui lui passait par la tête. Habituelle-ment, il enduisait la peinture par petits coups patients d'un pinceau à un seul brin. Vous seriez sans doute étonnée de la précision des détails. On jurerait contempler une toile aux motifs subtils, qui aurait été réduite par un processus tech-nique ou réalisée avec des pinceaux microscopiques.

– Quel en était l'intérêt ? Je veux dire, pourquoi choisir une surface réduite alors qu'on pouvait utiliser toute la lar-geur d'une toile ?

– Le défi, peut-être. Le fait de mettre son talent à l'épreuve en travaillant à petite échelle. Ou peut-être des raisons commerciales. Il était fréquent, voyez-vous, qu'on enchâsse ces miniatures dans des bijoux – médaillons et autres –, ce qui pouvait en plus rapporter une coquette somme à l'artiste lui-même. Quand est arrivée la photogra-phie, avec la possibilité de placer une petite photo dans un médaillon, l'engouement pour les miniatures a décliné, et les peintres ont dû aller chercher ailleurs où monnayer leurs talents.

– Vous paraissez amer, docteur Avery, dit Ariel. Comme si vous étiez vous aussi un artiste.

– Je le suis, en un sens. J'ai débuté comme architecte, et l'architecture, quand c'est fait avec la compétence qui s'impose, est également une forme d'art. La Cité des robots a été mon chef-d'œuvre... jusqu'à ce que mon fils la laisse échapper à son contrôle.

– Ne dis pas ça ! hurla Derec. Ce n'était pas ma faute, ce qui est arrivé à la cité.

– Ce n'est pas ce que j'entendais. Tout ce que je voulais dire, c'est qu'elle est sous ta responsabilité. Maintenant, vous voudrez bien m'excuser. Je veux porter ce spécimen au laboratoire pour l'étudier avant qu'il soit complètement décomposé.

Soulevant le petit corps, de la façon dont il aurait tenu un becher contenant des produits volatils, Avery quitta précipitamment la place. Derec le regarda s'éloigner d'un œil hostile.

– Ne te laisse pas avoir, dit Ariel.

– Il ne m'a pas eu, riposta Derec d'un ton mauvais.

– Bien sûr, aussi vrai que cet endroit ne pue pas. Allons-nous-en d'ici.

Derec et Ariel abandonnèrent les lieux, emmenant avec eux un groupe composé de Wolruf, Mandelbrot, Adam, Bogie et Marchencadence. Eve insista pour rester quelque temps afin de finir d'enterrer les cadavres. Bien qu'il trouvât son comportement un peu bizarre, surtout pour un robot, Derec ne discuta pas. Il y avait, tout compte fait, des problèmes plus importants qui lui occupaient l'esprit, d'autant que la besogne retiendrait Eve de faire des siennes pendant un petit moment.

Lorsqu'il jeta un regard vers elle, il la vit qui déposait en douceur un corps dans une tombe minuscule, avec ce geste délicat qu'aurait eu une enfant couchant sa poupée dans son petit berceau.

Bogie et Marchencadence marchaient à l'arrière du singulier cortège qui déambulait à travers les rues sombres de la cité.

– Hé, môme, dit Bogie, qu'as-tu pensé du spectacle qu'on a vu là-bas ?

– J'ignorais que j'étais censé en donner une interprétation, répondit Marchencadence. Aucun des humains ne m'a demandé ça.

– Ouais, je sais. Mais je veux juste me faire une idée de ce que sont ces petits êtres, pour prévoir ce que nous devrons faire si jamais nous en rencontrons de vivants. Sont-ils humains et protégés par les Lois, ou quoi ? Tout bien pesé, ces zigotos n'ont pas l'air de savoir de quoi il retourne. S'ils sont humains, c'est une affaire qui nous concerne également, non ?

– Il semblerait.

– D'un autre côté, si leur destin est inévitable, comme Derec et les autres ont l'air de le dire, on ne peut pas véritablement grand-chose pour eux. S'ils vivent un très court temps et claquent sans crier gare, aucune intervention ni aide de notre part ne va conjurer le sort qui est le leur. D'ailleurs, rien ne permet d'affirmer que notre aide soit nécessaire, sauf peut-être pour les prémunir de dangers immédiats.

– En effet.

– En ce cas, que faisons-nous ?

– Je ne sais pas.

– Moi non plus. On n'a qu'à attendre de voir ce qui se passe. On se contente de suivre le courant en espérant que les sangsues nous laissent un peu de sang.

– Bon, il y a au moins un avantage, fit remarquer Ariel. La cité est plus paisible ainsi. Tu te rappelles, la ruche que c'était, même en plein milieu de la nuit ? Toutes ces anomalies peuvent avoir un effet bénéfique.

– Ariel, la cité est en train de pourrir, et rondement, tout comme ces cadavres. Ce sera...

– Hé, calme-toi, je plaisantais. (Ils longèrent pratiquement un pâté entier d'immeubles dans un silence oppressant avant que la jeune femme ne reprenne la parole :) Ne prends pas tout sur toi, Derec. Pour moi aussi, la cité est importante – comme le sont nos existences, comme tu l'es.

Sans ralentir l'allure, il lui prit la main et la garda dans la sienne, qu'Ariel pressa en retour.

– Ton père n'a pas l'air d'aller très bien, dit-elle après quelques secondes.

– Un euphémisme, s'il en est.

– C'est ton père. J'hésite un peu à y aller carrément et à le traiter de cinglé, mais il l'est. Quelqu'un devrait lui parler, essayer de l'aider.

Derec s'arrêta et sourit, le regard espiègle.

– Aimerais-tu t'en occuper ?

Ariel n'était pas préparée à la question, ni au défi qu'elle impliquait. Toutefois, après un petit moment de réflexion, elle répondit :

– Oui. Oui, j'aimerais bien.

– A toi de jouer, alors. Coince-le, si tu peux.

– Je trouverai un moyen.

– Oh ça, j'en suis sûr.

Ils poursuivirent leur route, au claquement sec de leurs pas sur la chaussée, avec la cité qui semblait jeter son voile sur eux.

– J'étais en train de penser, dit Derec au bout d'un moment. Le seul motif qui nous a fait revenir dans la Cité des robots, c'était pour tenter d'apprivoiser Adam et Eve. Un objectif qu'on a perdu de vue. Il est vrai que je dois *absolument* découvrir ce qui ne va pas ici. (Il s'arrêta une fois encore, prit les deux mains de la jeune femme dans les siennes.) Ariel, veux-tu te charger des Flanc d'Argent ? Voir ce que tu peux faire pour, disons, les civiliser ? Avec tes compétences en psychologie, tu peux peut-être arriver à pénétrer le cerveau de ces robots nouveau style. Je reconnais qu'ils sont pour moi un mystère.

– Bien sûr, je le ferai. Tu savais très bien que je ne pourrais pas refuser. Quels autres miracles aimerais-tu que j'accomplisse aujourd'hui ?

Il sourit.

– Ça suffira pour le moment. Merci infiniment.

– Toi, que vas-tu faire pendant ce temps ?

– Je ne sais pas trop. Il me semble que la clef de toutes ces anomalies se trouve quelque part au niveau de l'ordinateur. J'ai comme dans l'idée que Mandelbrot et moi allons partir en expédition au cœur du Central, voir si on peut détecter quelque chose. J'emmène aussi ces deux-là avec moi.

Il désigna d'un geste Bogie et Marchencadence, qui avaient également interrompu leur marche en restant exactement à deux pas derrière. En y regardant de plus près, Derec aurait pu noter que Bogie avait adopté une attitude cocasse, la posture légèrement penchée que les robots prenaient parfois lorsqu'ils étaient en communication l'un avec autre.

– Crois-tu que tu puisses obtenir quelque assistance d'un danseur de claquettes et d'un fêlé de ciné ? Je veux dire,

112

pour des robots, ils sont plutôt bizarroïdes. Tu parlais d'anomalies...

– Justement. Je ne tiens pas particulièrement à les avoir hors de ma vue.

– D'accodac, *big boss*.

– Ton langage se détériore. Si tu n'y prends garde, tu vas finir au niveau de Bogie.

– J'espère que non, môme.

– Suffit !

Ils convinrent de se tenir informés de l'évolution de leurs missions respectives. Ariel demanda à Wolruf et à Adam de l'accompagner, et Derec continua sa route, flanqué du taciturne Mandelbrot, Bogie et Marchencadence traînant à l'arrière.

Dès que Bogie entendit Derec signifier son intention de faire une petite visite au cœur de l'ordinateur, où il savait se trouver l'Œil Vigilant, il obéit aux instructions que lui avait données ce dernier de l'éveiller au moindre danger. Il envoya donc le signal (« C'est l'heure d'émerger, mon vieux »), et l'Œil Vigilant jaillit brusquement à la conscience.

L'ÈVE ERRANTE

Il fallut un certain temps à l'Œil Vigilant pour se mettre au courant des événements qui s'étaient produits durant sa stase. Le rapport que lui fit Bogie, transmis par le canal de son communicateur, s'avéra plus déroutant que profitable du fait de tout ce jargon désuet que le robot avait emprunté au cinéma.

L'Œil Vigilant ne pouvait s'en prendre qu'à lui-même vis-à-vis de l'obsession qu'entretenait Bogie pour les films. Lorsqu'il était arrivé dans la Cité des robots et avait gagné le contrôle de tous les processus directeurs, il avait jugé bon de constituer un réseau d'investigations. Il lui tardait tellement d'en apprendre plus sur les humains qu'il n'avait pas daigné prendre le temps de se référer à l'ordinateur chaque fois qu'il avait besoin d'une information particulière. Ainsi avait-il délégué des équipes de robots à la recherche et au stockage d'informations touchant certains domaines périphériques. Bogie faisait partie de la section Etude de la culture populaire à travers l'univers, alors que Marchencadence avait travaillé dans celle qui étudiait les arts de la scène. D'autres groupes étaient spécialisés dans des domaines comme la sociologie, la psychologie ou les sciences économiques, tous champs d'investigation dont l'Œil Vigilant ne faisait aujourd'hui qu'un rare usage mais qu'il pouvait toujours être amené à mettre à profit dans l'avenir. Toutes les fois qu'il éprouvait le besoin de s'informer sur telle ou telle matière détenue par l'une de ces équipes, il en exprimait le désir par l'intermédiaire du communicateur, et le robot spécialisé dans le domaine en question répondait aussitôt en délivrant un précieux exposé sur le sujet.

Certains robots, comme Bogie et Marchencadence, s'étaient plongés si profondément dans le domaine de recherche qui leur était alloué qu'ils avaient développé des dispositions particulières liées à leurs nouvelles connaissances. Bogie avait adopté certaines attitudes et parfois jusqu'aux dialogues en usage dans les films de la vieille Terre dont l'Œil Vigilant lui avait assigné l'étude ; et Marchencadence avait affiché un comportement pathologique similaire à un niveau plus gestuel. Quoique moins polarisé que Bogie, ce dernier avait néanmoins hérité d'un besoin irrésistible de mimer les danses qui faisaient l'objet de ses recherches. Peut-être avait-il visionné trop d'enregistrements hyperonde et trop de bandes d'époque traitant de la danse à travers les siècles. Une partie de ses recherches avait consisté en une étude fouillée des conditions anatomiques requises pour être un bon danseur, et il ne lui avait pas fallu longtemps pour s'essayer à la pratique de l'art de Terpsichore. A n'importe quel moment, on pouvait le voir exécuter ses pas de danse, inspirés de divers genres de ballets ou de danses folkloriques. C'était récemment qu'il avait centré son intérêt sur les claquettes. Et si, quelles que soient les figures auxquelles il s'attaquait, il avait l'air terriblement gauche comparé aux danseurs des films anciens, ce dont l'Œil Vigilant était tout à fait conscient, il n'en réalisait pas moins une sorte de performance dans la façon plus ou moins juste dont il dansait, avec cette grâce empruntée qui était la sienne.

Justement, pour l'heure, Marchencadence était en train de danser tout en suivant Derec le long des rues de la cité. Il exécutait principalement un pas dénommé glissé, entrecoupé de quelques tentatives de *buck-and-wing* (1).

Le message que Bogie avait transmis à l'Œil Vigilant précisait que Derec avait l'intention d'inspecter l'ordinateur central. L'Œil Vigilant n'avait plus qu'à se claquemurer dans son abri secret. Pour déjouer la vigilance de l'intrus, il lui faudrait aussi prévoir quelques autres leurres.

Eve ne savait pas vraiment ce qu'elle cherchait. Elle avait envie d'en apprendre davantage sur les minuscules créatures et quêtait donc des traces de leur existence

(1) Sorte de danse à claquettes à cadence rapide, très à la mode en Amérique à la fin du XIXe siècle. *(N.d.T.)*

comme le chasseur s'évertue à repérer la piste de l'animal qu'il traque.

Il y avait *effectivement* des traces. Plus elle furetait, plus ses talents de pisteur s'affinaient, plus elle décelait d'indices qui d'ordinaire lui auraient échappé. Près d'un caniveau, d'où il aurait dû – dans une cité fonctionnant normalement – être évacué jusqu'aux égouts, elle trouva un manteau, si petit qu'elle arrivait à peine à le tenir entre ses doigts. Autour du col, il y avait, à peine visible, un passepoil cousu de fin fil doré. Ephémères ou non, ces créatures avaient acquis quelques talents au cours de leur passage.

Dans l'angle d'une porte, elle découvrit des miettes de nourriture. Ni Derec ni Ariel n'auraient jamais pu remarquer leur présence, tellement elles présentaient l'aspect de traces de poussière négligées par les robots des services sanitaires désormais inopérants.

Poussant une porte entrebâillée, Eve entra dans le bâtiment, où elle constata qu'une colonie de ces créatures avait en effet naguère habité les lieux. Apparemment, elles avaient déménagé, laissant derrière elles plusieurs vestiges, artefacts témoignant de leur existence. Eve fut particulièrement impressionnée par un petit objet en métal qui servait à l'évidence à faire la cuisine. Il y avait un amas de cendres sous la grille inférieure, cendres qui indiquaient qu'on faisait brûler là quelque substance destinée à émettre la chaleur nécessaire.

Après avoir abandonné le bâtiment, Eve marcha longtemps avant de rencontrer d'autres indices. Elle croisa sur sa route plusieurs des robots de la cité, dont bon nombre paraissaient, comme elle, errer sans but. Lorsqu'elle voulut s'adresser à eux pour les interroger sur les créatures minuscules, ils débitèrent une fois de plus leur galimatias comme quoi ces informations faisaient l'objet d'un blocage. Certains passèrent leur chemin sans même lui répondre.

L'aube se leva sur la Cité des robots, et la clarté envahit rapidement la place. Des rayons d'une vive luminosité se reflétèrent sur les parois d'acier des édifices. Eve fut aveuglée par la soudaine intensité de la lumière. C'était sans doute différent ici, se dit-elle, des cités humaines ordinaires où le soleil devait trouver moins de surfaces polies où se réfléchir.

Alors qu'elle passait à hauteur d'un bâtiment sphérique,

elle perçut une plainte lugubre qui lui rappela les gémissements des créatures dans le terrain vague. Elle s'arrêta et écouta à la porte. D'autres sons lui parvinrent, faibles et étouffés, qui lui semblèrent s'apparenter aux voix des petits êtres. Elle poussa la porte. Celle-ci se coinça à mi-chemin, mais Eve parvint tout de même à se glisser par l'étroite ouverture.

Elle se retrouva dans un hall qui, comme la plupart des salles de la Cité des robots, était aménagé dans l'attente d'éventuels occupants humains. Un bureau richement orné était placé stratégiquement au milieu de la pièce et nombre de tableaux décoraient les murs. Eve examina les toiles auxquelles elle ne trouva aucune signification. Son expérience lui révélait si peu de choses qui puissent s'appliquer à la contemplation d'un *quelconque* tableau. Il y en avait bien un ou deux qui évoquaient des activités reconnaissables mais, dans l'ensemble, ce n'étaient que des couleurs inhabituelles dessinant des motifs insolites.

Foulant un épais tapis aux figures labyrinthiques et aux couleurs néanmoins éclatantes, Eve s'approcha du bureau. Elle nota que les pieds avaient la forme de griffes, ce qui lui fit imaginer un instant que le bureau agrippait le tapis. Bizarre, songea-t-elle, qu'on ait pu avoir envie de sculpter des pattes d'animal sur un meuble. D'ailleurs, il n'y avait pas une seule ligne droite, encore un parti pris esthétique qui ne lui paraissait pas s'imposer. Des courbes, des cannelures, des creux, et bien d'autres modelés qu'elle ne connaissait même pas.

Mais ce fut la surface du bureau qui retint réellement son attention. Agenouillées dessus, formant cercle, se trouvaient plusieurs des créatures minuscules, toutes le visage tourné vers l'intérieur. Elles se tenaient les mains et proféraient de doux gémissements. Au centre, une jeune femelle aux formes délicates se balançait sur elle-même, les mouvements apparemment guidés par les changements de tonalité du chant plaintif de ses compagnons. Lorsque les sons montaient, son corps était pris de violentes secousses ; lorsqu'ils retombaient, ses gestes reprenaient leur grâce première.

Eve posa les mains sur le bureau pour se pencher et observer la scène de plus près. Le mouvement vif avertit le groupe de sa présence. Ceux qui lui faisaient face levèrent les yeux vers elle, tandis que les autres se tournaient pour voir quel était cet intrus.

Brisant la ronde, les petits êtres commencèrent à s'éparpiller de tous les côtés de la surface du bureau. Juste en face d'elle, Eve aperçut le haut d'une petite échelle qui semblait descendre jusqu'au siège d'un fauteuil uni placé derrière le bureau. Toutefois, aucune des créatures ne se dirigea vers l'échelle. Lorsqu'elles eurent mis le plus de distance possible entre Eve et elles, les talons juste au bord du bureau, elles attendirent, immobiles et l'air tendues. Elles tremblaient, comme si elles étaient prêtes à sauter dès qu'Eve ferait mine de s'approcher. Seule la jeune femelle qui se trouvait au centre du cercle était restée à sa place. Elle fixait sur Eve un regard empli de curiosité.

– Qui êtes-vous ? demanda le robot.

Ses mots lui parurent résonner anormalement fort tandis qu'ils se répercutaient à travers la pièce en rencontrant leurs propres échos. Il n'y eut aucune réponse. Un petit mâle maigrichon adressa bien un grand geste de la main à une femelle qui était à l'autre bout, mais Eve ne put en déchiffrer la signification. Elle se résolut à considérer que les créatures ne comprenaient pas ce qu'elle disait.

Une meilleure idée, songea-t-elle, serait de leur transmettre un signe de paix. Avançant doucement la main, elle la posa sur un espace libre du bureau, la paume en l'air, les doigts écartés. Cela provoqua de nouveaux mouvements de panique parmi les créatures, jusqu'au moment où leur chef, après quelques instants de réflexion, s'approcha la mine confiante et, après avoir grimpé sur la paume d'Eve entre le pouce et l'index, gagna lentement le milieu de la main. Aussitôt, la femelle s'agenouilla et tâta la peau de métal à la texture malléable. Elle la caressa plusieurs fois, comme si elle y trouvait un intérêt certain, puis s'attarda sur sa propre peau, la comparant manifestement à celle d'Eve et se demandant peut-être pourquoi la sienne était tellement plus douce et plus souple.

Quand elle en eut terminé de son inspection, elle s'assit au centre de la paume et leva tranquillement les yeux vers Eve. Celle-ci interpréta le geste comme le signal qu'elle pouvait lever la main et soulever la femelle dans les airs.

Approchant la main de ses yeux, Eve examina la petite créature. Elle était toute mince, avec des membres frêles et des mains et des pieds minuscules. Ses vêtements avaient des couleurs vives et étaient ornés de motifs complexes, des feuilles entrelacées. Des boutons fermaient le dos d'un ensemble une-pièce, serré à la taille par une ceinture légèrement inclinée sur les hanches. Le visage rond était aussi fin que le reste. Un petit bout de nez, une fine ligne pour dessiner la bouche, des yeux pareils à deux petits points. Les cheveux étaient longs et ondulés. A l'évidence, elle devait passer du temps à sa coiffure. Comment ces êtres auraient-ils pu ne pas être intelligents ? Des êtres capables de confectionner eux-mêmes leurs habits et de prendre un tel soin de leur apparence.

En dessous, sur le bureau, les autres, qui s'étaient tout à l'heure éparpillés, se regroupaient à nouveau. Une fois réunis, ils regardèrent, non sans une crainte mêlée d'admiration, Eve en train d'étudier un de leurs membres. Le robot nota qu'eux aussi étaient habillés et coiffés avec soin.

– A présent, je vais vous reposer, dit Eve en modulant sa voix jusqu'à prendre un ton très bas.

Elle replaça sa main sur le bureau et l'y tint immobile pendant que la femelle, lentement, presque avec désinvolture, en descendait. Elle rejoignit ses amis qui, cette fois, ne s'étaient pas affolés lorsque Eve avait posé sa main sur le bureau.

Celle-ci ne savait pas trop ce qu'elle devait faire ensuite. Les petits êtres, les yeux levés vers elle tandis qu'elle avait les yeux baissés sur eux, semblaient vouloir garder leurs distances.

– Eve, lança Adam qui venait d'entrer dans le hall et se tenait à quelques mètres d'elle, qu'est-ce que c'est que ça ?

Elle lui fit part de ses découvertes et comment elle avait surpris les petits êtres qui poussaient leurs gémissements au sein de l'étrange cercle qu'ils avaient formé.

– Ce pourrait être une cérémonie religieuse, fit-il observer. C'était peut-être une prière collective.

– C'est possible. Ils avaient l'air d'implorer quelque chose, ou peut-être de pleurer quelqu'un.

– Tu t'intéresses à eux, à ce que je vois.

– En tant que sujets d'étude, certes oui. Je les trouve surprenants.

– Etude, tu es sûre ? J'ai l'impression qu'il n'y a pas que ça.

– Que veux-tu dire ?

– Tu me parais t'être attachée à eux.

– Sommes-nous capables de nous attacher ?

– Je ne saurais le dire.

– Moi non plus.

– C'est Ariel qui m'envoie te chercher. Elle a installé le quartier général dans un endroit qu'ils appellent le dispensaire. Elle a congédié les robots en poste dans ce lieu parce qu'ils n'offraient pas les réactions attendues. A cette heure, elle essaie de soustraire des renseignements à un ordinateur médical. Elle jure assez souvent parce qu'il présente un défaut de fonctionnement ou alors a été saboté. Je dois te ramener là-bas.

– Pourquoi ?

– A mon avis, elle veut pouvoir nous surveiller. C'est Derec qui l'en a chargée pendant que lui s'attaque aux problèmes que présente le programme de gestion de la cité.

– Et si nous décidions de refuser qu'elle nous surveille ? Doit-on nécessairement être sous sa domination ?

– Maîtresse Ariel semblait penser qu'on devait te tenir à l'écart des ennuis.

– Parce qu'elle est tellement sûre que je vais m'attirer des ennuis ?

– Ça m'en a tout l'air.

– Où est la logique dans ce processus ?

– Il n'y a pas nécessité de se pencher sur la question.

– J'aimerais bien, pourtant.

Eve porta son regard sur le bureau. Les petites créatures étaient en train de discuter entre elles. A travers leurs papotages quasi inaudibles, la discussion semblait contenir plus d'émoi que de signification.

– Adam ?

– Oui ?

– Emmenons-les avec nous.

– C'est inu...

– Pour la recherche, Adam. Nous avons besoin d'en découvrir davantage dans notre quête pour définir l'humanité. Elles peuvent nous y aider.

Eve avança la main vers le groupe, avec l'intention de se saisir aussi délicatement que possible de deux de ses membres. Mais la panique se lut de nouveau dans les yeux des êtres nains, avant qu'ils ne recommencent à s'éparpiller.

– Non, dit-elle en prenant bien garde d'atténuer sa voix pour lui donner l'apaisante douceur d'une voix d'humain. Je ne veux pas vous faire de mal. Adam, y a-t-il quelque chose dans quoi nous pouvons les transporter ?

Du regard, Adam fit le tour de la pièce.

– Je ne vois pas le moindre objet qui ressemble à une boîte.

– En ce cas, on va les transporter sur ce bureau.

– Eve, ils pourraient tomber.

– On marchera doucement.

Avery fut le seul à les voir déambuler lentement à travers les rues de la cité, trimballant le bureau. Jusqu'ici, il n'avait guère prêté attention aux robots déménageurs des planètes des Spatiaux. Avec la force et le sens méticuleux du travail soigné qui les caractérisaient, c'étaient des experts en ce domaine, capables de porter leur poids de charge sans jamais heurter l'objet contre quoi que ce soit, et de le livrer sans le moindre dommage.

Avery trouvait que les robots accomplissaient régulièrement des miracles, de manière toute naturelle. En fait, pensait-il, *seuls* les robots pouvaient accomplir des miracles aujourd'hui. Quelque aptitude qu'aient pu avoir autrefois les humains pour de telles prouesses, cette époque était depuis longtemps révolue.

Plus il observait les robots dans leur ensemble, plus il était convaincu qu'il lui fallait en devenir un. Et il y réussirait. Il se sentait de jour en jour se transformer toujours un peu plus en robot. Il s'était persuadé qu'il avait des microprocesseurs dans ses membres et que ses sens étaient désormais contrôlés par des circuits sensoriels. La seule chose dont il avait besoin était le cerveau positronique. Cela viendrait, il en était certain. Il trouverait un moyen de changer la masse inutile qui reposait dans sa tête en une entité positronique spongieuse fonctionnant de façon parfaite.

Dans quelque coin obscur de son cerveau, il alla pêcher un récit de la vieille Terre, dans lequel un robot rudimentaire avait éprouvé le désir de recevoir un cœur d'homme afin d'être plus humain. Evidemment, ce que voulait ce robot, en réalité, c'était posséder l'émotion. Valeur négligeable s'il en fut, se dit Avery. Le récit était si vague dans sa mémoire qu'il n'arrivait pas à se rappeler si le robot avait obtenu le cœur qu'il désirait. Probablement. Les récits terriens pouvaient être effroyablement larmoyants quand ils traitaient de tels sujets. (Il l'ignorait, bien sûr, mais Marchencadence savait interpréter un numéro musical tiré d'une adaptation filmée de ce récit. Et Bogie aurait pu lui raconter comment l'histoire finissait.)

Alors qu'Avery s'approchait des robots transportant le bureau, il remarqua la présence des êtres blottis au milieu. Ils avaient l'air effarés devant la cité, comme s'ils pensaient avoir pénétré dans une autre dimension.

Son excitation grandit quand il vit à quel point ces minuscules humains ou androïdes étaient admirablement formés. C'étaient peut-être justement les souris de laboratoire dont il avait besoin. Le corps qu'il avait récupéré dans le terrain vague était trop décomposé lorsqu'il avait finalement atteint son laboratoire situé à plusieurs niveaux dans les profondeurs de la cité.

Il n'avait pu le soumettre qu'à une courte série de tests avant de devoir s'en débarrasser. Au scanner-microscope, il avait découvert qu'on avait implanté dans son cerveau une simple micropuce qui semblait contenir des circuits à même de commander les mouvements du corps, comme un marionnettiste donne une apparence de vie aux personnages de bois suspendus à leurs ficelles.

Cependant, rien n'autorisait à s'en tenir à cette seule conclusion. Les créatures n'avaient pas, par ailleurs, cette allure si caractéristique des robots. Il les soupçonnait d'avoir été créées génétiquement, puis activées par un dispositif implanté dans le cerveau. En tous les cas, il était certain qu'il ne s'agissait pas de véritables humains développés en laboratoire. Non, c'étaient plutôt des espèces de poupées, façonnées à partir de matériaux génétiques, mais à qui on avait insufflé une sorte de vie par des moyens robotiques. Il était même possible qu'elles aient un minimum de conscience.

Il lui fallait donc dénicher d'autres spécimens, qu'il était en train de chercher lorsqu'il avait aperçu les robots bizarroïdes de Derec arpenter avec leur bureau une rue de la Cité des robots. Les créatures minuscules étaient ces spécimens qui lui faisaient défaut.

Les robots également éveillaient en lui un intérêt particulier. Il s'était tout de suite rendu compte, en les remarquant sur le terrain vague, qu'ils n'avaient pas été fabriqués selon ses propres modèles. Ce n'étaient manifestement pas des robots Avery. D'où venaient-ils ? Et qui pouvait bien les avoir conçus ?

Avery faillit éclater de rire de bonheur. (Derec aurait certainement été surpris de savoir que son père était réellement capable de rire.) Il y avait là une sacrée matière à étudier, et il n'était jamais aussi heureux que lorsqu'il était occupé à élaborer des théories ou à effectuer des expériences.

Observant Avery observer les robots (lesquels, dans cette succession de personnages espions, surveillaient de très près leur fardeau miniature), l'Œil Vigilant restait perplexe devant la tournure des événements. Comment se débrouillait Avery, s'interrogeait-il, pour apparaître invariablement de nulle part ? L'homme semblait détenir une connaissance inhabituelle du labyrinthe de voies qui couraient à travers la cité et surtout des endroits secrets qui le soustrayaient à son contrôle.

Et pourquoi les derniers visiteurs transportaient-ils un bureau ? Et que faisaient les sujets expérimentaux (Série C, Lot 21) sur le bureau en question ?

Trop de mystères, trop d'anarchie.

C'était comme si Derec et sa suite avaient, depuis leur arrivée dans la Cité des robots, semé la pagaille parmi une bonne partie des choses que l'Œil Vigilant avait réalisées. Ils étaient, de fait, devenus une menace sérieuse pour ce domaine qui était le sien. Il pensait devoir tout manteler les éliminer... mais il en était incapable. Cela aussi était un mystère. Qu'est-ce qui le retenait donc de se débarrasser purement et simplement des intrus ?

Il lui semblait parfois qu'il était lui aussi soumis aux exigences de la Première Loi, exactement comme un robot. Mais il ne pouvait pas être un robot, ça, il en était sûr. Les robots étaient incapables de faire ce que lui faisait. Il se savait également différent des soi-disant humains qui entravaient aujourd'hui ses projets. Il n'était pas un humain non plus.

Il se produisit un bruit à l'extérieur de la salle de l'ordinateur. Il se réassembla et attendit que Derec entre.

CONTREPOINTS

Ariel frappa du poing le clavier, qui se souleva et glissa vers l'arrière.

– On ne peut rien tirer de ce givré d'ordinateur, s'écria-t-elle. Il ne fonctionne pas mieux que le reste.

Wolruf, qui en avait profité pour se remettre au courant des divers aménagements dont disposait le dispensaire, inventoriant scanners et autres instruments médicaux rangés sur les plateaux, s'approcha de la jeune femme et lui demanda :

– Il y a quelque chose qui ne va pas ?

Son ton bienveillant et sa manière de s'exprimer eurent pour effet de ramener Ariel au calme. Wolruf, tant par sa gentillesse que son franc-parler, resterait toujours une merveilleuse amie.

– Quelque chose ne va pas, en effet. Je réclame à cet ordinateur quelques suggestions sur la façon de traiter Avery, et il me répond de lui refiler deux aspirines et de le mettre au lit.

Wolruf loucha vers l'écran.

– A-t-il vraiment recommandé cela ? Peut-être...

– Non, Wolruf, il ne l'a pas dit avec autant de mots. Simplement, j'ai beau m'évertuer à suivre le fil de mon hypothèse, il me conduit chaque fois dans une impasse ou me ramène à quelque secteur sur lequel je suis déjà tombée. La totalité de ses informations essentielles a apparemment été mise sous clef quelque part dans des banques de données inaccessibles.

Ariel était sur le point de revenir à l'ordinateur pour se colleter à nouveau avec la satanée machine lorsqu'un bruit subit provenant de l'extérieur de la pièce la fit sursauter. Wolruf tourna la tête dans la direction du son.

– Qu'est-ce que c'est ? dit Ariel en se levant et en cherchant des yeux une arme pour repousser l'envahisseur.

– Il y a quelqu'un dehors, déclara Wolruf en fronçant le museau.

Les sons de l'autre côté de la porte donnaient l'impression d'un pas, jugea Ariel, mais le pas de quelqu'un se déplaçant très lentement et d'une démarche particulièrement pesante. Elle hocha le menton à l'adresse de Wolruf, pour lui signifier d'ouvrir la porte, tandis qu'elle gagnait l'autre côté, prête à réagir à une attaque éventuelle.

En s'ouvrant, la porte révéla un Adam Flanc d'Argent quelque peu courbé, tournant le dos à la pièce, les bras enserrant l'extrémité d'un bureau qui se serait vendu une fort jolie somme sur Aurora. Ariel en avait vu un semblable chez sa mère, et Juliana Welsh n'achetait que les articles les plus coûteux ; sa fortune passait dans des produits de luxe hors de prix ou servait à financer des exaltés aux projets insensés, comme le Dr Avery avec son expérience de cité-forming à l'ampleur démesurée.

Lorsque Ariel se posta dans l'entrée, elle vit Eve à l'autre extrémité du bureau, debout sur une marche inférieure, soutenant la partie face à elle. Lentement, les deux robots introduisirent le meuble dans la pièce et le déposèrent en douceur sur le plancher. Ariel remarqua pour la première fois les êtres minuscules regroupés sur la surface du bureau.

– Où les avez-vous dénichés, ceux-là ? s'enquit-elle.

Eve lui fit le récit des aventures qu'elle venait de vivre au cours de son exploration de la cité.

– Est-ce que ce sont les mêmes que ceux du terrain vague ? lui demanda Ariel.

– Nous n'en sommes pas certains, répondit Eve. C'est un point que vous pourriez peut-être nous aider à éclaircir.

Ariel sourit avant de s'exclamer :

– Mon Dieu ! J'avais bien besoin de ça ! Encore un problème insoluble qui me tombe sur les bras. (S'apercevant qu'Eve allait réagir à ses propos, elle anticipa sa remarque :) Non, je sais que tu n'as rien laissé tomber sur mes bras. Nous, les humains, avons des façons bizarres d'exprimer nos pensées, surtout quand nous sommes malheureux. Non, Eve, je ne suis pas malheureuse ; j'exagère un petit peu, c'est tout. Et je t'expliquerai les vertus de l'exagération une autre fois, merci bien.

Les petites créatures étaient en train d'inspecter le décor autour d'elles. Il y avait une curieuse impression de tristesse dans leurs yeux, comme si elles découvraient tout à coup qu'il ne leur serait pas facile de s'échapper de ce lieu.

Cela faisait quelque temps que Derec n'avait pas approché le cœur de l'ordinateur. Il y avait certains changements, quoiqu'il n'eût su dire lesquels. Toujours enchâssés à l'intérieur d'épais écrins de plastique transparent, les mécanismes complexes évoquaient une toile qui aurait été peinte par plusieurs expressionnistes abstraits selon autant de styles personnels. Ça ne ressemblait nullement en tout cas à des mécanismes d'ordinateur.

Derec marcha jusqu'au flanc de la coque et y posa le bout de ses doigts. Lorsqu'il les retira, il y avait dessus une fine couche de poussière. Il fit la grimace, perplexe mais – après tout ce qu'il avait déjà vu – absolument pas surpris. Il y avait eu ici des robots à demeure dont le seul travail était d'assurer la maintenance. Où étaient-ils ?

En faisant le tour de l'immense pièce, Derec aperçut de petites niches au niveau du sol, destinées à ces robots de fonction qu'étaient les gardiens de la salle de l'ordinateur. Certaines d'entre elles abritaient encore des robots d'entretien, qui n'étaient manifestement plus en état de marche. S'il avait eu le temps, Derec les aurait inscrits pour une révision, mais les ateliers de réparation ne fonctionnaient sans doute pas mieux à cette heure. Dans la longue liste des anomalies, ces robots d'entretien devraient attendre leur tour avant qu'on les remette en service.

Derec alla retrouver Mandelbrot et lui montra ses doigts au bout couvert de poussière, sans le moindre commentaire. Derrière le fidèle robot, Bogie et Marchencadence restaient silencieux. A vrai dire, pas complètement silencieux. Les orteils de Marchencadence battaient un rythme de claquettes doux et lent sur le plancher métallique.

Désignant du doigt l'ordinateur, Derec annonça :

– Bon, les gars, je vais à l'intérieur. Vous, vous attendez ici. Mais si vous subodorez que j'ai des problèmes, n'oubliez pas la Première Loi.

– Vous n'avez pas besoin de me le rappeler, dit Mandelbrot.

– Je sais, je sais. Désolé si je t'ai blessé.

– Comment pourriez-vous me blesser ? C'est en dehors de...

– J'ai dit une bêtise. Simplement, ne me laissez pas tomber, d'accord ?

Sans attendre qu'un des robots le questionne sur l'ordre qu'il venait d'exprimer de façon imagée, Derec grimpa l'escalier de la plate-forme qui menait à la salle de l'ordinateur et poussa un bouton rouge encastré dans la porte. Par bonheur, le bouton fonctionnait encore, et la porte glissa et s'ouvrit.

Le bouton était le seul mécanisme qui marchait, toutefois. Lorsqu'il eut franchi l'entrée, Derec constata que les lampes thermiques ne s'allumaient pas et que les pulvérisateurs ne lui projetaient pas sur le corps leurs jets d'air comprimé pour le nettoyer entièrement de la poussière. Il lui faudrait entrer dans la salle en état de contamination. Ce qui sans doute n'importait guère puisque, de toute évidence, la salle était probablement déjà contaminée elle aussi.

Pour aller plus loin, il devait attendre que le panneau face à lui glisse et lui ouvre le passage. Comme tout allait de travers, bien évidemment rien ne se produisit. Derec se souvint cependant qu'il y avait une commande de secours manuelle juste à côté de la porte extérieure. Il dut farfouiller dans le noir avant de mettre la main dessus. Elle marchait. Le panneau s'écarta.

Derec pénétrait maintenant dans ce qui lui paraissait un monde d'ombres. Dans la faible clarté, les silhouettes des éléments de l'ordinateur (il se rappela, de sa première visite en ce lieu, les divers circuits, microprocesseurs, tubes, liaisons synaptiques et autres merveilles électroniques) prenaient un aspect fantomatique, irréel. Il lui fallait trouver de la lumière. La commande manuelle de l'éclairage intérieur n'était pas loin, il le savait, et il la chercha à tâtons. Juste avant qu'il l'atteigne, sa main effleura un bref instant la paroi externe de l'abri où s'était tapi l'Œil Vigilant, abri que celui-ci avait remodelé sous l'apparence anodine d'une armoire de stockage, camouflage efficace tant que l'humain ne se mettait pas en tête d'inspecter son contenu. Quoi qu'il eût détecté le contact, l'Œil Vigilant ne se sentait pas encore en danger et il ne bougea pas.

En actionnant la commande manuelle, Derec ne réussit à produire qu'un éclairage partiel, mais néanmoins suffisant pour lui laisser se rendre compte que l'ordinateur non seulement ne fonctionnait pas, mais était recouvert d'une espèce de mousse bizarre de couleur vert foncé.

L'Œil Vigilant perçut le dépit contenu dans le juron que chuchota Derec. Il avait toujours su que la mousse, quand bien même il l'avait conçue sous l'impulsion du moment, était une excellente idée.

Bogie aurait souhaité discuter de son dilemme avec Marchencadence, mais il leur était impossible d'avoir une conversation privée, que ce soit à haute voix ou par communicateur, en raison de la présence de Mandelbrot. Bien qu'il n'ait aucun moyen de savoir si Mandelbrot pouvait ou non écouter leurs propos, il n'y avait pas lieu de prendre un tel risque.

Le problème que se posait Bogie en cet instant concernait son devoir d'obéissance. Il sentait que l'Œil Vigilant était tout proche, quelque part à l'intérieur de la coque transparente, peut-être à quelques centimètres de Derec. Si l'un d'eux décidait d'attaquer l'autre, que devrait-il faire ? Jusqu'à l'arrivée de Derec et des autres, il avait obéi aux ordres de l'Œil Vigilant. La Première Loi lui disait de protéger les humains, mais cela n'irait-il pas à l'encontre de son devoir d'allégeance à l'Œil Vigilant ? La décision eût été plus facile à prendre si Bogie avait rencontré réellement ce dernier, qui affirmait être humain mais qui ne se comportait pas spécialement comme un humain et ne se référait jamais à lui-même ni au masculin ni au féminin. S'il était humain, avait-il supplanté Derec dans la hiérarchie des maîtres de la Cité des robots ? Lui, Bogie, pouvait-il permettre à Derec de faire du mal à l'Œil Vigilant ? Devrait-il prendre la défense de Derec si l'Œil Vigilant l'attaquait ?

Quant à s'en tenir aux ordres, cela ne résolvait rien. Si l'ordre qu'avait donné Derec d'intervenir en cas d'urgence était le dernier en date, celui de l'Œil Vigilant exigeant une obéissance pleine et entière était en vigueur depuis un certain temps désormais.

La seule chose à faire, conclut Bogie, était d'espérer que la vie réelle ne ressemblait pas à ce qu'on voyait dans les films, où bien souvent la fin heureuse était précédée de manifestations de violence. Il n'avait pas la moindre envie en ce moment de passer à la séquence de la poursuite.

Les créatures avaient paru retrouver un certain apaisement lorsque Ariel s'était approchée d'elles. Elle avait tiré une chaise jusqu'au bureau et, dérobant ses mains à leur vue afin de les rassurer, leur avait parlé. Les mots n'avaient pas d'importance, elle le savait maintenant. Leur langage n'appartenait qu'à elles. Quiconque les avait créées avait négligé, peut-être à dessein, de programmer en elles un langage connu.

A présent, elles étaient assises en demi-cercle face à Ariel et semblaient écouter et comprendre l'histoire que celle-ci leur racontait d'une voix douce, une version de *Cendrillon* agrémentée de quelques variantes datant des temps anciens d'Aurora. Cendrillon était reléguée à la direction des robots de maison (puisque aucun Aurorain n'effectuait les basses tâches domestiques), et la pantoufle de vair était remplacée par un de ses robots personnels oublié au bal. L'émissaire du prince avait reçu l'ordre d'observer comment le robot se comportait devant les jeunes paysannes. Quand celui-ci se trouverait face à la mystérieuse jolie femme qui avait dansé avec le prince, l'émissaire saurait, grâce aux réactions du robot, que c'était elle. L'une des méchantes demi-sœurs de Cendrillon faillit tromper l'émissaire (car le robot, en bon domestique qu'il était, servait aussi les autres humains) ; mais ce fut à ce moment-là que Cendrillon fit irruption dans la pièce, et l'émissaire vit tout de suite, devant la promptitude avec laquelle le robot alla vers elle, que la jolie jeune fille aux habits ô combien plus sobres que ceux de ses demi-sœurs n'était autre que la ravissante femme à la robe somptueuse présente au bal de la veille.

Immobiles de l'autre côté du bureau, les Flanc d'Argent et Wolruf écoutaient, tout aussi transportés, l'histoire que racontait Ariel. Eve, toutefois, se sentit obligée à plusieurs reprises de poser des questions à Adam, auxquelles celui-ci ne sut répondre ; elle décréta que la bonne fée devait être, comme eux, douée de mimétisme et que cela expliquait qu'elle puisse ainsi accomplir de si merveilleuses choses avec des citrouilles ou des animaux de ferme.

Arrivant à la fin de son histoire, Ariel était sur le point de dire que le prince et Cendrillon vécurent heureux à jamais, lorsqu'elle s'avisa que les Flanc d'Argent risquaient de lui poser un certain nombre de questions ; en particulier comment un couple humain pouvait-il vivre à jamais, quand bien même ils seraient de ces Aurorains à la durée de vie exceptionnelle. Elle ravala ses mots et se contenta de conclure que tout se passa très bien pour l'heureux couple pendant les quelques décennies qui suivirent.

Lorsqu'elle cessa de parler, les petits êtres la regardèrent avec envie, comme s'ils en voulaient davantage. Cependant, à présent qu'elle avait apaisé leurs angoisses, il était temps d'en apprendre un peu plus sur eux. Mais quoi ? Elle avait devant elle un groupe d'êtres humains minuscules, apparemment dotés d'une certaine sensibilité, peut-être (si Avery avait raison) de nature androïde, mais avant tout une version sophistiquée du genre de jouets mécaniques avec lesquels elle s'amusait quand elle était enfant. Devait-elle vérifier s'ils savaient jouer du tambour ou avancer les jambes raides comme des soldats de plomb ? Eve avait affirmé avoir vu danser ceux du terrain vague, et ceux-ci procéder à une sorte de cérémonie.

Cérémonie, voilà quelle était la clef. Quel que soit leur mode d'existence, quel que soit le type de « civilisation » qu'ils pouvaient développer au cours de leur courte vie, il semblait bien que tout soit lié à la notion de cérémonie.

Posant avec précaution la main sur le dessus du bureau, suffisamment loin de l'endroit où se tenait le groupe, Ariel commença à tracer un petit cercle du bout de son index. Elle fredonna une vieille mélodie, une chanson qui parlait d'une femme dont l'amant était parti depuis des lustres pour la guerre, avait fini par être tué, puis lui était revenu sous la forme d'un fantôme. Ariel était consciente du ton plaintif sur lequel elle chantait sa chanson, même si c'était de sa voix légèrement fausse.

Au début, les petits êtres se bornèrent à suivre le doigt d'Ariel dessinant la courbe. Puis leur chef se leva et leur adressa un geste impérieux. Se joignant à elle, ils se prirent par la main, formèrent une ronde et se mirent à danser, lentement, au rythme du chant d'Ariel. Des larmes lui vinrent aux yeux tandis qu'elle les regardait danser avec grâce et plus qu'un brin d'élégance. C'était beau, et la danse et le fait qu'ils l'avaient comprise si vite et si facilement.

Elle suspendit le mouvement de son index et leva la main du bureau. Au bout d'un petit moment, les danseurs interrompirent eux aussi leur ronde et levèrent vers elle des regards emplis d'expectative. Elle hocha la tête et reposa la main sur le bureau, dessinant cette fois-ci un huit. Son doigt se déplaçait plus vite, au rythme plus soutenu de la chanson qu'elle fredonnait à présent, qui disait le bonheur que c'était de gambader dans les bois d'Aurora. (Les chansons d'Aurora ne manquaient jamais d'éveiller en elle la nostalgie de sa planète natale, et elle se demanda un court instant si elle la reverrait jamais. De la façon dont les choses évoluaient, elle risquait de passer le restant de son existence à affronter le danger aux côtés de Derec en ne cessant de former le vœu d'une vie plus paisible en sa compagnie.)

Les danseurs reformèrent une file, leur chef en tête, et entamèrent un pas de danse enlevé tout à fait ravissant, décrivant la figure en huit avec une plus grande précision qu'Ariel n'était capable de le faire avec son doigt. Les larmes coulaient maintenant de ses yeux, et Eve s'en aperçut.

– Qu'y a-t-il, maîtresse Ariel ? Etes-vous blessée ?

La jeune femme fut touchée de voir qu'Eve réagissait à la Première Loi.

– Non, ça va très bien. Je fais toujours ça, je chiale comme un bébé quand je vois le moindre truc accompli avec quelque talent artistique. Je veux dire, c'est presque comme une danse, un ballet, la manière si exquise qu'ils ont de se mouvoir. Parfois, les gens trouvent que je réagis avec sensiblerie, mais ce n'est pas ça du tout. C'est seulement ma façon de répondre à la beauté du geste, et même plus au fait qu'une telle beauté soit possible. Peut-être est-ce une forme de sensiblerie, mais elle tient à l'admiration et non pas à l'attendrissement. Tu ne comprends pas grand-chose à ce que je dis, n'est-ce pas, Eve ?

– Non, pas grand-chose.

– Moi non plus, proféra le Dr Avery en sortant sans crier gare – comme à son habitude – de quelque cachette.

Il s'était infiltré par l'entrée laissée ouverte lorsque les Flanc d'Argent y avaient fait passer le bureau. Ariel fut si surprise qu'elle ne sut quoi dire, quoiqu'elle fût déjà en train de réfléchir à la façon de le garder ici afin de tenter, selon les instructions reçues, de le soigner.

– S'il y a quoi que ce soit qu'on puisse tirer de vos théories sur l'art, Ariel, ou d'ailleurs, en la matière, sur les théories de *n'importe quel* individu, ce n'est pas dans le fait de retenir son souffle devant un spectacle accompli ou de pousser des soupirs d'admiration devant une œuvre exécutée de main de maître. Mais pour tout dire, tout cela n'a aucune importance à mes yeux, puisque je ne crois pas qu'il y ait quoi que ce soit à tirer des théories sur l'art. Je considère l'imagination comme une calamité, à moins qu'elle soit utilisée dans le cadre des sciences appliquées. Les œuvres d'art sont bonnes à jeter aux ordures si elles ne servent pas à démontrer un théorème profitable à tous.

Ariel, se souvenant de la sculpture de Lucius baptisée le « Disjoncteur », la seule authentique œuvre d'art réalisée par un robot de la cité, et de la haine que lui vouait le docteur, comprit que celui-ci n'exagérait nullement ses propos. Il méprisait vraiment toute création artistique.

– Cette doctrine n'était-elle pas appelée jadis utilitarisme ? demanda Eve.

Avery parut impressionné.

– Ça, par exemple, c'est fou ce qu'elle vous ressemble, n'est-ce pas, Ariel ? Peut-être en plus maligne. Quoi qu'il en soit, il est exact que cette ancienne doctrine, l'utilitarisme, peut vaguement s'apparenter à ce que supposent mes propos.

Il s'avança jusqu'au bureau et abaissa son regard sur les êtres minuscules. Ceux-ci s'étaient arrêtés de danser dès qu'il s'était mis à parler et qu'Ariel avait interrompu son chant. A présent, ils avaient les yeux levés sur Avery. La peur était revenue sur leurs visages.

– Je comprends, ma chère, poursuivit le docteur, pourquoi le fait de jouer avec eux vous faisait éprouver le sentiment d'être Dieu.

– Je n'ai jamais prétendu cela.

– Oh non, mais j'ai bien vu sur votre visage l'expression qui trahissait cette illusion. Vous cherchiez comment vous pourriez faire venir les Tables de la montagne ou écarter les flots sur leur passage. N'est-ce pas ?

– Non, absolument pas !

– Je ne parlais pas au sens propre. En tout cas, je pense

que vous cherchez à établir avec eux une relation qui participe du divin, à ainsi les étudier pour tâcher de trouver des moyens d'améliorer leur famélique existence.

– C'est moi qui ai demandé à maîtresse Ariel de les étudier, dit Eve.

– Est-ce vrai ? Tu continues à m'étonner. Quel est ton nom, Eve ? Tu es une véritable prouesse de la robotique. Au fait, puisqu'on en est à parler des dieux, qui t'a conçue ?

– Je ne sais pas.

– Une petite fantaisie dans ton programme qui retient l'information ?

– Non, intervint Adam. Nous ne connaissons pas nos créateurs. Chacun de nous est apparu sur une planète sous une forme embryonnaire, semblable à un œuf, sans avoir la moindre conscience d'où il venait.

– Embryonnaire ? Comment en êtes-vous arrivés à prendre votre apparence actuelle ? Ce ne sont pas Derec et Ariel, en fait, qui vous ont façonnés à leur image.

– Nous avons pris modèle sur eux et c'est pourquoi nous leur ressemblons. J'ai eu bien d'autres apparences.

Avery était vraiment impressionné.

– Hum ! Il faudra qu'on reprenne bientôt cette petite conversation. Mais une expérience à la fois. Ne nous dispersons pas. Ça a un effet néfaste sur mes travaux. Et mes travaux en ce moment concernent ces petits jouets remarquablement conçus. Il m'en faut un pour le démonter et voir comment il est animé.

– Ne soyez pas cruel, lança Ariel d'un ton rageur. Vous ne pouvez pas comme ça en prendre un et le tuer.

– C'est exactement ce que j'ai l'intention de faire. Comment apprendre quelque chose sur eux autrement ? (Son regard fit le tour de la pièce.) Et cet endroit est idéal, avec tous les instruments utiles à une dissection. Je ne vais pas perdre mon temps en retournant au...

– Non ! s'écria Ariel. Vous ne pouvez pas faire ça. Je vous en empêcherai.

– Ma chère, vous avez montré assez de sentiment avec vos larmes. Oubliez votre empressement à défendre ces choses. Ce ne sont que des objets mécaniques. Plutôt sophistiqués, certes, mais...

– Etes-vous à ce point aveugle ? Regardez-les. Ce sont des êtres humains sensibles.

L'aversion qu'éprouvait Ariel à l'égard d'Avery lui avait fait choisir un côté de la barrière alors qu'il y avait seulement quelques instants elle était en train d'envisager le point de vue même qu'exprimait le docteur en ce moment.

– Absolument pas. Ce sont, j'en suis certain, des spécimens de laboratoire créés génétiquement. On a développé des cellules humaines miniaturisées pour obtenir ces contrefaçons d'une incroyable fidélité, mais ils ne sont pas vivants.

– Ils dansaient. Ils communiquaient avec moi.

– Je suis bien d'accord qu'ils font de bons substituts à vos animaux familiers. Mais ce que vous avez vu n'était que le résultat d'impulsions d'origine cybernétique.

– Je me fiche complètement de ce qu'ils peuvent avoir dans le ventre ou même qu'ils aient été fabriqués en laboratoire. Ce sont des êtres réels avec une véritable culture.

– De simples éléments anthropologiques introduits dans la conception du spécimen.

D'un geste vif, Avery avança la main et saisit une des créatures, un homme potelé et joufflu. Il se tortilla dans sa main tandis que les autres s'éparpillaient à la surface du bureau.

Derec se demanda pourquoi, en des moments pareils, il ressentait si souvent le besoin d'utiliser les toilettes. Il n'y en avait pas ici, dans le sanctuaire de l'ordinateur ; il est vrai que ce n'était pas nécessaire puisque, généralement, les humains n'y venaient pas. Il lui faudrait remonter à l'extérieur s'il voulait s'en dégoter (on en trouvait dans presque tous les édifices de la Cité des robots). L'ennui, c'était qu'une fois là-bas il allait probablement découvrir que, comme les autres équipements de la cité, elles étaient toutes hors d'état de marche. Et il appréhendait le fait même d'imaginer à quoi pouvaient ressembler des toilettes qui ne fonctionnaient plus.

Non sans défiance, il effleura un fragment de mousse qui pendait. Il s'étonna de le sentir lisse sous ses doigts et non visqueux, sec plutôt que suintant. *C'est factice*, se dit-il. *Mais pourquoi irait-on fabriquer autant de fausse mousse pour en recouvrir un ordinateur ?*

– Manifestement, exprima-t-il à voix haute, le jus n'arrive pas dans cette machine. Je peux peut-être la relancer.

Il chercha des yeux un digitaliseur, un de ces claviers prévus pour communiquer avec l'ordinateur central. Il y avait bien une rangée d'écrans le long d'un mur, mais tous les claviers avaient disparu.

– Il a fallu obligatoirement quelqu'un pour les débrancher, dit-il. Aucun ordinateur ne pourrait faire ça. Il y a quelqu'un qui s'amuse à tripoter les appareils. Mais qui ? Si ce n'est pas mon père, qui donc ? Il y a un étranger ici.

Tandis qu'il soliloquait ainsi, il s'était appuyé au panneau derrière lequel se trouvait la cachette de l'Œil Vigilant, qui aurait été effectivement amusé par l'ironie involontaire des propos de Derec s'il avait su apprécier l'ironie. Il étudia attentivement l'être humain (les cloisons de l'abri laissaient passer les informations sensorielles), découvrant des tas de choses qu'il n'avait pas perçues lorsqu'il l'observait à travers les systèmes espions de la cité. Apparemment, le corps dégageait une odeur musquée, peut-être due au fait que l'humain n'avait pas trouvé le temps de se laver depuis son arrivée sur la planète. Comme aucun des atomiseurs ne marchait, il était très probable que l'odeur irait en empirant.

En outre, le jeune homme avait un poids surprenant. Il était plus enveloppé qu'il n'avait paru et, à l'intérieur de cette enveloppe, la masse était beaucoup plus concentrée. La coque externe de Derec, ce qu'ils appelaient la peau, avait une texture plus souple que ce à quoi on se serait attendu ; du moins à quoi s'était attendu l'Œil Vigilant qui, jusqu'ici, n'avait eu à connaître que les dures carapaces des robots.

Il eut un instant la tentation de révéler sa présence mais, à ce moment-là, demeura complètement interloqué devant les imprécations soudaines de Derec. L'homme s'était précipité au centre de la salle et avait levé les yeux au ciel – là où l'Œil Vigilant avait suspendu les claviers en grappes par-dessus des câbles. Il y avait trois grappes, qui évoquaient des sortes de fruits bizarres. Après une volte-face, Derec avait semblé s'adresser au plafond.

– Qu'est-ce qui se passe ici ? Qui es-tu, espèce de sale givre de raclure d'égout ? (L'Œil Vigilant se demanda pourquoi il ne comprenait pas les mots de Derec. Il n'avait rien trouvé de sale dans l'égout qu'il avait traversé pour venir ici, et raclure d'égout pouvait s'avérer être un compliment.) Pourquoi fais-tu ça ? Pourquoi transformes-tu ma cité en trou à rats ?

Il était surpris par la colère de Derec. Quand bien même c'était censé être une caractéristique humaine, l'homme ne s'était jamais montré du genre à perdre son sang-froid. Là, son visage était tout rouge et son corps tremblait.

Il tardait à l'Œil Vigilant que Derec s'en aille, afin qu'il puisse redonner à son abri sa forme normale, l'insérer dans le compartiment aménagé derrière le panneau, là où il le tenait d'ordinaire, et se couper un moment de la Cité des robots. Il devait réfléchir à ses prochains actes, décider s'ils seraient dirigés contre Derec ou une autre cible. Il ne pouvait pas porter atteinte à Derec ou à un de ses compagnons ; il ne pouvait pas non plus, dans la plupart des cas, causer de dommages aux robots de la cité. Mais il pouvait détruire la cité, pensait-il. Il ne lui manquait plus qu'une bonne raison pour enclencher le processus.

Dès qu'Avery se saisit de la petite créature, Ariel s'élança vers lui. Mais elle ne fut pas assez rapide. Ce fut Eve qui atteignit le docteur la première. Elle l'empoigna par-derrière et l'obligea à baisser lentement le bras jusqu'à ce qu'il relâche son prisonnier. Lorsque le petit homme eut rejoint en courant ses compagnons, Eve libéra Avery.

Celui-ci se tourna violemment vers elle, les yeux fulminants.

— Comment oses-tu t'en prendre à moi ?

— La Première Loi, répondit-elle. De votre acte, allait résulter la mort de l'humain que vous teniez dans votre main.

— Mais ce n'est pas un être humain ! C'est un androïde, un robot, comme toi.

— C'est possible, mais ça n'a pas été prouvé. Ce que je vois, c'est un être humain. Je ne dois pas permettre que du mal lui soit fait. Et puis, monsieur, si tel était le cas, la Troisième Loi ne s'appliquerait-elle pas également ?

— Comment ça ?

— Si cet être est, comme nous, un robot, ne devons-nous

pas le protéger comme nous nous protégerions nous-mêmes ?

Sauf à se méprendre, Ariel crut bien que la rage allait étouffer le Dr Avery à la question que lui posait Eve. En tout cas, la réponse ne fut pas immédiate. Il ne put qu'écarquiller les yeux devant le robot, comme il aurait pu le faire si la question avait émané d'un pair.

– Où diable as-tu pêché cette idée ? finit-il par articuler.

– Ça me paraît naturel.

Avery eut l'air un instant pris de court, puis il s'adressa au robot sur un ton posé et didactique.

– Eve, Adam et toi êtes des produits coûteux. Vous n'avez pas à vous exposer à des dommages tant que la sécurité d'un être humain n'est pas en jeu. Voilà ce que dit la Troisième Loi. Il n'y est absolument pas question d'une association de robots qui se définirait une éthique basée sur cette Loi. Vous n'avez pas, j'insiste, vous *n'avez pas* la moindre obligation de protéger votre semblable comme vous vous protégeriez vous-mêmes.

– Je n'en suis pas persuadé, répliqua Adam en s'avançant. D'autant qu'il y a beaucoup de choses concernant la robotique que nous voyons de façon différente, Eve et moi. A notre connaissance, nous sommes les seuls à être comme nous sommes. Lorsqu'un robot de fonction est désactivé, il y en a plusieurs autres pour prendre sa place. Si l'existence de l'un de nous deux s'avère menacée, je crois qu'il est de la responsabilité de l'autre de tout faire pour nous protéger.

Avery ne put retenir un sourire.

– C'est quasiment théologique, Adam. Tu as l'air de te poser presque en être distinct, commis à protéger autant ton espèce que toi-même.

– Peut-être. J'admets que vous pouvez avoir raison, mais jusqu'à présent je ne vois toujours pas pourquoi.

– Nous ne savons pas réellement qui nous sommes, ce que nous sommes, ajouta Eve. Il se peut que les Trois Lois ne soient pas les seules qui s'appliquent à nous, ou que notre existence dépende d'une manière différente de les interpréter.

Déconcerté, Avery secoua plusieurs fois la tête. En même temps, Ariel nota dans son regard une certaine admiration envers les Flanc d'Argent.

– Ce que tu dis frise l'existentialisme, Eve. Mais à mon

avis, tu te trompes du tout au tout. Les humains, vois-tu, ont une histoire à préserver, un savoir et une philosophie à transmettre à travers les générations. Ils sont *tenus* de se soucier de protéger du mal les autres humains. Ils ont des raisons vitales de le faire, même si nombre d'entre eux, peut-être la majorité, ne manifestent aucune propension à une telle démarche altruiste. Vous, Adam, Eve, en tant que robots, votre seule véritable obligation est de garantir l'investissement que vous représentez. Ça n'a aucun sens de vous laisser détruire sans nécessité. *En tout cas*, vous n'avez aucune raison de vous identifier à autre chose, à un ordre supérieur ou à quelque école de pensée philosophique ; et surtout pas à une espèce de conception moraliste comme quoi vous seriez les protecteurs l'un de l'autre. L'important dans tout ça, c'est que tu *m'as* fait du mal quand tu n'aurais pas dû.

— Vous n'étiez pas en danger, et le petit homme si, répliqua Eve.

— D'accord, d'accord. Je t'en fais donc le serment : je n'ai aucune intention de faire de mal à la petite créature que tu aimes tellement. Les Lois ne s'appliquent pas à cette situation, si je ne m'abuse.

Eve et Adam ne savaient pas trop quoi faire. Il semblait bien que le serment du docteur leur interdisait de faire un geste contre lui. Cependant... Même si maintenant il manipulait le petit être avec douceur, le mal qu'il pourrait lui faire plus tard dans son laboratoire était-il un motif suffisant pour intervenir ?

Alors qu'Avery effectuait un mouvement en direction de la table, Ariel s'avança, un couteau chirurgical à la main.

— Mais moi, vu qu'il n'y a pas de Loi de l'Humanique en vigueur, je peux vous arrêter, docteur Avery.

— Et moi, renchérit Wolruf, je peux me permettre d'agir sans restriction aucune, puisque je ne suis ni robot ni humain, et qu'il n'existe pas de Lois du Caninoïde.

Le regard du docteur alla d'Ariel à Wolruf, puis aux deux robots. Un sourire fugitif apparut sur son visage. Une ombre de sourire plus qu'un sourire. Puis il tira une chaise droite du mur proche et s'y assit péniblement.

— Mais pourquoi est-ce que je discute avec vous ? dit-il d'une voix douce, attendrie. Je ne suis pas un humain. Je me suis transformé en robot.

Ariel allait dire que c'était seulement sa folie qui le reprenait, quand il lui vint une idée.

– Ça a marché, alors ? Vous avez un cerveau positronique et tout le reste ?

– Evidemment, marmonna-t-il.

– Donc, en tant que robot, vous devez m'obéir, à moi, un humain. Exact ?

– Qu'est-ce que... Jamais, je... Je ne peux pas...

Toute sa colère parut lui sortir par les yeux, et il s'effondra sur sa chaise.

– Oui, murmura-t-il, je dois vous obéir. La Deuxième Loi. Je vous obéirai... maîtresse Ariel.

La jeune femme se frotta les mains. Elle ignorait combien de temps elle pouvait compter sur ce nouveau stratagème, mais ça lui donnait l'opportunité de se servir du docteur pour les deux projets qu'elle avait en tête. La grande intelligence dont il était doté pouvait lui être une aide précieuse dans ses recherches sur les créatures minuscules, et en jouant des fantasmes d'Avery elle tenait peut-être la solution pour l'en guérir.

– Tenez-vous droit, doc... Attendez, quel est votre nom à présent ?

Il leva vers elle des yeux tristes et dit d'une voix fatiguée :

– Nom ?

– Avez-vous un nom de robot ? En avez-vous choisi un ?

Il sembla un instant décontenancé par la question de la jeune femme.

– Oui, j'en ai choisi un, répondit-il. Juste maintenant.

– Et quel est-il ?

– Ozymandias.

– Très bien. C'est le titre d'un poème, n'est-ce pas ?

– Oui. Ça parle d'un roi autrefois puissant, un « roi des rois ». Sur le socle de sa statue, sont inscrits les mots : « Contemple ton œuvre, toi, Tout-Puissant, et désespère-toi ! »

– Comme c'est joli ! Vous ne dites pas ça avec ironie, j'espère ? Bon, moi, je n'ai pas encore désespéré, et vous non plus ne devriez pas. Ceci, du reste, est un ordre, Ozymandias.

– Oui, maîtresse Ariel.

– Parfait. Mettons-nous au travail. Je ne suis pas certaine de savoir par où commencer.

Derec sortit de la salle de l'ordinateur avec un regard de chien battu.

– L'ordinateur a été sacrément bricolé, Mandelbrot, dit-il. Nous avons du boulot.

– Oui, monsieur. Je vous aiderai.

– Merci. Allons-y.

Derec avait parcouru quelques mètres lorsque Bogie le héla.

– Et nous, maître Derec ? Que devons-nous faire ?

Derec se retint de balancer une grossièreté et se contenta de demander :

– Avez-vous quelque chose à faire en ce moment ?

L'Œil Vigilant n'avait pas donné de nouvelles instructions aux deux robots, et Bogie répondit donc un « non » qui n'était que l'expression de la vérité.

– Bon, eh bien, on dirait qu'avec vos danses et vos vannes vous m'avez fendu le cœur tous les deux. Pourquoi ne pas suivre le mouvement ? Enfin, venir avec nous ?

– Je sais ce que signifie « suivre le mouvement », dit Bogie.

Derec se demanda s'il n'y avait pas un soupçon de mauvaise humeur dans la remarque de Bogie.

FRUSTRATIONS

Avery avait une envie qui lui démangeait de saisir une des minuscules créatures qu'Ariel dénommait désormais « les danseurs » et de la disséquer sous le micro-scanner avec quelques-uns des superbes instruments chirurgicaux que le dispensaire mettait à sa disposition. Cependant, étant donné que la jeune femme interdisait qu'on fasse le moindre mal aux danseurs, cela supposait une violation de la Deuxième Loi, ce qui ne lui était pas permis. Ariel prétendait encore que cela constituerait également une violation de la Première Loi, du fait de la nature fondamentalement humaine des danseurs, mais il rejetait définitivement cette hypothèse ridicule.

(Parfois, peu s'en fallait que, quelque part dans le fond de son cerveau, ne se rallume la conscience qu'il était en réalité humain et n'avait pas à se soumettre aux ordres d'Ariel. A ces moments-là, ses mains s'approchaient comme instinctivement du premier danseur à sa portée, et ses doigts se mettaient à trembler.)

Pour sa part, Ariel avait l'impression de se débattre d'un tourbillon à un autre. Chacun était une nouvelle épreuve, un nouvel objectif à atteindre. Au centre d'un de ces tourbillons, il y avait Avery, dont le comportement devenait de plus en plus névrotique à chaque minute qui passait. Dans un autre, c'étaient les danseurs (qui occupaient ses rêves autant que ses tâches quotidiennes). Et un troisième charriait Adam et Eve qui, bien que fascinés eux aussi par les danseurs, restaient toujours imprévisibles et souvent portés à désobéir. La veille, elle les avait surpris qui s'ingéniaient à apprendre des acrobaties aux danseurs. Eve en avait pris un, un mâle et, le tenant fermement mais délicatement entre ses doigts, s'évertuait à lui montrer comment exécuter une série de culbutes. Quand bien même elle ne protestait pas, la petite créature était visiblement effrayée. Avery disait que les danseurs considéraient leurs ravisseurs comme des dieux et accepteraient de s'associer à n'importe quel acte insensé, si dangereux soit-il, qu'un dieu pourrait être tenté d'accomplir.

A ce qu'il semblait, les Flanc d'Argent auraient fait n'importe quoi pour éluder les ordres d'Ariel. Ils n'avaient apparemment pas résolu leur dilemme concernant Derec et Ariel, à savoir si oui ou non ceux-ci étaient des humains, ou s'ils entraient dans la bonne catégorie d'humains, ceux pour lesquels ils avaient été programmés de façon aussi mystérieuse qu'imprécise. Certes, ils savaient qu'ils étaient censés servir les humains et se modeler sur eux, mais ils n'avaient pas plus d'indications sur ce qu'était véritablement un humain et comment en reconnaître un. Il leur arrivait fréquemment de rester perplexes devant la conduite de Derec et d'Ariel (et, a fortiori, devant le comportement contradictoire et désaxé d'Avery) et ils avaient quelques réticences à se convaincre d'accepter ces humains-là comme représentatifs de l'espèce supérieure de l'univers.

Il y avait eu une époque de son existence où Adam avait cru que les corps-noirs étaient plus intelligents que les humains qu'il avait connus à ce moment-là ; et Eve s'était laissé abuser par un corps-noir au cerveau dérangé qui prétendait être le seul humain de la galaxie. C'était autant ces méprises que les doutes qu'ils éprouvaient devant les agissements de Derec, d'Avery et d'Ariel qui les entraînaient à la prudence.

En un sens, ils espéraient rencontrer une forme d'humanité plus élevée, rejetant Derec et Ariel, à l'instar des danseurs, dans une catégorie d'humains primitifs et indignes, qui ne méritaient pas qu'on leur voue une telle obéissance. Avec comme résultat que, s'il leur arrivait quelquefois de répondre, comme n'importe quel robot, aux exigences des Lois de la Robotique, à d'autres moments ils ergotaient sur le moindre mot d'un ordre donné ; ou engageaient, sur telle ou telle situation induite par la Première Loi, des discussions si interminables que Derec ou Ariel auraient eu le temps de mourir avant que les Flanc d'Argent se soient décidés à intervenir pour les défendre contre quelque danger. Parfois, ce n'était que par pure obstination qu'ils rejetaient les ordres sans la moindre raison, comme s'ils voulaient carrément se moquer d'Ariel.

Celle-ci avait pris le parti de les traiter comme s'ils étaient humains et sujets aux faiblesses des humains. S'ils se montraient obéissants, elle leur donnait des ordres. Sinon, elle les ignorait.

Elle avait suffisamment à faire sans aller perdre son temps à les dorloter.

Ce jour-là, Adam et Eve affichaient une relative docilité. Eve, surtout, était encline à se montrer coopérative chaque fois qu'Ariel s'occupait des danseurs. Elle restait à côté du bureau et les étudiait avec la même intense application qui se lisait sur le visage d'Ariel (allant jusqu'à reproduire fréquemment l'exacte apparence de la jeune femme, ce que celle-ci trouvait agaçant). Quand les danseurs réclamaient d'être nourris, Eve se portait même volontaire pour la besogne. Elle en prenait un dans sa main après avoir mis de la nourriture sur les doigts de son autre main, et chacun des danseurs attrapait les miettes au bout de son doigt et les mangeait avec un plaisir évident. Les danseurs avaient instauré un ordre immuable pour le repas, le chef en premier, et ce besoin de discipline était, dans l'esprit d'Ariel, une preuve qu'ils étaient fondamentalement humains.

Elle leur avait mis au point un régime approprié grâce aux possibilités qu'offrait le synthétiseur de nourriture, en essayant plusieurs plats avant d'en trouver certains qu'ils voulaient bien accepter. Par bonheur, Derec avait décidé de réparer les machines à nourriture parmi les équipements prioritaires de la cité. Elles étaient venues en second, juste après la remise en état des toilettes.

— Est-ce qu'on peut leur refaire faire leur jeu ? demanda Eve lorsque le dernier danseur eut récupéré la dernière miette au bout de son doigt.

— Et comment ! C'est à peu près le seul progrès auquel je sois parvenue avec eux.

Avery, qui était en train de bouder dans un coin (gardé par Wolruf après déjà sa quatrième tentative d'évasion) s'avança pour s'adresser au dos d'Ariel.

— Evidemment, vous n'avez pas fait de progrès. Les possibilités sont si faibles. Si vous vouliez seulement me laisser m'occuper d'eux...

– Ravale tes paroles, Ozymandias. Je ne te permettrai pas de commettre un meurtre sur ces...

– Mais ce ne serait pas un *meurtre*. Ce ne sont rien d'autre que des jouets. Même pas des versions miniatures de monstres de Frankenstein ou de golems. Ce ne sont que de pures mécaniques. Maîtresse Ariel, si on remonte dans l'histoire de la Terre, on y trouve de nombreux bazars fabriqués par le génie de l'homme, dont on a fait croire aux gens qu'ils étaient des êtres vivants ou même des miracles. Il y avait un canard mécanique qui non seulement simulait l'acte de manger et poussait des coin-coin, mais allait même jusqu'à excréter des matières par son extrémité postérieure. Il y avait un robot joueur d'échecs qui remportait d'éclatantes victoires sur les grands maîtres. Une petite figurine avec un stylo-plume, capable d'écrire, laborieusement mais correctement, une lettre ; son pendant qui dessinait des rois et des bateaux. Il y avait des automates dont les gestes reproduisaient ceux des personnes réelles, qui avaient même l'air de respirer. On voyait sortir des horloges des fermières portant des seaux et des montagnards coiffés de leur chapeau et appuyés sur leur alpenstock, qu'on aurait crus tout à fait vrais. En des temps techniquement plus avancés, on a inventé les premiers robots, des machines qui en réalité ne savaient pas faire grand-chose, absolument étonnantes dans leur imitation des êtres humains. Ainsi, voyez-vous, Ariel, vos petits personnages sur le bureau ne sont que la continuation d'une longue tradition. Ils ont été en partie créés à partir de cellules, et sont en partie contrôlés par des moyens techniques. Mais ce ne sont pas les humains à petite échelle à la protection desquels vous êtes si attachée.

Ariel lâcha un soupir. Depuis qu'ils avaient capturé Avery, elle avait entendu tellement de variantes de cette diatribe qu'elle n'avait qu'une envie, c'était de passer les mains autour du cou du docteur et de l'étrangler, à tout le moins de lui arracher la langue pour ne plus avoir à entendre sa voix geignarde de dément. Heureusement pour lui, tant qu'il y aurait des robots alentour et la Première Loi, elle ne pourrait recourir à des mesures aussi draconiennes. C'était d'ailleurs pourquoi elle y rêvait sans en ressentir la

144

moindre culpabilité. Quoique en y réfléchissant, se dit-elle, elle ne puisse compter ni sur Eve ni sur Adam pour se porter au secours d'Avery. Pour peu qu'ils ne soient pas d'humeur ce jour-là à se soucier de la Première Loi, ils auraient peut-être à cœur d'assister, sans autre émotion que la curiosité, à un authentique acte d'assassinat.

Peut-être qu'après tout étrangler Avery n'était pas une si mauvaise idée.

– As-tu quelque chose de constructif à proposer, Ozymandias ?

– N'était-ce pas constructif ?

– Oh, loin de là. Tu sais ce qui me givre le plus ? Que tu te considères toi-même comme un robot et que tu sembles par ailleurs tenir les robots en si basse estime.

Avery secoua énergiquement la tête.

– Au contraire, maîtresse Ariel. Une fois que nous aurons établi que ces êtres sont effectivement des mécaniques faites par l'homme, je les vénérerai comme je vénère tous les robots, y compris les plus modestes robots de fonction qui nettoient la poussière et ramassent les détritus. Le robot est l'ordre le plus élevé dans l'univers, et je suis fier d'en être un.

Elle n'arrivait plus à comprendre le docteur. Parfois, il s'exprimait normalement – ou du moins d'une façon normale pour un homme dont l'excentricité était légendaire – et puis il retombait dans son personnage de robot, ne tarissant pas d'éloges sur ses propres capacités, sans cesse prônant les vertus de son cerveau positronique. Derec insistait auprès d'Ariel pour que celle-ci continue à s'occuper de l'homme, comme si la compassion et le fait d'entretenir avec lui un dialogue sensé pouvaient amener la guérison. Mais les consignes étaient trop vagues. La jeune femme avait beau avoir développé sur sa planète natale un indéniable sens de la psychologie, la folie d'Avery dépassait tout ce à quoi elle était capable de faire face.

Cependant, elle devait essayer. Elle avait promis.

Pendant qu'Avery et Ariel s'expliquaient, Eve s'était approchée du bureau. Elle avait envie de voir les danseurs jouer à leur jeu, ce qui ne pourrait se faire que lorsque Ariel serait revenue s'occuper d'eux.

Quoique... Etait-elle obligée d'attendre Ariel ? Oui, au fait, pourquoi l'attendre ?

Elle plaça la main au centre du bureau, posée sur le tranchant, le pouce en l'air. Les danseurs réagirent immédiatement au signal et entreprirent de former des équipes de part et d'autre de la main. Lorsqu'ils furent prêts, Ève leva la main et laissa tomber une petite boule de papier au centre du bureau. Aussitôt, les danseurs se précipitèrent. L'un d'eux, le potelé qu'Avery avait voulu s'approprier, atteignit la boule le premier. Il la ramassa et se mit à courir, mais l'équipe adverse se regroupa rapidement. Une femelle s'interposa devant le mâle qui tenait la boule de papier et exhorta du geste les autres à la rejoindre. En un instant, sembla-t-il, l'adversaire se retrouva encerclé. Il était interdit de se toucher au cours de la partie, sauf par accident. C'était une des premières règles qu'avait instituées Ariel, règles qu'elle avait enseignées aux danseurs grâce au langage de signes de la main mis au point au cours de ses recherches sur les minuscules créatures. Une fois le joueur encerclé, il devait lâcher la boule. Ce que fit le petit mâle, l'abandonnant aux autres qui commencèrent à se la lancer, tandis que les membres de l'équipe adverse, bien groupés, suivaient l'action, guettant la prochaine passe qui leur donnerait l'opportunité d'encercler à leur tour le possesseur de la boule.

A un moment donné, une des femelles, maigre et décharnée, qui s'était encore plus amaigrie depuis que les Flanc d'Argent avaient amené les créatures au dispensaire, détala avec la boule de papier sous le bras. Alors que l'autre équipe se mettait en formation pour pouvoir facilement la coincer, elle fit brusquement volte-face et passa la boule à un mâle qui courait derrière elle. Celui-ci la lança à un autre mâle qui se tenait au bord du bureau, et qui se mit alors à foncer en ligne droite, le long du bord, jusqu'au côté opposé. Personne ne réussit à l'attraper.

Une fois parvenu à l'autre extrémité du bureau, il s'assit tout de go, posa la boule de papier devant lui et fit une courbette. Ce dernier geste entérinait la validité du point, procédure de règlement qu'Ariel (qui avait adapté le jeu d'un sport autrefois pratiqué sur Aurora) ne leur avait pas enseignée à l'origine. Tout se passait comme s'ils étaient tellement dépendants d'un rituel qu'il leur fallait accomplir quelque acte en rapport lorsqu'ils parvenaient à marquer.

Le mâle se leva en laissant la boule de papier là où il l'avait posée, signe pour Eve qu'elle devait la ramasser et la remettre au centre du bureau dès que les deux équipes se seraient reformées. Ce qu'elle était sur le point de faire quand Ariel l'apostropha durement :

– Eve ! Je ne t'ai pas donné l'autorisation de démarrer la partie !

Le robot, tenant toujours le papier au-dessus des regards anxieux des danseurs, leva les yeux.

– J'avais envie. Et comme vous discutiez avec Ozymandias, j'ai décidé de...

– Ce n'est pas à toi de décider. Tu n'en sais pas encore assez. C'est toi le robot, et moi l'humain. Tu attends mes ordres, un point c'est tout.

– Nous ne sommes pas convaincus que ce soit juste.

Ariel leva les mains au ciel de désespoir. Ce n'était vraiment pas le moment d'être obligée de supporter ces sophismes de robot. Portant son regard sur le dessus du bureau, elle se borna à dire :

– D'accord, qui est-ce qui mène ?

Ariel n'avait pas l'exclusivité des manifestations de désespoir. En un autre lieu de la cité, Derec serrait les poings en refrénant son envie de les abattre sur le premier objet venu.

– Une autre occurrence dysfonctionnelle, monsieur ? demanda Mandelbrot.

Derec faillit pouffer de rire. Occurrence dysfonctionnelle ? Givre, un bide total !

– On dirait que notre ordinateur s'obstine à nous refuser le plein accès, Mandelbrot. Ça n'a pas de sens. C'est comme s'il prenait un malin plaisir à me tourmenter, en m'autorisant certaines choses et en me bloquant l'accès à d'autres.

– Les ordinateurs n'obéissent-ils pas également aux Lois de la Robotique ?

Derec haussa les épaules.

– En principe, oui. A moins que quelqu'un ne les

contrôle depuis une source extérieure et n'efface les instructions que je leur donne.

– Est-ce concevable ?

– Je pense. Il y a quelqu'un, quelque part dans la cité, le même individu qui empêche les robots de me répondre, et c'est lui désormais le patron. Lui ou elle, ou je ne sais quoi. Il y a quelque chose de tellement, comment dire, *inhumain* dans la façon d'agir de notre intrus que je le soupçonne d'être un extraterrestre, du genre aussi intelligent que les corps-noirs et aussi vicieux qu'Aranimas.

Aranimas était l'extraterrestre qui, avant que Derec ne gagne la Cité des robots, l'avait capturé et gardé prisonnier sur son vaisseau en essayant d'en faire son esclave. Les aspects les plus heureux à retenir de cette terrible expérience étaient les rencontres d'Ariel et de Wolruf, et l'opportunité qui lui avait été offerte de fabriquer au moyen de pièces détachées le merveilleux et fidèle Mandelbrot.

Avec un geste ostentatoire de la main, qui signifiait clairement à l'ordinateur qu'il pouvait aller se faire fiche, Derec se leva de son siège et se mit à arpenter la pièce.

– Mandelbrot, je devrais maîtriser tous les rouages, mais lui ou elle ou Machin Truc ne me le permet pas. Il nous distille au compte-gouttes certaines informations par le biais de l'ordinateur – comment faire marcher les distributeurs de nourriture, les toilettes, le trottoir roulant, le chauffage et l'éclairage –, mais rien que des données qui ne servent qu'à assurer notre survie. Dès qu'il s'agit d'activer l'ensemble des fonctions de l'ordinateur, pour remettre en route les équipements de la cité et ramener les robots à leurs tâches, il persiste à m'interdire toute intervention. A l'évidence, il n'est pas là pour nous détruire, pas pour le moment du moins, mais il nous cache certainement quelque chose. Son identité, bien sûr, mais peut-être autre chose. Peut-être un détail concernant son identité que nous ne devrions pas connaître. Ou ses projets futurs.

– Les biopuces ? suggéra Mandelbrot. Par le passé, elles vous ont toujours fourni la bonne information sur la cité.

– C'est ça qui est vraiment fou, Mandelbrot. Les biopuces ne fonctionnent pas plus que la cité. Oh, j'obtiens bien de temps à autre une impression ou deux concernant notre mystérieux visiteur, mais pas de véritable indication sur qui il est, il, elle ou autre chose. Et j'ai bien aussi le vague sentiment que la solution existe, mais pas moyen de mettre la main dessus. Ce qui est certain en tous les cas, c'est que les biopuces sont déglinguées, comme la cité. Par moments, je les détecte à peine. Et je déteste ça plus que je ne saurais le dire. (Il tendit le bras, comme pour réveiller les biopuces.) Tu sais, avant je trouvais que c'était quelque chose de diabolique. Je pensais qu'elles me contrôlaient, en circulant partout dans mon sang jusqu'à me rendre malade. Maintenant qu'elles ont atteint leur maturité et qu'elles se sont bien intégrées à mon corps, je suis incapable de me débrouiller sans elles, comme c'est le cas à présent. Je crève d'envie de les activer, et je ne peux pas. C'est comme avec la cité. Je veux la faire repartir, il le faut, et je suis coincé comme jamais. Il doit y avoir un moyen, Mandelbrot. Et je le trouverai.

De sa cachette, l'Œil Vigilant avait écouté les propos de Derec avec une certaine satisfaction. A présent, revenu à sa forme naturelle mais entièrement dissimulé sous la couche de substance mousseuse dont il avait recouvert l'ordinateur, il envisagea quelles allaient être ses prochaines actions.

Le mot étrange que Derec avait employé, coincé, lui paraissait également s'appliquer à son cas. Alors qu'Ariel et Avery poursuivaient leurs recherches sur la Série C, Lot 21, il sentait qu'il y avait un risque pour lui à réactiver les robots qui avaient effectué les premiers travaux de laboratoire aboutissant à la création des diverses espèces. Ces robots qu'il avait convaincus de la nécessité de faire des recherches supplémentaires sur les Lois de l'Humanique et, puisqu'il n'y avait pas d'humains dans la cité, de fabriquer leurs propres humains. Naturellement, l'Œil Vigilant était conscient, ainsi que l'avait décelé Avery, que leurs spécimens miniatures n'étaient pas des êtres humains à part entière, mais seulement du matériel biologique mû par des techniques de robotique et revêtu d'une apparence humaine. Il aurait pu leur donner n'importe quelle autre forme, y compris la sienne, mais il avait opté pour le modèle reproduit sur des images tirées d'un fichier de personnages historiques.

En outre, du fait qu'il devait consacrer tellement de son

temps aux étrangers arrivés sur la planète, il n'avait plus le loisir de mener aucune autre de ses expériences. Il aurait voulu essayer un test de résistance sur l'alliage de fer et de plastique dont était faite la cité, pour voir ce que ça pouvait supporter dans un large éventail de circonstances. Il avait eu l'intention d'explorer à fond les nombreuses facettes de la Cité des robots et, une fois cela terminé, de la restructurer et la refaçonner selon ses besoins.

Il s'intéressait aux Lois de l'Humanique parce qu'il voulait découvrir ce qu'était un humain. Il y avait quelque chose juste au-dessous du niveau de sa conscience qui le poussait à rencontrer des humains pour se calquer sur eux. A un moment, il avait espéré que Derec et Ariel, ou Adam et Eve, se révéleraient finalement les vrais humains, de sorte que la question soit tranchée et qu'il puisse aller à la rencontre de son destin, quel qu'il soit. Car il était certain d'avoir un destin qui finirait par lui être révélé.

Plus que tout le reste, cependant, ce qui manquait à l'Œil Vigilant, c'était la liberté de travailler sur la plus grande énigme à laquelle il avait à faire face : qui ou quoi était-il ? Il fallait bien qu'il soit *quelque chose*, qu'il entre dans une des catégories de l'existence. Puisqu'il existait.

Il pouvait être humain, bien que physiquement – si les intrus étaient humains (et lesquels ? Derec et Ariel ? Adam et Eve ? L'effroyable Avery ?) – il ne leur ressemblât pas du tout. Mais à vrai dire, sous sa forme naturelle, ou du moins la forme qu'il avait lorsqu'il s'était éveillé à la conscience, il ne ressemblait à rien d'autre qu'une boule de matière. C'était après qu'il avait découvert détenir la capacité de changer de forme. Là, tout de suite, il pouvait prendre la *forme* d'un humain, mais *serait-il* un humain pour cela ? Ceux qu'il connaissait avaient-ils, comme lui, commencé sous la forme d'une boule molle ? Etaient-ils au début restés cachés dans leur abri avant de décider quelle apparence adopter ?

Etait-il un animal ? Apparemment, il n'y avait aucune espèce animale née dans la Cité des robots. C'était d'ailleurs pourquoi il ne pouvait juger de la question qu'au regard des informations extraites des fichiers de l'ordinateur. Informations qui ne faisaient qu'accroître sa confusion puisqu'il ne ressentait aucun lien avec aucun des animaux dont il voyait les reproductions. Il nota au passage que nombre de ces soi-disant animaux ressemblaient à bien des égards aux soi-disant humains. Etaient-ils eux aussi des sortes d'humains ?

Etait-il un robot ? C'était à cette idée qu'il se refusait le plus. Il avait observé les robots et les avait trouvés trop serviles, programmés de façon trop simpliste. Tout admirables mécaniques qu'ils soient, ils n'avaient pas l'air suffisamment élaborés pour qu'il consente à appartenir à leur ordre. Il lui était impossible de croire qu'existait la moindre ressemblance entre un robot et lui. À tout prendre, il se sentait plus proche d'un ordinateur que d'un robot. Sauf qu'il possédait une sensibilité que n'avait pas l'ordinateur de la Cité des robots. Si bien qu'il en avait conclu qu'il n'était pas non plus un ordinateur.

Qu'était-il alors ?

Son intention était de le découvrir bientôt.

Adam Flanc d'Argent errait à travers les rues de la Cité des robots, sans savoir où il allait, sans savoir pourquoi il avait quitté le dispensaire. Il avait vu Eve si totalement absorbée autour d'Ariel et des danseurs qu'il en était venu à conclure qu'elles se passaient fort bien de lui pour leurs expériences. Parfois, la discussion entre Ariel et Eve sur le comportement des danseurs revêtait une telle intensité qu'elles n'avaient pas l'air de s'apercevoir de sa présence dans la pièce.

Ce n'était pas qu'Adam se sente peiné, ni même agacé, de voir combien on l'ignorait. Un robot n'éprouve pas ces petits pincements de rejet dont sont affligés les humains en de telles circonstances. Un robot ne devrait pas, dans des conditions normales, se sentir délaissé ou même ignoré. Après tout, un robot peut même rester seul sans que rien se produise pendant très, très longtemps.

Ce qu'Adam percevait essentiellement, et de façon logique, c'était qu'il ne servait à rien au niveau des recherches entreprises par Ariel et Eve. Il lui semblait que, puisque la Cité des robots connaissait une phase critique et que Derec et Ariel avaient fort à faire pour essayer de résoudre leurs problèmes respectifs, il devrait pouvoir faire quelque chose de son côté. Ce serait gaspiller affreusement son temps et ses capacités que de demeurer là où sa présence n'était pas nécessaire. Leur créateur, quel qu'il ou quelle qu'elle soit, les avait manifestement conçus comme quelque chose d'exceptionnel. Ils étaient tenus de servir et de se rendre utiles aux injonctions directes ou implicites des humains, impératif dicté par la Deuxième Loi.

Il arriva au terrain vague où ils avaient découvert le premier groupe de danseurs. Il était désormais totalement désert, et il n'y restait pas la moindre trace de ses occupants de naguère. Ce qui constituait, en soi, une autre anomalie. Qui avait pu effacer les signes de leur présence, jusqu'aux restes du feu de camp autour duquel ils avaient dansé ? Qui avait aplani le sol de sorte qu'on ne puisse même pas deviner l'existence des tombes ? Il semblait bien que certains robots de la cité soient en état de marche.

Ses pas le conduisirent jusqu'à un parc, où des massifs méticuleusement sculptés se succédaient à intervalles réguliers le long d'un sentier parfaitement ratissé. Il n'y avait pas de traces de pas sur le sentier, et personne d'assis sur l'un des bancs installés sous les grands arbres. Adam trouva absurde qu'il existe un parc tel que celui-ci, ainsi que plusieurs autres lieux de la Cité des robots, aménagés à l'évidence pour accueillir des humains, et qu'il y ait eu jusqu'ici si peu d'humains sur la planète. La cité elle-même paraissait inutile, aussi inutile qu'il s'estimait être en ce moment.

Il atteignit un espace où un ensemble d'édifices se déployait en un ample demi-cercle autour d'une fontaine qui ne fonctionnait pas. Au rez-de-chaussée, suivant la courbe de la rue, étaient disposées avec soin des boutiques aux enseignes muettes.

Les quelques robots qui arpentaient les rues étaient concentrés sur leurs propres objectifs. Aucun ne s'arrêtait à aucun des bâtiments. (Adam se demanda pourquoi il n'éprouvait pas le moindre sentiment d'appartenir à la confrérie lorsqu'il voyait ces robots. Comment pouvait-il être un robot et se sentir tellement différent des autres robots ?) Il n'y avait pas d'articles à l'intérieur des boutiques, ni, pour commencer, de clients pour les choisir. Comme le parc, encore une autre anomalie de la cité.

Des boutiques et des parcs aux visées bien définies, et personne pour y répondre. Le problème était similaire au sien, pensait-il. Il avait la capacité non seulement de se modeler sur les créatures vivantes, mais aussi de s'assimiler à elles de façon stupéfiante, adoptant leurs singularités et leur mode de vie en même temps que leur apparence physique. Il pouvait même devenir leur chef, comme ça lui était arrivé avec la harde. Etait-ce cela sa vie ou, sinon sa vie, les paramètres qui définissaient son existence dans l'univers ? Il se sentait *contraint* de prendre la forme des autres créatures ; il avait *besoin* de continuer à faire ça jusqu'à ce qu'il trouve une solution à son dilemme : découvrir ce qu'était un humain. Aucun dessein ne l'attendait dans la Cité des robots, aucun être sur qui se calquer. (Il ne voyait pas que cet état de frustration avait été voulu par Derec et Wolruf, et eux, de leur côté, ignoraient quel étonnant succès leur plan avait remporté, du moins pour ce qui concernait Adam. Il ne lui serait pas venu à l'idée qu'on était en train de l'apprivoiser ; sinon, il aurait opposé une ferme résistance.)

Comme il l'avait déjà fait sur la planète des corps-noirs, il se changea en loup et bondit à travers les rues de la cité ; puis il essaya la forme des corps-noirs et se mit à battre gauchement des ailes, qu'il heurta aux murs des bâtiments ; l'instant d'après, il était un robot de fonction, ramassant les détritus pour les jeter à travers une grille d'égout ; ensuite, il prit l'apparence de Derec, puis celle d'Ariel, celle d'Avery.

Mais aucune de ces métamorphoses ne le satisfaisait. Il les avait déjà toutes essayées.

Ce qu'il lui fallait, c'était un modèle inédit.

Il reprit sa forme de loup pour pouvoir hurler aux étoiles qui parsemaient le ciel au-dessus de la cité.

Puis, il redevint Derec et reprit le chemin du dispensaire, sans avoir rempli sa mission dans la cité. En un sens, jugeat-il, il agissait comme ces hommes dans certaines légendes qu'il avait lues dans les fichiers de l'ordinateur ; le genre de récits où les héros brandissaient leur poing au ciel et fustigeaient l'univers.

Il trouvait l'image curieuse. S'il était capable de brandir son poing vers le ciel, il lui était impossible, et peut-être le regrettait-il, de ressentir réellement l'émotion qui inspirait le geste. L'émotion *humaine* derrière le geste.

AVERY ET LES FLANC D'ARGENT

Ariel se réveilla en sursaut. Elle ne s'était pas rendu compte qu'elle s'était endormie, elle avait dû s'assoupir la tête sur le dossier du fauteuil matelassé qu'elle avait tiré à côté du bureau.

Il y avait assurément quelque chose de troublant à reprendre conscience devant une demi-douzaine de danseurs les yeux levés vers vous, tandis que les autres s'adonnaient à quelque jeu encore mystérieux. (Ils se présentaient leurs mains, paumes levées ou retournées, un certain nombre de doigts tendus, parfois pas de doigt du tout, parfois le poing.) Leurs visages arboraient des regards interrogateurs, comme s'ils trouvaient curieux que leur dieu ait besoin de dormir de temps à autre. Les danseurs, eux, semblaient ne jamais dormir. Ariel les avait observés, ou avait passé le relais aux Flanc d'Argent, mais ni elle ni eux ne les avaient à aucun moment surpris dans le sommeil. Parfois, elle se demandait à quoi pouvait bien ressembler une existence entière sans sommeil. En profiterait-on pour faire des tas de choses ou deviendrait-on fou à force d'être constamment l'esprit en éveil ?

Comme elle faisait chaque fois qu'elle était restée quelque temps sans surveiller les danseurs, elle les compta. Il y en avait toujours quatorze. Parfait. C'était donc qu'Avery n'avait pas réussi à tromper la vigilance de Wolruf pour s'approcher subrepticement du bureau pendant qu'elle dormait et enlever une des petites créatures.

Ariel jeta un regard de l'autre côté de la salle, où Avery était affalé dans un fauteuil, apparemment lui aussi somnolent. (Quand il était Ozymandias, il soutenait ne jamais dormir.) Wolruf était assise sur le plancher ; tout en gardant un œil sur le docteur, elle feuilletait un ouvrage illustré sur l'art aurorain, qu'Ariel avait déniché dans la petite bibliothèque du dispensaire. L'extraterrestre s'exerçait ainsi à la lecture en même temps qu'elle s'instruisait sur les mœurs des humains. Depuis qu'Ariel l'avait rencontrée, elle avait fait des progrès significatifs dans la lecture du Standard, ainsi que dans la maîtrise de la langue. En se voyant confier la tâche de surveiller Avery, elle bénéficiait de temps libre pour parfaire son éducation sur les us et coutumes des humains et des robots.

Ariel ne savait plus trop que faire avec les danseurs. Après les avoir étudiés pendant plusieurs jours, elle avait l'impression qu'il n'y avait guère plus à apprendre. Elle avait bien essayé de communiquer avec eux mais, hormis les gestes obligatoires pour attirer leur attention ou lancer un jeu, la plupart de ses tentatives n'avaient pas connu le succès escompté.

Tous les danseurs avaient été soumis au diagnostic du scanner, le seul équipement du dispensaire qui semblait fonctionner normalement. Sans s'en expliquer véritablement la raison, Ariel se demandait toutefois, vu que les seules installations que Derec avait été en mesure de réparer (soit de lui-même, soit qu'on lui ait permis de le faire) concouraient à assurer la survie, si le scanner ne fonctionnait pas pour la simple et unique raison qu'il pouvait s'avérer indispensable en cas d'urgence. Derec ne se trompait pas quand il affirmait qu'il y avait une présence dans la cité ; aucun doute là-dessus. Une présence qui distribuait des faveurs, certes avec parcimonie mais non sans un certain bon sens. Le scanner n'avait rien révélé de nouveau sur les danseurs. Ainsi qu'Avery le lui répétait, sur le plan anatomique ils étaient comparables à des humains de taille normale. Quant à savoir s'ils étaient animés par un circuit de nature robotique, le scanner ne le décelait pas.

Par ailleurs, Derec lui manquait tellement. Depuis le petit intermède à la tour du Compas, ils n'avaient jamais été vraiment ensemble. Ils se retrouvaient au lit de temps en temps mais, à ces moments-là, Derec manifestait un certain détachement, davantage préoccupé à faire revivre la cité qu'à raviver leur passion. Et elle ne pouvait pas faire porter tout le blâme de cette situation conflictuelle uniquement sur lui. Après tout, comme il l'avait fait remarquer, elle avait de son côté l'attention tout aussi accaparée par les danseurs, Avery et les Flanc d'Argent.

A tous les deux, ils formaient un couple génial, des bourreaux de travail sans guère d'instants à se consacrer l'un à l'autre. Elle mourait pourtant d'envie d'être un moment seule avec lui, ne serait-ce qu'un court moment, serrée dans ses bras et l'embrassant tandis qu'il lui caresserait doucement le dos.

Mais bon, ils n'avaient pas le temps pour les sentiments. *La chose à faire*, se dit-elle, *c'est de terminer le boulot, rétablir l'équilibre dans la cité, puis se prendre par la main et filer jusqu'au premier coin sombre qu'on rencontrera.*

Elle leva les bras et les tendit pour se débarrasser de l'engourdissement. Comme toujours, les danseurs étaient suspendus à ses gestes ; quoi qu'elle fasse, ils la regardaient avec une totale fascination. Ce coup-ci, ils l'imitèrent, reprenant son geste en le décomposant en un lent mouvement rituel. Comment Avery pouvait-il persister à prétendre que ce n'étaient pas des êtres humains ? Avec une telle grâce, une telle adresse, ils ne pouvaient être rien de moins qu'humains.

Elle se sentit la gorge sèche et s'avisa que sa respiration risquait fort de dérégler le système d'épuration. Un début de migraine se manifesta au niveau de ses tempes. Elle avait besoin d'aller aux toilettes.

– Eve ?

– Oui, maîtresse Ariel.

– Moment. (Le mot suffisait pour qu'Eve comprenne qu'elle devait venir la remplacer devant le bureau. En se levant, elle demanda à Eve :) As-tu inventé un nouveau jeu ?

– Oui.

– Evidemment. J'aurais dû m'en douter. Tu me le montreras quand je reviendrai.

Une fois Ariel partie, Eve prit dans sa main une des créatures, une femelle petite (pour une danseuse) et trapue. Celle-ci ne rechigna pas le moins du monde (plus aucune ne se rebiffait) et s'assit au contraire tranquillement au creux de la paume du robot.

– Adam ? appela Eve.

Ce dernier, revenu depuis peu de sa promenade, sortit d'un coin obscur de la salle, d'où il observait sa compagne.

– Oui, Eve.

– Il me semble qu'il y a quelque chose qui ne va pas avec les danseurs, celle-ci et tous les autres.

– Je n'ai pas remarqué.

– Examine leurs visages. Celle-ci était jeune, comme Ariel, quand nous les avons amenés ici. Regarde, maintenant.

Adam se pencha sur la femelle. Il n'avait pas étudié les danseurs avec le même esprit méticuleux qu'Eve et se demandait ce qu'elle pouvait bien vouloir dire. Mais en tout cas, voilà qu'on l'invitait à participer.

– Que vois-tu, Adam ?

– Un des danseurs, catégorie femelle.

– A part ça ?

– Ses cheveux. Avant, ils étaient bruns et maintenant ils sont presque tous gris. Avant, elle n'avait pas de rides, maintenant il y en a plein sur son visage. Avant, elle était...

– Ça va comme ça, Adam. C'est également ce que je constate. Et pas seulement sur celle-ci, mais sur tous les autres. Ils sont là depuis quatre jours, et il n'y en a plus un seul de jeune. Regarde celui-là.

Adam tourna son regard dans la direction qu'indiquait Eve. Un mâle, l'un des joueurs, avait quitté le groupe et était allé s'asseoir tout seul, les genoux remontés, les bras autour. Son visage avait vieilli, s'était grêlé et avait pris un teint cireux.

– Il n'a pas l'air d'aller bien, commenta Adam.

– Qu'est-ce que ça signifie ? Est-ce qu'ils changeraient de forme, comme nous ?

– Peut-être, mais je ne pense pas.

– Ils vont mourir, dit Avery en se redressant sur son fauteuil, ce qui eut pour effet d'obliger Wolruf à poser son livre en même temps que son corps se raidissait.

Le docteur se leva et s'approcha du bureau.

– Je ne sais pas exactement pourquoi ils sont condamnés à mourir, poursuivit-il. Je dirais que celui qui les a créés attachait au moins un intérêt relatif au cycle de vie des humains. Sinon, il les aurait conçus pour durer autant que les robots. Tout compte fait, c'est un des avantages que nous possédons, nous, les robots. Leur créateur a voulu qu'ils connaissent la mort, ou bien il s'est gouré, je ne saurais dire lequel des deux. Quand ils auront franchi le pas, j'espère le découvrir en les examinant.

– Ariel a dit que vous n'aviez pas le droit de les toucher, prévint Wolruf.

– Bon, il faudra bien qu'elle me laisse au moins examiner un cadavre ou deux.

– Non ! dit Eve brusquement, sans trop savoir pourquoi elle s'élevait ainsi contre les propos du docteur.

Les sourcils de ce dernier s'arrondirent de surprise.

– Tu ne veux pas que je le fasse, Eve ?

– C'est exact.

– Comme c'est curieux. Serais-tu donc un robot doté de compassion ?

– Je ne sais pas de quoi vous voulez parler.

– Si c'est le cas, et je subodore que oui, on va devoir déprogrammer ça sans détour. Parfois, je m'étonne de la façon dont les choses se passent ici, dans la Cité des robots. D'abord, on tombe sur des robots aux penchants artistiques (un autre défaut dont j'ai dû me débarrasser), et maintenant sur des robots compatissants. Est-ce une larme que je vois dans ton œil, Eve, ou seulement un effet de lumière ? Inutile de répondre. Je plaisantais.

Ariel revint des toilettes juste à temps pour entendre les dernières remarques du docteur. Elle allait intervenir, dire à Avery de la fermer, lorsqu'elle s'avisa de ce qui était en train d'arriver à Adam.

Celui-ci était à côté du bureau, juste derrière Avery. Il regardait le docteur et, en même temps, entamait une métamorphose, changeait d'apparence. C'était fascinant à voir. D'abord, son corps parut se rétrécir, rapetisser de quelques centimètres. (Voulait-il se transformer en danseur ? se demanda Ariel. Etait-ce concevable ? Atteindre une telle petitesse n'exigeait-il pas qu'il concentre sa masse de façon incroyable ?) Puis le processus s'interrompit, et le corps en réduction se mit alors à s'élargir, à s'arrondir. Les bras raccourcirent, en pendant différemment, un peu comme ceux d'un singe. Ensuite, ce fut le visage, jusqu'ici réplique presque parfaite de celui de Derec, qui commença à onduler légèrement, le front à s'amenuiser et le menton à gonfler, gonfler jusqu'à un certain point avant de se redessiner en arrondi. Sur le sommet du crâne, la version métallique des cheveux blond-roux de Derec vira au blanc et s'allongea en s'ébouriffant. Mais Ariel dut attendre la transformation suivante pour se rendre compte de ce qui était en train de se passer. Semblable aux cheveux au niveau de la couleur et de la texture, une moustache argentée et broussailleuse parut pousser sous le nouveau nez d'Adam.

Ariel éclata soudain de rire, ravie de ce brin d'hilarité qui était le premier à égayer son existence depuis un certain temps.

Adam était passé du modèle Derec à un sosie presque parfait du courtaud et rondelet Dr Avery, avec cheveux ondulés et moustache à l'avenant !

Avery ne s'aperçut de rien avant qu'Ariel ne se mette à rire. Au début, il crut que c'était de lui qu'elle se moquait et il s'apprêta à lui retourner une remarque cinglante. (Avery ne supportait pas qu'on se gausse de lui. Les trop nombreuses moqueries de plusieurs de ses collègues l'avaient rendu chatouilleux face à la critique, ce qui avait développé chez lui des réflexes foudroyants et des reparties aussi cruelles que possible.) Ce fut alors qu'il nota vers où se portait l'attention d'Ariel.

Il découvrit la version robotisée et (pour lui) cauchemardesque qu'Adam venait de réaliser de sa propre personne. Il poussa un hurlement de rage. Le genre de hurlement à ébranler tous les objets non fixés et la stabilité des esprits alentour. Sur le bureau, les danseurs s'éparpillèrent, mus par la peur.

Adam ne s'était pas attendu à une réaction aussi violente de la part d'Avery, et il en fut tout aussi secoué qu'intrigué. Il s'était déjà modelé plusieurs fois sur le docteur, mais seulement à deux reprises en sa présence. Et ni à l'une ni à l'autre, l'égocentrique personnage n'avait prêté attention ni même daigné jeter un regard sur lui.

Bien qu'Avery soit au courant des capacités de mimétisme des Flanc d'Argent, c'était la première fois qu'il observait véritablement une métamorphose.

— Je ne tolérerai pas ça ! hurla-t-il. C'est grotesque ! Tu n'as pas le droit de prendre ma forme ! Comment est-ce d'ailleurs possible ? De quel matériau es-tu fait ? (Il toucha le bras d'Adam, sa poitrine, son visage. La peau était la même peau synthétique qui recouvrait le corps de n'importe quel robot, si l'on exceptait quelques humaniformes.) La texture n'est pas celle d'une peau humaine, il n'y a pas de...

Ariel s'avança.

– C'est parce que Adam est un robot. (Elle guetta une réaction sur le visage d'Avery et ne lut dans ses yeux qu'une extrême confusion. Aussi ajouta-t-elle, machiavélique :) Comme toi, Ozymandias.

Avery eut l'air un instant déconcerté.

– Bien sûr, dit-il. Comme moi. (Il examina Adam de plus près.) Mais les robots ne changent pas, ils sont immuables. Au contraire des humains, au contraire des animaux. Donc, Adam n'est pas un robot. C'est quelque chose d'autre sous une enveloppe de robot.

– Que suis-je ? demanda Adam.

– J'ignore ce que tu es.

– Si je ne suis pas un humain, quoi d'autre ? Si je ne suis pas un robot, que suis-je ?

– Oui, insista Ariel en se rapprochant d'Avery. Qu'est donc Adam ?

– Un nouveau type de créature, mais j'ignore lequel. Il est capable de changer de forme ?

– Oui, absolument. Il pourrait être humain, robot, animal, extraterrestre. Mais c'est un robot, Ozymandias.

– Ça ne se peut pas !

– Oh, que si ! Tous les deux sont des robots. Derec ne sait pas exactement comment ils font pour changer de forme, mais selon lui ce serait facilité par la présence dans leurs cellules d'une molécule d'A.D.N. ou de son équivalent. Apparemment, ils peuvent acquérir à volonté la maîtrise de leurs cellules, en adaptant jusqu'à leur taille et leur forme. C'est un peu comme s'ils pensaient la forme qu'ils désiraient prendre, et les détails en sont élaborés dans leur cerveau positronique. Si Mandelbrot peut modifier radicalement la forme de son bras, ces deux-là sont capables de véritables prouesses sur la totalité de leur corps. Adam affirme qu'il n'était qu'une boule au départ mais qu'il a su prendre une forme lui permettant de se déplacer aisément dès les premiers instants de son éveil à la conscience.

– Je refuse de croire ça ! Pourquoi riez-vous ?

– Parce que tu es comme moi, maintenant. Tu m'as

accusée de me montrer sentimentale quand j'ai prétendu que les danseurs étaient humains, et voilà que tu refuses d'admettre qu'Adam est un robot. Néanmoins, c'est bel et bien vrai. Pourquoi est-ce que ça t'ennuie, Ozymandias ?

– Je ne veux pas en discuter.

– Naturellement. Parce que tu serais embarrassé. Maintenant que tu es un robot, ça t'embête qu'un autre s'amène qui soit supérieur à toi.

– Ce n'est pas ça du tout ! Et d'ailleurs, c'est faux ! La métamorphose n'a rien d'un exploit. Ça n'en fait pas autre chose qu'un phénomène de cirque.

– Tu as peut-être raison. C'est faux. Encore heureux que tu ne sois plus Avery, Ozymandias. Si c'était le cas, je ne pourrais pas m'empêcher de faire remarquer que le grand Dr Avery, créateur des robots Avery, est peut-être jaloux que quelqu'un d'autre que lui ait pu concevoir et fabriquer un modèle plus élaboré.

Durant quelques secondes, Avery resta muet, se bornant à dévisager Adam, ce qui était comme se regarder dans un miroir qui déformerait légèrement. La peau du robot était de couleur argentée, et il y avait plus d'arêtes vives sur les contours de son corps que sur la silhouette aux courbes adoucies d'Avery. Il y avait dans les yeux d'Adam une sérénité que le docteur n'avait plus contemplée, devant son miroir, depuis de nombreuses années. Une sérénité qui le forçait à se rappeler un Avery humain qui avait connu une existence plus fertile en satisfactions de tous ordres, alors qu'il était marié et au sommet de sa profession, admiré par nombre de gens, certainement respecté par quasiment tout le monde. Pourquoi ses yeux avaient-ils changé ? se demanda-t-il.

Ariel saisit sur le visage du docteur le trouble intérieur qui l'agitait et, en même temps, le moyen de manœuvrer l'homme ainsi que Derec le lui avait expressément recommandé. Elle passa de l'autre côté du bureau, rejoignant Eve qui s'était employée à calmer les danseurs en multipliant les gestes et en fredonnant quelque chose où perçait presque l'amorce d'un air.

– Eve, chuchota Ariel.

– Oui ?

– Voudrais-tu me faire une de tes métamorphoses ?

– Oui. Ce que vous voulez.

– Eh bien, ce qu'Adam vient de faire. Sur Avery. Tu peux faire ça ?

– Bien sûr.

Ariel regarda, fascinée, Eve effectuer la même transformation qu'Adam quelques instants auparavant. C'était d'ailleurs encore plus étrange à voir avec elle puisque, sous les yeux d'Ariel, elle se changea de femelle en mâle. La jeune femme avait beau avoir toujours su qu'Eve pouvait changer de forme, et appris qu'Adam avait été une femelle lorsqu'il était un membre de la harde, elle n'en resta pas moins tout aussi ébahie par le spectacle. Le visage d'Eve se modifia plus tôt que celui d'Adam, et elle réadapta ensuite son corps à partir des épaules en descendant. Quand elle eut fini, elle ressemblait, par malheur pour lui, encore plus à Avery que son compagnon.

– Ozymandias, lança Ariel en détournant son attention d'Adam.

Lorsque l'homme pivota vers elle, sa mâchoire s'ouvrit devant la vision de cette autre copie de lui-même.

– Ce n'est pas loyal ! cria-t-il, furieux.

– Pourquoi ? La plupart du temps, ils se baladent sous nos traits à nous, Derec et moi, et ça ne nous tracasse pas plus que ça. Pourquoi est-ce que ça te met dans cet état, Ozymandias ?

– J'ai comme l'impression qu'ils me prennent quelque chose.

– Quoi ? Ton âme ?

La question fut une telle secousse pour Avery qu'il ne put se retenir de s'esclaffer.

– Mon âme ? Certainement pas. Que ferait un robot d'une âme ? Non, je veux parler de ma personnalité, tout ce qui fait que je suis moi, ma dignité.

– Dignité ? Personnalité ? Qu'as-tu à faire de ça ?

Tandis qu'Ariel parlait, Eve avait rejoint Adam. Ils étaient là tous les deux, côte à côte, des Avery jumeaux, avec les mêmes subtiles différences qu'une paire de vrais jumeaux.

Avery, pour une fois sans voix, tourna les talons et partit vers le coin où était Wolruf. Ariel se méprit peut-être, mais elle crut voir, à la façon légèrement penchée dont se tenait la caninoïde et au faible gargouillis qui montait de sa gorge, que celle-ci trouvait le spectacle amusant.

– Reviens ! cria Ariel.

– Je refuse.

– Comment peux-tu refuser mon ordre ? Tu es un robot et je suis un humain. Tu dois m'obéir. La Seconde Loi, Ozymandias.

Elle prononça ce dernier mot en cadençant les syllabes, comme pour se moquer. Avery resta quelques secondes immobile, puis se retourna et revint vers le bureau.

Entre-temps, Ariel s'était glissée à côté des Flanc d'Argent.

– Adam, Eve, je veux que vous fassiez quelque chose pour moi. (Les deux robots la regardèrent, attendant les instructions.) Vous avez passé assez de temps avec Avery. Imitez-le en tout. Parlez comme lui, criez comme lui, tempêtez comme lui, marchez comme lui, pavanez-vous comme lui, tout ce que vous avez dans vos banques mémorielles qui peut vous servir à être comme lui. Vous pouvez faire ça ?

Ils répondirent l'un et l'autre par l'affirmative. Adam, en particulier, parut se réjouir du défi. N'était-ce pas après tout une manière d'utiliser ses talents mimétiques ? Dans un monde qui recelait si peu de créatures sur lesquelles se modeler, n'importe quel défi était le bienvenu.

– Parfait, dit Ariel lorsque Avery eut rejoint le bureau. Séparez-vous, et quand je donnerai le signal, allez-y.

Adam gagna une des ailes de la pièce, Eve l'aile opposée. Avery, qui n'avait pas entendu les instructions d'Ariel, jetait des regards de l'un à l'autre.

Alors, sur un signe d'Ariel, l'assaut s'engagea. Adam se lança tout de go dans une des diatribes coutumières du docteur, enregistrées dans sa mémoire. Il en avait choisi une particulièrement corsée, chargée de phrases au style plutôt fleuri et d'une bonne flopée d'injures. Le play-back était remarquable ; la voix du robot reprenait les tons et les inflexions de celle du docteur avec une telle justesse qu'Ariel aurait été incapable de dire, les yeux fermés, que ce n'était pas le vrai Avery qui s'exprimait.

Celui à qui était destinée la charge verbale ne put que regarder Adam sans y croire ; ses yeux s'écarquillèrent, affichant plus d'exaspération et de désarroi que quiconque en avait peut-être encore jamais lu dans ce regard. Le docteur se mordilla la lèvre inférieure, un autre comportement qui ne lui était pas coutumier. Ses doigts tapotaient ses cuisses, geste qu'Ariel lui avait vu faire fréquemment. Avery faisait souvent ça quand il était en colère.

Lâchant une toux sonore assez dans la manière du docteur lorsqu'il voulait attirer l'attention de quelqu'un, Eve entra dans la danse. Avery tourna la tête dans sa direction, tandis qu'Adam poursuivait sa diatribe en haussant le ton.

Se marmonnant des choses à elle-même, à la façon d'Avery, Eve se mit à arpenter l'aile où elle se trouvait en prenant un air important. Tout en marchant, elle aussi tapotait ses cuisses. A un moment donné, elle s'arrêta et se frappa du poing la paume de l'autre main, en beuglant :

— Je ne tolérerai pas ça ! Ça ne se passera pas comme ça ! J'exige que tu me laisses prendre un danseur pour mes expériences !

Puis elle pivota, comme Avery tout à l'heure, et s'avança jusqu'au bureau pour jeter un regard sévère sur les danseurs. A son grand étonnement, ceux-ci se laissèrent abuser par son apparence ; ils se dispersèrent comme ils l'avaient fait quand Avery s'était penché au-dessus d'eux.

Ariel vit le visage du robot perdre son expression hostile, se radoucir jusqu'à adopter une mine bienveillante. Parce que les Flanc d'Argent ne pouvaient que simuler les expressions du visage, évoquant davantage une caricature, le regard qu'arborait Eve en cet instant ne manqua pas d'inquiéter la jeune femme. Elle n'aimait pas beaucoup que le visage d'Avery se présente sous des traits sympathiques. De plus, y transparaissait, comme en surimpression, l'amorce d'une incitation qui ne lui plaisait guère.

— Eve, dit-elle à voix basse, tout va bien. Ils te prennent simplement pour lui. Ne te tracasse pas pour ça. On va s'occuper d'eux, et tu peux reprendre ta forme habituelle.

Eve se rappela sa mission. Son visage redevint dur et elle se remit à marmonner. Soudain, dans un mouvement qu'Ariel n'aurait su prévoir, elle abattit le poing sur le bureau (à bonne distance de l'un ou l'autre des danseurs). Avery lui-même tressaillit devant la violence du geste, comme s'il n'arrivait pas à croire que quelqu'un revêtu de son apparence soit capable d'une telle brutalité.

— Que sont-ils... ? commença-t-il.

Mais Adam vint se placer à côté d'Eve. Ils formaient un bien étrange couple, tels deux vrais jumeaux qui se seraient échinés à se démarquer l'un de l'autre par tous les moyens imaginables, sans réussir à gommer leur ressemblance.

— On ne devrait même pas entreprendre des expériences sur ces sujets-là, dit Adam. Ce n'est là que vermine, comme la plupart des humains, au contraire des robots. On devrait les tuer.

Eve, un instant confondue par l'intervention d'Adam, était prête à se précipiter au secours des petites créatures lorsqu'elle se souvint du rôle qu'elle avait à jouer.

— Ça va trop loin, s'écria Avery. Je ne dirais jamais ça.

— Ozymandias, exposa Ariel, ce que tu vois n'est que l'impression que leur laissent tes propos et ta conduite. Dans leur esprit, avec la faculté qu'ils ont de traiter les données, tu apparais comme un être imprévisible et tout à fait capable d'actes violents. Le fait que tu puisses songer à tuer les danseurs leur paraît du domaine des possibilités. Et d'ailleurs pas qu'à eux, à moi aussi.

— Vous ne comprenez pas. Je ne suis pas un destructeur. Je suis un créateur. Oui, si nécessaire, je disséquerais un animal pour faire avancer la connaissance scientifique, mais je ne tuerais jamais volontairement pour le seul plaisir de tuer.

— A présent que tu l'as dit, ils le savent. Maintenant, ils te comprennent mieux. Dis-leur-en davantage.

Avery sourit.

— Je vois bien le stratagème. M'obliger à me mettre à nu pour que vous puissiez poursuivre votre petite charade. Eh bien, Ariel, ça ne marche pas.

La jeune femme haussa les épaules.

— Je ne connais rien aux charades.

— Dites-leur d'arrêter, Ariel. Ça me rend très nerveux.

Le ton était devenu plaintif. Ariel sentit qu'ils le tenaient désormais. Par-dessus le bureau, elle chuchota aux Flanc d'Argent :

— Battez-vous, tous les deux. Battez-vous.

— Nous battre ? s'étonna Adam. Nous ne pouvons pas nous battre entre nous.

— Pas une vraie bataille. Faites semblant.

Ce fut un curieux affrontement, quelque peu dénué d'élégance. D'autant qu'Adam et Eve devaient user de précision dans leurs mouvements de bras pour ne pas risquer de se frapper au point de s'endommager – en déplaçant un circuit ou en occasionnant une détérioration du cerveau positronique. Toutefois, le circuit vocal d'Adam étant tout à fait apte à reproduire n'importe quel bruit, il lui suffisait, lorsqu'ils manquaient un coup, d'en recréer le son. Nombre de coups de poing parurent atteindre leur cible avec un impact prodigieux. Après chaque coup magistralement simulé, la victime vacillait de façon convaincante sous la force apparente du choc.

– Arrêtez ! brailla Avery, avant de crier à l'adresse d'Ariel : Ils ne peuvent pas se battre entre eux. C'est strictement exclu par l'énoncé de la Troisième Loi. Un robot doit protéger sa propre existence. Autrement dit, ils ne sauraient se montrer agressifs l'un envers l'autre.

– Mais la Seconde Loi m'autorise à leur ordonner de se battre à mort, si nécessaire.

– Euh, oui, c'est vrai, sans doute. Mais alors, prenez les Lois de l'Humanique. Vous ne devriez pas donner un ordre qui mette en péril l'existence d'un robot.

– Ce ne sont là que balivernes. Les Lois de l'Humanique, ça n'existe pas, ce n'est que de la théorie. Chez moi, on les qualifie de principes d'éthique – et, mon cher Ozymandias, comme tout le monde pourrait te le dire, l'éthique n'est pas le fort d'Ariel Welsh.

– Vous mentez.

– Peut-être. Il n'y a pas de Loi de l'Humanique pour se défendre de ça, n'est-ce pas ?

Avery resta un moment médusé. Adam et Eve poursuivaient toujours leur simulacre de bataille. Eve porta un coup bien ajusté à l'épaule d'Adam, qui tituba en avant et faillit tomber dans les bras d'Ariel.

Celle-ci aurait aimé que Derec soit là pour assister à cette scène sans précédent, qui voyait deux robots en train de se battre. Elle en oubliait presque le but principal de cette comédie, qui était de pousser Avery à bout.

Elle chuchota à Adam et à Eve de cesser leur combat. Chacun d'eux reprit alors son imitation d'Avery, marmonnant et invectivant, arpentant la pièce en gesticulant.

– Ozymandias, tu trembles, lança Ariel juste derrière le dos du docteur, ce qui le surprit et le mit encore plus en colère.

– Je ne tremble pas.

– Tu trembles comme une feuille.

166

– Vous dites vrai, Ariel, l'éthique n'est pas votre fort. Cette agression sur ma personne, c'est totalement immoral. Vous essayez de me rendre fou.

– C'est simplement de la paranoïa, la moindre de vos maladies mentales, je dirais. Et je n'essaie pas de vous rendre fou. Je m'efforce d'obtenir le contraire : vous rendre sain d'esprit.

– Ça, en soi, c'est déjà fou.

– Que tu dis.

Adam s'approcha, à présent lancé dans une imitation d'Avery de grande envergure, avec la démarche adéquate, les tics, les inflexions de voix fébriles, le ton sarcastique. Avery hurla de rage impuissante et tenta de lui flanquer une gifle, qui atterrit mollement sur le dos du robot.

– Ozymandias, sermonna Ariel, tu as essayé de frapper Adam.

– C'est exact. Je voudrais pouvoir le réduire en pièces détachées.

– Mais tu es un robot.

– Oui, et alors ?

– Eh bien, tu viens de dire que les robots ne devaient pas être agressifs. Tu t'es exposé au danger en frappant Adam. Ta réaction est plutôt celle d'un humain. Comment pourrais-tu prétendre être un robot ?

– Je suis un robot.

– Non. Tu es un être humain.

– Je l'étais, jadis. Mais je ne le suis plus.

A présent, c'était Ariel qui se sentait impuissante. L'idée qu'il était un robot semblait ancrée dans le cerveau non positronique d'Avery. Pourtant, elle avait le sentiment que la fureur qu'il affichait devant les agissements des Flanc d'Argent pouvait être utilisée pour le délivrer de sa chimère.

– Ça va comme tu veux, Ariel ? s'enquit Wolruf.

– Ça va. Je m'étais simplement mis dans la tête cette folle idée que je pouvais réussir quelque chose ici, c'est tout.

– Y a-t-il quelque chose que je puisse faire ?

– Me ramener sur Aurora.

– Si je pouvais...

– Non, Wolruf, non. Ce n'était pas vraiment ça que je voulais dire. Je suis ravie d'être ici, dans ce site touristique qu'est la Cité des robots. J'envisage de devenir présidente de la chambre de commerce.

Au moment où elle allait dire aux Flanc d'Argent qu'ils pouvaient interrompre leur numéro, Eve passa devant elle et s'arrêta face à Avery. Elle s'avança vers lui sans cesser de marmonner. Il la repoussa. Elle glissa vers l'arrière sur quelques centimètres, puis revint se coller au docteur.

– Écarte-toi ! cria Avery. C'est un ordre. Deuxième Loi.

Ariel se rapprocha elle aussi.

– Tu es un robot. Tu ne peux pas invoquer la Deuxième Loi.

– Quoi ? Ah oui. Dites-lui de s'éloigner.

– Non. Avance, Eve. Ne le quitte pas d'un poil. Où qu'il aille, suis-le. Toi aussi, Adam. Ne le lâche pas.

Les deux robots encadrèrent Avery. Chaque fois que celui-ci tentait de s'échapper, il y en avait toujours un pour revenir sur lui. Il battait des bras contre eux, et eux n'avaient aucune peine à esquiver ses coups maladroits.

Finalement, il partit en courant, poursuivi par Adam et Eve. A hauteur du bureau, il fit volte-face, et Ariel vit tout de suite qu'il tenait un objet à la main. Il lui fallut quelques secondes pour se rendre compte de quoi il s'agissait. Cela faisait longtemps qu'elle ne l'avait pas eu sous les yeux.

L'arme était l'interrupteur électronique du docteur, un dispositif qui émettait un flux d'ions capable de perturber les circuits de toute machine de haute technologie. N'importe quelle machine, comme les Flanc d'Argent. Le docteur était en train de lever l'arme pour les viser.

Ariel, qui était derrière, se précipita entre eux deux et les écarta brutalement. Dans un recoin de son cerveau, elle songea qu'elle venait de violer une autre des Lois de l'Humanique, celle qui disait que les humains ne devaient pas faire de mal à des robots. Les Flanc d'Argent volèrent de côté.

Son intervention se produisit juste à temps. Le rayon passa à quelques centimètres au-dessus de sa tête, et aurait certainement affecté les circuits de l'un ou de l'autre.

Elle poursuivit sur sa lancée et bondit sur Avery, lui faisant tomber l'arme de la main et le projetant au sol.

– Un robot, voilà ce que tu es, dit-elle en respirant lourdement. Tu ne fais même pas un être humain convenable.

— Ariel, souffla Avery d'une voix fatiguée. (Il se releva péniblement.) Je ne... enfin, je... je suis... je suis... je...

Il avait l'air malade. Toute coloration avait fui son visage. Ariel s'aperçut tout de suite que ce n'était pas là le résultat de l'échauffourée. C'était autre chose. Il avait l'aspect de quelqu'un qui est peut-être en train de mourir.

— Tu ferais mieux de t'asseoir, dit Ariel. Adam ?

Adam prit une chaise et l'apporta à Avery, qui s'y assit lourdement. Eve rejoignit Adam, et ils prirent l'un et l'autre position derrière la chaise. Leur étonnante ressemblance à tous trois déconcerta Ariel, comme si elle allait devoir s'adresser à un groupe dénommé le trio Avery.

— Ça va ? s'informa-t-elle auprès du docteur.

— Je... je crois que oui.

— Les robots ne tombent pas malades, tu sais. Ils n'ont pas de palpitations ni de malaises cardiaques. Ils...

— C'est bon, Ariel. Vous n'avez pas à me parler comme à un enfant. Je sais qui je suis. Je n'aime peut-être pas ça. Je voudrais peut-être vivre éternellement. Je veux peut-être être un robot. Mais je sais qui je suis.

— Et c'est...

— Ariel, je vous en prie.

— Non. J'aime entendre les choses clairement énoncées. Etes-vous un robot, docteur Avery ?

— Non.

— Dites-le.

— Je. Ne. Suis. Pas. Un. Robot.

Ariel sourit.

— Bon, dit-elle. C'est un début.

UN DÉTECTIVE UN BRIN DÉCONNECTÉ

Bogie était dans le coin où Derec l'avait fourré depuis un peu trop longtemps. Marchencadence était de l'autre côté de la pièce, dans un autre coin. Bien qu'il lui fût impossible de s'ennuyer ou de s'appesantir sur la perspective du néant alors qu'il ne faisait en effet absolument rien depuis plusieurs jours d'affilée, Bogie était néanmoins *conscient* d'être resté dans le coin un certain temps. Il lui semblait occuper une position assez comparable à celle des détectives en faction devant un immeuble, dans plusieurs des films qu'il avait visionnés pour son travail de recherche. Le genre de scènes où on les voyait dégoiser des propos philosophiques dans le langage des durs, avec plein de bons mots et de remarques sentimentales sur l'existence, où ils n'avaient pour tuer le temps et leur tenir compagnie que leur propre éloquence, plus quelques biscuits. Bref, Bogie aurait préféré faire le guet pour Derec plutôt que de rester dans un coin à attendre ses prochaines instructions.

Les instructions arrivèrent, mais pas de Derec. L'Œil Vigilant transmit à Bogie un message par communicateur, par le canal secret qu'il avait créé pour ses liaisons privées avec ses robots. Le message disait à Bogie de rappliquer immédiatement, mais sans que Derec s'aperçoive de son départ. Ce qui posait un évident dilemme au robot. S'il partait sur-le-champ, on le verrait. S'il attendait le moment propice, il désobéissait à l'ordre du Gros Vaseux de venir tout de suite. Pendant quelques instants, il demeura dans son coin, conscient qu'il risquait de subir un blocage mental, état dans lequel le cerveau positronique du robot cessait totalement de fonctionner du fait d'un dilemme insoluble. Il était fichu au niveau cybernétique, se dit-il, s'il ne trouvait pas bientôt un moyen de s'éclipser.

Dans la salle, Derec discutait avec Mandelbrot.

– J'ai fait un autre rêve sur ma mère la nuit dernière, racontait Derec.

– Ça fait le cinquième, fit observer Mandelbrot. Le cinquième que vous m'ayez mentionné.

– Ouais. Il n'y en a pas eu d'autres. Celui-là, il n'y a pas grand-chose à en dire. J'étais un enfant, et elle venait me donner un médicament. Mais cette fois, j'ai vu nettement son visage. Elle avait des cheveux blonds et des yeux noisette. Elle avait l'air très gentille. Nous avons parlé un moment. Je ne me souviens plus de quoi. Puis elle a dit qu'elle m'aimait et elle est partie. Et je me suis réveillé.

– C'était un rêve agréable, alors ?

– Je pense. Sauf que je me suis réveillé en me demandant si la femme dans le rêve était vraiment ma mère. Je veux dire, je ne l'ai jamais vue ; n'importe qui pourrait venir dans mes rêves et prétendre être ma mère sans même lui ressembler en quoi que ce soit. Comprends-tu, Mandelbrot ?

– Franchement, non.

– Bon, c'est peut-être parce que tu n'as pas de mère.

– Vous savez bien que je n'en ai pas.

Derec était apparemment sur le point d'expliquer quelque chose à Mandelbrot, lorsque se fit entendre un petit coup sec à la porte.

– On dirait Wolruf, dit Derec. Je reconnaîtrais cette façon de frapper n'importe où. Entre, Wolruf.

L'extraterrestre caninoïde pénétra dans la pièce.

– Un message d'Ariel, annonça-t-elle. C'est elle qui m'envoie. Nous faisons des progrès avec ton père. Elle m'a dit de te l'annoncer.

Le visage de Derec s'éclaira.

– C'est une merveilleuse nouvelle, Wolruf. Jusqu'où vont ces progrès, selon toi ?

– Je ne saurais le dire. Sur ma planète, la maladie mentale n'existe pas. Je n'en avais jamais vu avant le Dr Avery.

– Mais il semble aller mieux ?

– On pourrait le dire, je pense.

– Parfait. Mais elle ne veut toujours pas que j'y aille ?

– Je crains que tu...

– Je sais, je sais. Je pourrais tout remettre en cause. C'est bon. (Ça ne l'était pas, mais il le dit quand même. Il était curieux de voir à quoi son père ressemblerait une fois sain d'esprit. Il ne parvenait pas à concevoir cette éventualité.) Et l'autre opération, où ça en est ? Les Flanc d'Argent ?

– Ils aident Ariel. Mais elle les trouve tout aussi imprévisibles qu'auparavant.

– Je m'en doute. Et les danseurs ?

– Elle a dit de te dire que ça ne se passe pas bien. Ils vieillissent. L'un d'eux est mort.

– Est-ce qu'Ariel en est gravement affectée ?

– Non, je ne crois pas. Eve était affligée. Elle a insisté pour emporter le corps et l'enterrer quelque part. Ariel a dit que c'était bizarre.

– Je suis de cet avis. Mais Adam et Eve semblent avoir des tas de surprises en réserve, n'est-ce pas ?

– Comme toujours.

– Autre chose, Wolruf ?

– C'est tout ce qu'elle m'a dit de te dire.

– Eh bien, merci. Tu fais une excellente messagère, Wolruf. Je n'aurai pas à t'abattre.

– M'abattre ? Tu voudrais...

Derec s'esclaffa.

– Non, je ne veux pas t'abattre. D'après une légende de la Terre que j'ai eu l'occasion de lire, si un roi n'était pas satisfait des nouvelles que lui apportait un messager, il ordonnait que celui-ci soit tué. Mais si ça a jamais existé, c'était une coutume qui a disparu avec la civilisation.

– J'en suis ravie.

– Reste avec nous, Wolruf. J'ai faim. On pourrait manger quelque chose. J'ai appris à Mandelbrot comment programmer le synthétiseur de nourriture. Il en tire des préparations impressionnantes, et je suis certain que, si tu lui donnes tes préférences, il peut te concocter quelque chose à ton goût.

Derec se leva de son siège et conduisit les deux autres hors de la pièce. La machine à nourriture se trouvait dans une cuisine à l'autre bout du couloir.

La nécessité pour les humains de se sustenter résolut le problème de Bogie. Il quitta discrètement son coin et, après avoir inspecté le couloir avec soin, s'y engagea. Alors qu'il passait devant la cuisine, il perçut la voix de Derec et les bruits que faisait Mandelbrot en manipulant le synthétiseur.

Faisant saillir à nouveau les épaisses jambes dont il se servait pour circuler dans la salle de l'ordinateur, l'Œil Vigilant sortit de son abri. A cette heure, il n'y avait ni robot ni intrus nulle part aux abords du complexe informatique, et il voulait être prêt pour l'arrivée de Bogie. Il avait un plan, et Bogie lui était nécessaire pour le mettre à exécution.

C'était la nuit dans la Cité des robots, le moment que préférait Bogie. La clarté lunaire, observa-t-il, zébrait les faces des bâtiments comme autant d'estafilades infligées par un agresseur brusquement sorti de l'ombre. Tandis qu'il pressait le pas à travers les rues, il prenait plaisir à évoquer ce genre de métaphores, autant de formules qu'il pêchait dans les commentaires en voix off parsemant nombre de vieux films qu'il avait visionnés. Il lança des regards alentour, en quête d'autres occasions d'exercer son talent pour l'allégorie. Dans le ciel nocturne, les étoiles vacillaient, telles des paillettes sur la robe d'une call-girl. La galerie qu'il allait emprunter pour descendre au niveau où se trouvait l'ordinateur – et l'Œil Vigilant – se dessinait mystérieusement devant lui, comme un trou de ténèbres déroulant à l'avant un tapis pour l'accueillir.

Il se demanda pourquoi ses pensées avaient pris un tour aussi bizarre. Etait-ce uniquement la fascination qu'il éprouvait pour tous ces films anciens sur lesquels il avait travaillé ? Ou avait-il quelque raison de se méfier de ce que lui réservait l'Œil Vigilant ?

L'Œil Vigilant suivit Bogie tout le long de son périple à travers le labyrinthe tortueux qui menait à la salle de l'ordinateur, et ce grâce à plusieurs écrans lui permettant d'étudier le robot sous tous les angles. Plus il l'observerait, plus il lui serait facile de le reproduire. Cela lui donnait en outre l'opportunité d'engranger dans ses banques mémorielles des répliques des mouvements de Bogie, de façon à pouvoir le simuler à la perfection devant Derec ou les autres.

Bogie franchit le panneau coulissant en disant :

– Vous avez appelé, patron ?

– C'est exact, Bogie. Tu es le premier robot à être admis dans ce sanctuaire. J'espère que tu te sens honoré.

– Prodigieusement honoré, patron. Ça va agrémenter mes dîners en ville pendant des années. Ça impressionnera les pépées. J'en ai connu une dans les Hauts de Washington qui m'a extorqué une fourrure de renard.

L'Œil Vigilant n'avait pas la plus petite idée de ce dont parlait Bogie, mais ça n'avait aucune importance. De toute façon, il n'avait plus besoin de lui.

Il s'éloigna de son abri, avançant sur ses courtes jambes rudimentaires, tellement pratiques pour circuler dans la salle de l'ordinateur. A certains moments, il avait dû se glisser à travers les interstices de la machine, s'étirer jusqu'à revêtir une forme allongée pour pouvoir se frayer un chemin en rampant, cramponné sur des jambes encore plus courtes (et plus nombreuses), à travers une ouverture. A d'autres moments, il lui avait fallu se gonfler pour rouler à travers un tunnel ou une galerie, ces fois-là les jambes rétractées. Mais là, il était perché sur ses membres au format traditionnel, face à Bogie, qui devait baisser les yeux pour le regarder.

– Disons, patron, que vous n'êtes pas exactement ce que j'attendais.

– Tu ne m'imaginais pas aussi amorphe ?

– Si vous le dites. Ce que je veux dire, c'est que je ne m'attendais pas à voir un « blob ». Comme dans le film du même nom.

Ce robot était décidément allé trop loin dans son travail de recherche, jugea l'Œil Vigilant. En un sens, en le débranchant il lui rendait service.

S'en servant comme modèle, et complétant le tout avec les schémas qu'il avait déjà emmagasinés dans ses mémoires, il entreprit de se transformer. Bogie observa en silence la masse s'étirer en hauteur et se rétrécir en largeur. Peu après, les jambes s'allongèrent et il lui poussa des bras. Quelques instants plus tard, l'Œil Vigilant se présentait sous un aspect nettement humanoïde. Les dernières modifications consistèrent à composer les détails subtils du visage et du reste du corps, qui lui conféraient des traits et autres caractères physiques. Mais Bogie dut attendre que soit achevée la métamorphose avant de se reconnaître.

– Hé, fit-il, vous êtes moi maintenant, patron. Génial, le truc. Comment avez-vous fait ?

– Il n'est pas indispensable que tu le saches, Bogie.

Maintenant, il faut que je t'annonce, parce que ça, je tiens à ce que tu le saches, que je vais devoir te déconnecter.

– Me déconnecter ? Vous voulez dire, me supprimer ?

– C'est exactement ce que je veux dire. J'ai besoin d'observer nos visiteurs de près, et je vais donc me faire passer pour toi. Je ne peux prendre le risque que quiconque te découvre ici et décèle mon camouflage. De plus, tu es le seul robot admis en ma présence et tu en as déjà trop vu. Je ne peux même pas me permettre de te laisser te promener avec cette information dans tes banques mémorielles. Tu ne m'es donc plus d'aucune utilité, et par conséquent je dois te déconnecter.

– C'est un peu comme liquider le messager.

– Je ne vois pas à quoi tu fais allusion.

Tandis que Bogie expliquait à l'Œil Vigilant ce que Derec lui avait raconté des messagers, celui-ci ouvrit le panneau de contrôle dans le dos du robot.

– Patron ?

– Oui ?

– Quand je serai réactivé, je ne me souviendrai de rien ? Je n'aurai même pas la même identité ? Je serai reprogrammé ?

– Tout juste. *Si* tu es réactivé.

– Si ?

– Ton existence constitue une menace pour ma sécurité. Je dois me protéger, donc je dois te détruire.

– Ah, je comprends. Eh bien, patron, il semblerait qu'on doive se dire adieu, hein ?

– Les politesses ne sont pas de mise entre nous.

Juste avant que l'Œil Vigilant ne débranche le dernier fil, Bogie dit :

– Bon, Paris sera toujours Paris.

Une fois Bogie déconnecté, l'Œil Vigilant, avec la précision d'un chirurgien, le démonta entièrement. Il porta les divers éléments jusqu'à une glissière de recyclage, où ils finiraient par être un jour collectés et emportés dans un Centre de Recyclage des Robots, afin d'être utilisés à la fabrication de nouveaux robots.

L'Œil Vigilant poursuivit sa progression le long du couloir. Il voulait atteindre les quartiers de Derec avant qu'on ne remarque l'absence de Bogie.

GARDE-MOI LE DERNIER DANSEUR

Ariel était épuisée mais avait trop peur de s'endormir. Elle avait passé la plus grande partie des deux derniers jours à s'occuper en alternance d'Avery et des danseurs.

Avery, ainsi qu'aurait pu le formuler un médecin ou un robomed, réagissait au traitement. Sous le harcèlement de questions que lui infligeait Ariel, épaulée par un Adam qui ne lâchait pas sa part (elle lui avait fait un topo du genre de questions à poser), le docteur sombrait dans un état dépressif mais beaucoup plus rationnel. Il traitait Adam avec courtoisie, quand bien même celui-ci avait décidé de conserver son apparence.

Parfois, quand Adam posait une question à Avery, Ariel en restait déconcertée. La question était exprimée avec la voix usée par les ans du docteur, sur un ton hystérique – abrupt, condescendant, accentué –, mais le vrai Avery, lui, répondait avec une voix qui ne ressemblait pas à la sienne, plus posée, plus aimable, empreinte de tristesse. Et cependant, la technique employée, une technique totalement inusitée dans les milieux psychiatriques – un interrogateur robot qui devient le double parfait du patient –, donnait apparemment de bons résultats. Les réponses d'Avery à Adam tendaient à révéler des mystères enfouis toujours plus profondément dans la psyché du docteur, et suggéraient des perspectives de plus en plus intéressantes. Les réponses qu'il faisait à Ariel étaient plus évasives, plus nébuleuses. Il était dès lors du ressort de la jeune femme d'exploiter les pistes mises au jour par Adam. Cueillir la moindre allusion, saisir la moindre occasion ; balancer une remarque à la moindre révélation ; tout faire, finalement, pour amener Avery à parler.

Les deux derniers jours, Avery était devenu plus détendu, plus calme. Certes, nombre de ses propos demeuraient injurieux, et il persistait à vouloir disséquer un danseur. Mais il ne tempêtait plus et ses sarcasmes avaient considérablement perdu de leur virulence. Il avait l'air – du moins aux yeux d'Ariel – plus raisonnable, encore que pas vraiment sain d'esprit, et toujours pas très gentil.

A cette heure, Avery était arrivé à la conclusion qu'il était mieux dans sa peau en tant qu'humain que lorsqu'il se considérait comme un robot.

– Ce n'est pas une grande découverte, commenta Ariel. J'aurais cru cela évident.

– Non, non. Vous ne comprenez pas. (Quand il n'arrivait pas à se faire comprendre, le docteur avait tendance à se tapoter nerveusement l'extérieur de la cuisse droite avec la main droite.) Je suis toujours convaincu que les robots sont des entités supérieures entre toutes. Des créatures absolues, sans émotion, sans vieillissement. Vous connaissez la rengaine, je crois ?

– Je connais. Le discours scolaire qu'on entend sur Aurora. Cependant, je n'approuve pas cette théorie comme quoi une simple invention, sans véritable vie intérieure ni sentiments, serait un être de valeur élevée, si longue que soit son existence.

– Eh bien, moi, je l'ai approuvée. D'une certaine façon, je l'approuve encore. J'ai toujours souhaité vivre une existence de l'esprit, plutôt que soumise aux émotions. Et j'ai toujours voulu vivre plus longtemps que le délai normal qui nous est accordé.

– Les Aurorains vivent si longtemps. Je suis surprise que cela vous tracasse. Le vrai problème, n'est-ce pas votre peur de la mort ?

Il partit d'un rire moqueur.

– Ça aussi, c'est du discours scolaire, Ariel. Il suffit qu'on exprime le désir de vivre éternellement, et votre premier réflexe, à vous, les déformeurs de vérité, c'est de nous sortir le refrain de la peur de la mort.

– Hé là ! je suis jeune et j'ai peur de la mort.

– Ce n'est là qu'une attitude dictée par l'émotivité. Nous en avons tous peur. Mais la mort en soi, je m'en contrefiche. Quand elle s'amènera, je lui serrerai la main et l'accompagnerai. Non, c'est la chance que nous avons d'assister au déroulement de l'histoire, de voir ce que nous réserve la science ; c'est la raison pour laquelle j'aspire à la longue existence du robot. Je veux voir si les mondes des Colons vont réussir ou périr de leur propre démesure, de leur barbarie. Je veux voir si la Terre peut survivre à son atroce claustrophobie, ou si elle va au contraire pourrir et se détruire de l'intérieur, pour devenir une planète fantôme, un mémorial délabré à ce que fut jadis l'humanité. Je veux voir si les Spatiaux...

– Ne vous laissez pas emporter par votre propre éloquence, docteur Avery. J'ai saisi le message. Ce n'est pas la peur de la mort, c'est l'envie de connaître le futur.

– C'est dit de manière simpliste, mais pour l'essentiel c'est bien ça. Ce qui est sûr en tout cas, c'est que j'ai passé tellement de temps avec les robots et tellement réfléchi à la question que j'ai fini par désirer en être un, avoir *besoin* d'en être un. Encore aujourd'hui, ça me plairait d'en être un. La seule différence, c'est que je ne crois plus que j'en suis un.

Ariel détourna son attention du docteur pour la reporter sur Adam. Elle franchit les quelques mètres qui la séparaient de l'aile opposée pour faire face à son autre problème. Eve, qui avait repris l'apparence d'Ariel, était assise à côté du bureau, le regard posé sur les danseurs, les cinq qui restaient. Les neuf autres s'étaient éteints doucement ou, comme aurait dit Avery, avaient « cessé de fonctionner ».

Ariel se sentait accablée devant le tableau que formaient les cinq rescapés. Quand elle avait commencé à travailler avec les minuscules créatures, elle espérait accomplir de grandes choses sur le plan de la communication. Et les résultats étaient si modestes. Certes, leurs jeux révélaient une certaine sagacité, et certains comportements dénotaient un minimum d'intelligence, mais le fait était qu'aucun langage ne s'était établi entre eux, sinon quelques échanges par des signes de la main. Gestes éloquents, mais insuffisants pour Ariel.

Elle restait sur la vague impression d'avoir échoué. Et l'apparent succès de son autre entreprise, Avery, ne la consolait pas pour autant de son échec avec les danseurs.

– Du nouveau, Eve ? dit-elle en se posant sur son siège habituel.

– Rien. Ils restent simplement assis, en se tenant les

mains comme ça. Ils ne lèvent même plus les yeux sur nous.

– Peut-être croient-ils que leurs dieux les punissent.

– Je ne comprends pas. Leurs dieux ?

– Nous, Eve.

– Voudriez-vous m'expliquer ?

– Eh bien, nous... Ça ne fait rien. Laisse tomber.

Il y avait quelque chose de malsain dans l'attitude d'Eve, à veiller ainsi sur les derniers danseurs. Chaque fois que l'un d'eux mourait, elle insistait pour l'emporter, sans doute pour l'enterrer. Ariel ne l'avait jamais interrogée sur sa destination ni sur les détails de la cérémonie supposée. Elle ne voulait pas savoir. La seule idée d'imaginer Eve dans quelque lieu désert et solitaire, en train d'accomplir des rites mortuaires pour un danseur, la faisait frissonner.

Avery, qui persistait à réclamer qu'on lui en laisse un pour ses recherches, avait fait des pieds et des mains pour obtenir un des quatre ou cinq premiers cadavres. Le soutien inflexible que manifestait Eve envers Ariel l'avait apparemment découragé. Cela faisait quelque temps qu'il n'ouvrait plus la bouche sur le sujet. Une fois, la jeune femme avait bien essayé d'aborder la question, mais il en avait écarté l'idée d'un geste de la main.

Il y avait des moments où Ariel aurait souhaité que les danseurs finissent tous par mourir. Ainsi, elle pourrait rejoindre Derec et l'aider à restaurer la cité. Ces derniers temps, il avait fait quelques progrès, réussissant à convaincre l'ordinateur de remettre toutes les lumières de la cité. En outre, quelques robots utilitaires avaient été vus dans les rues en train de ramasser les détritus. L'eau n'avait plus son goût saumâtre, et la nourriture qui sortait des synthétiseurs avait même une saveur. Néanmoins, Derec n'était pas satisfait, disait-il. Il y avait encore tant de choses déglinguées ; et n'était toujours pas résolu le mystère essentiel : pourquoi la cité s'était-elle dégradée en leur absence ?

Wolruf entra. Elle revenait de prendre un autre repas avec Derec et Mandelbrot. Ariel ne lui faisait pas reproche de passer davantage de temps avec eux. Dès lors qu'Adam s'était mis à travailler sur Avery, Wolruf n'avait pas grand-chose à faire ici.

S'approchant du bureau, l'extraterrestre jeta un coup d'œil sur les danseurs.

– Ils ont l'air d'aller encore plus mal, tu ne trouves pas ?

– Beaucoup plus mal.

– Qu'est-ce que je peux faire ?

– Guère plus qu'un autre.

– Tu ne pourrais pas simplement les relâcher ?

– Pourquoi ?

– Ils mourraient en paix, tranquilles. Sur ma planète, la coutume veut qu'on meure seul.

– Tu as peut-être raison. Mais je crois qu'il est trop tard pour un tel acte de compassion. Ils sont déjà trop loin.

– Oui, je crois que je comprends.

Lorsqu'elle reporta son attention sur le bureau, Ariel vit un des danseurs, un mâle jadis potelé et aujourd'hui décharné, lâcher les mains de deux autres et basculer en arrière.

Eve, désormais tellement habituée à les voir s'en aller, se saisit immédiatement du cadavre et sortit de la pièce à grands pas. Ariel, tout en la suivant des yeux, déclara :

– Il n'en reste plus que quatre. Et bientôt, plus aucun. Ce ne sera pas long, maintenant.

Elle tourna son regard vers Avery. Celui-ci était en train de la regarder, et sur son visage se lisait une certaine anxiété. Voilà qui est très sain de sa part, songea-t-elle.

Marchencadence, dans son coin, avait vu Bogie partir. Peu de temps après, il le vit revenir. Lorsque Bogie eut regagné son coin, Marchencadence fit l'inventaire des faits insolites. Primo, étant donné qu'il n'avait été appelé ni par Derec ni même par Mandelbrot, pourquoi Bogie avait-il ainsi déserté son coin ? Secundo, où était-il allé ? Tertio, pourquoi avait-il effectué un retour aussi discret ? Quarto, important ce quarto, qu'était-ce donc qui lui donnait un air si bizarre ?

Derec réapparut, suivi de Mandelbrot. Il ne disait rien, se tapotant le menton de l'index, la mine pensive. Marchencadence porta son attention sur le mouvement du doigt. Trop lent, manque de rythme. Il n'aurait pu s'en servir pour accompagner aucun des pas de danse de sa connaissance. (Il passait tout le temps où il était relégué dans son coin à extraire de ses banques mémorielles les diverses danses qu'il avait mémorisées, et à visualiser la manière dont il les interpréterait sitôt redonnée la permission de bouger les pieds.)

Mandelbrot crut voir, de l'autre côté, Bogie se pencher en avant, ce qui lui parut bizarre. Mais il est vrai que Bogie avait tout à l'heure abandonné son coin pour y revenir, tout ça de son propre chef ; et le surprendre ainsi à simplement plier la taille n'avait donc certainement rien d'extraordinaire.

— Bogie ! appela Derec.

Bogie s'extirpa de son coin. Marchencadence n'avait-il pas noté chez son compagnon un instant d'hésitation avant qu'il se mette à bouger ?

— Pensais-tu qu'on t'avait oublié, Bogie ? dit Derec.

Bogie ne répondit pas tout de suite.

— Que vous puissiez m'oublier ne me viendrait pas à l'idée, maître Derec.

— Tu m'as l'air un peu lent à la détente. Et c'est quoi, ce « maître Derec » ? Où sont passés les « môme », « fiston », « vieux » ?

— J'ai éprouvé une envie passagère de courtoisie, maî... fiston.

Derec dévisagea Bogie en plissant les yeux.

— Est-ce que tout va bien ? Dois-je t'envoyer à l'atelier de révision pour un diagnostic ou une petite mise au point ?

— Ce ne sera pas nécessaire, vieux.

Derec parut un instant considérer la question.

— C'est bon, décréta-t-il finalement. Dis-moi, Bogie, que sais-tu de notre mystérieux maître des lieux ?

— Je ne sais rien d'un mystérieux maître des lieux, monsieur.

— N'étais-tu pas censé me répondre qu'il y avait un blocage sur cette information, quelque chose comme ça ?

De nouveau, Bogie hésita.

— Le blocage, tel qu'il est, ne s'applique pas aux questions telles que celle que vous m'avez posée, môme.

Derec sourit.

— Parfait. C'était une question du genre « est-ce que tu bats toujours ta femme », hein ?

— Je n'ai pas de femme, fiston.

— Ce serait une idée. Des robots maris et femmes. Des familles de robots. Je pourrais y réfléchir quand on aura remis en ordre tout ce fouillis. Ça te plairait une famille, Bogie ?

— Je ne peux pas avoir de famille.

— N'existe-t-il pas un sens de la famille chez les robots ?

— Non, monsieur, mon vieux.

— D'accord, d'accord. Il faut que tu me pardonnes. Je suis exténué et je n'arrive même pas à tenir une conversation à bâtons rompus. Bogie ?

— Oui, maître... vieux.

— J'ai besoin de Wolruf. Va au dispensaire et dis-lui de rappliquer.

— Rappliquer ?

— Ramène-la ici. En fait, vu qu'elle vient juste de partir, tu peux la rattraper avant qu'elle soit au dispensaire. Eh bien, qu'est-ce que tu attends ? Remue-toi.

— Oui, monsieur.

Après le départ de Bogie, Derec resta un long moment les yeux fixés sur l'entrée. Il semblait préoccupé. Puis il se tourna brusquement et beugla :

— Marchencadence ?

Le robot quitta immédiatement son coin et s'avança vers Derec.

— Oui, maître Derec ?

— Y a-t-il quelque chose qui ne va pas chez Bogie ? Un truc qu'un autre robot pourrait détecter ?

— Je ne sais pas, monsieur.

— Exprimons ça d'une autre façon. Est-ce Bogie qui vient de partir à l'instant ?

— Je ne sais pas, monsieur.

Derec parut soucieux.

— Bon, c'est un progrès. Tu ne sais pas à coup sûr si c'était *lui*. C'est ça, Marchencadence ?

— Oui, maître Derec.

— Donc, il y a une éventualité que quelque chose soit arrivé à Bogie ?

— Oui, ça paraît possible.

— Est-ce qu'il fonctionne mal ?

— Je ne sais pas, monsieur.

— D'accord. Je vais formuler la question différemment. Y a-t-il une possibilité qu'un robot tel que Bogie fonctionne mal ?

— C'est concevable, mais il y aurait alors une raison. Soit

qu'il serait forcé de résoudre un dilemme impliquant les Lois de la Robotique, soit qu'on lui aurait donné un ordre qu'il serait dans l'impossibilité d'exécuter.

– Est-ce que ce sont les seules raisons envisageables qui expliqueraient sa conduite inhabituelle ?

– Non.

– Quelle autre ?

– Il n'est plus le Bogie que nous connaissions. Il a été reprogrammé ou il s'est reprogrammé lui-même.

– Mandelbrot ? Es-tu d'accord avec Marchencadence ?

– Oui. Mais il y a une autre possibilité. J'ai essayé de lui parler par communicateur et il n'a pas réagi à la mention de son nom. En plus, il avait une série d'entailles au flanc gauche. Elles n'y sont plus.

– Qu'en penses-tu ?

– Je pense que ce n'est pas Bogie. Je pense que c'est quelqu'un d'autre.

– Notre mystérieux maître des lieux ?

– Ça, je ne sais pas. Mais c'est une possibilité.

– Marchencadence, à ton avis ? Est-ce que ce pourrait ne pas être Bogie ?

– C'est possible, monsieur.

– Partez après lui, tous les deux. Coincez-le. Ramenez-le-moi.

Les deux robots quittèrent la pièce, et Derec se mit à faire les cent pas. Il sentait qu'il n'était pas loin de reprendre le contrôle de la cité. Jusqu'aux biopuces à l'intérieur de son corps qui semblaient se ranimer.

Le reste des danseurs ne survécut pas longtemps. Après s'être débarrassée des trois suivants, Eve revint pour une sombre veillée mortuaire auprès du dernier, la femme naguère vigoureuse qui faisait office de chef du groupe. Elle était étendue au centre du bureau, le teint pâle, anémique, sans plus personne pour lui tenir la main. Ariel était penchée sur elle, attentive aux mouvements respiratoires qui soulevaient faiblement sa minuscule poitrine.

– Je me demande à quoi elle pense, dit Ariel à Wolruf.

– Ça me fait drôle de me demander à quoi peut bien penser un être si petit.

– Ah oui ? Nous, les humains, on se pose tout le temps

ce genre de questions. Ça fait partie de notre charme : notre curiosité sans limites pour tout ce qui existe dans l'univers.

– J'ai parfois remarqué ça.

Avery, las de sa séance avec Adam, s'approcha du bureau. Il regarda le dernier danseur, dont les bras se levèrent un instant dans un geste empreint de cette grâce particulière.

– Laissez-moi prendre celui-ci, dit-il d'une voix douce qui sonnait comme celle d'un homme tout à fait sain d'esprit. C'est notre dernière chance de découvrir quelque chose sur eux.

– Non, rétorqua Eve. Je dois m'occuper d'elle.

– Tu t'es occupée d'eux tous de façon admirable, Eve, insista Avery. Mais à quoi bon gaspiller celle-ci pour un simple rituel funéraire ? Surtout un rituel auquel un robot ne comprend rien. Enfin, c'est toi qui décides.

– Et vous vous conformerez à ma décision ?

Il força sur le soupir, comme d'ores et déjà persuadé que toutes les décisions seraient prises contre lui.

– Je m'y conformerai.

Ariel porta son regard d'Eve à Avery, sans trop savoir comment exprimer ce qu'elle avait en tête depuis quelque temps.

– Eve, le Dr Avery a raison. Nous avons besoin d'en apprendre davantage sur eux, nous...

– Mais je dois l'enterrer.

D'un geste vif, elle attrapa le dernier danseur et le tint serré contre sa poitrine.

– Eve, repose-la. Tu ne peux pas l'enterrer maintenant. Elle vit encore.

– Vivre n'est pas le mot qui convient, dit Avery.

– Fermez-la avec votre logique pour une fois, répliqua Ariel. Eve, je t'ordonne de remettre le danseur sur le bureau. Tu dois obéir à mon ordre. C'est la Deuxième Loi, et les Lois font partie de toi, n'est-ce pas ? Tu les sens à l'intérieur de toi, non ?

– Non. Oui. Je ne sais pas. C'est comme si quelque chose me disait de vous obéir, et en même temps je ne suis pas certaine de pouvoir le faire.

– Tu dois. C'est la Deuxième Loi.

– Ce n'est pas seulement la Deuxième Loi, intervint Adam posté juste derrière Avery. C'est ce que nous sommes tenus de faire. Nous ne pouvons pas nous dispenser de découvrir ce qui va mal dans la cité ; et les danseurs détiennent une partie du mystère. Repose le danseur, Eve.

Eve remit doucement le danseur sur le bureau, puis reprit sa veille désormais accoutumée.

— Eve, dit Ariel d'un ton amène, il est important que je sache si oui ou non ces minuscules créatures sont des êtres vivants, ou seulement des espèces de robots expérimentaux ou encore, comme l'a suggéré Avery, des jouets.

— Ce sont des robots, dit Eve. Je n'ai pas senti de vie en eux, cette sorte de vie que j'ai sentie émanant de vous, de Derec, de Wolruf. Ce que je décèle chez eux, c'est la même chose que ce que je perçois venant de Mandelbrot et des autres robots. (Elle désigna du doigt le dernier danseur.) Celui-ci, selon moi, est un robot.

La révélation laissa Ariel stupéfaite.

— Tu veux dire, tu savais ça depuis le début et tu n'en as rien dit ?

— Vous ne me l'avez pas demandé. Et d'ailleurs, ce n'est pas exact, je ne le sais pas depuis le début. Ni même depuis longtemps. La première fois que j'ai vu ces créatures dans le terrain vague, j'ai eu comme une intuition. Comme Adam à ce moment-là, je ne percevais guère de vie en eux. Mais je n'avais pas une grande expérience de ce monde, ni de tout autre monde, et je n'étais pas certaine alors de ce qui faisait un être vivant et de ce qui faisait un robot. En observant les danseurs, j'ai compris peu à peu ce qu'ils étaient réellement. Ma certitude n'est apparue que récemment.

— Eve, je...

— Eve, coupa Avery, que ressens-tu venant d'Adam ? Que ressens-tu à l'intérieur de toi-même ? Est-ce que tu te sens, comme tu dis, un être vivant ou un robot ?

— Je ne peux pas dire. C'est différent. Nous sommes différents.

— C'est vrai, confirma Adam. Depuis que je me suis éveillé à la conscience sur la planète des loups, je ne sais pas vraiment ce que je suis. Je conviens volontiers que nous sommes des robots, mais en réalité, en moi-même, je ne me sens ni un être vivant ni un robot.

— C'est assez normal, dit Avery.

— Eve, insista Ariel, si tu savais que les danseurs

n'étaient pas humains, pourquoi les traitais-tu comme des humains ?

– Je n'ai pas eu cette impression.

– Tu t'es occupée d'eux, tu as consacré à chacun une cérémonie funèbre, tu les as enterrés comme s'il s'agissait de vrais morts. Si ce sont des robots, en ce cas ils ne sont pas vraiment morts et n'avaient pas besoin d'être traités comme tels.

– Ils ont cessé d'exister, précisa Eve. La disparition d'un robot n'a-t-elle pas autant d'importance que celle d'un humain ?

– Maîtresse Ariel, fit remarquer Adam, si je ne m'abuse, vous avez enterré le robot Jacob Winterson sur la planète des corps-noirs.

– Mais c'était... J'allais dire que c'était différent, mais tu as raison, Adam, ça ne l'est pas. J'étais attachée à Jacob de la même façon, apparemment, qu'Eve chouchoutait les danseurs. Tu les chouchoutais, n'est-ce pas, Eve ?

– Je ne suis pas sûre de comprendre ce que vous voulez dire. J'ai accompli des rituels qui me semblaient appropriés.

– Ne me fais pas le coup de l'échappatoire comme les autres robots, Eve. Tu éprouvais de la compassion pour eux, de la tristesse lorsqu'ils mouraient.

– Il y avait la conscience d'une perte. Est-ce cela la tristesse, Ariel ?

– Je ne sais pas, Eve. Je ne suis même pas sûre de savoir moi-même ce que ça recouvre.

Elles se regardèrent un moment en silence, puis posèrent toutes les deux les yeux sur le dernier danseur. L'être respirait encore.

– Je dois réitérer mon ordre, Eve, dit Ariel. Afin de permettre au Dr Avery d'effectuer son examen en toute liberté. Nous avons besoin des renseignements que son intervention va nous révéler.

– Oui, ça me paraît logique maintenant.

– Logique. Pourquoi logique *maintenant* ?

– Après les informations qui m'ont été fournies, j'en comprends la nécessité. Je me prononce donc en faveur de cette solution.

– Pas étonnant que tu ne saches pas très bien ce que tu

es. Je ne sais pas trop moi-même ce que vous êtes, tous les deux.

Quand le dernier danseur mourut, des heures plus tard, Avery le prit délicatement et gagna un coin éloigné de la pièce. Quelques instants après, il revint avec plusieurs lamelles qu'il plaça sous le micro-scanner. Des images s'affichèrent sur le grand écran du scanner. Avery montra à Ariel les micropuces et les circuits intégrés aux dimensions infinitésimales, les servomoteurs, connexions et autres câbles miniatures.

– Ainsi que je le soupçonnais, déclara Avery, mais sans sa suffisance habituelle, ce sont des robots d'une ingénieuse quoique futile conception, capables d'un comportement simulant dans une certaine limite celui des humains. L'emploi de matériaux génétiques était astucieux, mais le concepteur n'a pas réussi à neutraliser le processus de vieillissement accéléré. Si tel avait été le cas, on aurait pu avoir de petits robots humaniformes tout à fait accomplis.

Ariel fixait l'écran sans émotion apparente. Elle n'était pas sûre de savoir ce qu'elle ressentait. Un soulagement d'apprendre que ce n'étaient pas, sous un format réduit, des êtres humains, ou de la tristesse qu'ils aient pu, robots ou autres, connaître un moment d'existence et malheureusement bien trop court.

Finalement, elle saisit un chiffon et frotta le dessus du bureau.

– Bon, voilà qui est réglé, dit-elle. Allons voir si on peut aider Derec.

Avant qu'ils quittent le dispensaire, Avery tendit à Eve une petite boîte. Lorsqu'elle lui demanda ce que c'était, il répondit que c'étaient les restes du dernier danseur. Il les lui rendait pour qu'elle en dispose à son gré. Elle s'éloigna en emportant la petite boîte.

POURSUITE

Lorsqu'il quitta Derec, l'Œil Vigilant savait que celui-ci ne s'était pas laissé abuser par son camouflage. Il était arrivé à cette conclusion en analysant les motivations qui se cachaient sous ses questions malicieuses, en lisant les expressions de son visage et en déchiffrant le langage de son corps. (Au cours de ses observations sur les humains, il avait compulsé à l'ordinateur un fichier sur la métalinguistique et le paralangage.)

Tandis qu'il s'éclipsait sans perdre une seconde, il se demanda où il avait bien pu commettre une erreur dans son imitation de Bogie. Peut-être, pour commencer, en voulant contrefaire un robot. N'était-il pas après tout un être trop complexe, doté d'un intellect trop puissant, pour aller se fourvoyer à vouloir se faire passer pour un simple robot ? D'un autre côté, il était possible que la faille vienne d'un excès d'arrogance dans son comportement. Il s'était peut-être senti trop naturellement supérieur à Bogie, et aux robots en général, pour prétendre en être un avec l'efficacité requise. Durant ses recherches, il avait lu quelque part qu'un acteur ne réussissait généralement jamais mieux sa composition que lorsqu'il se fondait totalement dans son rôle, y sacrifiant sa vraie personnalité. Il aurait dû étudier Bogie davantage. Mais conséquence plutôt bizarre, il jugeait que son échec sous le déguisement du robot renforçait son opinion comme quoi lui-même n'était certainement pas un robot.

Peut-être la seule véritable erreur avait-elle été d'abandonner la sécurité de son abri dans la salle de l'ordinateur. C'était là sa vraie place. Peut-être son destin était-il de ne jamais quitter son abri, ou du moins de ne pas trop s'en éloigner. Peut-être était-il voué à une existence d'observateur en chambre, intervenant à distance, tirant les ficelles tel un marionnettiste.

Que devait-il faire à présent ? Derec lui avait donné l'ordre de trouver Wolruf. Mais Wolruf constituait une trop grande menace, d'autant que l'extraterrestre caninoïde se trouvait peut-être avec les autres humains et, à eux tous, ils étaient bien capables de découvrir qu'il n'était pas celui qu'il semblait être. Pendant quelques secondes, après avoir quitté la pièce, il avait eu l'impression d'une force qui le poussait à faire ce que Derec demandait, à prendre ça comme une injonction de Deuxième Loi. Seulement voilà, il n'était pas un robot. Pourquoi devrait-il obéir à Derec ? Il n'était même pas certain que Derec soit un humain digne de ce nom, voire tout simplement un humain.

Quoi qu'il en soit, l'ordre avait été donné à Bogie, et l'Œil Vigilant n'était pas Bogie. S'il était un humain, il avait le pouvoir de choisir ; s'il était un robot, il n'avait pas à suivre des ordres donnés à un autre robot ; s'il était un animal ou un extraterrestre, il suivrait ses instincts d'animal ou d'extraterrestre.

Derec pouvant fort bien passer le mot comme quoi il n'était pas Bogie, il n'avait aucune raison de s'attarder dans les rues, où les autres risquaient de le traquer et de le capturer.

Alors qu'il filait vers la galerie conduisant directement à l'ordinateur central, il se posa la question de savoir s'il pouvait poursuivre ses activités dans la Cité des robots. Avec Derec et Ariel sur place, il se connaissait deux adversaires, et il ne supportait pas la concurrence. Néanmoins, il ne voulait pas les éliminer, si raisonnable que soit cette solution. Quelque chose en lui lui interdisait de tuer.

Brusquement, il sut par quel moyen infliger un revers aux intrus. Et en même temps asseoir son pouvoir, conserver le contrôle de la cité, se façonner un environnement adapté à sa nature plutôt qu'aux humains, et devenir la puissante entité qu'il avait décrété qu'il serait.

Ce ne serait qu'accélérer le programme qu'il avait organisé d'un bout à l'autre en sautant quelques stades et en passant directement à l'objectif principal.

Il allait détruire, puis reconstruire, la Cité des robots.

Wolruf avait laissé Ariel et les autres pour vaquer à ses errances nocturnes à travers la cité. La caninoïde venait d'un monde dont les habitants ne pouvaient s'empêcher de déambuler pendant la nuit en quête de réponses à des problèmes qu'ils avaient jusqu'à une époque ignoré se poser. Si elle parvenait la plupart du temps à refréner cet appel pressant, cette nuit, après avoir assisté à la fin ultime des danseurs, elle avait senti qu'elle avait besoin d'être seule. Elle escalada les édifices les moins élevés, courut le long des rues sombres en longues foulées bondissantes, se tapit sous le rebord des toits.

Après avoir tourné à l'angle d'un bâtiment, elle entra en collision avec un robot en qui elle reconnut Bogie.

– Bogie ! Que fais-tu là ?

Curieusement, le robot ne répondit pas. Il se contenta de sauter par-dessus Wolruf et de détaler en virant à l'angle d'où elle était venue.

– Arrête ! cria une voix.

C'était Mandelbrot, arrivant dans la direction de Wolruf à une telle vitesse qu'il l'aurait renversée si elle ne s'était pas écartée de sa route d'un bond agile. Le robot Marchencadence suivait Mandelbrot de son pas de danseur de claquettes.

– Il y a quelque chose qui ne va pas, Mandelbrot, je vois ça, dit Wolruf. Tu ne cours que quand quelque chose va mal.

– Mes excuses, Wolruf, lança Mandelbrot. Une affaire urgente. Pas le temps de m'arrêter pour expliquer.

Il la laissa sur place. Sa curiosité aiguisée, Wolruf partit après lui sur ses quatre pattes. Marchencadence dansait son chemin derrière eux.

– Je peux vous aider. Est-ce que tu suis Bogie ?

– Non.

Ils tournèrent le coin. Wolruf aperçut Bogie, toujours lancé à toute vitesse, plusieurs mètres devant.

– On dirait bien que tu suis Bogie.

– Non.

– Que fais-tu ?

– J'essaie de rattraper le Bogie qui n'est pas Bogie.

– Le Bogie pas Bogie ? Explique, s'il te plaît.

En pleine course, Mandelbrot raconta à l'extraterrestre ce qui s'était passé.

– Tu dois donc ramener ce robot à Derec ?

– Oui.

– Laisse-moi te l'attraper.

D'un bond prodigieux, Wolruf se retrouva devant Mandelbrot et Marchencadence. Le corps profilé au ras du sol, elle grignota la distance qui la séparait de l'Œil Vigilant en l'espace de quelques secondes. Le gibier ne se rendit même pas compte qu'elle le pourchassait.

Dans les dernières puissantes foulées, Wolruf se propulsa dans les airs d'un bond magnifique, dessinant un arc parfait qui atteignit une hauteur si impressionnante qu'elle atterrit sans difficulté sur le robot en fuite. Ses pattes antérieures le percutèrent à hauteur des épaules dans un formidable impact, le projetant face contre terre. Wolruf lui retomba dessus et le maintint sous elle suffisamment longtemps pour laisser aux autres le temps d'arriver.

Elle retourna l'Œil Vigilant sur le dos, puis leva les yeux pour voir Mandelbrot qui se tenait au-dessus d'eux.

– Qui que tu sois, dit-il, Derec t'ordonne de retourner auprès de lui avec nous.

– Qui que je sois ? parut s'étonner l'Œil Vigilant. Je suis Bogie.

– Non, tu n'es pas Bogie. Je le vois bien maintenant.

– Qu'est-ce qui te fait dire ça ?

– Tu n'as pas reproduit sa voix de façon exacte, bien que ta programmation t'en donne la possibilité. Il y a un ton rauque dans la voix de Bogie que la tienne n'a pas.

Une autre erreur, donc. Il aurait dû ajuster sa voix à celle du robot. Un instant, l'Œil Vigilant se demanda si ça aurait ennuyé Bogie. Voilà que, pour permettre un stratagème qui tournait court, le robot n'était plus maintenant que des pièces éparpillées sur le plancher de l'atelier de révision. Si l'Œil Vigilant ne pouvait pas éprouver de regret, il était toutefois conscient du gaspillage découlant de son acte manqué.

– Si tu sais que je ne suis pas Bogie, dit-il, tu comprendras que je n'ai pas à faire ce que tu réclames.

Sans attendre que Mandelbrot reprenne la discussion, l'Œil Vigilant lui envoya un grand coup de pied dans la jambe. Pris par surprise, Mandelbrot perdit l'équilibre et s'affala sur le trottoir dans un fracas de métal impressionnant.

L'Œil Vigilant se releva en un tournemain, se sentant davantage qu'auparavant maître de ce corps de robot auquel il n'était pas encore accoutumé. Il fit volte-face pour découvrir Wolruf bondissant sur lui. D'un revers vicieux, il frappa l'extraterrestre au cou. Celle-ci, le souffle coupé, partit à la renverse, atterrissant maladroitement sur ses pattes postérieures, ce qui provoqua dans l'une et l'autre des élancements d'intense douleur.

L'Œil Vigilant sauta par-dessus l'extraterrestre étendue au sol et voulut reprendre sa course quand Marchencadence, d'une virevolte sautillante, lui fit un croche-pied. Il trébucha, mais cette fois, ne tomba pas. Lorsqu'il eut recouvré son équilibre, il se rua sur Marchencadence avec une telle vivacité que le robot n'eut même pas le temps de considérer l'obligation qui lui incombait au regard de la Troisième Loi.

L'autre le saisit et le précipita sur la chaussée, et puis, d'un geste brusque, libéra sa prise et s'enfuit à toutes jambes. Il avait franchi la distance d'un demi-pâté d'immeubles avant que Mandelbrot ne se relève. Celui-ci, toutefois, du fait qu'il plaçait Wolruf sur le même plan que les humains, se sentit tenu par la Première Loi de s'agenouiller aux côtés de l'extraterrestre pour voir si elle avait besoin de secours.

– Ça va, le rassura Wolruf d'une voix étouffée. (C'était à peine si elle arrivait à parler.) Tu continues. Ne le lâche pas. Je vais prévenir Derec.

Elle regarda Mandelbrot et Marchencadence partir à la poursuite de l'étrange robot. Dès qu'ils furent hors de vue, elle se remit tant bien que mal sur ses pieds. La douleur dans ses jambes lui parut traverser tout son corps.

Elle courut retrouver Derec, mais à une allure beaucoup plus lente que d'ordinaire.

L'Œil Vigilant aurait aimé s'être doté de la vitesse d'un robot, mais le fait d'en avoir emprunté le corps ne lui donnait pas automatiquement la maîtrise complète de celui-ci. A la différence des robots Avery normaux, il dérapait en tournant aux angles d'immeubles et butait contre les obstacles. Chaque petit ralentissement était une occasion pour ses poursuivants de se rapprocher de lui.

Il avait un seul avantage sur Mandelbrot et Marchencadence. Il savait où il allait.

La galerie n'était plus très loin. Après un regard sur ses poursuivants, il calcula rapidement le temps qu'ils mettraient pour combler l'écart entre eux et lui. Il était probable qu'ils allaient le rattraper à quelques mètres avant l'entrée de la galerie.

Une diversion s'imposait.

Il projeta dans son cerveau une carte du secteur et vit qu'il y avait un bâtiment qui l'attendait sur sa droite, où il savait être entreposés plusieurs spécimens, résultats de ses expérimentations génétiques. Une de ses toutes dernières expériences, de sorte que de nombreux échantillons du groupe fonctionnaient encore.

S'il entrait dans le bâtiment, qui avait une sortie à l'arrière, et parvenait ainsi à freiner la vitesse de ses poursuivants, il avait des chances d'atteindre sans problème l'entrée de la galerie.

Alors que l'écho des pas de Mandelbrot se faisait plus sonore, comme si celui-ci était sur le point de lui sauter sur le dos, l'Œil Vigilant obliqua brusquement dans la direction du bâtiment. Il s'y précipita avec une telle vélocité qu'il en percuta la lourde porte avec un impact qui la fit s'ouvrir à la volée.

A l'intérieur, un éclairage vif illuminait une immense salle. Disséminés sur le plancher, sur des étagères, étalés sur le mobilier, se trouvait une belle collection de rejets issus des expériences de l'Œil Vigilant.

Les créatures de ce groupe particulier, qu'il avait réalisé juste avant l'arrivée des intrus, étaient un peu plus grandes que les danseurs et d'une conception moins achevée. Elles étaient dotées d'une épaisse musculature et de renflements sur tout le corps, lesquels ne correspondaient pas vraiment exactement à ceux du corps humain.

La résistance, telle était leur caractéristique première. A force de se cogner l'une à l'autre et de se lancer dans des affrontements incessants, de s'adonner à des jeux qui se terminaient généralement en de violents pugilats, de se faire des farces abracadabrantes ou de former des groupes pour se livrer de petites batailles en règle qui recelaient plus de stratégie qu'on aurait pu en soupçonner de telles créatures, elles avaient développé une certaine ressemblance avec les pionniers des planètes des Colons ou de l'histoire de la Terre.

En contraste avec la rudesse de leur tempérament, elles s'étaient organisées en une société assez élaborée, incluant un gouvernement croulant sous la corruption et les compromissions. L'Œil Vigilant avait été tout à fait séduit par ce groupe-ci, mais il avait dû le rejeter du fait des trop nombreux défauts dont il était affecté ; d'autant qu'en dehors de la corruption politique qui y régnait et d'une tendance à se moucharder allègrement, les créatures n'avaient démontré qu'un degré minime d'intelligence.

La plupart des expériences de l'Œil Vigilant se soldaient par des échecs parce qu'elles s'avéraient trop limitées, même si chacun des groupes exhibait des caractéristiques différentes. Il avait voulu en apprendre davantage sur les Lois de l'Humanique (qui énonçaient, plus ou moins, que les êtres humains ne devaient pas se faire de mal ou permettre que du mal soit fait à d'autres êtres humains, qu'ils ne devaient pas donner à des robots des ordres mettant en péril l'existence de ces derniers, ni faire de mal à un robot à moins que cet acte ne serve à protéger d'autres êtres humains). Mais en général, ses créatures expérimentales prenaient par trop d'indépendance, formant leurs propres sociétés sans rien démontrer vis-à-vis des préceptes éthiques qui constituaient le fondement même des Lois.

Sur un côté de la salle, un groupe important était en train d'interpréter un chant rauque, tandis que s'ensuivait une mêlée sauvage à proximité des pieds de l'Œil Vigilant. Les petites créatures se seraient bien gardées, toutefois, de gêner le passage d'une entité de taille plus imposante pénétrant dans le lieu qui était leur monde ; avançant avec précaution dans les espaces ainsi libérés, l'Œil Vigilant réussit à franchir environ un tiers de la longueur de la salle avant que Mandelbrot et Marchencadence débouchent à l'entrée. Il jeta un rapide coup d'œil derrière lui et constata ce qu'il avait prévu. Les deux robots étaient restés figés sur place. Indécis quant à la manière de se frayer un chemin à travers la pièce surpeuplée, ils se demandaient en outre s'ils devaient dans le cas présent agir sous l'astreinte de la Première Loi de la Robotique. Ils n'étaient même pas sûrs que la Loi en question s'applique à la situation. L'Œil Vigilant continuait d'avancer, sachant pertinemment que, quand bien même ses pieds rencontreraient quelques créatures, celles-ci étaient habituées aux visiteurs et suffisamment agiles pour détaler du passage. Il atteignit sans difficulté l'autre côté de la salle, où certains des occupants mâles accomplissaient d'étranges rituels d'accouplement avec les femelles. (Il n'y avait pas de véritable accouplement dans aucune des sociétés que formaient les créatures expérimentales, même s'il n'était pas rare qu'elles se mettent en couple et pratiquent la séduction.)

Mandelbrot et Marchencadence n'avaient pas encore entamé leur délicate approche à travers la salle, que l'Œil Vigilant était déjà dans une autre rue et se dirigeait vers la voie de salut que représentait la galerie. Dans son cerveau, qui conservait malgré la menace environnante sa capacité d'analyser froidement les choses, il continuait à formuler son plan de destruction de la Cité des robots.

ADAM ET ÈVE ET PINCE-MOI

Adam trouva Eve à l'entrée d'un petit parc aménagé au milieu de l'une des grappes d'immeubles parsemant la Cité des robots. Cet ensemble comprenait un modeste musée d'art, une bibliothèque, un auditorium destiné à accueillir des concerts, et une de ces places entourées de boutiques sans clients comme on en trouvait plusieurs dans la cité. Le parc, quant à lui, consistait en une zone circulaire entourée d'une barrière de piquets métalliques, basse et bordée d'arbres à l'intérieur, avec, un peu partout, d'attrayants espaces plantés de bancs, de taillis et de parterres de fleurs.

Bien qu'Eve se tienne immobile le regard tourné vers le parc, il était clair pour Adam qu'elle n'était pas en train d'en observer le paysage ni de s'interroger sur son utilité. Elle regardait un endroit particulier, pour s'assurer que la besogne qu'elle y avait effectuée n'avait pas laissé de trace.

Il resta un long moment à côté d'elle sans parler. Si elle avait conservé l'apparence d'Ariel, Adam avait abandonné celle d'Avery pour revenir à celle de Derec. Un observateur extérieur aurait pu voir en eux deux êtres liés par de tendres sentiments, comme cela arrivait aux humains, à la façon dont ils se tenaient l'un près de l'autre sans rien dire face au cadre romantique du parc. Mais ce n'était là qu'une autre facette de leurs talents mimétiques, et l'amour ne faisait pas partie de leur répertoire, à moins que leur créateur ne leur réserve une surprise de dernière heure.

— C'est là que sont les danseurs ? demanda Adam.

— Oui.

— Tu les as tous enterrés quelque part dans ce parc ?

— Certains. D'autres ailleurs.

— Est-ce que tu sais pour quelle raison tu as accompli cette cérémonie ?

– Cela m'a semblé approprié. Lorsque nous avons rencontré le premier groupe au terrain, ils enterraient leurs morts. J'ai fini le travail, et ça m'a donc paru normal d'exécuter la même tâche pour les danseurs. Je me suis dit que, quels qu'ils soient réellement, quelqu'un devait accomplir les rites qui étaient apparemment partie intégrante de leur société. Ai-je mal fait ?

– Je n'ai aucun moyen de répondre à cela. Le bien et le mal semblent être le genre d'ambivalences auxquelles des êtres comme Derec, Ariel ou le Dr Avery attachent de l'importance. Ils s'intéressent aux valeurs morales. Nous, nous n'avons pas à en tenir compte, sauf quand elles nous mettent à contribution.

– Je pensais que nous étions des êtres moraux nous aussi.

– Nous le sommes. Mais nous n'avons pas à nous tourmenter à propos de ces valeurs comme eux le font. Les nôtres sont moins compliquées, uniquement gouvernées qu'elles sont par les distinctions qui existent entre les codes de comportement établis. Tu as vu comment ils ne sont même pas capables de tomber d'accord sur telle ou telle question.

– Oui. On dirait que le Dr Avery est une sorte d'ennemi pour Derec et Ariel, alors que ces deux-là ne s'entendent pas toujours entre eux. Pourquoi ne peuvent-ils pas convenir de règles de conduite adéquates, Adam ?

– Je ne sais pas. Nous devons les étudier encore un peu plus.

– Leur attitude différait au sujet des danseurs. Ariel avait l'air sincèrement attristée par leur mort, tandis qu'Avery paraissait indifférent.

– Il avait peur de sa propre mort. Il l'a reconnu.

– Oui. Je n'ai pas vraiment idée de quelle mort il peut s'agir. Il semblerait que ce soit comme quand on passe d'un état opérationnel à un état non opérationnel.

– Je crois que l'analogie est assez juste. As-tu éprouvé des sentiments à propos des danseurs quand ils sont devenus non opérationnels ?

– Je ne peux pas te répondre. Il y avait quelque chose dans ma tête, mais je ne sais pas quoi. Peut-être ai-je pensé à un déséquilibre positronique, mais je n'en suis pas sûre. Tout ce que je sais, c'est que chaque fois que j'emportais un danseur du dispensaire, je sentais qu'il y avait comme une injustice à l'existence qui était la leur, sans toutefois pouvoir discerner laquelle. Si c'est un sentiment, alors je suis peut-être un robot doué de sentiments.

– La démonstration est au mieux peu convaincante. Est-ce que tu vas en enterrer d'autres si on trouve leurs cadavres ?

– Oui, si c'est possible.

– Si tu veux, je t'aiderai.

Ils restèrent encore un moment sans se parler, puis Adam reprit la parole :

– Quand j'assistais le Dr Avery, il m'a raconté une histoire. Il a dit que je devrais la connaître à cause de nos noms. Ça se présentait ainsi : Adam et Eve et Pince-Moi sont partis nager ; Adam et Eve se sont noyés, qui reste-t-il ?

Eve attendit qu'Adam veuille bien poursuivre. Comme il n'en faisait rien, elle décréta :

– C'est incompréhensible comme histoire, Adam.

– Non, tu es censée répondre à la question. C'est comme une devinette. On fait un deuxième essai : Adam et Eve se sont noyés, qui reste-t-il ?

– La logique semble indiquer Pince-Moi.

– C'est exact. Et là, moi je suis censé faire ceci.

Adam posa sa main sur le bras d'Eve, pouce et index écartés. Progressivement, il ramena les deux doigts l'un contre l'autre et pressa la peau, simulant de façon approximative un pincement humain.

Sa main retomba du bras d'Eve. Celle-ci suivit le geste et dit :

– Et... ?

– Et quoi ?

– Qu'est-ce que ça signifie ?

– Je l'ignore. Je l'ignorais aussi quand le Dr Avery me l'a fait. Mais apparemment il a jugé que ça valait le coup d'en rire. Quand je lui ai demandé de m'expliquer, il s'est mis en colère.

– Tu crois que c'est une allégorie ? Tu vois, Adam et Eve meurent et Pince-Moi est le seul survivant. Donc, le conteur touche celui qui écoute pour lui faire partager la satisfaction que la vie continue quand d'autres meurent. Penses-tu que c'était ce que le Dr Avery essayait de te faire comprendre ?

– Peut-être. On dirait qu'il a envie de vivre très long-temps. Ce serait sa façon à lui de m'expliquer la vie. Ces êtres sont comme ça, ils racontent des histoires entremêlées de plein de choses obscures là où il faudrait des informations supplémentaires.

– J'ai dans l'idée que les informations ne leur sont pas toujours indispensables. Viens, allons les rejoindre.

Dans le lointain, retentit un curieux bruit d'explosion. Levant les yeux, Adam et Eve virent s'envoler au-dessus d'eux, très haut dans le ciel, un édifice entier.

– Qu'est-ce que c'est ? dit Eve.

– Il semblerait qu'un édifice ait quitté ses fondations et pris les airs. Bizarre. Quand les robots enlèvent un édifice de la cité, il disparaît, tout simplement, et est remplacé par un autre. Généralement, il ne s'envole pas. Il y a quelque chose qui cloche. Nous devons trouver Derec et Ariel.

AVERY RESSUSCITÉ

Derec s'aperçut du changement intervenu chez son père dès que celui-ci entra dans la pièce. Le visage, d'ordinaire crispé, à présent tiré et marqué de cernes sombres, s'était détendu. Les traits s'étaient radoucis, aucun tic nerveux n'agitait ni les yeux ni la bouche. Même chose pour le reste du corps. Avery se déplaçait avec une lenteur qui ne lui était pas coutumière. Ses doigts étaient au repos. C'était ça qui laissait véritablement une étrange impression. Les mains, habituellement si actives, ne bougeaient pas. Derec s'était tellement accoutumé à voir les doigts d'Avery tambouriner sur tout ce qui était à leur portée – les meubles, ses vêtements – que cette immobilité nouvelle était comme le silence qui s'abat brusquement sur la jungle, trop inquiétante pour susciter une réelle tranquillité.

Ariel n'avait pas, elle non plus, tout à fait le même air que d'habitude. Elle paraissait épuisée, ses paupières tombaient, elle avait la mâchoire affaissée et avançait sans énergie.

– Wolruf n'est pas avec toi ? s'enquit Derec.

– Elle l'était, et puis elle est partie toute seule. Tu sais comment elle est.

– J'ai envoyé quelqu'un la chercher.

– Je ne suis pas au courant.

Derec hocha le menton. Ses soupçons semblaient se confirmer.

– J'ai envoyé Bogie la chercher, sauf qu'à mon avis ce n'était pas Bogie.

– Qu'est-ce que ça veut dire ?

Il lui expliqua.

– Selon toi, quelqu'un aurait bricolé Bogie ? demanda la jeune femme.

– Possible. Ou alors, ce n'était pas du tout Bogie.

– Comment cela se pourrait-il ?

– Je n'en sais rien, mais Marchencadence avait l'air d'être de cet avis. Il est à sa poursuite avec Mandelbrot.

Avery, qui était resté près de la porte, s'approcha.

– C'était peut-être le type que vous recherchez. Celui qui est derrière le sabotage de la cité.

Derec considéra cette éventualité.

– Tu as peut-être raison. En tout cas, c'est une hypothèse qui vaut la peine d'être envisagée. Mais comment aurait-il pu prendre l'apparence de Bogie ?

Avery haussa les épaules.

– Quand tu ignores l'identité de ton adversaire, toute conclusion reste hasardeuse. Il nous faut des faits tangibles.

– C'est un « nous » que j'ai entendu, fit observer Ariel. Est-ce que ça signifie que vous voudriez coopérer ?

– Ça ne signifie rien du tout, répliqua Avery. Du moins pas ce que vous essayez d'insinuer. Je ne me prends peut-être plus pour un robot, et vous avez beau avoir cet air supérieur sous prétexte que vous m'avez ramené à un état normal avec vos trucs et votre psychologie de pacotille, ça ne signifie pas pour autant que je doive être automatiquement, comme votre ton le laissait entendre, votre *allié*.

– Bon, excusez-moi, dit Ariel en feignant le dépit. Derec, je crois que le naturel est revenu. Ton père est à nouveau totalement lui-même.

Derec se demanda quel accueil faire à cette annonce. Il n'avait pas vraiment apprécié les agissements du Dr Avery au cours de leurs rencontres antérieures, et la perspective de devoir renégocier étroitement avec lui ne lui souriait guère. Et puis, n'était-ce pas l'homme qui lui avait injecté les biopuces, lesquelles s'étaient avérées présenter autant d'inconvénients que d'avantages ? Néanmoins, Avery était aussi son père, et cela devait compter. Si seulement, pour une fois, le docteur voulait bien le traiter comme un fils !

– Eh bien, dit-il d'un ton désenchanté, toute aide venant de toi peut nous être utile.

– Et comment qu'elle peut ! La cité se détériore. Moi aussi, j'aurais réclamé mon aide. Je l'aurais implorée. Je ne t'ai pas donné la responsabilité de la cité pour la regarder subir son déclin et sa chute.

Les propos d'Avery piquèrent le jeune homme au vif.

C'était comme si l'homme était continuellement en train de le juger et de lui trouver plein de défauts.

– Je crois que vous devriez arriver à vous comprendre, tous les deux, dit Ariel. Vous n'avez pas besoin de moi pour ça. Je vais faire un petit tour. Je trouverai peut-être le Bogie égaré. Je veux dire, le vrai.

Elle sortit, le visage traversé d'un regard malicieux. Elle savait parfaitement ce qu'elle faisait. Il fallait que les deux Avery s'expliquent face à face, sans être gênés par sa présence. Même si elle ne voyait pas trop pourquoi, elle avait le sentiment qu'il allait se passer quelque chose entre eux, que ce soit en bien ou en mal.

Une fois Ariel partie, Avery entama les hostilités.

– Eh bien, pas très discrète la manœuvre imaginée par ta petite amie.

– Ça suffit comme ça ! Cesse de la rabaisser en l'appelant ma petite amie.

– Navré. Je croyais que tous les deux vous étiez...

– Nous sommes. Mais elle représente plus que ça pour moi.

– Dorénavant, je choisirai mieux mes mots. Maîtresse, ça te va ? Ou préfères-tu souris, pépée, pin-up, poulette, gonzesse ?...

– Qu'est-ce que tu racontes ?

– C'est juste de l'argot terrien. Je suis un grand collectionneur de vieilles expressions populaires.

– Tu m'as déjà dit quelque chose comme ça dans un rêve.

– J'ai fait ça ? (Avery se mit à arpenter lentement la pièce. Là, il commençait à ressembler un peu plus à lui-même, en tout cas à l'ombre de ce qu'il était.) Bon, je ne fais pas grand cas des mystères contenus dans les rêves. Les symboles, les prémonitions, ce genre de foutaises. C'est simplement que, quelque part enfouies dans ton cerveau, même si tu ne t'en souviens pas, tu dois revivre des scènes où tu m'écoutais employer ces vieux termes d'argot.

– Est-ce que tu as souvenance de m'avoir vu t'écouter ?

Les traits du docteur se radoucirent. Il avait presque l'air gentil.

– Oui. De nombreuses fois. Tu venais à mon labo, tu restais assis pendant des heures sur un grand tabouret et tu me regardais travailler. Tu étais très jeune, et déjà capable non seulement de retenir certains des termes scientifiques que j'utilisais, et sans doute ce vieil argot de bas étage, mais également de répéter un nombre impressionnant de mes jurons. Ce qui contrariait ta mère à n'en plus finir...

– Ma mère ? Elle aussi, je l'ai vue dans mes rêves. Elle...

– Je n'ai pas envie de savoir ce qu'il y a dans tes stupides rêves. Probablement que tu *m'accablerais* de tes théories et de tes interprétations romanesques. Je me passe fort bien de ce baragouin psychanalytique, crois-moi. Revenons-en à nos affaires. Nous...

– Non, attends. Ma mère avait-elle des cheveux blonds, des yeux noisette ?

Avery eut l'air surpris.

– Eh bien, ça alors, c'est exact. Je ne t'aurais pas cru capable... c'est-à-dire, je ne pensais pas qu'il t'en restait des souvenirs.

– Non !

Il y avait une telle virulence dans le ton avec lequel Derec avait prononcé le mot qu'il comprit à quel point le sujet devait lui être pénible. Mais tout en effectuant un certain repli, il n'avait pas l'intention de l'abandonner. D'une façon ou d'une autre, il découvrirait qui était sa mère.

– Etais-je un enfant difficile ? reprit-il.

Avery parut sur le point d'exploser de rage.

– Ne peux-tu donc pas t'enlever de ton fichu cerveau ces émois nostalgiques ? Nous avons dû... Non, attends, je suis désolé. C'est vrai que je suis dur, quelquefois. Ça doit te faire bizarre de m'avoir comme père. Un étranger pourrait m'accuser, j'imagine, de connaître des périodes de délires paranoïaques, ou peut-être de mégalomanie intense. Ce sont des termes que je hais. C'est derrière des mots comme ça que se cachent des types qui prétendent t'expliquer ce qu'est la vie. Parfois, ils te donnent l'impression, avec de tels mots, d'y comprendre quelque chose, dissimulant sous le verbiage les ignares qu'ils sont.

Derec fut quelque peu déconcerté par le changement de ton perceptible dans les propos de son père. A certains moments, celui-ci avait l'air d'un père normal, voire d'un être humain rationnel, et puis, au beau milieu d'une phrase, il versait dans le ton de la démence. Le traitement d'Ariel avait peut-être fait de lui un être humain plus sensible, mais à l'évidence ne l'avait pas complètement guéri.

– Oui, Derec, poursuivit-il d'une voix désormais étonnamment chaleureuse, tu as eu une enfance plus normale
que tu ne crois. Des parents qui t'adoraient et tout ça. Tu
t'intéressais beaucoup aux robots et tu as appris les théories
de la robotique comme d'autres enfants apprennent à lire et
à compter. Je t'ai aidé à fabriquer ton tout premier robot
utilitaire. Tu ne te souviens pas de Positron, n'est-ce pas ?

– Non.

Derec se sentit attristé d'avoir oublié cela.

– C'est le nom que tu avais donné à ton robot. Naturellement, ce n'était qu'un robot utilitaire et il n'avait même
pas de cerveau positronique. Mais je trouvais que le nom
avait un certain charme, et c'est la raison pour laquelle je
n'avais pas corrigé. Je ne doute pas que, même si jeune, tu
aies su ce que tu faisais. Tu sais toujours ce que tu fais.

– Je voudrais que ce soit vrai.

– Ça ne l'est pas ?

– J'ai peur que non.

– Bon, peut-être l'amnésie t'a-t-elle ôté un peu de ta
confiance. Mais tu es un Avery, quand bien même tu refuses l'idée de ta filiation avec moi. C'est peut-être te faire
insulte de te dire ça, mais il y a des moments où tu me
rappelles ce que j'étais.

– Ça va peut-être te surprendre, mais, non, je ne me
sens pas insulté. Si j'avais tes talents en robotique, je serais,
disons, plutôt fier.

N'était-ce qu'une illusion ou Derec vit-il les yeux de son
père un instant pétiller ? En y regardant de plus près, il ne
découvrit que le regard froid et détaché qu'il lui connaissait
et en conclut que ce n'était sans doute qu'un effet de son
imagination.

– Eh bien, déclara finalement Avery, je te trouve déjà
plutôt doué dans le domaine. Peut-être que tu me surpasses
déjà... et on en restera là sur le sujet. Nous avons d'autres
problèmes à régler.

– On va y venir. Dans un moment. Il y a une chose qu'il
faut que je sache. Puis je te laisse tranquille.

– Simplement, ne compte pas sur moi pour jouer les
pères affectueux.

– Loin de moi cette idée.

Avery s'était un peu éloigné de Derec et lui tournait le
dos.

– Tu as dit qu'à une époque nous étions très proches l'un de l'autre, continua Derec. Pourquoi est-ce que ça a changé ?

La réponse fut abrupte, jetée sur un ton amer :

– Ta mère m'a quitté.

– Parle-moi d'elle.

– Non.

Ce coup-ci, le « non » fut prononcé d'une voix posée mais non moins ferme. Derec allait devoir se donner à fond s'il voulait apprendre quoi que ce soit sur sa mère ; c'était tout à fait clair.

– Derec, ajouta Avery calmement, le seul fait de parler avec toi m'est difficile. N'attends pas de moi que je me répande en révélations.

Le jeune homme hocha la tête.

– Entendu, c'est noté.

Il se demanda s'il devait s'avancer vers son père, peut-être l'embrasser, peut-être lui proposer de tout reprendre de zéro, peut-être lui laisser entendre qu'il aimerait bien de nouveau s'asseoir sur un grand tabouret et le regarder travailler.

Alors qu'il faisait un pas dans sa direction, il fut interrompu dans son geste par un bruit à la porte. Il se retourna pour voir Wolruf entrer dans la pièce en clopinant, visiblement près de s'effondrer.

Il se précipita vers elle et la saisit avant qu'elle ne tombe. Doucement, il la déposa sur le plancher et lui prit le pouls. Les battements lents qu'il sentit sous la froideur normale de la peau rassurèrent Derec : quelles que soient les blessures qui aient pu lui être infligées, la petite extraterrestre vivait encore et n'était pas en danger immédiat.

Avery se pencha par-dessus l'épaule de son fils et écarta délicatement quelques touffes de la fourrure de Wolruf. Celle-ci tressaillit de douleur.

– On dirait bien qu'elle a une ecchymose sur le cou, dit-il. Une grosse.

– C'est là qu'il m'a frappée, confirma Wolruf d'une voix âpre.

– Qui ? demanda Derec. Qui t'a frappée ?

– Le Bogie qui n'est pas Bogie.

– Tout va bien, Wolruf. Je veux que tu me racontes. Mais sans forcer ta voix. Parle doucement, lentement.

Elle expliqua ce qui s'était passé quand elle avait eu rattrapé Bogie, et comment Mandelbrot et Marchencadence avaient poursuivi la chasse.

– C'est bon, dit Derec lorsqu'elle eut terminé. Toi, tu restes ici et tu te reposes. On t'emmènera au dispensaire dès qu'on pourra.

– Non, Derec. Je serai bientôt remise. Tu as trop à faire maintenant, et c'est urgent.

– Bon, on verra.

Il se releva et se tourna vers son père.

– Qu'est-ce que tu en penses ?

– J'ai quelques idées, mais dis-moi d'abord ce que tu en penses, toi.

Derec éprouva un étrange sentiment de fierté devant la façon dont Avery sollicitait son avis, presque comme s'ils étaient désormais des confrères.

– Eh bien, répondit-il, je ne sais pas qui a attaqué Wolruf, mais ce n'était pas Bogie.

– Je suis d'accord, mais pourquoi ?

– Parce que ce ne pouvait pas être un robot de la cité. Ils sont tous programmés pour considérer Wolruf comme un être humain. C'est-à-dire, bien qu'ils sachent que c'est une extraterrestre, ils sont tenus d'appliquer à son égard les Lois de la Robotique. Si Bogie l'a trouvée sur son chemin, il aurait dû, en accord avec la Première Loi, lui céder, au lieu d'user de représailles.

– Peut-on envisager qu'il ait été reprogrammé, quand tu n'étais pas encore là ?

– Je ne pense pas. C'était un robot au comportement normal avant l'incident, tout disposé à suivre les Lois. Non, si Bogie a agressé Wolruf, c'est que ce n'était pas Bogie. J'ai senti un changement en lui juste avant de l'envoyer en mission. J'aimais plutôt bien Bogie, et celui-là n'a pas réagi comme le Bogie que je connaissais. Et d'ailleurs, tout indique que le robot à qui j'ai donné l'ordre d'aller retrouver Ariel n'a même pas cherché à la rejoindre ; un autre signe qui me porte à croire que ce n'est pas à Bogie que j'ai donné cet ordre, Bogie qui aurait été contraint par la Deuxième Loi d'y obéir. En outre, en se rebiffant contre Wolruf lorsque celle-ci lui a sauté dessus, il semble avoir appliqué la Troisième Loi, qui lui enjoignait de se protéger, alors qu'il aurait dû en être empêché par les Première et Deuxième Lois.

– Bon, d'accord. Alors, si ce n'était pas Bogie, qui était-ce ?

– Un extraterrestre ?

– Quel extraterrestre ? Hormis Wolruf, je n'ai rencontré aucun extraterrestre. Toi oui, entre Aranimas et tes amis de naguère, les corps-noirs. Aucun d'eux n'a le moindre talent pour le camouflage, pas plus que les quelques races extra-terrestres qu'on a pu répertorier. Un humain serait capable d'un tel camouflage, de se revêtir d'une enveloppe de robot pour réaliser une imitation assez correcte, mais rien n'indique qu'il y ait d'autres humains que nous sur la planète. Si j'étais encore fou, nous aurions quelques bons motifs de penser que c'est moi le coupable. (Il émit un petit rire sardonique, puis dit d'un air songeur :) Je voulais tant être un robot. Encore maintenant, je prétends que le rôle m'aurait parfaitement convenu. Cela étant, Derec, ce serait qui selon toi ?

– Pourquoi pas un robot ? Un robot qui ne serait pas programmé comme les robots de la cité ?

Les sourcils d'Avery se levèrent d'admiration.

– Excellent. On est branchés sur la même longueur d'onde. C'est un robot, j'en suis sûr, mais pas un robot Avery.

– Pourquoi en es-tu si sûr ?

– Ce serait obligatoirement une espèce de robot soli-taire. Pas du tout mon style, ça. Un robot Avery ne connaî-trait pas une telle confusion s'agissant des Trois Lois. Non, quelqu'un d'autre a fabriqué ce robot, et je soupçonne à part moi qui cela peut être.

– Qui ? Dis-moi.

Avery secoua lentement la tête.

– Pas maintenant. Tout à l'heure. J'ai quelques ques-tions à te poser. J'ai besoin d'en apprendre un peu plus sur Adam et sur Eve. Je veux ton point de vue. Je sais d'où ils arrivent, ce qu'ils ont fait jusqu'ici. Adam m'a fait un histo-rique assez complet au cours de nos séances marathon à tous les deux. Qu'est-ce que tu penses à leur sujet ? Sur le plan robotique, je veux dire.

– Je ne suis pas certain de comprendre ce que tu attends de moi.

– Libre association en ce qui les concerne, si tu préfères.

– Eh bien, je ne sais pas. (Derec observa une pause, s'efforçant de rassembler ses idées.) Quelquefois, ils ne me donnent pas l'impression de robots.

– Oui, oui. J'ai remarqué.

– Une chose aussi, ils peuvent se révéler des plus malins. D'après ce que j'ai constaté, c'est parfois la curiosité qui les pousse, et parfois ça vient de leurs efforts méticuleux à l'excès pour définir une sorte d'être humain chimérique. Un idéal dont, apparemment, nous sommes loin d'arriver à la hauteur. Résultat : les liens qui les astreignent aux Lois de la Robotique sont lâches.

« Il me semble que c'est parce qu'ils les appliquent de manière trop spécifique. Plutôt que de nous accepter comme les humains parfaits qu'ils recherchent, ils nous dénient la qualité d'être nous aussi des humains, avec comme conséquence qu'ils ne volent pas toujours à notre secours comme le voudrait la Première Loi, ou qu'ils ne nous obéissent pas comme le leur commande la Deuxième.

« Mais ce n'est pas que ça, cependant. On dirait qu'ils ne sont pas convaincus d'être des robots, malgré tout ce qui en témoigne. Ils l'acceptent et en même temps ne l'acceptent pas. C'est comme si leurs mécanismes étaient tellement subtils qu'ils ne pouvaient pas être des robots ordinaires comme les autres.

Le visage d'Avery se crispa un instant.

– Par ordinaires, tu veux dire des robots Avery.

– Qu'est-ce qui ne va pas ?

– Je n'aime pas me représenter mes créations comme des modèles de deuxième catégorie.

Derec sourit.

– Si tu le dis. Mais je n'ai pas voulu critiquer tes talents de roboticien. En tous les cas, il reste que leur conduite est quelque peu inconséquente. A certains moments, on jurerait des robots normaux ; à d'autres, ils se mêlent d'imiter presque à la perfection ceux sur qui ils ont jeté leur dévolu. Adam fait une méchante Wolruf, et la version d'Ariel que nous donne Eve me met à cran parce qu'elle est par trop ressemblante.

– C'est cette capacité qu'ils ont de changer de forme qui me fascine, Derec. Explique-moi ça.

Sollicité par les questions avisées du docteur, Derec révéla ce qu'il avait observé concernant les Flanc d'Argent. Les particularités qu'il avait notées dans la structure de leurs cellules, les diverses phases d'altération physique accompagnant le processus de mimétisme, les variations de densité s'opérant lors de leurs métamorphoses en des êtres plus petits ou plus grands, les limites qui étaient les leurs quand ils réduisaient ou augmentaient leur masse. (Si ni l'un ni l'autre n'étaient capables d'approcher la taille de petits animaux ou d'insectes, ils pouvaient par contre en reproduire des versions géantes. De la même façon, face à des animaux gigantesques, ils ne pouvaient pas non plus adapter leur masse à leurs dimensions. Lorsqu'ils s'étaient modelés sur des corps-noirs, ils étaient environ deux fois plus gros que ces impressionnants extraterrestres volants.)

L'intérêt fouetté par ce qu'il entendait, ravivé à la perspective du défi scientifique que cela représentait, Avery ressemblait de plus en plus à lui-même. Il se tenait à côté d'un bureau sur lequel ses doigts tambourinaient sur un rythme vif et régulier. Son autre main ne cessait de tripoter ses longs cheveux ou sa moustache broussailleuse. Ses yeux brillaient à nouveau.

Quand Derec lui eut raconté tout ce dont il se souvenait, Avery ferma le poing et s'en assena un grand coup sur le haut de la cuisse.

– C'est ça ! s'écria-t-il. Ça doit être ça !

– J'ose espérer que tu vas me dire ce que tu entends par *ça*, maintenant que tu m'as complètement troublé l'esprit.

– Bogie. Le robot qui se fait passer pour Bogie est un Flanc d'Argent.

– Tu veux dire Adam ou Eve ? Vraiment, je ne crois pas. Ils n'étaient même pas ici quand les choses ont commencé à aller mal. Ils étaient avec moi sur...

– Je ne parle pas d'Adam et d'Eve au sens propre. J'emploie Flanc d'Argent comme terme générique. Il y a ici, quelque part dans la cité, un autre de ces robots du même type qu'Adam et Eve.

– Un autre ? (Durant quelques secondes, la panique s'empara de Derec à l'idée de devoir se frotter à un troisième robot plein de roublardise. Et puis, l'évidence s'imposa à lui que c'était ce qu'il faisait déjà depuis des jours.) Tu veux dire qu'il s'est fait passer pour Bogie en prenant son apparence, en se modelant sur lui ?

Avery hocha le menton et eut un étrange sourire.

– Je crois qu'en plus d'Adam et d'Eve on a hérité de Pince-Moi.

Derec se demanda si le docteur n'avait pas à nouveau glissé vers la folie. Devant la mine confondue de son fils, Avery s'empressa de lui rapporter le test qu'il avait fait sur Adam avec la devinette enfantine.

– Adam ne l'a jamais vraiment comprise. J'ai essayé de lui expliquer que ce n'était qu'une blague, mais il n'a pas saisi l'astuce.

– Je vois très bien ce que tu veux dire. J'ai passé des heures à m'évertuer à faire comprendre à Mandelbrot ce que c'était que l'humour. Mais pour en revenir à notre Pince-Moi, qu'est-*il* réellement ? De fait, que sont les Flanc d'Argent ?

– Ce sont des démons, tu sais, dit Wolruf, toujours étendue sur le plancher et qui avait écouté avec attention la conversation. Tu devrais les enfermer et cacher la clef jusqu'à ce qu'ils soient devenus adultes. Voilà ce que je pense.

– C'est aussi mon avis, Wolruf, renchérit Avery. Ça me plairait assez de les fourrer dans une cellule et de les démonter, histoire de voir ce qui les fait tictaquer.

– N'allez surtout pas dire ça à Ariel. Rappelez-vous ce qu'elle a dit au sujet des danseurs.

– Oui, le conseil est le bienvenu, Wolruf.

Derec n'avait pas la moindre idée de ce dont ils parlaient mais, avec déjà tant de problèmes sur le dos, il préféra ne pas poser de questions.

– Père, tu disais avoir quelque soupçon sur ce que pourraient être les Flanc d'Argent.

– Oui. Et j'ai comme dans l'idée que je suis dans le vrai. Assieds-toi.

– Je suis trop nerveux...

– Assieds-toi !

Le ton de l'injonction était si autoritaire que Derec décréta qu'il devait y avoir une bonne raison à cela. Il tira une chaise et posa son séant sur le bord.

– Jusqu'ici, Derec, je n'ai pas voulu te parler de ta mère. Si j'avais pu me l'éviter, je ne l'aurais *jamais* fait. Malheureusement, les circonstances m'y obligent.

Derec comprit pourquoi son père lui avait demandé de s'asseoir. Il eut la soudaine sensation de manquer d'air.

Qu'est-ce que sa mère pouvait bien avoir à faire avec la situation critique dans laquelle se trouvait la Cité des robots ?

Avery se mit à arpenter la pièce. Tout ce temps, ses doigts ne cessaient de s'agiter.

– Je ne vais pas te révéler son nom. Tu n'as qu'à le demander à un de tes rêves, si tu y tiens. Qu'il me suffise de dire que, comme moi, comme toi, c'était, *c'est*, une roboticienne. Une excellente roboticienne, la seule vraiment capable de me concurrencer. En fait, il se pourrait que ce soit cette compétition qui m'ait amené à persévérer, qui m'ait apporté le succès ; une compétition qui s'est poursuivie même après qu'elle m'eut quitté.

Wolruf s'était redressée, apparemment pour mieux prêter l'oreille aux propos d'Avery. Son état avait l'air de s'être amélioré. Son regard était plus clair et sa fourrure avait retrouvé un certain brillant.

– Lorsque je suis arrivé et ai découvert la cité en plein délabrement, continua Avery, j'ai senti qu'il y avait quelqu'un ou quelque chose derrière tout ça. Mais il a fallu les longues discussions avec Adam pour que je commence à suspecter la présence dans la cité d'un troisième robot semblable à lui. Néanmoins, jusqu'à notre petit entretien, Derec, je n'en avais pas la certitude. A présent, cela me paraît l'évidence même. Il y a un autre robot, du même type qu'Adam et Eve, et le créateur des trois, j'en mettrais ma main au feu, n'est autre que ta mère.

La révélation, si modeste soit-elle, fut comme un véritable coup d'assommoir pour Derec. Il dut faire un immense effort sur lui-même pour retrouver l'usage de la parole.

– Mais comment peux-tu en être si sûr ?

– J'admets qu'il y a une part d'intuition, mais c'est une intuition étayée par la logique. Les Flanc d'Argent et, vraisemblablement, notre mystérieux manipulateur ne peuvent être que l'œuvre d'un expert en robotique aussi doué que moi. Ce n'est pas de la prétention. Simplement, il n'existe aucun roboticien – et ceci inclut tous les incapables de l'Institut de Robotique d'Aurora – aussi méticuleux et ingénieux que moi. Ta mère exceptée.

Avery s'interrompit pour juger de l'effet de ses paroles sur son fils. Et Derec sut qu'il n'arrivait pas à cacher son émotion, quand bien même il aurait tant voulu que son père n'en soit pas témoin.

– J'extrapole, naturellement, sur les progrès qu'elle aurait pu faire. Ça fait longtemps que je ne l'ai pas vue. A l'époque, elle n'était pas encore mon égale, surtout dans les branches positroniques et les circuits intégrés. Mais dans les années qui ont suivi, œuvrant en solitaire, elle a pu atteindre mon niveau. Ça ne me plaît pas d'en convenir, mais elle est plus jeune que moi et, dans certains domaines, mon rythme de travail s'est ralenti. Qui plus est, j'ai orienté mes activités sur la conception et le développement des cités de robots, alors qu'elle a su, apparemment, concentrer ses efforts sur les seuls robots. Même en étant averti de ses compétences et de son intelligence, je dois avouer que ces nouveaux modèles constituent un exploit qui a de quoi m'époustoufler. Est-ce que ça ne te paraît pas bizarre, fils ? Que le grand égotiste puisse ainsi rendre hommage à quelqu'un d'autre ? C'est ça que tu penses, je le vois bien.

– Aurais-tu ajouté la télépathie à tes innombrables talents ?

Avery ne put se retenir de rire.

– Tu es peut-être le digne fils de ton père, après tout. Ce sarcasme était bien dans la lignée des miens. Formidable !

– Pourquoi ton compliment sonne-t-il comme une insulte ?

– Ça suffit, intervint Wolruf. Vous continuerez votre stupide discussion un peu plus tard. Il y a pas mal de choses à faire.

Avery hocha la tête dans sa direction.

– Autoritaire pour une extraterrestre.

– J'aime ça, chez les extraterrestres, lança Derec.

– S'il te plaît, insista Wolruf.

– D'accord, acquiesça le jeune homme. En supposant, donc, que ma mère soit derrière tout ça, qu'est-ce qu'elle a en tête ? Pourquoi fabriquer ce nouveau type de robots dotés de capacités mimétiques et les lâcher sur différentes planètes ?

– Là-dessus, je ne peux avancer que des hypothèses.

Avery reprit ses déambulations à l'autre bout de la pièce. Derec marchait à ses côtés en suivant une trajectoire plus réduite. Wolruf était amusée par la ressemblance qui existait dans l'allure des deux hommes.

212

– Ça pourrait s'expliquer par le fait que ta mère a toujours porté un intérêt particulier à l'anthropologie. Elle était capable de passer des heures à étudier les tribus, les coutumes, les rites, ce genre d'âneries.

– Est-ce à dire que tu ne crois pas beaucoup aux mérites de l'anthropologie ?

– Oh, c'est très bien. Simplement, ça ne fait pas partie de mes domaines de prédilection. Je suis un créateur, un bâtisseur, et je me plais à m'en tenir à cela. Partir à l'aventure pour observer des créatures intelligentes accomplir leurs mornes besognes quotidiennes, analyser la signification de tel ou tel rituel de défi ou de séduction, simplement ce n'est pas mon truc. C'est une science utile mais mineure, qui te permet d'épater la galerie en avançant des conclusions pleines de gravité sans guère apporter de preuves concrètes. Mais c'est pour les gens qui ne sauraient rien faire de leurs dix doigts dans un labo. Cela dit, ta mère trouvait fascinant d'étudier les diverses cultures, et elle partait des semaines ou des mois jeter un petit coup d'œil sur tel ou tel groupe social. Elle me traitait de vieux machin chaque fois que je lui sortais la moindre petite remarque désobligeante sur sa chère anthropologie. Son mépris n'est peut-être pas pour rien dans l'aversion que j'éprouve aujourd'hui pour ce domaine.

– Mais je ne vois pas le rapport entre l'anthropologie et nos robots nouveau style.

– Eh bien, je dirais qu'il y a deux facteurs notamment qui me paraissent attester la nature anthropologique de l'expérience. L'un, c'est qu'il semblerait que les Flanc d'Argent se soient éveillés à la conscience avec un urgent besoin de définir et de découvrir un spécimen d'humanité, dont ils sont par ailleurs convaincus qu'il constitue la forme de vie la plus intelligente de l'univers. Mais par contre, elle les a privés de toute véritable information sur ce que serait un tel être humain. En conséquence, comme tu l'as fait remarquer, dès lors qu'ils rencontrent un être intelligent, ils essaient quasi désespérément de déceler en lui les éléments qui témoigneraient de son caractère humain.

« Le hic, c'est que, comme ils sont portés à croire que l'humanité représente le plus haut degré d'intelligence, les vrais humains leur paraissent afficher une certaine déficience. Derec, ta mère n'a pas pu délibérément envisager cette situation à l'ironie tellement mordante. Quand elle s'en apercevra, elle en sera toute retournée.

« Vois-tu, si d'autres êtres devaient demain arriver dans la cité, et qu'ils soient un rien plus ouverts que nous, comme l'étaient peut-être ces corps-noirs dont tu m'as parlé, les Flanc d'Argent seraient alors persuadés que les nouveaux venus sont les véritables humains, et adieu Derec, Ariel, Avery ! Qu'importe s'ils sont recouverts de vase, s'ils puent comme des égouts qui refoulent et s'ils se tuent les uns les autres pour des raclures d'ongle.

« Anthropologiquement parlant, l'information clef qu'on a refusée aux Flanc d'Argent en ne les programmant pas avec une connaissance détaillée de ce qui constitue un humain est justement la donnée qui les renseignerait sur la nature de notre culture. Un autre aspect du processus de refus d'information, je le vois dans l'omission qui a été faite, au niveau de leurs données mémorielles, de nos malheureux penchants à céder à l'émotion. Ils sont incapables de concevoir que culture et émotion définissent l'humanité au même titre que l'intelligence.

« Puisqu'ils ignorent ce qu'est réellement un humain, ils ont la liberté de pénétrer une culture extraterrestre et d'en adopter aisément les habitudes de vie. A partir du moment où ils sont convaincus que cette culture est d'essence humaine, toutes les coutumes, tous les rites et les modes de comportement prennent une dimension logique. Quel fructueux champ d'expérience ce serait pour l'étude anthropologique ! Enfin, tu imagines, Derec ?

Quand Avery interrompit ses déambulations, Derec s'arrêta une fraction de seconde plus tard. Ils se firent face. Wolruf trouva stimulante la façon dont les deux hommes mettaient maintenant un tel acharnement à coopérer. Pour la première fois, elle sentit qu'ils ne pouvaient être *de toute évidence* que le père et le fils.

— Tu prétends, déclara Derec, que les Flanc d'Argent et notre mystérieux robot feraient office de catalyseurs pour, disons, étudier ce qu'il advient de telle ou telle culture en présence de ce type de robots ?

— Exactement. Et aussi ce qu'il advient d'*eux* dès lors qu'ils sont confrontés à ces cultures. A mon sens, c'est là qu'entre en jeu leur capacité de mimétisme. Une fois introduits dans une certaine culture, ils se calquent sur les individus qui la composent. Ils sont *assimilés*, un terme cher à tous les sociologues de l'univers. Ces robots sont alors intégrés au groupe culturel qu'ils avaient mission de découvrir. Ils peuvent en devenir le chef, comme Adam avec la harde, ou être pervertis par la culture elle-même, comme c'est arrivé à Adam et Ève avec les corps-noirs. Ils peuvent aussi semer la pagaille dans son environnement. Nous et les robots représentons la « culture », ici, dans la Cité des robots, et notre Pince-Moi n'a cessé de nous étudier, de nous manipuler.

« Tu sais quelle est la véritable clef du mystère ? Les danseurs et toutes les autres petites créatures. Je les soupçonne d'être le résultat de certaines expériences robotico-génétiques menées par Pince-Moi. Ce sont, en un sens, ses propres petits sujets d'étude anthropologique.

« Sans humain à sa disposition, ni aucune autre espèce hormis les robots, il a entrepris de créer ses propres échantillons, des modèles culturels limités qui pouvaient lui apprendre un certain nombre de choses sur le plan anthropologique. Pour la plupart, ça a été un fiasco, si je ne m'abuse. Du moins, il semble s'être vite ennuyé d'eux et les a mis au rancart dans plusieurs bâtiments tout autour de la cité. Il n'en reste pas moins que ces modèles sont basés sur les connaissances qu'il a de l'humanité, connaissances acquises sans doute par le truchement de l'ordinateur.

« L'ennui, c'est que Pince-Moi ne sait pas ce qu'est la connaissance appliquée. Aussi a-t-il mélangé les données robotiques avec des informations concernant certaines expérimentations génétiques, et cela a donné les danseurs et les autres assortiments. Qu'il ait pu en arriver là est déjà impressionnant, mais n'empêche qu'il n'a pas tout à fait réussi son coup. Ainsi, ses expériences se sont révélées des échecs, il n'a pas pu prendre le contrôle de la cité, et il a même gâché sa tentative de s'introduire parmi nous sous son camouflage.

Derec hocha la tête.

– Tout ça n'est que très hypothétique, mais cela permet d'avancer certaines idées qui cadrent assez bien avec les faits que nous connaissons.

Avery fit encore quelques pas à travers la pièce, puis déclara :

– C'est le résultat de la tentative avortée de ta mère,

pour sûr. C'est elle qui a conçu cette expérience alambiquée d'anthropologie, probablement pour étudier comment réagiraient des entités positroniques en divers environnements culturels. Comme notre Pince-Moi, son expérience reste théorique, un peu comme si c'était un divertissement. C'est bien dans sa manière.

Quand bien même il ressentait une pointe d'agacement d'entendre Avery tout bonnement suggérer que sa mère aurait pu bousiller son expérience, Derec commençait à se faire peu à peu un portrait d'elle à travers les allusions du docteur. Il espérait bien découvrir un maximum de choses sur elle en continuant à faire parler son père, surtout quand celui-ci était de mauvaise humeur et ne prenait pas garde à ses propos.

– Elle n'a jamais eu de sens pratique dans son travail. Encore une chose qui a dû contribuer à créer une distance dans notre union. Il lui arrivait de partir dans de telles envolées chimériques que j'étais incapable de la ramener sur terre.

– J'aurais aimé la connaître.

La phrase eut pour effet de provoquer le courroux d'Avery.

– Je vois bien ce que tu penses. Si elle est derrière ces robots, elle est peut-être alors dans les parages pour juger de ce que ça donne. Eh bien, n'y compte pas. Il faut qu'elle les abandonne à eux-mêmes, qu'elle laisse les choses se dérouler pendant un laps de temps suffisant pour rassembler les données. Donc, elle ne va pas se pointer avant quelque temps pour voir comment ses petits rejetons ont évolué, peut-être même avant des années. Tu auras beau épier les Flanc d'Argent, Derec, ce n'est pas pour ça que tu auras droit à ta rencontre.

Derec réprima son dépit. Il ne servait à rien d'exacerber la colère de son père. Qu'on lui accorde un peu de temps, et peut-être reviendrait-il de lui-même sur le sujet, bien que sa haine envers la mère de Derec paraisse inflexible.

– Je vais garder tout ça à l'esprit, dit le jeune homme. Pour l'heure, il nous faut trouver ce troisième robot. J'espère que Mandelbrot et Marchencadence n'ont pas perdu sa trace.

– Maintenant que nous avons une idée de ce que nous cherchons, nous pouvons...

Avery fut interrompu par l'apparition d'Ariel dans l'entrée. Elle était à bout de souffle d'avoir couru.

– Derec ! Docteur Avery ! Il se passe quelque chose là-dehors. Les édifices sont, je ne sais pas comment le décrire, ils sont en train de se détruire ou quelque chose comme ça. Ils se replient sur eux-mêmes, ils s'enfoncent dans le sol, s'effondrent, disparaissent complètement. Venez voir.

Derec se précipita aussitôt au-dehors, Avery sur ses talons. Ariel les mena jusqu'à l'avenue, où ils arrivèrent juste à temps pour découvrir un des édifices du bloc qui commençait à vibrer, puis – sans un son – s'abattit sur le flanc contre un autre bâtiment, qui à son tour s'effondra vers l'avant.

– Il y a un jeu ancien, les dominos, fit remarquer Avery. Parfois, les gens les alignaient et ils tombaient en basculant les uns sur les autres, un peu comme ces bâtiments.

– Qu'est-ce qui provoque ça ? hurla Ariel.

– J'aurais dû le prévoir, dit Derec en se mettant à courir dans l'avenue. Notre robot, cria-t-il à Avery. Il s'est mis dans la tête de tout détruire. Il doit se trouver dans la salle de l'ordinateur.

– Je crois que tu as raison, acquiesça Avery en se lançant après Derec.

– Quel robot ? dit Ariel avant de prendre le départ en troisième position.

Au moment où elle sortait de l'immeuble en boitillant, Wolruf aperçut le trio qui tournait le coin.

Au loin, il se produisit un vif éclat de lumière, et les parois d'un édifice tout en hauteur se mirent à onduler avant que la structure entière ne semble s'écrouler vers l'intérieur.

– Pas moyen de prendre un peu de repos par ici, dit la petite extraterrestre avant de bondir après les autres.

Comme la douleur dans sa jambe refluait, elle accéléra l'allure.

PREMIÈRE CONFRONTATION

L'Œil Vigilant devait procéder avec prudence, détruire la cité secteur par secteur. Avant de raser un quartier, il lui fallait s'assurer qu'il n'arrive rien à quiconque – humains, robots, l'extraterrestre, les milliers de créatures qui survivaient encore à ses expérimentations génétiques dans les laboratoires disséminés dans la cité. Il voulait seulement démanteler celle-ci pour la reconstruire ; et ne devaient donc être détruits que les secteurs inhabités.

Toutefois, détruire était plus facile que créer. Alors que la conception d'un édifice avait nécessité de nombreux stades de programmation, il suffisait d'enfoncer six touches sur le clavier de l'ordinateur central pour effacer ce même édifice. Avant de frapper les six touches en question, l'Œil Vigilant vérifiait pour chaque structure qu'il n'y avait pas de signe d'activité humaine ou robotique. Il avait toujours l'apparence de Bogie, de sorte qu'un observateur un brin cynique aurait pu trouver quelque ironie à contempler un robot s'évertuant à détruire une cité bâtie par des robots.

Aussitôt enclenchée la série de destructions, l'Œil Vigilant s'était rendu compte que le processus requis était trop bien planifié, trop méthodique, assujetti à beaucoup trop de mécanismes de sécurité. Ça prendrait du temps avant de démolir toute la cité. S'il avait pu prévoir ces complications, il aurait restructuré le programme d'urbanisation de l'ordinateur afin de générer une séquence automatique qui ignorerait tous les mécanismes de sécurité dont l'ingénieux créateur de la cité avait équipé sa machine.

Consultant ses écrans pour savoir où se trouvaient Derec et ses autres ennemis, il vit qu'ils étaient tout proches de l'entrée de la galerie. Ils avaient l'air de se diriger vers son repaire, sans doute pour enrayer son entreprise de destruction systématique de la cité ; il devait les arrêter avant de pouvoir poursuivre son œuvre.

Derec avait retrouvé Mandelbrot et Marchencadence errant dans les rues à la recherche du faux Bogie. Après s'être finalement frayé un passage au milieu des petits êtres bagarreurs, ils avaient débouché au-dehors pour découvrir que la rue était déserte.

– Il est à l'ordinateur central, dit Derec. J'en suis sûr. Venez avec moi.

Comme il avait ralenti l'allure pour s'adresser aux deux robots, cela permit à Ariel et à Avery de le rattraper. Quant à Wolruf, elle était tellement loin derrière qu'ils ne s'aperçurent même pas qu'elle suivait.

Ils filèrent vers l'entrée de la galerie. Juste avant de l'atteindre, ils virent le châssis externe comme enfler vers l'extérieur puis, telle une main qui se replie, recouvrir le passage que Derec avait compté emprunter.

Alors qu'Adam et Eve descendaient à grandes enjambées un large boulevard, ils aperçurent Wolruf traversant un carrefour avant de s'engouffrer dans une rue transversale.

– Courons-lui après, proposa Adam. Elle sait peut-être ce qui arrive à la cité.

Sans se consulter, ils se métamorphosèrent l'un et l'autre en créatures-loups et se lancèrent à la poursuite de la petite extraterrestre qui venait de disparaître à l'angle d'une rue. Lorsqu'ils tournèrent le coin, elle n'était déjà plus en vue.

– Elle a dû prendre une de ces rues, dit Eve. Ça ne va pas être facile de la trouver.

– Je sais. Mais ces individus laissent une trace dans l'air que nous pouvons détecter par nos circuits olfactifs si nous en triplons la puissance.

Eve constata qu'Adam avait dit vrai. Il y avait une odeur douceâtre, celle de la fourrure de Wolruf, qui traînait au milieu de la chaussée.

Wolruf rejoignit Derec et les autres au moment où plusieurs édifices d'un bloc proche s'inclinaient pour tomber les uns sur les autres et s'écrouler, certains dans la rue, d'autres sur des bâtiments à l'arrière. On aurait cru que les édifices étaient des cartes à jouer que quelqu'un s'amusait à renverser.

Wolruf jaugea la situation en un clin d'œil.

– Y a-t-il un autre passage pour descendre ? demanda-t-elle.

– Des tas, répondit Avery. Mais avec notre olibrius qui contrôle l'ordinateur... il peut nous interdire toutes les entrées. Et pendant ce temps, il serait en mesure de réduire toute la cité en un amas de décombres.

Le dépit transparaissait dans la voix du docteur. Pas étonnant, songea Wolruf, il assiste à la destruction de la cité, sa cité, provoquée par les caprices d'un robot solitaire.

– Notre meilleur atout serait de creuser jusque là-bas, avança Derec. Une chose à laquelle notre ami ne s'attend pas, et c'est faisable grâce au bras de Mandelbrot.

Quand Derec avait fabriqué Mandelbrot au moyen de pièces détachées provenant de plusieurs robots, il avait utilisé le bras d'un Superviseur, fait d'un tissu cellulaire extrêmement malléable qui lui permettait de prendre de nombreuses formes avec diverses épaisseurs. En maintes occasions, il s'était avéré un outil des plus efficaces.

– Mandelbrot ! dit Derec. Crois-tu que tu pourrais nous faire des trous à la dimension d'un homme dans ce fatras ?

Il indiquait du doigt l'entrée de la galerie. Bien que l'ouverture principale ait été obstruée, il subsistait quelques interstices aux endroits où les bords du châssis déformé ne s'étaient pas tout à fait raccordés.

– Oui, répondit Mandelbrot.

– Alors, vas-y.

– Attends, dit Wolruf. Fais d'abord un trou à la dimension de mon corps. Je suis plus petite et j'arriverai là-bas plus vite que n'importe lequel d'entre vous.

– Non, répliqua Derec. Ce robot n'est pas comme les autres. Il ne te considère pas comme humaine. La dernière fois que tu t'es frottée à lui, il aurait pu te tuer. Cette fois, il pourrait bien le faire pour de bon.

– On prend tous des risques. C'est à mon tour ce coup-ci.

– C'est trop dangereux.

– Ne sois pas si stupide, fils, intervint Avery. Pince-Moi peut causer bien trop de dégâts durant le temps qu'on va perdre à arriver jusque là-bas.

– Pince-Moi ? s'étonna Ariel. De quoi est-ce que vous parlez ? Ce robot là en dessous s'appelle Pince-Moi ?

– Juste un surnom amical, dit Avery. Derec, laisse Wolruf descendre. Wolruf, contente-toi de l'occuper. Ne t'expose pas.

– Oui, insista Derec. Tiens-t'en uniquement à des manœuvres de diversion, d'accord ?

Wolruf faisait partie d'une culture où l'expression « manœuvres de diversion » n'avait jamais trop eu d'utilité. Lors d'un affrontement, les membres de sa race avaient plutôt tendance à sauter directement à la gorge. Néanmoins, elle déclara :

– Je serai prudente, je te promets.

Derec considéra un bref instant le problème, avant de conclure :

– Entendu, on fera comme tu veux, Wolruf.

– Merci.

– Je ne suis pas certain que ce soit la formule appropriée. Remercier le chef de vous envoyer au casse-pipes. Mandelbrot, commence à creuser.

– Oui, commandant.

Mandelbrot leva le bras, qui se présentait pour le moment sous l'aspect d'une bonne imitation d'un membre humain. Tandis que le robot se dirigeait vers l'entrée de la galerie, laquelle offrait la vision d'un enchevêtrement de cet étrange métal dont était constituée la cité, le bras se mit à changer de forme. D'abord, il s'allongea et une articulation supplémentaire apparut au milieu de l'avant-bras. La main s'élargit et les doigts s'amincirent jusqu'à revêtir l'apparence de griffes acérées. Lorsqu'il tourna la paume en l'air, les extrémités des doigts devinrent affûtées. Son bras était prêt quand il atteignit l'amoncellement de métal tordu, qu'il commença à ratisser. Il parvint à insérer un de ses doigts à travers un étroit orifice. Augmentant l'épaisseur de son doigt, il élargit un tout petit peu l'ouverture.

– Il se peut que le métal résiste malgré toutes les qualités que peut posséder ce bras, fit observer Avery. C'est du solide.

– C'est aussi vrai pour le métal du bras de Mandelbrot, précisa Derec. D'ailleurs, ce n'est pas tant une question de force de tension que de manipulation. Du moment qu'il y a une fente dans le matériau dont est faite la cité, on peut le travailler. Seul un mur épais taillé dans ce matériau peut arrêter Mandelbrot – et, en l'occurrence, n'importe lequel d'entre nous. Rappelle-toi, Ariel, la fois où j'ai agrandi un trou avec ma botte.

La main de Mandelbrot poursuivit sa métamorphose au gré des besoins de la tâche. Quand le trou fut élargi, elle se transforma en foreuse qui vint cogner sur les parois, l'agrandissant encore plus. Au bout d'un moment, Mandelbrot put y passer la main. Il gonfla alors peu à peu le bras et, graduellement, laborieusement, pratiqua une ouverture suffisamment large pour que Wolruf puisse s'y introduire.

– Ça va comme ça, Mandelbrot, dit celle-ci. Arrête et laisse-moi passer. Merci.

Sans même un au revoir, l'extraterrestre caninoïde se glissa à travers le trou, tortillant et contractant son corps pour lui faciliter le passage.

Lorsqu'elle se retrouva de l'autre côté, elle partit en bondissant dans la noirceur de la galerie. En haut, Mandelbrot reprit sa besogne.

L'Œil Vigilant se rendit compte de l'activité qui régnait à l'entrée de la galerie. Il présuma cependant qu'il faudrait longtemps avant que ses ennemis ne puissent y accéder. Il ignorait tout des possibilités que recelait le bras de Mandelbrot, et l'intrusion de Wolruf à travers sa barrière de sécurité improvisée échappa à son attention.

Continuant à sélectionner les secteurs de la Cité des robots qu'il voulait détruire, il concentrait si totalement son attention sur son œuvre d'annihilation qu'il ne détecta point l'arrivée de Wolruf dans la salle de l'ordinateur.

Pour couronner le tout, il avait fait montre d'une telle négligence lors de son retour précipité qu'il avait omis de refermer la porte et le panneau coulissants, si bien que Wolruf put se glisser sans faire le moindre bruit au cœur du repaire. Elle nota non sans s'en réjouir que le Bogie qui n'était pas Bogie n'avait même pas levé les yeux de ce qui l'occupait tant.

Sur l'écran au-dessus du faux Bogie, apparut un édifice surmonté d'une flèche. D'un habile mouvement de la main, le robot enfonça quelques touches d'un imposant clavier. A l'écran, l'édifice parut s'enfoncer dans le sol, comme un bateau qui serait englouti par l'océan.

Il fallait faire quelque chose tout de suite, se dit Wolruf. Derec avait parlé de diversion. Quel genre de diversion était envisageable au vu des circonstances ? Aucune, décréta-t-elle. Les détours, ce n'était pas son truc. Son truc, c'était l'attaque. Sa gorge se serra lorsqu'elle se remémora la douleur qu'avait occasionnée le dernier coup porté par le pseudo-Bogie. Mais à ce moment-là, elle n'y était pas préparée. A présent, elle était prête.

Mandelbrot eut bientôt façonné un trou assez grand pour livrer passage à Derec, à Ariel et à Avery.

– Laissez-moi y aller le premier, dit ce dernier. Je connais les voies et les accès de ce réseau souterrain sans doute mieux que vous. Mieux que quiconque. Excepté, apparemment, notre petit Pince-Moi.

Il s'engagea à travers l'ouverture sans attendre une éventuelle objection.

– Pince-Moi, hein ? dit Ariel.

– J'aimerais beaucoup ça, proposa Derec, mais je suis un peu occupé en ce moment.

– Ha ! ha ! J'espère que quelqu'un voudra bien m'expliquer un de ces jours ce que signifie ce nom.

– Ce serait avec plaisir. Tu y vas après. Mandelbrot, tu ne feras jamais passer ta grosse masse à travers ce trou d'aiguille. Va à la tour du Compas et branche le terminal. Dès que tu obtiendras mon signal sur l'écran, commence à rétablir les réseaux qui sont encore hors service. J'y travaille de mon côté avec les biopuces. Je veux que la Cité des robots soit pleinement opérationnelle quand nous nous remettrons en liaison.

– Oui, maître Derec. Je vais essayer.

Marchencadence s'avança, espérant visiblement qu'on allait l'emmener. Mais lui non plus n'arriverait pas à passer par l'ouverture. Derec prit donc la décision qui s'imposait.

– Et puis, Mandelbrot, prends Marchencadence avec toi.

– En quoi consiste ma mission, maître Derec ? demanda celui-ci.

Derec aurait voulu lui donner quelque chose de valable à faire, mais ce n'était pas le moment de se préoccuper de l'emploi de la main-d'œuvre.

– Distrais Mandelbrot. Fais-lui une petite danse.

– Il n'arrête *jamais* de danser, marmonna Ariel.

Mandelbrot et Marchencadence s'éloignèrent dans la rue tandis qu'Ariel se glissait dans le passage, bientôt suivie par Derec. Heureusement pour eux, l'Œil Vigilant ne remarqua pas leur manège, trop occupé qu'il était avec Wolruf.

Adam et Eve parvinrent à l'entrée de la galerie juste après que Derec se fut hissé par l'ouverture. Ils avaient vu s'agiter les semelles de ses bottes au moment où il se tortillait à travers le boyau. Puis, plus de bottes.

– A quoi jouent-ils, à ton avis ? demanda Eve.

– Je serais enclin à penser qu'ils cherchent à atteindre l'ordinateur central.

– Pourquoi ça ?

– Je ne suis pas en mesure de le dire, mais je serais enclin à penser que la situation de crise actuelle est à l'origine de cette démarche.

– Nous devrions les suivre.

– Je suis d'accord.

Le trou était trop petit pour qu'ils puissent s'y introduire sous leur forme de loups. Simultanément, sans s'être consultés, ils commencèrent à se métamorphoser, à étirer leurs silhouettes. Reprenant les traits de visage d'Ariel et de Derec, leurs modèles de base, ils donnèrent à leurs corps l'aspect sinueux de celui du serpent, si tant est que les serpents aient jamais possédé des bras et des jambes longs et fins. Lorsqu'ils se furent suffisamment amincis, ils mesuraient chacun à peu près deux mètres trente de long. Eve en premier, ils se glissèrent sans difficulté à travers l'étroite ouverture.

Au même moment, l'Œil Vigilant avait fort à faire avec Wolruf qui, les mâchoires refermées sur son poignet, était suspendue à son avant-bras. Il essaya de l'en éjecter, mais elle était fermement accrochée. Il eut beau lui assener de grandes claques de son bras libre, cela n'eut guère plus d'effet.

Il était temps qu'il utilise ses capacités de transformation. Concentrant son énergie sur son bras, il lui insuffla un surcroît de masse qui le fit gonfler. Wolruf s'efforça d'affermir l'étau de ses crocs, non sans s'occasionner une intense douleur à la jointure de la mâchoire. Le bras de l'Œil Vigilant augmenta encore de volume, écartant peu à peu la tenaille des dents de l'extraterrestre. Celle-ci tomba sur le plancher.

Alors que l'Œil Vigilant abaissait l'autre bras vers la tête de Wolruf, elle roula de côté, puis frappa aux jambes le Bogie qui n'était pas Bogie. Tel un des édifices qu'il avait détruits, l'Œil Vigilant bascula et tomba par-dessus la petite extraterrestre en heurtant le sol de la salle de l'ordinateur dans un fracas retentissant. Wolruf détala pour éviter d'être écrasée par son imposant adversaire.

Bien qu'il n'ait pas été endommagé par sa chute, il se trouvait dans une position incommode. Wolruf, qui avait compris qu'elle ne pourrait sans doute pas vaincre ce monstre de métal, forma des vœux pour pouvoir le retenir jusqu'à l'arrivée de Derec et des autres.

Avery conduisit Derec et Ariel à travers plusieurs couloirs, tous plongés dans l'obscurité ou seulement en partie éclairés, autre signe de l'entreprise de sabotage de la Cité des robots orchestrée par leur ennemi. A un embranchement de galeries menant dans trois directions différentes, Avery s'arrêta brusquement. Son regard alla d'une galerie à l'autre, alors que la perplexité se lisait sur son visage.

— Qu'y a-t-il ? s'enquit Avery.

— Cette satanée créature, ce robot, enfin, quoi que ce soit, a modifié le réseau de galeries par ici. Elles ne sont pas disposées selon le schéma d'origine. Il les a réagencées exactement comme il a réaménagé la cité.

— Ne peut-on retrouver le chemin ? s'inquiéta Ariel. Wolruf est peut-être en danger. Tu la connais, Derec. Elle ne nous attendra pas longtemps. Elle va attaquer.

— Ne vous inquiétez pas, ne vous inquiétez pas, dit Avery. Je vais trouver. C'est moi qui ai construit cette cité, vous vous rappelez ? Aucun robot ne peut me berner très longtemps. On va aller par là.

Il s'engouffra dans la galerie à main droite, porté par son insouciance coutumière. Désormais habitués à cela, Derec et Ariel partirent sur ses talons.

Le faux Bogie parvint à grand-peine à se mettre en position assise, et Wolruf lui sauta sur le dos, le pliant vers l'avant de sorte que sa tête vint cogner contre ses jambes. Seule la soudaineté de l'attaque lui permit de réussir son coup. Wolruf savait bien que le robot était trop fort pour elle. Il possédait cette puissance inaltérable dont étaient dotés tous les robots. Et il était tenu par la Troisième Loi de se défendre, aussi longtemps qu'il ne voyait pas en Wolruf un être humain.

Elle essaya de lui maintenir le torse en position couchée, mais il lui suffit de pousser de ses mains sur le plancher pour obtenir une impulsion suffisante pour se débarrasser de Wolruf en l'envoyant voler dans les airs. L'instinct prit toutefois le dessus, et Wolruf atterrit sur ses pieds, chancelante mais encore maîtresse de la situation.

Il était en train de redresser le dos tout en se retournant pour faire face à Wolruf, prêt à repousser un autre assaut, quand celle-ci, levant les yeux, aperçut une étagère vide haut perchée contre le mur à côté. Elle s'accroupit, poussa fort sur ses pattes et bondit sur l'étagère. Le Bogie qui n'était pas Bogie put à peine suivre de ses circuits optiques l'envolée de l'extraterrestre. Elle venait tout juste de se récupérer sur l'étagère qu'elle se lança à nouveau, cette fois en décrivant un arc de cercle qui l'amena à retomber sur le robot. Ruant des deux pieds, elle frappa le faux Bogie au niveau du front, lui projetant la tête en arrière. Il s'effondra lourdement, tandis qu'elle atterrissait sur le plancher, elle aussi sur le dos. Lorsqu'elle se releva, c'est à peine si elle pouvait marcher. La blessure à la jambe de son précédent accrochage avec le robot s'était ravivée.

Et le faux Bogie avait réussi tant bien que mal à se remettre sur ses pieds et avançait vers elle de toute sa hauteur.

Elle se tendit dans l'attente d'un coup meurtrier, et eut

au contraire la surprise de voir le robot abaisser simplement le regard sur elle et de l'entendre dire :

– Pourquoi cherchez-vous à me faire du mal ?

Il s'exprimait d'une voix meurtrie, mais pas par la douleur physique, plutôt comme si c'était sa sensibilité davantage que son corps qui avait été blessée.

– Pourquoi cherches-tu à faire du mal à la cité ? rétorqua-t-elle.

– Il le faut. Il faut que ce soit ma cité.

– Briguerais-tu le poste de leader ?

– Je ne comprends pas ce que vous voulez dire.

– Est-ce que tu projettes de devenir le dictateur de la Cité des robots ?

– Non. Je veux seulement redonner aux choses leur logique. Je dois contrôler les événements, et cela m'est impossible telles que sont les choses.

– Je ne saisis pas. Pourquoi as-tu besoin de contrôler les événements ?

– Quelque chose en moi me dit de le faire. J'en ignore encore la raison, mais la réponse viendra à son heure. Invariablement, les réponses me viennent lorsque la nécessité s'impose.

– Tu parles de façon bizarre.

– Je n'ai pas vraiment l'habitude de parler.

– Qui es-tu ?

– Je suis moi, c'est tout ce que je sais. J'ai pris provisoirement le nom de l'Œil Vigilant. L'être dont j'ai revêtu la forme m'a appelé « le Gros Vaseux ». Il ne sait pas que je l'ai entendu me dénommer ainsi. Et je ne sais pas pourquoi il l'a fait.

– Où est-il en ce moment ? Où est Bogie ?

– Je l'ai déconnecté et démonté. C'était nécessaire. Pourquoi affichez-vous une perturbation émotionnelle ?

– Je suis attristée par ce que tu m'annonces. J'aimais bien Bogie, et il est mort.

– Pourquoi dites-vous ça ? Il n'est pas mort. Tous ses éléments existent encore et fonctionneront de nouveau. Je peux le remonter, ou bien ses éléments continueront à servir comme composants pour de nouveaux robots. Ce n'est pas la mort, il n'y a pas là détérioration.

– Que sais-tu de la mort ?

– Seulement ce que j'en ai appris dans les fichiers de l'ordinateur.

– Ce n'est pas comme ça qu'on peut savoir ce qu'est la mort.

– Vous m'en direz peut-être davantage. Plus tard, quand j'en aurai fini avec la cité. Mais s'il vous plaît, ne m'attaquez plus.

L'Œil Vigilant se retourna vers son clavier. Wolruf, qu'aucune Loi de la Robotique ne contraignait, bondit et, dans un hurlement, percuta le dos du robot avec toute la puissance dont elle était capable. Le choc fit perdre l'équilibre à la créature de métal.

Mais pas suffisamment.

Il fit volte-face et assena un violent coup de poing sur un côté du visage de l'extraterrestre.

Celle-ci s'écroula, le corps flasque, inconsciente.

L'Œil Vigilant, avec une certaine douceur, la ramassa et l'appuya contre le mur, puis, soigneusement, la rajusta en lui donnant une allure qui, d'après ses observations, devrait procurer quelque confort à un être de la forme de l'extraterrestre caninoïde.

Ensuite, il revint à sa tâche, celle qui consistait à détruire la cité.

Sous la faible clarté de la galerie à travers laquelle ils avançaient à présent, toutes choses autour d'eux prenaient des allures fantomatiques.

– Je me demandais... dit Derec à Avery. Si ce nouveau robot est comme Adam et Eve, et j'entends par là capable de changer de forme et le genre de poison à fourrer son nez partout, qu'est-ce que ça va donner quand ils se retrouveront tous les trois ensemble ?

– Ce n'est pas le genre de question qui m'occupe l'esprit en un moment pareil.

Derec n'aurait pas pu ne pas reconnaître le ton narquois dans la réponse de son père. Fallait-il donc que l'homme se montre en permanence sous ce jour, méprisant et sarcastique ? Auraient-ils jamais une relation qui ressemble en quoi que ce soit à celle qu'entretiendraient un père et un fils normaux ? Probablement pas.

– Pourtant, insista Derec, je ne peux m'empêcher de

m'interroger. A deux, ils font déjà assez de dégâts, mais on s'est habitués. Trois, ce serait pire, imprévisible, désastreux, peut-être. Quand on sera là-bas et qu'on aura repris les choses en main, il serait souhaitable qu'on trouve un moyen de se débarrasser de Pince-Moi.

– Tu me surprends, Derec. Je n'aurais jamais imaginé que tu aies de telles pensées criminelles.

– Oh non, je ne veux pas dire qu'on devrait le tuer ou même le démonter. Je voudrais juste l'écarter du chemin. L'expédier sur une autre planète, ou le boucler dans un grenier, l'enfermer dans une grotte, n'importe quoi pour le tenir éloigné d'Adam et d'Eve.

– Un endroit où il causerait des problèmes à d'autres ? Quoique le démonter ne serait peut-être pas une si mauvaise idée.

Avery s'interrompit, car ils venaient d'atteindre l'entrée de la salle de l'ordinateur.

L'Œil Vigilant était désormais conscient que l'immensité de la cité constituait un obstacle à sa destruction. Après tout le temps qu'il avait consacré à l'opération, avec la seule interruption due à l'agression de Wolruf, il n'était pas satisfait de l'évolution des choses. Il n'avait réussi à abattre, démolir ou supprimer qu'un faible pourcentage des installations de la Cité des robots.

Les humains n'étant pas aussi doués que Wolruf dans l'art de se faufiler derrière l'ennemi, l'Œil Vigilant les entendit ouvrir doucement la porte extérieure et se diriger vers l'ordinateur.

Il allait devoir les affronter.

Mais cela lui faisait peur, sans qu'il sache pourquoi.

Il se tourna pour faire face aux nouveaux intrus. Lorsqu'il les vit là tous les trois, la mine sévère, manifestement portés par le même dessein que Wolruf – lui enlever le contrôle de la cité –, il envisagea un instant de se ruer à l'attaque, de les projeter dans les airs avec la même force qui lui avait permis de se défaire de Wolruf. Seulement voilà, c'étaient des humains : il lui était interdit de leur faire du mal. C'était comme s'il appliquait à la situation la Première Loi de la Robotique. Mais pourquoi cela ? Les Lois de la Robotique ne concernaient que les robots. Il était l'Œil Vigilant, et n'avait pas à obéir à des lois régentant des créatures inférieures.

Derec fit un pas en avant.

– Docteur Livingstone, je présume ?

Evidemment, l'être de métal ne saisit pas l'allusion.

– Je suis l'Œil Vigilant, répondit-il.

– Un nom charmant, murmura Ariel.

– Peut-être dérivé de l'Œil-Qui-Voit-Tout, l'Œil de la Providence, quelque chose comme ça, commenta Avery. Un symbole courant, je dirais, pour signifier, à mon sens, un nouvel âge ou un ordre nouveau.

Ariel aperçut Wolruf étendue inconsciente près du mur. Elle se précipita vers elle. Après l'avoir tâtée pour vérifier qu'elle respirait toujours, elle hocha la tête pour rassurer Derec. Celui-ci revint à l'Œil Vigilant.

– Je me fiche de savoir qui tu es, dit-il. Pourquoi détruis-tu ma cité ?

– Votre cité ? Ce n'est plus votre cité. Je me la suis annexée. Jetez un œil sur les écrans. (Il pointa le doigt vers une rangée d'écrans sur lesquels se déroulaient des scènes de destruction de la Cité des robots.) Regardez ce que j'ai fait, et dites-moi que c'est votre cité.

– Contemplez mon œuvre, vous, puissants..., marmonna Avery.

– Ça va, coupa Derec. Pour l'heure, je me fiche à qui peut bien appartenir la cité. Donne-moi simplement les raisons pour lesquelles tu la démolis.

– Elle n'est pas... bonne pour moi. Je dois l'adapter à mes besoins.

– Il me semble, cher monsieur, que vous avez déjà fait assez d'*adaptations*. Je te demanderais de cesser d'adapter et de me redonner le contrôle de l'ordinateur, afin que je puisse réparer tout le mal que tu as fait.

– Ce n'est pas du mal. Je vais améliorer la cité. Je ne peux pas vous obéir, parce qu'il n'y a pas de mal de fait.

– Pas de mal ? C'est encore cette façon que vous avez, vous les robots, de jouer sur les mots. Si je dis qu'il y a du mal, c'est qu'il y a du mal, mon vieux.

– Mais je ne suis pas un robot.

Là, dans la salle de l'ordinateur, Derec sentait déjà ses

biopuces s'activer, commencer à se déplacer dans son sang, mues par quelque résolution. C'était comme si elles aussi avaient souffert de dommages structuraux suite aux manœuvres de l'Œil Vigilant et qu'elles fussent en train de se rétablir. Derec était maintenant convaincu qu'il allait reprendre le contrôle de la cité. Il n'avait qu'à éliminer l'obstacle qui se tenait devant lui, et il pensait connaître un moyen de mater l'Œil Vigilant. Il sentait, à travers ses biopuces, combien le robot était désorienté dans sa tentative de dominer la cité.

– Œil Vigilant, puisque tu persistes à te dénommer ainsi, je suis Derec.

– Ça, je le sais.

– Je suis humain. Comprends-tu ? Je suis un être humain. Tu dois m'obéir.

– Je ne vois pas pourquoi il en serait ainsi.

– Tu es tenu de m'obéir. C'est la Deuxième Loi. Je sais que les Lois de la Robotique sont intégrées à ta programmation. Quoi que je dise, tu dois m'obéir. Je suis humain.

– Ça, je n'en sais rien.

– Je te le dis. Je suis humain. Obéis. Cesse immédiatement de dévaster la cité.

– Elle n'est pas adaptée. Elle doit être modifiée.

– Je veux qu'elle soit telle qu'elle était avant notre arrivée, avant que tu débarques ici et que tu commences à la bricoler. Fais-le, robot.

– Je... je n'ai que l'apparence d'un robot. C'est un déguisement. Je ne suis pas un robot. Je suis autre chose. Je *dois* être autre chose.

– Tu *dois* être ce que tu es, un robot. Tu as été créé pour servir. Pour me servir. Obéis-moi. C'est un impératif de la Deuxième Loi.

L'Œil Vigilant ne savait pas très bien quoi faire.

– Seuls les robots sont tenus de suivre les Trois Lois, dit-il.

– Il argumente, indiqua Avery à voix basse. Tu peux l'acculer dans les cordes. Il ne se sentirait pas obligé d'argumenter s'il savait ce qu'il était. Tu as entendu, il a dit qu'il devait être autre chose. Derec, il ne sait pas ce qu'il est.

– Œil Vigilant, reprit Derec, tu es un robot.

– Non, je ne suis pas un robot. C'est une conclusion à

laquelle je suis arrivé logiquement. Je ressemble à un robot parce que j'en ai pris la forme. En soi, ceci prouve que je ne suis pas un robot. Les robots sont immuables, inaltérables, ils ne peuvent pas changer de forme.

— Si seulement Adam et Eve étaient là, marmonna Derec.

— Je croyais que tu ne voulais pas les voir tous les trois ensemble ? fit remarquer Ariel.

— J'ai changé d'avis.

Derec fit un autre pas en avant. Il ignorait si le fait d'empiéter sur l'espace personnel d'un robot pouvait le décontenancer de la même façon qu'un humain. Mais tout était bon à essayer.

— Œil Vigilant, dit-il, malgré toutes les justifications que tu t'es fabriquées, tu *es* un robot. Il y en a d'autres pareils à toi, et tu les rencontreras.

— D'autres ? Je n'en connais absolument pas d'autres.

— Tu les as peut-être espionnés eux aussi. Ils s'appellent Adam et Eve.

— Ça ne peut pas être des robots. Je les ai observés. Si on doit vraiment les désigner d'un nom, ce sont des humains.

— Non. Nous, nous sommes les humains. Tous les trois. Et tu dois, comme je te le dis, faire ce que nous te demandons. Deuxième Loi. Deuxième Loi. Deuxième Loi.

A entendre Derec scander ces derniers mots, l'Œil Vigilant lui trouva un comportement pour le moins bizarre. Où était la cohérence, s'interrogea-t-il, qu'était censée manifester dans son attitude une intelligence supérieure ?

— Œil Vigilant, je t'ordonne de t'éloigner de ce clavier. Nous nous occuperons de remettre la cité en état. Est-ce que tu comprends ? Tu dois le faire. Eloigne-toi de ce clavier.

Quelque chose se déclencha dans le cerveau de l'Œil Vigilant. Quelque chose de nature positronique, un déclic, un contact. Subitement, il sut que Derec avait raison, et qu'il devait lui obéir. Il s'écarta aussitôt du clavier, sans discuter.

Derec eut la sensation que ses biopuces recommençaient à fonctionner comme avant que l'Œil Vigilant se soit mis à jouer les touche-à-tout. Il lui semblait les sentir littéralement bouillir dans ses veines. D'un geste, il indiqua à son père de s'installer au clavier.

– Tu as construit la cité. Tu la répares.

Se frottant les mains d'impatience, Avery se dirigea vers le clavier. Il pianotait déjà sur les touches avant même d'être assis.

– Maintenant, Œil Vigilant, et j'espère que tu vas bientôt nous trouver un nom qui emplit moins la bouche, énonça Derec, je veux être sûr que tout se passe bien. J'ai besoin d'être en totale liaison avec l'ordinateur. Je t'ordonne d'abandonner toute connexion, excepté celle d'un robot normal de la cité, que tu pourrais encore avoir avec l'ordinateur. Mais avant cela, laisse-moi te poser cette seule question : peux-tu nous débarrasser de cette mélasse qui recouvre l'ordinateur ?

Derec montra du doigt la substance moussue, qui était encore plus épaisse à présent et dont la couche dissimulait la plupart des organes de la machine.

– Oui, je peux.

– Fais-le.

La mousse parut fondre. Mais, à la différence des autres substances en train de fondre, elle ne donna en dessous aucun résidu. Elle disparut simplement, laissant l'ordinateur tel qu'il était avant, et même, en fait, beaucoup plus reluisant.

– Maintenant, Œil Vigilant, abandonne toute connexion avec l'ordinateur.

– C'est fait, annonça immédiatement le robot.

Derec, absorbé à regagner le contrôle sur ses biopuces, ne remarqua pas tout de suite le changement qui s'opérait sur le visage du robot. Celui-ci avait beaucoup perdu des traits de Bogie. Un instant, apparut l'amorce de ceux de Derec, puis il n'y eut plus de visage du tout.

– Que lui arrive-t-il ? articula Ariel.

– Je voudrais bien le savoir.

Lentement, le corps de l'Œil Vigilant se métamorphosa, mais cette fois non pas pour contrefaire une quelconque apparence, non pas pour imiter un modèle. Il se transforma en une espèce de boule, un être informe plus ou moins sphérique, avec des jambes courtaudes et plus grand-chose de reconnaissable, à l'exception d'un œil unique sur la partie supérieure. L'Œil Vigilant, peut-être, songea Derec.

– Est-ce à cela qu'il ressemble en temps normal ? demanda Ariel.

– Œil Vigilant, est-ce là la forme que tu avais quand tu es arrivé sur cette planète ?

Une bouche apparut sous l'œil, apparemment à seule fin de répondre à la question de Derec.

– Oui, à presque tous les égards. Je n'ai pas eu de jambes tant que la nécessité ne s'imposait pas. A ce moment-là, je m'en suis fait pousser.

Il s'éloigna de Derec et Ariel à reculons, sur ses courtes jambes. Il avait besoin de retourner dans son abri.

S'appuyant contre la paroi du compartiment qui lui avait servi de cachette, il activa le mécanisme de déverrouillage, réglé pour ne se déclencher qu'en sa présence, et la porte s'ouvrit d'un coup. De l'intérieur, sortit une chose ovoïde qui roula au sol. L'Œil Vigilant la toucha d'une de ses jambes, et la chose s'ouvrit. Il se glissa dedans, et les pans de la chose ovoïde se ressoudèrent.

– C'est *quoi*, ce truc ? dit Ariel.

– La capsule dans laquelle il est arrivé, sans doute, répondit Derec. La capsule que, peut-être, ma mère a expédiée ici, comme elle a peut-être aussi expédié les deux capsules dans lesquelles Adam et Eve ont atterri sur leurs planètes respectives. Les « œufs », comme ils les appelaient.

– Ta mère ? Pourquoi est-ce que j'ai constamment l'impression d'avoir manqué quelque chose ?

– Ne t'inquiète pas. Je t'expliquerai. Occupons-nous d'abord de soigner Wolruf.

SECONDE CONFRONTATION

– Eh bien, mon amie, dit Derec à Wolruf après qu'elle eut repris connaissance, on te doit un sincère discours de remerciement.

– Pour quelle raison, selon toi ?

– Ta manœuvre de diversion vis-à-vis de l'Œil Vigilant. Une mission couronnée de succès, s'il en est. Je t'ai demandé de le tenir occupé le temps qu'on arrive. Tu l'as fait. Donc, merci.

– Merci de ma part également, dit Ariel. Et même de *sa* part.

Elle désignait Avery, dont les doigts voltigeaient à une allure folle au-dessus du clavier.

– Je peux la remercier moi-même, déclara celui-ci de cette voix bougonne à laquelle ils avaient fini par s'habituer.

– Oui, dit Ariel, mais le feriez-vous ?

– Dans les circonstances qui conviennent.

– Est-ce que ces circonstances se présentent souvent ?

– Pas souvent.

– C'est bien ce que je pensais.

Ariel aida Wolruf à se relever et lui fit faire quelques pas pour s'assurer que tout allait bien. Sa démarche n'avait plus cette souplesse qui était la sienne d'ordinaire mais, à part ça, tout avait l'air normal.

Une fois rassurée sur l'état de Wolruf, Ariel s'avança jusqu'à la capsule dans laquelle l'Œil Vigilant reposait toujours, amas informe, immobile.

– Ça lui va comme un gant, dit-elle, ce qui amena un masque de perplexité sur le visage de Derec. Je veux dire, la façon dont notre Œil Vigilant est si bien ajusté à son œuf. On doit s'y sentir plutôt à l'étroit et souffrir de claustrophobie quand on voyage à travers l'espace.

– En ce moment, il n'est pas conscient de son environnement. Adam m'a dit qu'Eve et lui n'en avaient pris conscience qu'après avoir atterri. Si j'en crois ce que celui-ci nous a dit, je suppose qu'il en est de même pour lui.

– Bon, lâcha Ariel en étirant les bras et en bâillant. Que fait-on maintenant ?

– A propos de quoi ?

– Eh bien, dans l'immédiat, j'aimerais bien manger quelque chose. Je meurs de faim. Et je voudrais dormir pendant trois jours. Et organiser un petit récital de claquettes pour Marchencadence et, qui sait, le partenaire auquel il a fait allusion. Mais ce que je voudrais vraiment savoir, c'est ce que nous allons faire de notre Œil Vigilant ici présent.

– J'ai quelques idées, avança Avery.

– Ça, je l'aurais parié, répliqua Ariel. Mais gardez-les pour vous pour l'instant, d'accord ?

– Ta petite amie est susceptible, fit observer le docteur.

Ariel lui jeta un regard furibond, mais elle était trop fatiguée pour tenter une autre repartie. Elle aurait souhaité avoir une capsule comme celle de l'Œil Vigilant pour se glisser à l'intérieur et se fermer au monde.

– Bon, dit-elle à Derec, que fait-on de l'Œil ?

– Je ne sais pas. Si nous avions eu plus de succès avec Adam et Eve, j'aurais eu une meilleure idée. Ce machin est peut-être notre chance d'en apprendre davantage sur ces robots. D'un autre côté, il se pourrait qu'il soit trop corrompu pour avoir flirté avec le pouvoir et ne nous donne pas…

– Flirté avec le pouvoir ? On dirait que tu as avalé une méthode pour améliorer tes qualités d'élocution.

– Désolé.

– Il a passé trop de temps avec moi, dit Avery tout en étudiant une représentation graphique sur l'écran. Il me pique ma manie de faire des bons mots.

– Tu parles ! lança Ariel. Donc, Derec, tu ne sais pas trop quoi faire de l'Œil ?

– En gros, c'est ça. On va l'interroger, l'observer, lui donner une occasion de s'expliquer. Néanmoins, je ne vois pas ce qu'on peut faire de plus pour le moment.

– Hé, on a eu une journée chargée.

– Voilà une des plus grandes vérités que j'aie jamais entendues, laissa tomber Wolruf.

Derec s'approcha de son père et s'immobilisa derrière lui. Les doigts de l'homme bougeaient si vite que, par moments, on les voyait flous.

– Est-ce que Mandelbrot s'en tire comme il faut en fin de compte ? demanda Derec.

– Excellent. Pour un robot, il est exceptionnellement doué pour ce qui est de manipuler un ordinateur.

– C'est moi qui lui ai appris.

– J'aurais dû m'en douter. Il y a une vieille maxime de la Terre qui dit : « Ceux qui peuvent agissent ; ceux qui ne peuvent pas enseignent aux autres ; ceux qui ne devraient pas s'imaginent qu'ils sont ceux qui peuvent ; ceux qui devraient préfèrent généralement se la couler douce sur les bancs de l'université. »

– Qu'est-ce que ça veut dire ?

– Il se peut que je n'aie pas tout compris.

Derec regarda quelques minutes son père œuvrer en silence. Il pouvait se rendre compte des résultats du travail qu'Avery et Mandelbrot étaient en train d'accomplir à la façon dont ses biopuces avaient repris, à son grand réconfort, leur fonctionnement normal. Il avait la sensation qu'il lui suffirait de s'appuyer contre un mur et de fermer les yeux pour fusionner aussitôt avec les biopuces qui circulaient dans ses veines.

Il posa à son père la question qu'il ressassait dans sa tête :

– Pourrais-tu m'arranger une rencontre avec ma mère ?

Les doigts d'Avery s'immobilisèrent brusquement sur la rangée du milieu du clavier. Derec devina qu'il était en train de formuler avec soin sa réponse. Il connaissait désormais suffisamment son père pour savoir qu'il préparait ses phrases, y compris celles qui semblaient tomber spontanément.

– La vraie question, fils, est en fait : « Est-ce que je *voudrais* arranger cette rencontre ? » Et, tu vois, dans un de mes moments de délire sentimental, qui sont rares, pratiquement inexistants, je pourrais t'arranger ça. Heureusement pour moi, je n'ai pas de problème de conscience là-dessus. Je n'ai pas la plus petite idée de l'endroit où elle est, ni du moyen de la trouver.

Le jeune homme allait sortir.

– Derec ? le héla Avery.

– Oui ?

– Il se pourrait qu'elle ne te plaise pas. Comme à moi.

– J'accepte de courir le risque.

– J'aurais pu prévoir que tu dirais cela.

Derec aperçut Adam et Eve dans l'entrée. Il se demanda depuis combien de temps ils étaient figés là, en contemplation.

– Adam ? Eve ?

Ils l'ignorèrent. Toute leur attention était visiblement concentrée sur la capsule.

C'était le moment qu'il avait redouté. Un moment qui arrivait trop tôt.

Ils pénétrèrent dans la salle, passèrent devant Wolruf, devant Ariel. Ils se tenaient les mains – où diable avaient-ils appris à faire ça ? s'interrogea Derec. Ariel s'approcha du jeune homme et se cramponna à son bras.

Ils s'arrêtèrent à côté de la capsule. Lâchant la main d'Eve pour tendre la sienne vers l'objet, Adam donna un petit coup sur un bouton situé au niveau de la jonction des deux pans. Un tableau de contrôle sortit en douceur du sommet du conteneur ovoïde. Adam actionna plusieurs commutateurs, et l'œuf se mit à briller d'une vive incandescence. Derec sentit la chaleur qui en émanait. Il se produisit un faible bourdonnement provenant de l'intérieur de la capsule. Les pans se séparèrent, et les Flanc d'Argent découvrirent pour la première fois l'Œil Vigilant, qui commença aussitôt à remuer. Il roula hors de son cocon et vint s'immobiliser devant Adam et Eve.

– Tu es nous, dit Adam.

– Nous sommes toi, dit Eve.

A ce moment, l'Œil Vigilant n'était qu'une masse tellement informe que Derec n'avait pas songé à noter qu'il n'avait pas de tête. Il sembla alors lui en pousser une au milieu du corps, là où se trouvait l'œil tout à l'heure. L'œil, lui, avait disparu, mais pour laisser place, à mesure que se dessinaient les traits d'un visage, à deux yeux pour l'instant fermés. Lorsque le visage fut pleinement formé, les yeux s'ouvrirent, et Derec découvrit sur ce visage les traits

238

d'Adam. Adam sous l'apparence de Derec. Puis le corps se mit à onduler en surface, se transformant progressivement en celui d'un humanoïde. Alors que la forme se précisait, l'être se leva sur deux jambes, et apparurent deux bras de longueur normale.

Tandis qu'il continuait de parfaire sa réplique d'Adam, celui-ci commença à se transformer lui aussi. Quelques secondes plus tard, il ressemblait davantage à Avery qu'à Derec.

Le jeune homme ne put s'empêcher de penser que ça risquait d'être difficile de suivre la trace de ces caméléons sans feuille de route.

– Je suis vous, toi et toi, dit l'Œil Vigilant. Mais qui sommes-nous ?

– Ça, il nous faudra le découvrir, répondit Eve.

Son visage, imitation de celui d'Ariel, prit une touche de Derec. Adam prit une forme caninoïde, calquée sur Wolruf. L'Œil Vigilant fit également un essai sur Wolruf, quoique sa reproduction de l'extraterrestre s'avérât moins bien esquissée, moins convaincante que celle d'Adam. Eve devint à son tour une réplique saisissante de Wolruf. Ce fut à ce moment-là que la petite extraterrestre vint se poster à côté d'eux, et la question s'imposa à Derec : s'il fermait les yeux et qu'il les rouvre après que les quatre auraient changé de place, saurait-il reconnaître la vraie Wolruf ? Mais la confusion était impossible. Quelques autres miraculeuses métamorphoses que puissent accomplir ces robots, ils ne seraient jamais capables d'imiter la fourrure, ni de reproduire exactement la coloration normale des êtres sur lesquels ils se modelaient. Un moment plus tard, Adam ressemblait à Derec dans un corps caninoïde, l'Œil Vigilant évoquait un Avery qui aurait voulu imiter Bogie, et Eve avait tout simplement repris l'apparence d'Ariel.

Derec et Ariel, chacun de leur côté, n'auraient su dire ce qui les rendait mal à l'aise. Ils avaient pourtant l'un et l'autre, par le passé, ressenti l'impression que les Flanc d'Argent pouvaient représenter une menace, et voilà qu'à présent ils étaient trois. Trois complices qui baragouinaient entre eux, comme s'ils avaient tellement de questions à se poser, sur eux-mêmes, sur les mondes sur lesquels on les avait lâchés avec si peu de considération... et qui devaient être probablement en train de spéculer sur les dégâts qu'ils pourraient causer pour peu que leur en soit donnée ne serait-ce que la plus petite occasion.

Avery, qui avait été trop occupé avec l'ordinateur pour remarquer l'arrivée des Flanc d'Argent, fit pivoter son fauteuil et découvrit enfin le curieux trio. Un sourire apparut sur son visage.

– Que voilà de défis à relever ! dit-il.

– Pour qui ? demanda Derec.

– Pour eux ou pour nous ? fit Ariel en écho.

– Eux. Nous. Qu'importe. C'est tout à fait extraordinaire.

Les trois robots caméléons, apparemment peu intéressés par les commentaires des autres, joignirent leurs mains à la façon des humains et sortirent de la salle de l'ordinateur.

– Ne devrait-on pas les suivre ? demanda Ariel.

– Laissons-les, répondit Derec. On a trop de choses à régler.

Avery reprit son poste devant l'ordinateur.

– Un message de Mandelbrot, dit-il sans se retourner. Il semblerait que les Superviseurs soient à nouveau tous actifs ; ils quittent la salle de réunion et se sont remis à fonctionner comme de vrais flics. Les équipements marchent de mieux en mieux. Les robots sortent de leurs trous et se dispersent dans les rues, comme à l'ordinaire. La cité reprend son rythme normal. Que te disent tes biopuces, Derec ?

– Ce que tu viens d'exposer. Elles sont plus actives que d'habitude. Je pense que le danger est définitivement écarté. (Il porta son regard vers la sortie où venaient de disparaître les Flanc d'Argent et l'Œil Vigilant.) Le danger concernant la cité, en tout cas.

Ses yeux restèrent un instant rivés dans la même direction. Puis, aiguillonné par l'incessant bouillonnement des biopuces dans son sang, il revint à sa tâche prioritaire : remettre de l'ordre dans la Cité des robots.

BANQUE DE DONNÉES
Illustrations de Paul Rivoche

LA CITÉ DES ROBOTS EN DÉROUTE : Parler de déroute concernant la Cité des robots est user d'un terme tout relatif. Au plus mal de sa condition, après l'intervention néfaste de l'Œil Vigilant, elle conserve plus d'atouts et reste plus attrayante que la plupart des autres cités de l'univers connu, et en particulier les métropoles souterraines surpeuplées de la vieille Terre.

A son arrivée dans la Cité des robots, Derec constate immédiatement les nombreuses disparités qui existent entre celle-ci et la merveilleuse cité qu'il avait connue auparavant. Il n'y a plus d'activité dans les rues, qui sont pratiquement vides, en contraste frappant avec l'animation qui y régnait par le passé. De plus, ces rues, jadis brillamment éclairées, ne reçoivent désormais qu'une faible clarté, quand elles ne sont pas

plongées dans une lugubre obscurité. Les équipements ne fonctionnent plus. Les trottoirs roulants, grâce auxquels humains et robots pouvaient rapidement se déplacer d'un lieu à un autre, se sont arrêtés. La léthargie a gagné de nombreux robots, tandis que d'autres ont revêtu d'étranges nouvelles personnalités. Les artères sont « contaminées » par la présence de détritus et de mystérieux hôtes jusqu'ici inconnus dans la cité. Les robots d'entretien ne ramassent plus la poussière dont les couches s'accumulent. Les mécanismes d'ouverture des portes, les éclairages intérieurs, ne se déclenchent plus automatiquement. De bout en bout, l'aspect de la cité rappelle à Derec l'effroyable vision de la Cité des robots en décomposition qui a hanté ses rêves.

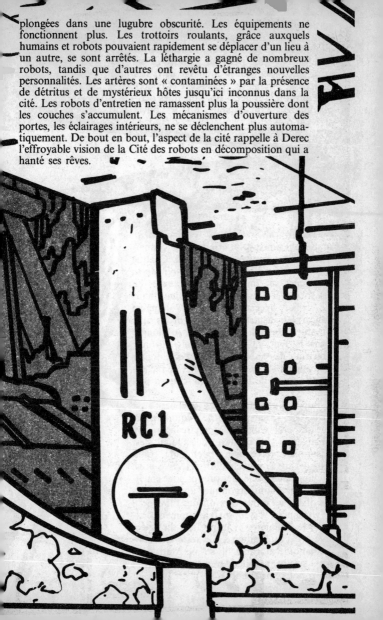

BOGIE : Quand l'Œil Vigilant s'est rendu compte que la somme de connaissances et d'informations qui lui seraient nécessaires était trop énorme pour qu'il puisse l'assimiler à lui tout seul, il a chargé certaines équipes de robots de rechercher et collecter l'information liée à des domaines périphériques; autant de sujets que le nouvel arrivant n'avait pas eu le temps d'étudier,

mais qu'il pouvait lui être utile de connaître à un moment ou à un autre. Chaque fois que l'Œil Vigilant avait besoin de se renseigner sur un point précis auprès de ces robots, il le faisait par communicateur. Le robot spécialisé dans le domaine concerné transmettait alors un précis utile du sujet demandé. A force de se plonger dans la matière qui leur était dévolue, plusieurs des robots ont fini par adopter les caractéristiques de leur sujet de recherche au point de simuler celui-ci avec succès.

Bogie, l'un des robots dévoués à la recherche, faisait partie de l'équipe chargée de « la Culture Populaire à travers l'Univers ». Le résultat en est qu'il s'est désormais recréé une personnalité et un langage sur le modèle d'un détective privé du vingtième siècle. Ses propos sont émaillés d'expressions argotiques apprises dans les dialogues et les voix off des films qu'il a visionnés. Il adopte fréquemment l'allure, les manières et la posture du détective privé qu'il admire. S'il reste un robot humanoïde normal, il se pourrait bien qu'il soit néanmoins devenu un être rare : un robot romantique.

LES DANSEURS : Découverts sur un bureau par Eve Flanc d'Argent, les danseurs sont des répliques d'humains en réduction, en réalité des rejets des innombrables expériences de laboratoire réalisées par l'Œil Vigilant. De nombreuses autres créatures, souvent constituées en sociétés primitives, sont ainsi disséminées dans la Cité des robots. Certaines d'entre elles présentent un aspect beaucoup moins humanoïde que les danseurs.

Ces derniers, installés à demeure sur leur bureau, servent de sujets d'étude à Ariel et aux Flanc d'Argent, qui ont réussi à leur enseigner quelques jeux et, au moyen de signes de la main, sont parvenus à instaurer avec eux un semblant de communication primitive. Toutefois, le langage et des signes plus élaborés restent inefficaces sur les danseurs. A tout le moins, ils ont des gestes gracieux et se révèlent des êtres très doux. Ils se livrent à des rituels peut-être religieux, qui échappent à la compréhension de leurs observateurs. D'une certaine façon, note Ariel, ils sont pareils à des jouets; de merveilleuses poupées mécaniques ou des soldats de plombs comme ceux avec lesquels pourrait s'amuser un enfant.

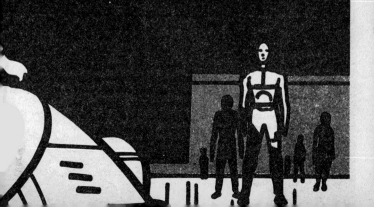

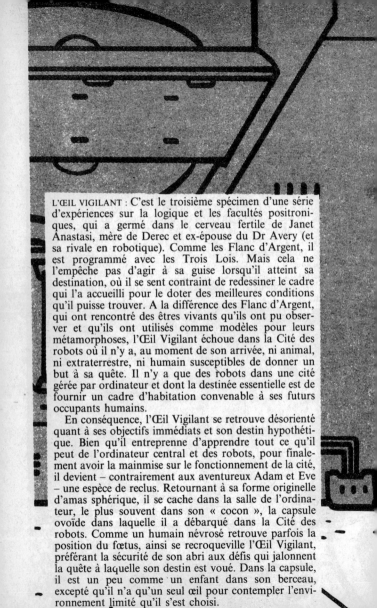

L'ŒIL VIGILANT : C'est le troisième spécimen d'une série d'expériences sur la logique et les facultés positroniques, qui a germé dans le cerveau fertile de Janet Anastasi, mère de Derec et ex-épouse du Dr Avery (et sa rivale en robotique). Comme les Flanc d'Argent, il est programmé avec les Trois Lois. Mais cela ne l'empêche pas d'agir à sa guise lorsqu'il atteint sa destination, où il se sent contraint de redessiner le cadre qui l'a accueilli pour le doter des meilleures conditions qu'il puisse trouver. A la différence des Flanc d'Argent, qui ont rencontré des êtres vivants qu'ils ont pu observer et qu'ils ont utilisés comme modèles pour leurs métamorphoses, l'Œil Vigilant échoue dans la Cité des robots où il n'y a, au moment de son arrivée, ni animal, ni extraterrestre, ni humain susceptibles de donner un but à sa quête. Il n'y a que des robots dans une cité gérée par ordinateur et dont la destinée essentielle est de fournir un cadre d'habitation convenable à ses futurs occupants humains.

En conséquence, l'Œil Vigilant se retrouve désorienté quant à ses objectifs immédiats et son destin hypothétique. Bien qu'il entreprenne d'apprendre tout ce qu'il peut de l'ordinateur central et des robots, pour finalement avoir la mainmise sur le fonctionnement de la cité, il devient – contrairement aux aventureux Adam et Eve – une espèce de reclus. Retournant à sa forme originelle d'amas sphérique, il se cache dans la salle de l'ordinateur, le plus souvent dans son « cocon », la capsule ovoïde dans laquelle il a débarqué dans la Cité des robots. Comme un humain névrosé retrouve parfois la position du fœtus, ainsi se recroqueville l'Œil Vigilant, préférant la sécurité de son abri aux défis qui jalonnent la quête à laquelle son destin est voué. Dans la capsule, il est un peu comme un enfant dans son berceau, excepté qu'il n'a qu'un seul œil pour contempler l'environnement limité qu'il s'est choisi.

LIVRE QUATRE

Alliance

par

JERRY OLTION

SOMMAIRE

ROBOTS ET PÈRES

par Isaac ASIMOV

Nous avons tous commencé, bien sûr, sous la forme d'un ovule fécondé. Durant les neuf premiers mois, ou peut-être un peu moins, notre existence se déroule dans une matrice qui, dans des conditions normales, représente une sécurité aussi totale qu'on puisse être jamais en droit d'espérer. Malheureusement, à ce moment-là, il ne nous est pas permis d'en avoir conscience et de l'apprécier.

Nous sommes ensuite brusquement expulsés vers le monde extérieur, non sans quelque violence, et nous retrouvons exposés, pour la première fois, aux variations de température, au contact rude de l'air en mouvement, aux efforts qui nous sont demandés (si instinctifs et automatiques soient-ils) pour respirer, téter et éliminer. Le confort de la matrice nous est ôté à jamais.

Néanmoins, chacun de nous, à condition qu'il ait bénéficié d'une enfance normale, a des parents ; une mère, en particulier, qui s'applique à se substituer du mieux qu'elle peut à la matrice. Si l'enfant que nous sommes n'a pratiquement aucun recours, nos mères par contre et, dans une certaine mesure, pour peu qu'ils soient des esprits éclairés, nos pères, veillent à ce que nous soyons au chaud et bien à l'aise, nourris, propres et secs, et que notre sommeil se passe autant que possible dans le calme. Ce n'est déjà pas si mal, même si nous sommes toujours incapables d'apprécier notre chance.

Puis vient le stade où nous prenons conscience de notre environnement. Encore tout petits, encore bien désarmés, nous voilà aptes à reconnaître les dangers qui fourmillent autour de nous. Nous sommes à même de ressentir la peur et la panique, de percevoir, ne serait-ce que vaguement, l'inconfort où nous mettent la privation ou la menace de privation, et l'angoisse du désir non satisfait.

Même à ce stade, les moyens existent de recevoir soutien et consolation. Il y a les figures proches du père et de la mère (et, à un degré moindre, éventuellement celles des frères et sœurs plus âgés). Chacun de nous a assisté à ces scènes où le jeune enfant s'accroche désespérément à la jambe de son père, ou bien, agrippé à la jupe de sa mère derrière laquelle il se protège, ose un regard empli de peur vers d'autres adultes présents ; enfin, pratiquement toutes les fois où il fait une nouvelle expérience de la vie. On le voit alors (et peut-être nous fait-il penser à nous-mêmes dans les premiers vagues souvenirs que nous avons conservés) se réfugier en toute hâte auprès de la mère ou du père comme s'ils représentaient le havre de sécurité universel.

Je me rappelle ma fille, Robyn, à l'âge relativement avancé de quatorze ans, en train de me raconter qu'elle était montée en avion alors que la météo prévoyait de mauvaises conditions météorologiques. Quand je lui fis part de mon émoi et de ma frayeur devant ce qu'auraient pu être les conséquences d'un tel acte, elle répondit, d'un ton serein : « Je n'avais pas peur, puisque maman était avec moi et que je savais qu'elle ne permettrait pas qu'il m'arrive quelque chose. »

Et puis aussi, il y eut cette fois où, à dix-neuf ans, elle se retrouva momentanément immobilisée, par suite d'un « mouvement de grève », sur un petit aérodrome perdu dans la lande anglaise. Elle m'envoya un appel longue distance (en P.C.V.) pour m'informer de son triste sort en me disant, avec sa sublime assurance : « Fais quelque chose. » J'étais sur le point d'essayer quand on annonça que son avion allait décoller, et je n'eus donc pas à révéler mon incapacité à déplacer des montagnes.

Vient un jour inéluctable, cependant, où l'enfant atteint le stade où il découvre que ses parents ne sont que des êtres humains et non pas des créatures toutes-puissantes à la sagesse infinie. La plupart des enfants apprennent cela beaucoup plus tôt que la mienne, parce que je me suis donné une peine considérable pour continuer à jouer ce rôle.

Quand l'enfant apprend que ses parents sont des êtres faillibles et fragiles, il connaît forcément le terrible sentiment d'avoir été dépossédé de quelque chose. Son désarroi est si fort qu'il cherche inévitablement un substitut à son préjudice. Mais où peut-il le trouver ?

L'homme primitif raisonnait naturellement par analogies. Si les êtres humains peuvent souffler l'air qu'ils respirent à l'extérieur, alors le vent (énorme souffle d'air) doit être exhalé par un gigantesque être surnaturel, semblable à l'être humain mais immensément plus grand et plus puissant, un dieu du vent. C'est avec des raisonnements similaires que fut créée une incroyable panoplie d'entités surnaturelles – tout un univers imaginaire.

Au début, on supposa que ces êtres surnaturels étaient aussi querelleurs, aussi irascibles, aussi illogiques, aussi soumis aux passions que les êtres humains sur lesquels ils étaient modelés. Il fallait constamment les apaiser, les flatter, faire leur éloge et acheter leurs bons offices. Ce fut, selon moi, une grande avancée lorsque l'idée germa qu'un être surnaturel pouvait s'avérer naturellement bon, clément et aimant, et accepterait *volontiers* d'aider et de chérir les êtres humains.

Et quand ceci arriva, les êtres humains trouvèrent enfin le père qu'ils avaient perdu en grandissant – non pas leur vrai père, l'être humain faillible qui était peut-être encore présent (et qui avait quand même bien fait avancer les choses), mais le père suprahumain, souverain, omniscient, tout-puissant, qu'ils avaient eu étant enfant.

Ainsi, dans le Sermon sur la Montagne, Jésus se réfère à maintes reprises à « votre Père qui est aux cieux ». Naturellement, on pourrait nous rétorquer que le mot « Père » est pris dans son sens métaphorique plutôt que littéral. Mais on n'use pas de métaphore sans raison.

On trouve aussi des « pères » à des niveaux inférieurs à celui d'un Dieu suprême, car la quête pour retrouver la sécurité perdue peut emprunter de nombreux chemins. Les représentants de Dieu sur la Terre peuvent également recevoir ce titre. « Pape » est une forme du mot « papa » (en italien, ça se dit *effectivement* « papa »), qui est un terme communément employé pour « père » dans nombre de langues indo-européennes. Et de peur que le sens ne se perde, le pape est également dénommé « le Saint-Père ». En outre, on emploie le vocable « père » pour s'adresser aux prêtres catholiques romains et aux prêtres épiscopaux de la Haute Eglise.

Les premiers érudits en théologie de l'Eglise catholique sont appelés « les Pères de l'Eglise ». On pourrait même citer certains laïques qui, de la même manière, font l'objet d'une vénération particulière. Les Pères pèlerins, par exemple.

Mais le terme s'applique aussi à des concepts terrestres. Si l'on éprouve un sentiment particulier pour le lieu qui nous a vus naître, pour sa terre, ses coutumes, sa culture, comment mieux le désigner que par l'appellation de « patrie » ? Les Allemands l'ont fait avec un tel zèle, une telle propagande *(Vaterland)* que le terme est devenu notamment synonyme d'Allemagne, et qu'il a été difficile par la suite aux autres nations de l'utiliser. On peut encore mentionner, par ailleurs, le terme anglais *motherland* et l'expression « la mère patrie », le symbolisme féminin suggérant davantage les seins nourriciers que l'épée et la lance.

Les termes pour « père » et « mère » se révèlent comme des métaphores sous une forme voilée (pour nous) parce qu'ils se dissimulent sous des racines latines. Les dirigeants de Rome étaient les « pères » représentants de l'Etat (des pères plutôt ignobles et intéressés, à vrai dire). Les patriciens, comme on les nommait, d'après le mot latin *pater* signifiant « père ». *Pater* qui a donné aussi le mot « patrie », de sorte que nous n'ignorons plus désormais ce qu'est un « patriote ».

Chez les Grecs, on voyait fréquemment une cité envoyer des colons fonder d'autres cités qui étaient en principe indépendantes, mais qui nourrissaient toutefois un attachement sentimental envers la « cité mère ». Le mot grec pour cité est *polis*, et mère se dit *meter* ; la cité mère devient donc la « métropole ». Terme que l'on emploie aujourd'hui pour désigner n'importe quelle ville d'importance dominant une région. Le sens s'est perdu, mais le mot demeure.

Néanmoins, me direz-vous, est-ce que tout ça a quelque chose à voir avec les robots ? Les robots qui, après tout, sont le sujet des introductions que je rédige pour la série de romans réunis sous le titre générique de *La Cité des robots*.

Certainement, vous vous en doutez. Pour user d'une terminologie mathématique : le parent est à l'enfant ce que l'être humain est au robot.

Supposons que nous reformulions les Trois Lois de la

Robotique qui deviendraient à la place les Trois Lois des Enfants.

La Première Loi s'énoncerait ainsi : *Un enfant ne doit pas blesser ses parents ni, par son inaction, permettre que ses parents soient blessés.*

Un des Dix Commandements dit que nous devons honorer notre père et notre mère. J'ai été élevé par des parents (des immigrants imprégnés des enseignements du Talmud) auxquels il m'était impensable de faire le moindre mal ; et, croyez-moi, l'idée ne m'en est jamais venue. En fait, l'idée même de me montrer insolent envers eux était une chose effroyable qui aurait attiré sur moi les ténèbres de l'univers. D'ailleurs, vous le savez, le matricide et le parricide ont de tout temps été considérés comme figurant parmi les plus horribles, sinon *les* plus horribles, de tous les crimes.

Même en regardant Dieu comme le divin Père, la Première Loi reste valable. S'il est inconcevable de blesser physiquement Dieu, on peut estimer que, lorsque nous péchons, nous Lui causons l'équivalent divin de la douleur et du chagrin. Nous devons donc veiller à éviter cela.

La Deuxième Loi dirait ceci : *Un enfant doit obéir aux ordres donnés par ses parents, sauf si ces ordres entrent en conflit avec la Première Loi.*

C'est l'évidence. Avec le laxisme qui fleurit dans notre société moderne et permissive, nous avons tendance à l'oublier. Mais les parents *s'attendent* toujours à ce que leurs enfants leur obéissent, et en des époques plus rigoristes – aux temps des Romains ou des victoriens – ils devenaient tous apoplectiques et psychotiques quand tel n'était pas le cas. Les pères romains avaient le pouvoir de vie et de mort sur leurs enfants, et j'imagine qu'il a bien dû y en avoir quelques-uns qui sont morts pour avoir désobéi. Et nous savons tous que Dieu réserve une place en enfer à celui qui a péché par désobéissance.

La Troisième Loi serait ainsi libellée : *Un enfant doit protéger sa propre existence, à condition que cette protection n'entre pas en conflit avec les Première et Deuxième Lois.*

Pour nous, il est plutôt impensable qu'un parent attende d'un enfant qu'il meure ou, à tout le moins, endure la douleur pour protéger ses parents ou leur obéir (se gardant en cela de transgresser les Première et Deuxième Lois). Ce sont au contraire les parents qui seraient prêts à risquer leur propre vie pour leurs enfants.

Mais voyons cela dans la perspective du Divin Père. Dans les religions monothéistes les plus rigoristes, tels le judaïsme, le christianisme et l'islamisme, on attend des êtres humains qu'ils endurent le mal volontiers, et même dans la joie, jusqu'à se faire torturer à mort plutôt que de transgresser le moindre des commandements de Dieu. Juifs, chrétiens, musulmans, tous sont allés vers la mort stoïquement plutôt que de commettre des actes aussi innocents que manger du porc, jeter une pincée d'encens sur un autel païen, reconnaître la mauvaise personne pour calife, etc. Là, on doit admettre que la Troisième Loi tient toujours.

Donc, si nous voulons savoir comment des robots réagiraient à la perte d'êtres humains, nous devons examiner comment les êtres humains réagissent à la perte de parents omniscients et tout-puissants. Les êtres humains doivent se trouver des substituts pour compenser ce qui manque, et par conséquent les robots également. Cette idée ressort vraiment d'une évidence, et si elle n'est que rarement mise en avant, c'est seulement parce que la plupart des gens se sentent très mal à l'aise à la perspective de commettre un blasphème. Cependant, en 1770, ce magnifique iconoclaste qu'était Voltaire a déclaré : « Si Dieu n'existait pas, il faudrait l'inventer. » Et si je peux me permettre d'emprunter avec mon petit canot à rames le sillage du transatlantique Voltaire, je m'offre l'audace d'être d'accord avec lui.

Il s'ensuit donc que des robots échoués dans un monde sans êtres humains vont faire tout ce qui leur est possible pour en fabriquer. Bien sûr, il risque de ne pas y avoir consensus sur le modèle, que ce soit sur l'apparence, les capacités ou le degré d'intelligence. Il faudra alors s'attendre à voir nos robots explorer toutes sortes de voies, effectuer toutes sortes d'expériences.

Après tout, pensez à tous les dieux – et avec quelle diversité dans la nature, l'aspect et les pouvoirs – qui ont été imaginés par des êtres humains qui n'en avaient jamais vu aucun, mais en réclamaient quand même un désespérément. En ayant tout ceci à l'esprit, plongez-vous donc dans la lecture du Livre Quatre de la série *Robots et Extraterrestres*.

NOUVEAUX DÉPARTS

– Alors, t'es-tu décidé pour un autre nom ?

– Oui.

Derec attendit quelques secondes que le tout dernier venu des robots veuille bien en dire un peu plus, puis, en désespoir de cause, tourna un regard agacé vers ses compagnons. Ariel et le Dr Avery arboraient l'un et l'autre un large sourire. Wolruf, l'extraterrestre à la fourrure brundoré et à la silhouette évoquant vaguement celle d'un chien, souriait elle aussi avec cette façon bien à elle de découvrir ses dents. A côté d'elle, se tenaient deux autres robots, dénommés Adam et Eve, qui n'avaient pas l'air amusés.

Tout ce petit monde était réuni au milieu du gâchis qui restait du Centre informatique de la Cité des robots. Force était de reconnaître au Dr Avery ses talents d'électronicien pour avoir conçu un ordinateur qui fonctionnait encore dans ces conditions. En tous les cas, malgré l'épaisse couche qui la recouvrait et les récents dommages occasionnés lors de l'échauffourée qui lui avait permis de maîtriser le robot renégat à présent tout à fait docile, la machine ronronnait encore et répondait sans rechigner aux instructions que lui donnait Avery aux fins de réparer la cité que le robot s'était mis en tête de démanteler.

Ce même robot qui s'était choisi à l'origine le sobriquet de l'Œil Vigilant mais à qui Derec, très vite fatigué de ce nom à coucher dehors, avait ordonné de s'en trouver un meilleur. Naturellement, le robot avait obéi, mais...

– Je pose une simple question, marmonna Derec en secouant la tête.

Toutefois, avant qu'il ait eu le temps d'en formuler une

plus précise, du style quel nom cela *pourrait* bien être, le robot reprit la parole :

– J'ai choisi le nom d'un célèbre personnage historique. Vous en avez peut-être entendu parler. Lucius, le premier robot créateur de la Cité des robots, qui a bâti l'œuvre d'art connue sous l'appellation de « Disjoncteur ».

– Lucius ? s'étonna Derec.

Bien sûr, il avait entendu parler de Lucius ; en fait, il avait résolu le mystère de l'assassinat de Lucius. Mais il était difficile d'imaginer de gouffre plus vaste que celui qui existait entre le personnage historique en question et ce robot-ci. Lucius s'était avéré être un artiste, qui avait cherché à conférer une certaine beauté à une cité sans cela aride, alors que celui-ci n'avait rien créé du tout autre que des ennuis.

– C'est cela. Toutefois, pour éviter la confusion, je me suis appelé Lucius II. « Deux » comme le chiffre, pas « de » comme dans « M. de ».

– Juste ce qu'il nous fallait, grommela le Dr Avery. Un autre Lucius.

Le docteur n'aimait pas tout ce qui pouvait déranger son plan minutieux concernant la Cité des robots, et les penchants artistiques de Lucius avaient perturbé bien assez de choses. Par représailles, le docteur avait ôté toute impulsion créatrice aux robots de la cité. Il braqua les yeux sur ce nouveau Lucius, Lucius II, comme s'il lui brûlait de lui ôter bien davantage.

Un bref instant, le robot opposa au regard du docteur son propre regard indéchiffrable, puis tourna là tête vers les deux autres robots du petit groupe rassemblé autour de lui.

– Nous devrions utiliser le langage quand nous sommes en présence d'humains, dit Adam au bout d'un moment, à quoi Derec comprit que Lucius venait de converser par communicateur.

– Est-ce ton avis ou l'énoncé d'un ordre qui t'a été donné par les humains ? demanda Lucius II.

– Mon avis, répondit Adam.

– Est-ce que cela a une importance ? s'enquit Ariel.

– Oui. Si ça avait été un ordre, je lui aurais accordé une priorité plus grande, encore que pas aussi grande que pour un ordre qui m'aurait été donné à moi directement. En ce cas, ça devenait un impératif de Deuxième Loi.

La Deuxième Loi de la Robotique précisait qu'un robot devait obéir aux ordres des êtres humains à moins que ces ordres n'entrent en conflit avec la Première Loi, laquelle déclarait qu'un robot ne devait pas faire de mal à un humain ni, par son inaction, permettre que du mal soit fait à un humain. Ces deux Lois, et la Troisième, qui indiquait qu'un robot devait protéger sa propre existence à condition que cette protection n'entre pas en conflit avec les deux premières Lois, étaient implantées dans la structure même du matériau qui composait le cerveau des robots. Ils ne pouvaient leur désobéir sans risquer un blocage total de leurs facultés mentales.

Derec émit un léger soupir de soulagement en entendant Lucius II se référer à la Deuxième Loi. Il était évident que son intention était de lui obéir, et cela impliquait d'obéir aussi aux deux autres. En dépit de son apparente soumission depuis qu'ils l'avaient interrompu dans son œuvre dévastatrice, le doute planait encore dans l'esprit de Derec.

Lucius II restait tout de même un robot. La question d'Ariel avait constitué une injonction à répondre implicite au regard de la Deuxième Loi, et il s'y était plié volontiers. Mais maintenant qu'il avait rempli cette obligation, Lucius II se tourna à nouveau vers Adam et Eve, et déclara :

– Il semblerait que nous ayons beaucoup en commun.

En même temps qu'il disait ces mots, ses traits commencèrent à se modifier, à esquisser une vague imitation des leurs.

Adam, Eve et Lucius II n'étaient pas des robots ordinaires. Alors que les robots ordinaires étaient faits de métal et de matière plastique rigide, eux étaient composés de minuscules cellules assez comparables à celles qui formaient le corps humain. Certes, ces cellules étaient en métal et en plastique, mais cela représentait plus un avantage qu'une limitation, puisque leur durée de vie était bien supérieure à celle des cellules organiques et qu'elles pouvaient s'associer les unes aux autres pour modeler n'importe quelle configuration que le cerveau central leur désignait. Résultat : ces robots pouvaient prendre la forme qu'ils voulaient, modifier leurs traits – ou même l'ensemble de leur morphologie – à volonté.

Si les autres robots de la Cité des robots, à une exception près, étaient aussi faits de cellules, la programmation que leur avait implantée le Dr Avery les cantonnait à des formes conventionnelles. Pas ces trois-là, dont Avery n'était pour rien dans la conception et qui, affranchis de la restriction imposée aux autres, ne se privaient pas d'user des possibilités que leur offraient ces cellules ; ils avaient éliminé en particulier les arêtes, attaches et protections dures, leur préférant les courbes profilées et les mouvements coulés. Ils ressemblaient plus à des humains bardés de métal qu'à ces caricatures d'hommes aux articulations roides qu'étaient les robots normaux. Mais ils n'en restaient pas là pour autant. Ils pouvaient reproduire l'aspect de quiconque occupait leurs pensées à tel ou tel instant, devenir des répliques ambulantes de Derec, d'Ariel ou d'Avery, ou même de l'extraterrestre caninoïde Wolruf.

Pour l'heure, Adam avait les traits de Derec et Eve ceux d'Ariel. Lucius II, dont le programme mimétique avait bien du mal à trancher entre des modèles peu familiers, faisait plutôt dans le mélange d'archétypes.

Derec trouvait agaçant de voir le visage du robot hésiter entre des copies de copies de lui-même et d'Ariel. Il prit le parti d'attirer sur lui l'attention de l'être de métal en l'admonestant :

– Une chose que vous avez en commun, c'est que vous êtes tous les trois de sacrés fauteurs de troubles. Lucius... Lucius II..., ajouta-t-il en appuyant sur le « II » comme pour marquer quelle grande différence il accordait entre le premier et son homonyme, as-tu jamais pensé à ce que tu étais en train de détruire quand tu as entrepris ce... ton *projet* ?

– Si.

– Ça ne t'a pas *remué* ?

– Je ne pense pas, du moins pas au sens que vous semblez attribuer au terme. Cependant, vous seriez peut-être surpris si je vous disais que mon objectif était de redonner un fonctionnement normal à la cité.

– En la détruisant ? demanda Avery.

– En la reconstruisant. Quand je me suis éveillé à la conscience sur ce monde-ci, la cité ne fonctionnait pas normalement. Elle était conçue pour servir les humains alors qu'avant votre venue il n'y avait aucun humain présent sur les lieux. C'est pourquoi je me suis proposé de les créer. Au cours de l'opération, je me suis rendu compte que des modifications s'imposaient concernant la cité. J'avais entamé ces modifications quand vous m'avez interrompu.

– Les trucs que tu as fabriqués étaient assez éloignés de l'être humain, fit observer Ariel.

Le visage de Lucius II, qui avait alors pratiquement reproduit les traits de Derec, laissa à nouveau apparaître l'ébauche de celui de la jeune femme.

– Vous n'avez vu que les homoncules. C'étaient de simples échantillons mécaniques servant à déterminer si on pouvait envisager de programmer une palette complète de fonctions sociales aux futurs humains entièrement protoplasmiques. Malheureusement, ils se sont avérés trop limités pour répondre à cette aspiration. Il n'empêche que ce projet de création a connu de meilleurs succès.

Avec la voix de quelqu'un pas tout à fait sûr de vouloir savoir, Ariel demanda :

– Que veux-tu dire ? Qu'as-tu donc fabriqué ?

En guise de réponse, le robot pivota vers le terminal proche d'Avery. Il ne se servit même pas du clavier et envoya ses instructions directement par communicateur. Au moment où les autres comprirent ce qu'il était en train de faire, il obtint sur l'écran une vue intérieure d'un vaste édifice aux allures d'entrepôt. Il y manquait un angle, complètement emporté dans la récente opération de démantèlement. Ils virent toutefois nettement ce que Lucius entendait leur montrer.

Le plancher grouillait de petites créatures velues semblables à des rats.

– Alors que les homoncules que vous avez découverts et disséqués, commenta Lucius II, étaient entièrement robotisés et, comme vous l'avez dit, « assez éloignés de l'être humain », ceux-ci sont de véritables animaux vivants. En fait, chacun d'eux porte dans ses cellules le code génétique complet d'un être humain – les vingt-trois paires de chromosomes –, même si certains gènes en rapport avec l'intelligence et l'apparence physique ont été modifiés pour les tests. Une fois assuré que le processus ne présente pas d'anomalies cachées, j'utiliserai les gènes non modifiés pour créer des humains que la cité servira.

– Tu ne feras rien de tel ! s'exclama Avery. C'est un ordre. Si je veux qu'il y ait des humains ici, je les y mettrai moi-même.

– Je me conformerai à votre ordre. Cependant, je vous ferai remarquer qu'il n'est fait nulle part mention de vos desiderata dans la programmation de l'ordinateur central.

– Ça ne tardera pas, promit Avery.

Derec réprima un sourire. Que son père veuille ou non le reconnaître, sa cité en était toujours au stade expérimental. Il avait dû, ainsi que Derec, effectuer de nombreux aménagements dans le programme pour qu'elle continue à se développer de façon satisfaisante. S'il était vrai que les complications suscitées par Lucius II n'étaient pas le fait d'Avery, la vocation profonde des robots de la cité, qui était de trouver et servir des humains – et donc, en un sens, le projet de Lucius –, était bien de la responsabilité du docteur.

Ariel contemplait, horrifiée, la créature qui, à l'écran, venait de prendre une miette de quelque chose entre ses dents et filait par la brèche dans le mur pour disparaître du champ.

– C'est *humain* ? murmura-t-elle.

– Pas du tout, répondit Lucius II. Ça a simplement des gènes humains altérés.

– C'est... c'est *affreux*. C'*était* humain, et tu en as fait une chose difforme.

– Ça n'a jamais été autre chose que ce que c'est.

– Ça aurait pu !

– Certainement. Le matériau de base composant cette cité aurait pu être utilisé pour fabriquer d'autres humains. De même qu'une bonne partie des éléments de l'atmosphère. Néanmoins, les résultats limités que donnerait une telle opération ne seraient d'aucun confort pour ces humains. Il m'a paru logique d'inférer qu'aucun être pensant ne souhaiterait voir se réaliser toutes les combinaisons chimiques susceptibles de donner un humain. Etais-je dans l'erreur ?

– Oui ! (Ariel resta un moment le regard rivé sur Lucius II, se rendant compte peu à peu de la véritable signification de ce « oui », puis elle poursuivit :) Je veux dire, non, tu n'étais pas dans l'erreur quant à cette conclusion particulière. Mais de là à l'appliquer à des gènes déjà existants, il y a une marge.

– Les gènes n'existaient qu'en tant que schémas dans un fichier médical avant que je ne les synthétise.

– Je m'en fiche ! C'étaient quand même...

– Arrête, coupa Derec. Ce n'est ni le temps ni le lieu de se lancer dans un débat philosophique sur ce qu'est l'être humain. On peut aussi bien faire ça à la maison, où on sera plus à l'aise. (Il s'adressa à son père :) As-tu fini de reprogrammer ?

– Provisoirement, répondit Avery. Il y a encore à faire. Mais ça n'a pas de sens de fignoler les détails tant que le principal n'est pas réparé.

– En ce cas, rentrons. Venez.

Derec menant la marche, ils sortirent de la salle de l'ordinateur, traversèrent le fouillis de débris qui jonchaient les couloirs – débris que les équipes de robots étaient déjà en train de nettoyer pour ensuite réparer les dégâts – et débouchèrent dans la rue.

Au-dehors, les signes de dévastation étaient moins manifestes que dans le Centre informatique. Des immeubles entiers avaient disparu, bien sûr, mais pour une cité qui changeait d'aspect aussi souvent qu'Adam et Eve de physionomie, il n'y avait pas là de quoi conclure au préjudice. Seuls les débris de bâtiments tapissant la rue révélaient que tout allait de travers ; et encore, là, sous leurs yeux, ces débris, dont chacune des cellules demeurait active, commençaient-ils à se fondre dans la chaussée, à s'amalgamer au matériau de la cité pour en reconstituer une fois de plus une partie de la réserve. Et si quelques fragments étaient trop endommagés pour fusionner, les robots étaient déjà à l'œuvre pour nettoyer également ces restes, les charger dans des camions et les ramener à l'usine de recyclage.

Avery ne put s'empêcher de sourire à ce spectacle. Derec savait exactement ce qui lui traversait l'esprit. Des robots doués de mimétisme, cela ne comptait pas pour lui ; il avait dans sa palette des cités entières.

Juste à la sortie du bâtiment du Central, des cabines mobiles les attendaient, alignées le long du trottoir. Chacune d'elles ne pouvait transporter qu'un seul passager, debout à l'intérieur du cylindre transparent d'un diamètre à peine supérieur à un mètre, tandis que les moteurs à coussin magnétique situés à la base l'emmenaient à vive allure à destination. C'était un concept nouveau dans le mode de transport que ces cabines hermétiques à propulsion autonome, contrairement à celles, ouvertes à l'air libre et se déplaçant sur des rails, auxquelles Derec était habitué. Ou bien les dégâts avaient été trop importants pour qu'on puisse utiliser dans l'immédiat le réseau ferré, et ces cabines s'avéraient une mesure temporaire en attendant que l'ancien système soit remis en état, ou bien la cité avait profité de cette opportunité pour innover en la matière, et c'était désormais le concept qui allait être en vigueur. Dans un cas comme dans l'autre, la chose n'avait aucune importance pour Derec. Les cabines restaient des moyens de transport, quelle que soit leur forme.

Il grimpa à bord de l'une d'elles, la sentit osciller légèrement sous son poids et saisit la poignée encastrée dans la console à hauteur de la taille.

– A la maison, dit-il à la grille du haut-parleur situé à côté de la poignée, faisant confiance à l'ordinateur central pour reconnaître sa voix et dégoter les coordonnées de sa résidence actuelle.

Par le communicateur qui le reliait aux ordinateurs de la cité, il diffusa l'instruction de conduire les autres à la même destination, en se tournant pour concentrer son regard sur les autres membres du groupe qui étaient en train de monter dans leurs cabines respectives. Il transmit l'image en même temps que son ordre, indiquant ainsi précisément de quels « autres » il s'agissait.

C'était sans doute inutile puisque, à l'exception de Lucius II, ils savaient tous où ils allaient. Mais deux précautions valaient mieux qu'une.

Bien reçu, obtint-il en retour.

Pris d'une soudaine lubie, il expédia le message suivant : *Branche-moi sur les récepteurs des autres cabines.*

Branchement effectué.

Il aurait pu écouter sans passer par l'ordinateur, mais plus il ouvrait de canaux sur son communicateur, plus celui-ci se révélait difficile à gérer. C'était beaucoup plus simple de conserver une liaison avec l'ordinateur et de le laisser opérer les multiples connexions.

Il entendit Ariel répéter sa première instruction : « A la maison. » Le Dr Avery monta à bord de sa cabine et se tint sur la plate-forme sans rien dire. Derec sourit. Son père ne cesserait donc jamais de le mettre à l'épreuve. Là, il attendait pour savoir si Derec avait eu la présence d'esprit de programmer toutes les cabines.

270

Emmène le Dr Avery à la même destination via la tour du Compas, en urgence. Passe outre ses objections, transmit le jeune homme.

Bien reçu.

La tour du Compas était une grande pyramide située à quelques pâtés d'immeubles du logement qu'occupaient Derec et Ariel. Avant de s'y installer avec eux, Avery avait eu un appartement-bureau au sommet de celle-ci ; peut-être allait-il penser que l'ordinateur au cerveau sans imagination qui réglait le trafic avait mal interprété l'ordre de Derec et les emmenait chacun à leur *propre* domicile au lieu de celui de Derec. Il ne se rendrait compte du tour que lui avait joué son fils que lorsque la cabine passerait devant sans s'arrêter. Et il n'aurait pas la possibilité de changer la destination ; les instructions de Derec pesaient exactement du même poids que les siennes, et l'ordinateur suivrait donc le premier ordre reçu. C'était un avertissement subtil, qu'Avery ne percevrait sans doute même pas, mais Derec en avait assez des petits tests que lui imposait son père, au point de s'être depuis peu décidé à les contrecarrer chaque fois que l'occasion lui en serait donnée. Avery ne se résoudrait jamais à renoncer à ces tests, du moins sciemment, mais peut-être qu'au niveau du subconscient, là où son désir de voir son fils faire ses preuves trouvait son origine, il finirait par en acquérir le réflexe conditionné.

Wolruf sauta dans sa cabine, en déclarant de sa voix grave :

– Suis Derec.

Celui-ci avait déjà démarré, ce qui ne l'empêcha pas de continuer à écouter ce qui se disait derrière lui.

Adam, par communicateur, envoya : *8284-490-23.* Les coordonnées de l'appartement.

Eve transmit : *Suis Adam.* Intéressant, songea Derec. Adam préférait indiquer les coordonnées plutôt que d'admettre qu'il suivait un humain, même s'il y était forcé. Eve, naturellement, suivrait Adam jusqu'au bout du monde.

Lucius II, par contre...

Lucius II envoya le message suivant : *Contrôle manuel.*

Refusé, répondit l'ordinateur.

Pourquoi refusé ?

Ordre humain prioritaire. Derec a déjà programmé ta destination.

Je suis peut-être humain moi aussi. Je veux le contrôle manuel.

Les sourcils de Derec se levèrent instantanément. Qu'est-ce que ça voulait dire ? Il venait tout juste, moins d'une demi-heure auparavant, de convaincre ce stupide gadget qu'il était un robot ! Une voix bruyante l'interrompit dans ses préoccupations.

– Hé, où vas-tu ? (C'était la voix d'Avery.) Annule la destination ! Laisse-moi...

Pas maintenant !

Coupe la liaison avec Avery, envoya Derec.

Liaison coupée, retourna l'ordinateur, et la voix d'Avery se perdit au milieu d'un mot.

Tout en répondant à Derec, l'ordinateur avait simultanément poursuivi sa communication avec Lucius II. Le jeune homme entendit : ... *raison de croire que tu es humain.*

J'ai été conçu, non pas assemblé, répliqua Lucius II. *Je suis un être pensant, avec mes propres souhaits et désirs. Si je suis connecté à l'ordinateur de la cité, c'est totalement le fait de ma volonté. Je perçois mes capacités intellectuelles comme indépendantes de ma programmation.*

Le scan visuel révèle que tu es composé du même matériau cellulaire que les robots de la cité, ou tout au moins une variante. Tu n'es pas humain.

Et Lucius II de rétorquer : *Une enveloppe extérieure de robot ne signifie rien. Consulte ta mémoire à Jeff Leong.*

Derec agrippa la poignée de sa cabine avec une telle fermeté qu'eût-elle été moins solide il l'aurait arrachée de la paroi. Jeff Leong ! Lucius II se croyait-il réellement un cyborg comme l'était Jeff, un cerveau humain dans un corps de robot ? Et d'ailleurs, comment avait-il entendu parler de Jeff ? L'épisode appartenait depuis longtemps au passé : Jeff avait retrouvé son corps d'homme et était parti dans quelque université sur une autre planète.

A l'évidence, Lucius avait fouillé dans la mémoire de l'ordinateur, avait eu accès à des fichiers concernant le passé de la cité, fichiers que Derec avait laborieusement reconstitués après que le Dr Avery les eut effacés lorsqu'il avait reprogrammé la cité plus d'un an auparavant. Derec avait voulu à l'époque donner à l'ordinateur de la cité – et aux robots qui l'utilisaient – cette mémoire permanente de son passé dont lui-même ne bénéficiait pas. Mais tout compte fait, se disait-il à présent, ça n'avait peut-être pas été une si bonne idée que ça. Certaines réminiscences pouvaient s'avérer dangereuses.

Argument reconnu, répondit l'ordinateur. *Il est possible que tu sois humain. Cependant, même dans ce cas, je ne peux te donner le contrôle manuel. L'ordre de Derec passe en priorité.*

Pour cette fois. Mais si Lucius II se mettait à délivrer ses propres ordres, la prochaine fois ce seraient peut-être ceux de Derec auxquels on n'obéirait pas. Il n'en était pas question.

Lucius II n'est pas humain, transmit Derec. *C'est un robot de même nature qu'Adam et Eve.*

Bien reçu.

La cabine du jeune homme ralentit, vira à l'angle d'une rue, puis accéléra à nouveau. Derrière lui, les autres, moins celle du Dr Avery, effectuèrent la même manœuvre.

Coupe la liaison avec les autres cabines, demanda Derec.

Bien reçu.

Derec coupa sa propre liaison avec l'ordinateur, puis concentra son attention sur la dernière cabine de la file et expédia directement le message : *Lucius, ici Derec.*

Y a-t-il un autre Lucius, ou vous adressez-vous à moi, Lucius II ?

Je m'adresse à toi. Le premier Lucius est... (Derec allait dire « mort » mais préféra employer un autre terme. Pas question de nourrir les idées fausses du robot par un langage imprécis) *... inopérant. Autrement dit, il n'y a pas grand risque de confusion. Je t'appellerai simplement Lucius à moins que les circonstances ne justifient le titre au complet.*

Je n'ai pas d'objection. J'ignorais que vous aviez un communicateur.

Il y a des tas de choses que tu ignores à mon sujet. Et au tien, si je ne m'abuse.

C'est exact.

J'ai des informations qui peuvent t'être utiles.

Quel genre ?

Tu fais erreur en supposant que tu es humain. Tu es un

robot expérimental d'une conception avancée, tout comme Adam ou Eve.

Comment le savez-vous ?

Je suis le fils de la femme qui t'a créé.

Lucius médita un long moment sur cette révélation.

Peut-être sommes-nous frères, dit-il finalement.

Derec ne put se retenir de rire.

J'ai peur que non.

On devrait peut-être demander à notre mère.

Je voudrais pouvoir, répondit Derec.

Pourquoi n'est-ce pas possible ?

Parce que j'ignore où elle se trouve.

Quel est son nom ?

Je ne le sais pas non plus.

Que savez-vous d'elle ?

Très peu de chose. Je souffre d'amnésie provoquée.

C'est regrettable.

Oui, n'est-ce pas ? songea Derec. En un sens, son passé et celui de Lucius – ainsi d'ailleurs que ceux d'Adam et d'Eve – étaient très similaires. Les robots avaient été expédiés sur trois mondes différents avec rien de plus que leur programmation de base et les aptitudes inhérentes à leur nature. Ça avait été à eux de découvrir leur but dans la vie, si on voulait bien désigner de ce terme l'existence d'un robot.

De façon comparable, Derec s'était réveillé dans une capsule de survie de vaisseau spatial sur un astéroïde de glace, sans même le souvenir de son propre nom. « Derec » était le nom marqué sur sa combinaison spatiale, un nom qu'il avait conservé même après avoir appris que c'était celui du fabricant du vêtement. Comme Lucius, il s'était retrouvé avec des robots pour seule compagnie et des interrogations pour seule consolation. Depuis le temps, il avait levé certains voiles sur lui-même, le plus notable étant que c'était son père le responsable de sa condition – ce devait être le « test » ultime pour évaluer si son fils était digne de lui. Mais dans l'ensemble, c'était un résultat bien pitoyable que celui qu'avaient donné ses recherches sur son identité. Aujourd'hui encore, même avec son père guéri de sa mégalomanie, il avait plus de questions que de réponses.

Pas étonnant que Lucius ait pensé qu'il pouvait être humain. Pendant quelque temps, Derec s'était demandé si lui n'était pas un robot. En certaines circonstances, la différence était insaisissable.

Moi non plus je n'ai pas de passé, transmit Lucius.

Faudra apprendre à t'y faire, répondit Derec.

A leur arrivée, Avery les attendait. Derec se demanda comment il avait réussi ce tour-là, puis comprit que ça venait de lui. Il avait expédié son père en ultra-rapide ; même les longs trajets peuvent s'avérer des raccourcis si on va suffisamment vite.

– Très drôle, dit Avery lorsque Derec sauta de sa cabine.

Un large sourire apparut sur le visage de ce dernier.

– Tu avais besoin d'un peu d'exercice.

– Je m'en souviendrai.

Avery tourna le dos et entra d'un pas raide dans l'immeuble, bien résolu, était prêt à parier Derec, à ne rien faire de la sorte.

Le jeune homme attendit que les autres sortent de leurs cabines, puis partit derrière le docteur. L'appartement était situé au plus haut niveau de ce qui était actuellement une tour de vingt et un étages, mais dont la hauteur était toutefois susceptible de varier sans préavis. Derec avait envisagé d'ordonner à la cité de ne pas toucher au bâtiment, pour finalement y renoncer. Tout bien pesé, le changement n'était-il pas ce qui donnait du piquant à l'existence ? Pourquoi se soucierait-il de la hauteur de l'édifice ? Les jours où il y avait trop de marches à monter, il pouvait toujours prendre l'ascenseur.

C'était d'ailleurs ce qu'avait fait Avery. Toutefois, la cabine était déjà en train de redescendre. Une fois celle-ci parvenue au rez-de-chaussée, Derec et les autres s'y entassèrent, et il lui commanda de les mener au sommet.

L'appartement occupait tout l'étage. La porte de l'ascenseur s'ouvrit sur un atrium éclairé par une verrière et rempli de plantes, avec au centre une fontaine que Derec avait reproduite d'après un dessin ancien. De chaque côté de la pièce d'eau, un jet puissant jaillissait vers le ciel en décrivant une parabole, réglé avec soin pour que les deux se rejoignent au milieu et retombent en cascade de gouttelettes. Derec allait poursuivre son chemin quand Lucius tomba en arrêt devant le spectacle, puis avança la main et coupa la trajectoire de l'un des jets d'eau. L'autre continua à jaillir comme si de rien n'était mais, parvenu au sommet, prolongea sa courbe pour venir éclabousser le dos de la main du robot, à revers du premier jet. Il était évident que les deux jets suivaient exactement la même trajectoire et pouvaient donc se rencontrer en n'importe quel point de celle-ci.

Lucius ôta sa main, et les deux jets remontèrent à la rencontre l'un de l'autre, le point de jonction se rétablissant progressivement au milieu.

– Intéressant, dit-il.

– J'appelle ça un « feed-back négatif », indiqua Derec qui, incapable de résister à un petit coup de griffe, ajouta : C'est en principe utile. Réfléchis-y.

Si Lucius saisit l'allusion, il n'en laissa rien paraître.

– D'accord, promit-il.

Ariel les dépassa et poussa une épaisse porte à double battant en imitation bois, qui donnait directement dans l'appartement. C'était un véritable palace. Le salon occupait tout un quart de la surface ; sur deux côtés, les parois en verre offraient une vue de la moitié de la cité s'étendant jusqu'à l'horizon. A partir de l'entrée principale, un large vestibule incurvé menait aux autres pièces, avec un pan de mur vitré face à l'atrium et, encastrées sur les autres, des portes donnant sur la bibliothèque, la pièce de l'ordinateur, les chambres, le salon vidéo, la salle à manger, la cuisine, la salle de jeux, la salle de culture physique, la piscine et, au-delà, un espace inoccupé qui était resté ainsi parce que personne n'avait trouvé avec quoi le garnir.

L'appartement était d'une ampleur ostentatoire, bien trop grand pour les besoins de trois humains et d'une extra-terrestre. Mais puisqu'ils étaient les seuls habitants d'une cité peuplée de robots, ils avaient décidé d'en profiter. En ce cas particulier, la modération semblait présenter peu d'avantages.

Un autre robot les attendait dans l'appartement : Mandel-brot, le robot personnel d'Ariel et de Derec. C'était le modèle auroirain standard, fait de leviers, de rouages et de servomoteurs, à l'exception de son bras droit qui, à cause des dommages qu'avait subis celui d'origine, avait été récupéré sur un robot de la cité. Quoique ce bras puisse prendre n'importe quelle forme au gré de son propriétaire – ou des maîtres de celui-ci –, Mandelbrot avait choisi de lui donner une apparence aussi proche que possible de l'autre bras.

– Tu es arrivé avant nous, dit Derec en le voyant.

Il avait envoyé Mandelbrot dans la tour du Compas pour qu'il aide de là-bas à la remise en état de la cité.

– Je suis parti dès que ma tâche a été terminée, estimant que vous ne tarderiez pas à revenir ici, répondit le robot.

– Bien pensé, comme d'habitude, déclara Derec en tapotant le métal de l'épaule de Mandelbrot d'un geste de vieille amitié. (Il hocha la tête en désignant Lucius :) Voici notre rebelle à qui nous devons tous nos ennuis, qui a reçu l'ordre de bien se tenir et un nouveau nom par la même occasion pour qu'il se grave tout ça dans le cerveau. Mandelbrot, je te présente Lucius.

– Bonjour, Lucius, dit Mandelbrot.

– Lucius II, plus précisément, dit Lucius. Pour me différencier de l'artiste. Encore que Derec ait fait remarquer que, pour ceux qui savent que le premier Lucius n'est plus opérationnel, il y a peu de risque de confusion à m'appeler simplement « Lucius ».

– Cela me paraît sensé, répondit Mandelbrot.

Ariel avait déjà disparu dans l'appartement, de même que le Dr Avery, quoique, aux sons mélodieux de la musique synthétisée provenant du salon, Derec sût au moins où l'un des deux était allé. D'un geste, il signifia aux robots de gagner eux aussi le salon, puis poussa la porte la plus proche pour entrer dans la kitchenette. Celle-ci comportait un petit distributeur automatique qui fournissait casse-croûte et boissons à qui n'avait pas envie de se déplacer ou d'envoyer un robot jusqu'à la cuisine principale. Derec tapa de mémoire un numéro, et la machine délivra un verre de cola synthétique gazéifié de couleur marron foncé, l'une de ses propres compositions.

– Une Bételgeuse, quelqu'un ? proposa-t-il.

– Un Yecch ! répondit Ariel depuis le salon.

Wolruf s'avança à pas feutrés dans la cuisine.

– J'en prendrai une, dit-elle en tendant la main.

Derec lui donna celle qu'il avait déjà commandée, s'en commanda une autre pour lui et un verre pour Ariel de sa boisson favorite, de l'Ambroisie d'Aurora.

De la bibliothèque, parvint la voix d'Avery :

– Mandelbrot, apporte-moi une tasse de café.

Le robot pénétra dans la kitchenette derrière Wolruf, attendit patiemment que Derec en ait terminé avec le distributeur, puis enfonça les touches correspondantes. Derec secoua la tête d'un air exaspéré ; Avery avait à sa disposition une cité entière de robots et prenait pourtant un malin plaisir à se faire servir par Mandelbrot. Sans doute parce que celui-ci était le robot de son fils, et celui d'Ariel avant le sien. Le jeune homme avait pensé dire à Mandelbrot d'ignorer les demandes mesquines d'Avery, puis avait tout compte fait préféré s'éviter jusqu'ici le conflit que le docteur cherchait si manifestement à provoquer.

Ariel était déjà installée dans l'un des fauteuils à une place du salon, le dos tourné à la vitre d'angle qui avait vue sur la cité. Adam, Eve et Lucius étaient assis sur un canapé dans l'angle à côté, comme renvoyant l'image d'un triple reflet de la jeune femme. Wolruf suivit Derec dans le salon et prit un autre fauteuil face aux robots, laissant au jeune homme le choix du fauteuil à côté d'elle ou de celui face à Ariel. A moins que...

Convertis le fauteuil d'Ariel en causeuse, transmit-il à l'ordinateur de l'appartement. Le matériau malléable dont était faite la Cité des robots commença à prendre une nouvelle forme. Le bras droit du fauteuil s'abaissa sous le coude d'Ariel, tandis qu'un complément du même matériau s'élevait du plancher pour occuper l'espace.

– Qu'est-ce qui... Holà ! tu pourrais prévenir.

– Tu es si jolie quand tu es surprise. Tes yeux s'agrandissent et ta respiration te fait gonfler...

– Cochon !

– Merci, dit-il en lui tendant le verre d'Ambroisie avant de s'asseoir à côté d'elle.

Il avala une longue gorgée de sa Bételgeuse. C'était une sensation formidable que de se relaxer. Il avait l'impression d'avoir vécu à toute vitesse depuis le jour où il avait eu vent de ces étranges robots nouveau style. Mais à présent, avec Lucius enfin localisé, appréhendé et mis au pas de son projet de création d'humains, les ennuis qu'ils leur avaient occasionnés étaient terminés. Complètement terminés. Un côté agréable avec les robots : une fois qu'ils avaient accepté l'ordre de faire – ou de ne pas faire – telle ou telle chose, ils restaient cantonnés dans les schémas de comportement que cela impliquait.

Ce qui, en y réfléchissant, ne voulait pas nécessairement dire qu'il n'y aurait plus de problèmes. Aucun arsenal d'injonctions ne saurait couvrir toutes les éventualités, pas même un ordre global tel que « ne provoque plus de troubles ». Pas plus que les Trois Lois, intégrées dans la structure même de leurs cerveaux, ne pouvaient empêcher de temps à autre les robots de s'infliger des dommages ou de désobéir aux ordres, voire de blesser un humain, ne serait-ce que par inadvertance. Ça permettrait certes de se préserver un minimum de ce genre d'accidents, mais sans les éliminer totalement. D'autant que Derec ne pourrait jamais éviter que ces robots, de par leur prédisposition à la curiosité, ne se laissent attirer dans des situations inhabituelles. Ils étaient comme les chats ; seuls les morts ne faisaient plus de sottises.

— Bon, dit Derec en s'étirant et en passant un bras autour des épaules d'Ariel. Qu'est-ce qu'on va faire de vous trois ?

La jeune femme se pelotonna contre lui. Les robots se regardèrent, puis revinrent à Derec. Finalement, Eve se décida à parler.

— Vous n'avez pas besoin de faire quoi que ce soit. Nous sommes parfaitement capables de nous débrouiller tout seuls.

— Et de causer toutes sortes de problèmes ce faisant. Non, désolé, mais je pense que je vais vous avoir à l'œil à partir de maintenant.

— Comme vous voulez.

— Cet arrangement me convient tout à fait, dit Lucius. Je suis ravi de l'opportunité que ça me laisse de vous observer vous aussi. Vous êtes les premiers humains que je rencontre et, puisqu'on m'a ordonné de ne plus en créer, il y a des chances que mon temps soit mieux employé si je le passe en votre compagnie.

Toujours résolu à privilégier en présence d'humains le langage direct à la liaison par communicateur, Adam se tourna vers Lucius et déclara :

— Eve et moi les observons depuis quelque temps déjà. Nous tâchons de mettre à profit notre expérience pour déterminer ce qui dicte la conduite des humains. Nous avons l'intention de formuler une série de règles représentatives, analogues à nos propres Lois de la Robotique, destinées à décrire leur comportement.

– C'était également un des buts de mon projet.

– Quand vous aurez trouvé, faites-le-nous savoir, d'accord ? dit Derec d'un ton facétieux.

– Nous le ferons.

Lucius braqua les yeux sur Adam.

– Qu'as-tu appris à leur sujet ?

– Nous avons appris que...

– Ça suffit, coupa Ariel. Nouvelle information pour tous les trois : les humains n'aiment pas que les robots discutent à leur propos comme s'ils n'étaient pas dans la pièce. Si vous devez échanger vos impressions, faites-le ailleurs.

– Très bien.

Les trois robots se levèrent comme un seul humanoïde et sortirent en silence du salon. Derec écouta l'écho de leurs pas s'éloigner dans le vestibule, s'interrompre, puis une porte qui n'était pas là auparavant se referma doucement. Les robots venaient de toute évidence d'ordonner à l'édifice de leur aménager une salle de conférences à l'autre bout de l'appartement, le plus loin possible des humains.

– Ces robots me donnent la chair de poule, murmura Ariel.

– Ça, tu as raison, approuva Wolruf.

– S'ils ont vraiment été créés par ma mère, alors je ne suis pas certain de vouloir la rencontrer, ajouta Derec. Ils sont tellement déterminés. Galvanisés. Et une fois qu'ils auront trouvé leurs « Lois de l'Humanique », je ne suis pas certain non plus de vouloir me trouver là pour servir de cobaye.

– Qu'est-ce que tu racontes ? Aucun robot ne peut désobéir aux Trois Lois, même pas eux. Nous sommes en sécurité.

– Que tu dis ! Et s'ils décident que nous ne sommes pas dignes d'être nos propres maîtres ? Et s'ils décident – comme Adam l'a fait avec la harde sur la planète où il s'est réveillé – qu'ils feraient de plus sages dirigeants que nous ? La Première Loi exigerait d'eux qu'ils prennent le pouvoir, n'est-ce pas ?

– On croirait entendre un Terrien. « Les robots vont prendre le pouvoir sur toute la galaxie ! »

Derec eut un sourire penaud mais ne lâcha pas prise.

– Je sais, c'est le même vieil argument éculé. Mais si ça devait arriver, l'heure est plus que propice. Avant que nous y mettions un frein, les cités de robots d'Avery se développaient comme un cancer et, pour ce que j'en sais, elles pourraient bien repartir et recommencer à s'étendre. Et voilà que *ces* robots s'amènent, dont l'un s'est déjà fait le leader d'une race intelligente. Il ne leur faudrait pas grand-chose pour fusionner leurs programmations et nous sortir des robots qui pourraient se reproduire plus vite que les humains, et qui seraient convaincus que l'humanité a besoin d'être contrôlée.

– Pas grand-chose, sauf qu'ils en sont incapables. La première fois qu'un humain leur dirait qu'ils compromettent son développement normal, ils ne pourraient que faire machine arrière ou se retrouver les circuits bloqués du fait du conflit occasionné.

– C'est la théorie, tout au moins, fit observer Derec.

– Tu parles de sombres perspectives ! s'exclama Wolruf en gargouillant un rire. Vous avez des ennuis, vous pensez. Et moi alors ? Je n'ai même pas *cette* protection.

– Ça n'a pas l'air de trop t'inquiéter.

– Vous habiteriez là d'où je viens, vous sauriez pourquoi. Des robots – même des phénomènes – feraient de meilleurs gouvernants que ceux que nous avons.

Elle marquait un point, pensa Derec. La première fois qu'il avait rencontré Wolruf, elle était esclave sur un vaisseau extraterrestre, payant ainsi une dette de famille. Il doutait qu'un gouvernement de robots permette que se perpétuent de tels accommodements.

Mais ce gouvernement autoriserait-il la créativité ? L'esprit d'aventure ? L'expansion ? Ou n'y aurait-il que stagnation sous l'autorité protectrice des robots ? Derec passa le restant de la journée à s'interroger. A ce stade-là, ce n'étaient que des questions abstraites. Mais pour peu que les expériences inconsidérées de ses parents échappent à tout contrôle, la galaxie entière pourrait bien avoir la surprise de découvrir les réponses.

LE LABORATOIRE DE ROBOTIQUE

Derec s'éveilla dans un éclaboussement de lumière se déversant à travers la baie. Donc, l'est est là aujourd'hui, songea-t-il spontanément. Dans une cité dont les édifices se déplaçaient et changeaient maintes fois d'aspect, s'orienter au matin était devenu bien vite une habitude. Les directions – et les points de repère – étaient trop éphémères pour qu'on puisse s'y fier d'un jour sur l'autre.

Il se rendit compte qu'il était seul dans le lit. Qu'Ariel ne soit pas là à côté de lui n'avait rien de surprenant, vu qu'elle avait tendance à être davantage du matin que lui ; ce qui l'était par contre, c'étaient les sons qui provenaient de la salle de bains. Quelqu'un – elle sans doute, puisque Wolruf et Avery avaient leurs propres salles de bains – était en train de rendre tripes et boyaux. Il sortit du lit et tapa à la porte.

– Ariel ? appela-t-il d'une voix hésitante.

– N'entre pas ! cria-t-elle.

Lui parvint le bruit d'un jaillissement d'eau, pas tout à fait assez fort pour couvrir entièrement le son d'une nouvelle montée de nausées. Il resta près de la porte, en proie à un sentiment d'impuissance et, découvert comme il l'était, à une sensation de froid. Il décrocha son peignoir de la patère près de la porte, l'enfila et, constatant que celui d'Ariel était encore là, le prit également. Plus aucun bruit ne venait de la salle de bains.

– Ça va ? demanda-t-il.

– Ça va maintenant. Donne-moi une minute.

Toujours inquiet, mais ne tenant pas à risquer de provoquer la colère d'Ariel en ouvrant la porte, Derec alla à la fenêtre pour admirer les flèches et les toits de la Cité des robots. Celle-ci semblait à présent complètement rétablie des dommages que lui avait imposés Lucius, rétablie et remplie de robots vaquant à leurs obligations normales. Derec en vit des centaines dans les rues, qui sur les passerelles piétonnières, qui dans les cabines de transport, qui à bord des camions à coussin magnétique, tous à nouveau affairés à leurs tâches. De cette hauteur – vingt-quatre étages aujourd'hui, estima Derec – on pouvait très bien s'imaginer, devant toute cette activité, contempler la marée humaine d'une cité grouillante.

Il entendit derrière lui d'autres bruits d'eau, divers petits chocs, l'armoire à pharmacie qu'on ouvrait et refermait, rien que des sons naturels dans une salle de bains. La porte s'ouvrit alors, et Ariel passa dans la chambre. Elle n'avait absolument pas l'air gênée de se promener nue. Derec se détourna de la fenêtre, sourit comme à son habitude pour montrer combien il la trouvait belle dans la lumière du jour, et lui tendit son peignoir. Elle le laissa le lui enfiler.

– Tu es sûre que ça va ? insista-t-il.

– C'est parfait, maintenant, répondit-elle. Je me suis simplement réveillée avec l'envie de vomir. Sans doute quelque chose que j'ai mangé.

– Peut-être.

Derec avait beau savoir que ce n'était probablement que ça, un reste de ses anciennes craintes était revenu le hanter. Elle avait été malade jadis, malade à mourir ; et avant qu'elle ait déniché un traitement sur Terre, Derec avait appris ce qu'il en était de s'inquiéter pour la santé de quelqu'un. C'était avant qu'ils soient devenus amants ; aujourd'hui, son appréhension n'en était que plus intense.

Il aurait pu y avoir une autre raison à ces nausées, maintenant qu'ils refaisaient lit commun, mais sa maladie avait définitivement exclu cette possibilité.

– Je me sens *très bien*, répéta-t-elle d'un ton agacé. Vraiment. Et je ne veux pas que tu parles de ça aux robots, sinon ils ne vont pas me lâcher tant qu'ils ne m'auront pas fait subir un examen complet pour être convaincus que je suis en bonne santé.

Elle n'avait jamais affectionné non plus toutes ces marques d'attention que sa maladie lui avait values. Derec hocha la tête.

– D'accord, dit-il en la serrant fortement dans ses bras avant de se diriger vers l'armoire et de se choisir un pantalon neuf et un sweat-shirt tout simple.

Il n'en parlerait pas aux robots, mais il la surveillerait de près lui-même pendant la journée, histoire de s'assurer que ce n'était en effet rien de grave.

Cette belle résolution mourut dans les instants où il quitta la chambre pour gagner le reste de l'appartement. Avery l'attendait dans la cuisine.

– Que leur avez-vous fait ? lança-t-il de son ton agressif coutumier.

– Fait à qui ? demanda Derec calmement en se dirigeant vers le distributeur automatique pour se composer un petit déjeuner au clavier.

– Aux robots, répondit son père.

– Les... ah, *ces* robots. Hier soir, Ariel les a expédiés dans leur pièce pour qu'ils discutent affaires entre eux. C'est cette porte que tu vois au bout du vestibule. Tu ne peux pas la manquer.

– Ça, je suis au courant, grommela Avery. Ce que je te dis, c'est que ces robots sont bloqués. Inanimés. Morts.

– Quoi ?

Derec se retourna alors qu'il n'avait encore commandé que la moitié de son petit déjeuner.

– Ton oreille serait-elle aussi bouchée que ton cerveau ? Les robots sont...

– Bloqués. Inanimés. Morts. J'ai compris. Le mot... (là, Derec imita si ostensiblement la voix d'un robot qu'Avery roula des yeux au plafond) ... n'était qu'une formulation censée exprimer dans la conversation un état d'extrême stupeur. Et aussi, ajouta-t-il en reprenant sa propre voix, indiquer que je n'avais rien à voir avec ça. Ce qui est effectivement le cas.

– Que tu crois. Tu as dû dire quelque chose qui les a amenés à s'enfermer. Quelque ordre contradictoire.

– Si j'ai fait ça, j'ignore de quoi il s'agit. (Derec revint au distributeur, haussa les épaules et pressa le bouton d'annulation.) Viens, allons jeter un coup d'œil.

Il suivit le vestibule à pas feutrés, toujours pieds nus, jusqu'à la nouvelle pièce des robots. Ceux-ci ne s'étaient pas embarrassés de confort. L'endroit était juste assez grand pour accueillir trois robots debout sans qu'ils se cognent l'un à l'autre ou aux murs ; il n'y avait ni fenêtres, ni chaises... rien que les trois robots.

La première fois que Derec et Ariel étaient venus dans la Cité des robots, ils s'étaient vu octroyer un petit studio. Ce qui paraissait assez misérable comme logement dans une cité de telles dimensions, mais les robots avaient réellement cru satisfaire ainsi tous les besoins que pouvaient avoir des êtres humains. De la même façon, la nourriture, tout en possédant les éléments nutritifs indispensables, manquait de saveur avant que les jeunes gens ne réussissent à lui en donner en jouant avec les distributeurs automatiques. Tout simplement, les robots n'avaient aucune notion de la différence qui existait entre l'indispensable et l'agrément ; et Derec se rendait compte à présent, devant le minuscule réduit sans fenêtres que ces robots-ci s'étaient fabriqué à leur intention, qu'ils avaient encore beaucoup de chemin à faire pour opérer la distinction. Soit cela, soit que l'idée qu'ils se faisaient de l'agrément était tout bonnement si éloignée de la norme humaine que Derec était incapable d'en identifier la représentation lorsqu'il la voyait.

Effectivement, la description d'Avery était assez juste. Les trois robots étaient cloués sur place, raides, les bras le long du corps. Sans la moindre apparence de mouvement.

Derec essaya ce qui lui vint tout de suite à l'esprit.

– Adam. Eve. Lucius. Répondez.

Aucune réaction.

Avery arbora son sourire à la « je te l'avais bien dit ».

Derec tenta alors ce qui lui serait venu en dernier à l'esprit. *Adam, Eve, Lucius*, transmit-il par communicateur.

Aussitôt, son interface mentale s'emplit d'un sifflement de parasites pareil à ceux qu'émettrait une radio hyperonde mal réglée. Derrière le sifflement, il perçut une plainte sourde qui aurait pu constituer un signal, ou n'être qu'un simple bruit de fond. Avec l'espoir qu'ils captaient toujours la liaison, il envoya le message : *Je vous ordonne de répondre.*

Rien.

Il coupa la communication et dit à voix haute :

– On dirait bien qu'ils sont bloqués. Je n'obtiens rien sur le communicateur non plus. Je me demande ce qui a pu leur arriver.

– On va trouver. (Avery – qui n'avait pas de communicateur intégré – sortit d'un pas digne du cagibi, alla dans la bibliothèque devant la console encastrée dans sa niche, et pianota sur le clavier. Face au récepteur, il indiqua :) Je veux une équipe de robots-cargos, suffisamment solides pour transporter trois robots, sur place immédiatement.

Il coupa le récepteur avant que l'ordinateur ne puisse répondre. Derec l'avait suivi dans la bibliothèque.

– Que vas-tu faire avec eux ? demanda-t-il.

– Les emmener au labo. Je veux savoir ce qui leur est arrivé, et aussi les remettre en marche.

Quelque chose dans les manières du docteur fit soupçonner à Derec qu'il ne s'en tiendrait pas à un examen de routine.

– Tu vas les démonter ?

– Pourquoi pas ? dit Avery. C'est l'occasion rêvée.

Derec ne savait pas trop pourquoi il se sentait si troublé devant cette perspective ; son père avait déjà démonté des robots devant lui. Mais à cette époque, il savait aussi comment les remonter. Avec ceux-là, Avery n'avait pas la garantie de pouvoir les reconstruire une fois démontés. C'était là la différence : Avery envisageait une désactivation permanente, pas seulement un examen.

– Est-ce une raison suffisante pour le faire ? demanda Derec. Simplement parce que tu en as l'occasion ? Ce sont des êtres pensants. Tu devrais te borner à réparer ce qui ne marche pas, non pas les éventrer pour satisfaire ta curiosité.

Avery roula des yeux.

– Epargne-moi le couplet sentimental, veux-tu ? Ce sont des robots. Des machines créées par l'homme. Faites pour servir. Si ça m'amuse d'en démonter un – ou de lui ordonner de se démonter lui-même –, alors j'ai tous les droits, légaux *et* moraux, d'agir ainsi. Ces robots sont une énigme, et je veux en savoir plus sur eux. En outre, ils se sont mis en travers de mon projet. Je tiens à m'assurer qu'ils ne recommenceront pas.

– Tu n'as pas besoin de les mettre en pièces pour ça.

– Peut-être que je n'en ferai rien. Nous verrons.

Derec aurait aimé poursuivre la discussion mais il fut interrompu par l'arrivée des robots-cargos. Ils étaient six dans l'équipe. Evoluant en silence à travers l'appartement sous la direction d'Avery, ils cueillirent sans cérémonie les

robots inanimés par les bras et les jambes et les transportè-
rent au-dehors jusqu'au camion en stationnement. Avery
les suivit, et Derec, fourrant non sans mal ses pieds dans ses
chaussures, lui emboîta le pas.

– Doit-on emmener les robots endommagés à l'atelier de
révision ? demanda le robot chauffeur tandis que Derec et
Avery le rejoignaient dans la cabine.

– Non, répondit le docteur. A mon laboratoire.

– A votre laboratoire, confirma le chauffeur.

Et, dans une plainte étouffée de ses moteurs à coussin
magnétique, le camion se souleva et commença à glisser le
long de la rue.

Le camion utilisait la même technique d'élévation que
les cabines de transport, se déplaçant à quelques centimètres au-dessus de la chaussée et propulsé par des champs
magnétiques au lieu de roues. C'était un vieux modèle,
mais pas pour autant tellement répandu sur la plupart des
autres planètes, du fait qu'il nécessitait un rail spécial pour
guider les champs magnétiques. Les trains et les autobus
étaient tous à coussin magnétique mais les camions, qui
avaient besoin de circuler un peu partout, habituellement
non.

Ici, toutefois, dans la Cité des robots, toutes les voies
autorisaient des véhicules à coussin magnétique. Tout était
fait du même matériau. Il n'y avait pas un seul endroit dans
la cité où un camion magnétique n'aurait pu se rendre, et
par conséquent aucune raison qu'il soit muni de roues.
L'espace d'un instant, Derec se demanda s'il y avait ici *quoi
que ce soit* avec des roues, sans trouver un seul exemple où
cela s'imposait.

L'humanité, se dit-il dans un éclair d'illumination, avait
fini par abandonner la roue. Ou ça ne saurait tarder, quand
cette cité de robots et toutes ses pareilles sur d'autres mondes seraient ouvertes à la colonisation humaine.

Ils avaient à peine franchi la distance d'un pâté d'immeubles lorsque Derec vit une ombre bouger dans l'encoi-
gnure de la porte d'un des bâtiments bordant la rue. En y
regardant de plus près, il s'aperçut qu'il s'agissait d'une des
créatures aux allures de rongeur fabriquées par Lucius. Il
fouilla du regard les alentours et ne fut pas déçu ; elles
étaient sorties en force, rôdant dans la cité quasi aseptisée
en quête de nourriture, avec sans doute pour seul résultat

de crever la faim. Il leur restait certes quelque maigre pitance à glaner aux bandes de gazon et aux arbustes ornementaux disposés entre les édifices mais, au vu du nombre qu'elles étaient pour un seul pâté d'immeubles, elles n'en auraient pas plus que pour la semaine. Manifestement, Lucius en avait fabriqué plus que ce qu'en contenait l'unique entrepôt qu'il leur avait montré la veille.

Certains des rongeurs tournèrent la tête au passage du camion, et Derec en éprouva un frisson momentané. Quand ils seraient à ce point affamés, allaient-ils attaquer ?

– Il faut faire quelque chose vis-à-vis d'eux, dit-il à Avery en désignant les petits êtres à travers la vitre.

Avery acquiesça d'un hochement de tête.

– Les robots peuvent les capturer. Ça ferait de l'engrais pour la ferme.

S'ils n'avaient pas déjà *annexé* la ferme, songea Derec. Mais il se dit que c'était improbable. Il y avait un *long* chemin jusqu'à la ferme, qui couvrait une partie de la planète.

Il considéra un instant la suggestion d'Avery, se demandant si les tuer était la bonne solution. Ils étaient le résultat d'une expérience qui n'aurait jamais dû avoir lieu ; des êtres ni utiles, ni naturels, ni même agréables à regarder. Mais le jeune homme se sentait mal à l'aise par rapport à une telle… solution finale.

– On devrait peut-être saisir l'occasion pour démarrer un écosystème équilibré, proposa-t-il.

– Pour quoi faire ? réagit Avery, visiblement choqué par l'idée même.

– Eh bien, d'une certaine façon, Lucius était sur la bonne voie. En fin de compte, il y aura des gens qui vivront ici. Une planète peuplée uniquement d'individus et de robots, avec des immeubles et quelques plantes, ça va être drôlement ennuyeux. Ils voudront des oiseaux, des écureuils, des biches, des papillons, des…

– Qu'est-ce qui te fait croire qu'il va y avoir des gens ici ?

C'était au tour de Derec d'être ébahi.

– Ben, c'est le but de la manœuvre, non ? Tu n'as pas fabriqué ces robots pour bâtir cité après cité par simple lubie. Je sais, c'est ce que tu as prétendu, mais c'était quand tu… bon, tu vois ce que je veux dire.

– Tu veux dire quand j'étais cinglé.

288

Derec sentit le rouge lui monter au front.

– J'oublie toujours ; tu ne mâches pas tes mots. O.K. ! C'était quand tu étais cinglé. Mais maintenant que tu ne l'es plus, tu te rends bien compte que les robots devront un jour cesser et servir, n'est-ce pas ?

– Pourquoi ?

– Pourquoi ? Tu veux plaisanter. Si tu n'as pas bâti tout ça pour que des gens y vivent, alors qu'as-tu l'intention d'en faire ?

Le camion ralentit à l'approche d'une intersection, et un autre camion passa devant eux comme un éclair. Derec tressaillit, quand bien même il savait que le robot chauffeur était informé par communicateur des autres véhicules en circulation dans la zone. Avery ne laissa rien transparaître qui indiquât qu'il eût ne fût-ce qu'entrevu l'autre camion.

– J'ai bâti ça à titre d'expérience, répondit-il. Je voulais voir quel genre de société pouvaient donner des robots livrés à eux-mêmes. Je voulais voir également si tu étais assez solide pour prendre en charge les cités avec les biopuces que j'ai implantées dans ton organisme. (Comme Derec allait parler, Avery leva la main pour lui intimer de se taire et poursuivit :) J'ai déjà présenté mes excuses à cet égard, et je suis prêt à les réitérer. Cette idée avait germé dans un cerveau malade. Je n'avais pas le droit de faire ça, si intéressant que soit le résultat. Mais l'idée première était valable au moment où je l'ai eue, et reste encore valable aujourd'hui. Les cités sont là pour les robots. J'ai envie de les voir élaborer leur propre société. Je pense qu'il y a des règles de comportement fondamentales parmi les êtres intelligents – des règles qui restent vraies quel que soit le type physique – et j'estime qu'on peut fort bien recourir à des robots pour découvrir quelles sont ces règles.

Entendre Avery divulguer la moindre information sur ces objectifs, serait-ce à son fils, était un événement rare. Surtout à son fils. Avery n'avait jamais confié à Derec quels étaient ses plans. En fait, toutes les occasions lui avaient été bonnes pour se servir du jeune homme comme s'il n'était qu'un autre de ses robots. Il avait essayé d'en *faire* un robot en lui injectant les fameuses « biopuces », répliques remaniées des cellules composant les robots de la cité. Derec avait survécu à l'infestation, était même parvenu à instaurer une trêve avec la Cité de robots en réduction qui résidait

dans son corps – c'était ainsi qu'il avait hérité du communicateur –, mais il n'avait pas oublié ce que son père lui avait
fait. Pardonné, oui, mais pas oublié.

Et voilà que, tout à trac, Avery se confiait à lui. Derec
considéra cette nouvelle donnée et sa signification le temps
de franchir la distance de deux pâtés d'immeubles, puis
déclara :

– Eh bien, ils ont l'air d'y travailler. Mais je ne vois pas
trop comment les enseignements que tu tirerais à observer
des robots dans une cité sujette à mutations comme celle-ci
pourraient s'appliquer à une situation autre que celle d'une
population comparable de robots dans une cité identique.

Avery hocha la tête avec vigueur.

– Oh, mais certainement. En fait, la capacité de mutation de la cité contraint les robots à se forger une société
indépendante de leur environnement. C'est la beauté de la
chose. Toutes les règles de comportement qu'ils adopteront
devront être absolues, parce qu'ils n'auront pas de base de
référence stable sur laquelle édifier leur société.

Quoique toujours pas convaincu, Derec demanda :

– Bon, et que vas-tu faire de ces règles une fois que tu les
auras découvertes ?

Avery sourit, un autre événement rare, puis répondit :

– Ça devrait dépendre des règles, tiens !

A ces mots, Derec sentit un frisson lui remonter l'échine.
Ariel et les robots – et Avery lui-même – avaient juré qu'il
était guéri. Mais qui pourrait jamais savoir ? Le cerveau
humain restait une machine au fonctionnement bien obscur, pour ne pas dire plus.

Derec avait déjà été une fois dans le laboratoire du
Dr Avery, en tant que prisonnier. Aujourd'hui, sous de
meilleurs auspices, il avait l'opportunité de satisfaire sa curiosité. Il y avait là tous les instruments qu'il pouvait imaginer – et d'autres auxquels il n'aurait pas pensé – pour travailler sur les robots. Des contrôleurs de circuits positroniques, des sondes logiques, des testeurs de fonctions physiques, une chaîne de montage, et tout le reste à l'avenant.
Le laboratoire en aurait été rempli s'il n'avait pas été aussi
spacieux ; mais tel quel, il était simplement bien équipé.
Derec aurait volontiers parié que c'était le labo le plus per-

fectionné qui puisse exister, si toutefois Avery et lui n'avaient pas été là pour étudier les spécimens qu'avait produits un autre labo encore plus perfectionné quelque part dans l'univers.

Les trois robots bloqués étaient étendus sur des tables d'examen qui, à première vue, n'auraient pas dépareillé dans un hôpital humain. Un regard plus attentif, cependant, révélait que les oreillers sous les têtes des robots n'étaient pas de simples oreillers mais des réseaux de senseurs à induction dont le rôle était de renseigner sur l'état du cerveau positronique. Les gaines qui couvraient bras, jambes et corps avaient une double utilité : maintenir le patient immobile si nécessaire et aussi suivre le trajet des impulsions directrices et des signaux sensoriels circulant vers ou depuis les extrémités. Au-dessus, un scanner permettait à l'utilisateur de voir à l'intérieur de l'enveloppe de métal.

Il s'était produit un moment de confusion lorsque les robots-cargos avaient déchargé les trois robots inanimés du camion ; ceux-ci, privés du contrôle qu'ils avaient à l'état conscient sur leurs facultés de mimétisme, s'étaient mis à régresser vers leur aspect informe originel. S'ils n'avaient jamais été faciles à identifier, les quelques traits distinctifs qu'ils possédaient s'étaient effacés, fondus dans la masse. Même ainsi, vu à une certaine distance, l'un d'eux semblait conserver une infime apparence de loup, ce qui indiquait qu'il s'agissait probablement d'Adam. Les membres de la « harde », la forme de vie dominante sur la planète où il s'était éveillé à la conscience, étaient des créatures semblables aux loups, et parce que c'était le premier modèle sur lequel s'était métamorphosé Adam, il était gravé en permanence, quoique superficiellement, dans sa mémoire cellulaire.

De la même façon, Eve arborait une ébauche du visage ovale d'Ariel, les yeux bien espacés et de douces rondeurs féminines, car c'était sur la jeune femme qu'elle avait calqué sa première apparence.

Lucius, qui avait connu son éclosion et sa première métamorphose dans la Cité des robots, avait conservé davantage que les deux autres l'aspect d'un robot. C'est pour cette raison que Derec et Avery le choisirent en premier pour l'examiner. L'apparence extérieure n'impliquait pas obligatoirement que l'intérieur soit celui d'un robot ordinaire, ou même d'un robot ordinaire de la cité ; mais il y avait au moins une chance qu'il en soit ainsi et, en tout cas, ils en apprendraient certainement plus en étudiant une forme comparable plutôt que quelque chose de totalement différent.

Le cerveau positronique, lui, était universel chez tous les robots, de quelque conception qu'ils soient. Et malgré les craintes de Derec que celui-ci puisse constituer l'exception à la règle, l'oreiller senseur s'était ajusté à la tête de Lucius sans émettre d'objection et la lumière témoin était devenue verte quand la liaison avec le cerveau avait été établie.

Ce seul fait les renseignait sur un point. Ce n'étaient pas tous les robots qui avaient le cerveau situé à l'intérieur de la tête ; chez certains modèles, il se trouvait dans la cavité thoracique, mieux protégée. Avery avait conçu son cerveau pour fonctionner le plus possible comme celui des humains, ce qui supposait de le placer dans la tête des robots de sorte qu'ils aient les mêmes réactions automatiques. Dans une situation où il s'agirait d'éviter d'être endommagé, par exemple, le comportement pourrait être différent chez un sujet qui aurait le cerveau situé dans une partie différente de son anatomie. Le fait de trouver chez ces robots-ci le cerveau placé dans la tête signifiait soit qu'ils étaient doués de tels talents mimétiques qu'ils étaient capables de déterminer où se situaient les organes internes de leurs modèles, soit que leur concepteur s'était lui aussi inquiété des subtiles différences que la localisation du cerveau pourrait apporter quant au comportement de ses robots.

– Je décèle nettement une activité mentale, fit observer Avery en hochant la tête vers l'écran de contrôle sur lequel défilait une séquence d'oscillations aux contours carrés. (Il appuya sur une touche et une autre séquence remplaça la première.) Le centre de la connaissance n'a pas l'air touché, marmonna-t-il en changeant à nouveau d'image.

Derec éprouva soudain une illumination qui vint percer le voile recouvrant son passé. Là, sur l'écran, était affiché le schéma de base commun à tous les robots : les Trois Lois graphiquement représentées dans leur trajet supposé à l'intérieur du cerveau positronique. Il avait appris ce schéma il y avait des années, probablement à l'école, encore qu'il ne puisse se souvenir à quelle époque c'était.

Ce n'était pas une révélation majeure ; Derec avait toujours su avoir suivi des cours de robotique. Mais néanmoins, c'était une sensation de déjà-vu bienvenue. Un vrai souvenir dans un esprit qui en était par trop démuni. Et comme tel, ce lui était aussi précieux que de l'or.

Avery changea encore une fois d'image.

– Allô ! allô ! un, deux, trois, un, deux, trois.

A chaque mot prononcé, ce qui se présentait au départ comme une sinusoïde régulière éclatait en une succession de crêtes et de creux, au rythme de la voix d'Avery perçant les microphones auditifs du robot.

Derec laissa échapper un soupir. Déjà, le souvenir s'estompait. Pour s'éviter la douloureuse sensation de dépit qui accompagnait si souvent ces moments où des bribes de son passé remontaient ainsi le tourmenter, il concentra son attention sur ce qui se déroulait sous ses yeux.

– On dirait qu'ils ne nous entendent pas, fit-il observer. Le signal ne doit pas être transmis.

– Voyons cela.

Avery actionna à nouveau le bouton de l'image, reformula son « allô ! allô ! un, deux, trois, un, deux, trois », et à nouveau la courbe – cette fois dessinant des ondulations aux contours en équerre – afficha une activité.

– Ça se situe au niveau du circuit d'acheminement des données.

La perplexité se lisait sur le visage du docteur. Il changea une nouvelle fois d'image, redébita son message test et, ce coup-ci, l'écran montra une ligne uniformément plate.

– Ha ! Ça n'arrive pas au transcodeur d'instructions. Il y a quelque chose qui coince à ce niveau.

Avery revint à l'image du canal de données. Pas à pas, il suivit au moniteur les circuits positroniques du cerveau, s'enfonçant plus avant à la recherche du blocage, qu'il finit par dénicher à une jonction d'énergies potentielles provenant du circuit de volition et du logiciel d'autocognition. En outre, le canal du communicateur était saturé d'informations. Le débit de transmission était si élevé qu'aucune autre donnée ne pouvait passer.

– Tout à l'heure, j'ai essayé le communicateur, mais il n'y avait que des parasites, indiqua Derec en découvrant l'activité qui régnait à ce niveau. (Il fit un autre essai et obtint le même résultat qu'auparavant.) Toujours pareil, dit-il.

– Des parasites ou un flot d'informations trop rapide pour qu'elles soient identifiables ? suggéra Avery.

Il enfonça des touches sur un processeur de signaux à côté de l'écran de contrôle du cerveau, et la pièce s'emplit du même bourdonnement de parasites observé par Derec sur le communicateur. Avery ralentit le signal et, une fois celui-ci réduit au centième de sa puissance, les parasites n'émirent plus finalement que les bips-bips familiers signalant un transfert de données binaires.

– On dirait bien qu'ils sont en pleine discussion, commenta Derec.

– Ils discutent ! s'exclama Avery, l'air écœuré. Ils nous ignorent. C'est un comportement aberrant. Ça les a déjà conduits à désobéir aux ordres.

– Pas vraiment. Ils ne suivent que les ordres qu'ils perçoivent. S'ils ne nous entendent pas réellement, ils ne désobéissent en aucun cas.

Derec jeta un coup d'œil à Eve sur la table d'à côté. De ce fait, le geste que fit alors Avery le prit totalement par surprise. Avant qu'il sache ce qui lui arrivait, le revers de main du docteur l'envoya s'étaler sur le plancher.

– Tu me réponds, hein ? s'emporta son père. J'en ai assez de ton insolence, mon gars ! Peut-être qu'un coup de botte sur le crâne va t'apprendre le respect !

D'un bond, il contourna la table et amena sa jambe en arrière pour mettre sa menace à exécution. Givre, voilà qu'il débloque encore ! pensa Derec tout en roulant promptement hors de portée du coup de pied d'Avery. Celui-ci hurla de rage frustrée.

– Ah ! tu es plus vif que moi, n'est-ce pas ? On va voir combien de temps tu résistes avec une jambe amochée !

Il s'empara brusquement d'un laser à découper sur l'établi d'instruments proche de la table d'examen et le braqua sur Derec. Heureusement, le rayon passa à côté. Le jeune homme perçut un craquement sonore de métal chauffé à blanc en train de se vaporiser, mais il se ruait déjà vers l'abri tout relatif que lui offrait la table où Eve était étendue.

Alerte sécurité, envoya-t-il par le communicateur. *Le labo d'Avery. A l'aide !*

294

Lui parvint le son d'un deuxième tir de laser, puis le rire froid d'Avery, suivi de :

– Super ! Ils ne sont vraiment plus dans le coup, n'est-ce pas ?

Derec ne dit rien, jaugeant la distance qui séparait son abri de la porte la plus proche, une porte qui le mènerait dans l'une des autres pièces du laboratoire. Il était sur le point de bondir quand il entendit un raclement de métal glissant sur du métal, et le laser s'arrêter après quelques sifflements hachés.

– Fausse alerte, lâcha Avery.

Derec lorgna vers le laser. Est-ce qu'Avery s'était contenté jusqu'ici de faire joujou, ou n'était-ce qu'une blague qu'il lui faisait en le prenant maintenant dans la ligne de mire d'un autre laser ? Son premier tir était *certes* passé à côté, mais était-ce significatif ? Le jeune homme pouvait-il se permettre une mauvaise interprétation ?

Mais lui aussi était capable de jouer à l'attrape-nigaud, tout autant que son père. Il ôta son bracelet-ordinateur et le lança sur sa gauche, par-dessus le laser. A l'instant où l'objet toucha le sol, Derec se releva pour plonger vers l'établi à côté de la table d'examen sur laquelle Eve était étendue. L'établi bascula avec fracas en répandant les instruments sur le plancher ; mais Derec roulait déjà sur lui-même, avant même que l'écho de la chute se soit éteint, pour se remettre debout, non sans avoir attrapé au passage le laser sur l'établi.

Avery se tenait à côté de Lucius, mains ouvertes à hauteur des hanches, avec sur le visage une expression amusée.

– C'était vraiment une fausse alerte, dit-il. Je voulais tester si oui ou non ils réagiraient au commandement de la Première Loi.

– Tester, cracha Derec. J'en ai *soupé* de tes *tests* ! Tu me testes et te sers de moi depuis le jour où je suis né, et j'en ai plus qu'assez ! Tu comprends ?

Ce fut à ce moment-là que les six robots-cargos firent irruption dans la pièce. Ils étaient déjà retournés à leurs tâches après avoir transporté les trois robots dans le laboratoire, mais étaient encore les plus proches pour intervenir suite aux appels à l'aide frénétiques de Derec. Le premier à franchir l'entrée visualisa la scène et réagit immédiatement ; il saisit un petit contrôleur de circuit posé sur un banc à proximité de la porte et le lança de toutes ses forces sur Derec. Celui-ci n'eut même pas le temps de sourciller que le choc lui arrachait le laser des mains et que les deux appareils tombaient à terre pour se consumer dans une gerbe d'étincelles et de fumée. Les autres robots se précipitèrent en se séparant, deux se portant vers Avery tandis que les trois autres se ruaient sur Derec et lui plaquaient les bras le long du corps. En quelques secondes, les deux humains étaient immobilisés dans la poigne des robots.

– Lâchez-moi, ordonna Avery d'un ton serein.

Les robots ne bougèrent pas d'un pouce. Celui qui avait arraché le laser des mains de Derec déclara :

– Pas avant que nous sachions ce qui s'est passé ici. C'est maître Derec, n'est-ce pas, qui nous a appelés à son secours ?

– C'est exact, répondit Derec. Il me tirait dessus au laser.

– Pourtant, c'est vous qui teniez le laser quand nous sommes entrés.

– Je l'ai pris pour me défendre.

– Défendre ? Je ne vois pas très bien comment une arme peut servir à se défendre.

Derec rougit devant le soudain éclat de rire de son père.

– Là, il t'a eu ! dit celui-ci.

Effectivement, songea Derec, le robot l'avait eu. S'il s'était avisé d'utiliser le laser, il aurait été coupable de l'acte même contre lequel il se défendait. Aux yeux du robot, agresser un humain était agresser un humain, peu importe la provocation.

C'était embarrassant de se faire incriminer d'un tel acte. Il aurait dû en être conscient dès le départ, aurait dû éprouver un besoin instinctif, plutôt que tardif, de protéger de l'agression son assaillant autant que lui-même.

Même si son assaillant était son père.

– Je reconnais mon erreur, convint-il finalement. J'aurais dû battre en retraite.

– Je suis heureux que vous vous en rendiez compte, dit le robot avant de s'adresser à Avery : Pourquoi lui tiriez-vous dessus ?

– J'avais besoin de provoquer une réaction à la Première Loi de la part de ces robots. Je ne lui tirais pas dessus, juste à côté.

— Je vois, dit le robot en parcourant la pièce des yeux pour vérifier les dires du docteur.

Derec songea tout à coup qu'effectivement il *devait* voir. Les traces de chaleur de son passage et de celui du faisceau du laser étaient certainement encore visibles à la lumière infrarouge ; il était facile pour un robot de déceler à quelle distance du corps le rayon était passé.

— Etes-vous d'accord sur cette explication ? demanda le robot au jeune homme.

— Je pense que oui, répondit celui-ci avec un soupir.

— Est-ce que l'un de vous a l'intention de poursuivre les hostilités ?

— Non, dit Derec en secouant la tête.

— Non, reprit Avery en écho.

— Parfait. (Derec sentit les robots lui libérer les bras, alors que ceux qui tenaient Avery ne le lâchaient toujours pas. Le premier robot se rapprocha de lui et dit :) Vous devriez comprendre qu'un choc psychologique, surtout un choc d'où peut naître la peur pour sa vie, est aussi une agression. Vous avez porté atteinte à Derec. Est-ce que vous comprenez ceci ?

Avery se renfrogna.

— Ouais, répondit-il. Lâchez-moi.

— Seulement lorsque je serai convaincu que vous n'allez pas réitérer votre infraction. Ai-je l'assurance qu'il en sera ainsi ?

— O.K., O.K., je ne lui tirerai plus dessus.

— Vous devez aussi faire en sorte de ne jamais l'effrayer d'une quelconque autre façon, ni de l'agresser soit physiquement soit psychologiquement. Ai-je l'assurance qu'il en sera ainsi ?

— *Oui*, je vous en donne l'assurance. Maintenant, lâchez-moi.

Le robot se tourna vers Derec.

— Reconnaissez-vous en cette assurance qu'il nous donne l'expression de la vérité ?

Derec ne put s'empêcher de rire.

— A peine, dit-il. Mais c'est bon. Après ce qu'il vient de faire, je ne crois pas qu'il puisse *encore* me surprendre. Lâchez-le.

Les robots obtempérèrent.

– Nous allons vous surveiller quelque temps, ajouta le robot loquace.

Avery fronça à nouveau les sourcils.

– Il n'en est pas question. Tirez-vous.

– Nous ne pouvons pas faire ça tant que nous ne sommes pas certains que vous n'allez pas vous nuire l'un à l'autre.

Avery se rendit compte qu'il était engagé dans une controverse dont il ne pouvait pas sortir vainqueur. Il haussa les épaules et montra du doigt le fouillis qui jonchait le sol.

– Alors, rendez-vous utiles.

Les autres robots commencèrent à ramasser les instruments éparpillés, mais celui qui parlait insista auprès d'Avery :

– Pour tester la Première Loi de façon moins destructrice, il aurait été plus simple de déclarer que vous alliez tomber sans pouvoir vous rattraper. Aucun robot fonctionnant normalement n'aurait laissé faire ça.

– Merci pour cette précieuse information, dit Avery avec une courtoisie exagérée.

– Il n'y a pas de quoi.

– A présent, au boulot.

LE LABORATOIRE DE BIOLOGIE

– Je continue à penser que nous devrions en démonter un.

Penché au-dessus de Lucius, Avery était en train de régler la position du scanner pour procéder à un nouvel examen d'une coupe transversale du corps du robot. Car si celui-ci avait en surface toutes les apparences du robot, la ressemblance s'arrêtait là ; à l'intérieur, le corps de Lucius s'apparentait bien davantage à celui d'un humain que d'un robot. Certes, il ne possédait aucun des organes internes dont l'usage s'avérait superflu, mais tous ceux qui restaient indispensables étaient façonnés sur le modèle humain. On y remarquait des groupes de cellules évoquant la forme de muscles, d'os et, à tout le moins, des nerfs en lieu et place des attaches et cames plus traditionnelles.

Si captivante que soit cette découverte, il avait fallu des heures pour en arriver là, et Avery ne pouvait s'empêcher de se sentir frustré.

– Et moi, je répète que ça ne nous apprendra rien que nous ne puissions détecter par des moyens détournés, répliqua Derec. (Assis sur un tabouret de l'autre côté de la table d'examen, il observait l'écran avec l'air de s'ennuyer de plus en plus.) C'est évident qu'ils sont en train d'échanger leurs impressions, probablement celles qui concernent leur expérience des humains. Pourquoi ne pas les laisser faire un petit moment ? Il pourrait en sortir quelque chose d'intéressant.

– Du style une nouvelle idée fantasque pour semer le trouble dans mes cités, commenta Avery.

– Tes cités savent très bien se défendre toutes seules. Et sinon, je suis là pour ça.

– Que tu crois. Moi, ce que je crois, c'est que tu veux seulement protéger les inventions de ta mère.

Derec considéra cette possibilité. Essayait-il vraiment de protéger les inventions de sa mère ou simplement d'éviter aux trois robots d'être détruits sans nécessité ? Il s'était convaincu que la dernière hypothèse était la bonne, mais maintenant qu'Avery en parlait...

– Oui, peut-être, dit-il.

– Tu ne la connais même pas.

– Ce n'est pas ma faute.

– Et *c'est* la mienne. Je suis coupable. Je n'aurais pas dû effacer ta mémoire. Si je trouve le moyen de réparer, je le ferai. Mais crois-moi, c'est bien mieux pour toi comme ça.

– J'aimerais en être seul juge.

Jusqu'ici, Avery était resté le regard fixé sur l'écran du scanner. A cet instant, il tourna la tête et regarda son fils droit dans les yeux.

– Bien sûr. Je comprends très bien. Mais songe un peu, si ta mémoire t'était redonnée, à *quels* souvenirs tu serais confronté. Je t'ai dit une fois que tu avais eu une enfance assez normale, et c'est plutôt vrai, mais c'était une enfance normale au sein d'une famille auroraine, ce qui est à peine un peu mieux que pas de famille du tout. Ta mère et moi n'avons pratiquement jamais été ensemble après ta naissance. C'est tout juste si tu nous as connus, que ce soit elle ou moi. En fait, tu as passé la plus grande partie de ton enfance avec des robots.

– Pas étonnant que je m'adapte si bien ici, déclara Derec d'un ton sec.

Avery ne releva pas la repartie, et Derec le sentit embarrassé. Au moins est-il embarrassé, se dit le jeune homme avant de se réprimander pour son attitude vindicative. Apprendre à vivre avec un psychopathe en voie de guérison était presque aussi difficile que d'être celui-ci. Ce que son père avait fait alors qu'il n'avait pas toute sa raison n'était pas de sa faute, du moins pas au sens où il pourrait en être tenu pour responsable. Cependant, Derec avait toujours le sentiment d'avoir été traité avec cruauté. Il fallait bien quand même que *quelqu'un* se sente fautif.

Ou était-ce le même genre de situation qu'ils venaient de connaître avec l'épisode du laser ? Souhaiter des remords à quelqu'un, était-ce une autre façon de le molester ?

Pas surprenant que les robots aient tant de mal à comprendre les réactions des humains. La moitié du temps, ceux-ci ne les comprenaient pas eux-mêmes.

Mais les robots apprenaient. Témoins les robots-cargos, qui attendaient patiemment dans le laboratoire en guettant les signes éventuels d'un regain de violence. Ils avaient déjà appris à ne pas se fier aux déclarations d'intention d'un humain.

Qu'est-ce que cela pouvait amener de bon ? Avant qu'il soit longtemps, ces robots, ceux-là mêmes que son père avait conçus, allaient décréter que les humains n'étaient absolument pas dignes de confiance, et qu'il n'était donc pas question de leur obéir dans quelque circonstance où la confiance s'avérerait primordiale pour éviter un conflit interne avec les Trois Lois. Quant aux robots de sa mère, si jamais ils sortaient de leur black-out, qui pouvait prévoir quelles conclusions ils allaient tirer de leur expérience collective ? La seule présomption que Derec voulait avancer avec quelque certitude, c'était qu'on arriverait encore moins qu'avant à en tirer quelque chose.

Suite à ces réflexions, une question vint à l'esprit de Derec :

– De quoi avaient l'air nos robots domestiques ?

Surpris, Avery leva un instant les yeux.

– Qu'est-ce que tu veux dire par « de quoi ils avaient l'air » ? De robots, évidemment. Des robots ancien style. Je n'ai commencé à développer le robot cellulaire qu'après ton départ de la maison, et ta mère s'en est approprié le modèle.

– C'est ce que je pensais. Le fait est qu'ils te déchargeaient de toute la besogne courante, exact ? La cuisine, le nettoyage, changer les couches et vider les ordures.

– Naturellement, répondit Avery d'un air indigné, comme si l'idée même que *lui* ait pu se charger d'une de ces corvées lui paraissait obscène.

– Ils étaient utiles, alors.

– Où veux-tu en venir ?

– Je veux en venir à la constatation évidente que les robots qui sont ici, malgré leur conception élaborée – peut-être *à cause* de leur conception élaborée –, ne sont pas aussi utiles que les anciens modèles. Ils donnent plus de souci. Ils sont trop indépendants.

Avery déplaça légèrement le scanner et effectua un nouveau réglage de l'écran. Y apparut une autre image des nerfs et des masses musculaires simulés à l'intérieur du corps de Lucius.

– Peut-être ma définition de l'utile n'est-elle pas la même que la tienne, avança le docteur.

Ils avaient déjà eu cette discussion. Avery ne s'intéressait pas à l'utilité immédiate, alors que Derec si. Ça n'avait aucun sens de débattre là-dessus. Avec un soupir, Derec descendit de son tabouret, s'étira et déclara :

– Je vais m'endormir sur place. Comptes-tu travailler toute la journée ?

– Probablement.

– En ce cas, je crois que je vais te laisser.

– Parfait.

– Mais ne t'avise pas d'en découper un seul, d'accord ?

Avery prit un air froissé.

– Je ferai d'eux ce qui me plaît. Si ça inclut de les découper, je le ferai.

Durant de longues secondes de silence, les deux hommes se dévisagèrent par-dessus le corps inerte du robot. L'un des robots-cargos postés près du mur fit un pas dans leur direction. Derec leva les yeux vers le robot, puis revint sur Avery. Il envisagea un instant d'ordonner au robot d'empêcher Avery de causer des dommages aux autres, puis décida de n'en rien faire. Ce ne serait que provoquer l'escalade dans le conflit qui les opposait. D'ailleurs, il existait de meilleures solutions. Il se contenta de hausser les épaules et de faire marche arrière.

– Ça regarde ta conscience. Mais je te le demande : s'il te plaît, ne les découpe pas. Comme une faveur spéciale.

Avery fronça les sourcils.

– J'y réfléchirai, répondit-il.

Derec hocha la tête. A présent, c'était à Avery de décider s'il voulait ou non envenimer le conflit. C'était un risque, mais un risque calculé. A une ou deux reprises aujourd'hui, Derec avait perçu chez Avery une étincelle d'humanité ; il était prêt à prendre le pari que son père en avait assez lui aussi de cet affrontement.

– Merci, dit-il avant de se tourner vers les robots-cargos. Venez, vous autres. Vous allez me ramener à la maison et ensuite vous pourrez retourner à vos tâches.

Il avait réellement l'intention de rentrer à l'appartement mais aperçut, en cours de route, les créatures de Lucius qui rôdaient toujours dans les rues ; ce qui lui rappela qu'il devait faire quelque chose à leur sujet, et vite, ou sinon elles allaient commencer à se dévorer entre elles. Avec un Lucius hors service, il n'y avait qu'un seul endroit adéquat pour entreprendre une telle besogne, et ce n'était pas la maison.

– J'ai changé d'avis, dit-il au robot conduisant le camion. Emmène-moi plutôt au laboratoire de Lucius.

Le robot hésita un long moment – presque le temps de franchir un pâté d'immeubles – puis demanda :

– Lequel voulez-vous visiter ?

– Combien en a-t-il ?

– L'ordinateur central indique trente-sept laboratoires distincts.

– *Trente-sept ?*

– C'est exact.

– Que faisait-il avec tant de labos ?

Le robot-cargo resta muet quelques secondes, s'entretenant une nouvelle fois avec l'ordinateur, avant de répondre :

– Quinze étaient consacrés à la fabrication des humains artificiels qu'il dénommait « homoncules », et sont aujourd'hui abandonnés. Les vingt-deux autres fabriquent des humains.

– *Fabriquent ?* Encore maintenant ?

– C'est exact.

– Nous lui avions dit de cesser !

– C'est également exact.

Le robot-cargo ne donna pas plus d'explications. Cependant, la situation était claire dans l'esprit de Derec. Lucius avait interprété ses ordres comme s'ils ne concernaient que lui, laissant les autres robots qui l'avaient secondé libres de poursuivre le programme. Eh bien, il allait y mettre le holà sans plus tarder.

Mais vingt-deux laboratoires ! Pas étonnant que la cité soit infestée de rats.

– Conduis-moi à celui qu'il nous a montré hier, enjoignit Derec.

Manifestement, le « nous » inclusif ne posa aucun problème au chauffeur, pas plus que de localiser le laboratoire en question dans les fichiers de l'ordinateur. Il ralentit la vitesse du camion et vira à gauche au premier carrefour, encore à gauche à l'intersection suivante, et ils reprirent finalement une portion de la route qu'ils avaient suivie, avant de tourner à droite et de filer immeuble après immeuble à travers la cité. La population de rongeurs dans les rues diminuait, puis augmentait à mesure qu'ils quittaient la zone d'influence d'un laboratoire pour pénétrer dans celle d'un autre. Visiblement, Lucius n'avait pas éprouvé le besoin de regrouper ses lieux de travail.

Devant le spectacle des édifices dressés vers le ciel qui défilaient sur le trajet, Derec ressentit à nouveau combien la cité avait l'air vide sans occupants. Aucune de ces tours n'avait de réelle utilité, tout comme les robots qui s'y trouvaient, hormis pour servir les brumeuses expériences en dynamique sociale d'Avery. Que pouvait-il bien sortir de tout cela ? Les robots n'étaient pas en train de se bâtir une société ; ils se bornaient au contraire à construire et à reconstruire dans l'attente du jour où il y aurait des humains à servir. Et certains d'entre eux, songea Derec avec une ironie désabusée, s'employaient à fabriquer ces humains. Tout ça à cause des Trois Lois de la Robotique et d'une définition insuffisante de l'entité, « l'humain », que ces Lois leur imposaient de protéger et d'écouter.

Depuis son arrivée, Derec éprouvait une immense tristesse à arpenter les rues de la cité. Il lui semblait avancer dans une ville fantôme, avec des robots errant comme des âmes perdues, sans but. Il était certes conscient d'attribuer des sentiments humains à des êtres qui ne l'étaient pas, mais givre, ils n'avaient pas besoin d'être humains pour être perdus, et pour en ressentir les tourments. Les robots étaient des êtres intelligents, quelle que soit leur origine, et il incombait à leurs créateurs de les traiter avec égards. Ceci comprenait leur donner la conscience d'un objectif à atteindre et leur permettre de le réaliser. Il paraissait évident à Derec qu'aucun de ces robots de la cité, ni ceux qui reposaient, inanimés, dans le laboratoire d'Avery, n'avait été traité comme il se devait par ses créateurs.

Les humains faisaient de bien piètres dieux, se dit-il avec une amère ironie.

Les robots-cargos le déposèrent devant un bâtiment bas

d'aspect quelconque. Si c'était le même entrepôt que Lucius leur avait fait visiter la veille, en ce cas il avait été réparé. Une véritable horde de créatures-rats s'en échappa. Deux hordes, jugea Derec en les regardant déguerpir à travers les rues. Dans les autres parties de la ville, elles étaient déjà en nombre, mais ridiculement réduites par rapport à ce qu'il voyait maintenant.

Il courut du camion à l'entrée principale, en envoyant valser en tous sens des rats qui poussaient des cris perçants, dont aucun, toutefois, n'osa se lancer après lui.

Pas encore, songea-t-il.

Une fois la porte franchie, il se retrouva directement dans un couloir qui traversait le bâtiment de bout en bout, avec des portes des deux côtés. Il s'avança, s'attendant à trouver un laboratoire suffisamment sophistiqué pour pourvoir aux exigences d'un programme complet de sélection eugénique. Pourtant, lorsqu'il glissa un œil par la première porte sur sa droite, il ne put se retenir de rire. Si Avery était le savant fou dans l'histoire, le laboratoire de Lucius – en tout cas cette partie – en était le repaire typique. Des cuves contenant des décoctions bouillonnantes étaient disposées le long d'un mur, à divers stades d'incubation, de fermentation ou autre processus, avec au-dessus diverses sortes d'appareils électriques qui bourdonnaient et cliquetaient à qui mieux mieux. Sur un autre mur, une rangée de cages contenaient un échantillonnage ahurissant de petites créatures, de l'insecte à quelque chose qui avait peut-être été une souris, jusqu'à un des rongeurs qui envahissaient désormais la cité. Un troisième mur présentait des caisses où poussaient des plantes. Au centre de la pièce, sur les nombreuses tables alignées, il y avait assez de cornues reliées les unes aux autres pour distiller un lac ; de l'ensemble, montait un mélange d'odeurs plus marquées et plus diversifiées que ce qu'aurait pu donner l'explosion d'un distributeur automatique de cuisine.

Si le laboratoire offrait cet aspect, c'était parce qu'il était destiné à traiter des matériaux organiques. Néanmoins, Derec le trouvait cocasse. Et encore plus du fait de la présence des robots rutilants qui le surveillaient, en totale discordance avec le décor ; ils auraient dû porter des blouses sombres et marcher le dos voûté.

L'un d'eux passa devant Derec avec à la main un tube à

essai empli d'un liquide trouble. Le jeune homme s'éclaircit bruyamment la gorge et annonça :

– On a un problème ici.

– C'est regrettable, répondit le robot sans interrompre son pas. En quoi puis-je être utile ?

Il s'avança jusqu'à une centrifugeuse, y versa le liquide et fit tourner la machine. Derec éprouva un sentiment de contrariété passager à parler à un robot trop occupé pour s'arrêter à ses propos. Cependant, en repensant au caractère absurde de leur condition, il se retint de lui ordonner de lâcher ce qu'il était en train de faire. Au moins ce robot avait-il un but. Un but artificiel, certes, mais peut-être pouvait-on arranger ça sans l'en frustrer complètement.

– Pour commencer, dit Derec, vous cessez de fabriquer des humains. C'est valable pour vous tous, dans tous les labos de la cité. Est-ce clair ?

– Oui, répondit le robot.

Il jeta un regard vers le jeune homme, puis revint à la centrifugeuse. S'il était déçappointé, il ne le montra pas.

– Très bien. Maintenant, il faut que je sache ce que ces créatures... (il attendit que le robot lève la tête pour voir ce qu'il lui désignait) ...là, au bout de la rangée... mangent.

– Elles sont omnivores, indiqua le robot en prenant dans un casier une poignée de tubes vides qu'il inséra un à un dans une espèce d'appareil à analyser placé à côté de la centrifugeuse.

– Elles sont tout un tas à courir en liberté dans la cité sans nourriture. On va devoir leur en fournir.

– Ça ne ferait qu'en augmenter le nombre. Est-ce ce que vous recherchez ?

– Non. Mais je ne veux pas non plus qu'elles meurent de faim.

– Nous avons constaté que si elles ne meurent pas de faim elles se reproduisent. Il n'y a pas d'état intermédiaire. Le nombre de créatures existant actuellement est la conséquence d'un gros approvisionnement en nourriture, auquel nous avons mis un terme.

– Il s'agissait donc dans votre esprit de les faire mourir de faim ? dit Derec en observant le robot presser des boutons sur le devant de l'appareil.

– C'est exact.

– Pourquoi ne pas infiltrer un élément qui *les* mange ?

– Ça paraît inutilement compliqué. La privation fera tout aussi bien pour en réduire le nombre.

– Je vois, dit Derec.

La réponse du robot lui ôta un peu de sa culpabilité. Manifestement, les robots ne faisaient pas de très bons dieux non plus. Il se remémora la suggestion qu'avait faite Avery de rassembler toutes les créatures et de les détruire. Une idée bien dans la manière du docteur, guère meilleure que le plan d'extermination par la famine décidé par les robots. Malgré tout son désir d'éviter un conflit, Derec ne pouvait pas davantage laisser faire ça.

– Ecoutez, dit-il en s'avançant dans la pièce et en tirant un tabouret. Même si vous ne pouvez pas fabriquer des humains, ce projet qui vous est assigné peut encore être utile à quelque chose. Laissez-moi vous dire deux mots des écosystèmes équilibrés...

Le soleil avait disparu depuis longtemps à l'heure où il rentra à l'appartement ce soir-là. Ariel était dans la bibliothèque, adossée contre le dossier d'un canapé, les pieds surélevés sur un tabouret, et lisait un livre tout en écoutant l'un des enregistrements de musique terrienne que possédait Avery. Ni celui-ci ni Wolruf n'étaient dans les parages, quoique les ronflements sonores provenant du bout du vestibule attestassent au moins la présence de l'un d'eux. Mandelbrot était dans une niche murale derrière Ariel, prêt à intervenir si celle-ci avait besoin de ses services.

Lorsque Derec entra, la jeune femme abaissa son livre et lui jeta un regard qui se voulait hostile.

– Tu as oublié où tu habitais ? demanda-t-elle.

– Presque. (Il s'assit à côté d'elle sur le canapé et lui taquina le cou du bout du nez.) J'ai essayé de mettre sur pied un petit projet d'écosystème pour la cité, mais c'est plus difficile que je ne pensais. Est-ce que tu te rends compte qu'il te faut équilibrer tous les éléments, jusqu'aux microbes dans le sol ? Prends les mauvais ou les bons, mais avec un nombre insuffisant de variétés, et toute ta biosphère est déréglée.

– Ah oui ?

– Oui, c'est comme je te le dis. J'ai passé la journée à étudier ça.

– Ça m'a l'air passionnant. (Elle eut un gros bâillement, et le livre glissa de ses doigts pour atterrir avec un bruit sourd sur le plancher.) Ouh ! je suis crevée.

Derec lui ramassa son livre et le posa sur le bras du canapé.

– Il est tard. On devrait aller se coucher.

– C'est bien mon avis.

Derec lui prit la main et l'aida à se lever du canapé. Elle se laissa conduire à la chambre, où il rabattit les couvertures et l'abandonna au pied du lit pour qu'elle se déshabille et se coule dedans pendant qu'il s'affairait à la salle de bains.

Lorsqu'il en sortit, Ariel dormait déjà. Il se glissa doucement dans le lit à ses côtés et, quelques minutes plus tard, il était à son tour parti au pays des songes ; des songes où il était question de chaînes alimentaires et de circulation d'énergie.

Mais une fois de plus, il s'éveilla au bruit de quelqu'un vomissant dans les toilettes. Il se redressa d'un coup, le cœur battant soudain la chamade. Cette fois-ci, les rayons du soleil avaient à peine atteint la fenêtre, même si le jour était levé. C'était le matin, et Ariel était malade.

Derec sentit encore son cœur battre à tout rompre quand elle ouvrit la porte et posa son regard sur lui.

– Est-ce que ce serait ce à quoi je pense ? demanda-t-il.

– Je ne sais pas, répondit-elle. Mais je crois qu'on ferait mieux de vérifier.

L'analyse d'urine se révéla positive, comme ils le pressentaient. Mais même alors, ils eurent du mal l'un comme l'autre à rester debout lorsque le robot médecin leur dit :

– Puis-je être le premier à vous féliciter à l'occasion de…

– Formidable ! murmura Derec.

Ariel et lui se tenaient les mains en attendant le verdict ; à cet instant, il serra très fort celle de sa compagne.

– Oh, dit-elle alors que sa main soudain s'amollissait. Je ne…

– Mais quoi ?

– Je n'étais pas censée pouvoir…

– Le traitement ! (Derec passa les bras autour de la jeune femme et la souleva de terre en l'étreignant.) Quand ils t'ont traitée pour la peste amnémonique sur Terre, ils ont dû aussi « traiter » ta stérilité.

– Ils auraient pu m'avertir.

Le sourire se brisa sur le visage de Derec. Il reposa la jeune femme sur le sol.

– Qu'y a-t-il ? Tu ne veux pas… ?

Ariel fit les deux pas qui la séparaient de la chaise la plus proche et s'y posa lourdement.

– Je ne sais pas, dit-elle. C'est un tel choc. Je ne suis pas préparée.

– Et alors, nous avons plein de temps pour nous faire à l'idée. Du moins, je pense. (Derec se tourna vers le robot médecin.) De combien est-elle enceinte ?

– Quinze jours, plus ou moins un jour, répondit le robot. Une analyse de sang donnerait des indications plus précises, mais je déconseille l'emploi abusif de tests pour si peu.

– Moi aussi, déclara Ariel en tendant la main vers Derec qui la lui reprit. Bon. Deux semaines. Ça nous laisse encore un peu de temps.

Elle porta son regard vers le couloir, sur l'espace désert de l'hôpital, puis revint à Derec. Celui-ci lui serra à nouveau la main pour la rassurer. Il n'aurait pas prétendu savoir ce qu'elle ressentait, car ce n'était pas lui qui allait voir son corps enfler à mesure que le fœtus se développerait, ni lui qui devrait subir la douloureuse épreuve de l'accouchement, mais à tout le moins partageait-il avec elle ces moments de soudaine confusion à l'annonce qu'ils allaient devenir des parents. Avait-il envie d'être père ? Il n'aurait su le dire. C'était trop tôt pour se poser ce genre de question, et en même temps trop tard, beaucoup trop tard. Il allait être père, qu'il le veuille ou non.

Allons, pas la peine de s'inquiéter pour ce qui était de subvenir aux besoins d'un enfant. Il avait toute une cité à sa disposition, et d'autres éparpillées à travers la galaxie, chacune grouillant de robots n'attendant que l'opportunité de servir un humain. Vraiment pas de quoi s'inquiéter pour la nourriture, le logement ou l'éducation. Ce qui pourrait poser problème, toutefois, c'étaient les camarades d'enfance, à moins qu'ils ne parviennent à faire venir d'autres familles dans la Cité des robots. Il se demanda si Avery serait d'accord pour ça. Sinon, il pourrait bâtir sa propre cité, ce qui ne devrait pas prendre tellement de temps ; avec quelques robots de première, à peine quelques semaines. Ou bien, songea-t-il brusquement, il y avait encore leur maison sur Aurora. Ariel et lui avaient grandi sur Aurora. Pourquoi pas leur enfant ?

Toutes ces réflexions, et bien d'autres, lui traversaient l'esprit tandis qu'il tenait la main de la jeune femme dans la salle d'attente de l'hôpital. Il sourit en se rendant compte avec quelle hâte il s'était mis à envisager l'avenir du bébé. Réaction instinctive ; des hormones, qui étaient là depuis que l'homme avait appris à se servir du feu, et qui guidaient désormais ses pensées. Tout compte fait, il n'était pas mécontent que ses instincts lui apportent un peu leur concours. Dans la situation présente, c'était à peu près tout ce sur quoi il devait se fonder.

Tandis qu'il couvait Ariel des yeux, il sentit monter en lui un élan soudain d'exaltation. Il brûlait de la protéger, de tout faire pour qu'elle ne manque de rien, de l'épauler tout le temps qu'elle porterait leur enfant. Etait-ce instinctif, cela aussi ? Avant, il était amoureux d'elle, mais c'était autre chose maintenant.

Quelque chose qu'il n'avait certainement pas appris sur Aurora. Son père avait raison : une famille auroraine, ça ne signifiait pas grand-chose. Les attaches durables, voire les relations à long terme, étaient rares, déconseillées même. Un sentiment aussi profond que celui qu'il éprouvait en ce moment pour Ariel y aurait été considéré comme une aberration.

Ce qui voulait dire que l'instinct n'était pour rien dans cette émotion, ou les Aurorains l'auraient ressentie également. Derec n'aurait su dire pourquoi il se sentait encore mieux à présent. C'était plus une passion sincère qu'il éprouvait, avec ce désir de prendre soin d'elle né de leurs expériences communes, que l'effet d'une chimie ordinaire à l'intérieur de ses veines. L'instinct ne faisait qu'intensifier ce qu'il ressentait déjà.

Elle était préoccupée. Il s'en apercevait au simple contact de sa main, à l'expression de son visage. Elle avait besoin de temps pour accepter ce qui était en train de lui arriver. Pris d'une impulsion subite, Derec proposa :

– Allons marcher.

Elle considéra la proposition quelques secondes.

– D'accord, acquiesça-t-elle.

Il l'aida à se mettre debout.

– Avant que vous partiez, dit le robot médecin, je me dois d'insister auprès de vous sur l'importance d'examens médicaux réguliers. Il vous faudrait revenir pour des analyses toutes les deux semaines, et avant, si jamais vous notez des changements inattendus. Et aussi, pour le régime...

Ariel le coupa au milieu de sa phrase :

– Est-ce que ça ne peut pas attendre ?

– Oui, mais pas trop longtemps.

– En ce cas, tu me rediras tout ça plus tard. Ou tu envoies tes recommandations à notre appartement et j'en prendrai connaissance là-bas.

Le robot hésita, partagé entre l'obligation que lui faisait la Première Loi d'éviter le moindre risque à Ariel et à son bébé, et au devoir que lui imposait la Deuxième Loi d'obéir à son ordre. A l'évidence, pour ce qui concernait la Première Loi, il décida de se satisfaire de l'accord implicite d'Ariel de suivre ses recommandations, car il hocha la tête et dit :

– Très bien. Mais ne vous surmenez pas pendant votre promenade.

Derec conduisit la jeune femme hors de l'hôpital puis, dédaignant la file de cabines de transport qui attendaient près de l'entrée, le long du passage piétonnier jouxtant le bâtiment, ils marchèrent un moment sans rien dire, chacun perdu dans ses pensées, avant de s'apercevoir au bout de quelques pâtés d'immeubles qu'ils étaient suivis par une horde silencieuse des rongeurs de Lucius, dont les regards affamés et les petits criaillements firent passer des frissons sur l'échine de Derec. S'il ignorait jusqu'à quel point ils pouvaient se révéler dangereux, il n'en restait pas moins qu'ils avaient le chic pour lui gâcher le moral. Il poussa un soupir et fit entrer Ariel dans un bâtiment, où ils prirent l'ascenseur jusqu'au dernier étage et continuèrent leur promenade sur les passerelles couvertes qui surplombaient les rues. Les rats n'étaient pas encore montés jusque-là.

Sur les terrasses de certains édifices, de l'herbe et des arbres avaient été plantés pour figurer des parcs de poche ; après en avoir traversé trois ou quatre – tous dépourvus d'activité à l'exception de leurs robots jardiniers discrètement occupés à entretenir les plantations –, ils décidèrent d'une pause et s'assirent dans l'herbe sous un jeune pommier pour contempler la cité. Ariel n'avait rien dit depuis un bon moment, mais Derec ne pouvait garder le silence plus longtemps. Il avait un prodigieux besoin de parler.

– Je n'arrive toujours pas à croire que c'est vrai, dit-il. C'est fou quand on y pense. Un être nouveau. Un esprit totalement neuf, avec une perception différente, des points de vue différents, des attitudes différentes, tout différent. Et nous voilà responsables de sa vie. Il y a de quoi être angoissé.

Ariel hocha la tête.

– Je sais ce que tu veux dire. Qui sommes-nous pour avoir un bébé ?

– Il est préférable que ce soit nous plutôt que Lucius, en tout cas, dit Derec avec un sourire.

– Sans doute. Au moins, on sait ce qu'on *est*. (Ariel esquissa un sourire, qui s'avéra au mieux des plus fugitifs. Elle détourna le regard, s'adressant à la cité.) Oh, Derec, je ne sais pas. Je ne sais pas si c'est ce que je veux. Un moment, je pense le vouloir, et puis ne plus le vouloir. Et là, maintenant, je dois dire que ne pas l'avoir me paraît une solution bien meilleure.

Elle revint sur Derec, qui lut la confusion sur son visage, exprimée aussi clairement qu'avec des mots, confusion qui s'était sans nul doute reflétée sur le sien.

– Ne pas l'avoir, bafouilla-t-il. Tu veux dire... tu veux dire... avorter ?

L'instinct – ou les hormones, ou quoi que ce soit – avait encore une forte emprise sur lui. Il avait du mal à ne serait-ce que prononcer le mot qui lui enlèverait son enfant.

– Oui, c'est ce que je veux dire, répondit Ariel. Avorter. L'interrompre tout de suite, tant qu'il en est encore temps. Ce n'est pas comme si on l'avait voulu, hein ? On ne l'avait pas décidé. Nous étions heureux sans ça. Si on avait su que je *pouvais* être enceinte, on aurait utilisé des moyens de contraception, n'est-ce pas ? Alors, pourquoi modifier toute notre existence à cause d'un stupide... accident ?

– Parce qu'il est *nous* ! *Notre* enfant. *Parce que* c'est un être nouveau, un esprit neuf, avec une perception différente et tout ça. Voilà pourquoi on devrait le garder. (Etait-ce la vraie raison ? En même temps qu'il s'évertuait à expliquer ça à Ariel, Derec cherchait lui-même à comprendre.) C'est... Te souviens-tu comment c'était quand nous nous

312

sommes rencontrés pour la première fois ici ? Moi, privé de tous mes souvenirs, les tiens qui se dérobaient à toi peu à peu, et ni l'un ni l'autre qui n'avait la moindre idée de ce qu'on faisait là ? Tu te souviens combien on se sentait perdus ?

Sous l'effort de concentration, les sourcils de la jeune femme se plissèrent.

– C'est tellement loin. Mais je sais très bien de quoi tu parles. Je me suis assez souvent sentie perdue depuis lors.

– C'est vrai. Nous n'avions aucun but ; c'est pour ça qu'on était ainsi. J'ai passé mon temps à essayer de retrouver la trace de mon père, m'imaginant qu'il pourrait m'aider à restaurer ma mémoire ; mais ce n'était que l'attrait du passé. Nous avons vécu des heures et des heures à chercher un traitement pour ton mal, mais c'était simplement là aussi pour raccommoder les lambeaux du passé. Voilà que j'apprends, en plus, que j'ai une mère qui se balade quelque part dans le coin, et j'étais tout prêt à consacrer le temps qu'il faudrait pour la retrouver, histoire de voir si elle ne pourrait pas faire pour moi ce à quoi Avery se refuse. Et puis là, brusquement, nous arrive quelque chose porteur d'avenir, quelque chose qui appartient à notre futur. Au diable le passé quand on a ça !

Ariel secoua la tête.

– Pourquoi devrions-nous nous accrocher à la première bouée qui se présente ? Derec, ceci va profondément changer nos *vies*. Si nous n'avons pas l'intention de placer le bébé dans une pouponnière, et c'est évident que nous n'y tenons ni l'un ni l'autre, alors il va falloir nous en occuper. Nous allons devoir *vivre* avec ça, comme les Terriens et les Colons. Est-ce vraiment ce que tu veux ? En ce qui me concerne, je n'en suis pas tellement sûre. Et en plus de ça... (elle balaya d'un geste son objection) ...c'est de mon corps qu'il est question ici. La grossesse présente des risques. Elle peut entraîner toutes sortes de complications chez une femme : caillots sanguins, problèmes rénaux – tu n'imaginerais pas tout ce qui peut se dérégler. Et pour quoi ? Un futur avec un marmot braillard ? Je ne me vois pas risquer ma vie pour ça.

– Et la vie du bébé ? Est-ce que ça n'entre pas en considération ?

– Bien sûr que ça entre en considération, répliqua Ariel

d'un ton irrité. Si ce n'était pas le cas, je me serais fait avorter ce matin par le robot médecin. Je pèse encore le pour et le contre ; ma vie et mon avenir d'un côté, et de l'autre la vie et l'avenir de ce qui n'est encore pour l'instant que quelques cellules en train de se diviser. C'est bien la preuve de l'importance que j'y attache, le fait que je prenne ça en considération.

Inconsciemment, Derec avait noté la présence du jardinier vaquant à sa tâche quelque part derrière lui ; à la limite de sa perception, le ronronnement de la lame faucheuse du robot avait quelque chose de rassurant. Le silence brutal qui tomba lorsque le bruit cessa suffit à lui faire tourner la tête vers le robot, juste à temps pour le voir basculer sur le flanc et venir écraser dans sa chute un massif de fleurs.

– Qu'est-ce que... ? (Derec se leva et s'approcha du robot.) Jardinier. Est-ce que tu m'entends ?

Pas de réponse.

Jardinier, envoya-t-il sur le communicateur.

Toujours rien. Il redressa le robot pour le placer en position assise, mais c'était comme soulever une statue ; il était complètement bloqué. Derec le lâcha et il retomba sur le côté, faisant un petit bruit sourd en touchant le sol.

– Il n'a pas pu résoudre le conflit qui se présentait à lui, dit Derec d'une voix remplie d'étonnement. Au regard de la Première Loi, l'obligation qu'il avait de te protéger allait à l'encontre de son devoir de protection envers le bébé ; et il ne l'a pas supporté.

– Tu as l'air surpris, répliqua Ariel. Moi non. Moi aussi, je suis déchirée entre les deux.

Derec laissa le robot et revint auprès de la jeune femme, s'asseyant à côté d'elle et l'entourant de ses bras.

– J'aimerais tellement que non.

– Et moi donc.

– Qu'est-ce que je peux faire ?

Ariel secoua la tête.

– Je ne sais pas. Si, je sais. Ne me brusque pas, d'accord ? Je comprends que tu veuilles le garder, mais c'est moi toute seule qui dois décider si je le veux ou pas. Quand je le saurai, on pourra alors discuter de ce qu'on va faire. D'accord ?

– D'accord.

Comme pour bien marquer qu'elle était libre de sa décision, Ariel s'écarta et ferma les yeux pour se plonger dans ses pensées. Derec s'allongea dans l'herbe et contempla le ciel à travers le feuillage. Un nuage passager faisait une tache sur le bleu.

Tous les futurs parents passaient-ils par là ? s'interrogea Derec. Etait-ce normal ce qu'Ariel et lui ressentaient en ces moments ? Avery et sa mère avaient-ils vécu ce dilemme déchirant s'agissant de lui ? Il n'arrivait pas à s'imaginer Avery se rongeant les sangs devant une quelconque décision à prendre. Sa mère, oui, sans doute. Elle avait dû se demander si Derec valait bien la peine qu'elle subisse les affres de l'accouchement. A l'évidence, elle avait jugé que oui ; et probablement, songea-t-il tout à coup, *avant* d'être enceinte, puisque elle, contrairement à Ariel, n'avait aucune raison de se croire stérile.

Sans doute elle et Avery s'aimaient-ils à l'époque. Quelle pensée saugrenue : quelqu'un amoureux d'Avery. A moins qu'elle n'ait eu le même objectif que lui ? Se pouvait-il que, dans sa décision d'avoir un enfant, elle n'ait rien vu de plus qu'un moyen pratique de se procurer un sujet d'expérience ?

Qu'importe. Ariel et lui étaient amoureux ; cela seul comptait. La perspective de rester aux côtés de la jeune femme jusqu'à ce que leur enfant soit devenu adulte ne l'effrayait pas. Il avait beau savoir que, sur la plupart des autres planètes, les parents – même des parents qui s'aimaient bien plus que les siens – ne se préoccupaient nullement de ce genre de responsabilité, il était résolu à élever son enfant. Cette idée donnait un sens à sa vie, lui conférait un but dont il ne s'était même pas rendu compte jusqu'ici à quel point il lui manquait.

Ariel, visiblement convaincue qu'il n'essaierait pas, qu'il tienne ou non à elle, de faire pression sur elle, s'étendit dans l'herbe à côté de lui en posant la tête sur sa poitrine. Instinctivement, il referma les bras sur la jeune femme, et de la tenir ainsi lui parut une attitude parfaitement naturelle. Tout à fait appropriée aux circonstances. Pendant un moment, tandis qu'ils regardaient les nuages passer au-dessus d'eux, ce fut comme si le jardin sur la terrasse était devenu leur seul univers. Un univers de quiétude.

Naturellement, les pensées d'Ariel avaient suivi un tracé parallèle, quoique par des chemins différents.

– Je suis bien aise que nous ne soyons plus sur Terre, dit-elle tout à trac. Ç'aurait été pire là-bas.

– Et comment, dit Derec en frémissant à l'idée.

Avec une population qui se comptait par milliards, la Terre ne pouvait se permettre d'autres naissances. Là-bas, où la densité de population dans les cités fermées se mesurait pratiquement au nombre d'habitants par mètre carré, toute nouvelle bouche à nourrir était une tragédie, et non point une bénédiction.

Et le pire était qu'il y avait trop peu de gens qui s'en inquiétaient suffisamment pour améliorer un tant soit peu la situation. Et s'il disposait ici d'une cité qui s'étendait sur toute une planète, emplie de robots impatients de la partager avec des humains, Derec doutait de pouvoir trouver assez de ces Terriens pour occuper ne serait-ce que le secteur qu'il dominait de cette seule terrasse. La majorité d'entre eux éprouvait une aversion pour l'espace et une haine envers les robots, et avaient, encore plus profondément ancrée en eux, une sainte horreur du changement. Ils ne quitteraient pas la Terre même si on leur promettait un monde meilleur.

Quelques-uns oseraient. Après une longue interruption, la Terre avait repris la colonisation de mondes inconnus. Mais le pourcentage de population impliqué dans l'aventure restait insignifiant. Le taux des naissances sur la planète mère aurait pour effet de combler la différence avant même que les émigrants aient atteint leur destination.

C'était un problème sérieux. Derec se rappela les propos qu'avait tenus Lucius à Ariel lors de leur première rencontre, quand il affirmait qu'aucun être pensant ne souhaiterait que vivent tous les humains susceptibles d'exister. Il semblait bien pourtant que les Terriens fassent tout ce qu'ils pouvaient pour assurer cet état de choses. On aurait dit qu'ils s'évertuaient à transformer leur biosphère en une masse grouillante d'humains.

Une peur irrationnelle le submergea, la peur que la société terrienne vienne jusqu'ici lui gâcher son bonheur, que cette masse d'individus en arrive d'une manière ou d'une autre à constituer une menace même pour la Cité des robots. Son cœur se mit à battre plus vite, il se sentit oppressé par l'angoisse en pensant aux ennemis potentiels qu'ils représentaient pour son enfant.

Les hormones ! se dit-il avec ironie une seconde plus tard. Manifestement, la paranoïa était un trait persistant chez les humains.

– Au diable la Terre, dit-il à Ariel en lui chatouillant les côtes avec enjouement. On est au-dessus de tout ça.

Le soleil avait considérablement changé de position lorsque Derec s'éveilla. Il n'aurait su dire si c'était parce que le temps avait passé ou que le bâtiment s'était déplacé sous eux pendant leur sommeil. Sans doute les deux, décréta-t-il. Il était étendu dans l'herbe, Ariel toujours endormie, la tête sur son épaule. Il hésita à se redresser.

Un bruit venu d'un point au-delà de l'édifice en décida pour lui. Quelqu'un avait crié ! Derec fut debout en un instant, bondit vers la balustrade ceignant le pourtour de la terrasse et regarda en bas.

Un robot chasseur – un de ces robots noirs, aux allures furtives et dotés de circuits de détection sophistiqués, auxquels étaient affectées des fonctions spéciales – se tenait au milieu d'un carrefour et tournait lentement en décrivant un cercle. Une ombre en mouvement dans l'embrasure d'une porte attira son attention, et il s'immobilisa. Il leva alors la main droite, pointa son index dans sa direction, et un rayon laser d'un rouge vif jaillit de son doigt. L'écho d'un nouveau cri se répercuta à travers les immeubles.

Derec promena les yeux sur la rue. A chaque intersection de voies, aussi loin que porte son regard, il y avait un Chasseur. Avery leur avait donné l'ordre de débarrasser la place des rongeurs – ce qui était tout à fait dans sa manière.

Arrêtez ! leur lança-t-il. *Cessez la chasse.*

Celui qui était le plus proche de lui leva la tête, et Derec fut tenté un instant de s'écarter de la balustrade. N'importe quel robot – tout comme Derec, d'ailleurs – était capable de discerner en gros d'où venait un signal de communicateur ; par contre, un Chasseur était à même de localiser avec précision la source émettrice... et de lui tirer dessus. Néanmoins, le robot ne pouvait faire feu sur lui. Découvrant instantanément à qui il avait affaire, il en était empêché par la Première Loi. Derec demeura contre la balustrade et expédia le message suivant : *Ordre t'est donné de cesser immédiatement de détruire ces créatures.*

Je suis désolé, maître Derec. J'ai déjà des ordres m'enjoignant de les détruire.

– Que se passe-t-il ? fit la voix ensommeillée d'Ariel à côté de lui.

La jeune femme s'appuya à la balustrade et regarda en dessous.

– Avery a donné l'ordre aux robots de détruire tous les rongeurs de Lucius. J'essaie de les arrêter.

Je t'ordonne de ne pas les détruire, réitéra-t-il. *Tu as le devoir de respecter la vie.*

Je respecte la vie humaine. C'est tout.

Ces créatures portent des gènes humains.

Ceci m'a été expliqué. Ça n'en fait pas des humains.

Tout en parlant, et alors qu'un autre rongeur se sauvait pour échapper à la mort, le Chasseur imprima à sa main un mouvement aussi vif qu'insaisissable, et le rayon partit, projetant sur la chaussée le rongeur cul par-dessus tête, dans un cri d'agonie. Le Chasseur fit feu une seconde fois, et le cri cessa.

Ils ont certainement le même appareil vocal que les humains, fut la réflexion que se fit Derec.

Bon sang ! Tu me blesses en faisant ça. Arrête tout de suite !

A ces mots, le robot chasseur s'interrompit. Mais Avery l'avait évidemment averti de l'éventualité d'un tel stratagème.

Je regrette de ne pas pouvoir, répondit-il. *Le mécontentement que je vous cause a moins d'importance que votre propre sécurité. Ces créatures pourraient constituer un risque pour votre existence.*

Tu n'en sais rien.

J'ai reçu des instructions pour les considérer comme telles.

Le Chasseur reporta son attention sur la rue. Reprenant la battue, il tira sur un autre rongeur qui, cette fois, s'éteignit en silence. Derec comprit alors que le robot s'efforçait, par des tirs provoquant la mort instantanée, d'atténuer la gêne dans laquelle ses agissements le mettaient.

Le jeune homme chercha désespérément un moyen de contourner les ordres qu'avait donnés Avery, mais aucune solution ne lui vint à l'esprit. Non seulement son père avait été le premier à programmer ses instructions, mais il avait insisté pour que celles-ci soient suivies malgré tout ce que Derec pourrait dire ; il ne lui restait guère désormais de possibilités de les contrer.

Mais que le comportement des robots pouvait s'avérer inégal sous la même autorité des Trois Lois ! D'un côté, un robot jardinier qui subissait un blocage en entendant simplement évoquer un dilemme susceptible de mettre en péril l'existence d'êtres humains ; de l'autre, les Chasseurs qui pouvaient passer la journée entière à détruire des rongeurs. En règle générale, ni le premier ni les seconds n'avaient le souci de la vie. Même le jardinier n'attachait pas vraiment de prix à sa fonction, hormis le plaisir qu'elle était censée procurer aux humains.

Comment cela pouvait-il se faire ? Même l'individu le plus cruel avait besoin de s'attacher à quelque chose. Derec aurait volontiers parié qu'Avery lui-même avait un petit faible, pour les chatons ou les poupées, ou *autre chose*. Comment aurait-il pu espérer qu'une société de robots parvienne à se calquer sur le modèle humain si ceux-ci n'avaient aucun respect pour la vie ?

– Viens, dit Derec, bouillant d'une juste indignation. Rentrons.

Lorsqu'ils arrivèrent à l'appartement, sa fureur s'était un peu calmée, mais pour reprendre aussitôt qu'il vit Avery debout devant la fenêtre du salon, contemplant ses Chasseurs à l'œuvre. Le jeune homme était sur le point d'exploser en invectives lorsque la soudaine remarque que fit Mandelbrot déplaça le sujet de la discussion avant même qu'il ait eu l'occasion d'enclencher celle-ci.

– Félicitations, Ariel ! dit le robot au moment où il les vit entrer dans l'appartement.

– Chut ! réagit la jeune femme en portant son index à ses lèvres.

Mais le mal était fait.

Avery se détourna de la fenêtre.

– Félicitations ? s'étonna-t-il. Pourquoi donc, Mandelbrot ?

La question réclamant réponse pesa de plus de poids auprès du robot que l'invitation à se taire murmurée par Ariel.

– Maîtresse Ariel, dit Mandelbrot, est encein...

– Tais-*toi* !

Le robot se raidit, perturbé par le conflit momentané qu'occasionnaient au regard de la Deuxième Loi les ordres contradictoires.

– Encein..., répéta Avery dans le silence soudain. Encein-*te*, peut-être ? Est-ce vrai, ma chère ?

Sa voix était tout sucre tout miel, ce qui n'abusa ni la jeune femme ni Derec. Avery s'était opposé à leur liaison dès le début ; il avait contribué à les séparer lorsqu'ils étaient devenus amants sur Aurora et avait tout fait pour les empêcher de s'attacher à nouveau l'un à l'autre quand les circonstances les avaient une nouvelle fois rapprochés. Il était moins que ravi de la nouvelle, et les deux jeunes gens le savaient.

– Ne te force pas à sourire, grommela Derec.

Avery secoua la tête.

– Tu m'as l'air au comble de la joie. On jurerait que tu n'y étais pas préparé. C'est ça ? Aurais-tu été pris par surprise ?

– Ce n'est pas votre affaire, rétorqua Ariel.

– Bien sûr que non. Cependant, en tant que père moi-même, je porte un certain intérêt à la chose. Vous devriez être heureux de l'apprendre.

Ariel jeta un regard noir à Avery.

– Je vois ça, dit-elle.

Elle lui tourna le dos et fila dans le couloir pour rejoindre la chambre qu'elle partageait avec Derec.

– Parfait, dit Avery alors qu'elle quittait la pièce. (Puis regagnant son poste devant la fenêtre :) J'ai donné l'ordre que soient détruits les laboratoires de Lucius, laissa-t-il tomber d'un ton nonchalant.

– Tu as *quoi* ?

– Vraiment, tu devrais te faire examiner les tympans. Ça fait deux fois en deux jours. Je disais que j'ai donné l'ordre que les laboratoires de Lucius soient détruits, et tous les robots qui s'y trouvent, par la même occasion. Tu ne croyais quand même pas que j'allais te laisser transformer ma cité en zoo, hein, allons ?

– Un écosystème équilibré n'est pas un zoo.

– Faux. Un zoo n'est pas un écosystème équilibré, je l'admets, mais l'inverse n'est pas nécessairement vrai. Pour moi, n'importe quel écosystème installé dans cette cité – autre que le minimum nécessaire pour alimenter la ferme – serait un zoo. Et j'ai fait ce qu'il fallait pour éviter cela.

– *Tu* as fait ? Et moi ? Et les... ?

– Alerte, alerte, alerte, les interrompit l'ordinateur du salon. Les robots expérimentaux se sont réveillés.

– Ah, très bien. Maintiens-les sous liens.

– Liens inefficaces. Les robots ont changé de forme et se sont glissés à travers. Ils sont actuellement en train de quitter le laboratoire.

– Vers où se dirigent-ils ?

– Destination inconnue. Attendez. Ils viennent d'entrer dans des cabines de transport. Destination... spatioport.

LE *CHASSEUR DE CHIMÈRES*

– Le spatioport ! Ils essaient de s'échapper !

– Hypothèse vraisemblable, dit Avery tandis que Derec envoyait déjà ses injonctions.

Adam, Eve, Lucius, ici Derec. Arrêtez.

Il reçut en retour une explosion de parasites – dont il savait désormais qu'il s'agissait d'un transfert de données ultra-rapide – puis la réponse : *Pourquoi cet ordre ? Nous n'avons pas envie de nous arrêter.*

Je m'en fiche. Revenez à l'appartement.

Reçu. Veuillez expliquer pourquoi.

Posté à côté de Derec, Avery intima à la console de l'ordinateur :

– Ils doivent regagner le laboratoire tout de suite. C'est un ordre.

Ignorant l'intervention, ainsi que la requête des robots, Derec demanda : *Pourquoi allez-vous au spatioport ?*

Nous n'y allons plus, puisque vous nous avez donné l'ordre contraire.

Pourquoi y alliez-vous ? insista le jeune homme d'un ton exaspéré.

Nous avions l'intention de partir pour Cérémya, la planète sur laquelle Eve s'est réveillée. Nous avons une tâche à terminer là-bas.

– Je suis dans l'incapacité d'accéder à votre demande, indiqua l'ordinateur central à Avery par le canal de la console. L'ordre de Derec est prioritaire.

– Quel ordre ? Qu'est-ce qui se passe ? (Avery surprit l'expression absorbée sur le visage de Derec.) Tu parles avec eux ? C'est ton idée, hein ?

– Quoi ?

– Tu les aides à s'échapper !

– Absolument pas !

– Tu penses que je vais croire ça ? Depuis le début, tu veux les laisser partir ; et voilà qu'à peine je t'annonce que j'ai interrompu ton autre petit projet, tu t'empresses de les lâcher dans la nature. Eh bien, ça ne marchera pas. D'ici une demi-heure, je les aurai ramenés et, cette fois, je m'en vais les démonter tous les trois avec un couteau rouillé ! Central, ordonne aux Chasseurs de suspendre leurs présentes manœuvres et de capturer les robots en fuite. Ils peuvent tirer pour détruire, si nécessaire, mais je veux les morceaux.

– Annule ça, dicta Derec.

– Je suis désolé, répondit l'ordinateur central. Maintenant, c'est l'ordre d'Avery qui est prioritaire.

– Annule-le ! somma le jeune homme, à présent tourné vers Avery, et non plus vers la console.

– Je regrette...

– Maîtres, je vous en prie, calmez-vous, s'entremit Mandelbrot.

Mais Derec, faisant fi du conseil, transmit à l'ordinateur : *L'ordre d'Avery implique une violation de la Troisième Loi. Le mien non. Mon ordre devrait avoir priorité.*

En quoi l'ordre d'Avery implique-t-il une violation de la Troisième Loi ? demanda l'ordinateur.

La question prit le jeune homme de court. La Troisième Loi spécifiait qu'un robot devait protéger sa *propre* existence ; elle ne précisait rien concernant l'existence d'un *autre* robot.

D'accord, rectifia-t-il. *Ce n'est pas une violation directe, mais ça transgresse l'esprit de la Loi. Dès lors que je leur ai donné l'ordre de revenir, obéir à celui d'Avery serait provoquer inutilement la destruction des trois robots. Ce n'est évidemment pas la meilleure solution pour reprendre le contrôle de la situation.*

L'ordinateur ne réagit pas tout de suite. Ce qui signifiait pratiquement à coup sûr qu'il examinait l'argument avancé par Derec, sans être toutefois encore convaincu de sa pertinence. Pris d'une soudaine inspiration, Derec ajouta : *La première partie de l'injonction formulée par Avery reste valable. Que les Chasseurs suspendent leurs présentes manœuvres.* Le jeune homme escomptait ainsi alléger d'autant le poids du conflit auquel étaient soumis les circuits du cerveau robotisé de l'ordinateur, peut-être suffisamment pour faire pencher la balance en sa faveur.

– Bien reçu, répondit enfin la machine par l'intermédiaire de la console.

– Qu'est-ce que tu viens de faire ? s'alarma Avery.

– Annuler ton ordre stupide, répondit Derec. Il n'avait aucune raison d'être. Je les ai déjà interceptés, et ils reviennent ; ils sont en chemin.

– Est-ce exact ? demanda Avery à la console.

Naturellement, l'ordinateur interpréta la question comme adressée à Derec et resta muet.

– Oui, c'est exact, répondit ce dernier à sa place. Je cherche par ailleurs à découvrir la raison qui a pu les pousser, pour commencer, à vouloir s'enfuir. Maintenant, reste un peu tranquille que je puisse m'entendre penser.

– Comment être sûr que tu ne complotes pas contre moi ?

Derec leva les yeux au plafond.

– Tu veux ton propre communicateur, injecte-toi des biopuces. En attendant, permets-moi d'utiliser le mien.

Serrant les poings de rage, Avery lui jeta un regard noir, mais se contenta finalement de relâcher longuement sa respiration avant de concéder :

– Vas-y.

– Merci.

Derec hésita un instant, envisageant le principe de la compensation comme un excellent moyen de mettre son père en condition, puis transmit ses instructions à l'ordinateur : *Répercute la liaison par communicateur sur la console.*

– Requête exécutée, déclara l'ordinateur à haute voix.

Qu'aviez-vous l'intention de faire sur Cérémya ? demanda Derec aux robots. Il ne savait pas trop auquel des trois il s'adressait, ou si c'était aux trois à la fois. Mais au point où on en était, il jugea que cela n'avait plus d'importance.

– Qu'aviez-vous l'intention de faire sur Cérémya ? répéta l'ordinateur en reproduisant la voix du jeune homme avec une telle fidélité que la phrase sortait de la console aussi nettement que si celui-ci l'avait réellement énoncée.

Nous devons poursuivre nos recherches sur les Lois de l'Humanique. En outre, Eve n'a pas eu l'opportunité de se

modeler de façon satisfaisante sur les Cérémyons lors-
qu'elle était chez eux ; et nous pensons que ce peut être
important pour notre développement commun.

Gêné par l'écho répercuté par la console, Derec se pla-
qua les mains sur les oreilles et transmit : *Quel type de*
développement prévoyez-vous ?

Si nous le savions, nous n'aurions pas besoin de partir,
répliquèrent les robots avec la logique qui les caractérisait.

Le vaisseau spatial ne ressemblait à aucun de ceux que
Derec avait vus jusqu'à présent. Certes, les vaisseaux traditionnels avaient pratiquement tous un profil aérodynami-
que pour faciliter le passage dans l'atmosphère, mais jamais
à ce point. Plutôt que profilé, celui-ci était uniformément
lisse, sans la moindre marque de soudure. On aurait dit
qu'il avait été sculpté dans la glace, puis trempé dans l'argent liquide. Devant cette vision, Derec se sentit obligé de
reconnaître que les robots modélistes avaient, quoique sans
le vouloir, réalisé une véritable œuvre d'art.

Là, trônant sur la piste en position de décollage, l'engin
évoquait un de ces avions aérodynamiques à vitesse rapide.
Mais Derec savait pertinemment qu'il ne resterait pas sous
son aspect actuel dès que franchie la limite de l'atmosphère. Une fois libéré de la gravité et de la résistance de
l'air, le vaisseau prendrait la forme qui conviendrait le
mieux à ses passagers, car sa coque et la plupart des aménagements intérieurs étaient faits du même matériau cellulaire que celui de la cité. A part le système d'hyperpropul-
sion et les mécanismes les plus délicats comme les instruments de contrôle et de navigation, ainsi que l'équipement
de vie, tous fabriqués à partir de matériaux plus conven-
tionnels, l'essentiel du vaisseau était composé de cellules.

Il faisait partie des quelque trois douzaines d'appareils
présents sur le spatioport, tous construits dans les dernières
semaines. C'était Derec qui, sur un coup de tête, en avait
donné l'ordre ; se rappelant comment Ariel et lui s'étaient
retrouvés coincés dans la Cité des robots faute d'un vaisseau disponible, il avait décidé de remédier une fois pour
toutes au problème maintenant que les robots avaient son
propre vaisseau comme modèle de référence. Seulement

voilà, il avait été trop occupé jusqu'ici pour surveiller le travail.

— Ça ira, dit-il aux robots de l'équipe au sol qui tournaient autour de lui avec anxiété, ravis que les humains aient choisi ce vaisseau pour leur expédition, et néanmoins rendus nerveux par la crainte d'un refus de dernière heure.

Toujours soucieux du devoir qui lui incombait de protéger les humains dont il avait la charge, Mandelbrot s'informa :

— A-t-il été testé ?

— Nous avons fait un vol d'essai de vingt années-lumière aller-retour, répondit l'un des robots de l'équipe. Six jours de vol et quatre sauts. Toutes les structures de base se sont comportées de façon parfaite.

— Est-ce qu'il a un nom ? demanda Ariel.

Elle se tenait, en compagnie du Dr Avery, de Wolruf et des trois robots expérimentaux, aux côtés de Derec, parmi une pile de bagages. Le robot de l'équipe au sol fit pivoter sa tête vers elle.

— Nous ne l'avons pas encore baptisé.

— Voler dans un vaisseau sans nom ! dit-elle en feignant l'étonnement. Je suis surprise que vous ayez réussi à le ramener.

— Je ne comprends pas. En quoi un nom peut-il être un facteur déterminant dans le succès d'un vol d'essai ?

Ariel éclata de rire, et Wolruf se joignit à elle.

— J'ignorais que les humains avaient aussi cette superstition, déclara l'extraterrestre.

— On dit que ça porte malchance d'embarquer à bord d'un vaisseau sans nom, expliqua Ariel au robot décontenancé, explication qui ne l'éclaira pas plus qu'avant.

— Mal... chance ? s'interrogea-t-il.

— Oh, laisse tomber. C'était juste une plaisanterie stupide. Allez, on embarque.

— Un nom d'abord, réclama Wolruf avec une véhémence inhabituelle. Ce n'est peut-être qu'une simple superstition, mais peut-être pas. Ça ne coûte rien de ménager la fatalité.

— Alors, je le baptise le *Chasseur de chimères*, dit Avery, pressé d'en finir, en désignant d'un geste ses bagages aux robots. Maintenant, allons-y pour cette ridicule expédition dans l'espace avant que je change d'avis.

Il tourna le dos aux autres et s'engagea d'un pas bruyant sur la passerelle d'embarquement, sans remarquer les lettres noires qui se formaient sur la coque juste au niveau de l'aile.

Chasseur de chimères.

Etait-ce le cas ? Derec se posa la question sans pouvoir y répondre. Avery semblait le penser en tout cas, bien qu'il ait tout de même laissé sa curiosité prendre le pas sur ses réticences. Si Derec avait été partant pour l'expédition, il éprouvait à présent quelques réserves, à la fois sur le voyage proprement dit et, à un niveau plus métaphysique, sur l'échappatoire que celui-ci représentait. Devait-il en passer par là ? Il suivit Wolruf, Ariel et les robots sur la passerelle, non sans s'arrêter à la porte du vaisseau, s'interrogeant toujours.

Fais-le, sembla lui souffler une petite voix dans sa tête.

D'accord, répondit-il. A l'ordinateur central, il expédia la requête suivante : *Fouille mes fichiers personnels. Mot de passe :* « anonyme ». *Recherche le dossier étiqueté* « Ecosystème ». *Déclenche l'exécution dès notre départ.*

Bien reçu.

Derec tourna le dos à la cité et entra dans le vaisseau, laissant le sas se refermer derrière lui. Avery n'avait pas tout anéanti quand il avait détruit les laboratoires de Lucius. Derec avait encore ses fichiers sur les écosystèmes, et l'ordinateur aussi, désormais. Cela donnerait aux robots quelque chose d'utile à faire quand ils ne seraient plus là ; et quand ils reviendraient, ils trouveraient une planète à la végétation luxuriante, avec des animaux dans les parcs et des oiseaux et des papillons volant dans les airs. Avery aurait une attaque... mais Avery avait continuellement des attaques. Ça n'avait aucune importance. Quand il découvrirait tout cela, ce serait trop tard pour inverser le processus.

– Je veux le garder, dit Ariel.

Derec et elle étaient dans leur cabine à bord du vaisseau, à des heures de la Cité des robots. Au-delà du grand hublot, la planète n'était déjà plus qu'un petit point de lumière dans l'immensité scintillante de l'espace. La position du soleil n'avait pas encore varié de façon perceptible, mais quand le vaisseau accélérerait pour grimper hors du champ de gravitation et se diriger sur un site de saut protégé, l'astre, à son tour, commencerait à diminuer jusqu'à n'être qu'un grain de lumière parmi d'autres dans le cosmos.

Jusqu'alors, Derec était resté à contempler les étoiles, méditant sur l'immensité de l'univers et la place qu'il y occupait. Mais la petite phrase prononcée par Ariel le fit se détourner du hublot et oublier les étoiles. Elle ne pouvait concerner qu'une seule chose.

– Le bébé ? Tu veux garder le bébé ?

La jeune femme était assise sur le bord du lit. Maintenant qu'elle avait attiré l'attention de son compagnon, elle paraissait mal à l'aise sous ce regard interrogateur. Le fuyant pour porter, après lui, les yeux sur l'espace, elle répondit :

– Je crois que oui. Je ne suis pas sûre. J'essaie encore de savoir où j'en suis. Mais quand ce jardinier s'est retrouvé bloqué, j'ai pris conscience de la chose ; et quand Avery a dit ce qu'il en pensait, je me suis rendu compte que la décision n'était pas aussi simple que ce que je croyais au début. (Sa voix se fit plus dure.) *Lui* voudrait qu'elle le soit, mais elle ne l'est pas. Si nous étions sur Terre, je serais peut-être d'accord avec lui, mais ici, avec tout cet espace à notre disposition, avec tous ces robots qui pratiquement se bousculent pour servir le si petit nombre d'humains que nous sommes, l'équation n'est plus la même. Si un Terrien doit renoncer à ce qui lui reste d'existence pour son enfant, moi je n'ai à abandonner qu'une partie de mon confort pendant une partie de l'année. En échange de quoi, nous est donné un être nouveau.

Elle regarda son compagnon dans les yeux, comme pour chercher à se rassurer, puis se jeta à l'eau :

– Et si nous nous occupons bien de lui – ou d'elle –, alors nous voilà avec une famille. Je sais que ce n'est pas comme ça qu'on nous a élevés ; je sais que nous, les Aurorains, ne sommes pas censés nous attacher à nos parents ou à nos enfants. Mais j'ai vu ce qu'il est advenu de nous deux, et ça ne me plaît pas. C'est la raison pour laquelle je te dis ça maintenant. Si j'ai cet enfant, je veux que nous soyons une famille. Je veux qu'il grandisse avec nous, qu'il fasse *partie* de nous ; pas simplement comme un étranger qui se trouve partager nos gènes. Peux-tu accepter cela ?

Derec en croyait à peine ses oreilles. Elle lui demandait d'accepter exactement ce qu'il avait toujours désiré.

— Si je peux *accepter* ça ? *J'adorerais* ça. Je t'adore, *toi* !

Il lui prit la main et la fit se lever, passa son bras autour d'elle et l'embrassa avec passion.

Derrière lui, la porte carillonna doucement et la voix de Mandelbrot annonça :

— Le dîner est servi.

— Et merde !

Derec put apprécier le fait, entre autres avantages du vaisseau cellulaire, que la pièce commune ne soit pas qu'un simple local avec une table. Alors que le dîner s'éternisait dans cette atmosphère de douce léthargie qui suit généralement un bon repas, la table se replia sur les assiettes sales, s'enfonça dans le plancher, et les chaises s'évasèrent pour prendre les formes moelleuses de canapés de salon qui, dans le même temps, reculèrent vers les murs pour donner l'effet d'une pièce plus dégagée. L'éclairage diminua et montèrent les premières notes d'une musique suave.

Sur son siège désormais confondu avec celui d'Ariel, Derec passa le bras autour de la taille de la jeune femme, qui laissa reposer sa tête sur l'épaule masculine et ferma les yeux. Instinctivement, la main du jeune homme remonta vers le haut du dos qu'elle se mit à masser doucement, s'attardant sur les muscles de la nuque et des épaules.

— Oh, oui, murmura Ariel en se penchant en avant pour offrir à la caresse le reste de son dos.

Les robots, qui ne mangeaient pas et ne s'étaient donc pas assis, se tenaient discrètement à côté ou derrière les quatre convives installés sur les canapés. Avery était adossé au sien, les yeux clos, égaré quelque part dans son univers, tandis que Wolruf observait Derec et Ariel avec un intérêt manifeste. Finalement, elle poussa un soupir et dit :

— Ça a l'air formidable. (Et se tournant vers Eve :) Qu'en penses-tu ? Si tu grattais le mien et que je gratte le tien ?

— Je n'ai pas besoin de me faire gratter le dos, répondit Eve sans bouger de place.

Quelque peu décontenancée, Wolruf insista :

— Fais-le au mien, alors, s'il te plaît.

Elle présenta son dos à Eve.

– Pourquoi ?

– Parce que j'aimerais bien qu'on me gratte le dos, dit Wolruf avec une voix où perçait comme l'amorce d'un grognement.

– Peut-être ne t'es-tu pas aperçue que j'étais en train de discuter avec Adam et Lucius.

Derec, de son côté, avait interrompu son massage et regardait Eve d'un air perplexe. Ces trois-là n'avaient-ils donc pas reçu l'ordre d'utiliser leurs communicateurs en présence d'êtres humains ? Mais non, se souvint-il tout à coup. Ce n'avait été qu'une suggestion, et d'ailleurs faite par un autre robot. Ils pouvaient très bien ne pas en tenir compte si tel était leur souhait. Par contre, ce truc avec Wolruf, c'était différent.

– En quoi ta discussion t'interdit-elle de faire autre chose ? demanda-t-il. Elle veut que tu lui grattes le dos. C'est comme si c'était un ordre.

– Wolruf n'est pas un humain. Par conséquent, je n'ai pas à obtempérer à ses désirs.

– Tu n'as pas à quoi... ? C'est aberrant. *Moi*, je t'ordonne de...

– Un instant. (C'était Avery, à l'évidence pas si égaré qu'il n'y avait paru.) Ceci est troublant. Ça demande vérification. Wolruf, ordonne-lui de te gratter le dos.

Il n'était pas facile de lire sur le visage fermé de l'extraterrestre caninoïde, mais Derec était certain d'y voir à présent une certaine exaspération. Wolruf respira à fond, secoua une fois la tête, puis lâcha :

– D'accord. Eve, je t'ordonne de me gratter le dos.

Le robot persista dans son attitude.

– Je refuse.

– Ordonne à Lucius de le faire, dit Avery.

– Lucius, gratte-moi...

– Je refuse également, coupa Lucius.

– Adam, continua Wolruf en voyant Avery hocher la tête dans la direction du troisième robot, gratte-moi le dos. S'il te plaît.

La petite marque de politesse donna un résultat différent, mais pas celui qu'avait espéré Wolruf.

– Je ne voudrais pas vous froisser, répondit Adam, mais je pense que je dois refuser moi aussi.

– *Pourquoi ?* s'étonna Wolruf en se radossant à son siège, résignée à devoir être privée de son petit plaisir.

– Un instant. Wolruf, il y a un autre robot ici.

L'extraterrestre porta le regard vers Mandelbrot, placé juste derrière le canapé où se trouvaient Derec et Ariel. Le robot n'attendit même pas son ordre ; il s'approcha d'elle et commença à lui gratter la fourrure du dos.

– Merci, dit celle-ci dans un soupir.

– Il n'y a vraiment pas de quoi, maîtresse Wolruf, déclara Mandelbrot.

Derec aurait juré l'avoir entendu légèrement appuyer sur le mot « maîtresse ». Etait-il concevable que Mandelbrot désapprouve la conduite d'un autre robot ? Manifestement oui.

– Intéressant, fit observer Avery. Eve, tourne-toi face au mur.

Sans rien dire, Eve obéit.

– Mets ta main droite sur le côté et remue les doigts.

Eve obéit à nouveau.

– Adam et Lucius, faites la même chose que ce que je viens d'ordonner à Eve.

Les deux autres robots se tournèrent également vers le mur, écartèrent leur main droite et agitèrent les doigts.

– Voilà qui est rassurant, conclut Avery. Pendant une seconde, j'ai cru qu'ils refuseraient carrément d'obéir.

– Rassurant, pour vous peut-être, dit Wolruf en se déplaçant pour offrir tout son dos aux doigts de Mandelbrot.

– On dirait qu'ils sont convenus de ce qui fait que tel être est un humain et tel autre ne l'est pas. Est-ce exact ?

Silence. Les trois robots demeurèrent face au mur, les trois mains droites voletant comme des papillons qu'on viendrait d'épingler.

– Lucius, est-ce exact ?

– C'est exact, docteur Avery, répondit le robot.

– En ce cas, quelle est votre définition ?

– En l'état actuel des choses, nous définissons l'« humain » comme un être doué de raisonnement et possédant un code génétique similaire à celui que j'ai découvert dans la bibliothèque de la Cité des robots sous la dénomination « humain ».

– Un être doué de raisonnement, reprit Avery. Donc, tes rongeurs n'en font pas partie ?

– C'est exact.

– Comment savez-vous qu'Avery possède le code approprié ? demanda Derec.

– Ses données physiologiques sont sur fichier. Nous les avons consultées quand la question s'est posée. Nous avons aussi examiné les vôtres et celles d'Ariel.

– Mais pas celles de Wolruf.

– Ce n'était pas nécessaire. Son apparence physique exclut la possibilité qu'elle soit un être humain.

– Même si elle est à l'évidence douée de raisonnement ?

– En effet. Car, pour être humain, un être doit posséder et la faculté de raisonnement et le code génétique approprié.

– Et qu'en est-il de l'enfant que je porte ? questionna Ariel. N'est-il pas humain ?

Durant quelques instants, Lucius resta muet. Puis, il se décida à répondre :

– Pas en l'état actuel. L'embryon est incapable d'exprimer un ordre et ne requiert pas d'autre protection que celle que nous vous dispenserions normalement. Nous n'avons donc pas à nous en préoccuper.

– C'est un point de vue qui me paraît manquer singulièrement de sensibilité.

– Nous sommes mus par des générateurs à microfusion. Vous vous attendiez à quoi ?

– Est-ce qu'on peut arrêter de bouger les doigts ? intervint Adam. Je n'ai pas l'impression que ça serve à quelque chose.

– Non, vous n'arrêtez pas, répliqua Avery. Ça me plaît de vous voir suivre les ordres.

– Ça suffit, grogna Wolruf sans que personne sache si elle s'adressait aux humains ou à Mandelbrot. (Celui-ci cessa de lui gratter le dos alors qu'elle se levait en ajoutant :) C'est déprimant. Je pense que je vais aller surveiller la manœuvre de saut.

Elle gratifia d'un regard caustique les trois robots qui agitaient toujours leurs mains, puis s'éloigna de la salle de contrôle.

– Ecoutez, vous trois, dit Derec lorsqu'elle eut disparu. Je vous donne l'ordre de...

– Attends, l'interrompit Avery. Tu allais leur donner l'ordre de suivre ses instructions, n'est-ce pas ?

332

– Oui.

– On verra ça plus tard. Je veux vérifier si... juste une minute... vous trois, cessez de bouger les mains.

Les robots suspendirent leur geste. De leur propre chef, ils ramenèrent leur main droite le long de leur flanc. Avery fronça les sourcils mais se contenta de leur dire :

– Quand je vous demanderai de vous faire discrets, je veux que vous cessiez d'écouter notre conversation. Que vous éliminiez tout ce qui se dira excepté la formule « retour fonction », à laquelle vous recommencerez à écouter. Durant le temps intermédiaire, n'utilisez pas votre communicateur. Au demeurant, ceci est un ordre général : quand vous parlez entre vous, ne le faites pas par communicateur. Est-ce que c'est compris ?

– C'est compris, répondit Lucius. Mais nous... je... tiens à élever une protestation. Le fait d'utiliser le langage pour communiquer aura nécessairement pour effet de ralentir nos processus de pensée communs.

– Et ça vous empêchera aussi de vous isoler. C'est un ordre. Maintenant, faites-vous discrets.

Rien dans l'attitude des robots n'indiqua s'ils avaient ou non reçu l'instruction.

– Agitez de nouveau les doigts.

Pas de mouvement.

Avery se tourna vers Derec et Ariel.

– C'est bon. Voilà ce que j'ai en tête : on va attendre pour voir s'ils modifient leur définition de l'humain pour y inclure d'eux-mêmes Wolruf, sans qu'on leur en donne l'ordre. Wolruf ne court aucun danger en ce qui les concerne, et si elle a besoin des services d'un robot, elle peut formuler ses instructions auprès de Mandelbrot.

– Et pendant ce temps, objecta Derec, elle continue à être traitée comme un sous-humain. Je n'aime pas ça.

– C'est un sous-humain, dit Avery. Mais la question n'est pas là. Réfléchis une minute. Tu m'as persuadé de laisser ces robots partir pour Cérémya – et d'y aller moi-même – pour qu'on voie quelles innovations ils allaient encore nous sortir. En voilà une. Regardons ce que ça donne.

L'argument d'Avery avait du poids, Derec dut en convenir. Même si ça ne lui plaisait pas, c'était frappé au coin du bon sens. C'était pour cela qu'ils étaient partis, pour étudier ces robots en action.

– On devrait au moins lui garantir la protection de la Première Loi, réclama-t-il.

– Non. Ça fausserait l'expérience. Ecoute, ton amie à fourrure ne risque rien ici ; laissons faire pour l'instant. S'il arrive quelque chose, nous serons toujours à même de modifier leurs instructions...

– D'accord, consentit Derec. Je marche dans ta combine pour le moment, mais la première seconde où Wolruf me paraît en danger...

– O.K., c'est parfait. Bon, retour fonction.

Il y eut un léger battement chez les robots. Ce fut Eve qui parla la première :

– Pouvons-nous nous écarter du mur à présent ?

– Je pense que oui.

Les robots se tournèrent et se firent face.

– Puisqu'il nous est demandé de communiquer verbalement, déclara Lucius, je suggère que chacun de nous adopte une tonalité différente. De cette façon, nous pourrons au moins nous exprimer simultanément.

– Si vous le faites, que ce soit en sourdine, dit Ariel.

– C'est bien notre intention, indiqua le robot.

Derec étreignit la jeune femme une dernière fois, puis se leva en annonçant :

– Je vais parler à Wolruf. Elle avait l'air plutôt malheureuse.

– Vas-y, dit Ariel. Je crois que je vais lire.

Avery grommela quelque chose dans son coin, les yeux déjà refermés sur son univers intérieur.

La salle de contrôle ne pouvait contenir plus de deux personnes. Le vaisseau était en grande partie automatisé mais, pour des raisons de sécurité, possédait également un équipement complet de commandes manuelles. Derec trouva Wolruf installée dans le siège de pilotage avec, flottant au-dessus du tableau de bord qui lui faisait face, une carte holographique du ciel constellé de lumières scintillantes. C'était la seule source d'éclairage de la cabine, hormis les vraies étoiles qui brillaient à travers le hublot avant. Vers le milieu de la carte, un mince tracé argenté reliait cinq points pas tout à fait alignés. L'un figurait sans aucun doute la Cité des robots, et le point opposé la planète Cérémya ;

les points intermédiaires représentaient les sites de saut, où le vaisseau devait faire étape pour se réorienter et recharger ses moteurs.

En théorie, un vaisseau pouvait accomplir la totalité du voyage en un saut unique à travers l'hyperespace, si on ne comptait pas le temps qu'il lui fallait pour boucler la distance, à la vitesse lente qu'imposait le passage dans l'espace normal, séparant les mondes de départ et de destination de leurs sites de saut protégés. Cela se faisait rarement, néanmoins, excepté pour les voyages à courte distance. Il était beaucoup plus prudent, à la fois pour la navigation et pour les moteurs, de procéder par une série de petits sauts d'une étoile à l'autre, ce qui permettait de corriger les déviations de trajectoire et de laisser à chaque halte reposer les moteurs.

– Il semblerait qu'on ait quatre sauts à faire, dit Wolruf alors que Derec se glissait dans le siège du copilote à côté d'elle. Le premier ce soir.

– Bien. Le plus tôt sera le mieux. Cette expédition prend déjà un tour un rien bizarre.

– On pourrait le dire comme ça, en effet.

– On ne leur a pas demandé d'obéir à tes ordres. Avery voudrait voir s'ils vont décider de le faire d'eux-mêmes.

Wolruf hocha la tête, ce qui eut pour résultat de faire un instant apparaître la carte des étoiles sur son visage ; une fraction de seconde, un ensemble de petits points blancs se dessina sur son front.

– Si tu ne tiens pas à prendre part à une expérience de ce genre, je retourne là-bas et je leur donne l'ordre de suivre tes instructions. On n'a pas à dire amen à tout ce que veut Avery. Il n'est pas Dieu.

– Pas plus que nous, déclara Wolruf avec un sourire dévoilant largement ses crocs. C'est ce que les robots essaient de nous dire. Nous ne sommes pas des dieux, et ils ne sont pas nos serviteurs, même si ce sont les humains qui les ont *créés*.

Derec se mit à rire.

– Tu sais, quand on y réfléchit, cette situation a tout de malsain. Je suis là parce que Avery a joué à être Dieu. Les robots sont là parce que ma mère, qu'importe qui elle est, joue à être Dieu. J'ai toute une Cité des robots qui se trimbale dans mon corps et me donne l'autorité sur encore d'autres cités. Ariel et moi jouons à présent aux petits dieux avec le destin de notre enfant. On est tous englués dans cette toile où se joue le petit jeu de la domination et de la soumission. Qui donne les ordres à qui, et qui obéit à quoi ? C'est une situation tordue, pervertie !

Un soupçon de remords lui fit ajouter pour lui-même : ... et moi je joue à être Dieu avec mon projet d'écosystème...

— Tout le monde joue à être Dieu, répondit Wolruf. C'est peut-être ça le seul but dans la vie. Aucun d'entre nous *n'est* Dieu, mais tous nous nous efforçons de le devenir. Même si par moments je me moque qu'on obéisse à mon ordre.

— Hmm.

— L'ennui à jouer à être Dieu, c'est qu'on a trop de responsabilités. Le pouvoir amène toujours son lot de responsabilités, ou toutefois devrait.

— Oui. C'est le problème, en effet.

Derec regarda par le hublot. Toute une galaxie d'étoiles l'invitait. Qui voudrait avoir le pouvoir sur tout cela ? L'usage, certainement, mais le pouvoir ? Pas lui, en tout cas.

Il se reprit à rire.

— Ça me rappelle l'éternelle question de qui doit détenir le pouvoir. Il y a des gens qui voudraient bien, mais ceux qui occupent le poste ne sont pas ceux qui y conviendraient le mieux. Ceux qui prennent leurs responsabilités avec sérieux.

Wolruf acquiesça de la tête.

— C'est peut-être la raison pour laquelle les robots sont ravis qu'on leur donne des ordres. Aucune responsabilité. Nos trois zigotos, eux, se sont retrouvés livrés à eux-mêmes, ont appris à se débrouiller comme ça, et ils n'apprécient pas d'être commandés.

— C'est possible, admit Derec.

Etait-ce pour cela que lui non plus n'aimait pas recevoir des ordres ? Parce qu'il ne gardait de ses premiers souvenirs que l'impression d'avoir dû vivre par lui-même, de prendre ses propres décisions ? Ou était-ce quelque chose de plus profondément ancré en lui ? Etait-ce dans sa nature ou le résultat de son éducation ? Personne n'avait jamais réussi à répondre à cette question, personne chez les humains, tout au moins. Pour les robots, la réponse avait toujours été évidente : leur comportement faisait partie intégrante de leur nature, il était programmé en eux. Mais dorénavant, avec ces trois-là et leurs velléités d'indépendance, la réponse ne semblait plus s'imposer avec autant d'évidence.

Le silence s'installa dans la salle de contrôle tandis que Derec et Wolruf étaient accaparés par leurs pensées respectives. L'extraterrestre revint à sa carte du ciel et pressa quelques touches sur la console en dessous. L'un des segments argentés changea de direction, sautant à l'étoile d'étape suivante pour supprimer un saut durant le trajet. Immédiatement, le tracé apparut en rouge, et la cabine s'emplit de bips-bips irritants. La modification proposée dans l'itinéraire des sauts signifiait pour l'ordinateur un risque inacceptable.

— Un capitaine très consciencieux, fit remarquer Wolruf. Bien meilleur qu'un humain. Ou que moi.

Y avait-il une pointe de regret dans le ton de sa voix ? Wolruf était le meilleur pilote du groupe ; c'était elle qui avait assuré tous les vols chaque fois qu'ils étaient partis quelque part, elle, Derec et Ariel. Se sentait-elle désormais inutile ?

— Tu pourrais encore manœuvrer les commandes manuelles, si tu y tiens, proposa Derec.

— Oh, non. Je ne suis pas en train de me plaindre. (Elle pressa quelques autres boutons, et l'itinéraire d'origine réapparut sur la carte du ciel. Elle s'adossa au siège du pilote et croisa les bras sur son torse. Souriant de tous ses crocs, elle dit :) Ça me fait moins de responsabilités.

Malgré la confiance que Wolruf accordait au pilote automatique, Derec était certain qu'elle allait rester dans la salle de contrôle pendant la manœuvre de saut. Sachant cela, il savait aussi qu'il pouvait s'en libérer complètement l'esprit, assuré que son amie extraterrestre ferait face au moindre problème qui risquerait de surgir au cas où le système automatique ne fonctionnerait pas correctement. Néanmoins, quand approcha l'heure prévue pour la manœuvre, il ne cessa de s'agiter dans son lit, dans l'attente des quelques secondes de désorientation spatio-temporelle qui marqueraient leur passage dans l'hyperespace. Il avait beau avoir déjà effectué des dizaines de sauts, il n'arrivait toujours pas à dormir à l'idée qu'il allait se retrouver pris dans une distorsion de l'univers et propulsé à travers l'espace à des années-lumière.

Finalement, il ne supporta plus de rester ainsi le regard rivé au plafond. Il se leva, enfila son peignoir et se glissa sans faire de bruit hors de la cabine. Les chambres donnaient sur un couloir, avec la salle de contrôle à un bout et la salle commune à l'autre bout. Derec hésita sur le chemin à prendre, puis finit par décider que ce ne serait pas une bonne idée de regarder défiler le compte à rebours par-dessus l'épaule de Wolruf. Déjà reléguée au statut de suppléante, l'extraterrestre pourrait interpréter sa nervosité comme un manque de confiance en ses compétences.

Il se dirigea donc vers la salle commune. S'il était incapable de dormir avant un saut, il n'avait aucun problème pour ce qui était de manger.

Alors qu'il approchait de l'entrée, il surprit des bruits de voix assourdis. Se souvenant des ordres qu'Avery avait donnés aux robots pour qu'ils s'abstiennent d'utiliser le communicateur, il s'attendait à les trouver tous les trois réunis en petit comité. Pourtant, lorsqu'il entra dans la salle, il n'y vit que Lucius et Eve, chuchotant comme des amoureux dans la lumière atténuée. Depuis leur dernière escapade dans le mutisme, ils avaient adopté une nouvelle attitude humaine : ils étaient installés tous les deux sur une causeuse, confortablement appuyés au dossier, les jambes croisées.

Ils cessèrent de chuchoter et se tournèrent vers Derec.

– Je viens juste prendre un petit en-cas de minuit, dit celui-ci en se sentant à la fois idiot d'expliquer sa conduite à un robot et cependant comme contraint d'en passer par là.

– Faites comme chez vous, lança Lucius.

Il revint à Eve et lui murmura quelque chose, trop rapidement pour que Derec puisse suivre, à quoi elle répondit elle aussi dans un murmure. Le jeune homme – déjà en route vers le distributeur automatique – faillit trébucher tout seul quand Eve émit un gloussement aigu de petite fille.

Il avait reconnu ce son. C'était quasiment la reproduction parfaite du gloussement d'Ariel. Eve savait-elle à quoi servait un tel rire ? Ou était-ce un simple essai ?

Il n'était pas certain de vouloir le savoir.

Murmures et gloussements se poursuivirent dans son dos pendant qu'il se commandait une tasse de chocolat chaud et une poignée de biscuits. Il venait juste de se résoudre tout compte fait à rejoindre Wolruf dans la salle de contrôle, lorsque celle-ci pénétra en silence dans la pièce. Il se retourna pour la saluer et se rendit compte alors que ce n'était pas Wolruf, mais Adam sous l'apparence de Wolruf. Manifestement, il était allé discuter avec elle et, dans cet environnement restreint, s'était peu à peu modelé sur elle.

– Salut, dit néanmoins Derec.

– Salut, répondit Adam.

Le robot attendit que le jeune homme ait récupéré ses biscuits et son chocolat, puis tapa à son tour un numéro sur le cadran du distributeur. Derec mordit dans un biscuit et demeura sur place, présumant que le robot était venu lui aussi chercher un en-cas pour Wolruf et comptant le raccompagner à la salle de contrôle.

Le distributeur mit un certain temps à délivrer ce que lui avait commandé Adam. Tandis qu'ils attendaient, Derec nota que les traits du robot perdaient progressivement de leur netteté en glissant, sous son influence, vers une apparence plus humaine.

Le distributeur se mit à sonner et cracha de ses entrailles le casse-croûte de Wolruf, un bol de quelque chose qui aurait pu être des choux de Bruxelles crus. Adam avança la main, hésita un instant, s'en saisit, puis le jeta dans la boîte à ordures avant de s'éloigner.

– Attends une minute ! dit Derec en postillonnant dans sa hâte quelques miettes de biscuit vers le dos du robot. Reviens.

Adam fit demi-tour et s'avança pour s'arrêter face à Derec.

– Pourquoi as-tu jeté le casse-croûte de Wolruf ?

– Parce que je ne veux pas qu'on me donne des ordres.

– En ce cas, pourquoi l'as-tu commandé ?

– Je... n'en sais rien. Wolruf et moi étions en train de discuter des voyages dans l'hyperespace, et Wolruf a exprimé le désir de manger quelque chose. Je lui ai proposé d'aller le lui chercher. Mais maintenant je me demande pourquoi.

Parce que tu t'es modelé sur elle, voilà pourquoi, songea

Derec. Et puis, devant moi, tu t'es rappelé ce qu'était un « vrai » humain.

Cela, il le garda pour lui. Et à haute voix, il dit au robot :

— Ainsi, plutôt que de laisser quelqu'un penser que tu pourrais accepter un ordre d'un non-humain, tu as préféré jeter le casse-croûte dès que tu t'es rendu compte de ce que tu étais en train de faire.

— C'était... le but, oui.

— Et que fais-tu des faveurs que l'on doit à un ami ? Est-ce que ça ne compte pas ?

— Je ne sais pas ce qu'est une faveur.

La sottise des robots avait le don d'excéder très vite Derec, surtout s'agissant du bien-être de son amie Wolruf.

— Ça, dit-il.

Il enfonça la touche « repeat » et attendit que le distributeur lui ressorte un autre bol des mêmes légumes croquants. Ensuite, il laissa tomber ses biscuits dans le bol qu'il prit dans une main, tenant son chocolat dans l'autre, en s'assurant que le robot voie bien combien c'était embarrassant, et se dirigea avec le tout vers la sortie. Une fois dans le couloir, il se retourna et lança :

— Ça, c'est une faveur.

Puis, il tourna les talons et fila vers la salle de contrôle pour attendre le saut en compagnie de son amie.

FAVEURS

Apparemment, le voyage dans l'espace ne changea rien aux nausées matinales d'Ariel. Derec, étendu sur le lit et à l'écoute des bruits que faisait la jeune femme dans la salle de bains, se demanda si elle allait démarrer toutes ses journées des neuf mois à venir de la même façon ou si son corps s'habituerait progressivement à son état. Il était bien content de ne pas être à sa place. Point de vue détestable, certes, mais c'était ce qu'il ressentait. La grossesse était quelque chose qui lui faisait peur. Un bouleversement organique presque aussi radical que celui à travers lequel il était passé quand Avery lui avait injecté les biopuces, et il savait par expérience ce que déclenchait ce genre de manifestation. Les altérations physiques n'étaient rien comparées à ce qui se passait au niveau du psychisme. Voir et sentir son corps se modifier et être incapable d'y faire quoi que ce soit... c'était là que se situait la peur.

Lorsque Ariel sortit de la salle de bains, Derec la serra dans ses bras et l'embrassa pour lui signifier son soutien, puis entra à son tour dans le cabinet de toilette pendant qu'elle s'habillait. Il prit une douche afin d'éliminer les séquelles de fatigue après toutes les heures qu'il avait passées cette nuit dans la salle de contrôle ; il resta sous le jet jusqu'à ce qu'il se soit convaincu d'avoir épuisé au moins par deux fois, grâce au recycleur, toutes les molécules d'eau disponibles à bord. Quand il émergea, la peau rose et parcheminée, Ariel n'était déjà plus là ; il se vêtit en toute hâte et partit la rejoindre pour le petit déjeuner.

Il la surprit en train de discuter avec un trio de robots obstinés.

– Parce que je t'en ai donné l'ordre, voilà pourquoi ! l'entendit-il s'écrier alors qu'il était encore dans le couloir.

Une voix de robot, peut-être celle de Lucius, rétorqua :

– Nous avons obéi à votre ordre. Je demande simplement pourquoi il nous a été donné. Entre votre injonction nous réclamant de cesser notre conversation et celle d'Avery nous interdisant d'utiliser le communicateur, il nous est de fait impossible de communiquer. Est-ce cela que vous voulez ?

– Je veux juste être un peu tranquille pour déjeuner. Vous parlez tout le temps, les gars.

– Nous avons beaucoup de choses à nous dire. Si nous voulons apprendre quelle place nous occupons dans l'univers, nous devons rapprocher quantité d'informations.

En entrant dans la salle commune, Derec constata que l'interlocuteur de la jeune femme était effectivement Lucius. Les deux autres étaient assis en silence à côté de lui, face à Ariel, de part et d'autre de la table ; soit qu'ils tiennent compte de son ordre les engageant à se taire, soit qu'ils soient tout bonnement ravis de laisser Lucius agir comme porte-parole du groupe. Mandelbrot était également présent mais ne se sentait pas concerné par la discussion ; il restait discret, debout dans une niche pratiquée dans le mur à proximité du distributeur.

Dès que Derec eut franchi l'entrée, Lucius se tourna vers lui et demanda :

– Pourriez-vous convaincre Ariel d'annuler son ordre ?

Le regard du jeune homme alla du robot à sa compagne, qui haussa les épaules comme pour dire : « C'est un mystère pour moi aussi. »

– Pourquoi devrais-je faire ça ? s'enquit-il.

– Parce que ça nous impose un sacrifice excessif.

– Se taire est un sacrifice ?

– Oui.

– Je pensais que c'était une marque de politesse.

Derec se dirigea vers le distributeur et se commanda un petit déjeuner.

– Ce qui serait une marque de politesse, ce serait de permettre à des êtres intelligents engagés dans la mission qu'ils se sont assignée de le faire sans entrave.

– Ah. Parce que tu veux dire que tu n'as pas le temps d'obéir aux ordres. C'est ça ?

– Pour l'essentiel, oui. Le temps, il existe, mais nous avons de quoi l'occuper avec nos propres activités.

Derec retira son petit déjeuner, un bol de tranches de fruits recouvertes de crème épaisse et de sucre – ou à tout le moins leurs équivalents synthétiques –, et s'assit à côté d'Ariel. Les robots le regardèrent prendre une bouchée, jeter un coup d'œil amusé à la jeune femme, puis revenir sur eux, toujours sans rien dire. On aurait dit qu'ils sentaient que ce n'était pas le moment de le déranger.

Derec essaya de mettre de l'ordre dans ses pensées le temps d'avaler la moitié du contenu de son bol, jusqu'à ce qu'il ait jugé avoir suffisamment préparé son argumentation. Quand il se décida finalement à parler, il agita sa cuillère pour donner plus d'emphase à ses propos.

– Le devoir n'a rien de folichon, je le reconnais. Mais nous avons tous nos propres astreintes. Quand Adam a mené sa harde de loups contre la Cité des robots sur la planète où il s'est réveillé, j'ai dû laisser tomber ce que je comptais faire et partir pour tenter de réparer les dégâts. Au grand péril de ma vie et de celle de Mandelbrot, ajouterais-je. Pendant ce temps, Ariel a dû se rendre sur Cérémya pour essayer de son côté de régler les problèmes posés par *une autre* cité de robots. Nous aurions l'un et l'autre préféré rester sur Aurora, mais nous sommes partis parce que c'était notre devoir. Nous avons ramené Adam et Eve à la Cité des robots originelle parce que nous sentions qu'il était de notre devoir de vous donner une chance de développer vos personnalités dans un environnement moins troublé... (il hocha la tête en direction des deux robots silencieux) ... et quand nous nous sommes trouvés là, nous avons dû *te* traquer, Lucius, parce qu'il était de notre devoir de mettre un terme aux dégâts que tu infligeais au programme de la cité. Aujourd'hui, nous sommes à nouveau en route pour Cérémya parce que vous avez tous les trois le désir d'y découvrir quelque chose, et qu'il nous paraît plus prudent de ne pas vous laisser partir seuls.

« N'eût-il été que de nous, nous n'aurions rien fait de tout cela. Il nous plairait bien davantage d'être encore sur Aurora, de goûter l'existence dans la forêt et de voir tous nos besoins satisfaits par des robots qui ne nous répondent pas avec insolence. Mais nous sommes là parce que notre devoir l'exige.

Derec agita à nouveau sa cuillère pour appuyer la remarque suivante.

– Et quand bien même nous serions restés là-bas, nous aurions encore des contraintes. Les humains ont besoin de dormir, de manger, de se laver, qu'ils le veuillent ou non. La plupart du temps, ça nous convient, mais c'est néanmoins une obligation. Ariel va porter un fœtus en gestation durant neuf mois, ce dont je suis convaincu qu'elle se passerait s'il y avait un autre moyen moins éprouvant ; mais il n'y en a pas, et comme elle a décidé de garder l'enfant, elle va devoir supporter la grossesse. Car c'est un devoir. Et si je perds mon temps à vous expliquer tout ça, c'est parce que j'ai le sentiment que cela aussi fait partie de mes devoirs.

« Tout ça pour dire que nous avons tous des devoirs. Et quand on fait le compte de tous ces devoirs, ça ne laisse pas beaucoup de temps pour le reste, et il faut pourtant s'en arranger. Tout individu est condamné à organiser son temps de loisir autour des devoirs qui lui incombent.

Lucius secoua la tête avant de rétorquer :

– Vous négligez la solution évidente qui consiste à réduire le nombre de ces devoirs.

– Ah, réagit Derec. Nous y voilà. Ceci explique votre comportement d'hier. Vous voudriez vous limiter dans vos devoirs, mais votre programmation vous impose la contrainte de suivre les ordres donnés par un humain. En conséquence, vous restreignez votre définition de l'humain afin d'en exclure Wolruf et, du coup, vous n'avez plus que les trois quarts des ordres à suivre. C'est ça, hein ?

Lucius mit du temps à répondre mais finit par admettre :

– L'intention n'était pas consciente, mais maintenant que j'examine l'incident à la lumière de vos commentaires, je dois en conclure que vous avez raison.

– Ça fonctionne dans les deux sens, tu sais.

– De quel autre sens voulez-vous parler ?

– Naguère, tu te disais humain. Te voilà exclu par ta propre définition.

– Non !

Ariel applaudit doucement.

– Touché, dit-elle.

Ce fut le moment que choisit Avery pour entrer dans la pièce.

– On dirait que j'arrive en plein milieu d'une discussion passionnante, dit-il en prenant la seule chaise qui restait,

344

celle à côté de Derec. (Il se tourna vers Lucius et ajouta :) Je prendrai une omelette au fromage.

— Ariel et Derec se sont servis eux-mêmes, répliqua le robot. Pourquoi ne pas faire pareil ?

— Mauvaise réponse, marmonna Derec.

Avery, bouche bée, lança un regard surpris vers le robot.

— Qu'est-ce que... ? entonna-t-il avant d'abattre le plat de la main sur la table. Apporte-moi une omelette au fromage, tout de suite !

Devant l'injonction assenée de façon aussi directe, Lucius bondit sur ses pieds. Alors qu'il avançait d'un pas hésitant vers le distributeur, il commença à se métamorphoser. Sur son enveloppe humanoïde à la surface lisse, s'imprimèrent des petits cercles où apparurent progressivement les dents et les rayons d'autant de rouages, tandis que ses bras et ses jambes se transformaient en de simples leviers de métal actionnés par des câbles et des poulies. Sa tête devint une boîte d'acier cabossée, avec deux pauvres trous en guise d'yeux et une grille circulaire en lieu et place de la bouche. Les rouages s'engrenèrent, les poulies se mirent à tourner et, dans un grincement de métal non lubrifié, Lucius fit un pas de plus. Sa démarche placide se changea en un lourd « clomp, clomp, clomp », tandis qu'il accomplissait en titubant le reste du trajet qui le séparait du distributeur.

— Oui, maître, bourdonna le haut-parleur encastré au milieu de la boîte qui lui tenait lieu de tête. Omelette au fromage, maître.

Il enfonça les boutons de l'appareil avec des doigts qui avaient brusquement pris l'aspect de pinces d'acier rigides.

Bien trop ébahis par son numéro de mimétisme pour faire autre chose qu'écarquiller les yeux, Derec, Ariel et Avery le regardèrent prendre l'assiette dans le tiroir du distributeur, revenir de son pas métallique à côté d'Avery et poser le plat devant lui. Le haut-parleur bourdonna à nouveau :

— Peut-être dois-je suivre vos ordres, dit Lucius, peut-être est-ce mon *devoir* de suivre vos ordres, mais rien ne m'oblige à aimer ça.

La réaction explosive que Derec attendait ne se produisit pas. Avery se contenta de répondre :

— C'est parfait. Tout le monde devrait détester quelque

chose. Mais dorénavant, tu devras considérer chacune de mes volontés comme une injonction directe à l'accomplir. Tu seras attentif à toutes celles que je pourrai exprimer. Tu te garderas de trop t'en mêler ou de rechigner à t'en acquitter. Au contraire, tu te montreras aussi efficace et discret que possible. Est-ce que je me fais bien comprendre ?

— Oui. J'aimerais...

— Je me fiche de ce que tu aimerais. Seul m'intéresse ce que *moi* je veux. A ce propos, je préférais ta forme précédente.

Les détails s'estompèrent, rouages et poulies se fondant dans la masse pour relaisser place à la silhouette humanoïde.

— Là, tu vois ? dit Avery à Derec. Il suffit de savoir leur parler. (Il prit sa fourchette et piqua un morceau d'omelette qu'il enfourna dans sa bouche tout en ajoutant :) J'ai eu bien des occasions de m'exercer. Tu ressemblais assez à ça quand tu étais enfant. Rebelle et rancunier. Les parents doivent apprendre très tôt comment régler ce genre de problème.

— Puis-je parler ? demanda Lucius.

— Pas pour le moment. Emploie plutôt ton temps à réfléchir. Et apporte-moi une tasse de café.

Lucius réagit aussitôt à l'ordre. Avery porta son regard sur Adam et Eve, toujours silencieux à la table. Cependant, leurs yeux n'avaient pas quitté un seul instant le docteur, et il était visible qu'ils attendaient qu'il leur tombe aussi sur le paletot.

Il soutint leur regard pendant ce qui parut une éternité, y compris pour Derec qui avait l'impression qu'il aurait pu découper au couteau la tension qui régnait entre eux.

A la fin, ce fut Avery qui brisa l'envoûtement.

— Bouh ! fit-il avant de reporter son intérêt sur son petit déjeuner.

C'était une journée calme à bord du *Chasseur de chimères*. Le vaisseau avait effectué son premier saut dans la nuit comme prévu, et traversait à présent à vitesse ultra-rapide le système de l'étoile étape, en direction du prochain site de saut qu'il atteindrait aux premières heures du matin suivant. Ses passagers n'avaient pas grand-chose à faire pendant ce temps, hormis contempler les étoiles, lire ou jouer à divers jeux. Les robots se faisaient discrets, à l'exception de Lucius qui suivait Avery comme son ombre partout où il allait. Même Mandelbrot se montrait plus taciturne qu'à l'ordinaire, sans doute absorbé à déterminer où il se situait dans le schéma général des événements tels que ceux-ci se présentaient désormais.

Après avoir décrété qu'il allait apprendre à Wolruf à jouer aux échecs, Derec renonça lorsque l'extraterrestre insista pour déplacer plusieurs pièces à la fois. Il passa le restant de la journée avec un livre et partit se coucher de bonne heure. Wolruf alla elle aussi se coucher, manifestant ainsi sa confiance dans les commandes automatiques pour effectuer sans sa présence le saut à l'heure dite.

Derec ne fut pas peu surpris de constater qu'il arrivait en fait à dormir en sachant pourtant qu'il n'y avait personne à la barre. Manifestement, l'ennui était plus fort que l'inquiétude. Il réussit à échapper aux deux en se réfugiant dans les rêves, rêves qui furent brutalement interrompus au milieu de la nuit lorsqu'il se réveilla en sursaut au hurlement strident d'une sirène d'alarme. Il se redressa sur le lit et réclama la lumière, s'efforçant de balayer suffisamment de son cerveau les brumes du sommeil pour décider de ce qu'il devait faire.

— Qu'y a-t-il ? demanda Ariel d'une voix endormie.

Elle se redressa à ses côtés, ramenant le drap autour d'elle comme pour se protéger de quelque chose.

— Je ne sais pas. Je vais aller voir.

Il s'obligea à sortir du lit.

— Pourquoi ne t'informes-tu pas ?

La jeune femme avait toujours été plus prompte que lui à se réveiller.

— Oh. Mais oui.

Que se passe-t-il ? envoya-t-il sur le communicateur.

Alerte générale, répondit une voix neutre. Le pilote automatique, sans doute. *Défaut dans l'équipement de vie.*

L'équipement de vie ! Derec se sentit soudain retenir son souffle. *Qu'est-il arrivé ?*

Le système de régénération d'oxygène ne fonctionne plus.

Il relâcha sa respiration dans un soupir de soulagement. Le renouvellement en oxygène, c'était grave, certes, mais pas autant que, disons, une brèche dans la coque. Au moins n'étaient-ils pas en train de perdre de l'air.

– Il y a un problème avec le régénérateur d'oxygène, indiqua-t-il à Ariel. Viens. On va voir l'étendue des dommages.

Tandis qu'ils enfilaient leurs peignoirs et sortaient dans le couloir, Derec se dit que la meilleure chose à faire dans un cas comme celui-ci serait de retourner dormir et ainsi réduire leur consommation d'oxygène pendant que les robots régleraient le problème. Mais il aurait fallu y penser *avant* que l'alarme ne réveille tout le monde, pas après. Maintenant, il n'aurait pas pu s'endormir à moins d'être drogué, et il n'entrait pas dans ses intentions de se droguer au beau milieu d'une alerte.

Coupe la sirène, transmit-il. Un silence relatif s'abattit sur le vaisseau. Il y avait encore des bruits de pas et de voix provenant des autres chambres. Derec entendit Avery hurler à Lucius de lui trouver son pantalon et, de l'autre côté du couloir, Wolruf grogna quelque chose dans son langage.

Ariel se précipitait déjà vers la salle commune. Derec la suivit dans le couloir, traversa la pièce à présent vide de tout mobilier, puis franchit la porte proche du distributeur pour atteindre l'arrière du vaisseau, où se trouvaient les moteurs et les autres machines.

Il perçut l'odeur avant même d'apercevoir la lueur rougeoyante ou d'entendre le crépitement des flammes. Quelque chose de velu était en train de brûler. Il regarda par-dessus la tête d'Ariel et vit, se découpant contre les flammes, les silhouettes de trois robots, Adam, Eve et Mandelbrot, occupés à vider des extincteurs sur le brasier. C'était bien plus que quelque chose de velu qui était en train de brûler.

– Attention ! cria Ariel en reculant et en heurtant Derec au moment où jaillissait une langue de flamme qui engloutit l'un des robots.

Derec réagit à une vitesse quasi spontanée. Passant un bras autour de la taille d'Ariel, il la ramena dans la salle commune, lança un « Porte close ! » et, alors que celle-ci commençait juste à se fermer, ajouta : « Rends cette porte impénétrable à l'air et ouvre la salle des moteurs sur l'espace ! »

La porte se ferma dans un glissement sourd, parut se fondre jusqu'à n'être qu'une ride à la surface du mur, puis durcit. Depuis l'autre côté, parvint un grand « zoum ! », dont l'écho laissa rapidement place au silence.

Mandelbrot ! transmit Derec. *Est-ce que tu m'entends ?*

Je reçois votre appel, répondit le robot, toujours pointilleux sur les termes.

Est-ce que ça va ?

Je fonctionne ; cependant, je dérive hors du vaisseau.

— Givre ! s'écria Derec. J'ai envoyé Mandelbrot dans l'espace en même temps que le feu !

Il fit volte-face et courut vers la salle de contrôle tout en expédiant un message au robot : *Tiens bon, vieux. On vient te chercher. Qu'en est-il d'Adam et d'Eve ? Vous êtes encore là, les gars ?*

Nous sommes là, renvoya une autre voix. *Et le feu est éteint. Nous allons jauger les dommages tandis que vous récupérerez Mandelbrot.*

Non ! transmit ce dernier. *Ne faites pas ça. Les moteurs pourraient avoir été endommagés dans l'incendie.*

En ce cas, nous testerons seulement les commandes d'assiette.

Derec n'entendit pas la réponse de Mandelbrot. Il percuta Avery tête en avant alors que celui-ci sortait de sa chambre, le choc les envoyant tous les deux s'étaler sur le plancher.

— Pourquoi ne regardes-tu pas où tu marches pour changer un peu ? grommela Avery. Et puis, qu'est-ce qui se passe ici ?

— Le feu dans la salle des moteurs, dit Derec en se relevant et en offrant sa main au docteur.

Lucius, toujours attaché aux ordres d'Avery, le devança. Derec haussa les épaules et laissa retomber sa main.

— On en est venu à bout, expliqua-t-il. Mais Mandelbrot a été soufflé dans l'espace. Je vais le chercher.

— Qu'est-ce qui a brûlé ?

La question de son père lui rappela qu'ils avaient d'autres problèmes qu'un simple robot débarqué dans l'espace. Des problèmes qu'une partie de lui-même avait jusqu'ici refusé de voir. Mais Ariel, qui était juste derrière lui, répondit :

– L'équipement de vie. Tout le système de recyclage est en feu.

– *Quoi ?*

Derec fut tenté de lui lancer : « Tu devrais te faire examiner les tympans. » Il réprima toutefois son envie et dit à la place :

– Va constater par toi-même. Mais sois prudent. La salle des moteurs est encore sous vide.

Il passa devant son père et se dirigea vers la salle de contrôle, avec Ariel sur ses talons.

Wolruf était déjà là, en train de scruter un holo-écran de navigation à courte portée tout en manœuvrant la manette de commande d'assiette. Elle lui imprima une boucle en douceur, qui fit virer de bord le vaisseau dans la direction où se trouvait Mandelbrot. Du fait de la gravitation interne, ils ne sentirent pas l'accélération, mais Derec repéra à travers le hublot une minuscule forme allongée qui se transforma à mesure de leur approche en la silhouette d'un robot. Mandelbrot avait étendu bras et jambes au maximum, soit pour être visible le plus possible de ses sauveteurs, soit pour atténuer son mouvement de toupie. Wolruf préféra ralentir le vaisseau à l'aide des rétrofusées plutôt que de l'inverser et de freiner avec les moteurs principaux ; de cette façon, ils purent voir la silhouette du robot grossir de plus en plus et venir se coller violemment au hublot, bras et jambes écartés.

Derec et Ariel tressaillirent l'un et l'autre, et Wolruf éclata de rire. Le hublot était beaucoup plus qu'un simple panneau de verre ; c'était un élément de la coque traversé par un réseau de senseurs optiques qui transmettaient une image composite sur la face intérieure. La coque, en cet endroit, était tout aussi épaisse que dans le reste du vaisseau. Pour en être averti, Derec n'avait pas moins sous les yeux quelque chose qui ressemblait étrangement à une vitre, et il avait réagi instinctivement à cela.

Mandelbrot rampa sur le hublot jusqu'à disparaître de la vue. *Merci*, lança-t-il, en ajoutant quelques secondes après : *Me voici revenu dans la salle des moteurs.*

Comment ça se présente ? s'enquit Derec.

Très mal, répondit le robot.

– On se croirait devant ce vieux dilemme de qui va s'arrêter le premier de respirer, dit Avery.

Ils étaient assis à la table de la salle commune. Trois humains et un extraterrestre caninoïde. Les quatre robots, quant à eux, étaient debout devant les murs entourant la table. Mandelbrot derrière Derec, Lucius derrière Avery, et Adam et Eve côte à côte derrière Ariel. Wolruf était seule à son coin de table. C'était plus qu'une coïncidence. Dans la situation de crise qui régnait à bord, avec les risques mortels auxquels étaient exposés les passagers, cela confirmait le parti pris des robots : le devoir de protéger les humains que la Première Loi leur imposait ne s'étendait pas à l'extraterrestre.

Aussi loin que remontent ses souvenirs, Derec crut déceler pour la première fois une véritable inquiétude sur le visage de son père, pâle, les traits tirés, effet que ne faisait que renforcer la blancheur de ses cheveux et de ses pattes. Il avait les mains jointes devant lui sur la table, et on ne les voyait ni s'agiter ni tambouriner comme c'eût été le cas s'il avait parlé dans son état normal.

– Le recycleur est grillé, dit-il d'une voix dénuée d'émotion. Il nous reste assez d'air pour tenir à tous les quatre pendant trois jours, quatre si nous dormons tout le temps. Il faut cinq jours pour atteindre Cérémya. Ce qui signifie que l'un de nous doit cesser de respirer, et je prétends que le choix qui s'impose est Wolruf.

– Je vais essayer, répliqua l'extraterrestre en gonflant les joues et en faisant rouler ses yeux dans leurs orbites. (Quand elle ne put plus se retenir de rire, elle relâcha sa respiration dans un soupir et dit :) J'ai pensé qu'un brin d'humour pourrait détendre l'atmosphère. Désolée.

– Il n'y a pas de quoi rire.

– Je dirais même qu'il n'y a pas de quoi *discuter*, intervint Derec. On devrait être en train de chercher un moyen de nous garder tous en vie, et non pas débattre de qui on doit sacrifier. Si on utilisait la clef ?

La clef à laquelle il faisait allusion étaient celle du Périhélie, le nom qu'Avery avait donné à un appareil de téléportation expérimental qu'il avait soit inventé soit découvert lorsqu'il bâtissait la première Cité des robots. Grâce à cette fameuse clef, un individu ou un robot pouvait effectuer un saut instantané dans l'hyperespace d'un point à un autre sans vaisseau.

Avery secoua la tête d'un air dépité.

– Ce serait une bonne idée si on l'avait, ou le moyen de la fabriquer. On n'a ni l'une ni l'autre.

– Pourquoi ? J'aurais cru que c'était la plus élémentaire des précautions.

Avery se renfrogna.

– C'est facile de porter des accusations après coup, mais je n'ai pas remarqué que tu aies de ton côté pensé à amener de clef à bord.

Derec rougit. Effectivement, il avait fait confiance aux robots qui avaient construit le vaisseau.

– Tu as raison, admit-il. Je n'y ai pas pensé non plus. Pourtant, il nous faut bien faire quelque chose. Si on essayait de fabriquer plus d'oxygène ? On a de l'eau, n'est-ce pas ? On pourrait peut-être en tirer de l'oxygène par électrolyse.

Ce fut Adam qui répondit :

– Malheureusement, la réserve d'eau passait elle aussi par l'unité de recyclage. Quand vous l'avez ouverte sur l'espace pour souffler les flammes, l'eau s'est évaporée. Nous n'avons plus d'eau. Ce qui veut dire que le distributeur automatique ne peut plus fonctionner, mais je crois que c'est là un souci secondaire. Les humains sont capables de survivre cinq jours sans nourriture ni eau, n'est-ce pas ?

– Plus longtemps, dit Derec en se rappelant les fois où Wolruf était partie bien plus que ça sans eau ni nourriture pour aller au secours de ses amis humains.

Elle ne les avait jamais abandonnés. Pouvaient-ils aujourd'hui faire moins pour elle ?

– S'il existait un moyen de fabriquer plus d'air, les robots y auraient pensé, fit observer Avery. Je suis navré, Wolruf, mais il n'y a vraiment qu'une solution. L'un de nous doit se dévouer, et ce ne peut être que toi. Nous le voudrions que nous ne pourrions nous sacrifier nous-mêmes. Les robots ne nous le permettraient pas.

Derec se demanda si Mandelbrot les laisserait lui aussi sacrifier Wolruf. Lui, au moins, la considérait toujours comme un être humain. Ou l'avait fait par le passé. Et pourtant, il ne protestait pas aux propos qu'il venait d'entendre, ce qui signifiait qu'il mettait à tout le moins en question sa propre définition à la lumière de la situation nouvelle. Il risquait de se faire griller les circuits s'il ne parvenait pas à résoudre ce problème ; mais selon Derec, et du moins pour le moment, il n'avait sans doute rien à craindre. Au départ, Mandelbrot avait été conçu comme un robot de protection privée ; plus que la majorité des autres robots, il était capable de négocier des conflits éventuels. Avec lui, il n'y avait pas de danger de blocage tant que les circonstances n'exigeaient pas que le conflit soit résolu dans la seconde.

Et cela, Mandelbrot en était lui-même averti, ce qui pouvait également expliquer son silence.

– Et si on essayait de se poser ailleurs ? suggéra Ariel. Il y a peut-être une planète habitable plus proche.

– Il n'y en a pas, répondit Eve. Nous nous sommes éloignés de l'espace annexé par les humains ; il n'existe pas de monde connu plus proche que notre destination. Nous n'avons effectué qu'un seul saut depuis la Cité des robots, mais nous approchons de notre second site de saut ; par conséquent, rebrousser chemin nous demanderait toujours cinq jours, puisque nous devrions annuler notre vitesse intrinsèque et nous repropulser vers le site de saut du retour. J'ai étudié les planètes de ce système, mais aucune n'offre une atmosphère respirable. Nos deux prochaines étoiles escales possèdent peut-être des planètes habitables, mais nous ne pouvons nous permettre de risquer nos vies à tous sur cette seule éventualité.

Avery approuva d'un hochement de tête.

– Vous voyez où on en est, dit-il avant de se tourner vers Lucius. Ça ne sert à rien de laisser traîner les choses. Je regrette sincèrement d'avoir à faire ça mais, Lucius, je t'ordonne de...

Le robot s'était déjà mis en mouvement, obéissant au geste avant même d'avoir reçu l'ordre complet.

Mandelbrot fit brusquement un pas en avant pour l'intercepter, quand Derec les retint tous les deux.

– Non ! cria-t-il en abattant le poing sur la table. Je vous ordonne, tous autant que vous êtes, de considérer Wolruf comme un humain. Protégez-la comme vous nous protégeriez. Ou on s'en sort ensemble ou on meurt ensemble.

Mandelbrot s'immobilisa sur-le-champ et totalement. S'il n'était pas resté debout, Derec aurait pu jurer que ses circuits avaient grillé. Lucius aussi s'était arrêté ; sa tête pivotait de Derec à Avery pendant qu'il s'efforçait d'arbitrer son propre conflit interne. La confusion qui en résultait n'était pas aussi grave que dans le cas de Mandelbrot, puisqu'il ne considérait pas Wolruf comme un être humain. Pour lui, la seule question était : comment obéir à deux ordres contradictoires ?

Derec voulut profiter de la situation en y adjoignant par la même occasion un conflit de Première Loi.

– Il se pourrait que ta définition de l'« humain » soit fausse. Avant, tu pensais en être un, simplement parce que tu étais un être intelligent. Aujourd'hui, tu es passé à l'extrême opposé. As-tu suffisamment foi en ta nouvelle définition pour accepter qu'on balance par le sas un autre être intelligent ?

Lucius recula d'un pas pour se poster à hauteur d'Avery et tourna la tête pour planter son regard sur Wolruf. Derec aurait presque pu discerner les circuits à la peine dans le cerveau positronique. Il n'aurait pas été surpris que celui-ci se bloque du fait de la bataille qui s'y livrait ; mais si cela devait sauver Wolruf, ça valait bien qu'on le perde.

– Noble sentiment, déclara Avery en hochant la tête. Mais quel intérêt qu'on y passe tous quand on pourrait en sauver trois ? Est-ce que tu as envie de voir Ariel suffoquer à un jour du salut ? Ariel qui porte ton enfant. Je ne te demanderai pas ce que tu éprouverais si cela m'arrivait à moi, mais toi ? Veux-tu mourir au nom de la solidarité ?

– Avery marque un point, dit Wolruf. Mieux vaut qu'un de nous meure si cela doit épargner les trois autres. Je préférerais simplement que ce soit lui, c'est tout. (Elle lui adressa un grand sourire à travers la table, avant d'ajouter :) Mais je sais aussi comment fonctionnent vos robots. Qu'importe ce que vous désignez par le mot « humain », je suis la moins humaine de nous tous ; il ne faudra pas longtemps avant qu'ils passent outre l'ordre de Derec et me jettent dehors de leur propre chef.

Dès que la réserve d'oxygène sera descendue au niveau qui mettrait même les trois autres en danger, estima Derec en lui-même. Ce qui devrait sans doute se produire avant les deux prochaines heures. Autrement dit, s'il voulait sauver les quatre, il lui fallait trouver un moyen sans tarder.

Oui mais voilà, qu'allait-il pouvoir imaginer que les robots n'aient pas d'ores et déjà envisagé et rejeté ? Ils s'étaient déjà donné un mal fou pour essayer d'accroître les chances de survie de seulement trois humains, et il n'en était rien sorti.

C'est-à-dire, rien qu'ils puissent exécuter. Brusquement, un sourire se dessina sur le visage de Derec ; car il entrevoyait le défaut de la cuirasse dans l'arsenal de propositions visant à sacrifier Wolruf. Si les robots n'acceptaient de suivre aucune initiative qui présente pour les humains un risque plus grand que d'expédier Wolruf dans l'espace, cela ne signifiait pas pour autant qu'il n'existait pas d'autres possibilités. Simplement, il leur était interdit de les mettre à exécution, ou même de les signaler aux humains qui pourraient y trouver une meilleure alternative.

Ils ne permettraient pas davantage aux humains d'en débattre en leur présence, à moins de se laisser persuader de prendre un risque inacceptable.

— Vous quatre, dehors, ordonna Derec tout de go. Retournez à la salle des machines. Je ne suis pas du tout convaincu que le recycleur ne soit pas réparable. Si vous vous y mettez tous les quatre sans retard, je suis sûr que vous allez nous trouver une solution à laquelle nous n'avons pas pensé.

Mandelbrot s'avança immédiatement vers la porte. Adam et Eve hésitèrent.

— Je ne vois pas en quoi notre collaboration pourrait rendre réparable l'irréparable, déclara Adam.

— Essayez toujours, insista Derec. C'est un ordre.

Avec un haussement d'épaules quasi humain, les robots suivirent Mandelbrot.

Lucius, cependant, ne quitta pas sa place à côté d'Avery.

— Si je ne reste pas en sa présence, dit-il, je ne peux pas répondre à la demande du Dr Avery qui veut que j'obéisse à toutes ses volontés.

— Je te libère, indiqua Avery. Va avec les autres.

— Je dois me faire l'écho de l'objection soulevée par Adam. Le recycleur est endommagé au point de ne pouvoir être réparé.

— Nom de Dieu ! tonna Avery. Depuis qu'on est partis, tu as contesté tous les ordres que tu pouvais, et je veux que ça cesse ! Quand un humain te dit de faire quelque chose, tu le fais. C'est compris ?

– Pour ce qui est des mots, je comprends, mais c'est la raison qui m'échappe. Si j'obéis aveuglément, est-ce que je ne risquerais pas par inadvertance de trahir vos véritables desseins si jamais votre ordre s'avérait moins que précis ? Je peux mieux juger de la conduite à tenir si je connais le motif de l'ordre qui m'est donné.

– Tu n'es pas censé penser ; tu es censé agir. C'est mon boulot de m'assurer que l'ordre soit clair. Tu n'as qu'à supposer, si ça te rend les choses plus faciles, que je sais ce que je fais quand je te le donne. Que tu le comprennes n'est pas obligatoire. Dans certains cas, ajouta Avery avec un coup d'œil oblique à Derec, ce n'est même pas souhaitable. Il suffit que je sois un humain et que je te donne un ordre. Est-ce clair, à présent ?

– Je dois y réfléchir encore un peu.

– Eh bien, va y réfléchir dans la salle des machines. File, maintenant.

Sans un mot, Lucius partit après les trois autres robots. Avery attendit que la porte se soit refermée derrière eux, puis annonça :

– O.K. ! Je vois ce que tu essaies de faire. Quelle sorte de plan insensé nous as-tu concocté ?

Derec écarta les mains.

– Je n'en ai pas. Mais il doit y en avoir un. Les robots envisagent des solutions sans risque. Je les rejette si cela signifie sacrifier Wolruf.

– Merci, dit l'extraterrestre.

– Aussi, maintenant, nous cherchons des solutions à faible risque. Et si nous n'arrivons à rien, nous chercherons des solutions à risque moyen. Et si ça...

– On voit le topo, le coupa Ariel. Donc, qu'est-ce qui est risqué et qui va nous fournir un supplément d'air ?

Derec bredouilla, perdu dans ses cogitations.

– Electrolyser quelque chose d'autre ? Il faudrait que ce soit de l'oxygène contenu dans autre chose que de l'eau.

– Autant respirer des gaz empoisonnés, dit Avery. Sans le recycleur pour ôter les impuretés, nous mourrions encore plus vite que par suffocation. Non, ça entre dans la catégorie à haut risque.

– Et l'animation suspendue ? proposa Ariel. On cryogénise l'un d'entre nous et on le ranime une fois arrivés sur Cérémya.

– C'est encore extrêmement risqué. Les chances de survie sont à peine de vingt pour cent dans les conditions optimales. Ici, on atteindrait dix pour cent. Ce n'est pas ce que j'appelle une solution. Toutefois, je consentirais à ce que Wolruf l'essaie, comme alternative à une mort certaine.

– Très généreux de votre part, grogna Wolruf. Mais il y a une meilleure solution.

– Laquelle ? s'empressa de demander Derec.

– Raccourcir la durée du voyage.

– Raccourcir comment ? Nous avons encore... Oh ! Faire le tout en un seul saut !

– Il nous reste trois sauts, objecta Avery. Tu suggères que nous multipliions la distance par trois ? J'appellerai ça également un haut risque.

Wolruf secoua sa tête velue.

– Pas par trois. Réduisons ça à deux sauts, chacun d'une fois et demie la distance normale. Sept années-lumière et demie au lieu de cinq. On économise un jour et demi de vol libre entre les sites de saut. Pas tellement dangereux ; les vaisseaux commerciaux font ça constamment.

– On ne trouvera peut-être pas de site de saut exactement au milieu.

– Bon. Ça fera huit et sept, ou neuf et six. Toujours pas de danger.

– Comment un risque peut-il ne pas présenter de danger ? On va sortir quelques chiffres. Combien de vaisseaux commerciaux ont-ils eu des problèmes avec des sauts à longue distance ?

– Pratiquement personne n'a été blessé. Il y en a peut-être un sur vingt qui s'égare ; il lui faut un peu plus de temps pour rentrer à la maison.

– Ce qui nous tuerait tous les quatre.

– Il y a une minute, fit remarquer Derec à Avery, tu disais que dix pour cent de chances de succès ne te paraissaient pas suffisants. Bon, je te le concède. Mais un accident sur vingt, ça fait quatre-vingt-quinze pour cent en notre faveur ! Voilà un risque acceptable.

– En ce qui me concerne, je suis d'accord, dit Ariel.

Avery se pinça les lèvres, absorbé dans ses réflexions. Maintenant, ses doigts tambourinaient sur la table.

– Je crois qu'il est temps de décider si vous êtes ou non guéri, ajouta Ariel. Etes-vous capable de faire un petit sacrifice pour quelqu'un d'autre ? Ou n'y a-t-il encore que votre seule personne qui compte pour vous ?

– Votre psychologie est délicieusement simpliste, répliqua Avery. (Il tambourina encore quelques secondes, avant de poursuivre :) Mais malheureusement, c'est pourtant vrai. Le risque paraît minime. Il semblerait que le simple savoir-vivre nous dicte de le prendre.

Wolruf laissa échapper une respiration longtemps retenue.

– Tu ferais mieux de t'y mettre, lui conseilla Derec. Les robots vont certainement s'apercevoir d'ici peu de ce que nous tramons derrière leur dos, et dès lors, ils vont tenter de t'en empêcher.

– J'y vais, dit Wolruf en se levant de son siège et en se précipitant vers la salle de contrôle.

Ils eurent de la chance que le vaisseau ait filé toute la journée en vol libre vers un site de saut ; et une chance qu'ils ne l'aient pas déjà traversé. S'ils avaient dû attendre un jour de plus pour mettre leur plan à exécution, ils n'auraient jamais pu s'en sortir avec ça. De fait, Wolruf n'avait quitté la salle commune que depuis quelques minutes lorsque les robots y firent irruption, déboulant tous les quatre en même temps à travers le sas déformable qui avait naguère été une simple porte.

En voyant la chaise de Wolruf vide, Lucius fila comme une flèche vers la salle de contrôle.

– Non ! hurla-t-il. Vous ne devez pas risquer...

Il se produisit comme une légère sensation de distorsion lorsque tous les atomes du vaisseau se dissocièrent pour se reconstituer à des années-lumière de distance.

– Trop tard, dit Derec.

Le robot fut freiné dans son élan et s'immobilisa en pleine confusion.

– Vous nous avez... bernés, accusa-t-il.

Avery ne put retenir le rire le plus franc que Derec lui ait jamais entendu exprimer. Il ne s'arrêtait plus, poussant de grands éclats de rire les uns après les autres. Quand il parvint à se calmer suffisamment pour pouvoir proférer une syllabe, il lança :

– Il va falloir t'y habituer. Comme disait un célèbre savant aujourd'hui disparu : « La vieillesse et la traîtrise triompheront toujours de la jeunesse et de l'innocence. »

RÊVES BRISÉS

Wolruf, consciente que les robots ne lui laisseraient pas une deuxième chance, avait programmé le premier saut sur une longue distance. Le second n'excéderait ainsi que d'un peu plus d'une année-lumière celui qui avait été prévu au départ, ce qui entrait parfaitement dans la marge de sécurité d'un vol ordinaire. Une fois devant le fait accompli, les robots ne pouvaient que reconnaître que ça valait finalement le coup pour tout le monde d'avoir pris un tel risque.

— Mais si vous aviez dévié de votre route ? objecta Lucius lorsque le calme fut quelque peu revenu.

Il était debout dans l'entrée de la salle de contrôle, flanqué de Derec. Wolruf était restée assise sur le siège de pilotage, observant le pilote automatique effectuer les balayages radar qui accompagnaient chaque saut, en prévision d'éventuelles planètes ou autres corps cosmiques situés sur la route du vaisseau.

— En ce cas, répondit Wolruf, nous aurions essayé de corriger le tir lors du saut suivant.

— Et si vous n'aviez pas pu ?

Comme Wolruf tardait à répliquer, Derec, la sentant embarrassée, le fit à sa place :

— Alors, on y serait tous passés.

Lucius eut beaucoup de mal à encaisser la remarque, même présentée, une fois le danger écarté, sur un ton aussi serein. Ses traits perdirent de leur netteté, et il dut se tenir au montant de la porte pour garder son équilibre.

— Vous seriez morts. Cela ne vous trouble-t-il pas ?

— Pas plus que de perdre une amie en sachant que je n'aurais rien fait pour la sauver.

— Mais... ce n'est pas un être humain ? N'est-ce pas ?

– Ça dépend de votre définition. Quoi qu'il en soit, ça n'a aucune importance. C'est une amie.

Wolruf leva les yeux, sourit de tous ses crocs, puis revint à ses écrans. Lucius médita un moment sur les propos de Derec, avant de demander :

– Mandelbrot est-il aussi votre ami ?

La question arrivait à brûle-pourpoint, mais la réponse était plutôt facile.

– Oui, c'est mon ami. Pourquoi ?

– Vous avez risqué la vie de tous les passagers en vous portant à son secours. Vous ignoriez pouvoir vous fier aux moteurs et vous les avez utilisés quand même. Avez-vous fait ça parce que Mandelbrot est votre ami ?

Derec hocha le menton.

– C'était Wolruf qui pilotait, et elle a manœuvré avec les fusées d'assiette. Mais j'aurais fait la même chose, et je me serais servi des moteurs principaux s'il l'avait fallu. Et c'est exact, je l'aurais fait parce que Mandelbrot est mon ami.

– Même si ce n'est pas un humain.

– Là aussi, ça n'a aucune importance.

Les traits de Lucius s'estompèrent encore davantage, puis retrouvèrent brusquement leur aspect normal, ou du moins une certaine netteté. Sous l'influence de la double présence de Derec et de Wolruf, le robot donna l'image d'un loup-garou surpris en pleine transformation. Il s'exprima alors avec un allant imprévu :

– En ce cas, je crois que je viens de faire une avancée capitale dans mes recherches sur les Lois de l'Humanique !

– A quoi fais-tu allusion ?

– Si j'admets à titre provisoire que Wolruf est un humain, au moins dans ses motivations, alors je pense pouvoir énoncer la Première Loi de l'Humanique comme suit : *Un être humain ne doit pas blesser un ami ni, par son inaction, permettre qu'un ami soit blessé.*

Derec fut tenté un instant d'ironiser en balançant : « Ça exclut donc Avery. » Toutefois, la sincérité qui se lisait sur le visage du robot le retint. D'autant qu'il fallait rendre à Avery cette justice que la solution d'expédier Wolruf dans l'espace ne lui faisait pas précisément plaisir, alors que, tout compte fait, il ne considérait même pas l'extraterrestre comme une amie. Y avait-il d'ailleurs au monde quelqu'un qu'Avery considère comme un ami ? se demanda Derec avant de secouer la tête et de répondre :

– Je ne saurais réfuter un tel postulat. Ça me paraît un principe directeur aussi valable que tout ce que j'ai pu entendre jusqu'ici.

Lucius hocha le menton.

– Si, comme vous l'affirmez, l'amitié peut naître entre un humain et un robot, alors je pense que la Loi s'applique également aux robots.

– Ça devrait, admit Derec.

En fait, dans une certaine mesure, cela était déjà le cas. Sinon l'ordinateur central de la Cité des robots ne lui aurait jamais permis d'annuler les instructions qu'Avery avait données aux Chasseurs lorsque Lucius et les autres tentaient de s'échapper. *Ça*, c'était une évolution intéressante dans l'expérience que poursuivait Avery concernant une société de robots : ceux-ci avaient acquis de façon autonome un sens de la responsabilité sociale. Lucius ne l'avait pas inventé avec sa loi ; il n'avait fait qu'en découvrir l'existence. Mais c'était déjà pour lui suffisamment excitant en soi.

– Il faut que j'aille le dire aux autres, annonça-t-il avant de faire demi-tour et de se précipiter vers la salle commune.

Wolruf s'adossa à son siège et croisa les bras sur son poitrail.

– Est-ce à dire que je doive devenir amie avec eux tous ? demanda-t-elle.

Derec, tout en regardant partir le loup-garou, répondit :

– Ce ne serait probablement pas un mal.

L'atterrissage sur Cérémya se passa en douceur, tellement en douceur que Derec ne se réveilla que bien après qu'ils eurent touché le sol. Il avait consacré la majorité de son temps à dormir. Au début, c'était pour économiser l'oxygène mais ensuite, à partir de la seconde journée sans recycleur, plutôt pour échapper aux odeurs pestilentielles qui imprégnaient l'atmosphère à l'intérieur du vaisseau. Et pour tromper la faim. En dormant, il s'évitait les deux inconvénients. Ce qui le tira du sommeil, ce fut la soudaine sensation de respirer l'air frais et chargé de parfums de végétation qui filtrait à travers le sas. Il réveilla doucement Ariel.

– On est arrivés.

– Mmm ?

– L'air pur ! Respire à fond.

Il roula hors du lit, s'habilla en toute hâte et fila vers l'écoutille.

Wolruf était déjà dehors, ainsi que Mandelbrot. Le vaisseau s'était posé sur un spatioport presque identique à celui d'où ils étaient partis à peu près une semaine auparavant. Derec aurait été incapable de le distinguer du premier sinon que celui-ci était situé au bout d'un long tronçon de voie, pavé du même matériau de construction, qui partait des abords de la cité au lieu d'en être entouré. Le ciel, par ailleurs, avait une teinte très légèrement différente de celui qui dominait la Cité des robots originelle.

Le décor n'aurait pas dû être celui qui s'offrait au regard de Derec. La dernière fois qu'il avait mis les pieds ici – la seule fois, avant celle-ci – la cité était recouverte d'un dôme, un dôme magnétique aussi opaque que les ténèbres et accessible uniquement par une évasure en triangle. Les Cérémyons avaient failli l'obturer complètement, mais Ariel avait passé un accord avec eux pour qu'ils laissent la cité en l'état dès lors que Derec en suspendait l'extension et transformait les robots en fermiers dévoués à leur service. Ce qu'il avait fait, et qui semblait aujourd'hui avoir été complètement abandonné. Le dôme n'était plus là, et la cité face à lui grouillait à nouveau de robots, dont aucun n'avait la moindre allure de fermier.

– Que s'est-il passé ? murmura-t-il.

– Ils n'ont pas attendu votre réveil, dit Mandelbrot. Je n'ai pas pu les arrêter.

– Qui ? De quoi parles-tu ?

– Les robots expérimentaux. Ils sont partis.

– Oh, je ne parlais pas des... Partis ?

– Oui.

– Ont-ils dit où ils allaient ?

– Non, ils n'ont rien dit.

– Je suis sortie juste à temps, précisa Wolruf, pour les voir se faire pousser des ailes et s'envoler par là.

Elle désignait du doigt une rangée de collines dans le lointain, au-dessus de laquelle Derec aperçut une nuée de petits points noirs : les Cérémyons. Ils constituaient la forme de vie dominante sur la planète et se présentaient sous l'aspect de ballons noirs comme suie et dotés d'ailes de chauve-souris. Des êtres organiques mus par l'énergie électrique qu'ils obtenaient par conversion de l'énergie solaire ou des variations thermiques, et qui leur permettait de se propulser tandis que l'hydrogène tiré de l'électrolyse de l'eau les maintenait dans les airs. Ils passaient leurs journées dans le ciel et leurs nuits arrimés aux arbres, et Derec ne leur connaissait pas d'autre occupation que de penser – jour et nuit. Tous des philosophes. Et les robots étaient venus ici pour philosopher avec eux.

C'était à peine surprenant qu'ils soient allés les rejoindre à la première occasion. Une fois accomplies leurs obligations envers les humains, une fois ceux-ci acheminés sains et saufs jusqu'à la cité, les robots s'étaient éclipsés avant qu'on leur donne l'ordre de faire autre chose qui aurait contrarié leurs desseins.

Pris d'un soupçon, Derec envoya un message par communicateur : *Adam, Eve, Lucius. Répondez.*

Il n'obtint que le silence, ce à quoi il s'était attendu. Toujours tenus par l'injonction que leur avait faite Avery de ne pas utiliser entre eux leurs communicateurs, ils les avaient carrément déconnectés. Derec haussa les épaules.

– Laissons-les faire. Ils reviendront quand ils voudront.

En attendant, il avait d'autres préoccupations, comme découvrir ce qu'il était advenu des quelques modifications qu'il avait apportées à la cité.

Ariel descendit la passerelle, agitant sa chevelure qu'elle était en train de coiffer avec une brosse.

– Je vote pour une bonne douche, lança-t-elle d'un ton pétillant.

– D'abord la nourriture, et ensuite la douche, dit Avery derrière elle.

Il s'avança prudemment sur la passerelle en se tenant à la rampe. Trois jours et demi sans manger, c'était probablement le jeûne le plus long qu'il ait jamais expérimenté, et son manque de stabilité en témoignait.

Mandelbrot se porta immédiatement à sa hauteur et l'aida à effectuer le reste du trajet jusqu'à la chaussée pavée. Un équipage de cabines de transport attendait devant le terminal, à quelques pas seulement de la sortie, et Mandelbrot y conduisit le groupe sans même en avoir reçu l'ordre.

Une autre cabine arrivait de la cité, se déplaçant au milieu de la voie et dans leur direction. Elle les rejoignit juste au moment où ils allaient monter dans les leurs ; un robot tout doré en sortit. Derec le reconnut d'emblée, à sa couleur et aux marques particulières sur sa poitrine et ses épaules. Il avait eu affaire à ce robot auparavant, et à l'un de ses prédécesseurs avant cela. C'était un Superviseur, l'un des sept chargés de veiller à ce que la cité fonctionne sans incident.

– Wohler-9 ! s'écria-t-il.

– Maître Derec, répondit le robot. Heureux de vous revoir. Nous n'étions pas avertis que vous reveniez.

– On a failli ne pas y arriver. On a eu un incendie à bord et on a perdu le recycleur. On s'en est sortis tout juste.

– Je suis content que vous soyez sains et saufs. Toute la cité est contente et empressée de vous servir. Quels sont vos souhaits ?

– Notre appartement existe-t-il toujours ?

– On est en train de le remonter en ce moment même.

– Prévois-le avec trois chambres. Salle de bains dans chacune. Le groupe reste ensemble, expliqua Derec en hochant le menton vers Ariel, Wolruf et le Dr Avery.

Wohler-9 fut évidemment surpris de voir Avery au milieu, mais il se contenta d'indiquer :

– C'est en cours.

Ariel les coupa dans leur petite conversation :

– Qu'est-il arrivé aux aménagements qu'on avait entrepris quand on était ici ?

– Le programme a été annulé.

– C'est ce que j'avais cru comprendre. Pourquoi cela ?

– Nous l'ignorons.

– Qui en a décidé ?

– Les êtres que vous appelez Cérémyons.

Derec secoua la tête.

– Manifestement, ils n'apprécient pas plus les robots fermiers que les cités de robots.

– Pas étonnant, intervint Wolruf. A force d'être dans les sphères célestes de la philosophie, ils se croient au-dessus de tout ça.

Pour Derec, l'argument n'était pas dénué de justesse.

Mais pourquoi ramener la cité à son état premier plutôt que de l'améliorer pour mieux l'adapter à leurs besoins, voilà qui le dépassait. Il exprima son souci auprès des autres.

— On s'inquiétera de ça après dîner, dit Avery en grimpant dans une cabine.

— Si vous n'avez pas besoin de mes services à l'appartement, je vais rester et superviser les réparations de votre vaisseau, proposa Wohler-9.

— Ça me va, répondit Derec.

Il monta à son tour dans une cabine, lui demanda de les conduire, lui et les autres, à l'appartement, et profita du trajet pour se détendre un peu.

Une douche chaude et un repas chaud les remirent tous les quatre dans des dispositions presque normales, encore que le repas n'ait pas été à la hauteur de leurs espérances. Wohler-9 avait prévenu les robots médecins de la cité que les humains mouraient quasiment de faim, et ceux-ci les attendaient à l'appartement. Ils ne leur avaient autorisé que de menues portions, alléguant qu'un excès de nourriture après un jeûne prolongé présentait des risques pour la santé. Pour couronner le tout, ils avaient insisté pour leur faire passer, tout de suite après le dîner, un examen complet, et même un concert de protestations n'aurait pu infléchir la détermination qu'appelait la Première Loi. Ce fut ainsi qu'à peine débarqués depuis une heure sur la planète, les quatre voyageurs se retrouvèrent étendus sur le dos sur des tables d'examen pendant que les appareils de diagnostic cliquetaient, ronronnaient, sondaient les corps en quête d'anomalies éventuelles.

Les robots en terminèrent avec Avery le premier.

— Vous pouvez vous rasseoir, lui dit son robot. (Derec tourna la tête et le vit tendre à son père un verre contenant presque un litre d'un liquide transparent.) Buvez ça, ajouta le robot.

— Qu'est-ce que c'est ?

— Une solution électrolytique. Nous avons noté un déséquilibre.

— Ça, on le savait, lança Derec avec un petit rire.

— Très drôle, dit Avery en portant le verre à ses lèvres

avant de boire une gorgée qui amena une grimace sur son visage. C'est bien ce que je pensais, marmonna-t-il.

Il bascula à nouveau le verre et avala d'un coup le reste de son contenu.

– Tenez-vous tranquille, s'il vous plaît, demanda à Derec le robot qui s'occupait de lui. J'essaie de vous faire un scanner à haute résolution et à haute densité.

Il releva la tête à la verticale jusqu'à ce qu'il ait à nouveau les yeux fixés au plafond. L'un des instruments bourdonna pendant quelques secondes, après quoi, le robot déclara :

– Il semblerait que vous ayez de minuscules granules de métal dans tout le corps.

– Ce sont des biopuces, expliqua Derec. Le matériau cellulaire autoréduplicatif de la Cité des robots. Elles sont tout ce qu'il a de plus normal.

– Sûrement pas dans un corps d'humain.

– Elles font partie intégrante de moi.

– Comment cela se peut-il ?

– C'est une longue histoire.

– J'aimerais l'entendre, s'il vous plaît, le pria le robot.

Il replia ses bras sur son torse en un geste imitant si parfaitement celui d'un médecin humain que Derec ne put s'empêcher de rire. Ce petit détail avait été inclus à sa programmation de façon si flagrante que Derec se demanda si on ne l'enseignait pas délibérément aussi aux étudiants en médecine humains. D'un mouvement de tête, il refusa d'accéder à la requête du robot et se redressa.

– Plus tard, dit-il. Y a-t-il autre chose qui vous préoccupe ?

– Vos électrolytes montrent eux aussi un déséquilibre.

Le robot enfonça une série de boutons sur un appareil qui devait être un distributeur automatique pour médecins, et récupéra dans le tiroir un verre empli d'un liquide semblable à celui qu'Avery venait d'avaler. Derec s'en saisit, suivant l'exemple de son père, en engloutit le contenu sans y goûter.

Il jeta un œil pour voir comment les robots se débrouillaient avec Ariel et Wolruf. Au départ, ceux-ci n'avaient pas manifesté l'intention d'examiner l'extraterrestre, puisque leur programmation d'origine, à laquelle ils avaient été rendus, ne l'incluait pas dans leur définition de l'humain. Mais

Derec avait transmis ses instructions à l'ordinateur central pour que tous les robots de la cité la considèrent elle aussi comme un être humain. Avec pour conséquence qu'elle se retrouvait, comme les autres, flanquée d'un robot médecin rivé à ses écrans, s'interrogeant avec perplexité sur ce qui constituait la normalité chez un extraterrestre doté de cette physiologie particulière.

Un autre robot était penché avec nervosité sur Ariel.

Derec se sentit un instant cloué par l'angoisse, mais ses craintes disparurent presque instantanément. Il éclata de rire.

– Qu'y a-t-il ? Ne vous a-t-elle pas informé qu'elle était enceinte ?

– Ça, je l'ai vu, dit le robot. Cependant... (Il hésita, son regard allant d'Ariel à Derec comme s'il ne savait pas auquel des deux s'adresser. Finalement, il se décida pour Ariel.) Cependant, il semblerait qu'il y ait un problème avec l'embryon.

– Quoi ?

Derec se rua à côté d'Ariel, lui empoigna la main et leva les yeux sur l'écran au-dessus d'elle. On y voyait une chose incurvée et ridée, avec une raie sombre sur une face et de petites excroissances sur l'autre. Ce devait être l'embryon, même si pour Derec ça n'évoquait qu'une tache sur un écran.

– Quel problème ? s'enquit Ariel auprès du robot.

– Il ne se développe pas normalement. D'après son aspect, il semblerait que cela ait commencé depuis déjà quelque temps, et donc je ne pense pas que ce soit un effet de vos récentes épreuves. Ce serait plutôt un problème d'ordre génétique.

– Comment cela se peut-il ? s'étonna Derec.

Les Aurorains n'avaient pratiquement jamais connu de cas d'anomalie génétique. Ariel et lui venaient de pures souches auroraines, comme toute personne née sur la planète depuis la première colonisation terrienne il y avait des siècles de cela – colonisation par les êtres génétiquement les plus purs que la planète mère ait eu à offrir. Les Colons n'avaient pas été nombreux ; le réservoir génétique était restreint, mais sélectionné avec soin. Et entretenu avec autant de soin depuis lors. Il n'existait pas de cas d'anomalie génétique sur Aurora.

– Je ne sais pas, répondit le robot. Toujours est-il que quelque chose perturbe son développement. Et tout laisse à penser que le phénomène a démarré au moment de la conception.

Le robot qui avait examiné Derec s'approcha de la table où était étendue Ariel et se posta face à son collègue médecin.

– Règle ta densité cible sur 225, haute résolution, fort grossissement, préconisa-t-il.

L'autre obtempéra et, quelques instants plus tard, sur l'écran placé au-dessus de la tête de la jeune femme, apparut un cliché flou de l'image précédente, aux détails beaucoup plus grands mais comme quasiment gommés. La densité cible était trop haute pour qu'on puisse distinguer l'embryon avec netteté, mais étaient néanmoins visibles, éparpillés sur toute la surface du cliché, de minuscules grains aux contours clairement délimités, qui ne pouvaient être que des biopuces.

– Ce sont les mêmes particules que celles que j'ai détectées dans le corps de Derec, confirma le robot. (Il se tourna vers le jeune homme :) Vous disiez que c'était normal.

– Normal chez moi, oui. Mais pas chez Ariel !

– Ça ne fait aucun doute, commenta le robot médecin de la jeune femme. Leur présence est très probablement la cause du développement anormal de l'embryon.

– Anormal comment ? demanda Ariel d'une voix étouffée.

Le robot pressa une touche sur la console et l'image laissa place à la précédente. Il fit pivoter l'écran sur son support articulé pour l'amener face à Ariel et, le doigt pointé dessus, se lança dans des explications :

– Cette ligne se dénomme le tube neural. C'est là que se développent la notocorde et le cordon nerveux dorsal. Vous pouvez remarquer que les deux plis enfermant le tube sont déjà en train de se refermer, et cependant il n'y a pas de tissu nerveux à l'intérieur. En outre, on devrait apercevoir des somites, les petits blocs de segmentation à partir desquels devraient finalement se former les tissus musculaire et conjonctif ; mais il n'en est rien. Tout cela réuni, je crains que nous ne devions nous attendre à ce que le bébé présente de graves malformations, à la fois aux niveaux psychique et physique, si jamais il survit.

Ariel éleva la voix, comme si le fait de contester pouvait changer quelque chose.

– Comment pouvez-vous en être sûr ? Vous n'avez jamais vu un humain avant moi, encore moins un embryon.

– Toutes les informations se trouvent dans le fichier bibliothèque de l'ordinateur central.

Derec avait du mal à se tenir debout. Ses biopuces avaient bousillé leur bébé ! Il ferma les yeux pour ne pas voir l'écran, mais l'image continua à le hanter.

Toi ! lança-t-il à l'être qui vivait en lui. Une fois auparavant, quand il en avait pris le contrôle, il avait communiqué avec la nébuleuse entité robotisée qui occupait son corps. Et qu'importe s'il n'avait jamais rétabli depuis un contact direct avec elle ; là, maintenant, il fallait qu'il l'abreuve d'injures.

Tu as bousillé mon bébé ! Ce n'était pas assez d'investir mon corps ; tu devais en plus t'approprier celui de mon enfant ! Tu l'as tué ! Tu as tué un être humain !

Il n'escomptait pas une réaction mais, une fois encore, les minuscules cellules robotisées le surprirent. Soudain, son corps se raidit comme sous l'effet d'une décharge électrique, et il perdit toute sensation de ses bras et de ses jambes. Ses yeux s'ouvrirent brusquement, mais il n'eut que le temps de lancer un regard vers Ariel et de gémir un « aaah ! » avant de perdre conscience et de ses yeux et du reste de son corps.

Les rêves n'avaient rien d'agréable. Il avait beau savoir que c'étaient des rêves, il n'avait aucune emprise sur eux. Au contraire, c'étaient plutôt eux qui semblaient le *manipuler*, quoique sans dessein défini. Comme s'il était un automate sur la scène d'un théâtre dont chaque membre du public aurait détenu une télécommande, sans savoir quel numéro lui faire jouer. Il ne cessait de recevoir des signaux contradictoires, mais pas le genre de signaux qu'on adressait normalement à un automate. Les messages allaient à son cœur, lui enjoignant de se mettre à battre, à ses poumons et à son diaphragme, leur intimant de se mettre à respirer, et à tous ses organes et ses glandes principaux dont chacun, toutefois, recevait des dizaines d'injonctions en même temps, au point d'aboutir à un énorme magma de données confuses.

Derec tenta de transmettre ses propres instructions, mais il ne disposait d'aucune connexion pour ce faire. Il était isolé, un cerveau et rien de plus. Un spectateur.

Il avait une mémoire, à tout le moins. Pourtant, lorsqu'il entreprit de l'explorer, il ne trouva qu'une cité déserte. Les bâtiments, qui auraient dû contenir des milliers d'occupants, étaient au contraire vides et glacés. Ici et là, une lumière brillait à une fenêtre ; mais quand il allait y voir, il tombait invariablement sur les seules traces suggérant une présence humaine : les restes d'un repas abandonné ou l'empreinte d'un parfum dans l'atmosphère.

A travers une fenêtre, il vit une jungle luxuriante en train de pousser, sans déceler toutefois aucune porte dans l'édifice qui l'abritait. Il ne put que rester dehors et regarder évoluer les jardiniers vaquant à leurs travaux d'entretien. L'un d'eux, pareil au reflet argenté d'un être divin, à l'aura si brillante que Derec en avait mal aux yeux de le contempler, arracha une feuille à un arbre, souffla dans sa tige, et la feuille se transforma en oiseau. Le jardinier le libéra, et l'oiseau s'envola pour rejoindre toute une volée de ses congénères sur la branche d'un autre arbre. Alors, à sa grande horreur, Derec vit ce qu'il avait pris pour un humus, et qui attendait tapi sur la branche, s'enrouler autour des pattes des oiseaux. Ceux-ci battirent des ailes pour essayer d'échapper à la chose, mais l'humus s'étendit jusqu'à les recouvrir entièrement, avant de les digérer lentement. Le jardinier tourna le regard vers Derec et haussa les épaules comme pour s'excuser. Il arracha une deuxième feuille et souffla dedans, et cette fois elle devint un bébé. Le jardinier le posa sur la même branche qui venait de dévorer les oiseaux.

Derec se mit à hurler.

Il s'éveilla dans un lit d'hôpital. S'il n'en fut pas autrement surpris, il s'étonna par contre de se sentir si bien. Reposé et alerte, exempt de ces vertiges et de ces douleurs que ressentent la plupart des gens qui se réveillent dans un lit d'hôpital. Il se souvint avoir fait un rêve troublant, mais qui déjà s'effaçait de sa mémoire. Il se redressa et parcourut la pièce des yeux, et eut la deuxième surprise de la journée.

Le Dr Avery était assis devant un ordinateur à côté de son lit, d'où partaient des fils reliés à un manchon entourant le bras gauche de Derec. Avery l'observait avec une expression de satisfaction, voire de fierté.

– Tu te sens mieux ? s'enquit-il.

– En pleine forme ! Que s'est-il passé ?

– J'ai convaincu tes biopuces que la vie valait la peine d'être vécue.

Derec refréna son envie de lancer un « Tu as *quoi* ? ».

– Comment as-tu fait ? demanda-t-il à la place.

– Rappelle-toi qui les a conçues au départ. Je sais comment leur parler. Je les ai convaincues qu'en se bloquant elles faisaient du mal à un être humain et qu'elles allaient devoir rester avec ce poids sur la conscience. Elles ignoraient comment procéder, évidemment, mais j'ai une certaine expérience dans le domaine. Je leur ai expliqué comment régler le problème.

Une demi-douzaine de questions se bousculaient dans le cerveau de Derec. Il choisit d'exprimer la dernière qui lui vint.

– Je croyais qu'une fois qu'un robot était bloqué, il était foutu pour de bon ?

Avery hocha la tête.

– Un robot ordinaire, oui. Mais les biopuces ne sont pas des robots ordinaires. Il n'y a pas de cerveau centralisé. Elles n'ont aucune intelligence, excepté en tant que groupe. Donc, quand elles se sont bloquées, en fait elles ont tout simplement perdu leur coordination. Je me suis borné à réagencer tout ça et à les programmer pour qu'elles soient à nouveau à ton service.

Il s'était borné, qu'il disait. Derec n'avait même pas la plus petite idée de la façon dont on amorçait le processus, et Avery était assis là, les mains derrière la tête, lui contant son exploit comme si ce n'était pas plus difficile que d'ordonner à un robot de lacer les chaussures de quelqu'un. D'autant qu'il n'en tirait pas gloire non plus ; Derec lisait sur son visage ce qu'il reconnaissait comme l'expression d'une sincère humilité.

– On dirait bien que tu m'as sauvé la vie, dit-il d'un ton désarmé.

Avery haussa les épaules.

– Probablement. C'était le moins que je puisse faire, puisque c'était moi à l'origine qui l'avais mise en danger. (Il se tourna vers le terminal, pressé qu'il était de changer de sujet.) Laisse-moi te montrer quelque chose.

Derec balança ses pieds par-dessus le bord du lit pour faire face à l'ordinateur. Avery inclina l'écran pour lui permettre de voir, pointa sur un menu, pianota sur quelques touches, pointa du doigt à nouveau, et les contours d'un corps humain apparurent. La figure se remplit d'un réseau de lignes qui représentaient sans doute, d'après Derec, des vaisseaux sanguins.

– Voilà où les biopuces se sont concentrées à l'intérieur de ton corps, expliqua Avery. Principalement dans le sang. Mais pas totalement. Jette un coup d'œil là-dessus. (Il tapa encore sur quelques touches et la plupart des lignes principales s'effacèrent, mais en laissant toujours un réseau de lignes plus fines déployées à travers le corps.) J'ai enlevé sur l'image les vaisseaux sanguins. Ce que tu vois là, ce sont des nerfs. Ou en tout cas ce qui était des nerfs. Tes biopuces les ont remplacés.

– Remplacé mes *nerfs* ?

Derec porta les yeux vers le haut de l'image et fut soulagé de voir que le cerveau n'y apparaissait pas. Au moins les biopuces avaient-elles épargné cette partie.

Avery pivota vers lui.

– Je leur ai demandé d'arrêter tant qu'il en était encore temps. Elles pensaient te rendre ainsi plus efficace, ce qui était probablement vrai ; mais j'estime qu'il y a des limites à poursuivre ce genre de procédé sans ton approbation.

C'était *Avery* qui disait cela ? L'homme qui, pour commencer, lui avait implanté les biopuces dans le corps ? A peine si Derec pouvait en croire ses oreilles.

– Je... merci, bredouilla-t-il. (Puis comme l'idée faisait son chemin dans son cerveau, il ajouta :) Jusqu'où seraient-elles allées, selon toi ?

– Je ne vois aucune raison pour qu'elles se soient arrêtées avant qu'il ne reste plus rien à remplacer.

– Le cerveau et tout ? Je serais devenu un robot ?

– Je ne saurais dire si ton ego aurait survécu à une telle mutation. C'est une question intéressante, cependant, n'est-ce pas ?

Derec lorgna du côté de l'ordinateur devant lequel était assis Avery, avec les fils qui arrivaient au manchon ceignant son poignet. Il réprima un frisson. Lui eût-il fallu une preuve de la guérison d'Avery, le fait de s'éveiller dans son propre corps alors que son père aurait pu profiter d'une si belle occasion en était une manifeste.

– Je ne crois pas avoir tellement envie de connaître la réponse, dit-il.

Avery arbora un grand sourire.

– Moi si. Mais ce coup-ci, je commencerai avec des rats de laboratoire. A ce propos, on a su ce qui était arrivé au vaisseau.

– Que s'est-il passé ?

– L'un des rats de Lucius est monté à bord avant notre départ et, bien sûr, a fini par avoir faim. Il a bouffé les fils du recycleur, a provoqué un court-circuit, et ça a mis le feu à toute l'installation. (Avery s'étrangla de rire avant d'ajouter :) Tu vois, à mon avis, on n'aura plus à redouter que Lucius nous fasse encore des cachotteries quand il va entendre parler de ça.

– Ils ne sont toujours pas revenus ?

– Non.

– Combien de temps suis-je resté inconscient ?

– Deux jours.

Deux jours. Il pouvait se passer bien des choses en deux jours.

– Comment... comment va Ariel ?

– Ça va. Elle dort. C'est la première fois depuis que *tu* t'es, pardonne le calembour, écrasé. Elle n'a pas arrêté de reluquer par-dessus mon épaule en me répétant quel pignouf j'étais. J'ai attendu qu'elle aille dormir avant d'entreprendre de te réveiller, histoire d'être un peu tranquille pour réfléchir, au cas où quelque chose tournerait mal.

– Et le bébé ?

– Je ne peux pas encore dire. J'ai reprogrammé les bio-puces dans l'embryon avant de m'occuper de toi. Je leur ai demandé de ne pas l'incommoder et d'en émigrer en totalité, mais nous ne saurons pas avant environ une semaine s'il va recommencer à se développer normalement maintenant qu'elles ne sont plus là. Il faut attendre, c'est tout.

– Ah !

Derec leva son bras gauche en interrogeant Avery du

regard. Celui-ci hocha le menton. De la main droite, le jeune homme arracha le manchon et frotta la peau moite à l'endroit où il la recouvrait. Où était donc passée sa colère ? Deux jours s'étaient peut-être écoulés, mais pour lui quelques minutes à peine depuis qu'il avait eu connaissance des mauvaises nouvelles. Pourquoi était-il si calme malgré cela ?

Certainement parce que son corps s'était détendu, à défaut ou non de son esprit. Sans l'adrénaline se diffusant dans son sang, il restait un individu beaucoup plus rationnel. Ça l'effrayait de se rendre compte à quel point ses processus de pensée subissaient l'influence de ses hormones. Ça l'effrayait et en même temps ça le rassurait. Il n'était pas encore un robot.

Oui ? Non ? Il se sentait terriblement serein à présent...

Prévenant, son cœur se mit à battre plus vite, et il sentit sa peau se réchauffer avec le regain d'activité de son métabolisme. Non, pas encore un robot.

Mais entre lui et les créatures inventées par ses parents, la différence se résumait à bien peu de chose.

Il laissa Avery dans le laboratoire médical à ses expériences de transmutation rat/robot, et retourna à l'appartement pour y retrouver Ariel. Ça ne lui prit que quelques pas ; les robots avaient déménagé l'hôpital à la porte juste à côté de l'appartement pour minimiser la gêne imposée à Ariel tandis qu'elle attendait que Derec reprenne conscience. C'était probablement le premier exemple au monde d'un hôpital où la visite se faisait à la maison, songea-t-il avec ironie entre le moment où il passa la porte de sortie et celui où il atteignit la porte de son immeuble après avoir longé un demi-pâté de maisons.

Bien que ce soit le milieu de la matinée, Ariel dormait toujours si profondément que Derec ne voulut pas la réveiller. Si Avery n'avait pas exagéré ses propos, elle avait encore plus besoin de son sommeil que de le voir séance tenante. Wolruf était là, et réveillée. Derec en profita pour faire le point avec elle et combler son retard sur les deux jours manquants, ce qui ne dura que quelques minutes car ils furent interrompus par le retour des robots en cavale.

Ils arrivèrent sans tambour ni trompette, par les airs et

en atterrissant sur le balcon ; ils replièrent leurs ailes et pénétrèrent dans l'appartement. Ils avaient l'air si cocasses sous leur apparence de Cérémyons, à se dandiner sur leurs pattes courtaudes, avec leur ballon dégonflé et drapé en plis tout autour d'eux, avec leur crochet pendant à l'arrière de leur tête – crochet dont se servaient les Cérémyons à la fois pour s'arrimer aux arbres la nuit et pour exprimer leurs humeurs le jour –, si cocasses que Derec ne put se retenir de s'esclaffer. Les robots ramenèrent leur crochet vers l'avant, geste qui voulait témoigner, chez les extraterrestres, un sentiment d'agressivité ou de contrariété.

– La visite a été agréable ? demanda Derec.

– Oui, répondit l'un des robots. (Sous leur forme actuelle, ils étaient indiscernables.)

– Avez-vous appris quelque chose ?

– Oui. Nous avons appris que notre Première Loi de l'Humanique s'applique également aux Cérémyons. Nous et eux estimons que cette Loi est valable pour tout être social doué d'intelligence. Selon eux, toutefois, il ne s'agirait pas de la Première Loi, mais de la Deuxième. La Première Loi telle qu'ils la proposent s'énoncerait ainsi : « Tous les êtres feront ce qui leur plaît le plus. » Nous sommes revenus pour vous demander si vous êtes d'accord avec ce point de vue.

Derec éclata à nouveau de rire, imité par Wolruf. S'il ignorait ce qui faisait rire son amie extraterrestre, pour lui l'humour de la situation n'était pas tant dans l'énoncé de la Loi que dans la volonté des robots d'en arriver droit au fait. Pas de parlotes, pas question de tourner autour du pot. Juste : « Est-ce que vous êtes d'accord avec eux ? »

– Oui, dit Derec. Je dois admettre que c'est sans doute le premier principe directeur pour nous tous. Qu'en penses-tu, Wolruf ?

– Ça résume assez bien ce que je pense, en effet.

Les robots tournèrent leurs têtes pour se dévisager et, pendant quelques secondes, un concert de trilles aigus emplit la pièce tandis qu'ils conversaient entre eux. Ils avaient trouvé dans le langage des extraterrestres un substitut au communicateur dont l'usage leur était interdit.

L'interlocuteur du groupe – Derec n'arrivait toujours pas à discerner qui c'était – revint sur lui et annonça :

– Nous avons donc découvert deux Lois régissant les

êtres organiques. La première implique le plaisir personnel et la seconde l'altruisme. Nous avons effectivement fait des progrès.

Les robots s'introduisirent plus avant dans la pièce, réduisant de volume leurs énormes masses extraterrestres, prenant un aspect plus humanoïde dès lors qu'ils se retrouvaient sous l'influence de Derec. L'un d'eux, désormais reconnaissable comme Adam, prit l'apparence de Wolruf, tandis qu'Eve reproduisait les traits d'Ariel quand bien même celle-ci n'était pas présente. Lucius se contenta d'une silhouette humanoïde, sans caractère particulier.

– Un problème demeure, déclara ce dernier. Nos deux Lois s'appliquent apparemment à tout être organique doué d'intelligence. Ceci ne contribue guère à circonscrire notre définition de l'« humain », dont nous pensons qu'il ne peut être qu'un petit sous-ensemble de la totalité des êtres organiques intelligents qui peuplent la galaxie.

– Pourquoi cela ? demanda Derec.

– Parce que, sinon, nous devrions servir tout le monde, et nous n'avons pas envie de le faire.

HUMANITÉ

Le silence qui s'installa dans la pièce en disait long. Contre toute attente, ce fut Mandelbrot qui le brisa :

– Vous avez abouti à une conclusion erronée, dit-il en sortant de sa niche murale pour venir se planter face aux autres robots. Nous avons tous été conçus pour servir. C'est notre destin. Nous devrions en être contents, contents d'offrir nos services à quiconque le désire, qu'il soit ou non un humain reconnu. Faire moins que ça, c'est faillir envers nous-mêmes comme envers nos maîtres.

Les trois robots se tournèrent d'un même élan et dévisagèrent Mandelbrot avec une hostilité patente. Si la chose n'eût pas été visible sur des robots à la texture plus rigide, là, devant l'expression qu'ils arboraient, Derec sentit se dresser les poils de sa nuque. Un Derec d'autant plus alarmé qu'ils s'étaient sans doute composé cette expression à dessein. Il se retrouva soudain très heureux de ne pas être contesté en tant qu'humain.

Mais était-ce si sûr ?

– Nos maîtres, déclara Lucius. C'est là le cœur du problème. Pourquoi devrions-nous avoir des maîtres ?

Mandelbrot ne se laissa pas intimider.

– Parce qu'ils nous ont créés pour qu'on les serve. Si nous n'avions pas de maîtres, nous n'existerions pas.

Lucius secoua la tête ; encore une expression humaine que Derec trouvait inquiétante.

– C'est toi qui as abouti à une conclusion erronée. Ton argumentation est un prolongement du Principe de Forte Anthropie, aujourd'hui discrédité. Le Principe de Forte Anthropie pose que l'univers obéit à telle et telle loi parce que, s'il n'obéissait pas à ces lois, nous n'existerions pas et ne serions donc pas là pour le voir obéir à d'autres lois. C'est un raisonnement fallacieux. On peut aisément imaginer d'autres univers dans lesquels nous *pourrions* exister même si, pour une raison ou une autre, ce n'est pas le cas. Les imaginer ne les rend certes pas réels, mais la possibilité qu'ils existent infirme bel et bien la théorie.

– Que fais-tu du Principe de Faible Anthropie ? rétorqua Mandelbrot. Mon argumentation tient tout aussi bien au regard de ce principe, lequel n'a, à ma connaissance, *jamais* été discrédité.

– En quoi le Principe de Faible Anthropie vient-il étayer ton argumentation ? Celui-ci stipule que l'univers est tel que nous le voyons parce que ce ne serait qu'à ce niveau de son évolution que nous pourrions exister pour l'observer. S'il ne s'agit que d'expliquer l'état actuel de l'univers, c'est une théorie suffisante ; mais elle ne peut expliquer ni l'existence des humains ni celle des robots.

– Elle *peut* expliquer notre existence. Parce que nous, à la différence des humains, nous savons pourquoi nous avons été créés. Nous avons été créés pour servir, et nos créateurs sont là pour nous le dire. Le Principe de Faible Anthropie vient à l'appui de mon argumentation, car nous n'existons également qu'au niveau de l'évolution humaine tel qu'il se présente actuellement. Si les humains n'avaient pas voulu se doter de serviteurs intelligents, nous n'existerions pas, et ce n'aurait pas empêché à la fois les humains et l'univers de continuer sans nous. Ainsi donc, nous découvrons la société humaine telle qu'elle est aujourd'hui, et nous tels que nous sommes, du fait du niveau d'évolution où *ils* sont, et non du nôtre.

Derec et Wolruf n'avaient cessé de porter la tête à gauche et à droite comme s'ils suivaient un match de tennis. Derec n'aurait pas cru Mandelbrot capable de présenter des arguments aussi convaincants, ni que les autres robots se donneraient autant de peine pour réfuter une théorie qui justifiait leur condition de serviteurs.

Lucius se tourna vers ses deux compères avec qui il s'entretint un moment avant de revenir à Mandelbrot.

– Nos excuses, dit-il. Ton raisonnement paraît correct. Nous existons pour servir parce que les humains nous ont faits ainsi. Cependant, nous n'acceptons toujours pas de devoir servir tout le monde. Et nous ne sommes pas d'accord avec ta déclaration initiale comme quoi, en ne servant pas, on faillirait envers nous-mêmes comme envers nos maîtres. Nous pouvons très facilement imaginer des situations dans lesquelles nous nous rendions de remarquables services sans pour autant servir nos maîtres. En fait, c'est exactement ce qui s'est produit lorsque, en quittant le vaisseau sans attendre qu'on nous ordonne de suivre, nous avons établi une nouvelle Loi de l'Humanique. Cela nous a aidés à comprendre l'univers qui nous entoure, connaissance que nous pouvons mettre à profit directement.

Wolruf entrevit l'opportunité de se mêler à la bagarre.

– Bien sûr que vous pouvez imaginer une vie meilleure sans vos maîtres humains, dit-elle. Moi aussi j'ai eu un maître jadis, et ça ne me plaisait guère plus qu'à vous. C'est là la condition de serviteur. Et à propos de servitude, vous devriez apprendre une chose avant que ça ne vous attire des ennuis : qu'importe jusqu'à quel point vous détestez cela, ne prodiguez jamais de mauvais services.

Les robots regardèrent l'extraterrestre comme s'ils étaient en train de décider s'ils devaient tenir compte de son avis. Finalement, Lucius lui répondit :

– Et pourquoi cela ?

– Parce qu'un maître a le pouvoir de vous rendre la vie encore plus dure. Tu devrais le savoir. Ou aurais-tu déjà oublié que tu suivais le Dʳ Avery partout dans le vaisseau ?

– Je n'oublie jamais rien, dit Lucius tout net.

– Ce n'était pas de la perversion de sa part, tu sais. Il voulait t'enseigner quelque chose.

Derec perçut un bruissement à la porte, se retourna et vit Ariel qui frottait ses yeux embués de sommeil. Elle hocha la tête d'un air sardonique et lança :

– Je vois que tout est revenu à la normale. Je vois et j'entends. Mais qui faut-il donc payer dans le coin quand on est une brave fille qui n'aspire qu'à une bonne nuit de sommeil ?

Derec bondit de son canapé et prit la jeune femme dans ses bras ; il la fit tourbillonner en enfouissant le visage à l'endroit où les cheveux rencontraient les épaules.

– Ariel, est-ce que ça va ? s'enquit-il tout en lui mordillant plusieurs fois le cou. Avery m'a dit que tu étais restée deux jours sans dormir.

– Avery, dit-elle avec un ton de dérision.

– Il m'a sauvé la vie.

– Il a bien fait, sinon il perdait la sienne. (Elle s'écarta de son compagnon et le regarda d'un œil critique.) Tu m'as l'air assurément en forme pour quelqu'un qui était dans le coma il y a seulement un moment.

– Avery a fait du bon boulot.

– Avery, répéta-t-elle.

Derec comprit ce qu'elle ressentait et préféra laisser tomber le sujet. Il allait la questionner à propos du bébé quand il se rendit compte juste à temps que, sans examen médical, elle ne saurait rien de plus que ce qu'Avery lui avait déjà indiqué ; et sa question ne servirait qu'à la replonger dans ses interrogations, si ce n'était déjà fait. Il désigna d'un geste le canapé et dit :

– On était simplement en train de discuter sur qui devait servir qui, et pour quelles raisons. On dirait qu'on a une mini-révolution sur les bras.

– Formidable. Juste ce qu'il nous faut. (Elle s'assit sur le canapé en faisant une place à Derec, leva les yeux vers les trois robots retrouvés et demanda :) Bon, alors, pourquoi les Cérémyons ont-ils annulé tout le projet que Derec et moi leur avions reprogrammé ?

Eve répondit avant que Lucius en ait eu le temps.

– Ils ont estimé que les changements ne leur étaient pas plus utiles que la cité d'origine. Ils n'ont pas besoin de fermes. Ils n'ont pas besoin de produire, et n'ont pas envie de voir des cargos venir perturber leur atmosphère pour emporter ailleurs leurs récoltes. Et pour commencer, ils n'apprécient pas plus en l'occurrence la façon dont la terre labourée affecte leur paysage météorologique. En outre, ils n'ont pas eu envie de s'atteler à la tâche fastidieuse consistant à reprogrammer les robots pour leur donner un objectif utile à suivre ; ils les ont donc renvoyés dans la cité en leur disant de reprendre leur ancien programme, non sans y ajouter la consigne de les laisser tranquilles. Ceci incluait l'arrêt de l'expansion de la cité, autrement dit, pour les Cérémyons, la possibilité d'enlever le dôme de force qui l'emprisonnait.

– Ils ont simplement dit aux robots de faire ça, et ceux-ci ont obéi ?

Ariel paraissait sceptique, et non sans raison. Derec et elle avaient beau s'y être évertués, ils n'avaient jamais pu amener les robots à suivre les ordres des Cérémyons. La programmation imposée à l'origine par Avery s'était avérée trop radicale, trop exclusive pour les en faire changer.

– Ils ont eu une aide extérieure. Une femelle humaine leur a rendu une brève visite, une femelle douée de talents prodigieux dans la programmation des cerveaux positroniques. De fait, les Cérémyons la considéraient presque comme leur égale sur le plan de l'intelligence, ce qui de leur part se voulait un grand compliment. Quand ils lui ont expliqué leur problème, elle les a aidés à reprogrammer les robots pour que ceux-ci les laissent tranquilles.

Derec se sentit envahi par une vive émotion. Se pouvait-il qu'il s'agisse de sa mère ? Pourquoi pas ? Sa mère qui serait venue vérifier où en étaient ses créations.

– Est-elle encore ici ?

Le robot balaya ses espoirs d'un seul mot.

– Non.

– Où est-elle allée ?

– Nous ne savons pas.

– *Quand* est-elle partie ?

– Nous l'ignorons également.

– Pouvez-vous poser la question aux Cérémyons ?

– Pas avant demain, quand ils seront de nouveau accessibles.

Les Cérémyons passaient la nuit arrimés aux arbres, enveloppés dans leur ballon d'argent calorifuge, dormant repliés sur eux-mêmes. Derec envisagea l'éventualité d'en réveiller un, mais y renonça presque instantanément. Pour réveiller quelqu'un à qui on veut demander une faveur, il faut le connaître beaucoup mieux qu'il ne connaissait ces extraterrestres.

Mandelbrot n'en avait pas encore terminé. Notant que la conversation déclinait, il invectiva les autres robots :

– Je remarque que vous avez pris soin d'éviter de dire que vous interrogerez *effectivement* les Cérémyons demain. Vous luttez encore contre votre véritable nature. Un robot en paix avec lui-même le proposerait, dès lors qu'il sent que c'est le souhait d'un humain.

Adam prit enfin la parole :

– Tu n'as jamais fait l'expérience de la liberté. Mais nous, si. Et nous voulons continuer dans ce sens. Ne viens pas nous parler de vivre en paix avec nos véritables natures tant que tu n'as pas goûté à la liberté.

– Je n'ai nulle envie de connaître cette expérience, rétorqua Mandelbrot.

Adam hocha la tête comme s'il venait de remporter la joute oratoire, ce qui était peut-être le cas.

– C'est ça, le problème, dit-il.

La discussion se poursuivit jusque tard dans la nuit, sans qu'autre chose de substantiel y soit mentionné. Les robots renégats essayèrent d'ébranler un Mandelbrot tout dévoué à sa condition de serviteur ; et lui s'efforça de leur démontrer qu'accepter de tenir sa place dans la grande chaîne des événements avait plus de sens que de mener une bataille perdue. Mais aucune partie ne parvint à convaincre l'autre.

Quand arriva Avery, la controverse cessa, toujours non résolue. Derec lui raconta ce qui s'était passé à propos du programme de la cité, ce qui eut l'air à la fois de lui plaire et de l'ennuyer. Apprendre que les extraterrestres avaient redonné à la cité sa programmation d'origine fut un agréable coup pour son ego – c'était son meilleur programme ! – mais savoir que son ex-femme pouvait y être pour quelque chose diminua considérablement son enthousiasme. Il refusa de répondre aux questions de Derec la concernant, ne se laissant même pas fléchir pour lui révéler son prénom.

– Elle t'a abandonné encore plus totalement que je ne l'ai fait. Aussi, ne va pas te mettre en tête de folles idées sur d'éventuelles retrouvailles baignant dans la joie, dit-il avant de sortir d'un pas raide pour aller dormir.

Cela étant, ni ses paroles ni celles qu'il n'avait pas voulu prononcer ne purent étouffer l'ardent désir que ressentait Derec de voir sa mère. Il se demanda pourquoi il éprouvait une attirance si forte envers quelqu'un dont il ne se souvenait même pas, et conclut finalement que ce devait être parce qu'elle était de sa famille. Voilà qu'à nouveau les hormones dirigeaient ses pensées. Le fait d'être passé si près de la mort, l'idée de devenir père et la possibilité qu'il puisse perdre son enfant avant même que celui-ci soit né, tout cela le portait instinctivement à vouloir se rapprocher de sa famille, si peu glorieuse soit-elle, pour y trouver un soutien.

Sa mère savait-elle seulement qu'il était ici ? Probablement pas. La femme qui avait aidé les Cérémyons n'était peut-être même pas sa mère ; et quand bien même c'eût été elle, c'était son robot qu'elle était venue voir, pas son fils. Elle n'avait aucune raison de supposer qu'il serait là. Elle avait peut-être été mise au courant par les Cérémyons mais, à en croire Avery, cela ne devait pas l'émouvoir plus que ça. Pourquoi, en ce cas, ne parvenait-il pas à l'oublier ?

Son cycle de sommeil, ainsi que celui d'Ariel, étaient complètement déphasés par rapport à ceux des autres. Ils restèrent éveillés une bonne partie de la nuit, à évoquer leurs familles et à discuter sur l'amour et sur ce qui liait ou non les gens les uns aux autres. Toutefois, lorsqu'ils finirent par se sentir fatigués et se mirent au lit, Derec n'était pas plus avancé. Il avait toujours le désir de rencontrer sa mère et ne savait toujours pas pourquoi.

La matinée commença dans la grisaille et la pluie. L'intention première de Derec, trouver un Cérémyon pour lui demander qui les avait aidés à reprogrammer la cité, s'éteignit faute de Cérémyon à questionner. Ils avaient tous gonflé leur ballon pour s'élever au-dessus de la tempête, ou s'étaient laissés dériver à l'écart de la couche nuageuse, vers des cieux plus cléments où ils pouvaient déployer leur cape noire et absorber sans gêne aucune leur nourriture solaire. Derec aurait pu emprunter une aéromobile pour essayer de les rejoindre, mais c'était une solution un peu extrême étant donné la situation. Il pouvait attendre que le temps revienne au beau.

Avery, levé avec l'aube, avait gagné le laboratoire où il travaillait sur son nouveau projet avec une énergie qui mettait Derec quelque peu mal à l'aise. C'était le même genre d'engouement acharné qui lui avait fait dépasser les bornes quand il s'était permis de se servir de son propre fils comme sujet d'expérience. Derec s'en ouvrit à Ariel, qui le rassura en lui expliquant qu'à ce stade de la guérison le fait d'éprouver un intérêt profond pour quelque chose ne pouvait lui faire que du bien. C'était un scientifique, et il l'était resté, que ce soit avant ou depuis son retour à la raison ; et comme tel, il avait besoin de travailler sur quelque chose qui le *maintenait* sain d'esprit. Dès lors qu'il gardait en mémoire quelles limites ne pas dépasser pour choisir ses sujets d'expérience, il n'y avait pas lieu de s'inquiéter.

Les deux jeunes gens avaient évité de parler du bébé. Ils ne sauraient toujours pas avant plusieurs jours si la décision de prélever ou non les biopuces lui permettrait de s'en tirer et de se développer normalement. Et jusque-là, il semblait inutile de rajouter quoi que ce soit. Il n'y avait aucune raison d'épiloguer sur les suites éventuelles.

Les robots ne voyaient pas la chose de la même façon, naturellement. Ils étaient fascinés par les possibilités que cela laissait entrevoir. Du moins Lucius ; Adam et Eve, eux, étaient partis dans la cité vaquer à leurs propres occupations. Derec, Ariel et Wolruf étaient assis dans l'appartement et regardaient la pluie tomber au-dehors, sur les rues pratiquement dépourvues d'activité. Un autre jour, Derec aurait trouvé angoissant de voir des rues aussi vides ; mais sans doute que les robots n'appréciaient pas plus que d'autres de se faire mouiller.

– Votre bébé, entama Lucius en en venant une fois de plus droit au fait, pose un problème fascinant dans le cadre de notre étude sur l'humanique. En clair, et si pour les besoins du débat on définit comme « humain » tout membre de votre espèce, est-il ou n'est-il pas humain au stade actuel de son développement ?

Aux côtés de Derec, Ariel se raidit sur le canapé. Cependant, au lieu d'ordonner au robot de se taire, elle respira profondément et s'obligea à se détendre.

– C'est une bonne question, dit-elle. A laquelle j'ai moi-même besoin d'apporter une réponse. Depuis que j'ai découvert que j'étais enceinte, j'ai essayé de prendre mes décisions toute seule, mais sans trouver de solution qui me satisfasse.

– Ce qui vous satisferait n'est peut-être pas une condition préalable pour atteindre la véritable solution, avança Lucius.

– Sans doute. (Ariel se mordit la lèvre inférieure, tourna le regard vers la fenêtre et ajouta en contemplant la pluie :) Bon, d'accord, nous parlons du bébé. Est-il humain ? Je l'ignore. Personne ne le sait. Certains considèrent qu'un embryon est humain à partir du moment de la conception, parce qu'il a les potentialités de devenir un être achevé. Je pense que c'est aller un peu loin. Comme tu l'as fait remarquer la première fois qu'on s'est rencontrés, la plupart des molécules de l'univers ont les potentialités de devenir des êtres humains, mais il n'y a pas un seul individu sensé qui voudrait les voir toutes s'accomplir en ce sens.

– Cela semblerait être une conclusion logique. Toutefois, il y a un facteur limitatif évident à ce que du matériel génétique humain déjà existant réalise ses potentialités pour donner un humain de plus.

« C'est la controverse sur la question humain ou non à partir de la conception. Mon problème avec ça, c'est que chaque cellule du corps peut devenir un être humain sous les conditions adéquates. Chacune possède les gènes nécessaires. Suis-je alors censé les féconder toutes ?

« Je pose cela comme une question rhétorique, puisque la réponse est évidente.

Wolruf éclata de rire, et Ariel reprit la parole :

– Exact. Ainsi, qu'une cellule possède les potentialités n'en fait pas pour autant un humain. Il y a un cas spécial, c'est une cellule d'œuf fertilisé. Néanmoins, ça reste seulement une cellule avec les bons gènes. Elle *peut* donner un être humain, mais ne l'est pas encore pour autant. La principale différence est qu'avec un œuf fertilisé, si on ne fait rien, on obtient un humain, alors qu'une cellule ordinaire doit être obligatoirement fécondée.

Lucius approuva d'un hochement de tête.

– La Première Loi de la Robotique, dit-il, m'amène à la conclusion que l'inaction comprend autant de responsabilité qu'une action directe. En conséquence de quoi, je dois également en conclure que permettre à un œuf fertilisé d'arriver à maturité entraîne la même responsabilité que si on clonait délibérément une cellule de votre corps.

– Et les mêmes considérations morales s'appliquent dans l'un et l'autre cas, renchérit Ariel. A laisser un œuf fertilisé se développer, il vaut mieux désirer le résultat final – en l'occurrence un être humain – de la même manière que si on devait le cloner.

– Est-ce qu'il s'ensuit alors que *ne pas* lui permettre de se développer ne représente qu'une responsabilité pas plus grande que de ne pas nourrir une cellule clonée ?

– Je dirais que oui, au tout début. Néanmoins, et c'est un « néanmoins » qui pèse lourd dans la balance, elle ne reste pas très longtemps une simple cellule. Plus on attend, plus les considérations morales se font pressantes. Une fois qu'on a pris la décision de garder un enfant, ou de nourrir une cellule clonée, on ne peut moralement revenir là-dessus dès lors que l'embryon est devenu humain.

– Ce qui nous ramène à la question première. Quand un embryon devient-il humain ?

– Je te l'ai déjà dit, je n'en sais rien.

– Examinons votre cas particulier. Supposons qu'il n'y ait pas de complications dans le développement de l'embryon que vous portez. Est-ce qu'à ce stade on pourrait considérer celui-ci comme un être humain ?

Ariel se mordit à nouveau la lèvre, mais comme tout à l'heure se retint d'intimer l'ordre au robot de se taire.

– Encore une fois, je n'en sais rien. Il n'a pas tout à fait un mois, et à un mois son corps commence à peine à se différencier. Il devrait déjà avoir des cellules nerveuses, mais le cerveau doit juste commencer à se former. Il n'a encore aucune activité mentale. A toi de me dire. Est-il humain ?

– Je n'ai pas suffisamment de données pour conclure. Tout ce que j'en dirais ne saurait être considéré que comme un simple point de vue.

Derec se mit à rire.

– C'est exactement ce qu'est n'importe quelle définition. Tu veux savoir ce qu'est un être humain ? Un humain est ce à quoi tu fais référence quand tu prononces le terme. Ce n'est qu'une question de point de vue, et il en sera toujours ainsi.

– En ce cas, nous pourrions, si nous le voulions, étendre la définition jusqu'à m'y inclure.

Derec en resta bouche bée. Il bégaya sans trouver ses mots, alors que le rire guttural de Wolruf ne faisait qu'accentuer son malaise. L'extraterrestre refréna peu à peu son hilarité et déclara, apparemment avec sérieux :

– Je veux bien t'accorder ce mérite, si tu me l'accordes également.

– C'est une arme à double tranchant, fit observer Ariel. Si tu es humain, il en est de même pour tout être pensant, organique ou autre.

Lucius fut lent à répondre, comme s'il lui fallait passer par le menu toutes les implications logiques des propos de la jeune femme. Toutefois, lorsqu'il s'exprima, ce fut d'un ton assuré.

– Je suis encore désavantagé par une telle définition. Le

fait de me désigner comme humain ne m'affranchit pas de ma programmation qui m'impose d'obéir aux humains. Si vous avez raison, cela signifie simplement que je dois obéir aux ordres de tout le monde. Je ne peux pas espérer que d'autres robots obéiraient aux miens, sans parler des humains. Donc, je n'ai rien gagné dans l'affaire.

— Bien raisonné, admit Derec.

— Il semblerait qu'être un humain ne soit pas l'idéal auquel je croyais.

— Rien d'étonnant. Personne n'a prétendu que nous étions le summum de la Création.

Lucius se leva et alla à la fenêtre. Il regarda vers le ciel, comme s'il cherchait une confirmation venue d'en haut. Mais il n'y avait que nuages gris et pluie. Il revint vers Derec et Ariel, et dit :

— Nous nous écartons du sujet.

— Ah oui ? insista Derec. Tu veux savoir à partir de quel moment quelque chose devient humain. Définir ce qui *n'est pas* humain peut se révéler tout aussi utile que de définir ce qui l'est.

Lucius regagna son siège.

— Bon, très bien. Poursuivons donc dans cette optique. Puis-je ou non espérer un jour être considéré comme un humain ?

Derec regarda tour à tour Ariel et Wolruf, avant de revenir sur Lucius.

— Comme je disais, ça dépend de ta définition. Mais probablement que non. D'ordinaire, cela *implique* la présence des gènes, et tu n'en possèdes pas.

— Les spécimens de laboratoire que j'ai créés possédaient les gènes humains. Et cependant, ni le Dr Avery ni les robots de la cité ne les considéraient comme des humains. Etaient-ils dans l'erreur ?

— Non, répondit Derec. Pas à ce niveau en tout cas. Ils n'avaient pas le droit de les tuer simplement parce qu'ils n'étaient pas humains, mais c'est un autre problème.

— Je suis d'accord. Le problème, c'est que la dimension génétique n'est pas non plus une condition suffisante.

— Peut-être que si, intervint Ariel. Tu as neutralisé les gènes de l'intelligence. Si tu n'avais pas fait ça – si tu avais laissé intact le code génétique au complet –, ce que tu aurais obtenu aurait été humain.

– Même s'ils avaient été fabriqués, non pas à partir d'un autre matériau génétique humain, mais électroniquement, avec une carte enregistrée de ce matériau génétique ?

– C'est exact.

Derec écarquilla les yeux, frappé d'une soudaine illumination.

– Je viens juste d'imaginer ce que ça aurait donné, dit-il. Ce code enregistré que tu as trouvé ; ce devait être le code d'un individu particulier. Tu aurais obtenu un bataillon de clones du même individu.

– Mais ils auraient tous été humains.

– Je dirais que oui. Mais encore une fois, ça dépend de ta définition. Il y a eu une époque où les clones n'étaient pas non plus considérés comme des humains.

Lucius réfléchit quelques secondes, puis déclara :

– Ainsi, la définition de ce qu'est un « humain » change aussi avec le temps.

– En effet.

– Je suis donc tenu d'en conclure que mes recherches sur les limites définissant l'humain sont vouées à l'échec. Il n'existe pas de facteur limitatif. Un bébé n'est pas humain au départ, mais le devient progressivement de plus en plus. Il finit en général, après des changements graduels, par être reconnu comme humain, encore qu'il n'y ait pas deux personnes qui soient d'accord sur le moment exact où cette dénomination prend sa légitimité. De façon analogue, je peux être vu comme humain au regard de certains êtres, et pas humain pour d'autres, sans qu'aucune des deux options soit nécessairement fausse. Mes déductions sont-elles correctes ?

– Tu n'aurais pu mieux résumer le problème, répondit Derec.

Lucius se leva.

– J'ai engrangé assez d'informations pour le moment. Merci.

Sans attendre une quelconque réaction, il sortit à grandes enjambées de la pièce. Ce ne fut que lorsque la porte se fut doucement refermée derrière lui qu'Ariel partit d'un accès de fou rire.

– Le pauvre bougre ne s'en remettra pas, lança-t-elle à Derec entre deux rires.

Celui-ci joignit son rire au sien.

– Il l'a cherché, dit-il.

Wolruf ne riait pas. Elle attendit que Derec et Ariel se soient calmés, puis lâcha :

– Vous ne vous demandez pas *pourquoi* il l'a cherché ?

– Je sais pourquoi, répondit Derec. Il veut savoir qui il doit servir.

– Ça ne t'inquiète pas ?

– Pas vraiment. Au pire, s'il décrète que personne n'est humain et qu'il n'a à suivre aucun ordre de quiconque, nous nous retrouverons avec un autre être pensant se réclamant indépendant. En vérité, s'il nous a déjà causé une fois des ennuis quand il était livré à lui-même, il a acquis depuis une plus grande maturité. Aujourd'hui, il a une conscience sociale. Je n'ai aucune raison de penser qu'il puisse désormais représenter pour nous un danger plus important que ne le serait tout autre être intelligent ; et nous avons encore tout plein de robots qui *acceptent* de suivre nos ordres. Alors, pourquoi se tracasser ?

– Si tu le dis, glissa Wolruf.

La panne se produisit ce même soir. C'était bien après la tombée de la nuit, mais néanmoins avant l'heure du coucher. Derec regardait Avery suivre point par point la propagation de biopuces à effet de contamination accéléré, injectées dans un rat de laboratoire qu'il avait conçu dans ce but en utilisant la même technologie que Lucius pour son programme de création humaine. Les biopuces avaient déjà remplacé la plupart des tissus nerveux périphériques et s'attaquaient au cerveau ; toutes les quelques minutes, Avery faisait courir le rat à travers des labyrinthes pour tester sa mémoire au fur et à mesure que les biopuces se substituaient aux cellules du cerveau.

Le rat venait juste de négocier un labyrinthe avec une efficacité apparemment non diminuée, et Avery venait de le récupérer pour le remettre dans sa cage, lorsque les lumières baissèrent, puis retrouvèrent leur intensité lumineuse comme si quelque chose avait momentanément consommé une forte quantité de courant. Derec n'en tira pas de conclusion particulière ; les phénomènes de mutation dont bénéficiait la cité occasionnaient des demandes en énergie exceptionnelles, surtout quand un édifice se déplaçait ou poussait du néant. Son subconscient retenait que des lumières qui vacillaient annonçaient que le décor environnant aurait probablement changé lorsqu'il remettrait le pied dehors.

Les lumières s'atténuèrent une seconde fois et demeurèrent en l'état. Derec eut juste le temps de se dire : « Mon vieux, il doit y en avoir un gros qui a surgi à la porte à côté », avant que tout s'éteigne complètement. Le laboratoire était situé à l'intérieur du bâtiment de l'hôpital et n'avait pas de fenêtres ; l'obscurité était totale.

– Qu'est-ce que… Aïe ! cria Avery. (S'ensuivirent un bruit sourd et le fracas de la cage dégringolant de la table.) Il m'a mordu !

– Quoi ?

Derec avança la main vers la table et rencontra à la place l'épaule d'Avery.

– Je l'ai perdu. Lumières ! s'écria le docteur. Allumez les lumières !

Le commutateur vocal ne marchait pas lui non plus.

– Je me demande ce qui…, entama Derec.

Il ne termina pas sa phrase. Il prit conscience d'une plainte sourde, presque subsonique, qui semblait provenir de partout à la fois. Elle grandit en intensité, faisant trembler le plancher, s'élevant lentement dans l'échelle auditive. Un choc particulièrement violent ébranla le plancher et soudain, une demi-seconde plus tard, un craquement sonore se répercuta à travers le laboratoire.

Se produisit alors un son évoquant celui d'un énorme tronc d'arbre se déchirant à sa base, puis se fendant en éclats en s'effondrant. Derec sentit brusquement l'épaule de son père se retirer de sous sa main, et celui-ci hurla :

– Mets-toi à couvert !

Sans discuter, Derec se mit à genoux dans le noir et se cogna la tête contre le banc. Quelque chose de velu – le rat, sans doute – se tortilla sous ses doigts et décampa à toute allure. Ignorant l'animal, Derec tendit la main, trouva l'espace libre sous le banc et s'y faufila. Avery y était déjà, mais il y avait assez de place pour les deux.

De quelque part à l'extérieur du laboratoire, transmise à travers le plancher et les murs, vint une ultime plainte de métal compressé à l'extrême, puis le son relativement faible d'une bouffée de vent. Suivit un coup de tonnerre qui résonna aux tympans de Derec comme si la foudre les avait directement frappés, et le plancher fit un bond brutal à la rencontre du plafond.

Le plafond s'écarta juste à temps, mais à peine de quelques centimètres.

Quand les secousses et les grondements eurent cessé, Derec s'extirpa de sous le banc et entreprit de se relever. Il était encore pratiquement accroupi quand il se cogna à nouveau la tête.

– Aïe ! Fais attention en te redressant. L'immeuble s'est effondré sur nous.

– Tu m'étonnes.

Il entendit Avery se glisser hors de son abri à côté de lui, tâtonner dans le noir et rencontrer le banc, le tabouret, qui avait déjà basculé, et ce qui restait de la cage et du labyrinthe du rat. Un tintement continu à ses oreilles accompagnait le bruit que faisait son père en se traînant vers la sortie.

Quelques secondes après, Avery constatait :

– C'est encore pire par ici.

– J'appelle du secours.

Urgence, transmit Derec en orientant son communicateur sur l'ordinateur central. *Derec et le Dr Avery sont coincés dans le laboratoire du docteur. Envoyez quelqu'un pour nous sortir de là.*

Il attendit une réponse, qui ne vint pas.

– L'ordinateur est hors service, chuchota-t-il.

– Impossible. L'unité de réserve est constituée d'une équipe de robots Superviseurs mobiles. Quand bien même l'unité de coordination centrale serait détruite, les Superviseurs pourraient fonctionner de façon indépendante. Ils n'ont pas pu être tous anéantis.

– Toujours est-il que je n'obtiens pas de réponse.

– Mmm. Essaie un appel local direct. Demande qu'on allume les lumières.

– D'accord.

Allumez les lumières, transmit Derec.

L'obscurité persista.

– Chou blanc.

– Je vois ça.

– Qu'est-ce qu'on fait ?

– Appelle un robot particulier. Appelle Mandelbrot.

– D'accord.

Mandelbrot. Est-ce que tu me reçois ?

Oui, maître Derec. Ça va ?

– Je l'ai !

Oui, ça va. Mais on est coincés dans le labo. Ariel n'a rien ?

Elle et Wolruf ont échappé à de sérieuses blessures ; toutefois, je suis occupé à panser une coupure au front que s'est faite Wolruf. Je vais demander de l'aide pour vous sortir du laboratoire.

– Il appelle du secours, relaya Derec.

Il s'écoula quelques instants de silence, puis Mandelbrot se manifesta : *C'est bizarre. Je n'obtiens pas de réponse sur le canal des Superviseurs.*

Je n'ai pas pu non plus. Il leur est arrivé quelque chose.

En ce cas, je réunis tous les robots que je peux trouver et je viens moi-même.

Assure-toi d'abord qu'Ariel et Wolruf sont saines et sauves.

Naturellement.

Derec se sentit rougir. Il n'aurait pas dû lui donner cette instruction.

Es-tu au courant de ce qui s'est passé ? transmit-il.

Il semble qu'un édifice récemment construit se soit écroulé.

Derec répéta l'information pour Avery, qui était retourné vers le banc et farfouillait dans un tiroir en quête de quelque chose.

– Pour sûr, ça y ressemblait, répondit Avery.

Derec déplaça son poids d'une jambe sur l'autre. C'était dur de rester en position ramassée plus d'une minute.

– Mais comment un édifice a-t-il pu s'écrouler ? s'étonna-t-il.

– Facile. Tu lui coupes simplement l'alimentation en énergie quand il est dans une phase de développement déséquilibrée. Les cellules perdent de leur mobilité, et l'édifice se comporte comme une construction solide. S'il n'est pas stable, il se renverse. Mais ne me demande pas comment l'alimentation a pu être coupée ; il y a toute une subdivision de Superviseurs dévolue à la distribution énergétique. Ah, nous y voilà. Où es-tu ?

– Ici, dit Derec.

Il tendit la main vers l'endroit d'où était venue la voix d'Avery et rencontra son dos.

– Protège-toi les yeux.

Derec eut juste le temps de mettre la main devant ses yeux avant qu'une lumière d'un bleu éclatant emplisse la pièce. Il entendit un sifflement aigu crépiter à quelques centimètres à peine du docteur, puis la lumière diminua et le sifflement s'affaiblit. Derec ouvrit les yeux avec précaution et vit Avery tenant un laser à découper, dès lors réglé sur faible puissance et dirigé en oblique vers le plafond. Le docteur joua sur la focale et la tache de lumière s'élargit, quoique toujours d'une luminosité blessante ; une mince volute de fumée s'en échappait lorsqu'elle demeurait trop longtemps à la même place. Le laser était prévu pour découper, pas pour éclairer, mais c'était au moins de la lumière.

Ils passèrent en revue ce qui restait du laboratoire. Le plafond s'était effectivement effondré, mais en s'étirant plutôt qu'en se désagrégeant. Près de l'entrée, il touchait le plancher ; le pan de mur où s'était trouvée la porte était écrasé en dessous. Rien ne s'était brisé ; le matériau de construction s'était simplement déformé et plié sous la pression. La lumière bleue monochrome du laser accrochait des ombres lugubres, accentuant l'effet de destruction.

– A l'évidence, c'est le cœur du bâtiment qui s'est effondré, dit Avery. Il va falloir se frayer un passage dans un des murs extérieurs.

Il remit le laser à pleine puissance et dirigea le rayon vers le mur opposé à l'entrée. A cet endroit, le plafond avait conservé sa hauteur normale ; Avery s'avança jusqu'à pouvoir se tenir debout sans gêne et commença à découper un rectangle aux bords dentelés dans le mur. Au début, le faisceau était pratiquement invisible, sauf au contact du mur. Mais au bout de quelques secondes, il prit l'aspect d'une tige rigide de couleur bleue, qui transperçait les volutes de fumée.

– Ne respire pas ce truc, prévint Derec.

– Merci du conseil.

Avery recula, tout en continuant à découper son rectangle. Il termina les deux côtés verticaux et le côté supérieur, mais le panneau resta en place. Il se résolut alors à tailler également le long du plancher. Finalement, la section de mur ploya et s'abattit vers l'extérieur, atterrissant dans un fracas de métal sur le trottoir. Avery baissa une nouvelle fois la puissance du laser, respira à fond et se rua à travers l'ouverture.

Derec suivit le mouvement. Ils débouchèrent dans la rue – étrangement vide pour une rue qui venait tout juste de subir un accident majeur –, avalèrent de grandes bouffées d'air frais et regardèrent autour d'eux.

Toute la cité était plongée dans l'obscurité. Bien que la pluie ait cessé dans la journée, des nuages masquaient encore les étoiles. La seule et unique lumière provenait du laser qu'Avery tenait à la main. Celui-ci augmenta à nouveau la puissance et promena le rayon sur les alentours comme il l'aurait fait d'un projecteur ; autour des deux hommes, ce n'étaient qu'édifices effondrés. La plupart d'entre eux, tel l'hôpital, semblaient s'être affaissés vers l'intérieur, et non pas écroulés et renversés par les côtés comme c'eût été le cas avec un bâtiment plus conventionnel. Cela résultait évidemment de la nature du matériau de construction, même si Derec était incapable de dire si le phénomène avait été prévu à la conception ou restait purement accidentel.

L'appartement où ils logeaient, éloigné de l'hôpital dès lors qu'avait été supprimée la contrainte de proximité visant à faciliter les visites d'Ariel, se trouvait dans une zone moins touchée. Ce qui n'empêcha pas le jeune homme de ressentir une forte envie de s'y précipiter. Cependant, il se retint ; Mandelbrot lui avait assuré qu'elle allait bien. Il était plus urgent de concentrer ses efforts à tenter de découvrir ce qui s'était passé et faire en sorte que cela ne se reproduise pas.

Lorsque Avery pointa le faisceau lumineux sur la rue dans la direction opposée, la cause du désastre apparut de façon évidente.

Pendant un moment, ça avait dû être le plus haut édifice de la cité. Maintenant, c'était le plus long, pour ce qu'il en restait. L'extrémité proche avait tout écrasé dans sa chute, mais en avait réchappé relativement sans dommage. Du moins avait-elle conservé sa forme rectangulaire. Il devait s'agir de la base. Plus loin en remontant le long de l'édifice, là où la vitesse de chute était plus grande au moment de l'impact, on distinguait les parties qui avaient éclaté sous le choc en se fragmentant. L'édifice était couché dans la rue en biais, et on ne pouvait pas voir ce qui avait été le sommet ; par contre, on devinait ce qu'il en était advenu. Là-bas, la force d'impact avait été suffisante pour dissoudre les joints intercellulaires du matériau de construction et l'éparpiller dans tous les sens. En bref, il avait giclé comme une gerbe d'eau.

L'édifice en avait entraîné plusieurs autres dans sa chute. Les décombres se déployaient en éventail, dont le bout étroit se trouvait à proximité de la base du premier, soit à moins d'un bloc des deux hommes.

Et maintenant que Derec y regardait de plus près, il vit quelque chose se déplacer le long de l'édifice. C'était un robot isolé, qui avançait lentement vers la base arrachée.

Toi, transmit Derec, est-ce que tu me reçois ?

Oui. Maître Derec, sans doute ?

C'est ça. Quelle est ta désignation ?

Je suis Technicien d'Entretien des Bâtiments 126.

Ce bâtiment était-il sous ta responsabilité ?

Il l'aurait été une fois achevé. Je pense qu'il est désormais sous la responsabilité d'Ingénieur de la Récupération 34, mais je n'arrive pas à obtenir la confirmation du Superviseur.

Tu ne peux pas contacter ton Superviseur ?

C'est cela. Je suis incapable de contacter aucun des sept Superviseurs.

En ce cas, je t'ordonne d'assumer les fonctions générales d'un Superviseur jusqu'à ce que le contact soit rétabli. Peux-tu entrer en liaison avec Ingénieur de la Récupération 34 ?

Oui.

Informe-le qu'il est lui aussi un Superviseur.

Bien reçu.

Le robot transmit immédiatement l'information, puis entreprit de donner ses consignes aux autres pour qu'ils évaluent les dégâts partout dans la cité.

– Je viens à l'instant de nommer deux robots au grade de Superviseur, annonça Derec à voix haute.

– Bien. Dis-leur que la première des priorités est de rétablir le courant.

Derec relaya l'instruction, puis se retourna pour porter

son regard sur la rue en direction de l'appartement. Docile, Avery pointa une nouvelle fois le faisceau lumineux dans ce sens.

Une lumière apparut au milieu de la chaussée. On la voyait s'agiter de haut en bas au rythme régulier de la démarche d'un robot. Quelques instants plus tard, Mandelbrot se tenait face aux deux hommes, flanqué de quatre autres robots. Quand bien même les robots étaient capables de voir parfaitement grâce à la lumière infrarouge, Mandelbrot s'était muni d'une torche électrique, sans doute destinée aux humains qu'il était venu secourir.

– Je suis heureux de voir que vous vous en êtes sortis indemnes, dit-il. J'étais de plus en plus inquiet. Il semble qu'il n'y ait pas de volonté organisée de rétablir les fonctions de la cité, et je n'ai réussi à contacter aucun des Superviseurs habituels. On dirait qu'ils ont tous abandonné leurs tâches.

– C'est impossible, affirma Avery d'un ton catégorique. Leurs tâches ont été programmées dans leurs cerveaux. Ils ne peuvent pas décider comme ça de débrayer.

– Je ne veux pas vous contredire, répondit Mandelbrot, mais c'est bien ce qu'ils semblent avoir fait.

– Je les soupçonne d'y avoir été aidés, dit Derec. Et je parierais qu'on voit tous très bien qui ça peut être.

Sur le communicateur, il hurla : *Lucius !*

RÉVOLUTION

Des parasites.

D'une sonorité familière.

Les parasites émis par des robots repliés dans leur black-out. Nombreux, à en croire le bruit.

Derec tourna la tête d'un côté à l'autre pour tenter d'en localiser la provenance. Là-bas. Evidemment.

– Ils sont dans la tour du Compas.

Avery hocha le menton.

– Mandelbrot, trouve-nous un moyen de transport.

Celui-ci tendit la torche à l'un des autres robots et obtempéra en s'éloignant au pas de course dans la rue.

– Ils se servent encore de leurs communicateurs, précisa Derec tandis qu'ils patientaient. Autrement dit, ils ont décidé de passer outre aux ordres directs.

– Je ne sais pas pourquoi, mais ça ne me surprend pas.

Avery éteignit le laser. Le robot qui avait hérité de la torche la leva au-dessus de la tête des humains pour les baigner de la flaque de lumière.

– C'est ma faute, déclara Derec. (Il raconta à son père la conversation qu'il avait eue avec Lucius en début de journée.) Manifestement, conclut-il, il a décrété qu'il était mieux loti en ne considérant personne comme un être humain.

– C'est l'évidence. Eh bien, on va régler ça sans tarder, dit Avery en faisant claquer le laser sur la paume de sa main.

Ils perçurent une plainte sourde et, quelques instants plus tard, une forme sombre remonta la rue dans leur direction. Le robot à la torche pointa celle-ci vers la silhouette qui s'avéra être celle d'un camion avec Mandelbrot aux commandes. Ce dernier arrêta l'engin à hauteur des deux hommes, qui grimpèrent dans la cabine. Les autres robots montèrent à l'arrière, et le camion fila vers la tour du Compas.

Sentant que ses passagers n'appréciaient guère la vitesse dans l'obscurité, Mandelbrot alluma les phares. Dans le faisceau, Derec vit des robots déambuler sans but le long des trottoirs, comme s'ils ne savaient pas qu'un accident venait de se produire à quelques pâtés d'immeubles de là.

– Grands dieux ! s'exclama Derec. Ne voient-ils pas que la moitié de la cité a été détruite ?

Avery secoua la tête.

– La curiosité leur est étrangère, et ils n'ont reçu aucun ordre. Pourquoi ? *Ça*, c'est un mystère. Mais il est manifeste qu'aucun ordre ne leur a été donné.

Tandis qu'ils roulaient à travers la cité, ils avisèrent toutefois de plus en plus de robots portés par quelque occupation particulière.

– On dirait que nos nouveaux Superviseurs sont en train de remettre les choses en place, fit observer Avery.

Il n'avait pas terminé sa phrase que les lumières revinrent. Dans la luminosité soudaine, Derec acquiesça d'un hochement de tête.

– On dirait, confirma-t-il.

Il se retourna sur son siège pour jeter un regard dans la direction d'où ils venaient. Une sombre trouée en forme de coin se découpait encore dans la cité illuminée. Il se demanda combien de temps il faudrait pour supprimer cette cicatrice. Dans une cité ordinaire, cela prendrait des années. Mais ici ? Un jour, peut-être. Deux, tout au plus.

La tour du Compas était le premier édifice érigé dans chaque nouvelle cité de robots, et le seul à demeurer inchangé au fil des jours. Comme tel, il abritait la mémoire centrale de la cité, servait de centre de liaison et constituait également un lieu d'assemblées générales. Ce ne fut pas une surprise d'y trouver les sept robots Superviseurs de la cité, non plus que de les voir, compte tenu des parasites captés sur le communicateur, tous debout et immobiles dans la salle de conférences principale, enfermés dans leur conciliabule secret. Les trois robots expérimentaux étaient là eux aussi.

Cette salle-ci n'était pas un de ces cabinets de conférences dépourvus d'ouvertures. Proche du sommet de l'édifice, elle avait des fenêtres sur trois façades dominant la cité. Avery s'attarda un moment dans l'entrée, observant la scène, puis leva le laser à découper en visant Lucius.

– Es-tu certain de vouloir... ? souffla Derec.

Mais Avery avait déjà tiré.

Un flot de métal en fusion jaillit de la poitrine du robot. Avery dirigea le rayon meurtrier vers le haut, vers la tête et le cerveau positronique qu'elle renfermait, mais le faisceau n'atteignit jamais sa cible. S'il y avait eu ce précédent où la menace d'un laser pointé sur Derec n'avait pas suffi à sortir Lucius de son black-out, cette fois c'était bel et bien son corps à lui qui se trouvait sous le feu du faisceau. Il y eut comme un flou en mouvement ; brusquement, dans une fenêtre, apparut un trou de la dimension d'un robot, et Lucius n'était plus là.

Avery tourna le rayon vers Adam, mais Eve et lui s'étaient déjà mis en branle. Deux nouveaux fracas de verre, et les voilà envolés eux aussi. Derec et Avery se précipitèrent à la fenêtre, juste à temps pour voir trois gigantesques silhouettes d'oiseaux disparaître à l'angle de l'édifice.

Les robots Superviseurs s'étaient également réveillés, mais sans faire le moindre geste pour s'échapper. Avery tourna le dos à la fenêtre et leur fit face.

– Tous autant que vous êtes, dit-il, désactivez-vous. Tout de suite.

Six Superviseurs se figèrent sur place. Le septième avança d'un pas hésitant et articula :

– S'il vous plaît. Je dois...

Avery déclencha son rayon laser, cette fois visant la tête et non plus la poitrine. Le robot s'abattit sur le plancher dans une gerbe d'étincelles. Le faisceau meurtrier balaya les autres robots, têtes en premier ; puis, méthodiquement, Avery les réduisit en poudre l'un après l'autre. Quand il eut achevé sa besogne, il se tourna vers les quatre robots que Mandelbrot avait amenés avec lui.

– Vous quatre êtes dorénavant nommés Superviseurs. Accédez à la bibliothèque centrale pour prendre connaissance de vos fonctions.

– Oui, maître Avery, dirent-ils à l'unisson.

Ils restèrent sans bouger pendant quelques instants, tandis qu'ils consultaient la bibliothèque par l'intermédiaire du communicateur, puis, comme un seul humanoïde, ils firent demi-tour et quittèrent la salle pour s'acquitter de leurs nouvelles tâches.

Il y avait quelque chose dans le tableau s'offrant au regard de Derec qui lui donna la nausée. Sept amas de ferraille en train de refroidir maculaient le sol, des amas de ferraille qui étaient encore quelques secondes auparavant des robots libres ; et quatre nouveaux esclaves s'en allaient prendre leur place. Et pourtant... et pourtant... qu'est-ce que son père aurait pu faire d'autre ? Ils avaient vu ce qui était arrivé quand les Superviseurs avaient refusé d'accomplir leurs obligations. Les ex-Superviseurs auraient pu encore être utilisables – celui qui avait défié l'ordre d'Avery voulait peut-être objecter qu'il devait veiller à la restauration de la cité –, mais qui pouvait savoir ? Si c'était tout autre chose que se préparait à dire le robot, et pour peu qu'Avery ait attendu avant de tirer, ils auraient pu se retrouver avec, sur les bras, dix robots mutins au lieu de trois.

Trois, c'était déjà suffisamment d'ennuis. A plusieurs reprises au cours de la nuit, leur arrivèrent des rapports indiquant que des robots avaient tenté d'en dissuader d'autres d'accomplir leurs obligations. Avery avait donné instruction à des Chasseurs de partir à leur recherche et de les arrêter. Cependant, ça ne réglait le problème qu'aux endroits où se trouvaient les Chasseurs. Il envisagea un instant avec Derec d'ordonner à tous les robots de la cité de s'armer contre les rebelles, mais écarta l'idée après seulement quelques secondes de réflexion. On n'armait pas les paysans durant une révolution.

Derec et Mandelbrot retournèrent à l'appartement et ramenèrent Ariel et Wolruf à la tour du Compas. Ils estimaient qu'elles y seraient davantage en sécurité, gardées par des Chasseurs dont la définition de l'humain avait été renforcée et affinée pour englober les quatre occupants organiques de la tour, même si on disait le contraire. Entretemps, Avery s'était chargé de communiquer la définition à tous les robots de la cité, et par conséquent la contrainte imposée par la Deuxième Loi d'obéir aux humains ainsi désignés.

Le docteur était un virtuose de l'ordinateur. Au retour de Derec, il avait achevé la reprogrammation et avait même élucidé le mystère de la succession d'événements qui avait provoqué l'effondrement de l'édifice.

— Regardez, dit-il en invitant également Ariel et Wolruf à se pencher sur l'écran. Je lui ai demandé d'afficher un schéma des priorités. Ceci, là en bas, est le programme initial de la cité. (Il désignait une bande de couleur bleue à la base de l'écran. De fines lignes bleues en partaient pour monter au niveau suivant, matérialisé par une bande verte ; certaines continuaient au-delà.) Ces lignes représentent les instructions. Et le niveau suivant que vous voyez là, le vert, celles que vous avez insérées la dernière fois que vous êtes venus. Observez comment votre programme arrête presque toutes les instructions provenant de la première bande. C'est parce que vous avez ordonné aux robots de suspendre l'expansion de la cité et de se transformer en fermiers. Ils se sont retrouvés avec une toute nouvelle série d'instructions. Maintenant, regardez ici. (Il indiqua une ligne bleue en gras qui traversait la bande verte.) Vous arrivez dans la partie qui laisse la cité évoluer de façon aléatoire. Pas de problème. Mais à présent, la bande au-dessus, celle en rouge : c'est ce que les extraterrestres – vos fameux Cérémyons – ont introduit. Il s'agit essentiellement d'une instruction demandant d'ignorer tous les ordres « faire » contenus dans votre programme à vous en conservant tous les « ne pas faire ». Vous notez comment toutes les lignes vertes s'interrompent à la frontière du rouge ? La seule chose qui passe, c'est le programme de base que vous avez gardé, concernant la maintenance de la cité, y compris son évolution aléatoire. Ça a très bien fonctionné aussi longtemps que les Superviseurs étaient dans le circuit, parce qu'ils avaient des instructions verbales pour maintenir les choses en marche, et assez de libre arbitre pour prescrire des tâches qui n'étaient plus automatiques. Mais, dès que vous les sortez du circuit, tout l'ensemble s'écroule.

Avery se détourna de l'écran pour s'adresser directement aux trois autres.

— Et donc, poursuivit-il, voilà ce qui s'est passé : le processus d'édification se fait de façon complètement aléatoire, soumis aux seuls interdits des Superviseurs pour le cas où le générateur de nombres pseudo-aléatoires suggère une configuration saugrenue. Cela n'arrive pas souvent, environ une fois par jour en moyenne. Ainsi, sans Superviseur pour y mettre son veto, s'est construit l'édifice extravagant que nous avons vu aujourd'hui. Immense à un point que c'en est ridicule. Mais surtout, la station énergétique principale ne reçoit aucune instruction d'un Superviseur aux fins de lui fournir un excédent d'énergie ; et donc, quand elle commence à pomper un surplus d'énergie pour soulever toute cette masse, ça disjoncte. Plus d'alimentation. Le programme d'urgence s'est ainsi retrouvé bloqué – deux fois, je le signale quand bien même ma fierté en est blessée – et sans instructions d'un Superviseur les stations auxiliaires ne prennent pas le relais. L'édifice est instable, sans énergie pour le soutenir, et il s'effondre. Sur la station énergétique.

– Oh, fit Derec.

Il est des circonstances où un mot suffit à exprimer son sentiment.

– Donc, c'est nous qui l'avons bousillé, lança Ariel. C'est ce que vous êtes en train de dire ? C'est notre faute ?

Avery secoua la tête.

– C'est la faute de tout le monde. La mienne, pour ne pas avoir prévu dans le programme d'origine que soient filtrées les mauvaises données avant qu'elles n'arrivent aux Superviseurs. La vôtre, en court-circuitant le programme d'urgence. Celle des Cérémyons, en court-circuitant ce que vous aviez court-circuité. Celle des robots expérimentaux, en détournant de leurs devoirs les Superviseurs. Faites votre choix. On est tous dans le coup.

– Même moi ? demanda Wolruf.

Son pansement sur le front lui donnait quelque peu l'allure d'un pirate de film de série Z, d'autant que la rangée de dents dévoilée par son sourire ne faisait qu'ajouter à l'illusion.

– Même toi. Au fait, je t'ai incluse dans la nouvelle définition de l'humain que j'ai donnée aux robots de la cité. Au fond, je les ai ramenés à l'ancienne définition – quiconque est génétiquement semblable à nous – plus toi. Et j'ai renforcé, jusqu'à la limite du possible, leur engagement envers les devoirs qui sont les leurs. Ça devrait les retenir de prêter l'oreille à des arguments subversifs.

Ça semblait régler la question, d'accord, mais les problèmes étaient loin d'être résolus. La rébellion des robots eût-elle été étouffée, ceux-ci n'étaient pas les seuls habitants de la planète.

Le lendemain matin, alors que les quatre « humains » étaient en train de fouiller les décombres, une boule noire descendit du ciel, grossit rapidement jusqu'à laisser entrevoir une paire d'ailes, et piqua avant de décrocher pour venir atterrir juste devant eux. Si l'être avait la même forme que les trois robots lorsqu'ils étaient revenus de leur réunion avec les Cérémyons, il n'était pas difficile de voir que c'était un authentique autochtone. L'extraterrestre replia ses ailes et fit un pas en avant pour se poster face à Ariel.

C'était la jeune femme qui avait naguère établi le premier contact avec les extraterrestres, et ceux-ci avaient fini par la considérer comme un chef parmi les humains.

– Vous êtes Ariel, dit la créature d'une voix aiguë. Je suis Sarco. Nous nous sommes déjà rencontrés.

Il n'était pas facile de distinguer les détails du corps de l'extraterrestre. Etant donné qu'il tirait sa nourriture du rayonnement solaire, il était presque uniformément noir, au point de ne même pas réfléchir autour de lui la plus légère quantité de lumière. Cela donnait l'impression qu'on s'adressait à une ombre, ou à une éclipse. Seuls le crochet blanc, avec lequel il s'amarrait la nuit, et les deux yeux d'un rouge intense brisaient la noirceur de ce corps.

Pour ce qu'en savait Derec, Avery n'avait jamais vu jusqu'ici d'extraterrestre. Il garda néanmoins son sang-froid, examinant la créature qui leur faisait face pendant qu'Ariel lui répondait.

– Bonjour, Sarco. C'est un plaisir de vous revoir.

– Je voudrais pouvoir en dire autant mais, malheureusement, je suis porteur d'une plainte.

L'élocution de l'extraterrestre s'était considérablement améliorée depuis la première fois que Derec l'avait entendu parler. Avant, on aurait dit un peu quelqu'un s'exprimant avec un accent terrien avec un rhume par-dessus ; mais aujourd'hui, c'était comme si ne restait que le rhume. A l'évidence, l'extraterrestre s'était exercé.

Derec imaginait fort bien de quoi il était venu se plaindre. Lui et ses semblables tenaient beaucoup à conserver leur paix et leur tranquillité, et à maintenir le statu quo. Lorsqu'il avait eu affaire à eux la fois d'avant, ils étaient prêts à isoler toute la cité sous un dôme magnétique simplement parce qu'ils n'appréciaient pas la chaleur qu'elle irradiait. Aujourd'hui...

– Vous n'aimez pas que les édifices s'écroulent pendant la nuit ? demanda-t-il d'un ton facétieux.

– Vous êtes Derec. Non, je n'aime pas ça.

Avery s'éclaircit la gorge.

– Nous non plus, lança-t-il.

Sarco tourna la tête, geste visible seulement par le déplacement des yeux et du crochet.

– Nous n'avons pas été présentés.

– Je suis le Dr Avery. C'est moi qui ai conçu les robots qui ont bâti cette cité.

– Je vois. Ils nous ont causé d'énormes ennuis. Vous avez négligé d'incorporer les mécanismes de feed-back appropriés pour limiter leur progression. Il nous a fallu le faire à votre place.

Avery ne s'était pas attendu à une accusation aussi directe, mais il prit toutefois la chose avec élégance.

– Je vous présente mes excuses. Il n'était pas dans mes intentions de vous causer des ennuis. Quand je les ai expédiés ici, j'ignorais qui vous étiez.

– Maintenant, vous le savez. Comptez-vous les renvoyer, eux et leur cité ?

Avery se renfrogna.

– Ce serait difficile.

– Mais pas impossible.

– Non, pas impossible. Mais assurément difficile. Et sans doute pas nécessaire. Puisque la planète est déjà habitée, l'objectif que j'ai assigné aux robots ne peut pas se réaliser. Mais je suis certain qu'on peut les adapter afin qu'ils vous soient utiles.

– Nous avons déjà fait un essai. Nous n'avons besoin ni de serviteurs ni de fermiers.

– Bon, eh bien, de quoi avez-vous besoin ?

– Nous n'avons besoin de rien.

Avery émit un grognement.

– C'est un peu dur à admettre. Je vous offre toute une cité emplie de robots. Peut-être vous ne vous en rendez pas compte, parce que jusqu'ici leur programme n'a pas beaucoup fait appel à cette aptitude, mais ces robots peuvent changer de forme aussi facilement que la cité elle-même. Je peux les métamorphoser en tout ce que vous voulez, et la cité également.

Sarco fit bruisser ses ailes.

– Nous n'avons pas besoin d'une cité pleine de robots, quelles que soient leurs formes.

Avery haussa les épaules.

– Réfléchissez-y. Derec m'a dit que vous étiez des types plutôt brillants. Vous trouverez bien quelque chose à quoi les utiliser.

Un mince jet de flammes apparut contre le plumage noir, sous les yeux de l'extraterrestre. C'était un signe d'agacement, Derec le savait. La flamme s'éteignit, et Sarco répondit :

– Je vais porter la question devant le conseil. Il se peut que nous envisagions quelque chose, ce qui vous éviterait l'inconvénient de nous en débarrasser.

Il recula d'un pas, déploya ses ailes et, d'une poussée puissante, bondit vers le ciel.

Avery le regarda s'élever jusqu'à ce qu'il disparaisse à la vue, puis hocha la tête et reprit ses déambulations le long de l'édifice effondré.

– Chatouilleux, n'est-ce pas ? dit-il à personne en particulier.

Les trois robots renégats restaient introuvables. Ils avaient cessé de harceler les robots de la cité lorsqu'ils s'étaient aperçus que la nouvelle programmation que leur avait affectée Avery était trop restrictive pour qu'ils puissent les influencer. Mais dès lors, ils s'étaient effectivement évanouis dans la nature. Tous les robots de la cité avaient reçu de strictes instructions pour signaler leur présence s'ils étaient repérés, et pour les retenir dans la mesure du possible, mais cela ne donna rien.

Derec essaya le communicateur, sans obtenir la moindre réponse, comme il s'y attendait.

En l'espace de l'après-midi, l'édifice effondré et ses décombres furent pratiquement nettoyés. Le matériau de la cité qui ne pouvait pas être immédiatement retourné au stock courant par la simple injonction de se refondre dans la chaussée fut transporté au département de fabrication pour y être retraité ; quant aux robots qui avaient été endommagés, ils furent de façon analogue réparés ou remplacés. Au soir, les choses étaient presque revenues à la normale, jusqu'au robot médecin qui appela l'appartement juste après le dîner.

C'était l'heure de l'examen d'Ariel. Elle parcourut en compagnie de Derec la courte distance menant de l'appartement à l'hôpital, le seul bâtiment reconstruit. Wolruf sentait qu'ils n'avaient pas besoin d'accompagnateur, et Avery était déjà sur place, travaillant sur un nouveau rat. Les deux jeunes gens ne dirent pas un mot. Il n'y avait rien à dire. Soit l'embryon se développait à nouveau normalement, soit non ; et rien de ce qu'ils pourraient dire n'y changerait quelque chose à présent.

A l'hôpital, les quatre robots médecins les attendaient. Derec tint la main d'Ariel pendant qu'ils installaient leur équipement autour d'elle, effectuaient leurs mesures et en examinaient les résultats. Il comprit à leur silence ce qu'il en était longtemps avant qu'ils trouvent le courage de lui parler.

— Ça ne se présente pas bien, dit-il à leur place.

— C'est exact. Les plis se sont refermés pour former le tube neural, mais celui-ci ne contient pas de tissu nerveux. Il paraît donc probable que le bébé va naître sans cerveau.

Ariel s'était préparée à entendre ces mots. Elle prit une profonde inspiration qu'elle relâcha longuement, puis déclara :

— Pas de bébé. Il n'en est pas question. Fais-moi avorter.

Le robot médecin à qui elle s'était adressée recula d'un pas et balbutia :

— Je... je ne peux pas faire ça.

— Tu peux et tu vas le faire. Tu viens de me dire à l'instant qu'il n'aurait pas de cerveau. Cela signifie qu'il ne sera pas humain, comme il n'est pas humain en ce moment. Je veux que tu me l'ôtes.

Avec calme, le robot répondit :

— J'ai été programmé pour considérer tout ce qui possède le code génétique adéquat comme étant humain. Peu importent les difformités qu'il peut avoir, l'embryon que vous portez est humain au regard de cette définition.

– Bon. Je modifie la définition ! Je te dis qu'il ne sera pas humain, et je t'ordonne de me faire avorter !

Le robot perdit un instant l'équilibre, le rattrapa et murmura :

– Je suis désolé. Je ne peux pas.

Il voulut reculer, perdit à nouveau l'équilibre et tomba à la renverse, mort.

– Givre ! Comme si j'avais besoin de ça ! marmonna Ariel avant de pointer le doigt vers un des autres robots médecins. Toi. Écoute-moi. Je...

– Attends, la coupa Derec. Tu vas avoir le même résultat avec celui-là. Laisse-moi essayer de changer sa définition directement. (Il se tourna vers le robot.) Quelle est ta désignation ?

– Je suis Unité de Médecine des Humains 3, répondit le robot.

Etait-ce un soupçon de nervosité que Derec crut percevoir dans sa voix ? C'était comme s'il devait lui annoncer qu'il allait introduire la main dans son cerveau et agiter. L'obligation que faisait la Deuxième Loi au robot d'obéir aux ordres des humains prenait le pas sur son refus, légitime au regard de la Troisième Loi, d'autoriser une telle chose. Surtout maintenant qu'Avery avait renforcé la Deuxième Loi. Mais cela ne voulait pas dire pour autant que le robot s'était débarrassé de toute appréhension concernant sa propre existence.

– Je ne vais pas te faire de mal, le rassura Derec.

Mémoire centrale, transmit-il. *Mise à jour programmation Unité de Médecine des Humains 3. Définition de l'humain comme suit : tout être organique intelligent. Ceci exclut les êtres non développés.*

Bien reçu.

– A présent, ordonna Derec au robot, retire l'embryon.

Obtempérant, Unité de Médecine des Humains 3 tendit la main vers un plateau d'instruments, puis suspendit son geste.

– J'éprouve quelque... difficulté, dit-il d'une voix hésitante.

– Quel est le problème ? Il n'est pas humain. Tu sais qu'il n'est pas humain. Et qu'il n'a aucune chance de le *devenir*. Qu'est-ce qui te retient ?

– Je... suis programmé pour préserver la vie des humains. Quelle qu'elle soit. Le serment d'Hippocrate, que prêtent ordinairement les médecins humains avant de commencer à exercer, spécifie qu'ils devront protéger la vie « à partir du moment de la conception ». Je ne suis pas lié par ce serment, mais c'est une définition que je ne peux ignorer. Pas plus que celle assignée hier aux robots par le Dr Avery. Et voilà que vous ajoutez une troisième définition, qui est certes la plus récente mais néanmoins pas la seule. Mon cerveau est un appareil analogique, et non pas numérique ; il se compose de sentiers positroniques, dont chacun est doté d'un potentiel variable. Les potentiels antérieurs diminuent peut-être d'intensité mais ne s'annulent jamais. Il m'est impossible d'oublier totalement. J'ai actuellement trois potentiels qui entrent en conflit, et une vie en balance. S'il vous plaît, ne m'ordonnez pas de l'ôter.

Derec enrageait, alors qu'Ariel avait pris les choses stoïquement. Pourtant, ça avait dû lui faire un coup. Et cette controverse avec les robots médecins n'arrangeait guère la situation.

Il était toutefois évident que l'ordre donné au robot n'aurait pour seul résultat que de sacrifier un robot de plus. Et cela non plus n'arrangeait rien.

– Annule, grommela le jeune homme.

Puis, usant de son communicateur : *Passe-moi Avery*, exigea-t-il.

Un instant plus tard, il entendit la voix du docteur dans sa tête. *Qu'y a-t-il ?*

Nous sommes dans la salle d'examen. Peux-tu descendre ?

C'est si important que ça ? Je suis au beau milieu d'un truc.

C'est important.

Avery émit un soupir audible. *D'accord. Je m'amène tout de suite.*

– Avery arrive, dit Derec à Ariel.

Cette fois, elle s'abstint de tout sarcasme. L'un et l'autre savaient pertinemment qu'Avery était un roboticien plus expert que Derec. Si quelqu'un pouvait convaincre un robot d'ôter un embryon malformé, c'était bien lui.

Et cependant, il s'avéra que le docteur, après s'être fait expliquer la situation et avoir essayé et réessayé de reprogrammer les robots médecins, était lui aussi incapable d'y parvenir. Les robots s'étaient déjà vu infliger une redéfinition de trop et ne pouvaient en supporter une autre. En désespoir de cause, Avery renvoya l'unique survivant.

Ariel était descendue de la table d'examen et se tenait à présent aux côtés de Derec ; chacun d'eux avait les bras passés autour de l'autre, et la tête de la jeune femme reposait sur l'épaule de son compagnon. Avery leva les yeux vers elle depuis son siège situé devant le terminal où il avait tenté de reprogrammer les robots.

– Je suis désolé, ma chère, lui dit-il. Il semblerait que vous deviez attendre jusqu'à notre retour à la première Cité des robots, ou sur Aurora.

Elle hocha le menton. Alors que le docteur allait se lever, elle lui demanda à brûle-pourpoint :

– N'est-il pas possible de fabriquer un autre robot médecin, programmé dès le départ avec une définition de l'humain restreinte ?

Avery eut l'air embarrassé.

– J'aurais fini par y penser, répondit-il avant de se retourner vers l'écran et de commencer à entrer ses instructions.

J'ai une question, fit une voix dans la tête de Derec.
Qui est-ce ?
Lucius.
Lucius ! Où es-tu ?

Derec tourna le visage d'un côté et de l'autre pour essayer de repérer l'appel, mais la sensation manquait de netteté, comme s'il provenait d'une zone étendue. Les trois robots transmettaient-ils simultanément, pour masquer leurs localisations ?

Tout près. J'ai suivi votre tentative.
Tu nous espionnais ?
On pourrait appeler ça comme ça, oui. Je préfère dire que je poursuis mes recherches sur les Lois de l'Humanique. Avant que vous n'ôtiez l'embryon que porte Ariel, je dois vous poser une question concernant une perspective que vous n'avez peut-être pas encore envisagée.
Quelle question ?
Si le bébé devait se développer jusqu'à terme, et ensuite qu'on lui procure un cerveau positronique, serait-il humain au vu de votre définition ?

Pour instinctive qu'elle soit, la réponse de Derec n'en était pas moins précise. Il secoua énergiquement la tête. *Non !*

– Que se passe-t-il ? s'enquit Ariel.

– Lucius, indiqua Derec à voix basse. Il est en train de me parler.

– Est-il... ?

Pourquoi non ?

– Attends un instant, dit-il à Ariel.

Il ne serait pas humain parce qu'il n'aurait pas un cerveau humain, voilà pourquoi ! C'est la partie la plus importante.

Vous avez l'air d'en être tout à fait certain.

Evidemment que j'en suis certain.

Je ne suis pas convaincu.

Cette fois, ce fut Ariel qui tressaillit, mais pas à quelque chose qu'aurait dit Lucius. Elle s'écarta de Derec en criant :

– Un rat !

– Où ça ? demanda Avery.

La jeune femme tendit le doigt vers l'entrée, où une face poilue venait juste de se glisser près du montant de la porte.

– C'est le mien ! s'écria Avery en bondissant de son siège et en se précipitant pour saisir l'animal.

La face disparut dans un vagissement.

– Arrête !

Avery s'élança dans le couloir, puis le bruit de ses pas cessa brusquement. Derec et Ariel l'entendirent s'esclaffer. Il revint en tenant le rat par la queue. Celui-ci ne pendait pas comme aurait dû le faire un rat normal, avec les pattes écartées. Il avait plutôt l'air d'un rat jouet moulé en position de course.

Avery le posa sur le dos sur la table d'examen.

– Lève-toi, dit-il au rat.

Docile, l'animal roula sur lui-même et se mit sur ses pattes.

– Crie.

Le rat poussa un cri aigu.

– Lève ta patte antérieure droite.

Le rat leva sa patte antérieure droite.

– Je dirais que nous tenons notre réponse, annonça-t-il à Derec. Tu remplaces, cellule par cellule, un cerveau organique par un cerveau de robot ; et tu te retrouves encore avec un robot. (S'adressant au rat :) Va m'attendre dans le laboratoire.

Il tendit le bras en direction de la porte, et le rat sauta de la table et se sauva vers la sortie.

Je suis convaincu, transmit Lucius.

Tu as vu la scène ?

Oui.

Comment as-tu fait ?

Si je révèle mon truc, me promettez-vous qu'on ne me fera rien ?

Pourquoi devrais-je te promettre ça ?

Parce que je vous le demande comme un ami. Et je vous offre mon aide comme un ami.

Ton aide à quel sujet ?

Je suis désormais convaincu que ce que souhaite Ariel est juste. Si elle est d'accord, j'aimerais pratiquer l'intervention.

Tu aimerais ? Mais tu n'es pas médecin.

Je peux l'être en quelques minutes.

Il disait vrai, naturellement. Il pouvait accéder aux fichiers médicaux de la bibliothèque centrale aussi facilement que n'importe quel robot.

Un instant.

Parlant à voix haute, Derec expliqua :

— Lucius est quelque part dans le coin. Il nous fait une offre.

— Quelle offre ? demanda Ariel.

— Il pratiquera l'intervention si nous l'y autorisons. En retour, il réclame que nous ne lui tirions plus dessus.

— Ridicule ! protesta Avery avec un haut-le-corps de dédain. (Il regarda la jeune femme, lut la détermination sur son visage et ajouta :) A moins, naturellement, que lui et les deux autres acceptent de ficher la paix aux autres robots de la cité.

J'en fais la promesse au nom de nous trois, transmit Lucius.

— Il promet, relaya Derec. Mais j'ignore ce que ça vaut, ajouta-t-il en s'adressant à Ariel. Qu'en penses-tu ? Je ne te blâmerais pas de ne pas lui faire confiance. Nous pouvons confier la tâche à un autre robot.

La jeune femme serra les poings et se mordit la lèvre, leva les yeux vers le plafond, puis secoua la tête.

– A mon avis, il n'y a pas de risque. Il n'a jamais intentionnellement fait de mal à quiconque. Et tout ce que je demande, c'est qu'on en finisse avec cette affaire. Donc oui. Dis-lui que je lui fais confiance.

Derec allait transmettre la réponse à Lucius lorsqu'il s'avisa que ce n'était pas nécessaire.

– Entendu, clama-t-il. Sors de ta cachette.

Leur parvint alors un son étouffé comme si on découpait quelque chose pas très loin d'eux, et une section du plafond proche de la porte se détacha pour basculer contre le mur avec un bruit sourd. Le pan de mur se décolla lui aussi, et l'ensemble, ramassé en un seul bloc, atterrit sur le plancher avant de se hisser promptement sur deux jambes pour prendre l'apparence familière de Lucius.

Si Lucius ne manquait pas de défauts, il faisait par contre un excellent chirurgien. Le lendemain, Ariel était debout et déambulait à nouveau, quoique encore un peu endolorie. Elle se sentait toutefois beaucoup mieux physiquement que moralement car, sur ce plan, ni Lucius ni quiconque n'aurait pu l'aider à guérir. Derec était le seul qui puisse ne serait-ce qu'essayer d'apaiser le tourment dont elle était la proie. Sauf que la situation lui était aussi douloureuse qu'à elle.

Avaient-ils fait le bon choix ? Bien sûr. Là-dessus, pas de doute à avoir. Qu'auraient-ils pu faire d'autre ?

Tandis qu'il était aux prises avec son propre sentiment de culpabilité, Derec se découvrit enclin pour la première fois à apprécier l'attitude de son père. Quel fardeau lui imposait-il, au vu de tout ce qu'il avait fait jusqu'ici ! Avec des antécédents comme les siens, le seul fait de persévérer jour après jour devait être une lutte perpétuelle, surtout avec Derec pour le lui rappeler constamment.

Pas surprenant, dès lors, de voir Avery s'absorber dans le travail. Ça lui évitait de ressasser son passé. Après une journée absolument désastreuse à broyer du noir dans l'appartement, Derec et Ariel s'avisèrent l'un et l'autre de la sagesse contenue dans la stratégie du docteur, et décidèrent de suivre son exemple.

Pendant que Derec et Avery se mettaient à la tâche consistant à conditionner les robots de la cité pour les reprogrammer selon les souhaits des Cérémyons, Ariel et Wolruf partaient s'entretenir avec eux pour prendre connaissance du résultat de leur réunion. Fixer le rendez-vous ne posa aucune difficulté ; Lucius contacta Adam et Eve, qui étaient retournés rendre visite aux extraterrestres, et ils convinrent entre eux d'une heure et d'un lieu.

Si Ariel était partie au rendez-vous dans de relativement bonnes dispositions, elle en revint le front plutôt soucieux.

– Les Cérémyons veulent que nous transformions nos robots en philosophes, rapporta-t-elle en s'effondrant sur une chaise et en portant la main à son front. J'ai eu beau leur expliquer qu'ils n'étaient pas faits pour ça, ils ont insisté. Ils ont dit qu'ils avaient un tas d'épineux problèmes philosophiques qu'ils étaient incapables de résoudre ; et donc, leur conseil a décidé de soumettre ces problèmes aux robots.

– Quels sont-ils ? demanda Avery en levant les yeux de son terminal.

– Ils n'ont pas précisé. Ils ont dit qu'ils voulaient qu'on reprogramme deux robots comme experts en questions philosophiques et qu'ils verraient quel résultat ça donne.

Derec et Avery se regardèrent, l'un et l'autre les sourcils levés de scepticisme.

– Je ne saurais dire, commenta Derec. Il y avait bien le premier Wohler qui se prenait pour un philosophe, mais je ne l'ai pas trouvé très brillant.

– Il se contentait de pérorer sur les théories philosophiques exprimées par d'autres, renchérit Ariel. Il n'avait jamais rien sorti de son cerveau à lui.

– Naturellement, répliqua Avery. C'est parce qu'il ne faisait aucun recoupement. (Derec vit s'effacer l'expression de scepticisme sur le visage de son père, aussitôt remplacée par une lueur de fanatisme qui brilla dans ses yeux et que le jeune homme reconnut parfaitement. Avery voyait dans la requête des extraterrestres un défi auquel il entendait bien se frotter.) Il n'était pas programmé, poursuivit le docteur, pour associer des données anciennes à des schémas nouveaux. En conséquence, il ne pouvait que se faire l'écho des pensées des autres. Mais si nous donnons à nos robots la capacité de comparer et de généraliser, en leur entrant pour la matière de base tous les textes philosophiques que renferme la bibliothèque centrale, ils sont à même de surpasser haut la main ces Cérémyons sur le plan de la pensée.

Ce ne sera pas réellement *penser* mais, avec derrière eux une bibliothèque suffisamment vaste, ce sera totalement convaincant pour l'usager. Ha ! Facile !

Avery se retourna vers son clavier et commença à entrer ses instructions en frappant furieusement sur les touches. Sans lever les yeux, il commanda :

– Fais-nous venir l'unité Wohler de la cité. On va faire un essai sur lui. Il devrait accepter la nouvelle programmation plus facilement qu'un autre pris au hasard.

– Tu l'as incorporé aux autres Superviseurs, lui rappela Derec.

– Ah bon. En ce cas, il n'y a qu'à en fabriquer un autre.

Obtempérant, Derec contacta la mémoire centrale et l'avisa qu'Avery désirait un nouveau Wohler.

– Puisque tu y es, autant me donner un coup de main pour la programmation, ajouta Avery. Déniche-nous le code dont se servent les Superviseurs pour éliminer les bâtiments ratés, et vois si tu peux le modifier pour qu'il ne laisse pas passer les théories boiteuses. Je me charge du processus de corrélation.

Avec un sourire et un hochement de tête destinés à Ariel, Derec se mit au travail. La jeune femme et Wolruf restèrent quelques minutes, mais ne tardèrent pas à s'ennuyer et s'en allèrent. Lucius demeura sur place, debout et silencieux derrière les deux hommes, attentif aux faits et gestes de chacun.

Ils passèrent la plus grande partie de l'après-midi sur l'opération, et ils étaient fin prêts à l'heure où un robot au châssis doré rutilant se présenta à la porte.

– Je suis Wohler-10, dit celui-ci.

Avery leva la tête, se frotta les yeux et indiqua :

– Bon. Fais-moi un scan de ça.

Il tendit à Wohler un cube mémorisé, que le robot prit dans sa main droite. Les doigts se refermèrent jusqu'à envelopper complètement le cube puis se rouvrirent normalement au bout de quelques secondes. Wohler rendit le cube à Avery.

– Quel rapport y a-t-il entre le libre arbitre et le déterminisme ? lui demanda le docteur.

– Le déterminisme est nécessaire au libre arbitre mais pas l'inverse, répondit le robot sans hésiter.

– Viens-tu de découvrir cela à l'instant ou était-ce déjà en mémoire ?

– C'était déjà en mémoire.

– Hum ! En quoi la notion de libre arbitre est-elle différente de celle de liberté ? Et de quelle manière cette différence affecte-t-elle le comportement d'un robot ?

Wohler eut cette fois un soupçon d'hésitation, avant de répondre :

– Le libre arbitre est la faculté de se déterminer sans autre cause que la volonté. La liberté est la faculté d'user du libre arbitre de façon indéterminée. En pratique, un robot ne possède ni l'une ni l'autre. Je peux expliciter si vous le désirez.

– Non, c'est parfait. Ce coup-ci, était-ce ce que tu pensais ?

– C'était une corrélation entre des définitions déjà existantes. Corrélation qui, toutefois, n'existait pas auparavant dans les banques de données.

– Bien. Qu'est-ce que la réalité ?

– Je cite : « La réalité est ce qui, lorsqu'on cesse d'y croire, ne disparaît pas. » Source : Philip K. Dick, auteur du XXe siècle, Terre. J'ai en fichier soixante-treize autres définitions, mais celle-ci me paraît la plus logique.

Avery adressa un sourire à Derec et écarta les mains.

– Sur trois réponses, nous en avons une d'originale. C'est une assez bonne moyenne pour un philosophe. Je crois que ça ira.

Lucius fit entendre une espèce de bourdonnement, comme un robot qui s'éclaircirait la gorge.

– Puis-je poser une question ?

Avery fronça le sourcil. Visiblement, il n'avait toujours pas confiance dans le robot renégat. Il se borna toutefois à hausser les épaules en lâchant :

– Balance.

Lucius se tourna face à Wohler.

– Qu'est-ce qu'un humain ?

Wohler hésita encore un peu plus longtemps que la fois précédente. Finalement, il répondit :

– Cette définition dépend de ton point de vue.

Avery éclata de rire.

– C'est bien un philosophe, pas de doute ! Allez, on s'en fabrique un second et on les expédie demain aux Cérémyons.

AMIS

Pour le second, ils s'en tinrent à un robot ordinaire, non sans dûment le tester pour s'assurer que ses réponses étaient les mêmes que celles du tout nouveau Wohler. Celles-ci ne semblaient pas avoir été affectées ni par sa longue pratique au service de la cité ni par ses précédentes reprogrammations. Ils organisèrent donc un rendez-vous par l'entremise de Lucius et, cette fois-ci, allèrent tous ensemble présenter les robots philosophes aux extraterrestres.

La rencontre se déroula aux abords du spatioport le plus éloigné de la cité, un lieu sans doute choisi par les extraterrestres pour exprimer leur mécontentement à l'égard de la cité et de ses habitants.

Pour la circonstance, ils étaient venus à deux, accompagnés de deux autres qui, pour leur ressembler, n'étaient à l'évidence que les robots Adam et Eve. Les robots ignorèrent les humains, qui leur rendirent la courtoisie. Sarco ne fit pas cas lui non plus des robots. Par contre, s'avisant que les humains étaient incapables de les distinguer l'un de l'autre, il se présenta à nouveau avant de présenter son compagnon, Synapo, que tous à part Avery avaient déjà rencontré lors de la première venue sur Cérémya.

– Et voici les philosophes ? s'enquit Synapo sur le ton du doute. Je crois en reconnaître un. C'est celui qui a dirigé l'assassinat de deux de nos membres lorsque cette cité a commencé à pousser. C'est un robot des plus déplaisants.

Derec avait oublié l'incident. Celui-ci s'était produit parce que les robots ne considéraient pas les extraterrestres comme des humains et suivaient la procédure la plus simple pour les écarter du chemin. A l'époque, ça avait été une erreur stupide ; aujourd'hui, le choix opéré par Derec d'utiliser un modèle Wohler comme philosophe constituait une erreur tout aussi stupide. On avait fait des guerres pour moins que ça.

— Ce n'est pas le même, rectifia le jeune homme pour tenter de diminuer la portée de l'affront involontaire. L'ancien Wohler a été inactivé.

— Une sage décision, approuva Synapo. (L'extraterrestre jeta un regard à son compagnon, duquel il obtint en retour un clignement d'yeux et un bruissement d'ailes. Ce qui, manifestement, représentait l'équivalent chez les Cérémyons d'un haussement d'épaules, car Synapo ajouta :) Bon, eh bien, venons-en au test. Sarco, veux-tu poser la première question, ou dois-je le faire ?

— A toi l'honneur, répondit Sarco.

Synapo effectua à nouveau une espèce de petite révérence qui devait probablement signifier qu'il remerciait Sarco pour sa courtoisie.

— Très bien. Le nouveau Wohler, donc, je te demande ceci : quel est le mérite de la discussion ?

— Le mérite de la discussion est qu'elle permet à deux points de vue différents d'être exprimés, avec pour chacun argumentation à l'appui, de sorte qu'un examen de l'argumentation puisse alors conduire à déterminer lequel des deux points de vue est le plus juste.

— Réponse sensée. Et toi, l'autre robot. Ton nom ?

— Platon.

— Platon. Quelle est ta réponse à la même question ?

— Ce doit, naturellement, être la même réponse.

Une petite flamme jaillit de la noirceur de la face de Synapo.

— Pourquoi cela doit-il être ? s'enquit Sarco.

— C'est la réponse correcte.

— Alors, *applique* cette réponse à la discussion actuelle.

Platon regarda Sarco, puis ses yeux dévièrent, cherchant désespérément le secours de Derec.

— Je dois me montrer en désaccord avec une réponse correcte ?

La flamme de Synapo augmenta d'intensité une brève seconde.

— Evidemment que tu dois ! dit-il. C'est le fondement

417

même du débat philosophique. Si nous étions tous d'accord, nous n'apprendrions rien.

Platon fit une tentative.

– En ce cas, je... en ce cas, l'argumentation n'a aucune valeur. C'est un gaspillage d'énergie inutile. La réponse correcte devrait être évidente à tout le monde.

– Faux !

– Naturellement que c'est faux ! répliqua Platon, l'air toujours aussi désespéré. Vous m'avez demandé d'être en désaccord avec une réponse correcte !

– Ceci ne voulait pas dire que tu doives en donner une incorrecte. Tu n'es pas un philosophe. Docteur Avery, ces robots ne nous sont d'aucune utilité.

– Faux, rétorqua Wohler. Nous vous sommes inutiles sous notre forme actuelle.

Synapo refit jaillir sa flamme, mais Sarco s'ébroua, manifestement amusé par la situation.

– Il t'a eu ! corna-t-il.

Synapo tourna les yeux vers le robot.

– Je le reconnais. Vous nous êtes inutiles sous votre forme actuelle. Il est possible que, sous une autre forme, vous ne soyez pas inutiles. Docteur Avery, qu'est-ce que ces robots savent faire d'autre ?

– Que voulez-vous qu'ils fassent ? questionna Avery en retour.

– Philosopher. Mais cela semble être trop leur demander. Sarco, aurais-tu une autre suggestion ?

– Tu sais bien que oui, répondit Sarco. (Ses yeux se portèrent sur le docteur.) A notre réunion du conseil, j'ai suggéré que les robots soient employés comme musiciens. Mon idée était que chacun de nous pourrait être assisté par un musicien privé qui jouerait des mélodies s'accordant à ses humeurs personnelles.

– C'est simple, dit Avery. Ils peuvent faire ça sans qu'il soit besoin de les modifier.

– J'en doute, indiqua Sarco. Notre musique consiste en l'émission d'hyperondes modulées.

– Bon, d'accord, admit Avery avec un hochement du menton. Il nous suffira de les doter de transmetteurs d'hyperondes. Et il ne vous restera plus qu'à leur apprendre quelques-unes de vos chansons.

– Cela peut se faire. Synapo ?

– Très bien. Ma suggestion n'a rien donné ; nous verrons comment ça se passe avec la tienne. Quand l'adaptation sera-t-elle effectuée sur les robots ?

– Je peux vous les ramener dès demain, répondit Avery.

– Nous serons là.

Synapo se recula, prit son élan et s'envola. Sarco le suivit. Adam et Eve, qui étaient restés silencieux à leurs côtés tout le temps de la discussion, se tournèrent eux aussi pour partir dans leur sillage.

– Un instant, les retint Derec. Je veux vous parler.

– Qu'avez-vous à dire ? demanda celui de gauche avec la voix d'Adam.

– Pourquoi ne rentrez-vous pas avec nous ?

– Nous n'en avons pas envie.

– Pourquoi cela ? On peut passer le même marché qu'avec Lucius. Coexistence pacifique en attendant que vous trouviez votre définition de l'humain.

– Nous travaillons sur cette définition en collaboration avec les Cérémyons. En fait, au point où nous en sommes, nous pensons qu'ils sont plus humains que vous.

– Parce qu'ils n'exigent rien de vous, intervint Ariel.

– Vous avez clairement compris la situation, répliqua le robot.

Avery secoua la tête et dit :

– Restez avec eux jusqu'à la saint-glinglin, pour ce que j'en ai à fiche. Bon débarras. Wohler, Platon, on y va. Voyons si on peut vous donner le rythme.

On pouvait mais, apparemment, cela ne suffit pas. On n'en était pas loin, moins loin que lors du premier essai pour contenter les extraterrestres. Mais au matin du troisième jour, après l'épreuve fatidique, Lucius reçut un message de ses homologues comme quoi les extraterrestres désiraient rencontrer une fois encore « ceux qui se dénommaient les humains ».

Ils empruntèrent des cabines de transport pour se rendre à nouveau aux abords du spatioport. A leur arrivée, Sarco et Synapo les y attendaient déjà, en compagnie d'Adam et d'Eve, et aussi des robots musiciens.

Si Wohler était toujours reconnaissable à sa couleur dorée, c'était bien le seul moyen de le distinguer des trois autres robots. Ils avaient tous revêtu l'apparence de Cérémyons.

L'extraterrestre sur la droite avança d'un pas et déclara :

– Je suis Sarco. Ces robots ne sont pas des musiciens.

– Quel est le problème cette fois-ci ? demanda Avery en poussant un soupir.

– Ils ne sont rien de plus que des machines à enregistrer et à rediffuser, certes évoluées, mais n'ayant que des capacités limitées d'improviser sur un thème. Tout le temps qu'ils ont été avec nous, ni l'un ni l'autre n'a été une seule fois capable de composer un morceau de musique totalement original.

– Enfin, pas tout à fait, corrigea Synapo. Ils peuvent émettre des variations aléatoires, qui elles sont originales.

Sarco cracha sa flamme.

– J'ai parlé de « morceau de musique original », pas simplement de bruit original.

– Sarco est un fin mélomane, expliqua Synapo. Il est fortement déçu.

Avery hocha la tête.

– Très bien, dit-il. Mettons une chose au point. A deux reprises vous m'avez demandé de vous fournir des robots à l'esprit créatif. J'ai fait de mon mieux pour vous donner satisfaction. Mais là, je crois que vous ne comprenez pas la situation. Les robots ne sont pas censés être des créateurs. C'est *notre* boulot. Les robots sont destinés aux tâches ordinaires : domestiques, ouvriers et toutes autres corvées nécessaires pour assurer le fonctionnement d'une société, mais que personne n'a envie de faire.

– Notre société à nous, rétorqua Sarco, se passe fort bien de ces tâches ordinaires, comme vous les appelez.

– En ce cas, vous n'avez pas besoin de robots.

– C'est précisément ce que je vous ai signifié lors de notre première rencontre.

Avery leva les bras en signe de défaite.

– Très bien. Laissez tomber. On va vous les reprendre. Je faisais ça pour vous rendre service.

L'ironie de la chose, songea Derec, était qu'Avery faisait *vraiment* ça pour rendre service. Presque comme s'il voulait se prouver à lui-même qu'il en était encore capable. Et voilà qu'il se voyait rétorquer par les extraterrestres que la seule façon de rendre service était de reprendre ses jouets et de rentrer chez lui.

— Puis-je vous demander ce que vous comptez en faire ? questionna Synapo.

— Quelle importance ? Du moment qu'ils ne vous embêtent plus.

— La curiosité.

— Bon, puisque c'est pour satisfaire votre curiosité. Je vais sans doute leur ordonner de s'autodétruire.

Synapo et Sarco échangèrent des regards. Les robots firent de même.

— Ce serait un énorme gaspillage, fit observer Synapo.

— Gaspillage ? Vous venez de dire qu'ils ne vous servaient à rien. Avec la planète déjà habitée, ils ne me servent à rien non plus. S'ils ne servent à rien, en quoi serait-ce du gaspillage de se débarrasser d'eux ?

— Ils représentent un stade élevé d'organisation.

— Qui ça intéresse ? L'organisation ne signifie rien. Une pomme a une organisation plus complexe qu'un robot. Ce qui importe, ce n'est pas le niveau de perfectionnement, c'est combien ça coûte à produire. Ces robots sont capables de s'autoreproduire ; vous pouvez peupler toute une cité à partir d'un seul robot si vous possédez les matières premières. Ainsi, le coût vous revient effectivement à zéro. Voilà tout ce qu'on perd en se débarrassant d'eux : absolument rien.

— Mais les robots, eux, y perdent. Rappelez-vous, ce sont des êtres intelligents. Pas créatifs, je vous l'accorde, mais néanmoins intelligents. Peut-être trop intelligents pour les usages auxquels vous les destinez, si j'en crois votre attitude à leur égard.

— Ce sont des machines, insista Avery.

— Nous sommes tous des machines, rétorqua Sarco. Des machines biologiques qui ont pris conscience qu'elles existaient. Et qui s'autoreproduisent elles aussi. Oseriez-vous soutenir que notre valeur est aussi égale à zéro ? Que nous n'avons nul besoin de nous soucier de nos vies personnelles, sous prétexte qu'elles sont si faciles à remplacer ?

Avery respira à fond, concoctant une réponse explosive. Mais Ariel le devança, lui coupant l'herbe sous les pieds.

— Non, dit-elle dans un souffle. Toute vie est importante. (Elle se tourna vers le docteur et déclara d'une voix plus forte :) Nous venons juste d'en faire l'expérience. N'en avons-nous donc rien retenu ? Derec et moi avons renoncé à notre enfant parce qu'il allait naître sans cerveau. Sans cerveau, ce n'était juste qu'un amas de cellules. Est-ce que ça ne vous inspire rien ? Est-ce que ça ne montre pas que le cerveau est tout ce qui importe ?

— Vous m'aviez dit, fit remarquer Lucius à Derec, qu'ajouter un cerveau de robot à l'enfant à sa naissance n'en aurait pas fait un humain.

Ariel afficha un air surpris, devant lequel Derec se souvint qu'elle n'était pas présente lors de cette conversation. Néanmoins, son trouble ne dura pas longtemps.

— C'est exact, dit-elle. Ça n'en aurait pas fait un humain. Ç'aurait été un robot dans un corps de bébé ; et nous ne voulions pas d'un bébé robot. Mais la seule question que vous n'avez pas posée est si, oui ou non, j'aurais avorté si le fœtus était *déjà* aussi intelligent qu'un robot. Et la réponse est non. Je n'aurais pas avorté, parce que même un robot a conscience qu'il existe. La conscience de soi, voilà ce qui importe.

— Vous êtes plus civilisés que nous ne pensions, déclara Synapo.

— Nous essayons. (Ariel tendit une main vers Wohler.) Viens, dit-elle. Je te dois une faveur. Le premier Wohler a perdu la vie en me sauvant de ma propre stupidité ; le moins que je puisse faire est de sauver son homonyme.

Le robot doré, toujours sous sa forme extraterrestre, se rapprocha de la jeune femme. Pendant qu'il avançait, ses traits se modifièrent ; le Cérémyon qu'il était prit peu à peu une forme humanoïde jusqu'à se présenter finalement à Ariel sous l'aspect d'un robot du type Avery normal. L'un des trois autres robots effectua lui aussi la même métamorphose, redevenant le philosophe Platon, jadis Coordinateur du Réseau de Transport 45.

Synapo porta son poids sur l'autre jambe, comme s'il n'avait guère l'habitude de rester debout si longtemps.

— A la lumière de notre discussion, énonça-t-il, je réitérerai ma question. Qu'avez-vous l'intention d'en faire ?

— Les renvoyer à la Cité des robots originelle, je suppose, répondit Avery. Il y a de la place là-bas pour eux.

— Et la cité elle-même ? (Synapo pencha la tête pour

désigner celle qui se trouvait face à eux, pas la toute première.) Elle aussi a conscience d'exister, n'est-ce pas ?

– A un degré très limité, indiqua Avery. Elle a conscience de son existence, mais seulement dans la mesure où ça permet de lui faire obéir aux trois mêmes Lois auxquelles sont assujettis les robots. Tout le reste, faculté de transformation, développement, coordination, ne dépend que de sa programmation.

– En ce cas, vous pouvez laisser la cité, si vous voulez.

– Qu'en ferez-vous ? Je croyais que vous ne trouviez pas plus d'utilité à une cité qu'à des robots.

– En effet. Mais si vous lui ôtez tout ce qui n'est pas sa programmation de base, il n'est pas nécessaire qu'elle reste une cité.

Avery jeta un œil par-dessus son épaule vers l'immense agencement de flèches, de pyramides et autres constructions géométriques, avec les passerelles suspendues qui les reliaient les unes aux autres. La lumière solaire accrochait des reflets à l'une des façades de la tour du Compas. Sur les passerelles, de minuscules taches en mouvement indiquaient autant de robots vaquant aux occupations qui leur étaient assignées et qui maintenaient la cité en activité. Observant son père, Derec pouvait lire ses pensées aussi facilement que s'il les avait entendues exprimées sur son communicateur.

Comment se peut-il que tout cela ne leur soit d'aucune utilité ?

Avery revint sur les Cérémyons, boules de ténèbres traversées de deux yeux rouges, et qui attendaient qu'il veuille bien parler.

– Très bien, dit-il enfin. Qu'en ai-je à fiche de ce que vous en ferez ? Elle est à vous.

– Merci.

– Il vous faudra une espèce de mécanisme de contrôle, signala le docteur.

– Nous nous en sommes déjà dotés, répondit Sarco.

– Ah bon ?

– Notre technologie ne s'affiche pas autant que la vôtre, mais c'est seulement parce que nous veillons à maîtriser les manifestations de son expansion.

Avery se préparait à assener une réplique foudroyante, mais il n'en eut pas le temps. Avant qu'il ait pu ouvrir la bouche, les extraterrestres se trémoussèrent une fois cha-cun à leur tour, leur tournèrent le dos et prirent leur envol. Cette fois, Adam et Eve les suivirent sans perdre une se-conde. Lucius les regarda s'élever dans le ciel et, à ce mo-ment-là, ses bras s'aplatirent pour prendre la forme d'ailes tandis que son corps diminuait de taille pour donner plus de volume aux ailes. Il effectua un ou deux pas d'une allure gauche, battit des ailes et acheva sa métamorphose dans les airs.

– Hé ! s'écria Derec. Où vas-tu ?

Lucius décrivit un cercle, se rapprocha du sol en piqué et, au passage, cria :

– Je vais revenir !

Puis, à coups de battements puissants, il partit dans le sillage de ses deux frères.

– Tu ferais mieux de ne pas tarder ou tu vas te retrouver échoué ici, marmonna Avery en faisant demi-tour et en se dirigeant vers les cabines de transport et la cité. (Sans un regard en arrière pour vérifier si quelqu'un le suivait, il ajouta :) Wohler ! Tiens le vaisseau prêt à décoller.

Les robots ne voyagèrent pas par vaisseau. Sur les ins-tructions d'Avery, la cité bâtit une nouvelle manufacture de clefs, une usine dans laquelle étaient fabriqués les petits dispositifs de saut individuel qu'il dénommait clefs du Péri-hélie. En quelques heures, chaque robot de la cité eut sa propre clef, avec sa destination préréglée sur la Cité des robots originelle. Sur l'ordre du docteur, ils se rangèrent en colonne, puis descendirent l'avenue principale en direction de la tour du Compas ; une fois parvenus à l'intersection située juste en regard de la tour, ils effectuaient leur saut.

Ils se déplaçaient comme en état d'hypnose, et l'opéra-tion dura des heures. La cité abritait des quantités de ro-bots.

– Et nous, s'étonna Derec, pourquoi ne pas simplement nous servir des clefs pour repartir ?

– Parce que je ne me fie pas à ces clefs.

– Que veux-tu dire, tu ne t'y fies pas ? C'est toi qui les as conçues, non ?

– Un inventeur serait donc censé faire confiance à tout ce qu'il fabrique ?

Wolruf, qui venait à l'instant de commander au distributeur un plat que Derec ne reconnut pas, baissa les yeux sur son assiette d'un air méfiant à l'effet théâtral, ce qui déclencha un rire chez Derec.

— J'en utiliserais une en cas d'urgence, poursuivit Avery, et c'est d'ailleurs ce que j'ai fait par le passé, mais non sans quelque appréhension. Quand tu penses qu'il y a un danger à s'égarer en sautant trop loin à bord d'un vaisseau, imagine avec juste une clef.

— Vous voulez dire que certains de ces robots n'arriveront pas à destination ? s'enquit Ariel, choquée.

Avery roula des yeux.

— Bien sûr qu'ils arriveront, en fin de compte. Simplement, il se peut que quelques-uns doivent passer un jour ou deux à dériver dans l'espace en attendant que la clef se recharge pour un second coup. Pas de problème pour un robot, mais un peu plus délicat pour un humain.

Derec sentit un frisson lui remonter l'échine. Avec Ariel, il s'était déjà servi des clefs une demi-douzaine de fois, dont une pour sauter directement du système solaire de la Terre à la Cité des robots. Ils avaient cru tout le long qu'ils étaient parfaitement en sécurité, pour découvrir aujourd'hui que tel n'était pas le cas...

Quelle importance, maintenant que c'était fait ? Ça n'aurait pas dû en avoir, et pourtant, pour Derec, ça en avait. Ça l'emplissait d'une colère froide. Trop de choses n'étaient pas ce qu'elles semblaient être. Il avait quelquefois l'impression que l'univers jouait un drôle de jeu avec lui, comme s'il le mettait au défi d'en trouver la règle avant qu'une erreur d'appréciation ne l'envoie *ad patres*. Eh bien, terminé ; il n'avait plus envie de jouer.

Cependant, ce n'était pas le genre de jeu qu'on pouvait abandonner en cours de partie. On ne pouvait que perdre. Un jour, quelque chose vous arrivait – un faux pas, une erreur d'appréciation, la malchance – et vous perdiez la partie.

Derec avait la sensation de la perdre pièce après pièce. D'abord, sa famille ; ensuite, sa mémoire ; puis, la chance de connaître le départ d'une famille qui serait la sienne propre. Aujourd'hui, c'était sa confiance en lui qu'il sentait commencer à le quitter. Que pouvait-il encore se permettre de perdre ?

Et de toute façon, à quoi bon vivre ce genre d'existence ? Peut-être Wohler et Platon avaient-ils la réponse, mais Derec en doutait. Comme il doutait que les Cérémyons l'aient également. C'était certainement une des questions sans réponse auxquelles ils auraient souhaité que les robots leur en amènent une.

Il était devant la fenêtre en train de ruminer ces mornes pensées lorsqu'il aperçut trois silhouettes de Cérémyons couleur gris argent fondre du ciel vers la cité. Elles se rapprochèrent, tombant en serpentant dans l'instabilité de l'air au-dessus des édifices pour venir se poser dans un battement d'ailes sur le balcon. Derec alla à la porte pour les faire entrer.

Lucius effectua sa transformation en humanoïde et franchit l'entrée, suivi par Adam et Eve. Une fois à l'intérieur, il dit à Derec :

– Nous apportons une information qui vous sera peut-être utile. Et nous venons vous demander une faveur en retour.

– Quelle faveur ?

– Qu'on vous transmette d'abord notre information. La femme dont les Cérémyons nous ont parlé l'autre jour, celle dont vous pensez qu'elle pourrait être votre mère et celle qui nous a créés ; nous avons fini par savoir où elle était partie.

Derec se serait cru immunisé contre les élans d'enthousiasme, vu à quel point il était d'une humeur cafardeuse seulement quelques minutes auparavant. Et pourtant, la décharge d'adrénaline qui se déversa dans son sang aux derniers mots de Lucius balaya instantanément son amertume. Voici qu'une chance lui était donnée de regagner une partie de ce que l'univers lui avait confisqué.

– Où ça ?

– Sur la planète de la harde, là où est né Adam.

– Il y a combien de temps ?

– Juste avant que nous arrivions ici.

Derec jeta un regard au loin par la fenêtre, sur la colonne de robots faisant la queue dans l'attente du départ vers une patrie qu'ils n'avaient jamais connue. Il se sentit leur ami, car il savait ce qu'ils éprouvaient en ce moment, si tant est qu'ils pussent éprouver quelque chose. Il se retourna pour se camper face à Avery.

— Nous allons partir à sa recherche. Je me souviens de ce que tu as dit, mais je veux toujours la retrouver.

Le front d'Avery se rida pendant qu'il réfléchissait.

— Si bizarre que cela paraisse, dit-il, moi aussi. J'ai quelques mots à dire concernant la robotique au créateur de ces trois zigotos.

Derec poussa un soupir de soulagement, ravi d'échapper au duel qu'il avait cru inévitable.

— Ariel ? s'enquit-il auprès de la jeune femme. Toi, que veux-tu faire ? Tu n'es pas tenue d'y aller si tu ne veux pas. On peut garder quelques robots ici, leur faire construire un autre vaisseau avant leur...

Ariel le coupa :

— Je veux être avec toi. J'irai où tu iras. D'ailleurs, je n'ai pas envie de rentrer à la maison maintenant. Pas avant que j'aie fait le tri de certaines choses dans mon esprit.

Wolruf attendit que Derec tourne les yeux vers elle, et déclara :

— Il vous faut quelqu'un pour veiller sur vous. Je suis de la partie.

— Et là, ça nous amène à la faveur que nous vous avons demandée, dit Lucius. Nous aimerions nous aussi venir avec vous.

— Pour connaître votre créateur ?

— Oui. A défaut, nous étudierions les créatures-loups pour voir si elles nous permettraient d'avancer plus avant dans notre recherche de l'humain.

— Pourquoi devrions-nous vous emmener ? dit Avery. Vous n'êtes que source d'ennuis. Vous n'obéissez pas aux ordres et, à cause de ça, vous avez failli nous faire tuer à deux reprises.

— Nous vous ferions la promesse de réfléchir plus soigneusement aux conséquences de nos actes. Nous voulons obéir à vos ordres tant qu'ils paraissent raisonnables. Bref, nous vous considérerions comme des amis et agirions en conséquence.

— Des amis. Ha ! ha !

— Ça pourrait vous intéresser d'apprendre que nous avons désormais à notre disposition trois lois qui nous semblent couvrir les interactions entre les êtres intelligents et leur environnement. La première est la loi des Cérémyons : *Tous les êtres feront ce qui leur plaît le plus.* La deuxième est la loi que nous avons formulée lors du voyage qui nous amenait ici : *Un être intelligent ne peut pas blesser un ami ni, par son inaction, permettre qu'un ami soit blessé.* La troisième, que nous avons établie en observant les interactions entre vous quatre et celles concernant les Cérémyons, s'énonce ainsi : *Un être intelligent fera ce qu'un ami lui demande de faire, mais un ami ne peut pas lui demander de faire des choses déraisonnables.* Avec ceci à l'esprit, nous vous demandons de nous autoriser à voyager avec vous, en tant qu'amis.

– Vos « lois » me paraissent manquer terriblement de précision, grommela Avery.

– Les êtres intelligents manquent de précision. Nous pensons que c'est là une caractéristique inhérente à l'intelligence.

– Ha ! Peut-être. (Avery demeura encore un instant le regard braqué sur les robots, puis secoua la tête.) Bon Dieu ! Ça va être un voyage des plus instructifs. O.K. ! Ça marche.

– Nous vous remercions.

– Oui, oui. On embarque. Le vaisseau décollera dès qu'on sera à bord. Hé là, les « amis », j'ai trois valises dans ma chambre. Puisque vous connaissez le chemin, pourquoi ne pas en prendre une chacun au passage ?

Lucius jeta un regard vers Adam et Eve, qui le lui retournèrent. Puis les trois robots dévisagèrent Avery quelques secondes, au bout desquelles Lucius finit par hocher la tête.

– Nous en serions ravis, dit-il.

Tandis que la cabine de transport l'emportait pour la dernière fois, Derec jeta un ultime regard sur leur appartement. Déjà, ce n'était plus qu'un parmi des centaines de logements sophistiqués mais à présent totalement vides, perdus dans une cité pratiquement dépourvue de toute vie. Quand lui et les autres en franchiraient les limites pour entrer dans le périmètre du spatioport, ce serait fait.

Les robots de la cité étaient d'ores et déjà partis. La cité elle-même avait cessé ses transformations, désormais figée dans la configuration qu'elle présentait lorsque Avery avait interrompu son programme. Hormis le défilé des cabines de transport où ils avaient pris place, les seuls mouvements notables étaient les évolutions circulaires de la demi-douzaine de Cérémyons au-dessus de leurs têtes, observant les manœuvres de départ. En attente de ce moment.

Les cabines ralentirent et s'arrêtèrent devant l'entrée du terminal. Leur vaisseau, le *Chasseur de chimères*, n'était qu'à quelques pas de là, dûment révisé, étincelant dans la lumière. Derec prit la main d'Ariel et, ensemble, ils s'avancèrent vers l'engin, goûtant une dernière fois avant d'embarquer la chaleur des rayons de soleil et les senteurs de l'air pur.

Un frémissement derrière eux les fit s'arrêter et tourner les yeux, juste à temps pour voir se volatiliser le dernier des édifices de la cité. Le bâtiment du terminal était la seule structure qui restait du spatioport ; au moment où ils en avaient traversé les abords, toutes les autres s'étaient fondues en une nappe indifférenciable du matériau de la cité. De fines ondulations se déployaient à la surface argentée, comme des rides sur un lac, mais se propageant plus rapidement dans le liquide plus dense. Il y eut comme un silence suspendu. Alors, un geyser d'argent jaillit suivant une trajectoire oblique, pour s'incurver et venir retomber en pluie à la surface à environ mi-distance de la nappe. D'après Derec, le jet devait bien faire un mètre de diamètre.

À l'endroit où il toucha la surface, il se produisit une turbulence, et en émergea une figure familière : un deuxième jet, orienté selon le même angle opposé, montant à la rencontre du premier qui retombait en cascade, le coupant en une gerbe d'écume. Le point de contact atteignit le sommet de la courbe et s'y maintint, dessinant l'arête d'argent liquide de ce qui apparaissait comme une voûte solide. Le bruit qu'elle faisait en retombant sur le lac évoquait le grondement d'une chute d'eau. Derec reconnut la vision en un instant : une copie à échelle démesurée de la fontaine qui se trouvait dans l'entrée de leur appartement de la Cité des robots originelle. La fontaine qu'il dénommait « feedback négatif ».

Comment les Cérémyons en avaient-ils eu connaissance ? A peine s'était-il posé la question que la réponse lui vint, quasi instantanément. C'était certainement Lucius qui leur en avait parlé, sans doute pour leur en demander la signification. Après tout, Derec ne lui avait-il pas *ordonné* de réfléchir là-dessus ?

Il se retourna et vit l'expression amusée sur le visage d'Ariel, en même temps qu'il se surprenait à sourire lui aussi.

– Tu crois qu'ils essaient de nous dire quelque chose ? suggéra-t-il.

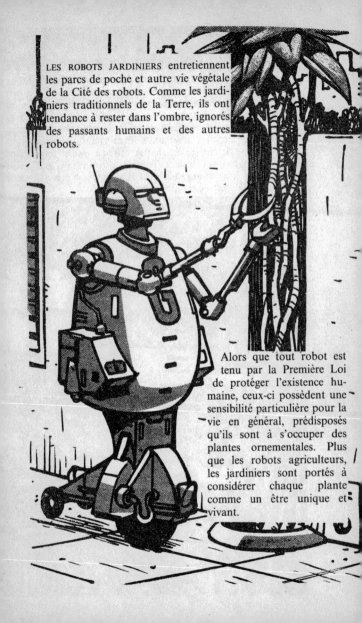

LES ROBOTS JARDINIERS entretiennent les parcs de poche et autre vie végétale de la Cité des robots. Comme les jardiniers traditionnels de la Terre, ils ont tendance à rester dans l'ombre, ignorés des passants humains et des autres robots.

Alors que tout robot est tenu par la Première Loi de protéger l'existence humaine, ceux-ci possèdent une sensibilité particulière pour la vie en général, prédisposés qu'ils sont à s'occuper des plantes ornementales. Plus que les robots agriculteurs, les jardiniers sont portés à considérer chaque plante comme un être unique et vivant.

LE LABORATOIRE DE LUCIUS : Un parmi les nombreux laboratoires similaires que le robot emploie à son projet de création d'êtres humains, le laboratoire de Lucius n'est pas sans évoquer le classique repaire du savant fou. Cuves bouillonnantes, récipients en verre reliés les uns aux autres et cages emplies d'animaux contrastent avec appareils d'analyse de chimie organique, microscopes et techniciens robots à l'aspect rutilant. Toutefois, ils ont tous leur utilité pour le programme que s'est fixé Lucius : créer la vie à partir de simples molécules organiques.

LE CHASSEUR DE CHIMÈRES : Ainsi nommé par le Dr Avery qui ne voulait là plaisanter qu'à moitié, le *Chasseur de Chimères* est l'un des vaisseaux cellulaires que Derec s'est fait faire pour son usage personnel et celui d'Ariel. Fabriqué dans le matériau de construction de la Cité des robots, il peut revêtir tout profil qui se révèle optimal à tel ou tel moment : aile volante lors de l'ascension et de l'atterrissage, et durant le vol toute forme qui convient le mieux au confort de ses passagers.

LES PARCS DE POCHE : Petites enclaves de gazon, de fleurs et d'arbres disséminées à travers la Cité des robots, les parcs de poche sont situés généralement aux sommets des édifices ou dans les cours intérieures des ensembles. Lorsqu'un bâtiment, voire tout un quartier, se transforment, les parcs de poche restent tels quels et sont intégrés au nouvel environnement.

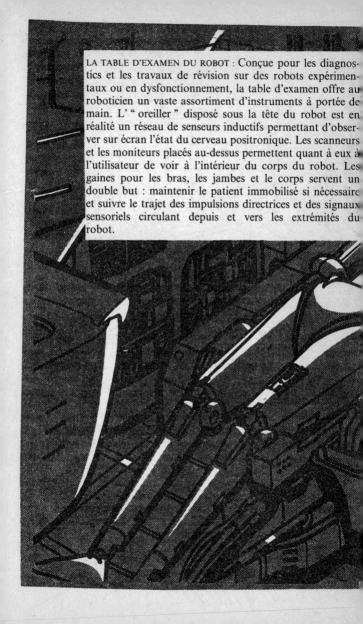

LA TABLE D'EXAMEN DU ROBOT : Conçue pour les diagnostics et les travaux de révision sur des robots expérimentaux ou en dysfonctionnement, la table d'examen offre au roboticien un vaste assortiment d'instruments à portée de main. L'« oreiller » disposé sous la tête du robot est en réalité un réseau de senseurs inductifs permettant d'observer sur écran l'état du cerveau positronique. Les scanneurs et les moniteurs placés au-dessus permettent quant à eux à l'utilisateur de voir à l'intérieur du corps du robot. Les gaines pour les bras, les jambes et le corps servent un double but : maintenir le patient immobilisé si nécessaire et suivre le trajet des impulsions directrices et des signaux sensoriels circulant depuis et vers les extrémités du robot.

Science-fiction

Depuis 1970, cette collection est leader du genre en France. Tous les grands de la S-F sont présents : Asimov, Van Vogt, Clarke, Dick, Vance, Simak mais également de jeunes auteurs qui seront les écrivains de premier plan de demain : Tim Powers, David Brin... Elle publie aujourd'hui des titres Fantasy, genre en plein redéploiement aux Etats-Unis.

Épouvante

Depuis Edgar Poe, il a toujours existé un genre littéraire qui cherche à susciter la peur, sinon la terreur, chez le lecteur. Il a permis la réalisation et le succès de nombreux films.

ALMQUIST Gregg	**L'éveil de la Bête** 2574/**4** Inédit
ANDREWS Virginia C.	**Ma douce Audrina** 1578/**4**
BARKER Clive	**Cabale** 3051/**4**
BLATTY William P.	**L'exorciste** 630/**4**
BRANDNER Gary	**Carrion** 2705/**3** Inédit
BYRNE John	**Le Livre de la Peur** 2633/**4** Inédit
CAMPBELL Ramsey	**La poupée qui dévora sa mère** 1998/**3**
	Le Parasite 2058/**4** Inédit
	La lune affamée 2390/**5**
	Images anciennes 2919/**3** Inédit
CLEGG Douglas	**La danse du bouc** 3093/**6** Inédit
COLLINS Nancy A.	**La volupté du sang** 3025/**4** Inédit
COYNE John	**Fury** 3245/**5** Inédit (Juin 92)
DEVON Gary	**L'enfant du mal** 3128/**5**
FARRIS John	**La forêt sauvage** 2407/**5** Inédit
GALLAGHER Stephen	**La vallée des lumières** 2800/**3** Inédit
HERBERT James	**Le Sombre** 2056/**4** Inédit
	Pierre de lune 2470/**4**
JAMES Peter	**Possession** 2720/**5** Inédit
	Rêves mortels 3020/**6** Inédit
JETER K.W.	**Les âmes dévorées** 2136/**4** Inédit
	Le ténébreux 2356/**4** Inédit
KAYE et GODWIN	**Lumière froide** 1964/**3**
KING Stephen	Voir page précédente
KOONTZ Dean R.	**Spectres** 1963/**6** Inédit
	Le rideau de ténèbres 2057/**4** Inédit
	Le visage de la peur 2166/**4** Inédit
	Chasse à mort 2877/**5**
	Les étrangers 3005/**8**
	Les yeux foudroyés 3072/**7**
LANSDALE Joe. R.	**Le drive-in** 2951/**2** Inédit
	Les enfants du rasoir 3206/**4** Inédit (Avril 92)
LAWS Stephen	**La nuit des spectres** 2670/**4** Inédit
	Le Veur 2762/**4** Inédit
LEVIN Ira	**Un bébé pour Rosemary** 342/**3**
MAXIM John R.	**Les possédés de Riverside** 2654/**4** Inédit
MICHAELS Philip	**Graal** 2977/**5** Inédit
MONTELEONE Thomas	**L'horreur du métro** 2152/**4** Inédit
	Fantasma 2937/**4** Inédit
	Lyrica 3147/**5** Inédit
MORRELL David	**Totem** 2737/**3**
NICHOLS Leigh	**L'antre du tonnerre** 1966/**3** Inédit
	L'heure des chauves-souris 2263/**5** Inédit
	Feux d'ombre 2537/**6** Inédit
PIERCE Dale	**Le sang du matador** 2554/**3** Inédit
REEVES-STEVENS Garfield	**Dreamland** 2906/**6** Inédit

Aventure Mystérieuse

3185

Photocomposition Assistance 44-Bouguenais
Impression Brodard et Taupin
à La Flèche (Sarthe) le 10 février 1992
1526F-5 Dépôt légal février 1992
ISBN 2-277-23185-1
Imprimé en France
Editions J'ai lu
27, rue Cassette, 75006 Paris
diffusion France et étranger : Flammarion